中国宗教类非物质文化遗产的现状与保护研究

田青／主编

文化艺术出版社
Culture and Art Publishing House

图书在版编目(CIP)数据

中国宗教类非物质文化遗产的现状与保护研究 / 田青主编.
—北京：文化艺术出版社，2016.12
ISBN 978-7-5039-6191-5
Ⅰ.①中… Ⅱ.①田… Ⅲ.①宗教－非物质文化遗产
－保护－研究－中国 Ⅳ.①B929.2 ②G122

中国版本图书馆CIP数据核字(2016)第308288号

中国宗教类非物质文化遗产的现状与保护研究

主　　编　田　青
副 主 编　翟风俭
责任编辑　田守强　唐　嘉
设计指导　顾　紫
书籍设计　赵　矗
出版发行　文化艺术出版社
地　　址　北京市东城区东四八条52号 100700
网　　址　www.caaph.com
电子信箱　s@caaph.com
电　　话　(010)84057666(总编室)　84057667(办公室)
　　　　　84057696－84057699(发行部)
传　　真　(010)84057660(总编室)　84057670(办公室)
　　　　　84057690(发行部)
经　　销　新华书店
印　　刷　北京荣宝燕泰印务有限公司
版　　次　2018年6月第1版
印　　次　2018年6月第1次印刷
开　　本　787毫米×1092毫米 1/16
印　　张　32
字　　数　592千字 图片约120幅
书　　号　ISBN 978-7-5039-6191-5
定　　价　128.00元

序言

田青

中国数千年的辉煌历史，960万平方公里的广袤土地，56个勤劳勇敢、能歌善舞的民族，给我们留下了一笔丰厚的非物质文化遗产。我国非物质文化遗产作为中华民族各族人民世代相承、与群众生活密切相关的各种传统文化表现形式，是中华传统文化的重要组成部分，它所蕴含的中华民族特有的精神价值、思维方式、想象力和文化意识，是维护我国文化身份和文化主权的基本依据。这些非物质文化遗产，对中华文明和中华民族的过去、现在和未来具有无法估量的重大意义。

中华传统宗教是中华传统文化重要的组成部分，也是我国非物质文化遗产的重要内容。我们常说"儒释道"是中华传统文化的三大支柱，其中两个是宗教。避开佛教、道教谈中华传统文化是不可能的。

宗教问题，十分复杂，纵观人类历史，环顾当今世界，我们会发现，宗教不仅仅是信仰问题，还是重大的政治问题。宗教既可以是社会动荡乃至战争之源，也可以是社会的润滑剂和道德的维护者，发挥缓和社会矛盾、维护社会安定的作用。古人讲求"以儒治世、以道治身、以佛治心"，从中国历史上看，中国的自有宗教道教和早已中国化、成为中华传统文化重要内容的佛教当其进入成熟阶段之后，一直起着维护社会道德和社会和谐的作用。

但是，随着经济全球化趋势的加强和现代化进程的加快，中国文化生态发生了巨大变化，非物质文化遗产受到猛烈的冲击，保护工作形势严峻：一些依靠师徒口传身授传承的文化遗产正不断消失，许多传统技艺濒临消亡，大量珍贵实物与资料遭到毁弃或流失海外，随意滥用、过度开发文化遗产的现象时有发生。中国政府自20世纪50年代开始就投入大量人力、物力、财力，在保护民族民间文化方面采取了许多积极有效的措施，并已取得许多成绩，尤其是自2003年以后，我国的非物质文化遗产保护工作更是得到突飞猛进的发展。中国民众真正形成对非物质文化遗产保护的共识应该是2003年古琴入选第二批联合国“人类口述与非物质遗产”代表作名录。自那时起，国内掀起了非物质文化遗产保护的高潮。因此，虽然说中国的非物质文化遗产保护工作起步比较晚，但工作进展迅速，取得的成果也比较大。目前，我国共有非物质文化遗产资源近87万项，并确立了国家、省、市、县四级非物质文化遗产名录保护体，进入国家、省、市、县四级非物质文化遗产名录体系的非物质文化遗产项目有7万多项。截至目前，中国共有31个项目列入人类非物质文化遗产代表作名录，另有7项列入急需保护的非物质文化遗产名录，1项入选保护非物质文化遗产优秀实践名册，总数为39个，位居世界第一。

2006年6月，国务院批准文化部确定并公布第一批国家级非物质文化遗产名录，2008年6月公布了第二批国家级非物质文化遗产名录，2011年6月公布了第三批国家级非物质文化遗产名录，2014年11月公布了第四批国家级非物质文化遗产名录，至此，我国的国家级非物质文化遗产代表作名录总共达到1372项。根据《中华人民共和国文化部2013年文化发展统计公报》统计，截至2013年，我国的“省级非物质文化遗产名录”为9647项，同时还有地、县级非物质文化遗产名录7万余项。文化部还公布了四批共1986名国家级非物质文化遗产项目传承人。2011年2月25日，第十一届全国人大常委会第十九次会议审议通过《中华人民共和国非物质文化遗产法》，并于同年6月1日正式实施。

在已经公布的四批国家级非物质文化遗产项目中，与宗教文化有关的项目有

144项，涉及民间文学、传统音乐、民间舞蹈、传统戏剧、杂技与竞技、民间美术、传统技艺、民俗等门类，仅以佛教类“非遗”项目来说，就包括济公传说、观音传说、宝卷、津门法鼓、智化寺京音乐、五台山佛乐、千山寺庙音乐、天宁寺梵呗唱诵、鱼山梵呗、大相国寺梵乐、直孔噶举派音乐、拉卜楞寺佛殿音乐“道得尔”、青海藏族唱经调、北武当寺庙音乐、冀中笙管乐、日喀则扎什伦布寺羌姆、藏戏、少林功夫、藏族唐卡、金陵刻经印刷技艺、塔尔寺酥油花、热贡艺术、德格印经院藏族雕版印刷、藏香制作技艺、贝叶经制作技艺、素食制作技艺、雪顿节等项目。那么，当这些宗教非物质文化遗产成为国家保护的项目之后其现状究竟如何呢？我们的保护单位这些年都做了哪些工作呢？“濒危”的状况是否得到了根本的改变呢？为了了解这些项目的现状，我们组织了一个课题组，深入一些保护单位，对这些项目的现状进行了调查和采访，这本集子，就是这些调查和采访记录的汇编。我们所遵循的原则只有两个字：真实。我们希望这些真实的记录，能够对我们的“非遗”保护工作起到一些作用，其中既有可以给我们的“非遗”保护工作增加信心与成就感的内容，也反映了一些值得我们思考、警惕，可以促使我们进一步改进工作的内容。

宗教非物质文化遗产的保护需要我们各级政府、宗教界、文化界及广大民众共同努力，尤其是宗教界对此更应该有积极的行动。而且，只有把包括宗教非物质文化遗产在内的各种优秀传统文化都保护起来，我们中国非物质文化遗产保护事业才是全面、完整和准确的。

希望这本调查报告能够对我国方兴未艾的“非遗”保护事业起到一点点作用，也希望包括宗教文化在内的我国非物质文化遗产能够代代相传。

目录

绪论

中国宗教类非物质文化遗产及保护

第一节　非物质文化遗产的定义、内涵以及发展状况

一、非物质文化遗产的定义、内涵

非物质文化遗产（Intangible Cultural Heritage）是联合国教科文组织（UNESCO）在《保护非物质文化遗产公约》中确定的称谓，是和有形的物质文化遗产相对应的概念。人类悠久的文明史留下了极其丰富的文化遗产，既有物质形态的“有形”文化遗产，如古代建筑、石刻壁画、古墓遗址、文物文献等；也有通过“口传心授”形式流传下来的“无形”文化遗产，如各种口头文学、民间乐舞、传统技艺、民俗、节庆、礼仪等。“这些文化遗产一旦形成并被一个民族代代传承，他们就成了这个民族身份的基因和‘身份证’，成为这个民族的整体记忆。”① 非物质文化遗产是民族精神文化的重要标识，内含着民族特有的思维方式、想象力和文化意识，承载着一个国家一个民族或族群文化生命的密码。它是人民生命创造力的高度展现，也是体现世界文化多样性，维护国家独立文化身份和文化主权的基本依据。

20世纪下半叶以来，非物质文化遗产的保护逐渐成为一个国际性问题，相关的国际组织，尤其是联合国教科文组织为此做了许多工作，开展了各项计划，并通过了一些相关的文件。1998年10月，联合国教科文组织执行局第155届会议通过了《教科文组织宣布人类口头和非物质遗产代表作条例》，正式提出了“人类口头和非物质遗产”的概念。2003年9月29日至10月17日，联合国教科文组织第32届会议在巴黎举行，并在10月17日的会议上通过了《保护非物质文化遗产公约》（以下简称《公约》），这是一项关于非物质文化遗产保护的重要的国际公约，也为各成员国制定相关国内法提供了国际法依据。《公约》明确指出，非物质文化遗产是指“被各群体、团体、有时为个人视为其文化遗产的各种实践、表演、表现形式、知识和技能及其有关的工具、实物、工艺品和文化场所”。《公约》的宗旨是：保护非物质文化遗产；尊重有关群体、团体和个人的非物质文化遗产；在地方、国家和国际一级提高对非物质文化遗产及其相互鉴赏的重要性的意识；开展国际合作及提供国际援助。根据《公约》，非物质文化遗产包括以下5个方面：口头传说和表述，包括作为非物质文化遗产媒介的语言；表演艺术；社会风俗、礼仪、节庆；有关自然界和宇宙的知

识和实践；传统的手工艺技能。随着该《公约》的出台，“非物质文化遗产”一词被世界各国广为接受。

依据联合国教科文组织对非物质文化遗产的定义和相关解释，2005年，中国国务院办公厅下发了《国务院办公厅关于加强我国非物质文化遗产保护工作的意见》[②]，在我国，非物质文化遗产被定义为“各族人民世代相承的、与群众生活密切相关的各种传统文化表现形式（如这充分体现出国家对于非物质文化遗产保护的重视程度。目前，我国的非物质文化遗产保护民间文学、民俗活动、表演艺术、传统知识和技能，以及与之相关的器具、实物、手工制品等）和文化空间（即定期举行传统文化活动或集中展现传统文化表现形式的场所，如歌圩、庙会、传统节日庆典等）”。非物质文化遗产的范围包括：“（一）口头传统，包括作为文化载体的语言；（二）传统表演艺术；（三）民俗活动、礼仪、节庆；（四）有关自然界和宇宙的民间传统知识和实践；（五）传统手工艺技能；（六）与上述表现形式相关的文化空间。”在2011年6月1日开始施行的《中国非物质文化遗产保护法》中，关于非物质文化遗产的表述与此前稍有不同：“非物质文化遗产，是指各族人民世代相传并视为其文化遗产组成部分的各种传统文化表现形式，以及与传统文化表现形式相关的实物和场所。包括：（一）传统口头文学以及作为其载体的语言；（二）传统美术、书法、音乐、舞蹈、戏剧、曲艺和杂技；（三）传统技艺、医药和历法；（四）传统礼仪、节庆等民俗；（五）传统体育和游艺；（六）其他非物质文化遗产。”这种表述更为规范和完整，说明经过多年非物质文化遗产保护的实践经验，人们对非物质文化遗产的理解更为成熟，但无论如何定义，其基本内容还是一样的。非物质文化遗产最大的特点“是不脱离民族特殊的生活生产方式，是民族个性、民族审美习惯的‘活’的显现。它依托于人本身而存在，以声音、形象和技艺为表现手段，并以身口相传作为文化链而得以延续，是‘活’的文化及其传统中最脆弱的部分”[③]。

二、我国非物质文化遗产保护工作的发展状况

在世界范围内，日本在文化遗产保护方面起步比较早，早在1950年，日本就颁布了《文化财保护法》，提出了有形文化财和无形文化财的概念和很多具体的保护措施，还建立

了较为完备的传承人制度。这直接影响了后来整个国际社会文化遗产保护法规的制定，对世界范围内的文化遗产保护有着深远影响。我国对民间文化遗产的保护其实也在很早就进行了，自20世纪50年代起，我国就开始组织对部分民族民间文化遗产进行调查和研究，1979年以后，又开展了编纂十大文学艺术集成志书的工程，共有大约5万名经过培训的调查人员参与全面深入的普查，并出版了一系列集成志书。2001年5月中国的昆曲入选联合国教科文组织第一批“人类口述和非物质遗产代表作”名录，可以说是现代意义上非物质文化遗产保护工作的开端，但是当时国内民众对此还不太熟悉，媒体跟进也比较少，仅是《光明日报》5月20日发表了题为《昆曲被评为“人类口述和非物质遗产代表作”》的400字简讯，但是，同一时刻在日本，由于“能乐”入选了第一批“人类口述和非物质遗产代表作”名录，日本国内各大媒体都在头版头条进行了重点报道，这充分显示出当时两国对此认识的巨大差距。2003年，文化部启动了中国民族民间文化遗产保护工程，并在中国艺术研究院成立了中国民族民间文化保护工程中心，希望通过建立文化遗产代表作名录、文化遗产传承人和文化生态保护区等方式，对我国浩如烟海的民族民间文化遗产尤其是濒危文化遗产展开抢救和保护，只是当时国内还没有使用“非物质文化遗产”这一专有名词。同一年，古琴艺术入选第二批联合国教科文组织“人类口述和非物质遗产代表作”名录，此事件和同一时期联合国教科文组织发布的《保护非物质文化遗产公约》，使得“非物质文化遗产”一词开始逐渐被国内学界和民众所接受，中国民众自那时起才逐渐产生保护非物质文化遗产的意识。

2006年9月14日，中国非物质文化遗产保护中心在中国艺术研究院挂牌成立，取代了原来的中国民族民间文化保护工程中心。中国非物质文化遗产保护中心是经中央机构编制委员会办公室批准成立的国家级非物质文化遗产保护的专业机构，承担着全国非物质文化遗产保护的相关具体工作，履行非物质文化遗产保护工作的政策咨询；组织全国范围普查工作的开展；指导保护计划的实施；进行非物质文化遗产保护的理论研究；举办学术、展览（演）及公益活动，交流、推介、宣传保护工作的成果和经验；组织实施研究成果的发表和人才培训等工作职能。同年底，文化部和中国非物质文化遗产保护中心在国家博物馆举办了第一届“非物质文化遗产保护成果展”，自此以后，国内掀起了非物质文化遗产保护的高潮。可以说，中国现代意义上的非物质文化遗产保护工作起步虽然比较晚，但工作进展迅速，取得的成果也比较多。目前，我国共有非物质文化遗产资源近87万项，并确立了国家、省、市、县四级非物质文化遗产名录保护体系，进入国家、省、市、县四级非物质文化遗产名录体系的非物质文化遗产项目有7万多项。截至2016年底，中国共有31个项目列入联合国教科文组织人类非物质文化遗产代表作名录，另有7项列入急需保护的非物质文化遗产名录，1项入选保护非物质文化遗产优秀实践名册，总数为39个，位居世界第一。

2006年6月，国务院批准文化部确定并公布第一批国家级非物质文化遗产名录，共十大类518项，这十类包括民间文学、民间音乐、民间舞蹈、传统戏剧、曲艺、杂技与竞技、民间美术、传统手工技艺、传统医药、民俗等。2008年6月，公布了第二批国家级非物质文化遗产名录（共计510项）和第一批国家级非物质文化遗产扩展项目名录（共计147项）。2011年5月，公布了第三批国家级非物质文化遗产名录（共计191项）以及国家级非物质文化遗产名录扩展项目名录（共计164项）。2014年11月，公布了第四批国家级非物质文化遗产代表性项目名录（共计153项）以及国家级非物质文化遗产扩展项目名录（共计153项），这样，我国的国家级非物质文化遗产代表作名录总共达到1372项④。根据《中华人民共和国文化部2013年文化发展统计公报》统计，截至2013年，我国的“省级非物质文化遗产名录”为9647项，同时还有地、县级非物质文化遗产名录7万余项。文化部还公布了四批共1986名国家级非物质文化遗产项目传承人，各省、自治区、直辖市也都公布了本地方各级非物质文化遗产项目的传承人，截至2013年底，省级非物质文化遗产项目代表性传承人7713名，国家级非物质文化遗产项目保护单位2658家。此外，我国还建立了闽南、徽州、四川羌族等多个文化生态保护实验区，有520多座专题博物馆，近100座民俗博物馆。国家对非物质文化遗产保护的经费投入也逐年增加，自2002年到2010年，中国政府中央财政为非物质文化遗产保护一共投入了10.26亿元人民币，但是到了2011年，非物质文化遗产保护预算达到了4.15亿元，9年之内中国非物质文化遗产保护经费投入增长了约400倍。而且，这种专项经费还呈逐年递增的趋势，2014年中央财政安排国家非物质文化遗产保护专项资金6.63亿元，支持752个国家级非物质文化遗产代表性项目保护、1735名国家级非物质文化遗产项目代表性传承人开展传习活动以及10个国家级文化生态保护实验区建设等。截至2014年，中央财政共计投入专项资金34.67亿元用于非物质文化遗产保护。⑤ 同时，各省、市、县级财政对非物质文化遗产的专项投入也逐年增多，据统计，2011年至2015年底，全国各省级财政累计投入163731万元（含新疆生产建设兵团），省级财政平均累计投入5117万元（含新疆生产建设兵团）；全国各市级财政累计投入101909万元（含新疆生产建设兵团），平均每省市级财政累计投入3185万元（含新疆生产建设兵团）；全国各县级财政专项资金累计投入123656万元。⑥ 可见国家和地方对于非物质文化遗产保护的重视程度。

2011年2月25日，第十一届全国人大常委会第十九次会议审议通过《中华人民共和国非物质文化遗产法》，并于同年6月1日正式实施。这部法律让中国非物质文化遗产保护真正步入有法可依的阶段，是中国非物质文化遗产保护的一个里程碑事件，标志着我国的非物质文化遗产保护已走进依法科学保护的新阶段。中国非物质文化遗产法的大部分内容是在充分总结中国“非遗”保护工作实践经验的基础上逐步形成的，完全符合我国国情，凸显了“中国特色”，将非物质文化遗产的“保存”和“保护”区分开来；首次明确了传承人的“退出机制”。《非物质文化遗产法》提出了指导非物质文化遗产保护工作的“两大原则”：一是保护非物质文化遗产，应当注重其真实性、整体性和传承性；二是保护非物质文化遗产应当有利于增强中华民族的文化认同，有利于维护国家统一和民族团结，有利于促进社会和谐和可持续发展。同时还规定了非物质文化遗产保护的“三项制度”，分别是调查制度、代表性项目名录制度、传承与传播制度。为督促各方切实履行非物质文化遗产保护法律责任，进一步掌握法律实施以来依法保护非物质文化遗产的现状，总结有效做法和经验，发现和解决存在的突出问题，2016年6月，文化部办公厅专门下发了《文化部办公厅关于开展非物质文化遗产法贯彻落实情况检查工作的通知》，调查非物质文化遗产法贯彻落实情况。

但是，随着非物质文化遗产保护工作进入平稳发展期，一些深层次的矛盾和问题也逐渐显露，尤其是一些观念上的误区和短视，已经成为我国非物质文化遗产保护向更深层次进行的障碍，如有些基层传承人过分注重商业效益，热心于产业开发而放弃传承义务；“重申报，轻保护”，有些地区和保护单位把申报名录作为打造品牌的手段，把文化遗产项目只做产业开发，却很少兑现保护承诺；有些地区的旅游部门花钱雇用非物质文化遗产代表性传承人长期在现场做各种技艺表演，而忽略技艺传承和其核心的文化、信仰内核；等等。这些问题如果不及时解决，将会严重影响非物质文化遗产保护工作的顺利进行。

正是意识到了非物质文化遗产保护工作中的这些问题，从2012年开始，文化部启动并实施了对国家级非物质文化遗产代表性项目保护单位的动态化管理。“由于各地行政区划变更、机构职能调整、文化体制改革发生机构撤并、履责不力等原因”，原已认定的国家级非物质文化遗产代表性项目保护单位中，有一部分情况已经发生变化，其中一些保护单位已经不具备履行保护单位职责的能力和条件，需调整并重新认定。2013年初，文化部首次下发了《文化部办公厅关于调整和认定国家级非物质文化遗产代表性项目保护单位的通知》，对433个第一、第二批国家级非物质文化遗产代表性项目保护单位进行了调整和重新认定。2014年和2015年，文化部又两次下发通知，对部分国家级非物质文化遗产代表性项目保护单位进行了调整和重新认定。截至2015年，文化部共计已对887家项目保护单位进行了调整和重新认定，这标志着文化部对国家级代表性项目保护单位的动态化管理工作进入了常态化阶段。此外，按照《中华人民共和国非物质文化遗产法》的精神，文化部还发布了《国家级非物质文化遗产保护与管理暂行办法》（中华人民共和国文化部令第39号），进一步加强对国家级非物质文化遗产的保护与管理。2015年，文化部制定《国家级非物质文化遗产代表性传承人抢救性记录工作规范》，支持268位国家级“非遗”代表性传承人的抢救性记录。[7] 可以说，十多年来，中国政府不遗余力地进行非物质文化遗产保护，在这方面投入了大量的人力、物力和财力，并且取得了举世瞩目的成果，形成了非物质文化遗产保护的“中国经验”。我国的非物质文化遗产保护工作已由以往单项的选择性的项目保护，走上全国整体性、系统性的保护阶段，基本上形成了较为完善的文化遗产保护体系，具有历史、文化和科学价值的文化遗产得到全面有效保护；全社会已经形成了对非物质文化遗产保护的理念和共识，民众的文化保护意识大大增强，保护文化遗产已经成为全社会的自觉行动。

第二节　宗教与非物质文化遗产

一、宗教的定义与分类

关于宗教，中外思想家们从不同的方面给出了很多不同的定义和解释。如法国著名社会学家爱弥尔·涂尔干认为，“宗教是一种与既与众不同又不可冒犯的神圣事物有关的信仰与仪轨所组成的统一体系，这些信仰与仪轨将所有信奉它们的人结合在一个被称为‘教会’的道德共同体之内”[8]。吕大吉先生提出了“宗教四要素说”，即宗教的观念或思想、宗教的感情或体验、宗教的行为或活动、宗教的组织和制度，他给宗教的定义是：“宗教是关于超人间、超自然力量的一种社会意识，以及因此而对之表示信仰和崇拜的行为，是综合这种意识和行为并使之规范化、体制化的社会文化体系。”[9] 显然，他们对宗教的定义都是在西方宗教学的理论框架下，基于基督教的发展经验而提出的，他们认为宗教是有结构功能的，具有组织化、体制化特征。[10] 但是，用西方基督教的经验来审视流传在中国广大民间的鬼神信仰，二者之间的差异是显而易见的，因此西方一些学者一开始并不认可中国的宗教，他们认为中国的信仰是“迷信”，受其影响，“五四”时期的一些著名学者如梁启超、胡适等也都认为中国是没有宗教的国家。[11]

但是，如何解释中国民间诸多的地方鬼神信仰问题呢？中外学者们从不同的角度来研究中国文化，他们开始对传统的宗教的定义进行反思并针对中国的宗教和信仰问题提出了诸多看法。[12] 20世纪60年代，著名美籍华裔社会学家杨庆堃先生指出，“在中国广袤的土地上，几乎每个角落都有寺院、祠堂、神坛和拜神的地方。寺院、神坛散落于各处，比比皆是，表明宗教在中国社会强大的、无所不在的影响力，它们是一个社会现实的象征”，但是由于“在中国社会制度框架体系下缺乏一个结构显著的、正式的、组织化的宗教，故而人们通常把老百姓的仪式视为非组织性的，而宗教在中国社会和道德秩序中好像不那么重要”。[13] 基于此，杨庆堃先生提出制度性宗教（institutional religion）和分散性宗教（diffused religion）[14] 的观点来分析中国的信仰问题，其观点影响深远，迄今仍然是社会学家、人类学家、民俗学家以及宗教学家解释中国民间信仰的重要理论支撑。在他看来，制度性宗教“有自己的神学、仪式和组织体系，独立于其他世俗社会组织之外。它自成一种社会制度，有其基本的观念和结构”；分散性宗教“其神学、仪式、组织与世俗制度和社会秩序其他方面的观念和结构密切地联系在一起。分散性宗教的信仰和仪式发展为有组织的社会体系，同时它是作为社会组织整体的一部分，在分散性的形式中，宗教发挥着多种功能，以组织的方式出现在中国社会生活中”。[15] 相应地，中国的宗教该如何区分呢？ 1982年3月31日，中共中央印发《关于我国社会主义时期宗教问题的基本观点和基本政策》的通知（简称“19号文件”），明确提出了中国的五大宗教：佛教、道教、伊斯兰教、天主教和基督教，这些是被国家认可的宗教，同时“19号文件”又指出“在我国总人口中，特别是在占全国人口绝大多数的汉族中，信鬼神的人不少，而真正信教的人所占的比重是不大的”，这里“信鬼神”是不被认同为宗教信仰的，尽管人数比较多。其实，文件中的“信教”与“信鬼神”也就正对应了杨庆堃先生的制度性宗教和分散性宗教，在我国，制度性宗教就是官方所认可的五大宗教，分散性宗教则对应于“信鬼神”的“民间宗教”或“民俗宗教”。“民俗宗教”是“群体内对精神存在信仰的模式化生活方式的集体表现，是‘民俗’与‘宗教’的本质结合，具有‘信仰’与‘仪式’两大范畴，在本质上讲是与制度性宗教（佛、道、伊、天、基）并驾齐驱的宗教体系”[16]。该定义其实指明了“民俗宗教”就是“分散性宗教”，同时“民俗宗教”的概念与“民间宗教”的概念很多时候也是通用的，它具有如下特点：（1）从意识形态上讲，它是非官方文化；（2）从文化形貌上讲，它重在实践，较少利用文本，以地方的方言传承；（3）从社会力量上讲，它受社会中多数（如农民）的支撑并与民间的生活密不可分。[17]

与“民间宗教”相对应的还有另外一个概念，即“民间信仰”，按照《辞海》的定义，“民间信仰”是“民间流行的对某种精神观念、某种有形物体信奉敬仰的心理和行为。包括民间普遍的俗信以及一般的迷信。它不像宗教信仰有明确的传人、严格的教义、严密的组织等，也不像宗教信仰更多地强调自我修行。它的思想基础主要是万物有灵论，故信奉的对象较为庞杂，所体现的主要是唯心主义，但也含有唯物主义和科学的成分，特别是民间流行的天地日月等自然信仰”[18]。“民间信仰”作为一种信仰的心理和行为，是“民间宗教”的主体内容，“民间宗教”往往被分为组织化民间宗教和民俗性民间宗教，前者有独立的教团组织，有教主传承和教团制度，其组织化程度往往不亚于主流宗教，如历史上的白莲教等，后者其实就是上文讲的“民间信仰”。[19] 也就是说，“民俗宗教”“民间宗教”在外延上要比“民间信仰”大，不过很多学者并没有仔细地区分这两者的关系，常常用“民间信仰”的概念来代替“民间宗教”或“民俗宗教”，将之与“制度性宗教”相比较。还有一些学者并不认可把“民间信仰”归为宗教，如乌丙安先生就提出，与成型的制度化宗教相比，“民间信仰”有“十个没有”：(1)没有教会、教团那样固定的组织机构；(2)没有至高无上的崇拜对象；(3)没有创教祖师等最早权威；(4)没有形成任何宗派；(5)没有形成完整的理论的、哲学的体系；(6)没有专司神职教职的执事人员队伍；(7)没有规约或戒律；(8)没有特定的法衣法器、仪仗仪礼；(9)没有寺庙宫观和教堂等固定的活动场所；(10)民间信仰者没有自觉的宗教仪式。[20] 显然，乌先生是基于制度性宗教的概念来看待“民间信仰”的，这也恰恰就对应了“民间信仰”的“分散性”“开放性”特点。不过，笔者还是较为赞同把“民间信仰”归为宗教，即它是“民间宗教”或“民俗宗教”，也就是杨庆堃先生所说的分散性宗教，只有这样，才能合理解释在中国广大民间存在的信仰问题。

二、中国宗教与中国传统文化

宗教作为一种文化现象，它是对客观现实的反映，同时宗教意识又被实体化为一种社会体系或生活方式。[21] 宗教不仅伴随着人类文明的整个过程，而且通过与政治、哲学、道德、语言、艺术、习俗等相互融合，渗透到人类文明的各个层面，规范和指导着人们的生活。因此，在宗教与文化的关系上，“宗教是文化(文明)的核心”已经成为广大学者的共识。王晓朝先生认为这一命题的具体含义主要有：“(1)宗教作为文化的一种形式渗透或包容一般文化的各个层面和各种形式，不仅渗透到文化的精神意识层，而且渗透到文化的器物、制度、行为层，不仅包容文学和艺术等文化形式，而且包容其他一切文化形式；(2)人类各大文化系统均以某种宗教为代表，现存世界各大文化体系均有宗教的背景，均以某种宗教信仰为支柱，西方文化以基督宗教为代表，东方文化以儒教为代表，阿拉伯文化以伊斯兰教为代表，等等；(3)宗教为人类社会提供了基本的信仰体系、价值规范、行为准则、组织体制。”[22] 2011年10月，中国宗教学会携手中国社会科学院世界宗教研究所、浙江大学全球化文明研究中心，在泰山脚下共同举办“泰山纵观：宗教与中国传统文化”学术座谈会，并形成三大“共识”，即“泰山共识”，其第二共识就是：“传统文化中包含有深刻和普遍的宗教性。”明确提出“中国传统文化并未能与其宗教性脱离干系。自汉武帝始，儒家思想首次被抬高到官方意识形态的地位，并日益被整合进国家和社会的权力秩序之中，从而已具有国家宗教的意义。而佛、道两教虽与世界三大启示性宗教颇有差异，却不失为建制性宗教的另一种类型。此外，儒、释、道与数千年来众多的民间信仰一道，构成了中国宗教的完整谱系，滋养和维系着中国传统社会的精神价值和道德生态，也是传统走向现代的基本文化资源和精神纽带”[23]。这次中国学界的集体共识，肯定了宗教，包括儒释道及众多民间信仰对于中国传统文化的核心意义，可以说，离开了宗教，就无从解释中华文化的渊源和历程。

长期以来，对于儒家学说的宗教化问题在学界一直争论不休，赞成者认为儒家学说已经宗教化，它有自己的经典、有基本教义、有崇拜对象，还有大批传播儒家经典、信奉孔子为“至圣先师”的儒士，而且在文化上也承担了西方宗教的社会作用，因此“儒学”宗教化为“儒教”；反对者认为“儒学”是经世致用之学，没有超自然的神灵信仰，因此不能算是宗教，甚至反对“儒教”这样的说法。但是，近些年来，关于“儒学”宗教化为“儒教”的观点得到了越来越多的认可，中国社会科学院世界宗教研究所为此做了大量工作[24]。“泰山共识”明确指出：儒家思想“已具有国家宗教的意义”，不仅肯定了“儒教”的存在，而且对其核心地位也做了明确说明。作为中国传统文化中最重要的组成部分，儒家思想在漫长的历史发展过程中，对中国文化的影响是不可代替的。那么，如何理解“儒教”呢？彭永捷认为“儒教是儒教文化发展和传播的途径之一，也是儒教徒的信仰和宗教，是活生生存在的宗教现象和宗教事实，我们唯有尊重儒教徒的信仰及其信仰自由”[25]。不能用西方学者的宗教经验来理解和界定儒教，在他看来，“儒教”的“天”并不等同于基督教的“神”，“儒教”的圣人也并不具有神性和法力，儒教的成贤成圣并不寄希望于来世和往生，“儒教”是“神道设教”，作为人之养成的教化之教与作为安身立命的宗教之教合二为一。[26]儒家文化不能只研究儒学，要区分儒学、儒术与儒教在不同历史时期的侧重，但总体上它们是包含合一的，“儒术是儒学落实于社会的方式，儒教是儒学落实于人心的方式。离开了儒学落实于社会的儒术，离开了儒学落实于人心的儒教，儒学成了毫无着落的学问，四处游荡的游魂”[27]。也就是说“儒教”和“儒术”其实就是“儒学”落实于“人心”和“社会”的实践过程，不要把儒家文化当成只研究学问的死文化。同样，赵法生也认为：“儒学不仅仅是一套有关天道性命的理论，在传统社会中它还是一种现实的社会存在形态。从社会学角度看，儒学的终极关怀，体现为一系列的信仰制度和祭祀制度，转化为一种现实的宗教形态，成为一种宗教。”[28]儒家文化从来都不只是单纯的学说和哲学思想，几千年来一直是和国家政治、社会公信、个人修养密切融为一体的社会存在，因此，从某些方面将其理解为国家宗教是完全合适的，否则儒释道三教融合就无从谈起了。

一般都认为，儒、佛、道三大文化构成了中华文化的主体。回顾中华民族的历史，我们会发现，同世界上其他民族一样，从洪荒时代开始，中华民族的先祖面对广袤的自然和险恶的生存环境，产生出对外界事物的敬畏之情，对自然顶礼膜拜，认为万物有灵，这是原始先民在前宗教时代最先出现的理论。与此同时，对祖先的崇拜也开始出现，先民们认为祖先之灵可以福佑子孙，氏族社会通过祭祀祖先的共同祭祀仪式，加强了氏族成员之间的认同感，并由此形成以血脉关系为基础的社会体系。而夏商周三代以后，中国社会进入文明时代，整个社会体系仍然保持着原有的以血脉关系为纽带的组织结构，并进一步完善为宗族宗法制，同时形成了以“敬天法祖”“严畏天命”为核心的宗法性传统宗教，随着历史的发展，这种宗法性传统宗教将自然天神与祖先神合二为一，从而形成了至高无上的“天”“上帝”“天帝”“上天”等至上神的观念，这是后世各类至上神的雏形。“先王有服，恪谨天命。”[29] 天命实际上是指对自然的规律、法则的敬畏信仰。而“天人关系”成为中国传统宗教以及传统哲学的最基本的信念，各家各派都是以此命题为基础而建立自己的理论体系的，无论是儒、道还是其他学派，虽然它们的理论体系和观点各不相同，但都围绕着天和人的关系设定命题。

以孔孟为代表的儒家文化直接承接了三代以来的尊尊亲亲的宗法性传统宗教基本观念，从而建立以“仁”为本的伦理学和政治学理论，两汉以来，儒家思想成为国家的最高意识形态，成为两千年来统领中国文化乃至东亚文化的核心和基础，而其最终根源就是源自从原始氏族社会到封建宗法社会一以贯之的祖先崇拜观念以及在此基础上所形成的“敬天法祖”观念，“天命”是至高无上的，“天命”决定“人事”，皇帝是天子，是奉“天命”来统治世界的，所以“普天之下，莫非王土，率土之滨，莫非王臣”，整个天下都是皇帝一家的，而“天”在历代帝王那里只不过是“祖”的延伸，通过这种延伸，“祖宗神”被赋予了社会性的意义，而帝王则是整个社会的代表，由政府统领的国家祭祀一直是中国传统社会的一贯做法。这种宗法性传统宗教其实是整个中国传统社会的精神基础[30]，也是儒家思想的基本观念，所以“儒教”就是在这种意义上成立的。作为中国两千年来封建社会的立国之本，儒家思想，包括儒学、儒术和儒教，其对中国文化的影响是不言而喻的。

道教作为中国本土宗教，其产生也源自上古时期的原始宗教，在远古氏族部落社会，政治和祭祀是合一的，交战、狩猎及农耕等一切国家大事之前，先要由“大巫”进行卜筮，向“天帝”问讯吉凶。掌管着国家祭祀的“巫”，是上天和世人进行沟通的媒介，在上古直至夏商周三代，国家政事无论大小，都先要由“巫”占卜，所以“巫”的作用是非常大的。周代鬼神崇信进一步发展，所信仰的鬼神已形成天神、人鬼、地祇三个完整的系统，祭祀祖宗神灵与崇拜天地并重，称为“敬天法祖”。先秦时期，道家作为诸子百家之一，崇尚自然，其核心是“道”，认为“道”是宇宙的本源，老子曾说：“有物混成，先天地生。寂兮寥兮，独立而不改，周行而不殆，可以为天地母。吾不知其名，强字之曰道，强为之名曰大。”[31] 同时“道”也是统领宇宙中一切运动的法则，“道生一,一生二,二生三,三生万物”[32]。道家重视人性的自由与解放，主张“齐物”“逍遥”，对万物的态度是“无所恃”。汉初用道家黄老之学的“无为而治”来治国，取得了一定的成效。后来汉武帝独尊儒术，道家思想受到排斥，但仍在发展，汉末以后演变为魏晋玄学，其对后来的中国文化，尤其是艺术产生了非常重要的影响。

完整意义上的道教是在汉末形成的。道教以“得道成仙”为基本信仰，尊老子为太上老君，奉《道德经》为基本经典，奉《庄子》为《南华真经》，用老庄哲学来论证其神仙学，同时又吸收了儒、墨、阴阳、神仙、方技等诸家思想，建立其宗教哲学体系和修道方法，而夏商周三代的祭祀礼乐经历了春秋时期的礼乐崩坏之后，流落民间，被民间方士和巫觋继承，并逐渐演变为道教的斋醮科仪。至南北朝时道教的宗教形式逐渐完善。唐代李氏王朝奉老子李耳为其先祖，道教因此备受尊宠，宋时被尊为国教，元明时期全真教兴起，道教仍在各宗教中占据主导地位，至清以后逐渐衰落，但在民间仍然有很大影响。道教有一个庞大的神仙体系，追求长生不死、得道成仙、济世救人。道家思想和道教植根于中国传统文化的土壤，无论是在政治思想、哲学、宗教还是在文化艺术方面，对中国传统文化都产生了极其重要的影响，尤其是道家思想在中国音乐、绘画、文学、雕刻等各方面的影响，则是占据绝对性的优势主导地位，即使说中国艺术的表现即为道家艺术的表现亦不为过。

佛教虽说是外来宗教，但经过魏晋以来与中国文化的融合，尤其是本土化的禅宗的出现，对中国传统文化的影响无疑是巨大的。佛教在我国有三大系统：汉传佛教、藏传佛教和南传上座部佛教。公元前6世纪，佛教在古印度产生，从孔雀王朝开始，佛教分别沿着南北两个方向向外传播。南传佛教（又称为“上座部佛教”）经由锡兰传播到东南亚一带，主要影响东南亚的印度支那等地，公元7世纪后由缅甸传入我国云南地区，迄今流行在傣族、布朗族等民族地区，并对这些民族影响深远。北传佛教（又称“大乘佛教”）经喀什米尔到达新疆，早在公元1世纪的东汉时就传入我国汉族地区，与我国原有的道家文化、儒家文化等相互融合，相互影响，并发展出“禅宗”这种具有明显中国文化特色并影响深远的佛教宗派，后又经过我国传入古朝鲜、日本等地；公元7世纪左右，即松赞干布时期，我国汉地佛教和印度佛教又几乎同时传入西藏地区，并吸收了当地古老宗教——苯教的一些内容，经过几个世纪的发展，最终形成独具高原民族特色的藏传佛教，因此，北传佛教又分为汉传佛教和藏传佛教两支。藏传佛教对西藏人民的文化生活有着极大的影响，13世纪以后，蒙古族统治者为了政治扩张的需要而接受了藏传佛教，于是藏传佛教在蒙古族中也逐渐传播。我国的三大系统佛教虽然在不同的民族地区传播，但是都对当地的文化产生了非常重要的影响。

可以说，佛教文化已经融入中华民族的血脉中，成为我国传统文化中一个极其重要的组成部分。作为中华民族的母体文化之一，它对中华民族的民族精神、思维方式和行为方式等都产生了巨大而深远的影响。无论是精英层面的哲学、教理、典章制度，还是文学、音乐、戏剧、绘画、书法、雕塑、造像、建筑等文艺门类和传统技艺，抑或是民众日常生活、行为方式、民俗节庆、娱乐消遣等社会大众文化生活，佛教文化无不渗透其中，并产生重要影响。佛教文化不仅成为社会上层知识分子修身养性的哲学根基，而且更是广大民众的信仰归宿。“出佛入儒”“出儒入道”曾是很多传统知识分子的人生选择：一方面，他们恪守“修身、齐家、治国、平天下”的儒家思想，积极入仕；另一方面，一旦仕途受挫，他们亦会从佛教或道教那里寻求个人思想解脱，庙堂与江湖成为他们得志与失意的归属地。而对普通民众而言，佛教更是他们生活不可或缺的一个重要组成部分，无论是生活、娱乐或是习俗、节庆、信仰等方面都受到佛教的很大影响，迄今为止，不仅我们的很多日常用语都源自佛教，而且我们的戏曲、诗歌、文学、绘画、书法、建筑、雕塑、造像等都与佛教有着千丝万缕的密切联系，在禅宗的影响下，形成了我国禅远、静幽的艺术风格体系，这已经成为我国传统艺术的最主要特点之一。此外，我国的很多地名也都带有“庵”“寺”“庙”等字，它们多数和佛教有关联。所以说，保护佛教文化，就是保护我们的母体文化，就是保护我们中华民族的民族文化基因和民族符号。

我国民族众多，除了汉族以外，还有蒙古族、回族、藏族等五十几个少数民族，很多民族都有自己独具特色的民族文化和不同于汉民族的信仰，如东北地区的萨满教、伊斯兰教以及一些边远少数民族的原始宗教等，往往都是全民族信仰，在某种意义上其宗教信仰也就代表了其民族文化，对其社会生活起到了不可替代的作用。由此可见，无论是对于占人口绝大多数的汉民族，还是其他各少数民族，宗教对其文化的影响都是不可低估的。

三、国家政策中的宗教与非物质文化遗产的微妙关系

包括物质文化遗产和非物质文化遗产在内的“文化遗产”这一概念，是和政府紧密联系的，有国家这样的公共机构作为坚强后盾。20世纪90年代以来，在全球化的冲击之下，中国政府的民族自觉意识也在逐渐增强，意识到本民族传统文化的独特性和卓越性以及它

们在应对全球化冲击下的巨大优势，并通过法定的手段逐渐强化这种民族意识，文化遗产化正是这种手段的具体体现。“遗产化的做法是选择民族文化中的一些与现代价值观对接的精华要素，重组、突出、放大、拔高，并加以保护。”[33] 被政府认可的制度性宗教，如儒释道中的绝大部分内容，因其在传统文化中的重要地位，被理所当然地归为文化遗产，而“民间宗教”及儒释道中与民间信仰混糅的部分内容，其与文化遗产之间的关系则比较微妙，长期以来，由于中国官方对宗教的理解多带有负面性，因此即使是在强调文化遗产的今天，诸多与“民间宗教”及“民间信仰”有关的东西仍然被不加区分地归于“迷信”。迷信是什么？按照陈勤建的解释，“迷信，特指民间信仰中给社会生活带来严重危害的部分。迷信一般是以非逻辑和超逻辑为前提将事件、事物、现象之原因看作两者之间存在某种永久的必然性。只要相信超自然的、神圣的、人格化的事物之中存在某种魔力就有迷信存在”[34]。不可否认，“民间宗教”“民间信仰”中确实有一些危害社会的“迷信”成分，“因此站在维持社会安定及秩序这一政治立场上的为政者，并不拥有合理性上的保障来得以让他们将其‘公认’为文化遗产”[35]，由于“在‘非遗’的评审中，传承人、专家、政府三者发挥着重要作用。非物质文化遗产的审定主要以政府为主导，政府对宗教的态度是积极引导并使其与社会主义社会相适应，而宗教是大多数人不愿提及的敏感话题”[36]，因此，作为政策的制定者，他们在认定文化遗产尤其非物质文化遗产时，对涉及信仰、仪式等内容的“民间宗教”及“民间信仰”时，会有各种各样的顾虑并因此提出各种各样的保留条件，所以，在我国的非物质文化遗产名录体系中，将非物质文化遗产分为十大类：民间文学、传统音乐、传统舞蹈、传统戏剧、曲艺、传统美术、传统体育游艺与杂技、传统技艺、传统医药和民俗，与宗教信仰有关的项目，多数被有选择地进行认定，分属到这十个类别之中，而不是单独设置“宗教类非物质文化遗产”项目。

不过，在实践层面，对非物质文化遗产的分类似乎并不完全按照上述十类分法。中国非物质文化遗产保护中心作为国家级非物质文化遗产保护的专业机构，这里的工作都代表着国家的政策和意志。由中国非物质文化遗产保护中心负责编纂的《中国非物质文化遗产普查手册》[37]，是具体进行非物质文化遗产普查工作的指导纲要，该手册将非物质文化遗产分为十六类：（一）民间文学；（二）民间美术；（三）民间音乐；（四）民间舞蹈；（五）戏曲；（六）曲艺；（七）民间杂技；（八）民间手工技艺；（九）生产商贸习俗；（十）消费习俗；（十一）人生礼俗；（十二）岁时节令；（十三）民间信仰；（十四）民间知识；（十五）游艺、传统体育与竞技；（十六）传统医药。显然，这是承接了《中国民族民间文化保护工程普查工作手册》[38] 的分类方法，该普查手册是由中国艺术研究院中国民族民间文化保护工程中心[39] 编纂的，当时，将中国民族民间文化分为如下十六类：（一）民族语言；（二）民间文学（口头文学）;（三）民间美术;（四）民间音乐;（五）民间舞蹈;（六）戏曲;（七）曲艺;（八）民间杂技;（九）民间的传统技艺;（十）生产及习俗;（十一）消费习俗;（十二）人生礼俗;（十三）岁时节令;（十四）民间信仰;（十五）民间知识;（十六）竞技类包括传统体育与竞技等。我们看到，在这两个普查手册中，都将“民间信仰”单列为一项，如果说《中国民族民间文化保护工程普查工作手册》于2005年出版时，我国的非物质文化遗产名录体系还未建立，那么2007年《中国非物质文化遗产普查手册》出版时，第一批国家级非物质文化遗产名录已经公布，普查手册为何没有采用非物质文化遗产名录的“十类”分法而是采用“十六类”分法，其分类与《中国民族民间文化保护工程普查工作手册》的分类虽说都是“十六类”，但是二者的分类还是有一定差别的，《中国非物质文化遗产普查手册》其实是同时借鉴了非物质文化遗产名录和《中国民族民间文化保护工程普查工作手册》的分类方法，但又与二者有所区别，《中国非物质文化遗产普查手册》是为了非物质文化遗产普查的实际需要而编纂的，其实践指导意义更强，所以这里采用了与非物质文化遗产名录“十类”分法不太一致的“十六类”分法，并且特别将“民间信仰”单列出来，还是有其特殊意义的。最早参与了中国民族民间文化保护工程的专家后来直接就成了国家非物质文化遗产保护工作专家委员会成员，他们中有一些就是我国的民俗专家，两个普查手册中单列“民间信仰”其实体现了他们的意见，但是在非物质文化遗产名录体系分类时，体现的并不仅仅是专家的意见，政府的主导作用使得“民间信仰”并未在名录体系分类中体现，但是并不能否认这类非物质文化遗产类项目的大量存在。当然，“民间信仰”类非物质文化遗产仅仅是宗教类非物质文化遗产的一部分内容，按照我们上文对于宗教的解释，宗教类非物质文化遗产包含的内容要远远超过“民间信仰”。

第三节　对宗教类非物质文化遗产的界定

由于宗教与文化的密切关系，因此非物质文化遗产作为人类文明的印证与记录，多数都和宗教有着千丝万缕的联系，尤其是民俗节庆类的项目，或者本身就脱胎于宗教，服务于某种宗教信仰或者宗教活动；或者是受了宗教的影响，这种影响可能是直接的，也可能是间接的。随着历史的发展，很多原来与宗教有关的文化现象或者文化成果都逐渐脱离了宗教而世俗化，但是追根溯源，仍然可以看到宗教对其的重要影响。同时，更大数量的、根植于“民间宗教”“民间信仰”的项目，则是非物质文化遗产项目中非常重要的组成部分。

来自文化部的数据统计显示，我国的各类非物质遗产资源接近87万项，进入国家、省、市、县四级非物质文化遗产名录体系的非物质文化遗产项目也有7万多项，数量庞大，因此，本课题主要关注的是进入国家级非物质文化遗产名录的项目。在已经公布的一至四批1372项国家级非物质文化遗产名录中，相当多的项目都和宗教有着密切关系。前文已经说到，由于我国现行的非物质文化遗产名录分类中，并没有单设“宗教类”项目，所以许多与宗教相关的非物质文化遗产项目如果仅仅从其所属类别和名称上看，不少项目已经很难看出它与宗教之间的关系了，而是成为民间文学、传统音乐、民间舞蹈、传统戏剧、传统技艺等类项目，实际上它们中的很多项目尤其是涉及少数民族的非物质文化遗产项目，多数都与其宗教信仰有关。本课题所关注的就是与宗教信仰相关的非物质文化项目，因此我们可以以非物质文化遗产是否与宗教有关为标准，将其分为宗教类与非宗教类两种，这与国家非物质文化遗产名录体系并不矛盾，在具体项目分类上，我们仍然遵循名录体系十类分法。

但是，是否可以归为宗教类的非物质文化遗产项目，还是存在着一些争议的。因此，这一千多项国家级非物质文化遗产项目中究竟有多少可以算作宗教类的，并不是一个容易厘清的问题。因此有必要对这些涉及宗教的非物质文化遗产项目进行区别分类，本课题为了考察的方便，对宗教类项目的分类是按照项目传承主体、方式及空间与专业的宗教人士、宗教活动场所的密疏关系来分的。

一、宗教团体内部传承

这类项目传承主体和传承内容以宗教文化、宗教信仰为主，主要在寺院、道观以及其他宗教场所内部进行传承，也有些项目的传承虽然不局限于专业的宗教人士，但是在宗教信徒之间传承，其内容和活动与宗教仪式、宗教信仰密切相关。如佛教音乐（包括智化寺京音乐、五台山佛乐、千山寺庙音乐、鱼山梵呗、大相国寺梵乐、直孔噶举派音乐、拉卜楞寺佛殿音乐“道得尔”、北武当寺庙音乐、天宁寺梵呗唱诵、金山寺水陆法会仪式音乐、雄色寺绝鲁等）、道教音乐（包括苏州玄妙观道教音乐、武当山宫观道乐、崂山道教音乐、成都道教音乐、白云山道教音乐、花张蒙道教音乐、茅山道教音乐、苍南正一派科仪音乐、龙虎山正一天师道道教音乐、全真道堂科仪音乐等）、羌姆（包括日喀则扎什伦布寺羌姆、桑耶寺羌姆、林芝米纳羌姆、门巴族拔羌姆、江洛德庆曲林寺尼姑羌姆等）、少林功夫、塔尔寺酥油花、贝叶经制作技艺等都属于这种情况。

在这些项目中，有一部分如五台山佛乐、鱼山梵呗、天宁寺梵呗唱诵、拉卜楞寺佛殿音乐“道得尔”、金山寺水陆法会仪式音乐、雄色寺绝鲁、少林功夫、日喀则扎什伦布寺羌姆、桑耶寺羌姆、江洛德庆曲林寺尼姑羌姆、塔尔寺酥油花等都是在庙宇中传承的，传承人主要是专业的宗教人士，其主要功能也基本上是为宗教仪轨及其他宗教活动服务的。另外，像智化寺京音乐、千山寺庙音乐、北武当寺庙音乐、贝叶经制作技艺以及一些道教音乐等除了有专业的宗教人士传承外，还出现了世俗的传承人，但是寺院仍是其主要的传承和活动场所，其目的也主要是为寺庙及宗教信仰服务的，有时也为世俗社会服务。如千山寺庙音乐的主要传承人吉安法师虽然是僧人，但他是2002年从工作岗位上退休以后才常住庙里，并且是2008年才正式剃度出家的，而继承他寺庙音乐的主要是其女儿和女婿，他们二人都是在家居士，其乐队成员也都是在家居士，没有一个出家人；此外，千山寺庙音乐的唯一一位国家级传承人洪振仁也是吉安法师的徒弟，他也不是出家人，他的乐队成员全部都是在家众。乐队平常的演出活动主要还是为千山及邻近地区的佛教寺庙的各种活动进行助兴，有时也会参加一些佛教信徒家里的丧葬活动。宁夏北武当寺庙音乐“渣渣子”的主要传承人徐建业虽然幼年曾经出家，但目前已经还俗，他的身份是宁夏平罗县佛教协会会长，目前“渣渣子”主要运用场所还是在北武当庙，主要成员也还是寺里的出家人。而贝叶经则主要是云南西双版纳傣族聚居地区的人们用铁笔在贝多罗树叶上用巴利文和傣文刻写的佛教经文及其他内容，历史上，“对贝叶经的管理也很严格，除绵纸抄写的唱本、生产生活常识、医药、历法、伦理道德、占卜、法律典籍等可以保留在村里供寨人使用外，凡佛教经典和其他内容的贝叶经是不允许个人带出佛寺藏入私人家中的。如果要将医学或故事刻写在贝叶上，就必须在前言后语或中间段落衔接处，加上佛教的经文咒语，使之变成佛经的形式”[40]。每座佛寺里都有一个藏经阁，傣语称“林坦”，所有的贝叶经都要统一保管在这里，由佛爷、和尚严格看管。未经寺主允许，任何人不得擅自进入这里带走经书。制作书写的贝叶和刻写经文的艺人既包括寺院的僧人，也有民间艺人，但主要是民间艺人，南传佛教中，贝叶经的刻写被视为德行高深的僧人修行、传教、护法的重要表现，同时信徒在雨安居期间有“赕坦姆”（即献经）的传统，所献佛经主要由民间艺人刻写。可以说，以上这类项目与寺院的宗教仪式及宗教活动关系密切，因此在传承过程中流变较少，保留传统的成分比较多，可以说是“活化石”类的宗教类非物质文化遗产，也是最为典型的宗教类非物质文化遗产项目。

二、传承于宗教团体之外，主要服务于宗教信仰

这类项目主要传承主体不是专业的宗教人士，但传承内容与宗教有密切关系，目前仍

然主要为宗教信仰活动服务，但又不局限于此。如青海藏族唱经调、金陵刻经印刷技艺、热贡艺术、天台山干漆夹苎技艺、德格印经院藏族雕版印刷、藏香制作技艺、藏族唐卡以及一些民间化了的道教音乐如恒山道乐等，其主要传承者都不是僧人、道士，但是其传承内容还是与宗教信仰有很大关系。藏族地区由于全民族都信教，其宗教对群众日常生活影响很大，所以很多项目既在寺院中传承，又在民间传承，二者互补，且相互吸收，相互融合。如青海藏族唱经调主要流传于海南藏族自治州兴海县的赛宗寺及加吾沟、桑当、河卡等农牧区，不仅在各种大型法会上演唱护法神迎接式唱经调，兴海县唐乃亥乡加吾沟村的村民们每年在种地及锄草前，男女老少皆唱着嘛呢经六字真言唱经调，转绕村庄及田地，祝福来年祛病除灾，人畜平安，农作物丰收。此外，像天台山干漆夹苎技艺主要是将民间流传的"干漆夹苎法"工艺用于寺院的佛像制作，制成木雕"干漆夹苎"佛像。此项技术一直是民间工匠的师承相传，民间技师为寺院制作佛像，虽然他们不属于寺院，但长期以来，这项技术一直用于寺院造像，我国历史上和目前的很多佛教寺院的佛像都是运用此项技术造成的，甚至我国港澳台地区、东南亚、日韩以及欧美的很多国家和地区的佛像也是运用此项技术制作而成的，可以说，天台山干漆夹苎技艺的传承和发展与寺院及佛教密不可分，是一种非常重要的佛教艺术门类。山西恒山道乐的传承也是在民间，主要为百姓的丧葬仪式服务，这种功能原来主要是由道教的道士来完成的，但随着历史的发展，随着道教的式微以及道士的减少，这些音乐流落到民间，并与当地的民间音乐相互融合，逐渐成为百姓丧葬仪式中非常重要的一部分，仍然是道教超度亡灵的功能。很多道教音乐都与此相似，或者是散居民间的火居道人，或者就是精通民间音乐的普通百姓，他们充当了职业道士的角色，用音乐为百姓超度亡灵，虽然其身份不再是职业僧侣，但是功能仍然和宗教音乐相类似。武当神戏是湖北省丹江口市习家店镇青塘村王氏家族汲取武当文化及当地汉族民间戏曲和民歌小调的音乐营养，使之演化为当地独特的汉族传统戏曲种类，至今已有近400年的历史，被选中为武当道教的"祭神戏"。兴建庙宇，彩化神像，大户人家许愿，香客集会，以及帮会活动，都要唱"祭神戏"，这是武当道教自古以来独一无二的汉族戏曲祭神活动。长期的祭神活动和戏剧演出，使"调子戏"逐渐融进了武当道教的音乐和文化元素。而关索戏作为一种汉族戏曲剧种，属于古老的傩戏，为云南省澄江县阳宗镇小屯村所仅有，它在演出形式上，仍保留着较原始的面貌，演出时一般头戴面具，边唱边舞，有娱神歌舞的遗风。开演时要举行祭祀，朝拜乐王庙。初为古代用以驱邪逐疫的傩祭舞蹈仪式，北宋时传入宫廷后，才逐渐从傩舞向着表达故事情节的小戏形式发展，逐渐发展成娱神娱人兼有的古老而独特的戏剧。

三、起源于宗教信仰，传承于世俗社会

这类项目主要传承场所和影响是在世俗社会中，寺院等宗教场所不是主要的流传场所，但是其内容及渊源与宗教有很大关联。这类非物质文化遗产项目多和“民间宗教”关系较为密切，尤其是在少数民族地区更为明显。很多传说故事就属于这类非物质文化遗产项目，这些故事大多是在民间流传，有一定的传奇色彩和神话色彩，少数民族地区的传说故事则更多是与本民族历史有关，这类项目如黄初平（黄大仙）传说、徐福东渡传说、八仙传说、盘古神话、邵原神话群、济公传说、观音传说、禅宗祖师传说、布袋和尚传说以及宝卷等；另外还有一些项目多和民俗信仰有关，一般在固定的节庆日或者特定场景下举行，有一定的仪式和程序，参与者和主持者都不是专业的宗教人士，他们平时和其他人一样正常生活生产，只是在参加活动时临时充当了职业宗教人士的角色。属于这类非物质文化遗产项目的，如河北南响口梵呗音乐、洞经音乐、目连戏、藏戏、道情、雪顿节、庙会以及一些民俗类项目等。济公传说、观音传说、禅宗祖师传说、布袋和尚传说等其内容都是有关佛教人物的，但自产生之初就在信徒中间流传，后扩散至整个社会；目连戏和宝卷亦如此，目连戏一直都在世俗民众中间传播发展，并在全国多个地方产生出具有不同地域文化特色的目连戏流派，但其内容基本没变，即佛教目连救母的故事，这是我国有据可考的第一个剧目，被誉为“戏祖”。宝卷也是源自佛教，传于世俗社会。打城戏属于宗教剧，它源于泉州宗教民俗活动，具有浓厚的宗教艺术色彩。打城戏经常在盂兰盆节、水陆大醮以及民间丧仪法事活动中演出，故初期的时候也称作“法事戏”。若由道士单独演出，则民间称之为“师公戏”。“宝卷的根是佛教的。从细节上讲：1. 宝卷民间艺人叫‘佛头’。2. 讲经中的互动形式，叫‘和佛’。3. 宝卷故事的主体核心，是佛的因果报应，劝善。4. 宝卷中大量的神佛故事。5. 宝卷的仪规、早功课，与和尚的早功课一样。6. 宝卷的信仰核心是佛，信佛，信观音，信菩萨。从这六点来看，宝卷就是‘佛教遗产’。”[41] 而洞经音乐在我国的四川、云南、海南等多地都有流行，原为祭祀文昌的道教仪式音乐，其内容主要是谈演道教《太上无极总真文昌大洞仙经》的经文，并由此得名。洞经音乐在长期发展过程中，主要是以道教音乐为主，同时又吸收了佛教音乐、儒教音乐和民间音乐的元素，洞经音乐在活动及演奏等形式上带有较浓厚的宗教色彩，洞经音乐主要在庙会以及道教节日中进行演奏，目前参加洞经音乐演奏的人往往不是出家的道士，而是些信仰文昌、崇拜道教并且在音乐方面独有所长的人，他们的演奏多数都已经脱离了道教仪式音乐的性质，主要功能既不是用于道观里面斋醮仪式，也不是为民间的丧葬超度仪式服务，而主要是一些志同道合的人自娱自乐，间或也会在道教的一些节日庆典进行助兴演出。

还有，傩舞源于上古氏族社会中的图腾信仰，是古代驱逐疫鬼仪式的一种巫舞，后成为一种流传于民间的具有驱鬼逐疫、祭祀功能的舞蹈。殷墟甲骨文卜辞中已有傩祭的记载。周代称傩舞为“国傩”“傩”，乡间也叫“乡人傩”；据《论语·乡党》记载，孔子曾“乡人傩，朝服而立于阼阶”，即穿着礼服毕恭毕敬地站在台阶上观看乡人舞傩。傩祭风俗，自秦汉至唐宋一直沿袭下来，并不断发展，至明、清两代，傩舞虽古意犹存，但已发展为娱乐性的风俗活动，并向戏曲发展，成为一些地区的“傩堂戏”“地戏”。至今，江西、湖南、湖北、广西等地农村，仍保存着比较古老的傩舞形式，并增添了一些新的内容。同时，傩舞的表演形式与面具的制作，对许多少数民族的舞蹈产生影响，如藏族的“羌姆”，壮族、瑶族、毛南族、仫佬族等民族的“师公舞”，就是吸收了傩舞的许多文化因素和表演手法，而发展为本民族特有的舞蹈形式。但是，参加傩舞、傩戏表演的人并不是专业的宗教人士，也不同于巫师、萨满以及东巴等准宗教人士，而是当地民众，平时他们务农或者从事其他工作维系生计，与傩舞、傩戏并无干系，只在业余时间进行傩舞、傩戏学习和传承，到了节庆时候装扮起来参加傩舞、傩戏表演。这些都是在民间自发传承的。还有，海南斋戏是流行于海南的汉族传统祭祀仪式性戏曲，类似中国北方的傩戏，源于汉族民间的祭祀仪式“做斋”，早期的时候只有简单的舞蹈和念唱咒文，而随着外地戏曲剧种传入海南，这种“做斋”仪式吸收了戏曲“以歌舞演故事”的艺术形式，逐渐发展为斋戏。斋戏是海南戏曲的初生形态，海南最大的地方剧种琼剧就脱胎于斋戏，斋戏至今已有四百多年的历史了。

再如，河北南响口梵呗音乐，来源自河北省廊坊市安次区码头镇南响口村原有的弥陀寺，属于地地道道的佛教音乐。南响口梵呗音乐会成立于1950年，在刚创建时有四位僧人，1996年随着最后一名僧人沙章的去世，现只剩下俗家弟子，而弥陀寺早在1954年左右就不复存在。目前，南响口梵呗音乐虽然基本上保持了原有的音乐形式，但是演出目的却不再是为宗教服务，近些年来，南响口梵呗音乐会所参与的活动主要是为政府部门组织的重大活动进行助兴，或者是民间的丧事从棚。一些古老的梵呗音乐活动形式，如赶庙会、散灯坑儿、放焰口等现在已基本绝迹了。

藏戏起源于8世纪藏族的宗教艺术，17世纪时从寺院宗教仪式中分离出来，逐渐形成以唱为主，唱、诵、舞、表、白、技等基本程式相结合的生活化的表演。每年的“雪顿节”是藏戏班子纷纷演出的日子，故雪顿节有“藏戏节”之称。藏族的雪顿节产生于公元11世纪中叶，最初是一种纯宗教活动，后来逐渐演变成藏民族的重要传统节日，雪顿节期间有隆重热烈的藏戏演出和规模盛大的晒佛、展佛仪式，既是群众的狂欢节，又是非常重要的宗教节日。而很多这样的节日，不论是汉族的还是其他少数民族的，都带有一定的宗教信仰的成分，都有一些节日禁忌，都要进行祭祀活动和带有祭祀性质的戏曲、歌舞表演等，这些节日本身以及在节日中进行的戏曲、歌舞表演等，从其源头来看，和宗教信仰、民俗信仰等都有着“割不断、理还乱”的复杂关系。

四、受到宗教影响的民间项目

这类项目产生的渊源或与宗教有关，或受到宗教文化的很大影响，长期以来一直在民间流传，随着历史的发展，目前已经和宗教及寺院没有太多联系，基本上成为民间流传的民俗文化或者民俗技艺。如天津地区的津门法鼓，“法鼓”一词源自佛教，是指法堂上做法事时专用的鼓。法鼓传承在天津有300多年的历史。它起源于僧、道作法时演奏的音乐，后传入民间，鼓牌子都是群众自己创造的。天津法鼓经过几百年的沉淀，早已褪尽了宗教色彩，演化为一种纯粹的民间游艺民俗了。冀中笙管乐的很多项目，其曲调是宫廷音乐，形式是佛教音乐，现在流落到民间，形成遍及冀中平原的民间音乐会，各地农民以村为单位，借乐结会，在本地祭祀、礼仪、丧葬等民俗活动中演奏传承。从其形成开始，就主要是农民在参演传承，形成一个一个的民间乐班，与寺院关系不大。又如上海功德林素食制作技艺，功德林素食起源于寺庙的素斋，后来发展到世俗社会，现在的功德林是上海第一家社会素菜馆，基本上与佛教寺院没有任何关联了。白马藏族的“㑇舞”，又称吉祥面具舞，它起源于本族“万物有灵”自然崇拜的原始时期，原本是白马藏族的祭祀性舞蹈，有祭祀神灵、祈求保佑和驱鬼避邪之意。后来，随着文化的变迁，“㑇舞”祭祀的意义逐渐淡化，成为广大群众自娱自乐的项目。流行于全国各地的社火，可以说是中华民族最古老的民俗活动，在中国有着数千年的历史，它来源于上古先民对土地与火的崇拜，是远古时期巫术和图腾崇拜的产物，是古时候人们用来祭祀拜神进行的宗教活动。“社”为土地之神，“火”则为传说中的火神，人们崇拜社神和火神，通过歌舞祭祀，意在祈求风调雨顺，五谷丰登，平安吉祥。类似以上这样既不在寺院传承发展，而且其形式和内容也基本上与宗教文化及宗教信仰没有太多联系的非物质文化遗产项目，就目前的传承状况而言，已经不能算作宗教类项目，但是其历史渊源还是与宗教信仰有关的。

相对于我国为数众多的宗教类非物质文化遗产项目，已经申报进入各级非物质文化遗产名录体系的宗教类项目只是极少的一部分，这与诸多种宗教文化在我国的重要影响不成比例，宗教类非物质文化遗产还有很多项目可以挖掘，比如一些宗教故事、宗教仪式、宗教医学技术、造像雕刻艺术、宗教庙堂建筑及其装饰、宗教雕刻艺术等。随着我国非物质文化遗产普查和保护工作的深入开展，相信将会有越来越多的宗教类项目进入国家各级非物质文化遗产名录体系。

第四节　保护宗教类非物质文化遗产的意义及重要性

由于“非物质文化遗产”还是近些年才出现的一个全新的概念，公众对其的了解也是最近十余年才逐渐开始的，为了使广大民众了解非物质文化遗产及其保护工作，中国政府做了大量工作，包括举办大型展演活动、建立非物质文化遗产名录体系、建立传承人制度、举行各种类型的专家讲座及培训等，各种媒体也都通过自己的平台对此进行了大力宣传。尽管如此，全国上下对非物质文化遗产的理论和实践的准备仍显不足，各地对于非物质文化遗产的保护工作都还是在摸索中前行，保护的原则和方法也会有较大的区别甚至有相互冲突的地方，在实际保护工作中存在着一些不容忽视的问题，如各地工作开展还很不平衡，管理机制不健全，重申报、轻保护等。而宗教类非物质文化遗产作为我国非物质文化遗产中非常重要的组成部分，由于其自身与寺庙、道观等特定宗教场所及僧人、道士、阿訇等职业宗教人士以及公众的信仰问题联系在一起，与其他非宗教类项目相比，此类项目的保护工作更具有一些特殊性，保护工作更加艰难。

在我国，长久以来由于意识形态的原因，受到“左”的观念的影响，社会上还有不少人，甚至包括一些领导干部、专家学者和从事文化保护的工作人员，他们对于宗教文化及宗教信仰问题的认识存在一定的误区，仍然很片面地认为宗教信仰就是“封建迷信”，宗教是落后文化的代表，是“糟粕”，是麻痹人民的“鸦片”，是应该抛弃的，因此，他们对于宗教类非物质文化遗产的保护持消极甚至是否定的态度，同时也导致一些本应为一个整体的宗教类非物质文化遗产被人为地割裂称为多个项目，而无法体现原有的价值和意义，如各类宗教音乐和舞蹈，它们本是宗教仪式不可分割的一部分，按照现在的分类原则被当作一种艺术形式单独划分出来进行保护，不仅容易失去其作为仪式的最基本功能，而且也不利于这种宗教仪式的传承与保护。

另外，随着全球化趋势的加强和现代化进程的加快，我国的文化生态发生了巨大变化，传统宗教在现代社会面临着新的问题与挑战，宗教类非物质文化遗产同其他非物质文化遗产一样受到现代化的猛烈冲击，由于其社会功能的消失或者是减弱，使得一些依靠口传身授传承的宗教类非文化遗产正在不断消亡；许多传统技艺濒临消亡；大量有历史、文化价值的珍贵实物与资料遭到毁弃或流失境外。另外，非常重要的一点是，由于过分注重经济利益，使得随意滥用、过度开发宗教类非物质文化遗产的现象时有发生，尤其是很多佛道教寺院宫观都处在风景游览区，在地方政府和寺院之间利益博弈过程中，寺院往往处于弱势，地方政府打着发展旅游业的旗号对这些寺院所在的风景区进行商业整合，过度的旅游开发使很多寺院宫观不堪重负，原本是出家人念经、参禅、修道的清静之地如今游人如织，变得熙熙攘攘，难得安宁，僧人的正常修行受到了严重影响。同时，由于各大风景区都收取价格不菲的门票，使得一些教徒望“门票”却步，无法定期到寺院进行正常的参拜活动，即便寺院里面修行的僧人，其日常出行和交往也会因此受到限制，无法正常自由来往进出。另外，就寺院内部而言，很多宗教寺院的方丈或当家法师把修庙建堂当成大功德，更喜欢修建高大宏伟的宫殿和金光灿灿的神像等这些实物性的东西，而对于无形的寺院文化资源保护则不是很上心，认为前者更能得到信徒的支持与理解，而寺院文化则属于看不见摸不着的东西，短期内的功效难以显现。因此，加强宗教类非物质文化遗产保护，就要转变人们对于宗教类非物质文化遗产的固有观念，使其充分认识到文化遗产对于一种宗教、一个寺院长远发展的重要意义。加强对宗教类非物质文化遗产的保护和研究对于我国整体的非物质文化遗产保护事业将有很大的促进作用。

第五节　宗教类非物质文化遗产的保护方法

《国务院办公厅关于加强我国非物质文化遗产保护工作的意见》明确提出，国家对于非物质文化遗产保护工作的指导方针是：“保护为主、抢救第一、合理利用、传承发展。”同时指出：“正确处理保护和利用的关系，坚持非物质文化遗产保护的真实性和整体性，在有效保护的前提下合理利用，防止对非物质文化遗产的误解、歪曲或滥用。在科学认定的基础上，采取有力措施，使非物质文化遗产在全社会得到确认、尊重和弘扬。”并且提出了“政府主导、社会参与，明确职责、形成合力；长远规划、分步实施，点面结合、讲求突破”的工作原则。宗教类非物质文化遗产的保护工作也应该遵循这样的指导方针和工作原则，在实际工作中，考虑到我国非物质文化遗产的保护体系和宗教类非物质文化遗产自身的特点，还应该有一些特殊的方式与方法，笔者认为，要注意以下几个方面。

一、加强政府的主导及协调作用

非物质文化遗产是国家的精神资源和财富，对其进行保护是一项关乎千秋后代的伟大历史工程，是国家精神文明建设的重要组成部分，也是维护社会和谐的重要因素。我国为数众多的非物质文化遗产资源，必须有国家政策和资金的大力扶持才能有序而又持续地进行下去。目前，我国的非物质文化遗产保护工作主要是由文化部门牵头进行，不仅各级非物质文化遗产资源由政府各级文化部门进行管理，而且在申报的时候，也是由各级地方文化部门逐级向上申报。但是，由于非物质文化遗产所涉及的范围比较广，仅靠文化部门是无法完整进行保护的。具体到宗教类非物质文化遗产的保护工作，就要协调好文化部门、宗教管理部门、民族事务部门、旅游管理部门、文物部门等诸多部门之间的关系，制定出有利于宗教类非物质文化遗产保护的相关政策，做好普查、调研工作，尤其要充分发挥各级宗教管理部门的管理职责，各级宗教管理部门对宗教类非物质文化遗产资源要做到心中有数，积极协调好处于旅游风景区内的寺院与旅游管理部门之间的关系，并配合文化部门做好普查、申报及保护工作；同时对宗教类非物质文化遗产资源要进行统一规划，制定关于此类项目的保护原则和保护方法。

二、寺院和僧侣应成为宗教类非物质文化遗产保护的主体

由于很多宗教类非物质文化遗产，尤其是那些传承和发展都是在宗教寺院内进行的项目，它们的保护与传承与寺院及僧众息息相关，可以说是依托于寺院和僧人而存在的，因此，对于这些项目而言，就应该把寺院和僧众当作保护的主体。要充分发挥寺院和僧众的特殊作用，把传承与保护的主动权交给寺院。由于寺院文化传承和僧人的特殊性，使得寺僧和世俗社会有一定的隔绝，这样就能比较好地保存寺院的传统与文化，而且这些宗教文化和仪式是和寺院宗教信仰密不可分的，这些文化传统是保证宗教持续传承的保障。各级政府和文化部门对于寺院和僧人要有充分的信任，把该给寺院的权利都给寺院和僧众。例如对宗教音乐的保护，宗教音乐本是宗教仪式的一部分，如果脱离了仪式和寺院，对宗教音乐的保护可以说是很苍白的，宗教音乐的本质不是在舞台上表演的艺术，而是宗教信仰和宗教活动的一个重要组成部分，它的意义只有在宗教仪式中才能充分体现出来，因此对这些音乐的保护和传承要在寺院和僧众中间进行，文化管理部门不要干涉太多，不要企图根据文化管理者或者是专家学者自己的意愿对其进行去宗教化或者是其他方面的再造，如果干涉太多，可能会适得其反。

三、充分发挥民间渠道的积极能动性

文化遗产化就是将民间的文化资源整合为国家意志，因此，非物质文化遗产很多都是来自民间的文化资源，各民间团体、民间人士既是非物质文化遗产的重要传承主体，也是非物质文化遗产保护的重要力量。宗教类非物质文化遗产的保护尤其要重视民间的力量。宗教拥有众多信众，他们是宗教类非物质文化遗产的积极实践者和维护者，尤其是一些和民众生活及习俗息息相关的项目，如民间的宗教音乐多数情况下是为百姓的“红白喜事”服务，同时也在迎神赛会、节日庆典中演奏，无论是表演者还是欣赏者都是构成此类项目的重要传承主体；而观音传说、济公传说、禅宗祖师传说、布袋和尚传说以及宝卷、目连戏等项目更是流传、活跃于民间而又广受群众喜爱的宗教类非物质文化遗产资源；藏族的藏戏和雪顿节，不仅是酬神敬鬼的仪式和活动，而且也是全部藏族民众的娱乐和狂欢，说明其受众群体的扩大，而这正是这些非物质文化遗产得以活态传承并发展的主要力量。

宗教类非物质文化遗产的保护就是要在信众中间培养基础力量，不仅仅是培养传承人，同时还要培养该类项目的欣赏和使用的对象，创造一个适宜的活态文化空间，就像养鱼一样，既要有好的鱼苗，更需要有一池好水。宗教建立在信仰的基础上，信仰是其核心的力量，在信仰的驱使下，很多民间宗教文化、宗教艺术团体以及广大信众，不遗余力地弘扬宗教文化、宗教艺术，如北京古今慧海文化信息交流中心的创办人李家振先生，多年来一直在致力于佛教文化的传播与弘扬，不仅与凤凰传媒合作创办了“华人佛教”网站（挂靠了凤凰网），同时还积极倡导佛教典籍的电子化，并为此做了大量工作。他所成立的北京古今慧海文化信息交流中心，其宗旨就是尽一切力量抢救、收集、整理现存的传统文化资源，并将收集到的有关资料和影像用数字化多媒体的形式加以保存，使历史遗存的传统文化资源能够完整、真实、准确地流传于后世。在一些高僧大德、专家学者以及社会上热心佛教事业的有识之士的大力协助下，目前已经完成了对《观音宝典》《大正藏》《赵城金藏》等多部佛教重要典藏的电子化工作。社会上类似李家振先生这样的宗教文化传播者和自觉保护者还有很多，他们既有宗教信徒的热情，又有深厚的宗教专业知识，同时比较客观、理性地看待宗教，他们可以说是宗教人士和政府对话的桥梁，是宗教类非物质文化遗产保护的极其重要的社会力量，因此一定要充分发挥他们的作用。

四、利用好专业人士的智慧

非物质文化遗产的种类非常繁多，各个领域内都需要既精通专业理论又有丰富实践经验的专业人士参与指导，专业人士由于其学识、经验和文化判断力都比一般民众要高，他们对于全局和历史的整体把握会更加准确，他们可以说是非物质文化遗产保护的智囊，能够切实为非物质文化遗产保护工作提供理论依据，并能帮助政府部门制定出一套具有指导性、可操作性的保护办法和保护方案。目前，我国已经建立了非物质文化遗产保护专家委员会制度，不仅有国家级的非物质文化遗产保护专家委员会，各省、自治区、直辖市也建立了各自的非物质文化遗产保护专家委员会。

宗教类非物质文化遗产资源由于分属各个地区的多个部门管辖，所以并未形成针对宗教类非物质文化遗产的专家委员会，无论是国家级还是地方级的非物质文化遗产专家委员会，其成员中与宗教相关的专家所占比例都非常小，有的甚至没有，这对宗教类非物质文化遗产保护不能不说是一种缺憾。因此，建议各级宗教管理部门要行动起来，将宗教界及民俗界专家学者、教内高僧大德等组织起来，成立自己本领域的专家委员会，以便更好地协助地方文化部门做好宗教类非物质文化遗产的保护工作。2008年6月，由中华宗教文化交流协会主办的国内首次“佛教与非物质文化遗产保护研讨会”在浙江普陀山普济寺成功召开，这是我国第一次举办的宗教类非物质文化遗产保护方面的研讨会。会上，来自佛教界的专家学者和非物质文化遗产保护的专家们一道讨论了宗教类非物质文化遗产保护的情况，并提出了切实的意见和建议。可以说这是佛教界专家与非物质遗产保护方面的专家的第一次面对面交流，起到了很好的实际效果。2011年1月，由中国艺术研究院宗教艺术研究中心主办的“中国宗教类非物质文化遗产保护现状与对策研讨会”在北京举行，出席会议的不仅有参与非物质文化遗产保护的文化部门的领导以及非物质文化遗产保护的专家学者，而且还有民俗专家、宗教学者、佛协道协的官员、寺院道观的住持等，会议讨论的范围不局限于佛教非物质文化遗产，而是扩展到整个宗教类非物质文化遗产的传承与保护问题。此次会议首次将非物质文化遗产保护专家、非物质文化遗产保护官员与宗教学者、宗教管理官员、教内人士集结在一起，深入讨论在当前社会境遇之下对宗教类非物质文化保护的思路与方法，对宗教类非物质文化遗产保护具有里程碑式的意义。近些年来，关于宗教类非物质文化遗产保护的问题也有诸多讨论，如2009年在无锡灵山举办的第二届世界佛教论坛和2012年在香港举办的第三届世界佛教论坛都讨论了在当前佛教文化的保护问题。应该说，将相关领域的人召集在一起讨论宗教类非物质文化遗产的保护是非常有必要的，可以增加了解，消除隔膜，尤其是教内人士和参与非物质文化遗产保护工作的政府工作人员及相关领域专家学者面对面交流、讨论，对于彼此都是一次非常好的学习与沟通的机会。

第六节　对宗教类非物质文化遗产项目进行调研的作用、意义及方式、方法

一、对宗教类非物质文化遗产项目进行调研的作用及意义

本课题是关于宗教类非物质文化遗产保护的课题，属于宗教与非物质文化遗产保护的交叉学科，本课题选取了已经申报成为国家级非物质文化遗产项目的部分有代表性的宗教类非物质文化遗产项目，对其历史源流、现实状态、濒危情况及已经采取的保护措施等方面进行调研和考察，力求真实地反映目前我国宗教类非物质文化遗产保护工作的现实状况，在此基础上寻求对宗教类非物质文化遗产进行保护的合理措施与方法，提高广大僧众对于宗教类非物质文化遗产保护的意识，让他们充分认识到保护宗教类非物质文化遗产也是修行；同时，也为国家相关部门制定宗教类非物质文化遗产保护政策提供参考。我们希望本调研报告能为我国的非物质文化遗产保护事业提供一些建议，更好地做好今后的保护工作，尤其是对宗教类非物质文化遗产的保护，更应该注意方式与方法。

鉴于宗教类的非物质文化遗产项目非常多，本课题仅选择了二十余个项目进行调查，而且所涉及的项目多数是汉族地区的项目，少数民族地区项目较少。少数民族的宗教类项目由于涉及民族学、民俗学、民间信仰等领域，研究成果比较充分，同时由于其民族特色较为突出，不易反映出宗教类非物质文化遗产传承与保护的共性。而汉族地区的很多宗教类非物质文化遗产项目，传播范围广，文化辐射面大，受众较多，但也正因为如此，往往被专家学者所忽视，研究成果不太充分，同时这些项目的传承和保护由于总的文化根基一样，故共性较多，对其进行研究更能反映出此类项目传承和保护过程中的一般性问题，具有普遍意义，因此本课题将关注重点放在这些项目上。

二、本次调查研究的方式与方法

本次调研根据国家级非物质文化遗产项目的分类原则，按照类别和地域进行，在项目选取上，首先是做到地域广泛，尽量兼顾更多的地域，因为各省、自治区、直辖市对非物质文化遗产保护的认识不同，保护力度也不同，受经济因素制约较大，所以选择不同的省份进行调研，更能反映问题。几年间，课题组成员分赴北京、上海、江苏、河南、山西、天津、河北、辽宁、山东、浙江、云南、四川、甘肃、青海等十余个省、市进行实地

调研，根据各个项目原有的《申报书》所列的各项，逐项进行核实，目的就是要摸清楚各地的情况，了解各地宗教类非物质文化遗产在申报成为国家级非物质文化遗产项目前后的地位变化及保护情况。调查组成员通过与各地文化部门分管非物质文化遗产保护工作的相关人员、专家学者、寺院僧人及项目传承人进行细致交谈，参观博物馆、传习场所，聆听音乐会，观看演出，参加寺院佛事活动等，并对调研过程进行录音、录像及拍照，掌握了大量珍贵的一手资料。此课题就是在对调研资料进行整理的基础上，经过理论提升而形成的，比较翔实地反映了我国目前宗教类非物质文化遗产保护的一些真实情况。

在本课题完成过程中，为确保课题内容的真实性和完整性，无论是前期调研，还是后期写作，课题组成员均遵循以下原则。

1．做好充分的调研准备

为了确保调研的真实性，调查组成员事先从中国艺术研究院图书馆调取了各个项目申报国家级非物质文化遗产时所填报的项目《申报书》和相关影像资料，仔细研读、观看，同时又查阅了相关的书籍和网络资料，最后经讨论协商，形成了较为详细的采访提纲。每次调研，都按照采访提纲所列的内容逐项进行。

2．多接触、多访问、多思考

为了全面了解各项目的真实情况，调研组的采访对象是多元的，包括文化部门、宗教管理部门、寺院僧人、专家学者、传承单位、民间艺人以及普通群众等，通过接触不同岗位的人员，了解不同背景、不同身份的人对该项目的看法和认识，力求更加立体地反映出该项目的真实面貌。同时，还根据当地的经济发展、文化特点、风土人情、自然条件等，从侧面了解该项目赖以生存的人文及自然环境。

3．实事求是地反映调研信息

为确保文本所反映信息的准确性和真实性，调研过程中对调研活动均进行了录音、录像，并拍摄了大量照片，在后期的文本撰写过程中，除了为文辞通畅而进行的个别语句调整之外，对被采访人的言论基本不加改动，尽量表达其真实意愿。而且，调研报告坚持“不为官者讳、不为尊长讳”的原则，不掩盖问题，不回避矛盾，尽可能实事求是地反映各个项目目前的真实状况。

注释

① 田青:《一个美丽的记忆——澳门〈杨柳青木版年画展〉前言》,《艺术评论》2007年第1期。

②《国务院办公厅关于加强我国非物质文化遗产保护工作的意见》(国办发〔2005〕18号)。

③《国务院办公厅关于加强我国非物质文化遗产保护工作的意见》(国办发〔2005〕18号)。

④ 这里的1372项是指一类目录，扩展目录则是包含在一类目录之下的。

⑤ 以上数据均来自于文化部2011年至2014年期间每年的文化发展统计公报。

⑥ 文化部2016年12月28日发布的《各地贯彻落实〈中华人民共和国非物质文化遗产法〉情况评估报告》。

⑦《中华人民共和国文化部2015年文化发展统计公报》。

⑧ [法]爱弥尔·涂尔干著，渠东、汲喆译:《宗教生活的基本形式》，译林出版社2006年版，第54页。

⑨ 吕大吉:《宗教学通论新编》，中国社会科学出版社2010年版，第63页。

⑩ 郭长刚、张凤梅:《多元视域下的宗教观念评析》,《世界宗教研究》2012年第2期。

⑪ 参考陈勤建、尹笑非:《地方神灵民间信仰与民众生活的互动联系——以黄道婆、王元暐等地方神灵为例》,《西北民族研究》2011年第1期。

⑫ 参考吴重庆、陈韵如:《一种可能的新视角——从博弈论看民间信仰与世俗国家、制度性宗教的互动》,《山东社会科学》2016年第9期。

⑬ [美]杨庆堃著，范丽珠等译:《中国社会中的宗教：宗教的现代社会功能与其历史因素之研究》，上海人民出版社2006年版，第5页。

⑭ 台湾著名人类学者李亦园先生称其为“普化的宗教”，或者“扩散的宗教”。

⑮ [美]杨庆堃著，范丽珠等译:《中国社会中的宗教：宗教的现代社会功能与其历史因素之研究》，上海人民出版社2006年版，第35页。

⑯ 参考李树燕:《“民俗宗教”新论》,《广西社会科学》2014年第10期。

⑰ 安德明:《重返故园——一个民俗学者的家乡历程》，广西人民出版社2004年版，第115页。

⑱《辞海·宗教分册》，上海辞书出版社2009年版，第1581页。

⑲ 参考李树燕:《“民俗宗教”新论》,《广西社会科学》2014年第10期。

⑳ 乌丙安:《中国民间信仰》，上海人民出版社1995年版，第1—2页。

㉑ 王晓朝:《文化视域与新世纪宗教文化研究的基本走向》,《世界宗教研究》2002年第3期。

㉒ 王晓朝:《文化视域与新世纪宗教文化研究的基本走向》,《世界宗教研究》2002年第3期。

㉓ 卓新平、王晓朝、安伦主编:《思源探新：论宗教与中国传统文化》，社会科学文献出版社2012年版，第3页。

㉔ 在国内，中国社会科学院世界宗教研究所是新时期“儒教”论的发源地和积极倡导者。20世纪70年代末，时任中国科学院世界宗教研究所（即后来的中国社会科学院世界宗教研究所）所长的任继愈先生率先提出“儒教是教说”，此后该所作为国家最高宗教研究机构，一直不遗余力地推行此观点，并为此做了大量工作：首先，2000年，该所李申先生出版140多万字巨著《中国儒教史》；其次，2005年，该所成立“儒教研究中心”，时任国家宗教事务局局长叶小文参加成立大会并进行揭牌，说明“儒教”说已经从学术论证层面提升到国家认同的层面；再次，2006年8月，该所联合国际儒学联合会、上海师范大学召开了“儒学、儒教和宗教”学术研讨会；最后，2011年，该所联合中国宗教学会、浙江大学全球化文明研究中心举办“泰山论坛”并发布“泰山共识”，指出儒家思想“已具有国家宗教的意义”。此外，该所还多次召集会议，讨论“儒学”与“儒教”的关系问题。

㉕ 彭永捷:《认识儒教》，选自《思源探新：论宗教与中国传统文化》，社会科学文献出版社2012年版，第116页。

㉖ 彭永捷:《认识儒教》，选自《思源探新：论宗教与中国传统文化》，社会科学文献出版社2012年版，第118—119页。

㉗ 彭永捷:《认识儒教》，选自《思源探新：论宗教与中国传统文化》，社会科学文献出版社2012年版，第129—130页。

㉘ 赵法生:《儒学、儒教和儒教文化复兴》，选自《思源探新：论宗教与中国传统文化》，社会科学文献出版社2012年版，第132页。

㉙《尚书·盘庚上》。

㉚ 参考吕大吉、牟钟鉴:《中国宗教与中国文化》第一卷，中国社会科学出版社2005年版，第47页。

㉛《老子》第25章。

㉜《老子》第42章。

㉝ 徐赣丽、郭悦:《当代民间文化的遗产化建构》,《贵州民族研究》2012年第2期。

㉞ 陈勤建:《民俗日常情景中的中国人的精神生活》,《民俗研究》2007年第3期。

㉟ 樱井龙彦著，陈爱国译:《应如何思考民间信仰与文化遗产的关系》,《文化遗产》2010年第2期。

㊱ 马培红、姚伟钧:《道教文化类国家级非物质文化遗产研究》,《广西社会科学》2014年第2期。

㊲ 文化艺术出版社2007年版。

㊳ 文化艺术出版社2005年版。

㊴ 2003年成立于中国艺术研究院，是中国非物质文化遗产保护中心的前身。

㊵ 参考孔庆凤:《傣族贝叶经文献现状探析》，http://www.doc88.com/p-395268436481.html。

㊶ 参考本书第十九章《靖江宝卷调查报告》中采访靖江市委宣传部原副部长黄靖的发言。

第一章
智化寺京音乐调查报告

项目名称·智化寺京音乐

所属类别·传统音乐

申报单位或地区·北京文博交流馆

入选国家级非物质文化遗产名录情况·2006年第一批 Ⅱ－65

撰写人·都本玲

一、智化寺京音乐概况

（一）智化寺京音乐的原生环境

智化寺坐落在北京市东城区朝阳门与建国门之间的禄米仓胡同内，距东二环路约200米。该寺是明宫司礼监太监王振“舍宅为寺”所建的佛教寺院，并请得英宗敕赐“智化禅寺”。在繁盛时，占地约20000平方米。现在智化寺东西两路已荡然无存，中轴线上的主体建筑基本保存完整，共四进院落，总长278.8米，宽44.5米，方圆12400平方米，是北京现存的唯一保持着明代风格的佛教寺庙。寺内存有一具目前已知北京唯一的明代转轮藏，以及精美的明代壁画、近万尊佛龛和数百卷元、明、清三代藏经。智化寺在1961年被国务院列入首批全国重点文物保护单位。1992年，在原寺址上成立北京文博交流馆，承担对该寺的管理和保护等工作。

（二）智化寺京音乐的历史渊源

据智化寺京音乐项目申报资料介绍，智化寺兴建于公元1444年，它是明代司礼监太监王振“舍宅为寺”所建的佛教寺院。在王振权倾朝野时期，他凭借执掌明宫司礼监的权力，不仅大兴土木营建智化寺，而且擅自把部分宫廷中的音乐移入寺院，并组建乐队，用于寺院佛事和一些民间活动。

明清之际，佛曲日益深入民间，大的寺院广开庙会，并有专门从事音乐演奏的僧人。智化寺音乐古朴典雅，每逢皇族或大京官去世，皇室往往要“赐经一棚”或“焰口一台”请智化寺艺僧做佛事，这使得智化寺音乐名噪一时。

清乾隆八年(1743)，御史沈廷芳请命捣毁智化寺精忠祠，智化寺自此便开始走向衰败。清末民国初，外患内乱使清室动摇，民不聊生，致使智化寺在上层社会的佛事应酬大为减少，不得已有时也为平民百姓应酬一些小规模佛事，所得供养十分微薄。

清道光、咸丰年间(1821—1861)，智化寺音乐向外传授到天仙庵，后又分别传授到

1-1・采访智化寺京音乐第二十七代传人　都本玲 / 摄

成寿寺、水月庵、地藏寺、夕照寺、关帝庙、火神庙等十余座寺院庙宇，进而传播到北京周边地区，智化寺音乐因而成为北方佛曲的代表，被时人冠称为“京音乐”。

二、实地调查情况

（一）智化寺京音乐项目传承人情况

表 1-1　智化寺京音乐传承谱系表 *

排　位	法　号	生卒年	演奏乐器	师从于	备　注
十五代	容乾	康熙年间	不详	不详	智化寺住持。康熙三十三年手抄《音乐腔谱》一册，该谱成为智化寺京音乐历史的有力证据
十六代至二十三代	不详	不详	不详	不详	因年代久远，老一代乐僧不了解详情，且迄今为止未见相关文献记载，故无从考证具体传承人信息

* 本表资料来源于智化寺京音乐《国家级非物质文化遗产申报书》。

（续表）

排位	法号	生卒年	演奏乐器	师从于	备注
二十四代	宗权	不详	管	不详	
	顺权	不详	管、笙	不详	
	德权	不详	管	不详	
二十五代	普远	1889—?	管、笙、笛	宗权	智化寺住持
	智远	不详	笛	宗权	
	增远	1915—?	笛	顺权	
	阔远	不详	笛		
	绪增	1920—1988	管	宗权	俗名李玉清，1926年出家于花市中四条关帝庙。1928年师从智化寺僧宗权，习音乐佛事，1930年便开始参加智化寺佛事演奏，精通北京城南、城北的佛事音乐。1950年还俗
	明声	1907—?	管、云锣	不详	
二十六代	德广		管	普远	
	瑞广	1913—?	笙	普远	
	莲广		管	普远	
	俊广		管	增远	
	法广	1924—?	笙	普远	
	福广	1928—2008	笙	智远 普远	俗名杨慧。1936年在智化寺出家
	慧明	1929—?	管		
	本兴	1923—2009	笛	普远	俗姓张，北京人，1935年在北京广济庵出家，1936年在北京拈花寺受具足戒。在广济庵师从得声和尚门下学笛，列为智化寺京音乐门派第二十六代艺僧。不但擅长吹笛，在京音乐演奏中还常兼司鼓、云锣及其他法器，而且佛事唱诵亦好。曾赴法国、德国、瑞士、新加坡等国演出智化寺京音乐。1990年以来，一直致力于智化寺京音乐的挖掘、整理与传承工作

（续表）

排 位	法 号	生卒年	演奏乐器	师从于	备 注
二十七代	胡庆学		管	慧明	六人均来自河北省固安县礼让乡屈家营村，从小学习屈家营音乐。1991年12月来到智化寺学习京音乐，列为智化寺第二十七代传人。现在寺内专门从事智化寺京音乐的挖掘、整理与演奏。2011年前后，林忠诚因个人原因离开智化寺
	屈炳庆		管	慧明	
	屈永增		笙	福广	
	姚志国		笙	福广	
	林忠诚		笛	本兴	
	胡庆友		笛	本兴	

智化寺京音乐的第二十六代传人本兴，是传承的关键人物，原名张双立，北京人，父母是小手工业者。1935年在北京广济庵出家，第二年开始学音乐，师从得声和尚门下学笛。第三年在北京拈花寺受具足戒。

1938年，本兴到智化寺学习音乐，3年里，先学念谱，后在乐器模型上练习，最后再演奏乐器。训练非常严格，冬天哈气成霜，夏天汗流如雨，苦练不辍，要学会坐、站、跪、行四种姿势的演奏，以适应佛事活动的各种要求。学成后回广济庵，以此常应酬佛事。本兴不但擅长吹笛，在京音乐演奏中还常兼司鼓、云锣及其他法器，而且佛事唱诵亦好。

1950年，参加民政局办的学习班，1951年下半年，经民政局宗教事务科介绍，到北京市永茂建筑公司工程二部当材料员。他按要求还俗，改回俗家的姓“张”，名字仍沿用法号“本兴”。于是，“僧人”本兴变成“材料员”张本兴。此后辗转几个工地。在此期间，不时请假回智化寺参加京音乐的演出和录音。

1956年6月6日调湖北丹江支援三线，直到1973年随公司调回北京。1984年，62岁的张本兴退休。

1985年后广化寺佛教音乐团组了一个“老头队”，找回许多像本兴这样的老乐僧，赴欧洲演出，引起轰动。本兴由此与智化寺京音乐再次结缘。1990年之后，本兴一直致力于智化寺京音乐的挖掘、整理与传承工作。2008年2月，文化部给张本兴颁发了“首批国家级非物质文化遗产项目代表传承人证书”。

2008年10月23日，福广师傅去世。2009年元旦张本兴去世。截至采访日前，第二十六代的八位传人仅剩下慧明一人。慧明已是87岁高龄，身体不好，早已不带徒弟。慧明在广济庵出家，其参加的音乐活动在新中国成立前较多。20世纪80年代末恢复佛教音乐团时，慧明年纪尚轻，出家不久后还俗，参加的音乐活动减少，有时会与本兴等人一起演出。

严格意义上来说，智化寺京音乐的第二十七代共有六个传人：胡庆学、屈炳庆、屈永增、姚志国、林忠诚、胡庆友，他们都来自河北省固安县礼让乡的屈家营村，自小学习屈家营音乐。由于屈家营音乐所采用的乐谱为工尺谱，这就为几人学习智化寺京音乐奠定了很好的识谱基础。1991年12月这六人来到北京智化寺学习京音乐，师从第二十六代传人张本兴。通过张本兴的口传心授，一句一句学会了智化寺京音乐。

在智化寺京音乐原《申报书》中，曾将崔强也列为第二十七代传人。经笔者调查，崔强曾在2003年“非典”时期跟随张本兴学习过几个曲子，当时他是北京某艺术学校的在校生，不属于智化寺的职工，之后也未正式加入智化寺京音乐团。虽然在官方的“非遗”《申报书》“传承谱系”一栏中临时把他列了进去，但实际上并不能算作真正意义上的第二十七代传承人。

由于外在和内在等多重原因，智化寺京音乐的人员流动较大。在2006年成为国家级非物质文化遗产项目之后，乐团曾招收胡庆学河北固安的同乡刘俊良（1991—）为学员，在寺中全职学习京音乐，然而由于收入低等原因，2008年底刘俊良离开了智化寺。2011年前后，原第二十七代传人中的林忠诚也因个人原因离开智化寺。

从2008年至今，智化寺京音乐新增三名传承人：王辉、赵仲华、白宝兴。其中，王辉（1987—）是目前智化寺京音乐乐团中最年轻、学历最高的传承人，毕业于中国艺术研究院音乐学专业，硕士学历，有多年司笛经验，2013年应聘至智化寺京音乐团。赵仲华与白宝兴原为民间鼓吹乐班乐手，有丰富的笙、管、鼓演奏经验，后经胡庆学引荐进入智化寺学习并从事京音乐演奏。

传统的智化寺京音乐传承时，一般只收12岁以下的儿童学艺，经过至少7年的训练，先学念谱，后在乐器模型上练习，最后再演奏乐器。要学会坐、站、跪、行四种姿势的演奏，训练非常严格，以适应佛事活动的各种要求。然而由于智化寺京音乐的衰落，目前的传承已经不能像以前要求那么严格了。随着大环境的改变，智化寺京音乐的传承模式不得不随之改变，无法再延续曾经的传统，如今智化寺京音乐的传承者主要是招募社会志愿者或招聘有音乐基础的成年人，这部分人有一定的音乐演奏基础，或有丧葬活动、宗教仪式的经验，并对智化寺京音乐有兴趣爱好，其中部分由现有传承人推荐而来。

（二）曲谱保存和工尺谱使用情况

智化寺京音乐的记谱，采用中国传统的工尺谱。由于原始谱的旋律比较简单，传授时要加进很多花腔，称为“阿口”。

目前，智化寺京音乐的谱本已被发现和保存的主要有五套：

（1）由智化寺第二十六代传承人张本兴整理的抄谱；

（2）水月庵郎坤于光绪癸卯年（1903）的抄谱；

（3）《北京天仙庵音乐谱》清光绪十三年（1887）三月初三妙申抄本；

（4）《成寿寺音乐佛事全部》（抄本年代不详）；

（5）由智化寺京音乐第十五代传承人容乾，于康熙三十三年（1694）抄录的《音乐腔谱》（1952年智化寺艺僧法广在如来殿藏经橱内发现）。

其中，《音乐腔谱》封底内从上至下楷书“岁大清康熙叁拾叁年拾月初壹日容乾记吉祥如意”，共录有乐谱48首。这套谱本是智化寺京音乐传承与历史断代的重要证据。它记录的乐谱较之当今正在使用的智化寺京音乐谱本和传承下来的乐曲无太大区别，可以说，从1694年至今300余年间，智化寺京音乐乐谱变动程度不大。

关于这五套智化寺京音乐古谱的保存情况，据胡庆学回忆，这些曲谱的原件已在20世纪50年代的时候，由智化寺捐给了中国艺术研究院的古乐研究室，“还是福广师父骑自行车送过去的”，现保存在中国艺术研究院图书馆。现在传承人们使用的谱本是当年这些古谱的复印件，“复印完都贴起来，很长，都快用烂了”。这五种复印的谱本在日常的练习和演奏过程中都还在使用，特别是水月庵郎坤于光绪癸卯年（1903）的抄谱复印本使用比较多，因为这个版本的抄写比较工整，所以当年张本兴也爱使用这个谱本。

在传统的工尺谱使用问题上，笔者了解到，第二十七代传人胡庆学等六人初入智化寺时，就已经具备工尺谱的基础。他们都来自河北省固安县礼让乡的屈家营村，屈家营村流传的屈家营音乐所用的曲谱就是工尺谱，因而帮助六人在学习智化寺京音乐的过程中解决了识谱的难题。当然，识谱的问题解决了，但若没有老师传授“心法”也不能演奏，因为“京音乐”的秘密不在于乐谱，而在“阿口”，即没有记在谱子上的口传心授的旋律润色部分。光有曲谱没有“阿口”，无法演奏。“阿口”是“京音乐”的重要技巧，每个曲谱符号之间，都有一个“阿口”。“阿口”只能由师父传给徒弟，是“艺僧”们赖以生存的“绝活儿”，绝不外传。

调研过程中接待笔者一行的王娅蕊2004年毕业于中国音乐学院音乐学系，毕业后来到智化寺工作，受智化寺文博馆委派，负责“智化寺京音乐”的乐谱整理和档案建立工作。王娅蕊说，目前正在教胡庆学等第二十七代传人学习简谱，胡庆学等人在没来智化寺之前一直使用屈家营音乐所惯用的工尺谱，这种谱子也就是智化寺京音乐传统中所用的谱子，当时他们是不懂简谱的，现在教他们简谱，是为了让他们能够看懂简谱的练习曲，多接触多练习，从而提高演奏技巧。不过，胡庆学他们这一代人由于自小接触的就是工尺谱，所以现在虽然在学简谱，但使用的仍然是工尺谱，特别在传统乐曲的演奏上，仍然使用古老的工尺谱。学习简谱后，可以很轻松地就把简谱的曲子以工尺字翻唱出来。至于西方的五线谱，他们不用也不接触。

如今智化寺京音乐在传承过程中仍十分重视工尺谱的传承，新加入的传承人都要学习使用工尺谱。近十年来，在智化寺内一直实行着对于乐手的考试制度，每年1—2次对所有乐队成员的京音乐基本功考试，考试模式初期是由音乐学院的笙管教师做考官，后来改为由传承人自行组织考核。考核一般包括四个部分：用工尺谱唱背京音乐曲牌；用工尺谱默写京音乐曲牌；音乐演奏考核；智化寺京音乐知识讲解。无论是正式在编的智化寺京音乐乐队成员还是志愿者，都要进行考核，这在客观上促进了对智化寺京音乐的传承和保护，是一种有效的监督机制。

（三）乐曲和曲牌的保存和使用情况

智化寺京音乐的项目《申报书》中提到乐曲和曲牌的情况有：智化寺京音乐共300余首，其中很多曲牌都保留着唐、宋、金、元等时期音乐文化的痕迹。以《昼锦堂》《锦堂月》为例，组成这两首套曲的9首曲牌中，有4首来自唐乐、宋词；套曲《点绛唇》中身部的7首曲牌完全来自金、元散曲。

在调查中笔者了解到，300余首的数字是在智化寺京音乐的申报过程中，对之前提到的五套谱本中乐谱逐一清点得来的，其中包括法器谱和音乐谱，共300首，如有同名和同曲的现象，在清点过程中，同名和同曲的按照两首计算。

目前智化寺京音乐的第二十七代传人仍会演奏的传统音乐共有39首，包括单曲和套曲。传统的智化寺京音乐在演奏上根据使用场合和功能的不同，有一定的规范，例如《焚火赞》就在“送表”时用，《金刚经》就在“烧纸”时用。由于今天智化寺已不是宗教场所，也不做佛事，因而失去了曾经的功能性宗教环境，王娅蕊说，“因为我们归文物局管，尽量淡化宗教色彩，我们从民间艺术方面去宣传它”。智化寺的音乐传到本兴那一代之前都是艺僧，之后由于变迁，已经没有和尚可以传承，现在的第二十七代传人都自称居士。智化寺京音乐由历史上的宗教功能性音乐转变为博物馆式表演性音乐。

除传统曲目外，智化寺乐队还根据京音乐的风格集体创作了一些新练习曲，这种新创作的曲子有十多首，都是简单的形式，通常用于练习或在非正式场合演奏。

（四）智化寺京音乐的宫调使用情况

关于智化寺京音乐的宫调使用情况，《申报书》中写有："智化寺京音乐有七个调。分别是：正调（F）、背调（^{b}B）、皆止调（^{b}E）、月调（C）、凡调（G）、乙调（D）、工调（A）。但目前京音乐中，凡调、乙调、工调的乐曲已失传，主要使用正调、背调及皆止调和月调。"此次调查中，笔者问及目前智化寺京音乐的宫调使用情况，胡庆学表示现在他们所使用的只有"正字调""背字调"和"月调"这三种宫调。因为目前所能吹奏的这些曲目中没有"皆止调"的，所以"皆止调"现在并不使用。

（五）智化寺京音乐所用乐器情况

演奏智化寺京音乐的乐器分为两类：一是吹奏乐器，主要有管、笙、笛；二是击奏乐器（一律称为法器），有云锣、鼓、铛子、钹、铙、铪子等。根据智化寺京音乐《国家级非物质文化遗产申报书》整理如下。

1. 吹奏乐器

◎管

我国民间现今所用的管一般是八孔（前七后一），而在智化寺京音乐中，管的形制为九孔，即前七孔，后二孔。宋代陈旸《乐书》（中国艺术研究院藏元刻明递修本）讲到筚篥时曾说："其大者九窍。"又注："今教坊所用，前七孔，后二孔，以五凡工尺上一四六勾合十字谱其声。"智化寺京音乐使用的九孔管与唐宋教坊音乐用管的形制、孔序名称是完全一致的，且二者正调音列、首音均为"合"字；音高同为F^1（此为20世纪50年代以前的测音。智化寺传统使用的乐器均为F调，与宋代黄钟宫一致。据艺僧绪增、本兴回忆，20世纪50年代录音时，查阜西认为当时所用的其他乐器音色过于尖锐，因此在录音时，所有乐器全部改用E调。所以现在智化寺京音乐平常演奏使用的乐器都是E调，管筒音为E^1）。管是智化寺京音乐的主奏乐器，在乐队中起骨干作用。在演奏中，旋律很少加花，注重神韵，并要求演奏者具有娴熟的技巧。智化寺京音乐的管有大哨、小哨之分，一般使用小哨演奏。现在所用管子由胡庆学自己制作。

◎笙

智化寺京音乐的笙为十七簧笙，在管序和音位等方面明显沿袭宋制。陈旸《乐书》卷一百五十之"义管笙"条录："圣朝大乐所传之笙，并十七簧。旧外设二管，不定置，谓之

巫宇军／摄

1-2	1-3	1-4
1-5	1-6	

1-2·管
1-3·笙
1-4·笛
1-5·云锣
1-6·鼓

‘义管’，每变均易调，则更用之。”用十七簧而不用义管，智化寺京音乐中的笙也是如此。笙在智化寺京音乐中起着重要的融合作用，演奏时突出节奏和强弱起伏。

◎笛

智化寺京音乐中所用笛子为曲笛。在智化寺京音乐演奏中，笛的演奏最为活泼，常常以流畅的花音和装饰音穿插于古朴的旋律之中。智化寺京音乐用笛筒音为 C^2。

2. 击奏乐器

◎云锣

智化寺京音乐中所用云锣由十面小锣组成，又叫十面锣。锣面无脐，边缘钻小孔系绳固定于木架上。十面锣大小相同，因薄厚不同致音高音色不同。云锣音色清亮，极富色彩，多奏旋律骨干音，多作同音反复，起到加强节奏感的作用。通常左手持锣架木柄，右手持锣槌敲击。

◎鼓

智化寺京音乐所用鼓为仿明代的堂鼓，仿照智化寺文物鼓楼上的鼓制作而成，以木为框，两面蒙牛皮。演奏时将鼓放在木架上，用双木槌敲击，打出各种节奏花样。鼓的演奏抑扬顿挫，运用灵活，清逸洒脱，起着稳定节奏的作用。

◎铛子

智化寺京音乐所用铛子由小锣和木架组成。小锣平坦无脐，用绳悬系于木架上。演奏时左手执木架立柱下端，右手执小槌敲击。铛子发音清脆，在演奏中用于击节。

◎钹

智化寺京音乐所用钹为铜制圆形，中部隆起如半球状，正中有孔，穿系绸条或布条。以两片为一副，演奏时双手各持一面互击。有轻击、重击、磨击、扑击等手法。钹表现力强，在佛教音乐中是一件不可缺少的法器。

◎铙

智化寺京音乐所用铙用响铜制成，呈圆片形，形制与钹基本相同，但有区别：铙的碗顶平而小，其径约当全径的1/5；钹的碗顶圆而大，其径约当全径的1/2。铙面较大而薄，多为弧形，根部凹进，边部稍作翘起。演奏铙时，双手各执一面互击，有平击、侧击、闷击等手法。

◎铪子

俗称"小镲"，形状与大钹相同，略小。铪子音色清脆、明亮，常常用于表现欢快的情绪。

目前传承人所用乐器除了一架民国早期的云锣（架子为后配）外基本都是现代生产。传承人们认为"新锣"打不出"旧锣"的音质。据胡庆学说，这架云锣的调高是^{b}A调。在20世纪50年代智化寺京音乐研究会时曾有5架云锣，其中三架为G调、F调和^{b}A调。智化寺京音乐传承的老乐器一部分在"文革"中被毁，还有一部分留在了广化寺。成为国家级"非遗"后，智化寺开始使用部分"非遗"补贴经费从各地购买一些老乐器。

关于《申报书》中提到的"忏钟"，传承人认为加入忏钟是在清代末年以后的事，现在的智化寺京音乐中已经不用。

智化寺京音乐乐队典型编制为九人14件乐器。一般是由九位僧人分别吹奏管两支，笙两串，笛两支，云锣两架，大鼓一面，铙、钹各一副，铛子一面，镲子（小钹）一副。演奏时，管子处于领奏地位，要奏出神韵；笙富于节奏感；笛则自由活泼地穿插于旋律之中。演奏形式基本属于齐奏，但其中也有变化，笙与笛的演奏贯穿全曲，而管子则可在适当处稍作休息，笙、笛的旋律比管子等其他乐器旋律变化更多、更丰富。

（六）智化寺京音乐的学术研究和演出情况

1. 智化寺音乐文化节

从20世纪50年代开始，智化寺京音乐逐渐被音乐学界所认识并关注。最早是新中国第一代民族音乐理论家杨荫浏、潘怀素、查阜西等对智化寺京音乐展开了调查研究，“他们的研究和宣传不但使这一古老但被湮没多年、濒临灭绝的音乐瑰宝得以光扬中外，得到世人的重视、赞叹，并且对全国的音乐学界造成了一个巨大的震动，使许多音乐工作者从此知道，在庙宇高墙之内，还有如此珍贵动听的音乐”①。在此之后，田青、袁静芳、张振涛、项阳等音乐学者也发表了诸多有关智化寺京音乐的研究文章。近几年来，更有北京联合大学、中央民族大学、中国艺术研究院等院校的学生将智化寺京音乐作为自己硕士、博士论文的研究方向。

智化寺每年一届的音乐文化节，内容较为丰富，例如第三届是集福建南音、西安鼓乐、五台山佛乐、智化寺京音乐等于一个舞台上，让观众欣赏到了众多古乐；第四届邀请台湾雅乐十三音同台演出，并邀请乐团演奏改编版的智化寺京音乐；第五届以京畿地区的传统音乐为主，邀请了胜芳、北辛庄、李家务等四家传统音乐会进行展演。每年音乐文化节召开后，有学者和学生针对此做一些论文与新闻报告。

训练：训练较多，常有演出、录音、录像任务，练习演奏、演唱等。

演出情况：经常有演出任务，或是接待来访人员，或是外出参加“非遗”展演、宗教音乐活动、民间音乐交流等。

表 1-2　智化寺历届音乐文化节 *

活动名称	时　间	展演乐队	研讨会（讲座）专家
第一届智化寺音乐文化节	2006年10月12日	河北省廊坊市固安县屈家营音乐会 河北省廊坊市安次区东张务音乐会 河北省涞水县北高洛音乐会 陕西长安龙族妙音女子古乐艺术团 北京智化寺京音乐乐队	项阳、延藏法师等以及各乐队代表
第二届智化寺音乐文化节	2011年9月12—13日	福建泉州南音乐团 西安都城隍庙鼓乐社 河北省涞水县北高洛音乐会 北京智化寺京音乐乐队	袁静芳、凌海成、项阳、左继承、高巍、张伯瑜、刘洪利、张三丰、GALO（瑞典）等以及各乐队代表
第三届智化寺音乐文化节	2012年9月14—15日	福建泉州南音乐团 西安都城隍庙鼓乐社 开封大相国寺梵乐团 山西五台山佛教音乐团 北京智化寺京音乐乐队	各乐队代表

* 本表内容由智化寺京音乐传承人王辉提供。

（续表）

活动名称	时　间	展演乐队	研讨会（讲座）专家
第四届智化寺音乐文化节	2013年9月14—16日	台南孔庙雅乐十三音乐团 北京晓月乐团（指挥：张福全） 北下关街道马头琴乐队 北京智化寺京音乐乐队	李翰莹、石荣峰、杜洁明、吴晓萍等
第五届智化寺音乐文化节	2014年9月13—15日	河北省霸州市胜芳镇胜芳南音乐会 河北省霸州市胜芳镇崔庄子音乐会 北京市大兴区长子营镇北辛庄音乐会 北京市大兴区长子营镇李家务音乐会 北京智化寺京音乐乐队	项阳、陈树林等
第六届智化寺音乐文化节	2015年9月19—22日	1. 民间音乐类非物质文化遗产项目展演：河北省大次良南乐圣会；河北省端村音乐会；北京智化寺京音乐乐队 2.“秋之韵”——智化寺京音乐专题音乐会：菩提心月民族乐团、歌唱家及乐器演奏家、北京智化寺京音乐乐队	马文辉、陈美娥、张振涛、凌海成、张伯瑜、刘勇、赵晓楠、永悟法师、汪青、孙泽浩等
京津冀古乐交流展演暨第七届智化寺音乐文化节	2016年9月24—26日	南虎贲驿南乐会 京西古幡乐团 黄花店同善梵呗音乐会雄县杜庄音乐会 南响口梵呗音乐会 南头村音乐会 北京智化寺京音乐乐队	袁静芳、包世轩、凌海成、张伯瑜、黄虎、吴晓萍、李宏峰、王晟、荣英涛、孙茂利等及各乐队代表

2. 博物馆里的智化寺京音乐

从2004年开始到2014年，智化寺在寺内设立专区，每日进行四场免费演出。每天演出时间固定，上午三场，下午一场，分别是：9:00—9:15、10:00—10:15、11:00—11:15、15:00—15:15。演出的曲目有：《小华严》《梅花引》《三皈赞》《山荆子》《好事近》《清江引》《喜秋风》《金五山》《醉翁子》《五声佛》十首，演奏内容是从39首传统音乐中挑选的曲牌，都是传统曲目。每场演奏时间为15分钟，地点在智化门。除了每天定时定点的演出，智化寺京音乐也经常受邀参加社会公益演出。

2014年起至今，固定演出调整为上午10:00和下午3:00各一场，地点改为智化殿，曲目由原来的固定曲目改为随机演奏。表演之余，乐队成员主要是练习新曲，复习旧曲。

（七）保护经费的落实和使用情况

在2008年7月29日全国非物质文化遗产保护工作会上，当时的文化部副部长周和平表示，中央财政非物质文化遗产保护地方转移支付专项经费具体分配，要遵循四个原则。②

专项经费主要用于非物质文化遗产普查、国家级非物质文化遗产名录项目保护、国家级非物质文化遗产项目代表性传承人传习活动开展及文化生态保护实验区工作。

按照"统筹规划，分步实施"的原则，2008年名录项目保护资金重点用于第一批国家级名录项目，对于第二批国家级名录中急需抢救的项目予以适当考虑。名录项目保护资金主要用于濒危技艺、工艺的抢救，采用录音、录像等方式对非物质文化遗产进行调查、记录、整理、建档，珍贵实物资料的征集，与国家级非物质文化遗产名录项目相关的文化场所的保护等。国家级非物质文化遗产项目代表性传承人传习活动经费按照传承人人数核定，资金由省级文化部门统筹安排，并监督执行。

统筹考虑非物质文化遗产项目的生存状况和轻重缓急，专项经费重点向入选联合国教科文组织"人类口头和非物质遗产代表作"项目、濒危项目、中西部及少数民族地区倾斜。

根据地震受灾地区特殊情况，今年专项资金将向地震受灾地区予以倾斜，调剂部分专项经费用于地震灾区非物质文化遗产项目抢救保护、实物征集、资料采录整理及有关博物馆恢复工作。

对于国家已安排专项资金予以保护的项目，经济效益和生存状态较好的项目，暂不安排补助资金。

由于国家对于非物质文化遗产项目的经费保护有着以上的分配原则，所以在实际的经费落实中，同样是国家级非物质文化遗产的项目所能得到的非物质文化遗产保护经费，根据各个项目的具体情况不同也有着很大的差别。

具体到智化寺京音乐上，据王娅蕊介绍，在未申报国家级非物质文化遗产项目之前，智化寺的领导已经早从2003年就开始申请经费来对智化寺的京音乐进行保护了。具体程序是由智化寺向上级主管部门北京市文物局提出申请，然后再由北京市文物局向北京市财政申请。三年之后，2007年，智化寺京音乐申请到国家非物质文化遗产保护经费一次性10万元。与此次调查的其他国家级非物质文化遗产项目相比，智化寺京音乐在国家保护经费的落实上是比较顺利的，这笔10万元的经费一次性拨到智化寺，用于智化寺京音乐的保护。利用这笔拨款，2007年在中国国际展览中心举办的，由文化部、国家广播电影电视总局、新闻出版总署和北京市人民政府主办的"第二届中国国际文化创意产业博览会"上，作为展览的重要部分，智化寺在1号馆二层B馆进行了一个大的智化寺京音乐展演，演奏了《喜秋风》《拿天鹅》《清江引》《梅花引》《小华严》《醉翁子》等传统曲目。

1-7・智化寺京音乐日常演出场景　都本玲 / 摄

1-8・智化寺内的演出宣传牌
都本玲 / 摄

王娅蕊说："2007年，就是申遗批下来那年，用的就是10万元的经费，那次展览人特别多，因为有动静的就他们这儿，很多人都围过来，领导们也看，市民们也看，那次展览是属于专题性质的。叫全国第二届文化创意博览会，其中有'非遗'的，也有别的，博物馆的、动漫的等。"

另外，智化寺管委会还利用这笔经费给传承人宿舍内添置日用品，改善传承人的生活条件。

除了国家2007年一次性拨款的10万元之外，北京市财政局每年拨给智化寺20万元的专项保护经费。现在胡庆学等第二十七代传承人全职在智化寺内演奏京音乐，智化寺内有专项的基金保证他们的生活费和食宿。传承人们全职住寺演奏，智化寺则以工资的形式付给他们报酬。这笔钱就从20万元的专项经费中出。2003年之前，智化寺京音乐的传人们每月只有八九百元的收入；2008年，作为国家级传承人的张本兴的工资只有1000多元，当时六位第二十七代传人的人均工资仅有1000元；2009年，智化寺每个月付给胡庆学等每人1200元的工资；2016年每人每月基本工资3000元左右。除基本工资外，在年底和对外交流演出时会有一点补贴。尽管与前些年相比，2016年智化寺京音乐传承者的月收入有所提高，然而在北京这样一个高生活成本的一线城市中，3000元的月收入显然是很不够的。

（八）智化寺京音乐的其他保护工作

2015年3月，由北京文博交流馆、北京智化寺管理处编著，北京燕山出版社出版了《智化寺京音乐〈料峭〉套曲》一书及配套DVD。《料峭》是中国佛教京音乐的一首大型器乐套曲，主要用于佛教法事活动。该套曲是组合型主体曲式的典型代表，结构可分为头、身、尾三部分。全曲由《三皈赞》《好事近》《千秋岁》《滚绣球》《醉太平》《青山口》《水鸭儿》《大打围》《放海青》《拿天鹅》《春季》《夏季》《秋季》《冬季》《纸幡》等15首曲牌连缀而成。全书前后分别装订，从封面开始阅读，分为三个部分，第一部分是简介；第二部分是有关《料峭》套曲的研究论文，作者为中央音乐学院教授袁静芳女士；第三部分是15首乐谱的简谱。从背封阅读，主要是15首曲牌的工尺谱。

2015年7月1日，北京美术摄影出版社出版了王娅蕊、王辉合著的《北京非物质文化遗产丛书：智化寺京音乐》一书。该书详细地介绍了智化寺京音乐的历史渊源和发展历程；智化寺京音乐及其艺术特色；智化寺京音乐的佛事功用；智化寺京音乐的传承；智化寺京音乐的抢救保护工作和展望。

关于智化寺京音乐的影像录制工作，在2004年8月到10月间，曾对智化寺京音乐全面录音，共录制当时现存乐曲45首（包括两首唱谱），采用分轨录音的方法，由张本兴一人演奏鼓、云锣、钹、铛子四种乐器。这次京音乐的录音相对过去来说是曲目最多、规模最大、最完整的一次。2005年4月，《智化寺京音乐》CD（一套四张）顺利发行。

三、结语

如果从现在已知最早的康熙三十三年（1694）抄本算起，智化寺京音乐已有300余年历史。这种古老的音乐随着历史大背景的变迁，其命运也发生了巨大的转变，从曾经由宗教人士持有的服务于宗教仪式的功能性音乐，转变为由非宗教人士持有的博物馆性质的表演性音乐。相对于其他很多“非遗”项目，应该说智化寺京音乐是幸运的，国家和地方政府都对其给予了充分的重视，地处京城学术重地的便利，又让学者们的目光足够多地关注在这里。然而，即便这样，智化寺京音乐仍然喜忧参半。

智化寺京音乐之所以具有如此高的价值，工尺谱的使用是其中很重要的一点，要原汁原味地保护传统的智化寺京音乐，就不能撇开音乐最重要的组成部分之一的“谱”，换句话说，要传承智化寺京音乐就必须传承智化寺京音乐的工尺谱记谱法，这是不可分割的。在简谱和工尺谱的关系处理上，智化寺京音乐的传承者和管理者似乎在摸索之后找到一条既结合当下实际，又坚持传统的路子。对新招进来的不懂工尺谱的成员，允许其先以简谱快速入门，再进行工尺谱的学习，通过唱谱、背谱、默谱等方式逐渐掌握传统工尺谱，并通过每年的音乐考试督促传承者不断提高音乐水平，这成为智化寺京音乐有质传承的有利因素之一。

需谨慎的是，智化寺京音乐保护单位的非物质文化遗产保护理念对该项目的未来有着直接而关键的指导作用。智化寺京音乐的申报文本中“保护计划”，有这样一条：“定期邀请音乐学院专业器乐教师给学员进行演奏技术指导，提高学员的演奏技术和综合音乐素质。”在这个问题上，应当慎之又慎。请“音乐学院专业器乐教师”给民间艺人、非物质文化遗产项目的传承者们进行技术指导，无异于将原生态的歌手送到音乐学院里去进修，这样做不但无益于非物质文化遗产的保护，相反，如果稍有不慎，则可能损害传统音乐的独特性。

当前，摆在智化寺京音乐面前的最大问题仍是传承人的缺乏。在经济高速发展、物价不断攀升的今天，3000多元的月收入对于年轻人来说显然没有足够的吸引力，城市里的孩子自不必说，即使是家在农村的年轻人进城打工的收入也远不止这个数目。特别是，在新媒体背景下成长起来的年轻一代，对于传统缺乏亲切感，在他们看来这种“老掉牙”的调调晦涩难懂，佶屈聱牙，远离今天的主流时尚，太土太古老，难以引起他们的兴趣。对传统音乐再热爱也抵不过现实生活的压力，如果不能够切实解决传承人的低收入困境，不能解决他们最基本的生活需求，再多的赞美和掌声也难以吸引更多的新传承人加入进来。非物质文化遗产的保护首先是传承人的保护，让传承人生活无忧、体面有尊严，正是“非遗”保护亟待解决的问题。历经磨难流传至今的智化寺京音乐未来将交到谁的手中？这是一个事关重大的迫切问题。

注释

① 田青主编：《中国宗教音乐》，宗教文化出版社1997年版，第5页。

② 周玮：《文化部：“非遗”保护专项经费分配循四原则》，2008年7月30日，新华网，http://news.xinhuanet.com/newscenter/2008-07/30/content_8845716.htm。

第二章
天宁寺梵呗唱诵调查报告

项目名称·天宁寺梵呗唱诵

所属类别·传统音乐

申报单位或地区·江苏省常州市

入选国家级非物质文化遗产名录情况·2008年第一批扩展项目　Ⅱ-138

撰写人·袁瑾

一、江苏常州天宁寺概况

常州天宁寺位于常州市延陵东路，距今已有1300多年历史，素有“东南第一丛林”“一郡梵刹之冠”的称誉。与镇江金山寺、扬州高旻寺、宁波天童寺合称“禅宗东南四大丛林”。1982年3月列为江苏省重点文物保护单位，1983年4月被国务院列为全国重点开放寺院。天宁寺始建于唐永徽年间（650—655），禅宗牛头禅初祖法融禅师，因山中僧人无食，来家乡常州募化斋粮时“筑室十余楹”为开山之始；天复年间（901—903）维亢禅师途经常州，听说法融禅师的旧事，就“施舍利，卜寺址”正式建寺，起名为“广福寺 ”，不久淮南节度史杨行密改名为“齐云寺”，并称维亢禅师为齐云长老；至北宋熙宁三年（1070）神宗皇帝下诏书，命令全国各州郡都要建崇宁寺，于是改名为“万寿崇宁寺”；北宋政和元年（1111）徽宗皇帝又下诏改为“天宁寺”；到南宋绍兴七年（1137）又改名为“报恩广孝寺”；不久，再次改为“光孝寺”；绍兴十二年（1142），高宗皇帝为纪念被俘死在金国的徽宗皇帝，下诏改“光孝寺”为“崇奉徽庙道场”；至元代至元年间（1335—1340）仍复称“天宁寺”，一直沿用至今。

在这1300多年的漫长岁月里，天宁寺历经沧桑，屡毁屡建达五次，五代时南唐与吴国战争寺院遭毁灭，宋元战争寺院也在劫难逃，明代宣德六年（1431）有净因禅师在此大兴土木扩建天宁寺，明代徐问在《重修天宁寺记》里说“天宁寺据三吴上游之胜，屹为东南第一丛林”。太平天国战争中，寺院几乎化为灰烬。现存的主要殿宇是清同治、光绪年间，在真嵩禅师、清如禅师、冶开禅师主持下经过近40年先后修建的。常州天宁寺内主要殿宇有八殿、二十五堂、二十四楼、三室、两阁等建筑，总面积过110亩之多。地基之广，殿宇之高，佛像之庄严，僧众之多。“文革”期间寺院佛像全部被毁。1978年十一届三中全会以后，常州市政府决定对天宁寺进行修复，并作为佛教活动场。1981年1月，正式成立修复天宁寺委员会，以“修复如故，恢复原貌”的原则进行修复，历时五年多时间至1986年殿堂得到了全面整修，重塑了各种佛像，新铸了各种法器。1996年新建了山门殿、三宝殿、素菜馆等，使千年古刹重现了当年“栋宇摩霄汉，金碧灿云霞”的盛景。2001年4月12日被国家旅游局授予“国家AAAA级旅游景点”。

1981年起恢复了丛林制度，管理机构组织健全，寺内有常住僧众100余人，共同遵守共住规约、清规戒律，十分严谨。各执事民主管理各部门的工作，制定了各项管理制度，寺内晨钟暮鼓，二时功课，早晚修持，树立了丛林道风。

二、天宁寺梵呗唱诵的历史溯源

佛教文化是中国传统文化重要的组成部分，佛教音乐是佛教文化与中国传统音乐中重要的组成部分。佛教的法事活动都离不开音乐。梵呗是出家人举行佛教仪式时，在佛菩萨前歌诵、供养、止断、赞叹的音声修行法门。梵呗：(仪式)法会之声明也。呗者呗匿之略。又作婆陟、婆师。音韵屈曲升降，能契于曲，为讽咏之声，是梵土之法曲，故名梵呗。又曰“呗匿”“单云呗”。翻作止断止息或赞叹，法事之初唱之，以止断外缘，止息内心，方堪做法事，又其偈颂多赞佛德，故云赞叹。[①] 自唐代起，由于传授者不同，梵呗的音乐风格分为南北两派，北方以北京智化寺京音乐为代表，特点是较多地吸纳了民间音乐的元素，比较高亢、激昂，而且大量使用笙管等乐器。而以天宁寺梵呗唱诵为代表的南派，曲调委婉、细腻，除了打击乐器以外，都是纯人声的唱诵。

梵呗主体部分按文辞体裁分为“赞”与“经”两大类。“赞”为诗歌体，押句尾韵；“经”为散文体，无韵。“赞”以类似唱歌的方式表演，称作“唱赞”，旋律性强，包括《炉香赞》《宝鼎香赞》等百余首小赞，《戒定香赞》《弥陀大赞》《三宝赞》《药师佛》等八大赞和《阿穆伽》《祝伽蓝》等四大祝延；“经”运用乐音有节律地诵读，称作“诵经”，旋律性较差，包括《心经》《阿弥陀经》等。梵呗还包括音乐形态介于“唱赞”与“诵经”之间的“偈”(《祝愿偈》《回向偈》《普贤警众偈》《赞佛偈》等)、“咒”(《大悲咒》《楞严咒》《十小咒》等)、“真言”(《铃杵真言》《上师三宝真言》等)和“礼佛号”等。

我国佛教界向来就有“高旻的腿子金山的香，天宁寺的唱念盖三江”之说。著名音乐学家田青指出：“……在过去的时期内，这个寺的唱念一直被视作典范，目前中国一些大丛林都喜欢称自己的唱念学自常州天宁寺。”可见天宁寺唱诵在全国的地位之高。20世纪

40年代，每年更有100多位僧徒从天宁寺佛学院结业后分赴各地，使天宁寺梵呗唱诵遍传国内。该寺前任方丈敏智大和尚，曾任美国纽约世界佛教中心导师及美国纽约大乘寺住持。1949年，该寺戒德、佛声、默如、莲航、宽裕等一批高僧大德赴台，分别担任台湾一些著名寺院住持，遂使天宁寺梵呗远播海外。

中国音像大百科编辑委员会《宗教音乐系列 · 中国佛教音乐 · 天宁寺唱诵》(录音带)说明书指出："自近代以来，天宁寺以擅长于显、密二教的唱念讽诵而闻名于全国，为近代寺院仪轨唱念公认的楷模，各地寺院常派人往天宁寺学习唱念与仪轨，至今我国大陆及港、台的各地寺院，仍以天宁寺唱念为正宗……全国流行的曲调虽然同出一个蓝本，而天宁寺独居其上。"佛教音乐研究者胡耀亲访国内诸多寺院后，在其所撰《我国佛教音乐调查述要》一文中，"除指明所属寺院的唱曲谱例外，皆以江苏常州天宁寺的唱谱为分析标本"。《中国古代音乐史》在论及"宗教与音乐"时，首例便是常州天宁寺的梵呗《清净法身佛》。

20世纪六七十年代，天宁寺梵呗唱诵水平因历史原因曾一度下滑。改革开放之后，法事活动逐渐恢复正常，1990年10月，天宁寺梵呗唱诵团应邀赴京参加首届"中国佛教、道教音乐周"演出，深得各方好评。出版了《天宁寺唱诵》(录音带三盒)。当前天宁寺梵呗唱诵仍然基本上保留着传统风貌，保持着汉传佛教梵呗唱诵的领军地位。

三、天宁寺梵呗唱诵的田野调查

天宁寺梵呗唱诵是我国南方汉传佛教音乐的代表。2007年天宁寺梵呗成为第二批国家级非物质文化遗产。2009年6月笔者一行赴常州天宁寺进行考察，以天宁寺申报国家级非物质文化遗产项目时的《申报书》为蓝本，主要考察在申报成为国家级非物质文化遗产项目以后，天宁寺梵呗唱诵的传承与保护发生的变化，是否得到了比较好的保护？以后的天宁寺梵呗唱诵又将会是怎么样的一种情景？会有怎么样的发展可能性？

（一）调查基本情况

调查时间：2009年6月12—16日

调查地点：江苏省常州市天宁禅寺、常州文化馆

2-1・调查人员与松纯大和尚合影　袁瑾 / 摄

调查对象：松纯大和尚（常州市天宁禅寺方丈，国家级非物质文化遗产传承人）
廓慧法师（常州市天宁禅寺当家师，国家级非物质文化遗产传承人）
心悟法师（常州市天宁禅寺当家）
廓尘法师（常州市天宁禅寺当家，国家级非物质文化遗产传承人）
达开法师（常州市天宁禅寺客堂知客）
秦耀庭（常州市天宁禅寺资料室）
秦德祥（常州市第一中学高级音乐教师，《申报书》的撰稿人）
陈　期（常州市文化馆负责人）
沈红球（常州市文化馆社文处负责人）

采访录音：共 1140 分钟

采访录像：共 900 分钟

采访照片：共 911 张

收集到的资料有：天宁寺出版的光盘、申报时候准备的资料［包括文字和图片、DV（2 个）、奖牌的照片］

表 2-1 被采访者信息一览表

序 号	姓 名	性 别	居住地	职 务
1	松 纯	男	江苏常州	天宁寺方丈
2	廓 慧	男	江苏常州	天宁寺监院
3	廓 尘	男	江苏常州	天宁寺监院
4	恒 模	男	江苏常州	天宁寺知客
5	心 悟	男	江苏常州	天宁寺法师
6	达 开	男	江苏常州	天宁寺法师
7	秦耀庭	男	江苏常州	天宁寺资料室负责人
8	秦德祥	男	江苏常州	常州中学教师
9	陈 期	女	江苏常州	常州文化馆职员
10	沈红球	男	江苏常州	常州市文化馆社文处处长

（二）调查方式

笔者主要采用个别采访和小组访谈相结合的方式，将事先设计好的调查问卷作为提纲逐项进行采访，但又不拘泥于调查表格问题项的限制，现场根据被访者在访谈过程中呈现的实际情况随时进行设问。

（三）天宁寺梵呗唱诵申遗后的现状

1. 常州天宁寺梵呗的传承谱系

常州天宁寺梵呗唱诵的传承方式为相对封闭性的个体传承与集体传承相结合，既有纵向的、相对固定的师徒相传，亦有横向的、非师徒关系的相互学习和影响。天宁寺梵呗的第一代传承人有：敏智法师、戒德法师、佛声法师、默如法师、莲航法师、宽裕法师等。第二代传承人有松纯法师、文永法师、大为法师、于静法师、妙云法师、果成法师、慈亭法师、隆仪法师、普云法师等。第三代传承人有廓慧、和融、廓尘、恒模、廓净、心悟、善荣、达开。第一代和第二代传承人年事已高，而且绝大多数法师都已经圆寂，目前健在的第一代传承人只有戒德法师。健在的第二代传承人有松纯法师和文永法师。戒德法师已经是103岁高龄，在1949年去了台湾，现任台湾妙法寺方丈。松纯法师83岁，现任天宁寺方丈。文永法师87岁，是天宁寺首席监院。

2-2 · 法会场景 袁瑾 / 摄

※ 采访：秦德祥老师

地点：秦德祥家中

秦德祥："松纯大和尚新中国成立前曾在上海玉佛寺读过佛学院，那时上海广播电台还专门请他去录制梵呗演唱的节目。的确有本事，你看那个录像里面，他敲鼓的技术，鼓艺是好得不得了。我以前看过他在寺院里面敲的鼓，法会功德主不记得是台湾还是香港来的，一共16个人。他在法会开场时候单独敲了七八分钟。开始我没有感觉敲得有什么特点，后来我看到他们去台湾的一个录像（1990），他就是敲得好。我感觉他的水平不在江南鼓王朱勤甫之下。一点都不断，他不是开头敲，中间也敲，你可以看看录像，就是听鼓声，他的鼓就是敲得好。所以他申报省一级、国家级传承人是我给整理的材料，申报时候我给填了一条，有特色击鼓技艺。"

※ 采访：廓慧法师

地点：天宁寺资料室

廓慧法师是天宁寺当家师，也是天宁寺梵呗第三代传承人。38岁（2009年采访时）。据他自己介绍，1985年他在常州天宁寺出家，1988年在江西云居山真如寺受戒，1990年至1992年在南京栖霞山佛学院读书，1992年回到天宁寺任维那，1995年任监院、寺管会副主任，1997年参加苏州西园寺执事培训班，2001年至2003年在南京大学哲学系宗教研究生进修班学习结业。廓慧法师自1990年起，每年多次出访海外弘法，并在香港志莲净苑录制了《大方广佛华严经》CD资料。因为天宁寺宝塔修建工作从开始就是廓慧法师在负责，所以当笔者采访的时候，法师的工作主要是负责修建天宁寺宝塔的工程。廓慧法师因为嗓子好，唱诵很好，在天宁寺有“刘德华”的美誉。笔者当时去客堂找客堂师父帮忙联系传承人的时候，正好遇到廓慧法师。客堂师父说：“这个是我们这里的‘刘德华’，你有什么问题都可以问他。”廓慧法师连忙谦虚地说：“什么刘德华，我不是，我不是，我就是个和尚。”笔者连忙说明来意：“我们是中国艺术研究院宗教文化保护中心的，正在做一个课题，是关于国家级宗教类非物质文化遗产保护方面的。我们来的目的是想调查一下关于天宁寺梵呗申请国家级宗教类非物质文化遗产以后的保护现状问题。”法师说：“‘非遗’我是知道的，但是我们天宁寺有申请“非遗”吗？我不知道。”笔者说：“是啊，您还是传承人呢！”廓慧法师很惊讶地回答：“哦？！我怎么不知道我是传承人呢？没有人和我说过啊？他们怎么拿到我的资料呢？如果是传承人，是不是应该给我一个证书或是什么呢？我也没有收到证书啊！”笔者当时也很吃惊：“怎么会呢？您怎么会不知道呢？我们进来的时候有看到奖牌放在门口的布告栏里面啊！当时谁负责这个事情呢？那奖牌是谁去领回来的呢？当时发奖牌可有开过会的啊。”廓慧法师说：“我不知道啊！一切我都是不知道的。”此事让笔者一行考察的人很是诧异，看来在申报环节有问题。以下资料是根据对采访廓慧法师的录音而整理的。

据廓慧法师介绍，第二代传承人文永法师还健在，他和文永法师学过一些梵呗唱诵。文永法师是天宁寺的老维那，还在客堂当过值，还做过都监，前方喉咙相当好。他的启蒙师父是普云法师，在天宁寺佛学院时也曾同妙云法师学习梵呗。他们都是用教授和实践相结合的方式学习的，也就是先在课上学唱一些简单的曲调，然后慢慢地跟着做佛事，在做佛事的过程中再学习。他们学的时候虽然用过录音机但是没有把录音留下来。学的时候是师父教一句，他们唱一句，要是学不会的话，师父还会打板子。廓慧法师记得自己在学习念诵《楞严咒》时挨过打。由此可以看出，天宁寺梵呗唱诵在教授过程中是非常严格的。廓慧法师说要想把梵呗唱好，关键是要用心，梵呗唱诵和唱歌一样，要先感动自己，要如法地唱，因为怕因果。当笔者问到他对现在新一代的传承人的唱诵怎么看的时候，他说：“他们唱得很好，但是少了点儿三宝腔。所谓的‘三宝腔’就是梵呗，他们用的力不行，经忏味浓。”

6月15日是我们到天宁寺的第四天，听说当天会举行地藏忏佛事，地点在学戒堂。笔者一行准备参加他们的佛事活动，真实感受他们的唱诵特点。在学戒堂遇到了天宁寺的当家师廓尘法师，他知道了笔者的来意后，将我们带到内坛，与心悟法师、达开法师等进行座谈。在去内坛的路上遇到了一个北大的日本留学生，她是研究日本“能”的，她来天宁寺是想录一些佛教梵呗，然后和日本的“能”进行对比。廓尘法师邀请她和我们一起来内坛。在访谈过程中，该学生向法师提问，并且让法师按照她的要求唱了一段——《炉香赞》来对比唱的时候和诵经的时候发音有什么不同。

※ 采访：廓尘法师、心悟法师、达开法师

地点：天宁寺内坛

廓尘法师是天宁寺当家师，1985年在天宁寺出家。

心悟法师是僧职师，1989年在金山江天禅寺出家，1992年在宝华山受戒，后来到天宁寺。

达开法师是客堂的知客，1989年在大林寺出家，1990年在天宁寺受戒。

心悟法师：“我们佛教唱的东西，高音部分也有抑扬顿挫在里面，你平常唱的这些音调里面也有抑扬起伏在里面。和社会上的音乐相比，梵呗的旋律起伏不是那么明显。如果你细细地品味，它里面都有抑扬在里面。你诵一段经文，整体上看都是平平地下来的，但是你把它单个分开来看，其实内部有抑扬的节奏在里面。在维那举腔的时候，人多维那就可以举高一点，人少就举平一点，就是低一点。如果人少你举得很高，大家就会唱得很吃力。”

达开法师：“我们讲究声音要干脆。”

廓尘法师：“当时我们在天宁寺佛学院读了两年，佛学院有三门课程，一个梵呗，一个语文，一个佛学知识。当时静海法师，教我们佛学知识、语文、历史。梵呗是妙云法师教。还有一个老和尚叫普云，教我们念经。老和尚脾气很大，一个字他教你一遍你不会念，再教你一遍还不会念，他一下子就开始打，然后说：‘笨死了，再来’，他喜欢用老一套的，他说打一打就开智慧了，不打不开智慧的。小和尚就是这样的，用现在的话说就是‘欠揍’。他脾气急，但是他心是好的，他说：‘我打你们的时候你们可以躲，因为你们学不好才要打。’我就是第一个躲的人。他打我，我就躲，我知道他要打我。当时我们都是几个人坐在一起的。我们一个个分别唱，谁不会就打谁。一般情况下我们都会被打。我们当时都是分批学，这一批来了，两三个人一起教，有两三个月早晚课就基本上会了；然后再来五个，这一批人就差不多了。后来我们就去佛学院了。等我们回来静海法师和妙云法师都到其他地方去了，培训班就没有再开了。后来又来了一个元明法师，教佛学，他以前是上海龙华寺佛学院的佼佼者。慢慢地唱念这块大家都会了，再后来的听听前面的人唱的也就会了。水陆、焰口很少单独教，当时有个老和尚教过我，只教了一段。我们当时学水陆的时候妙云法师也是教一段，因为只要你学一段其他就容易学了。水陆里面最难的就是一段梵腔——慢梵，只要你把这掌握好了其他都是在这个‘框子’里翻，只要你不要翻乱了。当时学的时候只有我、廓慧、和融、廓净。我们在一起几十年了。现在我们很少做佛事，都退居二线了，因为能够和我们配合的人太少了，配不好就不要做了。除非有水陆，现在一般的佛事都是达开他们做。当时打鼓我们没有学，但是大和尚打给我听过，打给我们看过。打鼓有两种，一种是大板的，就是《焰口》书上有板眼的；另一种是小板，就是要凭自己的听力，所以我说这是指挥棒。打鼓一定要有智慧，耳音要好，要和唱的音乐节奏相协调。不会敲的就在里面捣蛋，会敲的就和节奏一致，敲得好的他可以带着这个人唱。大和尚年轻的时候比我们还苦。他学的时候都要重重地挨打，我们打打躲躲就算了，他们是真挨打。早晨起来要照应老和尚，帮老和尚整理个人内务，还要会剪窗花、写对联。这些都要学，而且要学很多年。现在老和尚年龄大了，以前佛事方面是很好的，很多人都请他敲木鱼，一般人都是请不到的，因为请的人太多了，很有名的。其实坐台的不如敲木鱼的有实力，坐台是要讲一个道行，一个念头，一个观想，其实放焰口主要的吃力就是靠敲木鱼来带动，然后由敲鼓的来配合，这是一套班子。当时我们大和尚年轻的时候是以佛事为主，后来他感觉做佛事没有意思，就不做了。现在他80多岁声音还很响，一声下来很少有人能够接上，声音很高很响，他唱得有规矩，在以前都是有要求的，在哪里停，在哪里换气，几个人一起唱，要让人家听不到、感觉不到有人在换气。这个就需要慢慢配合，形成默契。现在各个地方的人比较多，流动性比较大，不是一个师父教的，可能不一定太协调。敲鼓是有说法的。在早晚课里面有一段叫‘风雷雨’三层，开始敲的要像风声，中间要敲的像打雷，最后要敲的像下雨一样，然后慢慢地停下来。我们每个学的人都是有智慧的，我们每个人都是用耳朵听的，没有都是手把手来教的，我们就是随着做佛事来一步一步地学习。比如说我们先从简便的敲铪子开始，铪子会敲了就开始敲铛子，铛子学会了就学着敲木鱼，循序渐进。我来到这里的时候我们有30多个人，妙云法师教我们。你可以找廓慧，他是当时最年轻的，我来得比较晚，我来的时候他已经在里面学了几个月了，他比那些学一两年的人还有智慧。他们不会唱的他会唱，还唱得好。他年龄小，有智慧，还有他的嗓音比较正，音域也比较宽比较旷，声音弹性也比较大，也有磁性。我们当时学的要求是：宽、旷、甜（声音要比较甜，吸引信徒，唱得比较好听）、蜜（就要像蜜一样，黏在一起的，就是要唱得很连贯）、脆（声音要有穿透力）。嗓子要正，像我这样的喉咙是哑的不行，不好的声音是低、左（喉咙偏到一边去了）、涩（涩涩的不好听）、皮、黄（就是跑调）。”

※ 采访：和融法师

问："和融法师，在申请'非遗'后，传承谱系是不是有所变化，产生了新的传承人吗？"

答："可以说是吧。例如，达开、善华、善荣、国华、礼浩、慧可、悟明等人。现在的佛事大多数都是由他们担任。因为达开和善荣现在担任客堂的知客，因此小型的佛事他们两个很少参加。"

问："他们学习唱诵和你们是相同还是有所不同呢？"

答："因为他们不是在天宁寺出家，后来来天宁寺的，我们是跟着妙云学的，他是天宁寺的一位老维那，他唱的就是天宁寺传统的唱诵。他们不是学的我们天宁寺的，是在外面学好了，来天宁寺常住的。"

问："既然是在外面学的，是不是和天宁寺的唱诵不一样呢？"

答："我感觉和我们唱的差不多，没有严格的区别。我听到周围的一些寺院唱的也和我们差不多。"

问："那师父说差不多，是差多少呢？"

答："就差一点吧。我们是妙云师父手把手教的。而他们在唱诵上面的要点和我们不同。我们的唱诵像海潮音一样的，在这个上面他们还是不能达到这一点。他们唱诵经忏味道更浓一些，少了一些庄严的味道。传统唱法是很如法的。可以说，妙云法师唱得更如法，我们唱得不如妙云法师如法，新的传承人不如我们唱得如法。"

问："那他们有和你们学吗？"

答："他们都是在外面学好了，来天宁寺常住的。等于不是我们手把手教的。我们当时跟着妙云学的时候几乎都是手把手教的。"

问："你们当时学的时候是什么样子呢？"

答："我们就是在天宁寺出家，学唱梵呗也是在天宁寺学的。"

《申报书》中提到的代表性传承人是：松纯、文永、和融、廓尘、廓慧。松纯法师现在82岁，是天宁寺的方丈，有的时候还会在重大的法事中敲敲鼓，据说以前他的唱诵很好的，现在年龄大了，嗓子不行了，但是鼓敲得还是很好的。笔者有幸听过大和尚敲鼓，风、雨、雷、电通过鼓表现得真的是淋漓尽致（在佛教中鼓敲得好的人，可以把大自然中风、雨、雷、电自然现象，通过鼓的声音表现出来）。文永老和尚现在87岁，是天宁寺以前的都监，曾经当过天宁寺的维那。和融、廓尘、廓慧都曾经得到过他的指点。因为我们去的时候老和尚没在家，所以没有见到老和尚。申请"非遗"以后传承人的传承谱系发生了一些改变，产生了一些新的传承人，如达开、善华、善荣、国华、慧可、礼浩、悟明等。现在很多小型的佛事都是由他们来主持的。只有遇到大型的佛事时，和融、廓尘、廓慧才参与。

现在学习梵呗唱诵的方式和以前有所不同，没有师父特意来教授，大多数是在做佛事中学习。遇到不会的地方才向师父请教教授，大多数都是通过录音设备来学习的。用他们的话说就是理论实践相结合的方式学习。新一代的传承人唱诵的味道缺少了佛教的三宝腔。可见天宁寺在传承人的培养上面不够重视。

据和融法师介绍，佛学院已经恢复了十几年了，他们只是不对外招生，都是内部培训，没有像中国佛学院那么正规，也就是没有寒暑假，课程还是有的。现在还和以前一样开有三门课程，一门是语文，老师是社会上招聘的，一般都是退休的中学教师；一门是梵呗课程，是由廓慧法师来教的；第三门课程就是佛教知识，是由中国佛学院毕业的演翔法师教授。因政府和天宁寺重视程度不够，出现经费问题和僧才培养问题。

2. 天宁寺梵呗唱诵使用的乐器

天宁寺梵呗唱诵主要是纯人声唱诵，不用丝竹管弦，只用打击乐器伴奏，目的主要是用来掌握节拍和速度的。这些打击乐器僧人称为法器。天宁寺梵呗使用的乐器有：木鱼、手鼓、磬、铛子、铃钟鼓、引磬、铪子（小钹）等。如图2－3至图2－9。

申报国家级非物质文化遗产以后，天宁寺大多数时候使用的乐器还是木鱼、手鼓、磬、铛子、铃钟鼓、引磬、铪子（小钹），没有加入新的乐器。就是在举行一些大型的法会结束的时候，会找一些外面的丝弦乐队来参与法会活动，本寺院的法师是不使用这些丝弦乐器的。

3. 梵呗唱诵保护经费的投入

在《申报书》中提到天宁寺在常年法师活动中投入资金200万元。可是在笔者考察中得知，自从2007年申遗以后天宁寺没有特别大的变化，在资金投入上也没有很大的变化。因为天宁寺的重视程度不够，因此也没有在梵呗唱诵的保护问题上投入资金。据考察得知，申报批准后，天宁寺只是收到3000 ~ 4000元政府给的经费。并且把其中一部分作为奖励给了写《申报书》的撰稿人。他们也想对梵呗进行投资，也曾经有过摄像，找了七八个人来研究梵呗唱诵，以此来弘扬天宁寺的唱诵。但是因为人员问题、经费问题，领导不重视没有继续深入研究。

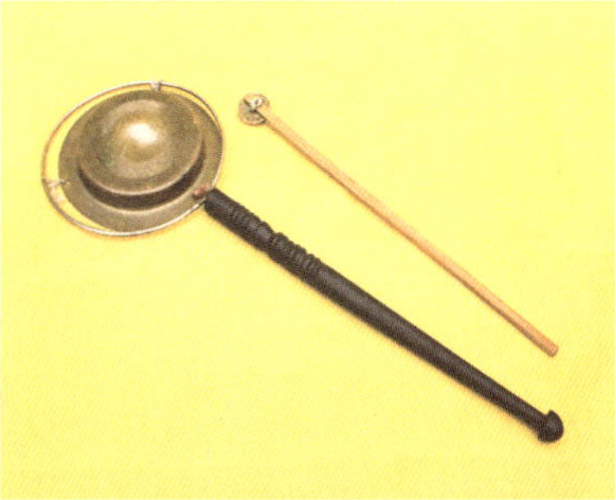

袁瑾／摄

2-3	2-4	2-5
2-6	2-7	2-8
2-9		

2-3 · 木鱼

2-4 · 手鼓

2-5 · 磬

2-6 · 铛子

2-7 · 铪子

2-8 · 引磬

2-9 · 铃钟鼓

2-10 · 常州天宁寺梵呗出版物 袁瑾 / 摄

4. 天宁寺梵呗申遗以后的保护成果

※ 采访：秦耀庭老师
地址：天宁寺资料室

在《申报书》中提到天宁寺保护措施分为动态和静态的两种。据秦老师介绍，天宁寺梵呗静态保护措施正在进行中。2009年发行出版了江苏省常州市天宁禅寺《国家非物质文化遗产：梵呗唱诵·华严字母》CD光盘（共4盘）。2008年出版《天宁宝塔开光大典》VCD光盘（共2盘）。

目前他们正在按着《天宁禅寺梵呗唱诵》保护工作实施计划进行。现在“四大全集”中的“文字全集”与“图像全集”已经收集整理好了，进入了收尾阶段。“乐谱全集”与“音像全集”在进行中。

他们还正在着手整理一套书，是关于天宁寺的文化丛书，这套丛书可以真正反映天宁寺的文化和天宁寺梵呗。在这套书中有一本是关于天宁寺梵呗的，书名是《天宁梵呗》。全书由六部分组成：盛誉篇、论说篇、佐证篇、赞词篇、乐谱篇、集粹篇。已经做了一年了，争取2009年出版。

据考察得知，天宁寺在动态保护方面没有做过多的保护措施，只是每年会有4~5次去中国台湾、中国香港、新加坡、马来西亚进行弘法活动。

附：《天宁禅寺梵呗唱诵》保护工作实施计划（初稿）[2]

一、本计划着重于下列两项具体工作

1.“四大全集”工作

2.恢复“天宁寺佛学院”

二、关于“四大全集”

1.“四大全集”是江苏省和国家级“非遗”项目——《“天宁寺梵呗唱诵”申报书》中提出的“保护计划”重点内容。

2.“四大全集”包括：（1）“音像全集”；（2）“乐谱全集”；（3）“图像全集”；（4）“文字全集”。

3.“四大全集”的意义：以梵呗唱诵为主体，为当前天宁寺佛教文化及作为中国传统文化三大基石之一的佛教文化存留一份较完整的资料，为其若干年后的发展变化提供参照，并尽可能成为本寺后代僧众及海内外汉佛教寺院梵呗唱诵的范本，这是我国宗教历史上一项空前规模的巨大工程。

4.“四大全集”具体内容

（1）“音像全集”：各类法师活动的全套录音录像（DVD）。按音乐界的分类，有“修行法事”（早晚课诵）、“普济法事”（超度、旺盛、焰口等）、“纪念法事”（佛菩萨生日、成道日等）、仪式法事（开光、升座、讲经等）及水陆法会、传戒法会等。或按佛教界另作分类。这些法事活动中的仪轨，也是天宁寺特色之一。这是梵呗的声讯环境。刺激应尽量体现梵呗的“原生态”，越接近传统越好，必须严格按传统规范进行，并反映出当前所能达到的最高水平，但绝不能按现代眼光进行任何加工排练。

（2）“乐谱全集”：各类法事活动中所有不同的音乐。包括各种“赞”“偈”“咒”“称佛号”及典型性的“诵经”和“佛化歌曲”等。凡能记成乐谱的都包括在内，音调相同的不重复。这是本项目的主题部分。

（3）“图像全集”：全面展现天宁寺的照片和图片。重点为反映当前天宁寺现状的摄影：建筑方面——全寺俯瞰照片、山门、东西门、山门前广场、照壁、个殿宇外观、内景、建筑装饰、宝塔、宝塔广场、宝塔内景等；佛像方面——佛菩萨、罗汉像等；服饰方面——各种袈裟、僧帽、僧鞋，包括其纹饰等；法器方面——所有打击乐器及仪轨中寺院生活中所有的法器等。还包括反映从开寺到当前发展历史的图片、历代高僧像、历来重大事件照片等。此项以展现佛教文化为主，这是梵呗的“文化空间”。

（4）“文字全集”：所有反映天宁寺历史与现状、记录与评价等方面的文字资料。

5. 经商讨与研究，领导小组与各级具体负责人如下：

（1）领导小组：余笋、徐进、松纯、庄锡连、和融、许建荣

（2）“音像全集”：松纯、廓慧、李燕良

（3）“乐谱全集”：许建荣、秦德祥（外聘、另聘音乐界数人参与）

（4）“图像全集”：庄锡连、陈期、廖祖同（外聘）

（5）“文字全集”：和融、高青、秦耀庭

6. 操作方法：各级首先清理原有的相关资料，并充分利用。

（1）“图像全集”：先整理原有图像，并可向合会征集、收购有价值的图片与照片，然后进行补充拍摄。

（2）“文字全集”与“音像全集”：一边分头整理原有资料，一边进行补充。

（3）“乐谱全集”：待有了一定的音像资料后，便可以同时开始记谱。

7. 资金保障：文广新局投入10万元，天宁寺投入20万元，共30万元作为启动资金。另立账户，专款专用。该资金的保管、使用等具体问题，由文广新局与民族宗教事务局商定。

8. 检查、督促制度

（1）各级具体负责人随时了解本集进展情况，及时帮助解决具体问题。

（2）领导小组及各级具体负责人每季度举行一次工作例会，交流情况，商讨进一步开展工作等问题。

三、关于恢复“天宁寺佛学院”

1. 价值与意义：佛学院不仅体现出寺院的规格和地位，对于传播梵呗、扩大其影响及提升本寺在国内外佛教界中的地位都有重要作用。天宁寺梵呗闻名天下，与20世纪40年代近10年中的天宁寺佛学院毕业生分散到各地寺院有关。恢复“天宁寺佛学院”，是天宁寺对佛教事业应做的贡献。

2. 当前的关键问题

（1）教师问题

A. 寺内挖掘潜力，松纯大和尚和毕业于其他佛学院的高僧等。

B. 培养新人、在本寺内少量挑选有培养前途的年轻僧人，让他们在实践中逐渐锻炼成长。

C. 适当外聘。

（2）学员来源

A. 首先立足本寺，提高本寺僧众的素质和水平。

B. 数年以后再吸收外寺年轻僧人，由少到多，逐步增加。

C. 办出一定水平与影响后，来源自然解决。

3. 领导班子、教师及工作人员人选。请松纯大和尚举荐。

4. 初期开设的课目设计

（1）课程

A. 以梵呗为主，可占总时数的60%～70%。

B. 僧人自我修持。

C. 讲经。

以后再适当增加其他课目，适当削减梵呗所占的比重，但始终保持梵呗传授的特色。

（2）学制：初期为一年。分两个学期，以后视具体情况再延长为二年或三年。

（3）课时：初期安排每星期两课，每课一个半小时，除节假日及两个学期中间的暂停外，一年总计约为80课。

（4）学院管理制度、学员奖惩办法等，另定。

5．“非遗”保护机构的设立

据调查，天宁寺在申遗以后2007年召开了关于“天宁寺梵呗唱诵”项目协商会。出席会议的有常州民族宗教事务局局长和副局长、天宁寺方丈、和融监院等。在会议上大家就天宁寺梵呗唱诵的保护展开了商讨，并成立了天宁寺梵呗唱诵领导小组。后来这个工作小组的工作就没有继续做。

附:《关于“天宁寺梵呗唱诵”项目协商会的初步建议》③

一、基本情况

作为该项目保护单位的天宁寺，对于“非遗”缺乏应有的认识，对其梵呗唱诵的文化价值与地位不很明确，保护意识不强，把“非遗”保护工作误认为是宣传工作。

天宁寺的主管部门——常州市民族宗教事务局未参与该项目的“非遗”申报工作，同时对此项目申报成功后尚无管理与督促。

在当前社会环境下，天宁寺从领导到年轻僧人的修行意识比较淡化，佛事活动有时并不完全按规范进行，梵呗唱诵水平有所下降，他们忌讳指出此类情形，只有民族宗教事务局可以指出，要求他们加强继续全国领先地位的意识，努力逐步达到或超过历史最高水平。

以民族宗教事务局与天宁寺为一方，文广新局与民保中心为另一方，保护工作只有以天宁寺为主，才能取得应有的成效。但当前主客关系的倒置，前者被动，后者主动，互相很少沟通。

二、与会者

民族宗教事务局：赵世平（局长）、余笋（分管宗教的副局长）

天宁寺：松纯大和尚（方丈）、和融法师（首席监院）

三、主要内容

1. 由我方简要介绍（各项占5分钟，不超过10分钟）

（1）国家“非遗”工作精神和当前有关形势（文广新局）

（2）我市“非遗”项目及已获批准的情况（民保中心）

（3）天宁寺梵呗唱诵的历史地位和价值（秦德祥）

（4）保护工作的总体打算（按照申报国家级“非遗”文本）（秦德祥）

2. 商讨

（1）交流认识方面的看法

（2）对上述保护工作的总体打算的意见

（3）成立“天宁寺梵呗唱诵领导工作小组”

（4）设立“保护天宁寺梵呗唱诵专项资金”，民保中心与天宁寺采取“一对一”投资方式，设立专项账户专款专用

（5）落实当前（年内）的保护工作，明确分工，落实人头和完成时间

A. 开辟“梵呗唱诵档案室”

B. 开始录制全套法事活动录音录像

C. 开始拍摄全套摄影资料

（6）确定制订当前保护工作经费计划的人员，明确经费来源

四、时间、地点

2007年11日上午9时，天宁寺塔底层茶室

6．友好交流

通过考察笔者了解到，在动态保护方面天宁寺没有做很多的保护措施，只是每年会有4～5次去中国台湾、中国香港、新加坡、马来西亚进行弘法活动。

7．未来的保护计划

※ 采访：廓尘法师

地点：水陆法会内坛

问：“天宁寺有想着做一些录制的事情吗？”

答：“现在我们还没有做，下一步会做。我们不鸣则已，一鸣惊人，我们要等待时机，等待因缘成熟。我们现在在这里谈话只是个因，有因必有果。”

※ 在天宁寺资料室，与秦耀庭老师的对话

问：“能否给我们介绍一些天宁寺未来的保护计划？”

答：（1）进一步整理与研究现有资料，尽可能廓清天宁寺梵呗的历史发展脉络。

（2）对现状进行静态保护——全面录音录像，以图像（摄影）、音像（录像、DVD）、乐谱、文字等多种形式，完整地保存当前天宁寺梵呗唱诵的“原生态”面貌，编辑出版“四大全集”：图像全集、音像全集、乐谱全集、文字全集。“四大全集”以梵呗唱诵为主体，从多方位、多角度展现天宁寺佛教音乐文化，其编辑出版对于佛教文化乃至中国传统文化的研究具有重大的意义，在保护和弘扬中国传统文化方面也有巨大的价值。

A. 全面搜集整理现有的相关资料；对现有的资料进行全面拍摄和录音录像；完成现有资料的整理工作；采录常用法事音乐，最终出版“图像全集”和“音像全集”。

B. 开始为录音录像记写乐谱，最终出版“乐谱全集”。

C. 清理、整顿、完善梵呗唱诵档案工作，最终出版“文字全集”。

（3）对发展变化的天宁寺梵呗唱诵，继续进行动态保护——每5~10年全面记录一次，进行动态观察，编辑出版相应的图像、音像、乐谱、文字资料。

（4）对外交流方面，参访、采集当前国内重要寺院、港澳台地区、东南亚及美国相关寺院的梵呗唱诵，开展寺内外、国内外梵呗唱诵的交流活动，奠定天宁寺梵呗唱诵在国内

外佛教音乐界的重要地位。

（5）建立梵呗唱诵档案馆，确定保存处所，明确保存责任人，制定保存制度。

（6）举办天宁寺梵呗唱诵专场音乐会，邀请国内外相关人士前来交流，开展梵呗交流活动。

（四）存在的问题

1. 重视程度不够。传承人对自己是传承人一事一无所知，也未收到关于传承人的证书和任何的证明。申遗工作都是由一位秦老师帮着做的，在出席领奖牌的时候也是这位老师代领的（秦老师是常州市中学的一个老师，并不是寺院里的工作人员），从申报到入选，整个过程传承人并没有参与。可见天宁寺对非物质文化遗产的重视程度不够。

2. 申遗后在培养传承人的传授方式发生了变化。现在的传授方式不再采用师父口传心授的方式，而是用录音设备学习来代替师徒教授的方式，并且有很多传承人来寺院以前就会梵呗，但是唱诵不是在天宁寺学习的，使得天宁寺的唱诵发生改变。笔者担忧这种情况会影响天宁寺的传统唱诵的传承。

3. 传承人缺乏。寺院需要培养一些本寺院的传承人，来补充传统唱诵人员严重缺乏的现状。

4. 虽然有佛学院，现在还和以前一样开有三门课程，但是不是很正规。因为有经费问题，也有人员问题，使得寺院对僧才培养重视的程度不够。

5. 在《申报书》中提到的保护计划并没有很好地实施，寺院本身就不知道如何重视，本身《申报书》就是秦老师一个人写的，寺院僧人也没有很多参与，以为申报下来后，这个事情就结束了。也就是说，申报和保护完全脱节。寺院方面对此缺乏全面的认识。

四、结语

在申报成为国家级非物质文化遗产项目之后，天宁寺梵呗唱诵的传承人发生了新的变化，产生了一大批新的传承人，这些传承人现在已经活跃在寺院的日常法事中，能够担当寺院的重要的佛事活动，对天宁寺梵呗唱诵起到继承和保护的作用。申报成为国家级非物质文化遗产项目以后，天宁寺召开了关于“天宁寺梵呗唱诵”项目协商会，成立了天宁寺梵呗唱诵领导小组。申报成为国家级非物质文化遗产项目后，天宁寺收集整理相关资料，2007

年出版了江苏省常州市天宁禅寺《国家非物质文化遗产：梵呗唱诵·华严字母》CD光盘（共4盘）、2008年又出版了《天宁宝塔开光大典》VCD光盘。在友好交流方面，天宁寺还是做出了一些成绩，每年天宁寺去中国台湾、香港地区，以及马来西亚、新加坡等国家进行弘法，对天宁寺梵呗的传播起到一定的积极的作用。但是天宁寺梵呗在保护方面做得还是远远不够的。在申报成为国家级非物质文化遗产项目后，天宁寺对梵呗唱诵的保护工作开展得不多，从政府到寺院的重视程度都是不够的，寺院本身对是不是"非遗"的意识也比较淡薄，在这个方面需要加强意识；政府也需要从政策和资金上给予一定的支持和帮助。

注释

① 丁福保:《佛学大辞典》，文物出版社1984年版。
② 此稿件由天宁寺资料室提供。
③ 此稿件由天宁寺资料室提供。

第三章 大相国寺梵乐调查报告

项目名称・开封大相国寺梵乐

所属类别・传统音乐

申报单位或地区・河南省开封市

入选国家级非物质文化遗产名录情况・2008年第一批扩展项目Ⅱ-138

撰写人・袁瑾

一、开封大相国寺概况

最早记录大相国寺梵乐的是宋朝梅尧臣的《宛陵集》。“刘原甫观相国寺净土院吴道子画，杨惠之塑像，又越僧鼓琴，闽僧写真，予解其诧。”它融汇了宫廷音乐、寺庙音乐、民间音乐之精华，演奏曲目十分丰富，分声乐和器乐两种，在全国乃至世界佛教音乐中占有独特的地位，曲目200余个。大相国寺梵乐的音乐素材来源丰富，韵味浓郁。其中声乐曲的“偈”以释迦牟尼讲经说法的语言为内容，由“通偈”的梵语三十二个音节构成，尤为宝贵。而器乐曲则以传统佛乐及中州地域音乐为主，编制严密演奏规范，在开封繁（音：“婆”）塔及铁塔壁砖上均可看到雕刻的演奏佛乐的佛教弟子。大相国寺梵乐乐谱传承下来的有《大相国寺佛乐手抄秘谱》五本及《师旷六律》等乐谱。

大相国寺位于河南省开封市，它始建于北齐天保六年（555），至今已有1450多年的历史，是著名的汉传佛教十大名刹之一。大相国寺在北宋时期为皇家寺院，寺内设置僧纲司，管辖全国的佛教事务，因此，四海高僧经常云集于此。每当佛教举行重大庆典活动，均邀请各方著名乐僧协同演奏，向佛献乐；百人演奏，蔚为壮观。乐曲内容十分丰富，演奏风格也呈多样化。大相国寺梵乐在佛教音乐中独树一帜，其声音清新典雅、超凡脱俗，其韵意幽远深长且历史悠久，是佛教音乐文化及中华音乐文化的宝贵遗产。唱者身心合一、物我两忘；闻者胸襟豁然、神游情动，仿若置身极乐天境，于袅袅音声中细细体味人生之真谛，体会和谐之意韵。具有很深的文化研究价值。在对外文化交流，特别是和信仰佛教的国家交流时，也不失为一个独特的“品牌”。自2002年7月，“大相国寺佛乐团”已参加了“迎澳门回归五周年庆典”“第三届中·韩佛教音乐学术研讨会”“海南三亚南山观音苑广场大型佛教心灵音乐会”“山东省佛协鱼山梵呗文化节”“韩国东亚细亚佛教音乐学术大会”等活动，在国内外佛教界获得一致好评，产生了较大的影响。

二、开封大相国寺梵乐的历史渊源

大相国寺梵乐创建宋代并逐步兴盛起来。宋朝梅尧臣《苑陵集》对大相国寺僧人弹奏古琴的历史有记述。北宋为“皇家寺院”，经常有朝廷或开封府举行佛事音乐活动，大相国寺梵乐也在这时形成并发展起来，同时也和民间音乐相互借鉴与融合。金元时期，开封城遭遇兵燹，经济文化一度衰微。但大相国寺仍有“三千歌吹灯火上，五百缨缦烟云中”的佛事活动，佛乐演奏、万姓交易。清代大相国寺常住僧人300多位，仍有专业乐僧演奏。民国期间，僧人遭遣，但乐僧释安伦千方百计保存了《大相国寺乐谱》谱本，留存至今。2002年7月，成立了“大相国寺佛乐团”，实现了心广法师弘扬佛教历史文化传统的宏愿。专门培养乐僧22名，编排了《白马驮经》《相国霜钟》《宝鼎赞》《菩提树》等40余个佛乐节目，在中外佛事活动和文化活动中演奏。

三、开封大相国寺梵乐的田野调查

开封大相国寺梵乐演奏不但有着悠久的传统规模，长期以来还融宫廷音乐、佛教音乐及宋明以来的中原民间时曲为一体，积累了大量丰富的声乐、器乐曲目，尤其是至今还保留着已近濒危灭绝的我国民间吹管乐器“筹”，更显示了其悠久的历史和传承不息的延续性，长期以来形成了其独具特色的汉传佛教的音乐风格。2007年开封大相国寺梵乐成为第二批国家级非物质文化遗产。我们考察的目的是：在申报国家级非物质文化遗产以后，开封大相国寺梵乐是否得到了很好的保护还是走向濒危？今后的开封大相国寺梵乐又将会是怎样的一种发展前景？

（一）调查基本情况

基于上面的一系列问题，以《国家级非物质文化遗产申报书》为蓝本和依据，以开封大相国寺梵乐为主要调查内容，于2009年笔者与课题组另外两名成员赴开封大相国寺进行考察。

调查时间：2009年6月12~16日

调查人：袁瑾、都本玲、张晓雪

调查地点：开封大相国寺

调查对象：一共是5位，其中出家人有4位：心广法师、隆江法师、宏观法师、源悟法师（李详攀），在家人有2位：尼树仁、许长岭

表3-1 被采访者信息一览表

姓 名	性 别	居住地	职 务
心广法师	男	开封大相国寺	方丈
宏观法师	男	开封大相国寺	监院
隆江法师	男	开封大相国寺	老艺僧
源悟法师	男	开封大相国寺	乐僧
尼树仁	男	河南开封	乐团老师
许长岭	男	河南开封	乐团排练指挥

（二）调查方式

本次调查采用个别采访和小组访谈相结合的方式，按事先设计好的调查问卷作为提纲逐项进行采访，但又不拘泥于调查表格问题项的限制，而是根据被访者在访谈过程中的实际情况随时进行设问。这种调查方式就保证了调查结果的真实性和可信度。

（三）开封大相国寺梵乐申遗后的现状①

1．开封大相国寺梵乐的传承谱系

隆江法师向笔者讲述了自己与大相国寺梵乐结下的因缘。

1923年夏季的一天，法师出生在河南省民权县白云村。因为家里很贫穷，经常去挖野菜。白云村里有个白云禅寺，每当挖野菜的时候走到寺旁，都会驻足倾听里边传出的木

3-1·大相国寺佛乐团 袁瑾／摄

鱼、佛乐、晨钟、暮鼓之声，这样久而久之在他幼小的心灵与佛门结下了不解之缘。在他6岁的时候因缘成熟，法师在白云禅寺出家，法号——隆江。在隆江法师8岁那年，听说睢县董寨刘小庄有一位叫刘紫泰的民间艺人会吹一种乐器——“锡管”，隆江法师很想学这种乐器，就求师傅去请。刘师傅请来后，隆江就拜他为师，学习演奏“锡管”。这种乐器约20厘米长，前端有一个哨口，哨嘴两孔之间下端有一个小孔，共7个发音孔，音孔呈椭圆形，有花生米大小，刘师傅吹起“锡管”，音韵优美，非常动听。可是动听的“锡管”吹起来可不容易，法师经过3个月的努力学习还吹不成个曲子。但是他不怕吃苦，经过苦练3年后，吹奏水平已经超过了刘师傅，在当地已经出了名。据法师说，自己那时也不知道“锡管”是皇家乐器，只听刘师傅说技艺是从大相国寺学的。

大相国寺还有一件独特的乐器——“筹”，它像笛又像箫，发出的声音却与笛、箫大不一样。筹管前后贯通，吹孔开在顶端。当隆江法师第一次见到“筹”，就被那令人惊奇的音律吸引住了，他虔诚地再拜大相国寺的乐僧为师。不过颇懂音律的法师，再次遇挫。他回忆说：第一次试着吹“筹”，累得满脸通红，额上暴起了青筋，也没有吹响。经过一番勤学苦练，16岁时，法师已是笙、管、笛、筹等乐器样样拿得起放得下。10米外的蜡烛他能轻易吹灭，离筹孔几厘米远，也能照常演奏筹乐。此“绝技”传遍了方圆几百里，请求观看者络绎不绝，民俗节日来临之际请求他演奏的人越来越多。新中国成立以后，隆江回到白云禅寺。1957年3月，他到北京参加全国第二届民间音乐舞蹈会演，其独奏《抱钟台》《胡溜》还荣获二等奖。2002年，大相国寺心广法师升座为方丈，法师被请到了大相国寺佛乐团。

3-2・大相国寺梵乐传承人隆江法师　袁瑾 / 摄

图 3-3・大相国寺梵乐传承人源悟法师　袁瑾 / 摄

在申请非物质文化遗产以后，大相国寺在培养传承人方面做了很多工作。佛乐团每天都会有两次排练，一次是早晨9点，一次是下午3点。每天清晨和晚上乐僧也会自己单独练习自己的乐器。大家学习梵乐的态度很积极。申请非物质文化遗产以后乐僧人数不断增加，从申报时候的22人增加到25人，比起申报时乐队又增加了3人。以前吹筹的只有源悟法师，现在增加了亚楠法师。据宏观法师介绍，下一步还准备培养所有佛乐团的法师学习吹筹和锡管。为了提高佛乐团的水平，他们还特意聘请了文化馆退休的许长岭老师来为乐队排练，许老师现在是佛乐团的指挥，他说："近年来，为挖掘和弘扬大相国寺皇家佛乐的优良传统文化，我们经常邀请中央音乐学院的教授前来指导，使得寺院几近失传的佛乐表演得以成功恢复。寺里也经常找合适的机会派乐僧去高等音乐学院进修，提高他们的演出水平。"

2．乐器

在《申报书》中提到的大相国寺乐器基本上是：大磬、引磬（又名二磬）、木鱼、铛、铪、云锣、大鼓、手鼓、笛子、筹、管子、长箫、唢呐、筚篥、笙、大号、钟、编钟、编磬、箎、箜篌、抿金铎、方响、埙。经过笔者实地考察大相国寺梵乐使用的乐器有：编磬、编钟、笛子、二胡、大号、大锣、管子、唢呐、笙、埙、扬琴、云锣、架子鼓、筹、锡管。

上面申报成功后他们又增加了琵琶、古琴、电子琴、三弦、架子鼓等。 据宏观法师说，文献中记载大相国寺梵乐有这些，他们正在努力地恢复中。

在考察中我们见到了大相国寺两个独特的乐器，一个是筹，一个是锡管。

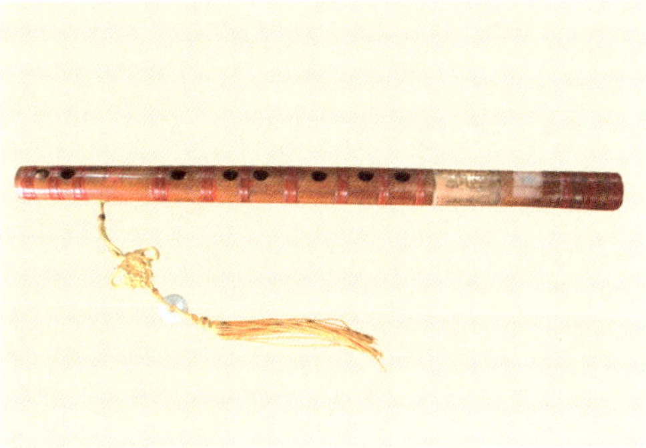

3-4 · 筹 袁瑾 / 摄

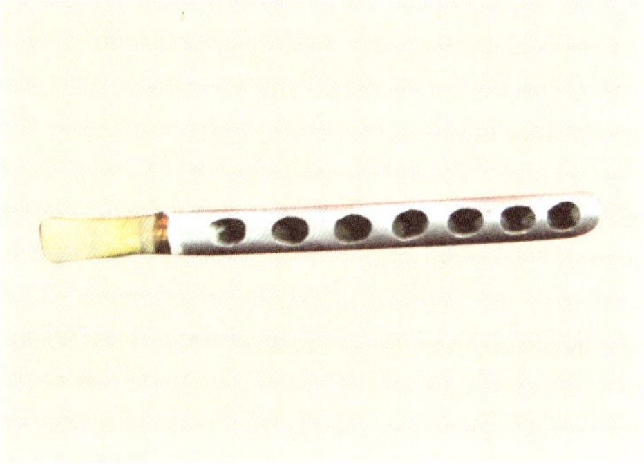

3-5 · 锡管 袁瑾 / 摄

◎筹

“筹”是大相国寺乐僧所使用的各种乐器中最为独特的，也是大相国寺独有的乐器，佛教界目前只有大相国寺保存有筹。它像笛又像箫，发出的声音却与笛、箫大不一样。“筹”的韵律兼具箫之哀婉、笛之悠扬，却又别具一格，闻之颇有超尘脱俗之感。包括谭盾在内的许多著名音乐家听后均为之倾倒，并大加推崇。筹管前后贯通，吹孔开在顶端。它的吹奏方法很特别，是斜向吹奏的乐器。它的吹孔大，吹起来特别费力，学习难度很大，目前只有少数弟子习得筹的吹法技艺。据隆江法师说，他现在教了两个徒弟，一个叫源悟，一个叫亚楠。

◎锡管

“锡管”也是大相国寺独有的乐器，有8个孔，一个竹哨子，如同铅笔长短。因用锡制成管身，因此称为锡管。声音洪亮，犀利奔放。

据隆江法师讲，这两样乐器现在已经很少见了，因为乐器厂不会做，都是他自己制作的。对于这两件东西的历史，但具体多少年，他自己也说不清楚了。

他说是他师傅传给他的。自从2002年大相国寺佛乐团恢复后，他就在这里吹锡管。当问到现在佛乐团有人会吹这两件乐器时，隆江法师说，筹这种乐器，自己的弟子们已经掌握，但锡管他们还吹得“不是那个味”。可见掌握这两件乐器还是很有难度的。对于下一步对这两件乐器的研究和传承，宏观法师说：“目前我们正在加紧对筹和锡管这两种乐器的产业化进行研究。”这也可能成为国内佛乐的一大亮点。

3．乐谱

《大相国寺佛乐手抄秘谱》曾是该寺的镇寺之宝，自从1927年散失于民间之后，一度成为大相国寺僧人心中的一大憾事。据宏观法师介绍，释安修和释安伦是大相国寺的专业乐僧，他们自幼习乐，才华出众、技艺超群，在开封东郊常为施主演奏。后担任寺内监院与执事。这个乐谱就是他们在原有的大型宫廷乐的基础上，用他们的一种记谱方式——工尺谱的方法记录的。1927年冯玉祥军队拆庙伐神时，他们被驱赶至开封东郊文庄子孙寺院（隶属于大相国寺统辖），1950年“土地改革”时再度返回东郊文庄，居于小寺附近的贫农厚友高福元家中，此乐谱也随之带去，并保存了下来。1976年安伦、安修相继圆寂，这个谱子就传给了他的一个学生，后几经转折终于把《大相国寺佛乐手抄秘谱》请了回来。宏观师父说：“去年文化局给我们送来的手抄秘谱是3本，那3本是包含在5本里的。”实际是《大相国寺佛乐手抄秘谱》5本，那个人手里的谱子也是影印本，原本已经无从考证了。现在已经挖掘、整理、演奏的作品有：《炉香赞》《赞礼西方》《白马驮经》《小三宝》《大三宝》《戒定真香》《感佛恩》《宝鼎赞》《相国霜钟》《大弥陀赞》《抱钟台》《普庵咒》《驻云飞》《牧羊曲》《迎宾曲》《菩提树》等40余首曲目。

4．大相国寺梵乐保护经费的投入

在申请非物质文化遗产后，大相国寺对梵乐保护经费的投入还是很大的，购置梵乐乐器经费：120万元；乐手培训经费：10万元；建立梵乐艺术展室经费：80万元；编作梵乐音像制品经费：15万元；梵乐考察整理研究经费：30万元。

5．大相国寺申遗以后的保护成果

大相国寺梵乐在申请非物质文化遗产以后，经过精心挖掘、整理已经取得了一定的成绩。其中委托黄河音像出版社录制了《大相国寺梵乐》CD光盘，共收录了13首经典曲目。2009年又一次委托黄河音像出版社出版发行3000盘CD光盘。在开封市政府和开封宗教局的大力支持下，前期申报工作基本结束，等河南省宗教局给河南省新闻出版局和河南省光电局复函后，即可制作、发行。

据宏观法师说：“通过各方支持，已经从北京请回大相国寺宋代秘谱5本，这也是大相国寺佛乐最核心的部分，我们邀请了国内著名的音乐家，正在把这5本古谱翻译成可以演奏的简谱，待大相国寺佛乐乐谱全部翻译工作完成后，我们也准备在国家正规出版社出版。”

在笔者考察一年以后——2010年6月26日上午9点半，大相国寺举行了宋代手抄秘谱迎请暨皇家佛乐CD首发式。

图 3-6 ·《大相国寺佛乐手抄秘谱书影》
袁瑾 / 摄

6．友好交流情况

2002年，在大相国寺方丈心广大和尚的努力倡导下，在中央音乐学院袁静芳教授等专家的指导下，大相国寺成功地恢复了大相国寺佛乐团，开启了大相国寺佛教音乐新的历史阶段。

2004年9月20日，大相国寺佛乐团应有关方面的邀请，赴贵州省进行演出。这是大相国寺佛乐团首次走出河南省进行表演。当时已有乐僧22名，精心编排了《相国霜钟》《白马驮经》《宝鼎赞》等40余个节目。

2004年12月4日，为配合澳门回归五周年庆典活动，大相国寺梵乐表演团一行53人，赴澳门进行为期三天的演出访问。在澳门期间，举办以澳门回归五周年，以“祈福澳门”为主旨，祈祷世界和平、国泰民安、澳门繁荣的祈福法会，并展示大相国寺丰厚文化底蕴的梵乐表演等各项庆祝活动，进行佛教文化艺术交流，为澳门观众献上一台精彩的梵乐。

2005年5月30日，应郑州大学校方邀请，大相国寺佛乐艺术团在方丈心广大和尚率领下，到郑州大学校园为广大师生进行佛乐和武术表演。整场演出高潮迭起，充分展现了博大精深的佛教文化和中华传统的艺术精粹，以其独具的韵味和传承彰显非凡，受到了全校师生的热烈欢迎和高度评价，同时也为校园文化系列活动增添了一道亮丽的风景。

2005年9月28日，大相国寺佛乐团应中央音乐学院和福建厦门南普陀寺邀请，参加则悟法师荣膺方丈升座庆典暨闽南佛学院八十年院庆。

2005年10月28日，应邀参加第三届中·韩佛教音乐学术研讨会。大相国寺佛乐团组团四十余人与韩国佛教佛乐代表团同台演出。

2006年4月25日，大相国寺佛乐团在海南三亚南山观音苑广场举行大型佛教心灵音乐晚会，演艺了精彩的佛乐佛曲。来自两岸三地的万余佛教信众参加这一音乐盛会。作为

图 3-7・大相国寺梵乐出版物　袁瑾 / 摄

图 3-8・《大相国寺梵乐》CD 光盘　袁瑾 / 摄

国内首次举办的大型露天佛教心灵音乐晚会，开启了佛教音乐新的原创之风，也是两岸三地顶尖梵音艺人的首次全面合作，很多曲目初次与观众见面。

2006 年 11 月 16~20 日，应中韩第四届佛教音乐文化研讨会主办方邀请，大相国寺梵乐团赴韩国参加佛教音乐研讨会演出。与来自中国、韩国、日本及中国台湾地区的佛乐界和佛教界人士齐聚一堂，共同探讨、聆听佛教音乐。

2007 年 3 月，开封大相国寺梵乐成功申报为河南省第一批非物质文化遗产。

2007 年 6 月 6 日，流落民间多年的《大相国寺佛乐手抄秘谱》三卷本终于回到了它的诞生地 —— 大相国寺。这套佛乐秘谱是由河南省艺术研究院无偿回赠给大相国寺的，是省戏剧工作室（省艺术研究院的前身）1954 年从民间音乐工作者手中征集到的，之后一直作为资料保存了 40 年，直到 1994 年才在一次大型音乐集成活动中重见天日。

2007 年 11 月 17 日，应邀参加苏州重元寺开光之“净土・梵音・乐人间佛教音乐晚会”。

2008 年 6 月被誉为“全球第一佛乐”的大相国寺梵乐在取得了长足发展后，获得“国家级非物质文化遗产”的牌匾和证书，88 岁的隆江法师被评定为国家级非物质文化遗产 —— 大相国寺梵乐的传承人。

2009 年 4 月 12 日，应邀参加“第六届中国・汶上宝相寺太子灵踪文化节”“盛世佛都・和光宝相”大型文艺演出。

2009 年 6 月 2 日，大相国寺佛乐团在北京同仁堂会馆进行了演出，1000 多名北京、天津的观众，体验了全球第一佛乐演出的恢宏盛况。北京的新闻单位这样报道大相国寺佛乐：“中国功夫惊天下，相国梵音乐人间。神话与现实相结合，大德高僧与观众现场佛事互动，以再现历史精彩场景的方式，表现唐宋时代大相国寺的繁华兴盛……”

2010年3月10日，参加中国（开封）2010清明文化节“我们的节日·清明——中华长歌行”央视特别节目录制。

2010年3月18日，首届河南非物质文化遗产展演，在淮阳的太昊伏羲朝祖庙会上揭幕，近30万名海内外羲皇子孙零距离接触了极具中原传统音乐最典型的“大相国寺梵乐非遗”瑰宝。

2010年5月，由黄河音像出版社出版，中央宣传部、国家新闻出版总署、国家宗教局等部门审阅批准的大相国寺皇家佛乐CD音像制品出版发行。

2010年11月28日，在深圳音乐厅演出。

7. 未来的保护计划

（1）继续收集整理大相国寺的梵乐

宏观法师说，通过各方支持，已经从北京请回大相国寺宋代秘谱5本，这也是大相国寺佛乐最核心的部分，邀请了国内著名的音乐家，正在把这5本古谱翻译成简谱，待乐谱的翻译工作全部完成后，也准备出版。原来在大相国寺流传的佛乐曲子还有500多首没有挖掘出来，还需要继续挖掘整理的工作。

（2）筹备实景演出基地

心广法师介绍，目前大相国寺已经聘请了专业的设计人员，在大相国寺建设一个音乐厅，经常演奏佛乐，让来大相国寺的人都有机会聆听。宏观法师说：“我们对大相国寺佛乐实景演出的前景充满信心，认为完全可以打造成为一台与少林寺禅宗大典相媲美的艺术盛宴。”

（3）少林寺里看打拳，相国寺里听佛乐

心广法师说：“目前不少著名寺院都恢复了佛乐演奏，但因为经费问题，人员不固定，多是临时组合的，很少有寺院像大相国寺这样有专职的佛乐团。组建佛乐团，是大相国寺恢复和扩建计划的一部分，希望将来能够留下这样一句话：‘少林寺里看打拳，相国寺里听佛乐。’下一步，我们还将招聘更多乐僧，扩大演出规模。少林寺请来专家策划、制作《禅宗少林·音乐大典》大获成功，我们也准备邀请众多国内知名专家对我们的‘镇寺’之宝——皇家佛乐，进行演出策划与包装。我们要学少林走向世界，把大相国寺皇家佛乐打造成全球第一佛乐。”

（4）宏观法师说：“为了更好地保护和研究大相国寺梵乐，我们正在筹备成立佛乐研究所。”

四、结语

作为千年古寺大相国寺的梵乐有着悠久的历史和深厚的基础，是我国古代佛教文化宝库中一颗璀璨的明珠，但由于种种原因，渐渐消匿。申遗后大相国寺充分挖掘优秀传统文化，使久已失传的梵乐表演得以重新再现。乐僧的人数不断增加，现在梵乐团有专职乐僧25名，比申报时候增加了3名。他们还经常邀请中央音乐学院的教授前来指导，寺里也经常找合适的机会派乐僧去高等音乐学院进修，提高他们的演出水平。直至截稿为止，大相国寺会吹筹的人数已经从两名增加到了3名。锡管现在也有两名法师在学习。在乐谱方面《大相国寺佛乐手抄秘谱》失而复得，并且在2010年6月26日举行了CD首发仪式，使得这个乐谱得以更好地推广和保护。在挖掘整理大相国寺梵乐的同时也不忘记对外的友好交流，在短短的两年时间，就参加了全国、全省的梵乐展演数十次以上，受到极大的好评。用心广法师的话说："希望将来能够留下这样一句话：少林寺里看打拳，相国寺里听梵乐。"大相国寺在非物质文化遗产保护方面做了很多工作也取得很大成绩，但是也存在一些问题。例如，目前寺庙所有的保护经费都是自筹，没有收到国家的补贴；在乐队中加入了电子琴和架子鼓会不会对大相国寺梵乐的原始原味有影响；现在展演中演奏的佛乐已经不是原汁原味的佛乐，而是经过不是很专业的人改编的，会不会失去佛乐原有的味道。

注释

① 这些内容均为笔者采访大相国寺当家师宏观法师录音整理而来。

第四章
千山寺庙音乐调查报告

项目名称・千山寺庙音乐

所属类别・传统音乐

申报单位或地区・辽宁省鞍山市艺术创作研究所

入选国家级非物质文化遗产名录情况・2006年第一批 Ⅱ－67

撰写人・翟风俭

鞍山地处辽东半岛中部，是辽宁省第三大城市，因市南郊有一对形似马鞍的山（满语思额穆阿林，意为马鞍形的山）而得名。鞍山是东北地区最大的钢铁工业城市，素有“共和国钢都”的美誉，是新中国钢铁工业的摇篮。鞍山市东南17公里处有全国著名的千山风景旅游区。鞍山市总面积9252平方公里，下辖四区三县，总人口约350万人。鞍山地区历史悠久，传统文化资源丰富。截至目前，鞍山市共有11个国家级非物质文化遗产项目，9个省级项目，63个市级和县（区）级项目，市级以上非物质文化遗产传承人94位。鞍山市于2007年10月成立了鞍山市非物质文化遗产保护中心，设在鞍山市艺术创作研究所。鞍山市的11个国家级项目中，千山寺庙音乐、鞍山评书、海城喇叭戏等三项归鞍山市艺术创作研究所直接管理。2010年国庆节放假期间，笔者对千山寺庙音乐的保护情况进行了实地考察，本文是此次考察的结果，反映的是当时的情况。

一、千山寺庙音乐的历史发展状况

千山是国家重点风景名胜区，位于鞍山市东南17公里处，总面积125平方公里。千山自古为佛、道两教圣地，庙宇众多，自隋唐到明清时代，庙宇建筑多达“七寺”“九宫”“十庵”“十二观”等30多处。其中有著名的“五大禅林”：龙泉寺、祖越寺、中会寺、香岩寺和大安寺。还有五龙宫、太和宫、无量观、普安观、圆通观、青云观、慈祥观、武圣观，以及南泉庵、鎏金庵、伴云庵、木鱼庵、遁颐庵等。

千山寺庙音乐包括佛教音乐和道教音乐两种，2006年5月20日经国务院批准列入第一批国家级非物质文化遗产名录。项目申报和负责单位是鞍山市艺术创作研究院。

千山佛教音乐是在寺庙举办的各种佛事活动中逐步形成和发展起来的，迄今已有1300多年的历史。据史料记载，唐朝中期以来，每逢佛事活动，僧人纷纷从黑龙江、吉林、山东、河北等地会聚千山，从而为千山佛乐输入了各地的音乐元素。同时，千山佛乐又不断从民间音乐中吸取营养，到金元和明清时期，已趋于成熟和完美。千山佛乐的演奏，是由笙、管、笛等民族管乐器和鼓、铙、钹、铛子、铪子、铃杵、大磬、小磬、木鱼、撞钟等民族打击乐器、法器所组成，分为铙钹法音、诵唱曲和器乐曲三部分。佛教音乐代表曲目有《斗宝·天下同》《千声佛》《挂金锁》等380余首。

千山道教音乐是在康熙年间，由铁刹山刘祖传入千山无量观，后经来自梨园世家的两位阚氏道士加工，创作出了“东北新韵”六小韵、十三大韵和走马韵等400余首乐曲。千山道教音乐，是由箫、笛、单（双）管、笙等管乐器和钟鼓、大磬、引磬、铛子、铪子、撞钟、木鱼等打击乐器、法器相结合进行演奏的。主要曲目有《白鹤飞》《秋雨梧桐》《群仙聚会》《莺凤鸣》等诵唱曲和器乐曲两部分。

千山寺庙音乐在长期的发展过程中，兼收并蓄、博采众长，形成了独特的风格。其演奏（唱）既具清虚神秘的宗教色彩，又有浓郁的辽南乡土气息。高亢豪放、激昂粗犷、韵律严谨、节奏明快，尤其是用笙管伴奏唱诵，更突出表现了中国佛教、道教音乐的北韵风格。“文革”时期，千山各寺庙、道观遭到破坏，僧道遭驱散，被迫还俗，寺庙音乐也随之衰落，多数都已消失。改革开放以后，宗教活动逐步恢复，一些老僧人、老道士重又回到千山寺院，但很多传承的东西已丢失。1982年，鞍山市成立了民族民间艺术集成领导小组，组成专门力量重点收集、整理和挖掘寺庙音乐，形成了80万字的《中国民族民间寺庙音乐集成·辽宁卷·鞍山分卷》文稿和曲谱。本次调研主要考察了千山佛教音乐的保护情况。

二、鞍山市艺术创作研究所对千山寺庙音乐的保护工作

（一）鞍山市艺术创作研究所的非物质文化遗产保护工作

鞍山市非物质文化遗产中心设在鞍山市艺术创作研究所，这里承担着鞍山市非物质文化遗产保护的主要工作。鞍山市艺术创作研究所隶属于鞍山市文化局管辖。时任所长为董凌山，副所长戚永哲是笔者此次调研活动的主要联络人和接待者。他毕业于辽宁师范大学中文系，曾于2007年到北京参加中国艺术研究院所举办的非物质文化遗产保护研究生课程培训班。该课程培训班是中国艺术研究院为应对各地非物质文化遗产保护人才的不足而

开办的，每期招收学员30人，学期1年，前后共举办过三期，授课教师包括文化部、中国艺术研究院负责非物质文化遗产保护工作的官员以及相关领域的专家学者，其中有很多是国家级非物质文化遗产保护专家委员会的委员。戚永哲说，他对非物质文化遗产保护工作的认知和了解主要来自他在北京的学习，为期1年的学习生活让他受益颇多，同时也使他懂得了如何做好非物质文化遗产保护工作。当时，鞍山市非物质文化遗产保护方面真正受过专门培训的只有他一个人，所以这方面的很多实际工作一直都是由他在具体负责。

在所长董凌山的领导与支持下，鞍山市艺术创作研究所对鞍山市的非物质文化遗产保护做了比较细致的工作。据戚永哲介绍，他们对所负责的三个国家级项目和其他省市级项目，都建立了比较完备的管理档案，收集各种谱本、乐器、服装道具、录音录像资料、照片、书籍、报刊资料等，同时为每个传承人建立艺术档案，定期考察他们的传承情况，并帮助他们解决一些实际困难。

另外，他们与鞍山市的各大学合作，在大学里面开设关于非物质文化遗产保护的课程，让学生们了解鞍山市非物质文化遗产的基本情况，培养他们对于传统文化的热爱，从而建立起文化自信，使这些受过高等教育的青年学子自觉地成为非物质文化遗产保护的中坚力量；他们还与鞍山市图书馆联合，定期在图书馆举办有关非物质文化遗产的讲座；他们还准备举办“非物质文化遗产讲座进社区”活动，带动广大市民加入“非遗”保护的行列。可以说，他们这些方法都是非常行之有效的。

（二）千山寺庙音乐的申报与保护工作

千山寺庙音乐是第一批国家级非物质文化遗产项目，戚永哲全程参与了申报工作，申报文本也是由他负责撰写的。据他介绍，千山寺庙音乐当初申报比较仓促，2005年时，全国各地对“非物质文化遗产”这个概念还都比较生疏，很多人根本不知道这是何事物，更谈不上主动申报。当时，著名民俗学专家、辽宁大学教授乌丙安先生——他是中国非物质文化遗产保护专家委员会委员——认识到此事的重要性，就建议鞍山市以“千山寺庙音乐”的名称打包申报这边的佛、道音乐，并获得顺利通过。在2005年的时候，我国的非物质文化遗产国家、省、市、县四级名录保护体系还没有建立起来，最早开始申报并得以建立的是第一批国家级非物质文化遗产名录，因此，当时的申报是自上而下进行的，即直接申报国家级项目，然后再补报为省级项目。千山寺庙音乐也是这样，它先被确定为第一批国家级非物质文化遗产项目，然后才被确定为辽宁省非物质文化遗产项目。而此后，随着全国非物质文化遗产保护工作的逐步开展，非物质文化遗产申报工作渐趋完善，建立了国家、省、市、县四级名录保护体系，国家级非物质文化遗产项目采取自下而上逐级申报的方式，即只有被确定为省级非物质文化遗产的项目才有资格申报成为国家级非物质文化遗产项目，第二批以后的国家级非物质文化遗产项目申报都遵照这样的程序进行。

据戚永哲介绍，由于当时掌握的资料比较少，而且时间非常紧迫，故申报文本有很多纰漏，很多材料没有经过严格的调研，尤其是传承谱系和传承人认定方面出现了一定的偏差，这与申报时的具体情况有关。在申报成为第一批国家级“非遗”项目之后的两年多时间内，中央财政并未拨付专门的款项，仅仅是辽宁省拨了4万元，鞍山市亦没有配套款项，所以一开始千山寺庙音乐的保护工作未能顺利开展。直到2008年以后，鞍山市艺术创作研究所调整了领导班子，董凌山开始担任所长，他对于非物质文化遗产保护工作非常支持，在他的带领下，该所的非物质文化遗产保护工作逐渐取得了一些成效。董凌山所长想尽办法筹集经费开展保护工作，由他们具体负责的3个国家级非物质文化遗产项目，他们每年都要想法筹集经费进行调研和资料整理。但是，由于他们单位本身很小，每年鞍山市拨付给他们的办公经费也非常有限，所以能够用到非物质文化遗产保护方面的经费也很有限，导致很多保护工作无法开展下去。尽管如此，他们的工作还是卓有成效的。

在戚永哲看来，千山寺庙音乐的保护结果就是在千山以及东北地区的各个寺院里能够听到千山佛曲的声音，如果对外交流，则可以舞台化，但交流演出只是一种展示，平时在庙里传承无须舞台化。

（三）千山佛教音乐的整理出版工作

千山佛教音乐的资料整理工作一直由鞍山市艺术创作研究所的二级作曲家王永生负责。他毕业于沈阳音乐学院作曲系，在所里一直从事作曲工作。整理千山佛教音乐是王永生的“业余”工作，平时他都是在忙完自己的业务工作之后，在业余时间进行整理，笔者采访期间，正值国庆放假，他仍然在加班校对千山佛教音乐的资料。

据他讲，千山寺庙音乐包括佛教和道教两部分，当时他正在整理佛教部分，道教部分还未开始整理。由于没有国家的配套资金，董凌山所长在院里经费非常紧张的情况下，依然筹措了20余万元来整理千山寺庙音乐的资料，后续出版还需要一大笔经费。

据王永生介绍，千山佛教音乐的整理工作实际上从2006年就开始了，当时只是在做基础性的收集资料工作，从2008年6月开始进行系统的梳理工作。他所依据的主要是20世纪80年代编纂的《中国民族民间寺庙音乐集成·辽宁卷·鞍山分卷》所收集的谱例，当时鞍山市群众艺术馆的郭丽华等三位同志到千山各个寺庙、道观采访，收集了很多曲子，

图 4-1 · 千山寺庙音乐档案资料　都本玲 / 摄

图 4-2 · 千山寺庙音乐的声像资料　都本玲 / 摄

图 4-3 · 演出节目单与光盘　都本玲 / 摄

王永生认为这些谱例能够反映出千山寺庙音乐的原本面貌。另外，参与编著此集成的郭丽华后来回忆，他们是从1982年开始此项工作的，当时，为了尽快将资料收集齐全，几乎两个星期就要上一趟山。用作记录的工具只有纸、笔、答录机等，他先从主要的庙宇开始，找僧人交流，听他们演奏音乐，录音记谱。很多佛教音乐都是梵文，能听清楚地可以很快地记录下来，听不清楚的便要不停地询问，虽然大部分的佛经都是口传心授的，但是为了居士和新入佛门的僧人能尽快掌握，很多僧人都有手抄本，正是这些记录寺庙音乐的手抄本为当时的研究提供了宝贵资料。这项工作一直持续了八年多，他们收集了大量关于寺庙音乐的乐谱手稿、照片、录音资料。王永生参照集成的谱例，又从目前千山寺庙音乐的主要传承者洪振仁、房增胜（法号吉安）、韩漫、房燕等人那里收集了一些曲谱，综合对照传统与当下的谱例变化，以期能够准确反映出千山佛教音乐的面貌。

2011年，108万字的《千山寺庙音乐》（佛教卷）正式出版。

图4-4・戚永哲（左）与王永生
翟风俭／摄

三、千山寺庙音乐的当下传承

（一）房家与千山寺庙音乐

千山寺庙音乐目前只有佛教方面的传承人，该项目国家级代表性传承人名叫洪振仁，但是戚永哲却一再向笔者推荐韩漫、房燕夫妇。他解释说，虽然洪振仁是该项目的国家级代表性传承人，但是千山佛教音乐的传承比较好的是在房家，是房增胜和他的女儿、女婿，即房燕、韩漫夫妇。

10月2日下午，在戚永哲的陪同下，笔者与韩漫夫妇在千山风景区门口会面，一同去龙泉寺。据戚永哲讲，韩漫夫妇经常出入千山各寺院、道观演出，和各处的法师、道士都比较熟悉，由他们带领，进出寺院、道观会比较方便。

通过交谈得知，韩漫在铁路部门工作，房燕在鞍钢工作，二人工作都相对清闲，有较多的业余时间来从事佛教音乐。他们的佛教音乐是源自家传，房燕的祖上闯关东来到鞍山地区，靠着勤劳节俭，逐渐富甲一方，家中世代都是虔诚的佛教信徒，曾在家里修建过高大宏伟、富丽堂皇的佛堂，“文革”时候，当地很多庙宇被毁，僧众们一度曾跑到他们家佛堂去礼佛，后来他们家佛堂亦被毁。房燕介绍，自其祖父房守业起，就对本地的佛曲非常感兴趣，不仅跟着民间的鼓乐班子学习，而且还跟着庙里的师傅学习，对于本地的佛曲非常熟悉。“文革”结束以后，房守业组织了一些民间艺人及居士，把他过去随师傅学到的一部分寺庙音乐传授给大家，使千山寺庙音乐得以流传下来。1989年房守业还和他的儿子房增胜，即房燕的父亲一起进京参加佛道音乐周的演出，他们父子还曾到江西九江参加过佛教音乐会演，他们当时演出的照片和音像资料都被收集保存在鞍山市艺术创作研究所的非物质文化遗产档案室里。房守业老人已于1994年去世。

房家的第二代传承人是房增胜，时年65岁。他自幼跟着父亲学习佛教音乐。自20世纪80年代初起，就经常和父亲一起在千山地区的梨花节、庙会以及寺院里的各种佛事活动中演奏佛教音乐。为此，他们组织了一些爱好佛乐的居士和民间艺人组成乐团，1989年在当地文化及宗教管理部门的支持下，正式成立了“千山佛乐团”，初期还有僧人加入，经常去全国各地交流演出。20世纪90年代初，房守业父子还曾开班收徒，教授千山寺庙音乐，在他们的坚持下，千山寺庙音乐得以保存传承。房增胜自2002年退休后，就一直住在寺庙里，2008年正式受戒出家，法号吉安，现常住千山龙泉寺，笔者在龙泉寺见到了他。吉安法师是千山各寺庙中少有的一位能够演唱并演奏千山寺庙音乐的僧人，吹打唱念全都会，而且一整套的北方瑜伽焰口佛事活动他也都会。他一直将1989年去北京参加佛道音乐周展演看成自己家族非常荣耀的事情，家里现在还藏有当时演出的录音带，此已成为他们家族几代人坚守宗教音乐的精神支柱。当时参加演出的有十人，包括吉安法师和他父亲房守业，吉安法师讲，和他同辈的老艺人现在只剩下几个，大多都已经故去了。当年一同去北京演出的十个人，只剩下他和另外两个人，其中还有一人因为年老体弱，已经不能再参与佛教音乐演出了。所以如果再不进行传承保护，千山佛教音乐很可能就真的消失了。吉安法师现在的工作就是配合当地的文化及宗教部门，对千山地区的北韵焰口进行抢救性保护，他在龙泉寺里已经培养了几个徒弟，对于恢复北方焰口信心十足。

房燕高中时跟着祖父开始学习佛教音乐，敲打唱念全都学了，目前她在乐队中主要是吹笙和唱诵。房燕有兄弟姐妹四人，在祖、父辈耳濡目染下，逐渐都学会了寺庙音乐，现在除房燕夫妇外其他兄弟姐妹由于工作原因，参与佛教音乐活动较少，但是一有需要，都能够立刻上手，而且他们下一代的孩子中也有人对佛教音乐感兴趣，可谓后继有人。房燕

图4-5 • 韩漫、房燕夫妇及他们整理的佛教音乐　房燕 / 提供

一直把自己看成千山佛教音乐的真正传承人，她认为自己有责任有义务认认真真地将此音乐传承下去，不会让这些音乐失传。

韩漫十多年来一直在从事北韵佛曲的整理工作，他将自己的全部业余时间都放到佛教音乐上了，不仅整理了房家流传的全部佛曲，而且继承了岳父他们的“千山佛乐团”，2004年改名为“辽宁千山寺庙乐团”。为了活动方便，乐团活动基地设在千山龙泉寺，因此其团长挂名为龙泉寺的三位出家师傅：传普法师、吉安法师和传贤法师，韩漫、房燕二人为业务团长，具体业务都由他们二人负责。负责“非遗”工作的戚永哲等文化官员在龙泉寺调研时，获悉了韩漫乐团的情况，于是便时常和他们沟通联络，及时了解他们的动态。他们每年的演出情况并不固定，主要针对寺庙开光、法会、奠基仪式及佛教重大节日等庆典活动以及各地庙会，寺里的仪式活动，如焰口、蒙山施食等他们不能参加，那些必须是寺院僧人才可以，他们主要是为庙里面的重大佛事活动奏唱助兴，有时也为居士家的红白喜事助兴，这些人家一般不用当地流行的“大喇叭”（指社会上普通的笙管乐队、吹鼓手），就请他们佛乐团去，他们在居民家中的演出有时候会应事主的要求唱一些世俗的流行歌曲，而不全是佛曲和佛歌。但是寺院里的活动他们只奏唱佛曲、佛歌，笔者看到他们在一次寺院大殿奠基仪式上的表演光盘，里面有他们自己根据流行歌曲编创的佛教歌舞表演，穿着类似藏族的演出服装，房燕说很多人喜欢这些，演出的效果比较好，所以他们就根据社会需求编创了这样的佛教歌舞。她说，现在的广场舞台表演，如果只是奏唱，吸引不了人。他们不只是在本地演出，鞍山邻近的地区如海城、丹东、辽阳、沈阳以及更远一些的哈尔滨、大庆等地有时也会邀请他们过去参加佛事演出，对方给出车马费，有时会有一些劳务，但有时候没有，给与不给全凭事主意愿，他们不会过多争取。

不信佛教的居民家在红白喜事的时候一般不请他们，偶尔也有人家为了讲排场，会

图 4-6・韩漫的乐队参加佛事活动演出　房燕 / 提供

同时请来佛教乐团和当地流行的“大喇叭”一起演奏，显得热闹气派。在韩漫看来，民间“大喇叭”在送葬乐曲方面主要是显示悲痛的一面，显示主人对于亲人去世的悲痛、依依不舍之情和烘托阴间的悲凉气氛，而佛教则讲西方的极乐世界，不是悲痛，因此乐曲比较悠扬舒缓，二者的世界观不同，因此乐曲的基调也不同。韩漫的佛乐队有二十来人，成员相对比较固定，不是一有演出才临时组织起来的草台班子，大型演出的时候还可以根据需要再加一些人。他们不靠演出为生，而且演出也不能给他们带来太多的经济效益。受佛事活动时间的限制，他们每年的演出场次并不多，平均只有二十几场，每次演出获得的报酬也很少，这些钱扣除了车费、餐费以外，仅够乐队添置乐器、演出行头等，团员个人从中获利甚少，很多时候只给提供车费和餐费而没有酬劳，乐队平时的日常开销都难以保障，所以韩漫乐团的成员多数都是离退休人员，不少人原来都在鞍山市各艺术院团工作，本身有一定的音乐基础，同时每个人都有退休金，有自己稳定的收入来源，自己和家人生活有保障，对于演出的报酬可以不予计较，时间也比较充裕，可以保证日常的排练和演出，没有稳定的经济收入来源而是想靠演出谋生的人不吸纳入团。韩漫觉得自己从事佛教音乐活动纯粹是在“玩”。他说，乐队成员之所以愿意不计酬劳跟着他“玩”，是因为大家都爱好千山寺庙音乐。但是，这样一来传承就成了问题，由于团队成员都趋于老龄化，当这代人逐渐老去的时候，后继者就成了问题，这是目前千山寺庙音乐传承的最大问题。韩漫夫妇现在也在授徒，韩漫主教打击乐，房燕负责教笙，目前他们有两三位学生，这些人都是成年人，主要考虑以后能进佛乐团，以解决后备人员不足的问题。

（二）千山佛教音乐的国家级传承人的申报问题与传承谱系问题

第一批国家级非物质文化遗产申报时，作为新兴事物，举国上下经验都不足，难免出现纰漏。2006年鞍山市艺术创作研究所在准备“千山寺庙音乐”申报文本的时候是如此，由于时间紧迫，经验缺乏，调研不充分，对实际情况掌握不够，以至于申报文本写得不准确，并直接导致了后来传承人认定的偏差。

2008年6月，戚永哲等人在千山灵岩寺调研时，正好碰见韩漫、房燕等人在那里演出，这样房家的佛教音乐传承情况才被文化部门所掌握，经过了解，他们得知，洪振仁的曲子多数是从房家学来的，而且房家所掌握的曲子远远多于洪振仁。房家此前根本不知道非物质文化遗产申报和传承人这件事。

房家人对于洪振仁被认定为国家级传承人颇有微词。韩漫觉得洪振仁是“冒名顶替”了传承人的荣誉，他认为千山寺庙音乐的真正传承人应该是其岳父房增胜（吉安法师）。

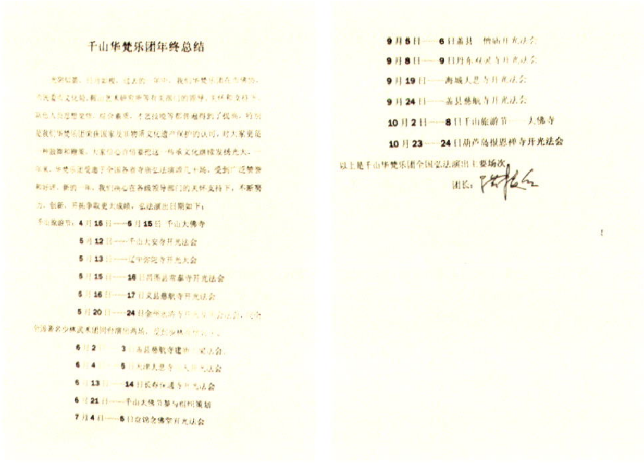
千山华梵乐团年终总结

千山旅游节：4月15日——5月15日 千山大佛寺

5月12日——千山大安寺开光法会

5月13日——辽中弥陀寺开光大会

5月15日——16日昌图县常泰寺开光法会

5月16日——17日义县慈航寺开光法会

6月21日——千山大佛节参与组织策划

9月19日——海城大悲寺开光法会

9月24日——義县慈航寺开光法会

10月2日——8日千山旅游节——大佛寺

10月23——24日葫芦岛报恩禅寺开光法会

以上是千山华梵乐团全国弘法演出主要场次

团长：

图 4-7·洪振仁的千山华梵乐团 2009 年年终总结
翟风俭 / 摄

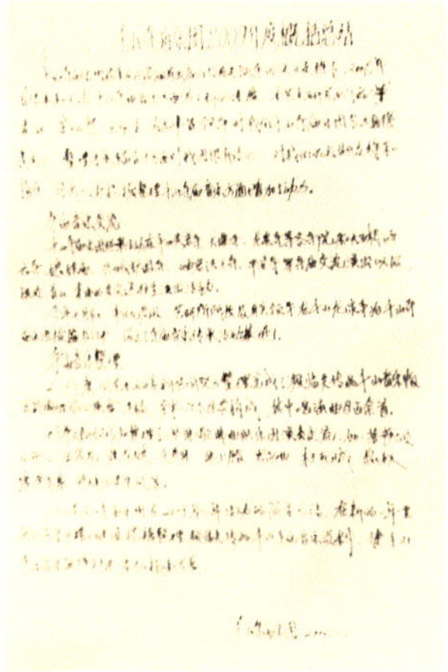

图 4-8·韩漫的千山寺庙乐团
2009 年年终总结　翟风俭 / 摄

在他看来，洪振仁掌握的佛曲不多，其乐团演出所用的乐谱基本都是韩漫整理的，最早两家有一些乐队成员是互相交叉的，所以洪振仁的乐队就通过队员私下交流得到了韩漫所整理的谱子，而且洪振仁还曾经跟随房增胜学习过佛乐，算是房增胜的徒弟。另外，与韩漫夫妇不同的是，洪振仁本人并没有其他职业，平时主要靠演出维持生计，他的乐团成员多数不固定，有演出的时候临时叫人，由于每年寺院的佛事活动比较有限，仅靠在寺院演出收入有限，所以洪振仁的乐团平时更多的是参加民间的红白喜事演出，在红白喜事上演奏的主要是民间的笙管乐（即"大喇叭"），而不是佛曲。韩漫乐队的演出则主要是佛曲和佛歌，相对比较纯净一些，所以针对的群体就小得多了，只为寺院和居士家里进行演出。韩漫夫妇希望能够有再次申报的机会，好让真正的千山寺庙音乐的传承人房增胜（吉安法师）能够成为国家级代表性传承人，而他们所从事的事业也能够得到市领导的重视，从而对他们有所帮助。戚永哲也承认在国家级传承人申报方面，他们普查工作做得不够细致，以致漏掉了最核心的传承人，但是为了维护团结，洪振仁的传承人资格并没有被取消。同时，对于房家的工作他们给予高度的评价，并且决定在下次再申报国家级非物质文化遗产代表性传承人的时候，将房家重点申报上去，而且他们即将付梓出版的《千山佛教音乐》这本书中，也将传承谱系重新认定理顺了。为了弥补原有工作的不足，他们对韩漫、房燕的乐队给予大力扶持，2008年10月，房增胜（吉安法师）、韩漫、房燕三人同时被认定为千山寺庙音乐的鞍山市代表性传承人，后来房增胜还被认定为该项目的辽宁省代表性传承人。不过，直至2010年底，鞍山市级的传承人并没有任何经济补贴，只是荣誉称号，辽宁省级传承人是有补贴的。

传承谱系方面，千山寺庙音乐的申报文本所列的千山佛教音乐的传承谱系是这样的。①

表 4-1　千山寺庙音乐申报文本所列传承谱系

<table>
<tr><td rowspan="15">佛教（龙泉寺）</td><td rowspan="2">修悟照元沙润常灵</td><td>照　隆（和尚）</td><td colspan="2">思　虔（和尚）</td><td colspan="2">思　悟（和尚）</td></tr>
<tr><td>宋士常（居士）</td><td colspan="4">宋连波</td></tr>
<tr><td rowspan="13"></td><td>张绍宾（居士）</td><td>洪振仁</td><td colspan="3">洪　梅</td></tr>
<tr><td rowspan="4">房守业（居士）</td><td rowspan="2">房增胜</td><td colspan="3">彩　霞</td></tr>
<tr><td colspan="3">房　燕</td></tr>
<tr><td colspan="4">洪振仁</td></tr>
<tr><td colspan="4">徐维柱</td></tr>
<tr><td>王永治（居士）</td><td>王家文</td><td colspan="2">王立生</td><td>郭　军</td></tr>
<tr><td>宋福绵（居士）</td><td>高维焕</td><td colspan="2">董成立</td><td>张恩壮</td></tr>
<tr><td rowspan="6">任庭喜（居士）</td><td rowspan="4">洪振仁</td><td colspan="3">王欣明</td></tr>
<tr><td colspan="3">周希利</td></tr>
<tr><td colspan="3">张俊华</td></tr>
<tr><td colspan="3">洪　梅</td></tr>
<tr><td colspan="4">李金铭</td></tr>
<tr><td colspan="4">金义信</td></tr>
</table>

从上表可见，房增胜（吉安法师）算是第三代传人，他这一代有9人，分别是：思虔（和尚）、宋连波、洪振仁（出现过三次，分别是不同的传承支系）、房增胜、徐维柱、王家文、高维焕、李金铭。在此谱系中，洪振仁不是房增胜的徒弟，而是其父亲房守业的徒弟；房燕是第四代传承人，这一代共有八位，其中四位是洪振仁的徒弟，而只有两位是房增胜的徒弟，这其中还包括其女儿房燕。

上表非常明显地可以看出洪振仁是目前千山寺庙音乐的最主要传承人，他同时是三支谱系的传人，培养徒弟也最多。而目前被鞍山市文化部门实际认可的千山寺庙音乐主要传承人之一，也是为其付出很多辛劳和取得较显著成绩的韩漫则根本未出现在该表中。洪振仁作为鞍山市两个民间佛教乐团的负责人之一，也是房增胜的徒弟，平时与韩漫、房燕等人都很熟悉，房家的情况他应该非常清楚。韩漫等人认为，之所以他要向文化部门故意隐瞒房家和韩漫的真实情况，目的只有一个，即独占传承人的名头，获得自己的利益。

不过，好在目前鞍山市文化部门已经掌握了有关千山寺庙音乐传承较为真实的情况，戚永哲和王永生等都告诉笔者，不要再信任这张传承图表，要以目前掌握的真实情况为准。

根据笔者所调查的情况，房氏一支的传承谱系实际上应该是这样的：

表 4-2 房氏家族宗教音乐实际传承谱系

无名僧人	房守业	房增胜（释吉安）	房燕
			韩漫
			洪振仁

（三）韩漫的手抄本佛曲

房守业曾留下不少手抄工尺谱残片，一开始，韩漫在将其誊抄之后就丢弃了。后来在戚永哲等文化官员的劝说下，保留下来一部分。这些曲谱多是记录在香烟盒或其他包装盒上，很随意甚至凌乱，房守业当时随手记录下来以供日常练习参考，大多残缺不全，很难识别，而且即使是识别出来，仅看谱子也还不能唱。和中国其他民间传统音乐的传承一样，千山寺庙音乐也是师徒口授心传，必须跟着师父学习，才知道哪里音高，哪里音低，这些简单记录下来的工尺谱，只有记录者本人才能懂，随着房守业的过世，这些工尺谱几乎无人能辨，继续传承也就比较困难，韩漫正在试图辨识这些乐谱并将其用简谱记录下来。

韩漫讲，目前千山地区寺院的僧人流动性比较大，无论是来自南方的，还是来自北方的，都很难在这里久居，因此千山寺庙音乐的主要传承者是鞍山本地的居士而不是庙里的僧人，这些居士都是鞍山当地的“坐地户”，几辈子传承下来的，能够保持音乐的稳定性。另外，出家人终日在寺院，对世俗社会接触较少，而在家居士进出于寺庙内外，对世俗社会和寺庙都有较多接触，因此相对于僧人而言，他们更熟悉千山寺庙音乐。

10月2日晚，在约定的酒店，韩漫夫妇提来厚厚五本手抄曲谱，最厚的一本有三四厘米厚，全都用塑料的文件夹一页一页收得非常整齐，韩漫说这只是其中的一部分，家里面还有不少。这些都是他们夫妻十余年来辛勤劳动的成果，他们的业余时间全部用来干这些了。他们整理的曲谱共分两部分：一是仪式音乐，即瑜伽焰口唱诵，这是寺院僧人所用。据韩漫讲，原来的谱子都是靠师徒口传心授流传下来的，随意变化比较大，每个师傅教的都会有出入，徒弟学习后也会加入自己的理解，现在他依据清朝所传下来的焰口本子，曲谱则多数是他的岳父——房增胜（吉安法师）所唱诵的，也有一部分是他根据原来的录音整理的，还有一些是根据房守业老人留下的工尺谱整理而成的，他用简谱记录，原来的谱本只注明某处要念某某经或唱某某赞，具体的经卷内容和佛曲并没有记录，而韩漫则将这些全部都标注出来了，后人学习起来就比较方便，而且以后谱子也不会有太多变化了。韩漫整理的本子应该说是北方焰口目前最完整的版本。据他讲，房家所传下来的全套焰口的曲谱都是当地流传已久的东北腔，与南方焰口的曲调有较大区别。目前，千山这边仅剩下吉安法师一个人还能够唱诵全部的东北韵焰口。在韩漫看来有关仪式音乐的部分变化相对较小，主要还是原来的东北韵焰口音乐，他认为对于仪式音乐，最应该掌握的应该是寺里的僧人，因为只有他们才会参与这些仪式，普通的信众则不会参与这些仪式。二是民间佛曲与佛歌，这部分是民间佛乐团为寺院佛事活动助兴或是参加老百姓的红白喜事时所唱奏的，和原来相比变化比较大。韩漫说："流传下来的曲子最早的年代可能已经无法考察，这些都像小草一样，一茬一茬的，时常会发生变化，有很多随着时代的发展不再流行了，就逐渐被淘汰掉了，而又会产生出一些新的曲调，这些曲调每整理一次都会有一些新变化，能把曲牌保留下来就已经很不错了。原来的老艺人整理的曲子比较简单，而且没有头尾，像车轱辘转一样，上来就吹，一段一段反复吹，什么时间让停止就停止，是根据活动的时间而定的，随时都可以停顿，哪里都可以是结尾，实际上谱子就那么两句，无限反复吹。"韩漫认为以前的曲子"太随意，不规范，比较野"。在整理过程中，他根据现在人们的欣赏习惯，给一些曲子加了结尾，使其可以成为一个独立的相对完整的曲子。他自己也创作一些新曲子，但主要是以整理为主，把老曲牌保存下来，但对曲子进行了适当修改，他根据房增胜的唱词曲调，自己又重新对其进行配曲并打谱。在他看来，有些曲子原来比较简单，必须经过配器处理以后，才显得丰满，使人更加爱听。而且原来主要是器乐

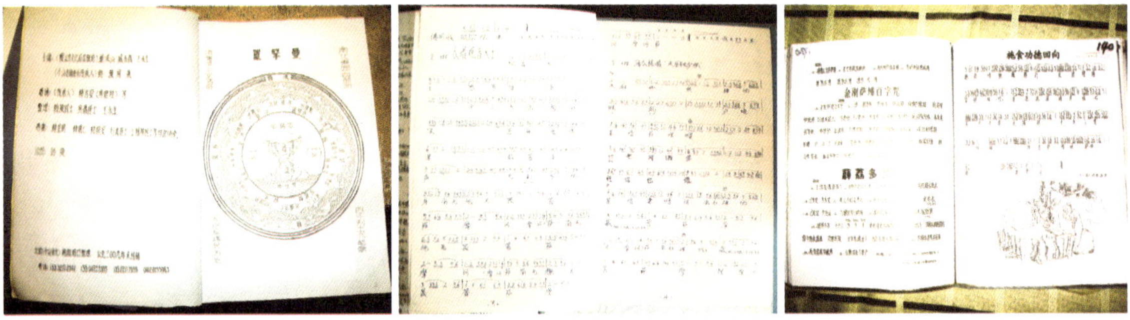

图 4-9 · 韩漫的手抄曲谱　翟风俭 / 摄

曲，大伙儿一起吹，一吹到底，没有什么变化，很难吸引人，他根据现在人们的欣赏习惯经过配器处理，曲调等都有所变化，能够吸引人。他整理的曲子主要也是为了适应自己的乐团演出用的。乐团还是以传统的笙管笛箫为主，又适当地增加了一些现代的民族乐器，如二胡、大提琴等，韩漫本人认为这样土洋结合比较好听，原来没有低音部，加了大提琴以后就有了低音部。韩漫讲："我们现在的演出主要有两种：一种是迎请式的，即领导嘉宾、高僧大德等重要人物出场之前，乐队在前面伴奏请他们出场；另一种是坐堂式的，就是坐着演出。迎请的是走着演出，主要是吹打为主，而坐堂式的如果只是吹打就不太好听，需要有低音伴奏，这就用上了大提琴。过去主要是迎请，是站着吹的，大提琴这些都用不上。"佛歌部分比较杂，有的借用流行歌曲的曲调，尤其是时下最新的流行歌曲曲调，配上佛教歌词，有的是韩漫自己创作的词曲，他们觉得什么歌好听就添加上去，供乐队成员日常演出学唱之用。

曲谱的每一页都是韩漫自己抄写的，字迹非常工整，每页下面的空白处他都手绘有佛教图案，或是莲花，或是佛像，此外他还绘制了整场水陆法会的手印。韩漫所整理的都用简谱记谱，主要为了他们乐队日常练习和演出之用。20世纪80年代《中国民族民间寺庙音乐集成·辽宁卷·鞍山分卷》也使用简谱记谱，因此鞍山市艺术创作研究所王永生整理《千山寺庙音乐》(佛教卷)的谱子也是简谱，书中附了几页韩漫提供的工尺谱，是房守业留下来的。

目前，韩漫已经整理出200多首佛曲，包括颂唱和佛歌，大都是根据吉安法师的唱诵整理而成的，但是这些佛曲和手印因为资金的原因，一直没有出版，韩漫非常希望有人能够资助他将此整理出版。另外，他还希望自己的乐团能够走出鞍山，到北京等地进行交流演出。韩漫非常渴望有人能理解并赞同他的行为，他将曲谱交给笔者并说，笔者在鞍山的这段时间里这些乐谱都归笔者使用，可以随便拍摄、翻看。

在吉安法师看来，当年鞍山市群众艺术馆的郭丽华等人到千山龙泉寺、无量观等地采访录音宗教音乐有不尽如人意之处，他们当时所采访的僧人和道士并非都是东北韵的传人，有的是从南方过来的，采访对象唱什么，他们就记录什么，可能会出现南北方佛乐、道乐混合的现象，但到底如何，现在已无从得知，因为当年的采访对象多数已经作古，想找到真相恐怕很难了。吉安法师认为，自己家的佛曲都是祖上传下来的，不可能沾染南方韵。这与鞍山市艺术创作研究所王永生的说法有些不同，王永生认为韩漫整理的曲谱与郭丽华等人采录的佛曲有较大出入，他觉得当时郭丽华等人都是非常专业的音乐工作者，他们都是专业音乐学院毕业出来的，并且一直从事这种工作，对于东北及鞍山地区的音乐比较熟悉，应该有自己的辨别力，他们当时的搜集、整理工作非常细致，不可能出现南北韵不辨的情形，《中国民族民间寺庙音乐集成·辽宁卷·鞍山分卷》中的佛曲应该能反映出

20世纪80年代千山地区佛教音乐的真实面貌。而韩漫整理的曲谱很多衬词、衬字都没有记录，而这正是东北韵的关键之所在，最能反映出东北佛曲的特点。王永生觉得这与韩漫没有受到过专门、系统的音乐学习有关，毕竟他仅仅是高中毕业，没有进过正规的音乐学院学习。韩漫的版本反映了近20年来千山寺庙音乐的新情况，而且韩漫的佛曲不能推广来用，需要精简，目前韩漫所整理的东北韵焰口大约需要7个小时，而南韵焰口只有4个小时左右，东北韵的曲子比较复杂，需要有专人进行整理才行。所以，王永生等人编纂的《千山寺庙音乐》(佛教卷)这本书并没有采用韩漫所整理的谱子，而是采用原来《中国民族民间寺庙音乐集成·辽宁卷·鞍山分卷》中的谱子，不过二者的曲牌名大多数都是一致的，不同主要体现在曲子的内容方面。

四、目前千山各寺院宗教音乐传承情况

(一)千山景区

千山风景秀丽，是国家4A级风景游览区，也是东北地区最著名的旅游胜地和佛教圣地，整个千山分南区和北区两部分，有两个不同的进山通道，相距十几公里。从鞍山市去千山，到的是北区，这里有一个风景区入口，南区是否也有入口，笔者不得而知。笔者是从北区入口进山的。千山地区的寺院和道院基本上都位于千山风景区内，由千山风景区管理委员会管理，北区进山门票为80元，也可以办理年票，持居士证办理是50元，没有居士证则是100元，持年票不限次数，一年当中什么时候去都可以。在整个夏秋季节是旅游旺季，到山上旅游朝拜的人络绎不绝。笔者去的时候正赶上"十一"长假，虽然千山地区秋雨绵绵，天气比较凉，但游客还是很多。据戚永哲介绍，由于北方地区冬季气候寒冷，山区积雪覆盖，进山旅游的人比较少，各寺院的佛事活动主要集中在夏秋季节举行，冬季一般不举办大型佛事活动。风景区门票的收入都属于风景区管委会，各寺院、道观不参与分成，他们基本上是自传自养，平时靠香火、信徒供养及法事活动创收来维持。

据戚永哲讲，鞍山当地的佛道教信众比较多，尤其是佛教信众更多，每逢农历初一、十五和春节及佛教的重大节日，到山上朝拜上香的信徒很多；同时，千山地区还是东北地区最大的佛教圣地，沈阳、哈尔滨、大庆等地的信徒也经常到这里朝拜上香，因此各个大的寺院香火都比较兴旺，经济条件尚可。

（二）千山龙泉寺及其佛教音乐的传承

千山龙泉寺位于千山风景区的北山，距离风景区入口处步行大约需要半个小时，驱车需要七八分钟。龙泉寺属于禅宗天台宗，号称“东北第一禅林”，是东北地区最著名的佛教寺院，历史比较悠久。时任方丈为亲海大和尚，住持为传普法师。笔者是与戚永哲、韩漫、房燕等三人一起来龙泉寺的，接待我们的是住持传普法师，见到他时，他正要悬挂“千山寺庙音乐传承基地”的匾额，这正是由鞍山市文化局颁发的。据戚永哲介绍，鞍山市文化局于2009年7月为龙泉寺举行“千山寺庙音乐传承基地”的挂牌仪式，正式认定龙泉寺为千山寺庙音乐的传承基地，这对龙泉寺来说也是很大的鼓舞。龙泉寺新修大殿内有一个小型音乐展厅，面积不到十平方米，主要展出了一些乐器，都是新购置的，有三弦、京胡、板胡、笙、管、笛、箫等，还有一些演出照片，都是房守业父子以及韩漫他们乐团的演出照。据传普法师讲，这个展厅是鞍山市委牵头做的，由千山风景区管委会出资，龙泉寺负责提供场地，展品都是风景区管委会提供的。韩漫夫妇一进来，就对展厅提出批评，他认为展示的乐器不应该是现购的新乐器，而应该收集老师傅们用过的旧物品，而且很多乐器不对，有些根本不是正宗千山寺庙音乐的乐器，而是民间笙管乐队“大喇叭”所使用的乐器。而且各照片上原有的说明文字由于制作的原因都被覆盖，参观的人根本不知道此照片的历史。由此可见，千山风景区管委会对此的态度并不是很认真，似乎有应付差事的感觉。据传普法师说，这些乐器都是由洪振仁负责购置的，这也印证了此前戚永哲、王永生以及韩漫等人对于洪振仁的评价，洪振仁本人对千山佛教音乐似乎并不真正懂行，他可能对于当地民间笙管乐“大喇叭”更为熟悉。本来此行笔者也准备与洪振仁见面访谈的，但戚永哲和王永生等人都不建议，又耳闻目睹此情况，更觉洪振仁并非千山寺庙音乐的最佳传承人，他对千山寺庙音乐的熟知程度可能远逊于韩、房等人，因此作罢。

据传普法师讲，龙泉寺有20多位常住僧人。庙里的日常维持主要靠信徒供养和日常香火，佛事收入比较少。平时庙里的音乐活动主要是早晚课唱诵，唱的也主要是南方韵。如果有大型的佛事活动，一般就请民间的佛教乐团来助兴，包括韩漫的乐团及洪振仁的乐团等。寺里有两三位僧人正跟随吉安法师学习佛教音乐，主要学习笛子、打击乐及唢呐等。吉安法师本人吹打唱念都能做，而且一整套的佛事活动他全都会，因此他也要求现在的徒弟吹打唱念全都要会，要全面发展，唱赞、打法器、手印都要会，这样可以应付不同的场合。

大型水陆法会的时候需要四众参加，因此韩漫他们也会过来参与。一般小型的佛事活动主要由本寺的僧人来进行。目前寺里的焰口等佛事主要还是用南方韵，因为南方的

图 4-10 • 鞍山市文化局局长为龙泉寺“千山寺庙音乐传承基地”授牌，自左至右分别是：龙泉寺方丈亲海大和尚、鞍山市文化局局长温和、吉安法师　房燕 / 提供

佛事发展比较完备，而且很多师傅是南方游方来的，对南方焰口比较熟悉，寺里目前能够唱诵北方焰口的僧人只有吉安法师一人，所以佛事活动无法用东北韵。由于目前各寺院游方僧人比较多，常住僧比较少，故系统学习比较困难，而且很多来自外地的僧人对此东北韵不感兴趣，导致吉安法师选择徒弟也不很容易，笔者在龙泉寺见到了一位正跟随吉安法师学习东北韵的青年僧人传济法师，据说是南京理工大学毕业生，后出家修行，是龙泉寺的金刚上师，像他这样愿意学习东北韵的年轻僧人并不多。而且，对于寺院而言，佛事活动采用何地腔调并无影响，只要普度众生的目的达到即可，所以他们也并不刻意去传承东北韵。

受传普法师邀请，也为了更好地了解龙泉寺及其周边寺院佛教音乐的传承情况，笔者一行到鞍山的第二日以后就借居在龙泉寺，龙泉寺新建的客房就是笔者前一天所参观的音乐展厅的楼下。通过与传普法师的交谈得知，龙泉寺的经济条件尚可，不仅重新修建了三层大雄宝殿，而且还正在修建运送货物的索道，如果没有较为雄厚的经济基础，这些显然都不可能。龙泉寺作为东北第一丛林，信众较多，故供养丰厚，包括传普所用的汽车以及寺里粮食、水果、煤炭等都是信徒供养的。这里的僧人每月都有几百元钱的补贴，收入最高的是金刚上师，大约每月能拿到三千元，这在当地应属于中上等收入。

笔者去龙泉寺的当天，正赶上这里有一场大蒙山施食，晚上六点半开始，八点结束。笔者作为观摩者也参加了此次法事活动。金刚上师是笔者此前已见的传济法师，他声音洪亮雄浑，唱念俱佳。参加法事的僧人中不少是耄耋老人，唱念态度非常认真。此次法事活动唱诵并非千山东北韵。第二天一早，笔者跟随众僧上早课。可能是考虑到北方天气寒冷，这里的早课时间比南方要晚一些，是早晨五点钟，南方寺院的早课一般在四点钟就开

图 4-11·吉安法师吹笙
房燕／提供

始了。从早晚课所唱的梵呗，笔者没有听出他们与别处寺院的区别。据戚永哲讲，千山地区各个寺院的早晚功课方面做得还比较严格，各个寺院的情况基本上都差不多。出家人对寺里的仪式音乐比较熟悉，而对居士们所唱的佛曲则不是很熟悉。

（三）千山其他寺院的佛教音乐情况

无论是戚永哲、王永生等文化官员，还是吉安法师、韩漫、房燕等佛教音乐的传承人，都告诉笔者千山佛教音乐的寺庙传承主要就在龙泉寺，即主要就是房家这两代二人。千山其他寺院的佛教音乐都和龙泉寺差不多，而且现状都不如龙泉寺。笔者还是决定到一些寺院了解一下情况。

据吉安法师介绍，千山这边大型的佛事活动一般是龙泉寺和山对面的灵岩寺举行。灵岩寺原为金代世宗皇帝完颜雍的母亲贞懿太后出家修行之处，大约是在元朝末期毁于战火，其遗址位于现在的千山北沟祖越寺附近。经鞍山市千山宗教管理局批准，于2002年开始复修。主持此事的是来自四川的辉圆法师，辉圆法师来到千山之后，在此处结庐修庙，最初几年，与工人一起住帐篷，后来逐渐形成现在的规模，已经建成大殿、山门、客房、斋堂等好几处大的建筑，笔者去时正在修建功德林，工人与僧人一样，在斋堂就餐，不过是在僧人过堂之后，他们所食亦与僧人别无二致。方丈辉圆法师介绍，灵岩寺是经他一手建起来的，寺院现在发展还比较红火，每天都有佛事活动，每年也要举行几次大的佛事活动。对于传统的千山寺庙音乐，辉圆法师似乎并不太在意，一者毕竟他是南方人，对于北方的文化还是有些隔膜；二者与传普师傅一样，他们更注重实际的功效，而不太在意佛教音乐及仪式的流派问题。这里举行大型佛事活动的时候，由于本寺里的师傅比较少不够用，要集中千山各个寺庙的僧人才能进行，有时还要请一些外地的僧人来，由于这些僧人来自全国各地，对千山本地的寺庙音乐不熟悉，做法事的时候，几乎不用千山本地唱诵。对于传承千山寺庙音乐，似乎方丈并没有在考虑之内。不过吉安法师告诉笔者，此前他们的乐队（主要是韩漫乐队）的活动主要在龙泉和灵岩两寺，一般举行大型佛事活动他们就过来助兴，他先前不在千山常住的时候，有活动才过来参加，现在他常住龙泉寺了，这里的活动就经常参加了。这两个寺院的佛乐队伍都是吉安法师帮忙建立起来的。

千山的另外一座著名寺院——大佛寺里的香火也很旺盛，由于没有和大佛寺的僧人深入交谈，不清楚他们的音乐情况，不过从戚、韩、房那里获知，他们这里没有僧人会东北韵。

（四）千山道教音乐

笔者注意到，千山寺庙音乐的传承人认定方面，无论是国家级的，还是省市级的，都是只有佛教音乐的传承人，而没有道教音乐的传承人。戚永哲告诉笔者，千山道教音乐的民间传承其实和佛教音乐很多时候是交叉的，与民间的笙管乐“大喇叭”关系密切，甚至可能是同一个乐团，参加道教活动的时候就穿道袍，参加佛教活动的时候就穿僧衣。韩漫、洪振仁他们也都参与道观的一些法事活动。

据王永生介绍说，20世纪80年代，千山道教音乐保存得要比佛教音乐好，1989年晋京参加中国艺术研究院佛道音乐周会演时，千山道教音乐的演奏水平要高于佛教音乐。但现在由于道教的式微，进山当道士的人并不多，导致目前千山道教音乐在道观内的传承并不乐观，后继无人问题比较突出。王永生打算在千山佛教音乐整理结束后，进行千山道教音乐的整理工作。笔者在千山最大的道观——无量观遇到了一个看殿的年轻人，他并非观里道士，只是因为喜欢道教，临时来观里帮忙，他对于千山道教音乐一无所知，问询观内另外一个道士，对此也知之不多，据他讲，现在千山的道教音乐就是斋醮仪式音乐。具体如何，笔者没有找到合适的人询问。

以上是笔者在鞍山采访时所了解到的千山寺庙音乐的基本情况。

五、千山寺庙音乐保护过程中的一些具体问题

（一）千山寺庙音乐的濒危状况仍未解决

在2006年，千山寺庙音乐申报国家级非物质文化遗产的时候，申报文本对其濒危状况是这么描述的：

> 千山寺庙音乐在历史上有过辉煌，但随着时代的发展，受到外界及自身条件的影响而逐步走向了衰落，虽然近几年来本地区相关的文化工作者做了许多发掘、抢救、继承、弘扬的工作，但其仍然存在着不少难以解决的问题。
>
> （1）“北韵”曲调流传至今，仍保存在一些老僧人、老居士的口传形态之中，其中很多曲调已经失传，现存的一些曲牌子也有濒临无人传承的窘境。
>
> （2）一些颇有造诣的千山寺庙音乐演奏的艺人，因年事已高逐步退出舞台，有的相继谢世，有些绝技难以得到传承，而年轻的演奏艺人不能脱颖而出。
>
> （3）在南方韵的侵蚀下，作为北方韵的代表千山寺庙音乐，也是硕果仅存。

时隔四年过去了，根据笔者此次的调研情况表明，千山寺庙音乐的传承情况并未改变多少，虽然相关人员已经做了大量工作，但是其濒危状况并未从根本上得以改变。“北韵”曲调现在只有房家两代三人还掌握着，而且整个鞍山只有房、洪两个佛教乐团在从事佛教音乐演出；仪式音乐方面，北韵瑜伽焰口目前还仅停留在乐谱上，并未在寺院仪式中运用。掌握佛曲比较多的第三代传承人目前只剩下吉安法师等两三个古稀老人，第四代传承人也只有韩漫、房燕、洪振仁等少数几个人。受经济因素的困扰，年轻人从事此项事业的人非常少。可以说，千山寺庙音乐的濒危状况仍未解决。

（二）五年保护计划并未完全实现

在申报文书中，对千山寺庙音乐制订了五年保护计划如下。

> ◆静态保护
>
> (1) 进一步全面深入细致地开展普查工作，彻底摸清家底。

(2) 将普查所获资料进行归类、整理、存档。

(3) 进一步深入开展理论研究工作，抓好千山寺庙音乐的基础理论研究，并把这些研究成果编纂成文本予以出版。

◆动态保护

(1) 整理相关资料，组织研究人员编辑出版《千山寺庙音乐资料卷》；邀请此项保护工程的专家、顾问召开项目论证会；对收集整理的文字及音像资料进行细致分类。

(2) 做好前期收集的文字资料和音像资料的管理工作；进一步规范创作研究工作室的日常管理工作，组织专业、业余作者，深入生活、观摩学习；录制千山寺庙音乐传统曲目及现场演出光盘，留作资料存档。

(3) 继续收集整理相关资料；协助千山寺庙恢复北韵的传承，并且建立千山寺庙音乐的传承机制；认真做好试点项目验收材料的准备工作。

从调研情况看，静态保护已经基本实现：文化部门基本上已经摸清了千山寺庙音乐的总体情况，并纠正了传承人认定的失误；建立了千山寺庙音乐的档案，并为各位传承人建立了艺术档案，定期进行回访；在理论研究方面，也有一些有关千山寺庙音乐的研究成果出现。

动态保护部分实现：(1) 鞍山市艺术创作研究所已经编辑完成《千山寺庙音乐》(佛教卷)，并将付梓出版；千山道教音乐部分还未进行过整理。在其原有的计划中，这是2008年就应该完成的目标，比原计划推迟了两年还未全部实现。(2) 文化部门定期去寺院进行调研，及时掌握传承人的活动情况。笔者在调研过程中，虽然也看到了一些千山寺庙音乐的演出光盘，但都是传承人自己录制的，比较粗糙。由于经费问题，文化部门并没有去进行专门录像摄像工作，更没有对千山寺庙音乐的传统曲目进行专门录音录像保存。(3) 建立传承机制这方面，已经在千山龙泉寺建立了千山寺庙音乐“传承基地”，并且在这里培养传承人，但是到笔者采访为止，北韵焰口在千山各寺院里并没有得以活态恢复，估计实现这一目标，还需要一些时间。

(三) 保护经费基本上没有落实到位

在其原有的申报文本中，其经费预算是这样的：

(1) 差旅费、门票费：15 万元；

(2) 资料收集、误工、专家论证、调研、资料提供、立卷、归档、编辑出版及印刷、光盘制作等费：77.5 万元；

(3) 协助寺庙恢复北韵的传承，并建立寺庙音乐保护基地等费：40 万元；

(4) 其他不可预见费：7.5 万元；

(5) 设备购置费：28 万元。

合计：168 万元

但是，自2006年成功申报为第一批国家级非物质文化遗产项目，到2010年为止已经整整4年过去了，千山寺庙音乐并未得到中央财政的任何经费支持，仅辽宁省政府拨付了4万元保护经费，鞍山市也没有配套的保护经费。其责任单位鞍山市艺术创作研究所自筹了20多元万资金进行资料的收集整理以及书籍的出版工作。

在传承人专项经费方面，国家级传承人洪振仁每年能够得到国家发的8000元补贴（后来增至每年1万元），吉安法师作为辽宁省级传承人也有专门的补贴，而韩漫、房燕两位鞍山市级传承人则没有任何补贴。

正是因为保护经费没有落实到位，才严重影响了千山寺庙音乐的保护工作。希望国家尽快落实保护经费的问题，以利于千山寺庙音乐的进一步保护。

六、结语

千山寺庙音乐的保护工作做得比较细致，成果也较为突出。主要得益于他们的责任单位——鞍山市艺术创作研究院对待非物质文化遗产保护工作的态度极其认真负责，他们有受过专门训练的非物质文化遗产保护方面的人才，在经费不足而且缺乏经验的情况下，仍然做了大量的实际工作：不仅摸清了千山寺庙音乐的底细，建立了比较完备的数据档案，同时还将千山佛教音乐的资料进行系统整理并付梓出版。对于传承人，他们更是时时关注其动态并指导其活动，为每个传承人都建立了艺术档案。对于前期工作中出现的失误，他们勇于承认并且立即纠正，这种实事求是的态度正是非物质文化遗产保护工作非常需要的。

当然，非物质文化遗产保护是一项长期的工程，对于像千山寺庙音乐这样多数产生于农业文明时代的非物质文化遗产项目来说，在当代社会条件下由于适合他们生存的土壤越来越少，其发展总体是在不断萎缩的。不过，非物质文化遗产保护并不是要将其恢复到鼎盛时期的状况，而是在非常濒危的状态中，逐渐找到一条它们在当代社会条件下仍能存在下去的途径，为其开辟哪怕是一小片的生存空间。影响千山寺庙音乐传承的因素有很多，但最关键的一点就是宗教本身的式微和它在民众生活中的地位日渐减弱。在今天的社会条件下，千山寺庙音乐可能永远都无法恢复到其鼎盛时的状态，但是只要“东北韵”还在千山地区传唱，保护目的也就达到了。

千山寺庙音乐不是一成不变的事物，20世纪80年代所记录的谱子与目前韩漫等人所整理的谱子之间已经出现了很多差异，韩漫自己也承认他对传统的谱子进行了一些改编，比如说增加了配器，使乐曲有了变化，对一些无始无终的曲子加了结尾，用简谱记谱以及在乐队中增加了二胡、大提琴等原来的笙管乐队中从来没有的乐器等，韩漫的改编完全是出于他平时演出的实际需要，人们喜欢什么，他就演奏什么。他所理解的“保护”可能与专业的非物质文化遗产保护工作人员戚永哲、王永生等人的理解有很大不同，王永生力图保持20世纪80年代千山寺庙音乐的原貌，韩漫则并不强调这一点，他认为只要基本的曲牌没有变，做一些变化是无所谓的，而且也是必需的。王永生等人的观点可能代表了多数非物质文化遗产保护专家的观点，但是韩漫等人作为实际的传承人，他们来自基层，不重理论而更重实际，他们的行为和观点可能对千山寺庙音乐未来的走向影响更大。千山寺庙音乐将走向何处，今天可能还看不清楚，对于未来，只能拭目以待。

注释

① 参考国家级非物质文化遗产项目申报书《千山寺庙音乐》，2005年，中国艺术研究院图书馆藏。

第五章
五台山佛乐调查报告之一

项目名称・五台山佛乐

所属类别・民间音乐

申报地区或单位・山西省五台县

入选国家级非物质文化遗产名录情况・2006年第一批 Ⅱ－66

撰写人・刘红庆　弓宇杰

一、五台山佛乐简述

约略在东汉永平十一年(68)，五台山开始有佛教活动。五台山以“文殊菩萨道场”占据着中国佛教名山的重要位置，也是世界著名佛教圣地之一。寺庙、佛塔林立的五台山，国家重点文物保护单位多达八处，省级重点文物保护单位有30处，县级文物保护单位173处。2009年，五台山成为“世界遗产”更为世界关注。而其中的非物质文化遗产也极其丰富，佛教音乐就是其重要内容。2006年，五台山佛教音乐被评为首批国家级非物质文化遗产项目。

五台山是中国佛乐的发祥地。五台山佛教音乐被专家学者视为中国佛教音乐中最宝贵的财富，其历史最久，曲目最丰富，演奏形式对中国佛乐形成与发展影响最大。

参阅韩军的《五台山佛教音乐》和其他相关研究成果，将五台山佛乐历史列表如下。

表5-1　五台山佛乐历史

历史分期	时 间	长 度	主要事件	影 响
1.萌芽期	北魏至北齐	约100年	1.梵呗的出现 2.汉赞的出现	佛乐环境营造成功
第一次毁灭：周武灭法	北周建德三年(574)	数年	1.寺庙改造成住宅 2.僧众还俗 3.火烧经书、佛像	
2.生长期	隋唐(581—845)	约300年	1.规模化唱佛 2.歌、诵、吟形成固定模式	佛乐唱诵形成
第二次毁灭：会昌法难	会昌五年(845)		寺庙全部烧毁	
3.复苏期	唐朝、五代、宋、金(847—1234)	约400年	1.内容、形式有了突破 2.呈现五彩缤纷局面 3.统治者扶持、保护	
4.成熟期	元明清	600多年	1.诸帝笃信佛教 2.法事仪式丰富 3.“器乐”的应用	佛乐的器乐部分形成，并达到辉煌

（续表）

历史分期	时　间	长　度	主要事件	影　响
5. 衰微期	1911年到“土改”	约30年	1. 社会动乱 2. 人们避乱出家	
第三次毁灭：“土改”到“文革”	20世纪三四十年代之交到70年代末	约40年	1. 社会动乱，战争影响 2. 政治原因制约了宗教活动的开展 3. 僧人外逃 4. 僧人全部还俗	
6. 复兴期	20世纪80年代以来	约30年	1. 宗教、民族政策落实，部分僧人回山 2. 政府重视，佛教音乐活动增多 3. 五台山旅游热 4. 五台山成为“世界遗产” 5. 五台山佛教音乐成为国家级非物质文化遗产 6. 学界重视、政府重视，呼吁保护的人和努力保护的人增多	

在漫长的发展史上，五台山佛乐将外来的佛教音乐有效“华化”，对传播佛教理念发挥了重要的作用。山西省戏曲音乐研究所的韩军，是五台山佛乐的研究专家。笔者通过阅读韩军著述的《五台山佛教音乐》（上海音乐出版社2004年版），对五台山佛教音乐有了一定的了解。五台山佛乐以文字的形式，得到了有效的保存。这是令人欣慰的事情。现在可以通过文字曲谱看到的五台山佛乐是如表5－2所示。

表5-2　五台山曲谱

序号	著　作	出版时间	曲目数量	代表曲谱
1	《宫商角□□》	宣统二年	173首	《下山虎》《尾元尔》《五福捧寿》《下五台》《四心人》等
2	《禅门五音歌曲（全部）》	民国二十四年	70首	《千声佛》《华严会》《八宝》《参礼条》《翠黄花》等
3	《五台山庙堂音乐曲调本》	1978年	78首	《华严会随菩萨头》《参礼条接菩萨头》《上金台》《十二层楼》《云中鸟》《采茶歌》等

（续表）

序号	著 作	出版时间	曲目数量	代表曲谱
4	《五台山佛教音乐》（韩军著）	上海音乐出版社2004年版	155首	《华严会》《翠黄花》《参礼条》《五方结界》《寄生草》《铃杵真言》等

在成功申报为国家级非物质文化遗产之后，五台山佛乐的保护究竟如何呢？我们开始了采访。

二、实地调查简述

2009年8月19日，我们一行二人从忻州出发，先到五台县，换了车，再到五台山。一位搞摄影经常到五台山采访的朋友帮助联系了宾馆，很便宜。下午即到南山寺采访。

20日，上午到南山寺继续采访，下午到殊像寺。常清师傅说外面还有一个“五台山佛乐团”，曾经与他们合作过，于是联系了这个乐团，便有一个叫刘为魂的年轻人来接我们，到他们的驻地，他们的老板王培正好到北京了，两天后才回来。一群小伙子热情地向我们介绍“五台山佛乐团”的情况，并且执意请我们吃了饭。

21日，上午到镇海寺采访，下午到妙吉祥采访，都很顺利。晚上在妙吉祥听了他们的“佛乐”演出。

把以上内容整理成表格如下所示。

表5-3 五台山采访行程

日 期	上 午	下 午	晚 上
2009年8月19日	赴五台山	1. 采访南山寺汇光师傅 2. 采访殊像寺常清师傅	1. 听殊像寺乐僧的招待演出 2. 采访五台山宗教文物局白永康局长
2009年8月20日	1. 采访南山寺悲善师傅 2. 采访南山寺伽海师傅	1. 采访殊像寺常清师傅 2. 采访“五台山佛乐团”	在五峰宾馆听“五台山佛乐团”演出

（续表）

日　期	上　午	下　午	晚　上
2009年 8月21日	1. 采访菩萨顶志平师傅 2. 采访菩萨顶宝贵师傅 3. 采访镇海寺金光师傅	1. 采访妙吉祥前台主管 2. 采访妙吉祥全素斋经理孙健勇 3. 采访妙吉祥艺员	1. 在妙吉祥观看佛乐演出 2. 在全素斋用饭
2009年 8月22日	离开五台山		
2010年 10月30日	采访韩军		
2010年 11月11日	电话采访“五台山佛乐团”原业务员刘为魂		

三、保护现状综述

（一）乐僧的流失

在五台山的采访中，感受最深的是，乐僧培养不容易，而流失很快。

在申报材料中记录的殊像寺乐僧，师父辈的，生于20世纪二三十年代，徒弟辈的生于20世纪七八十年代。

20世纪二三十年代出生的人，在迅速老化。五台山佛乐师傅的迅速老龄化，使得传承有了紧迫性。比如殊像寺的圣达，1920年出生，10岁在五台山塔院寺出家，13岁开始学习笙、管，后来曾在文物部门工作过。是今天殊像寺佛乐的主要复兴者。在写申报材料时还健在，而笔者到来时已经圆寂了。采访中笔者发现，今天的乐僧主力，都生于20世纪70年代，而多数乐僧生于20世纪80年代。

殊像寺的佛乐，在“土改”和“文革”两大政治运动中经受重创，“文革”以前还剩有几个老点的师傅，“文革”后，就只剩了两个能够教佛乐的师傅。一个是圣达，一个是常治。现在殊像寺的乐僧，都是他俩和他俩的徒弟教下来的。

但是圣达和常治，并不是在殊像寺学的佛乐。他们大约在20世纪30年代出家，圣达是在显通寺学的佛乐，常治是在塔院寺学的佛乐。这说明，在当时，有佛乐传统的寺庙很多。

图 5-1・殊像寺乐僧伴餐表演　弓宇杰／摄

圣达，生于1920年，1930年10岁就在五台山塔院寺出家了。13岁的时候开始学习笙、管。

常治，生于1922年，9岁出家，18岁开始学吹笙。

圣忠，生于1930年，4岁出家。他可能做过殊像寺的住持，因此，许多僧人尊他为师，但是真正教佛乐的，不是他，而是圣达与常治。

殊像寺佛乐最繁荣是在什么时候？即使在这里住了一些年的常清师傅也说不清楚。而显通寺和塔院寺，佛乐的传统已经断了。常清师傅说："那时五台山当地人比较多。都是子孙庙，师父收了徒弟，徒弟再收徒弟。一代一代往下收弟子。改革以后寺庙就都划分开了。圣达与常治分别从显通寺和塔院寺来到殊像寺，收了弟子就一代代传下来了。"

笔者："他俩现在还在吗？"

常清："圣达三五年前去世了。常治还在，现在八十多了，已经老得有点糊涂了。不能和别人多聊了。"

笔者："'文革'以后他俩培养的乐僧估计有多少人？"

常清："大概有三五十个吧。有些走了的。"

笔者："走了的有出色的吗？"

常清："一个果金，一个果兵。果金现在大概四十出头吧，现在在南方，具体地址不太清楚，他吹笙。果兵现在在五爷庙，他是吹管子的。现在将近五十吧。"

表 5-4　今天殊像寺乐僧的基本信息

演奏乐器	法 名	出生日期	祖 籍	出家日期	学 历
笙	果祥	1977年	山西五台县	1998年	高中
管子	常清	1979年	山西太原市	1997年	小学
管子	果明	1966年	山西五台县	2000年	小学
笙	常戒	1987年	山西五台县	2003年	初中
笙	常寿	1986年	山西繁峙县	2003年	初中
笛子	常胜	1988年	山西五台县	2006年	初中
笛子	常平				
打击乐	果胜	1986年	山西繁峙县	2004年	初中
打击乐	常明	1993年	山西五台县	2007年	初中
打击乐	常隆	1991年	山西忻州市	2007年	初中
打击乐	果忍	1969年	山西繁峙东山乡	1999年	小学
笙	果军	197？年	山西五台县	1998年	
笙	演隆	1989年	山西五台县	2003年	
打击乐	果达	197？年	山西五台县		

注：由于果祥、果军、果达、演隆因故不能接受采访，部分信息不详。

表 5-5　今天南山寺乐僧的基本信息

演奏乐器	法 名	出生年份	祖 籍	出家学艺时间	现会曲目
管子和笙	汇光	1965年	五台台怀镇	1991年在南山寺出家	南山寺全部曲目
管子和笙	悲善	1974年	五台台怀镇	1990年在南山寺出家	南山寺全部曲目
管子和笙	伽海	1986年	繁峙沙河镇	2004年在南山寺出家	南山寺全部曲目
笙	义惠	1984年	繁峙大木关	2006年来到南山寺（在繁峙出家）	
笙	伽义	1983年	繁峙沙河镇	2008年在南山寺出家	

（续表）

演奏乐器	法 名	出生年份	祖 籍	出家学艺时间	现会曲目
笙	伽友	1982年	繁峙沙河镇	2008年在南山寺出家	
笙	伽忠	1985年	繁峙沙河镇	2008年在南山寺出家	
笙	义福	1986年	繁峙沙河镇	2005年在南山寺出家	
笛子	仁贤	1950年	繁峙县	1996年到南山寺（2000年在赐福寺出家）	
鼓	伽法	1951年	繁峙县	1997年来到南山寺	
钶子	悲法	1969年	山西临川	1994年来到南山寺	

这些乐僧，与申报材料提供的信息已经有了不同。主要是“铁打的寺庙流水的僧”，他们来去无踪，没有户口、人身保险、工作、家庭等限制，来去自由是寺院的特点，也为佛乐的活态传承造成了一些损失。由于乐僧的流失，所以需要寺院不断地充实队伍。

然而，由于学校教育对信仰的要求，每个家庭都是一个孩子，中国人传宗接代的愿望又比较强烈，所以，寺院新人并不容易得。

过去，老百姓把孩子送到寺院，主要是为孩子的前途与健康考虑。很长的历史年代中，医疗水平低下，使得老百姓保孩子性命成了第一需要，所以，幼年时体弱多病的，往往送入寺院以保平安。而现在，医疗水平大大提高，一般民众并不需要把孩子送到寺院里来。所以出家的年龄推迟了。

一家一个孩子，出家当了和尚、尼姑，一般的家长都会反对的。所以，寺院里缺乏有生的力量。即使有出家的，并不一定是有音乐天赋的。所以，学习佛乐并不是所有僧人的兴趣。

所有佛乐的演奏员，在进入寺庙以前，都没有专门学习过音乐，因此没有任何基础。他们接触佛乐的年龄，一般都在20多岁。现在南山寺佛乐团成员的年龄，有20多岁的，有30多岁的，有40多岁的，有50多岁的。再老的没有了。汇光师傅告诉我们：“以前老的都不在了。”南山寺的慈荫师傅，主要教授笙、管，1998年圆寂时79岁。万富师傅，1997年圆寂了。现在南山寺的徒弟只剩下悲善、汇光，其他的都走了。他们的徒弟中优秀的悲清46岁，现在云游。悲义，37岁，在大同某寺院做住持。汇存，40岁，现在云游。

与南山寺汇光师傅同时进入南山寺学习佛乐的，现在几乎都走光了。如果不是人才流失严重，南山寺最少也有100个演奏佛乐的乐僧了。为什么会大量流失僧人呢？汇光说：“出家人就讲究缘分，没缘就走了。佛经里讲：有缘则聚，没缘则散。跟这寺庙没缘就走

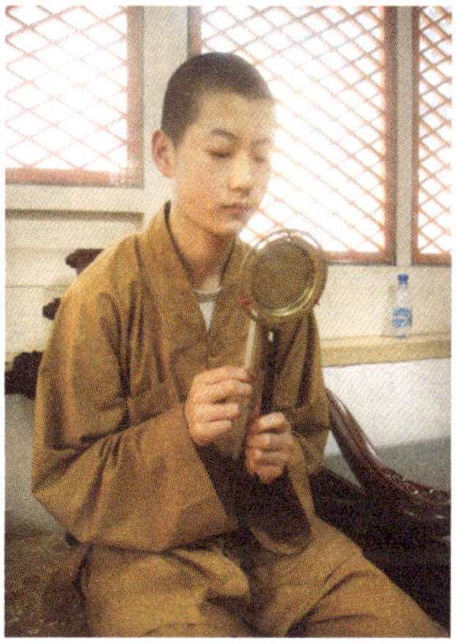
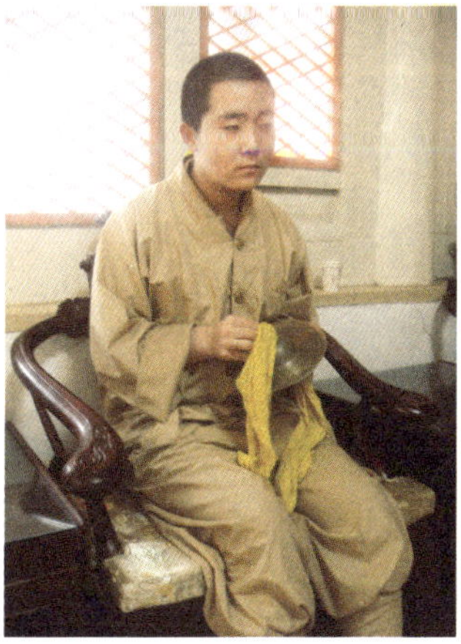

弓宇杰／摄

5-2	5-3	5-4
5-5	5-6	5-7
5-8	5-9	5-10

5-2·果明　5-3·常戒　5-4·常寿

5-5·常胜　5-6·常平　5-7·常明

5-8·常隆　5-9·果忍　5-10·果胜

弓宇杰／摄

5-11	5-12	5-13
5-14	5-15	5-16
5-17	5-18	

5-11・汇光

5-12・悲善

5-13・伽海

5-14・伽义

5-15・伽友

5-16・伽忠

5-17・悲法

5-18・仁贤

图 5-19 • 南山寺的“五台山禅门佛事音乐培训班”牌匾可能不太引人注意 弓宇杰 / 摄

了，大部分是这原因走的。”话虽然这么说，但是南山寺经济条件差也是重要的因素之一。南方的寺院给僧人的报酬高，自然吸引了不少僧人。

笔者：“他们去了别的地方会不会把佛乐带过去？”

汇光：“他们去了就丢了。”

笔者：“为什么？”

汇光：“不吹了，因为别的地方没有佛乐，不发展佛乐。我们这里是从以前一直传下来，就没有失传的。不发展，也不重视。其他寺庙只有一两个人也没法搞了。据我了解出去的全部都丢了。”

笔者：“这么多年来也没有任何一个寺院把咱们这个寺院的佛乐都学走？”

汇光：“没有，没有。”

笔者：“南山寺一共有多少僧人？”

汇光：“有四十多位，将近五十位师傅。”

笔者：“给乐僧们有什么优惠待遇吗？”

汇光：“是啊，没有优惠待遇就待不住啊。所以各方面都得上去。”

但是，现实状况是，南山寺香火不旺。汇光说：“现在寺庙跟以前不一样了，以前要有寺产，要有财产。五台山现在和外面的竞争非常强，寺庙受到了很严重的影响。导游都不会带旅客来这里，外面有人冒充出家人做买卖，让旅客请香拜佛。来这里的游客很少，所以导致香火不旺，资金各方面都跟不上。现在我们欠了200多万元的外债，条件各方面很困难，所以培养人才有一定难题。”

流失了一百多个乐僧，有没有留住人才的办法？汇光说：“出家人就是：铁打的寺庙，

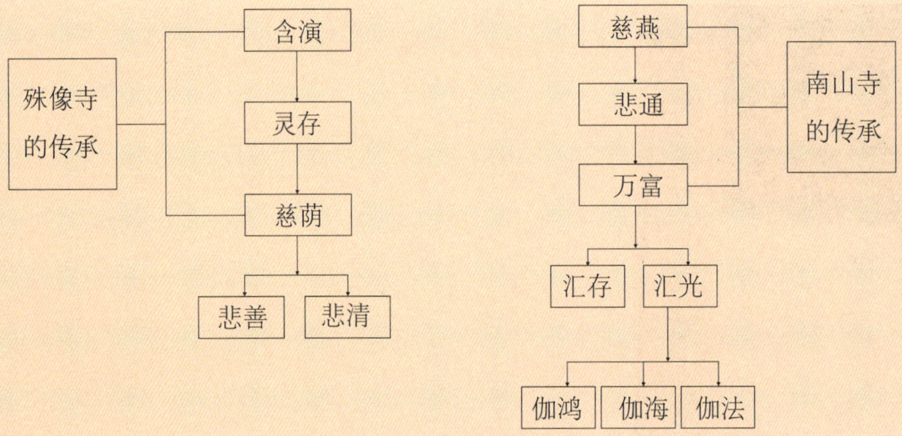

南山寺乐僧的传承谱系图

流水的僧。这里没缘他就走了。他不愿意在，你是留不住的，他们的户口不在这里，想走就走了。”而现在，政策是不给办户口，又没有经济上的诱惑，所以南山寺的乐僧有来的有走的，来来走走很频繁。新来的愿意学习佛乐的僧人是需要重新培养的，因为新来的都是不会的，培养这么多人会花很多时间。水平提高就会有难度。保护佛乐，最好的措施就是大量培养人才，应该把人才留住。人才流失越多，损失就越大。

殊像寺的乐僧中痴迷音乐的人并不多。学习不是发自兴趣，所以很难提高。知客常清师傅说：“大家对这方面的兴趣不是很浓，只是为了佛事的需要才学习。加上人员流动性比较大，人员方面不是特别固定。所以给佛乐的传承增大了难度。”

笔者：“有没有可能从音乐学院找一些学音乐的学生来传承学习佛乐？”

常清：“没有。学习佛乐必须是僧人，必须是自愿出家后才行。”

镇海寺的乐僧也是一样在严重地流失。不过，住持金光师傅采取了措施，把流失了的乐僧，以高薪聘请回来。能够熟练演奏佛乐的僧人，在镇海寺每个月可以拿到3000元工资，这在当地是一个非常不错的收入，所以也能部分地吸引一些僧人留下来潜心学习佛乐。

（二）保护经费短缺

五台山的旅游旺季是每年的5月到10月，国庆节长假一过，就基本没有游客了。过去，冬季是僧人们学习佛乐的好季节，因为夏天忙于应付寺院里的各种工作，时间无法保证。

南山寺的汇光师傅，生于1966年，1991年26岁，来到南山寺剃度出家。出家前他是煤矿工人。他说："出家都得有一番经历，我出家的时候也很艰苦，吃、住都很艰苦。冬天零下四十多度都不让生火。就这样磨炼我自己的意志。"

汇光师傅的叔伯大爷是吹佛乐的高手。汇光师傅介绍说："原来五台山有十个大寺庙，其中有一个庙叫永安寺，不过现在永安寺已经被破坏了，当年那个寺庙很辉煌，至少有上千个僧人。以前十大寺庙佛乐每年要比赛，每年轮流主持'十大会'。这样佛乐就能分出高低，不努力就落后了。这样才能有竞争力，更加繁荣佛乐。我大爷当年能吹三天三夜都没问题，就这样的功夫。开放以后，五台山佛教协会派人去请他，他已经圆寂了，我后来就是拿我大爷的管子吹奏佛乐。'土改'以后所有僧人就还俗了，我叔伯大爷也被迫还了俗。"

汇光师傅没出家的时候就被佛乐感动。他说："第一次来到五台山，走到南山寺门口，听到佛乐，一下子我就被吸引住了。心情特别舒畅，有一种心静快乐的感觉。"

汇光师傅到了南山寺才真正接触佛乐。他做住持的南山寺还是五台山的"佛乐学校"所在地。他是五台山汉传佛教里唯一的国家级非物质文化遗产项目代表性传承人。"因为殊像寺的那个老住持不会佛乐，只是他下面的徒弟们在搞佛乐。我是这里的法人代表。"当然，他也是南山寺佛乐的负责人。

他给笔者一份乐团的资料，显示了他们可以演奏的主要曲目。他说："资料上的曲目不太全。没有组织在一起，资料上是根据大部分人的情况组织在一起的。"

那么，乐僧是怎样学习的呢？汇光师傅说："每个僧人都有自己的工作，并不是专门从事音乐演奏一种工作。有的忙了，就顾不上学习，不忙就自己学。夏天事情多，各人有各人的工作。主要是春天和冬天组织学习。夏天就不能规定，都有自己的活。冬季一早一晚都必须统一练。早上6：00~7：00，晚上19：00~20：00练习。"

笔者："大家都住在一起吗？"

汇光："都住在这里。山上山下都有，不是在一个院子里住。"

笔者："是每天诵经的时候都在演奏佛乐吗？最近有佛乐演奏吗？"

汇光："不是每天演，是经常出去做佛事的时候演。民间有人请，出去做法事就带佛乐。过几天就要出去做法事。"

笔者："南山寺乐僧的演奏水平怎样？"

汇光："还远远不够，加强学习吧。"

目前，殊像寺乐僧的平均年龄偏低，在25岁左右。这样的年龄构成，演奏水平如何呢？常清师傅说："都属于中等水平，因为他们是来了这里学的，以前对音乐没有了解，还需继续努力继续提高。"

笔者问五台山宗教文物局白永康局长："你们是宗教文化保护单位，佛乐也是属于你们的保护范畴，你们佛教文物局对于佛乐方面有什么样的想法？"

白局长说："我们目前就是配合所有的寺庙把以前的东西尽可能地都挖掘整理出来，韩军老师对佛教音乐非常了解，他手里的资料也比较全面。他也尽他自己的力量扶持咱们的南山寺和殊像寺。把这两座寺庙的佛乐更好地传承好。"

笔者问："从官方的角度你们是怎样做的？"

白局长说："从官方的角度我们就是把它保护好，不要让它流失掉。"

笔者问："你们的保护经费投入了多少？"

白局长说："对佛乐的保护投入是比较多的，到目前为止已经投入了几十万元了。"

几十万元的经费，南山寺并没有见到一分钱。可能申报世界遗产，用了不少，但是寺庙里感觉是没有钱用。进山的门票与寺院没有关系，有些寺院，比如南山寺，香火不旺，收入就很少。

给国家非物质文化遗产中心的《申报书》，是韩军写的。

笔者问韩军："你《申报书》里的种种保护措施，现在落实了多少？"

韩军说："基本没有落实，老换人，现在的人我也不认识，也不知道他们在怎样保护。他们也不准备好好保护。"

（三）非僧众的佛乐

在五台山，在寺院外，有两个以商业目的为追求的佛乐演出团体。一个是被俗称为"五台山佛乐团""太原市华威时代文化发展有限公司五台山梵音和乐文化艺术团"；另一个是在全素斋以伴餐为目的的"妙吉祥佛乐团"。两个佛乐团的成员，都不是僧人，但演出的时候都穿着僧人的衣裳，一般不知情的游客，会误以为他们是僧人。

"太原市华威时代文化发展有限公司五台山梵音和乐文化艺术团"，成立于2006年。从各地音乐学院毕业生中招收艺员，演奏佛乐和经过加工与改编的各种音乐，以及舞蹈。在寺院中见不到的二胡，在这里也有用武之地。甚至中国残疾人艺术团在春晚上一举成名的《千手观音》，也是他们的节目。在宣传资料中，他们这样写道：

> 大胆的改革与创新，将古老的北方庙堂音乐与优秀的南派佛曲重新编排，加入佛教礼仪与历史典故的展示，推出了"梵音和乐"大型祈福音乐会。
>
> "梵音和乐"大型祈福音乐会在秉承了中国佛教"庄严国土，得济群生"的大乘理想

上，用鲜明的民族特色彰显中华正音，阐释了中国佛教以“世界和平，生命和谐”为主旨的文化价值，更体现了五台山佛乐作为中国传统音乐的“活化石”之特色。正如国家宗教总局叶小文局长观看我团演出的节目后对我们的期待：“走出中国，向世界展示中国佛教文化，演绎文明妙音。”

五台山梵音和乐文化艺术团致力于弘扬佛教艺术文化，提升五台山文化艺术品位，发展五台山佛教音乐之特色，打造五台山非物质文化遗产的品牌。

佛乐、和谐、非物质文化遗产，都成了“太原市华威时代文化发展有限公司五台山梵音和乐文化艺术团”的招牌与口号。但是，艺术团是太原一位致力于五台山佛乐推广的人士搞起来的，在五台山台怀镇租了一个小院落，一群各地学艺术的孩子聚集在这里。艺术团业务部4人，专业部男演员20人，女演员5人，后台3人管灯光、服装、音响。后勤有4个人负责宿舍、厨房、管道。这就是“太原市华威时代文化发展有限公司五台山梵音和乐文化艺术团”的全部人员。

表5-6　“太原市华威时代文化发展有限公司五台山梵音和乐文化艺术团”人员名单

姓名	出生年份	出生地	乐团职务	所学专业	毕业院校	毕业时间	会演奏的曲目
王守才	1984年			笛子	包头市艺术学校	2006年	
王晓东	1985年	忻州定襄	业务主管、演员	声乐	忻州师范学院	2007年	经文、打击乐
刘为魂	1987年	忻州	业务主管、演员				
贾秀峰	1987年	张家口	专业副主管、演员	唢呐	张家口艺术学校	2007年	团里演奏曲目都会
赵伟伟							
李　敏				笙			
毕　伟				二胡	忻州师范学院		
刘超胜				竹笛			
岳　斌							
潘有权			主持人				

（续表）

姓 名	出生年份	出生地	乐团职务	所学专业	毕业院校	毕业时间	会演奏的曲目
杨更新							
杨小强	1988年	呼市		笛子	呼市艺校		
郭鹏飞	1988年	河南开封		管子	山东某市艺校		
张志强	1989年	呼市		唢呐、管子	呼市艺校		
王 亮	1988年			声乐			

这些艺员一样是流动性极大，很难在五台山这个相对封闭的地方耐心地待下去。艺术团与五峰宾馆有一份合作协议，每天晚上都到酒店演出。这是酒店吸引游客的招牌之一。据说，艺术团天天晚上到宾馆演出，不管人多人少。遗憾的是，笔者到达的那天，本来说好要演出，演员们都化好装准备就绪了，没有人来看。接着说是不用演了，没有人看。当演员们卸装后离开酒店时，突然又有人要看，马上通知回去继续演出。这样，比预定的演出时间推后了一个小时。容纳1000人的剧场，只有十来个观众，观众席冷冷清清，舞台表演也只为应付。

他们演出真正的佛乐很少，二胡等在寺庙里没有的乐器，他们也都加了进来。一个个被剃了光头的艺术学校的毕业生，在舞台上拉着二胡美其名曰“佛教音乐”，似乎有点搞笑。接下来是在春晚上异常火爆的舞蹈《千手观音》。他们的执着很令人敬佩，他们的艺术与佛教有多大关系，还说不清楚。

艺术团专业部负责人王守才告诉笔者：“现在每演出一场要亏2000元左右，因为员工工资、房租都要钱。看这种演出的必须要有一定的文化底蕴，如果说让普通老百姓进去听，因为他们经常会在大街上听到，他们就会感觉到没有新鲜感。如果让有文化底蕴的人们进去听，听后的感受就不同。知识分子听后就会给乐团提一些改进的意见。现在基本上处于一种亏损状态。”

艺员的收入如何呢？王守才说：“1200元在专业部是最高的，最低的是800元，可能是刚来的，也可能是业务差的。但是刚来的还有一个300元的过渡时期补助费用。我们现在在五台山有常规性的演出每场补助20元，山西省内出了五台山补助50元，山西以外的国内是100元，国外演一场150元。”

据殊像寺常清介绍，为了开发佛乐，五台山曾经搞过一个“佛乐团”。起初，是以殊像寺乐僧为班底，再从音乐学院招一些民乐演奏专业毕业的学生。这个佛乐团还到北京演出过，结果，僧人和非僧人在音乐理念上，对佛乐的理解上，有很多的不同。所以后来就不合作了，分开了，殊像寺乐僧做自己的事，外面的佛乐团做自己的商业演出。

笔者问：“你怎样评价外面的佛乐演出？”

常清说：“不是僧人，演出来的感觉就不一样。”

笔者向五台山宗教文物局白永康局长请教：“你作为政府的主管部门的官员，对民间的商业演出佛乐有什么看法？”

白局长说：“他们演出佛乐是对佛乐的一种传播，这是可以理解的。但是他们穿僧衣出去演出这我觉得是不允许的，穿僧衣演出是在佛事活动中才能允许的。”

笔者问：“五台山梵音和乐文化艺术团演出的佛乐你个人认为怎么样？”

白局长说：“反正从我个人认为和寺庙里的演出、味道是不一样的。他们的演员是院校毕业的，失去了寺庙的味道和原生态的味道了。”

孙健勇1966年生于五台县，从五台县槐荫中学毕业后，考到西安外国语学院。大学毕业后不好找工作，就分配回了当地。在五台山干了四年，调到北京国旅总社干导游。孙健勇说：“做全国的导游，用我们行话叫‘全陪’。从客人入境到出境期间。到了各地再交给各地的‘地陪’。过去我在五台山就是干‘地陪’，后来在国旅做了三年的‘全陪’。”

在做“全陪”的三年中，孙健勇知道了客人会对什么东西好奇。他了解到：“我们认为习以为常的东西，怎么能够给客人带来视觉上和听觉上的冲击。像五台山佛乐，我们从小就听，感觉习以为常，但是客人来了听到就感觉稀奇。”

1989年，孙健勇回到五台山不久，他带团到南山寺听佛乐，好多日本客人就想来五台山听佛乐，孙健勇就把他们带到南山寺。到南山寺听佛乐，每位游客10元，这个价钱也不是出家人定的。孙健勇觉得这样就挺合适了，师傅们也能接受，客人也能接受。

受到这样的启发后，有了一定的积累，孙健勇于2006年就搞了一个演艺中心，起名“妙吉祥演艺中心”。剧目是：“妙吉祥演艺中心——盛世佛韵”。孙说：“那时候的表演有五台山的武僧表演，有河曲二人台，主要是当地的一些民间艺术呈现。搞了大概有两年吧。2008年，由于‘申报成为国家级非物质文化遗产项目’改建就停下来了，演出的投入也比较大，所以停下来以后就没有再去做。”笔者2007年去五台山旅游，看过这个演出，很差，甚至可以说很烂。佛乐很少，是个俗气的大杂烩。可能社会上对这个演出的评价不好，便停掉了。

虽然“妙吉祥演艺中心——盛世佛韵”大型演出停了，但是对于佛乐，孙健勇还是想做，一边吃饭，一边让客人听佛乐。他说：“我当年当导游在南山寺听佛乐，就感受到了客人对佛乐的认知度很高的。实际上佛乐也是诵经的另一种方式，这样就更能让人接受。我就感觉佛教的智慧很大，为了让人们更好地领悟佛经，他们就把佛经改编成人们雅俗共赏的佛乐。我觉得这个非常好，再加上五台山成为世界遗产，这无形中就提升了五台山在人们心目中的位置，再加上佛乐2006年就成为非物质文化遗产，这无疑也是一个亮点。我们做生意的就是让游客对五台山的品位有一个认可，才能多来五台山，在我们这里消费。”

现在“妙吉祥佛乐团”连主持人只有五个人。孙健勇说：“说白了他们就是民间艺人出身，演出的时候他们穿上僧人的衣服。”

晚上，住在这里的艺人们出场了，妙吉祥佛乐团负责人是吕继芳，他过去是搞八音会的，在农村婚丧嫁娶、开业庆典时，请他们去演出。夏天，他们到五台山来，比民间多赚点钱，冬天，五台山放假了，他们就回到村里，人们结婚的多了，他们演出的机会也就多了。

在五台山，他们每个月能赚到2000元。

表 5-7 “妙吉祥佛乐团”成员

姓名	年龄	乐器	职业
吕继芳	40多岁	管子	附近农民
吕继花	1972年出生	吹笙	附近农民
赵高云	48岁	敲木鱼	附近农民
彭清贤	1981年出生	敲鼓	附近农民
赵新和	60多岁	吹笙	附近农民

民间艺人能够演奏的乐曲有五六个，《千声佛》《爬山虎》《三世因果经》《八段经》《西方赞》《八板》。像“太原市华威时代文化发展有限公司五台山梵音和乐文化艺术团”和“妙吉祥佛乐团”以不完整的形式在传播佛乐，是应该限制呢？还是应该鼓励？

对于正宗的寺庙里的佛乐，他们离开了佛乐的环境，形式上也不能够严格而规整地传播，乐器的配置上不完整，乐曲也似无寺院里神圣的味道。

那么从保护非物质文化遗产的角度考虑，他们是做着贡献，还是伤害着佛教音乐？这要专家认真思考，也需要政府有效地引导。因为旅游，寺院成了景点，因为旅游，佛乐成了娱乐，那么怎么保护，怎样留住人才，怎么投入经费，就成了大问题。

2010年11月，在采访五台山一年后，笔者再次电话给“太原市华威时代文化发展有限公司五台山梵音和乐文化艺术团”的业务员刘为魂，他说，由各地音乐学院学生组成的这个团已经经营不下去，于2009年底解散了。

弓宇杰／摄

5-20	5-21	5-22
	5-23	
	5-24	

5-20・吕继花

5-21・吕继芳

5-22・赵新和

5-23・妙吉祥佛乐演奏人员

5-24・殊像寺乐僧在客堂演奏时的排列顺序

四、韩军的想法应该不再是想法

在《申报书》中，韩军写道："为恢复和保护五台山佛教艺术，五台山风景区人民政府特别制订了十年保护计划和五年实施方案。该计划由五台山管理局负责组织实施，由五台山非物质文化遗产保护领导小组和宗教局负责管理、督导。"

保护计划要点如下。

（一）静态保护

1. 对五台山佛教艺术再一次进行全面普查，挖掘、搜集失落的文献资料，摸清全山会演奏乐器、了解五台山传统法事的老僧人的实际情况。

2. 将普查、搜集所获得的资料集中管理、分类、建档。将会演奏乐器和懂得传统法事的老僧人集中起来，整理他们的"口述历史"档案。

3. 进一步深入进行五台山佛教艺术的研究工作，在过去研究成果的基础上，进行艺术学、社会学、宗教学等多学科，以及边缘学科和交叉学科等多领域的广泛深入的研究，深刻认识五台山佛教艺术的文化底蕴，并将研究成果出版。

（二）动态保护

1. 创造条件，使更多的寺院恢复五台山佛教传统的法事仪式，尽可能地恢复传统的全山各寺院共同参与的大型法会，为五台山佛教艺术的恢复和保护创建适宜的环境。

2. 建立长期的培训机构，培养精通乐器演奏和能够舞蹈的僧人，聘请艺术界高水平的演奏家和舞蹈家教授演奏和舞蹈的基本功和表演技艺，提高僧人们的表演水平。在培训机构中，请老僧人以传统的方式传授五台山传统的经文诵咏的唱调和乐曲，传授传统的乐器调音的方法，使这种"口传心授"的传承方式得以保存。

3. 继续办好"五台山佛教艺术节"中的"佛教艺术展演"，加强佛教艺术交流，不断提高五台山佛教艺术水平，使五台山佛教艺术长期得以展示，得以"动态"整体性保护。

具体安排如下：

1.2006年，全面普查；同时成立培训机构开始培养僧人演奏乐器；筹备建立试点，逐步恢复五台山传统的法事仪式。（1）五台山佛教艺术散失的历史资料、曲谱抄本、佛事仪式抄本挖掘、搜集起来，并集中管理。(2)全山能有足够的演奏乐器的“艺僧”。(3)日常传统佛事得到一定恢复。(4)出版《五台山佛教艺术资料集》。

2.2007年，整理普查资料，建立详细的档案；开始组织对普查资料进行研究。

3.2008年，总结试点经验，使有条件的寺院都可以做五台山传统佛事；召开有关五台山佛教艺术的研讨会，整理研究成果。

4.2009年到2010年，全面恢复五台山佛教艺术，恢复五台山传统的全山的大型法会；五台山研究成果出版。(1)全山性大型法会恢复。(2)出版《五台山佛教艺术论著集成》。(3)佛教艺术产业得以发展。(4)五台山“动态”整体性保护体制初步形成。

在实施五年保护计划中，要提高广大干部、僧人的认识，加强保护意识，逐步健全“动态”整体性保护的保护体系，建立健全保护机制。

1.以保护战略上“定向”，发展规划上“定位”，具体目标上“定点”，领导班子内“定人”，干部职责上“定责”，资金投入上“定额”六定为主要内容的领导制度建设机制。

2.现有艺僧、老僧人、新徒弟、专家协同一致的、互助互补的人才队伍建设机制。

3.建立保持原生态的，以恢复和保护为主要目标的“动态”整体性和可持续的保护机制。

4.建立打造精品、创造品牌与日常佛事和表演相结合的活动机制。

5.建立保护与开发相结合，以保护促开发，以开发加强保护的良性循环的艺术市场运营机制。

韩军写道：“五台山风景区政府决定从2005年起连续五年每年投入10万元，共计50万元，在此基础上还要用各种方式从多方筹集更多的资金，用以对‘五台山佛教艺术’的保护。这些资金主要用于购置有关物品、乐器、服装、道具，建立培训基地(包括租用场所以及水电、食宿等一切开销)，聘请专家及有关人员授课，组织各项活动，进行艺术交流等项的开支以及其他涉及‘保护工程’的有关费用。”

遗憾的是，这些想法基本都还是纸面上的想法，因为五台山申报“世界遗产”，占用了大量的精力、物力、财力，所以这样的一个保护机制并没有在过去的五年中建立起来。

不过，尽管困难重重，寺院的僧人在说到佛乐的传承时，他们都认为不会丢失。虽然现在他们会演奏的曲目只有三四十个，甚至只有二十来个，但是他们认为这样口口相传活态保护下去不是问题。

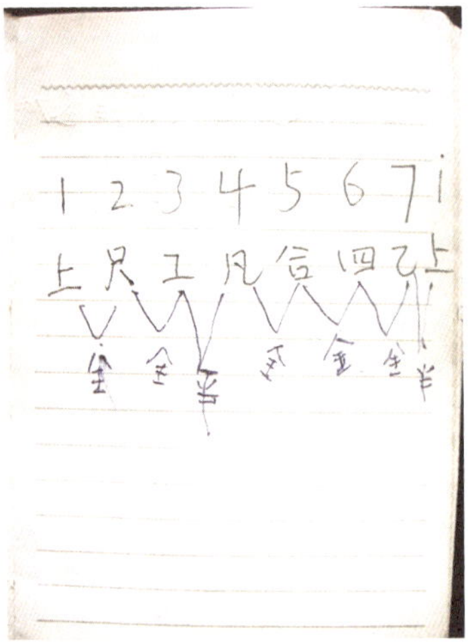

图 5-25 · 汇光法师手写的音阶关系 弓宇杰 / 摄

图 5-26 · 老师傅留下的管子 弓宇杰 / 摄

五、调查所建乐团编制、曲谱与乐器

乐　器：	笛子	笙	管子	笙	笛子
演奏者：	常胜	常寿	果明	常戒	常平
乐　器：	鼓	镲	音锣	木鱼	
演奏者：	果胜	常隆	常明	果忍	

在南山寺采访过程中，笔者看到了汇光师傅手抄的一本曲谱，还有他保存的一个管子。汇光说："学习佛乐，不仅要听，听的记不住的，以手抄曲谱来辅助。使用的是工尺谱，现在年轻的有会简谱的。工尺谱记录下的南山寺佛乐有几十首。乐僧们自己学自己抄。"汇光刚出家初学佛乐时开始抄谱子，他给笔者出示了他1993年抄写的谱子。

这个手抄谱上的佛乐曲目一共32首，分别是：1.《华严会》；2.《菩萨头》；3.《千声佛》；4.《工字普庵咒》；5.《参礼条》；6.《翠黄花》；7.《乙字八宝》；8.《爬山虎》；9.《慢五方结界》；10.《快五方结界》；11.《护法赞》；12.《四字三皈赞》；13.《无量偈》；14.《上金台》；15.《万年花》；16.《召请条》；17.《工字月高》；18.《四字月高》；19.《丁板华严会》；20.《工字八宝》；21.《媳妇忙》；22.《含洞山》；23.《上字翠黄花》；24.《哭皇天》；25.《净瓶》；26.《云中鸟》；27.《十二层楼》；28.《秘魔岩》；29.《大乘经》；30.《收场》；

31.《打早鱼》；32.《工字收场》。

这是南山寺佛乐的全部曲子吗？汇光说："不是，我们经常吹的就是出去做法事的时候吹的。有些经常吹的谱子就不用写，一代一代听都听会了。"

为了适应外面重视简谱的要求，汇光也学起了简谱。但是，已经习惯了工尺谱的他，并没有学会简谱。这是他学简谱时写下的简谱标音符号与工尺谱标音符号的对应关系（见图5－25）。

南山寺佛乐是青庙佛乐，使用的主要吹奏乐器是笙、管、梅（笛子），打击乐器是音锣、铙钹、木鱼、鼓、梆子、铼子。笛子和笙是竹子做的，管子是木头做的，不同的木头做出来的音色不同，调也不同，而柏木做的管子是最好的。大概有核桃那么粗的柏木做出来的最好，太老了也不行。汇光的师傅给他留下一支管子，管子长19厘米，内径2厘米，有佛教的图案，是金属做上去的，非常精致（见图5－26）。它还有一个外套。

第六章

五台山佛乐调查报告之二

项目名称·五台山佛乐

所属类别·民间音乐

申报地区或单位·山西省五台县

入选国家级非物质文化遗产名录情况·2006年第一批 Ⅱ－66

撰写人·翟风俭

近年来，我国的非物质文化遗产保护工作受到了社会的极大关注，同时也取得了很大的成绩。各地在非物质文化遗产保护方面积累了很多经验，这些经验有的具有普遍性，可以在较大的范围内推广，但是有些项目却由于其自身的特殊性，还需要特殊的保护措施。宗教类非物质文化遗产的保护就比较特殊，因为涉及宗教信仰、宗教管理以及与之相关的特殊人群、宗教禁忌、神鬼崇拜、宗教仪式等事项，所以其保护工作应与世俗项目的保护有所不同，要根据其特点制定相应的保护措施，尤其是涉及庙堂之内的非物质文化遗产项目，就更应小心谨慎，要充分考虑宗教文化特殊性，尊重宗教人士和信教群众的宗教情感、宗教仪式和宗教禁忌。对这类项目进行保护，应遵循国家的宗教政策，尽可能减少对其进行行政干预，某些时候，政府"无为而治"，放手让宗教人士自己来管理和保护，从长远看，可能更有利于这些项目的发展与保护。在此以五台山殊像寺佛乐保护为例来谈谈这一问题。

一、五台山佛教及佛教音乐

五台山属太行山系的北端，跨山西、河北两省七个县市，方圆达250平方公里，因其山"五峰耸出，顶无林木，有如垒土之台，故曰'五台'"。五台山五座台顶合围的地区，称为台内，其外围则称台外。五台山是中国乃至世界著名的佛教旅游圣地，2009年入选联合国教科文组织"世界遗产名录"。五台山寺庙始建于汉明帝时期，唐代因朝野推崇"文殊信仰"，使得五台山佛教空前繁盛，名僧辈出，鼎盛时"大寺三百六，兰若无其数"，僧尼达万人。元明时代，藏传佛教传入五台山并在这里修建寺院，形成青（汉传）、黄（藏传）二庙并存的局面，五台山遂成为汉地唯一的汉藏佛教圣地，也是佛儒道教并存的圣地。目前五台山仍有佛教寺院100多座，其中台内有47座，成为我国绝无仅有的最大寺庙群。山西省五台县台怀镇是五台山佛教寺庙分布最集中的地方，是五台山佛事活动和经济生活的中心，亦是五台山景区的中心。

佛教音乐，是五台山佛教的重要组成部分。历史上，五台山佛乐同五台山佛教共兴衰，历经千载，五台山佛乐经过历代佛教高僧大德和民间乐师的不懈努力，不断吸收外来佛教音乐和周边民间音乐的元素，不仅发展出自己独特的法事仪轨和经文讽诵程式，而且还创立出了五台山佛教所特有的“和念”形式——用器乐伴奏的诵经仪式。传统的五台山佛乐包括声乐和器乐两部分，“声乐”是在法事仪式中对各种经文的演唱，主要有四种形式：一是带有乐器和法器伴奏的唱经，即“和（音‘格’）念”；二是不带伴奏只用法器击节的唱经，即“令调”；三是有简单旋律的“吟诵”；四是以语言自然音调为基础的随着木鱼敲击的有规则的节奏的诵经，即“直数”。器乐演奏的乐曲称为“小曲”，有两种，一是对经文诵咏中部分曲调进行伴奏；二是乐队独立演奏。五台山佛乐所用器具包括乐器和法器，乐器由打击乐器和吹奏乐器组成。青黄二庙的乐器组成各有侧重。青庙乐队以笙为主，管子、横笛辅助；黄庙乐队则以管子为主，笙、笛协助，乐器中比青庙多唢呐。打击乐器有鼓、铛、铪、音（云）锣、大铙、大钹等。法器主要有木鱼、引磬、忏钟等，有的黄庙在念经时还要动用大号、螺号、牛角号、法铃等法器。[①] 在音色上，青庙音乐显得庄重、典雅；黄庙音乐则以刚劲、高昂见长。五台山佛乐是我国北方佛教音乐的典型代表，对我国佛教音乐影响甚大。

整个20世纪，五台山佛教及佛乐也随着整个中华民族一起动荡起伏。20世纪初，五台山佛乐尚处繁荣期，“大多数寺庙都有自己的佛乐班子，早晚课诵、普佛焰口、佛诞节日，总有佛乐伴奏”[②]。当时五台山的汉传佛教寺院中以显通寺、塔院寺、殊像寺、碧山寺、金阁寺、南山寺、圆照寺、广宗寺、灵境寺、永安寺等十座寺院最具影响力，号称“十大青庙”，每个庙都有自己的乐队，称为“十大庙乐队”，他们基本上控制着整个五台山青庙的佛事活动。这些乐队平时都是各庙自己管理，相互间往来甚少，只在每年农历四月初十闹大庙会时，才聚合起来，由各庙方丈指派一人参与大会“合念”和吹奏。但是，20世纪30年代以后，随着日军的入侵和社会的动荡，僧人出逃，佛教废弛，庙会及佛教音乐亦随之衰落。新中国成立以后，历经多次运动，五台山寺院被毁，僧尼被迫还俗，这里的佛教及佛教文化几近消亡。此后随着改革开放政策的实施，国家宗教政策和民族政策的逐步落实，五台山佛教才得以重兴。但随着时代的变革，人们的思想观念已经发生很大变化，佛教本身已不可能再回到历史上的鼎盛时期，目前五台山佛教经过30余年的重兴，已进入稳定发展时期，现在常年居住在五台山的僧尼有1000多人，加之来自全国乃至世

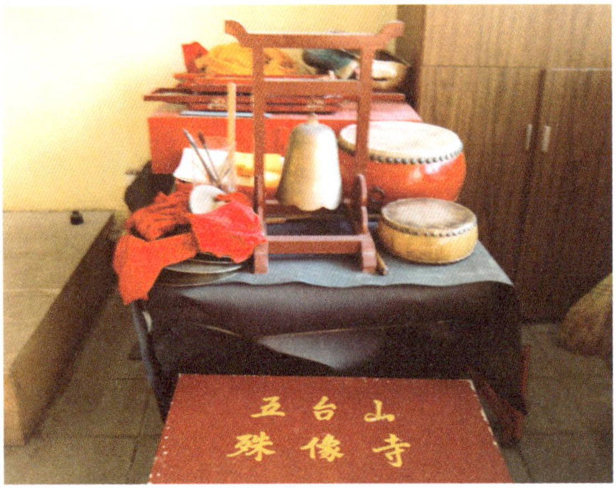

图 6-1・殊像寺的部分乐器
翟风俭 / 摄

界各地的云游僧，总数超过3000人。每年的春夏秋三季，是五台山僧尼最集中的季节，在台怀镇的大街小巷及各个寺庙里，随处可以见到青黄两教的僧尼、喇嘛。

20世纪80年代以后，随着五台山庙宇的恢复与重建，在南山寺慈荫法师、殊像寺圣忠法师、菩萨顶住持达尔计喇嘛以及繁峙县政协李宏如等一批有识之士的努力下，五台山佛乐也逐渐恢复，还曾多次到国内外进行交流性演出。但是，由于佛教音乐已经彻底中断四十余年，五台山佛乐已经形成断层，“青庙僧人上殿诵经时用木鱼、引磬、钟、鼓等法器伴奏的经文音乐还普遍存在，而用笙、管、笛等乐器伴奏的经外音乐几乎绝迹了”[③]。隔了至少两到三代传人，再加上社会观念的因素，使得一方面原来熟悉佛乐的老僧人不是圆寂就是年高体弱，授徒困难；另一方面青年僧人对之不感兴趣，导致在很长一段时间内，佛乐恢复的效果并不显著。著名的五台山佛乐专家韩军先生在其1993年出版的《五台山佛教音乐》一书中，曾非常悲观地指出：“时至如今，具有鲜明五台山特色的所谓‘北方殿堂佛事’及其音乐已基本成为绝响。”[④] 又经过十余年的努力，2006年，五台山佛乐入选第一批国家级非物质文化遗产名录，五台山佛乐迎来了新的发展机遇，进入比较稳定的恢复发展时期，汉传佛教（青庙）的殊像寺、南山寺、黛螺顶和藏传佛教（黄庙）的菩萨顶、镇海寺、万佛阁等寺院的佛教音乐都已经恢复传承。

中国艺术研究院与五台山佛乐渊源颇深，早在20世纪八九十年代，时任音乐研究所副所长的著名佛教音乐专家田青先生不仅多次深入五台山各寺庙考察佛乐，为老艺僧录音，而且他还多次带领五台山佛乐团成员到世界各地进行交流演出，他还主持出版了五台山佛教音乐《清凉梵音》磁带[⑤]，并亲自撰写前言，可以说是田青先生将五台山千年佛乐带到了世界。2002年，中国艺术研究院宗教艺术研究中心成立，中心主任田青先生翌年便邀请五台山殊像寺佛乐团来京参加由宗教艺术研究中心所主办的“中国佛道音乐精粹展演”活动，此次展演活动震动京华。当时笔者刚刚参加工作来到宗教艺术研究中心，全程参与此项活动。2009年8月，中国艺术研究院宗教艺术研究中心曾派出考察人员去调查五台山佛乐的保护情况，当时采访了青庙的南山寺和殊像寺与黄庙的镇海寺和菩萨顶，并撰写了《五台山佛乐调查报告之一》⑥ 。2012年10月末，笔者再次造访殊像寺，调查这里的佛乐保护状况，感觉现今的五台山佛乐虽不能与历史鼎盛期相比，但已形成自己的活态传承体系。笔者在殊像寺主要采访了果祥法师、常清法师、果明法师和演隆法师。果祥法师是殊像寺的住持，也是殊像寺佛乐团的负责人和传承人，常清法师是殊像寺的知客。

表6-1　新中国成立后五台山佛乐大事记

时间	事件	所属寺院或地区	主要参与者
1955年	搜集整理出版《五台山寺庙音乐》，保存青黄二庙音乐264首		亚欣
1978年	抄本《山西五台山庙堂音乐》		李还民
1979年	编辑油印册子《山西民间器乐曲集（五台山寺庙音乐）》	山西省音乐舞蹈研究所	刘建昌、陈家滨
20世纪80年代初	成立“禅门佛事佛教音乐培训班”	南山寺	慈荫法师
20世纪80年代初	黄庙中菩萨顶最早恢复佛教音乐，培养出了章样摩兰（林虎）、金光等一批会吹奏乐器的小喇嘛。目前，担任菩萨顶管家的章样摩兰（林虎）和镇海寺管家的金光喇嘛也培养出了一批黄庙音乐的接班人	菩萨顶	达尔计、张贵银、邢三三、张二等
20世纪80年代	繁峙佛乐团，共8人，来自5个寺院，平均年龄65岁，他们自幼出家，由高师传授，加之经常在一起演出，配合默契，曲调幽雅，有较高的研究价值和欣赏价值。他们演奏的佛曲已被中国音像大百科编辑委员会录制成“五台山佛乐”盒式录音带，向国内外发行。1989年，应邀赴香港为“佛教音乐国际研讨会”演出；1994年，赴英国、荷兰等地演出 *	繁峙县境内秘魔岩、永安寺、石佛寺、公主寺、圭峰寺等	云桂、云枝、玄平、了满、了充、仁亮、云端、成德等法师
1987年	经山西省文化厅批准，山西省音乐舞蹈研究所成立了“中国五台山佛教音乐团”	山西省音乐舞蹈研究所	韩军等

* 参考李宏如:《五台山佛教音乐现状》,《五台山研究》2004年第2期，第32—36页；李春凤:《民国以来的五台山佛教音乐》,《五台山研究》2005年第3期，第28—29页。

（续表）

时 间	事 件	所属寺院或地区	主要参与者
1993年	出版《五台山佛教音乐》，山西人民出版社	山西省音乐舞蹈研究所	韩军
1997年	在中国佛教协会会长赵朴初先生支持下，成立“佛乐班”，招收十名青少年学习五台山佛乐，2000年赴台演出，2002年赴福建泉州参加“中国泉州国际南音大会唱暨中国古乐大会唱”的“古乐演奏”活动	繁峙县	李宏如、田青等
2003年	殊像寺艺僧应中国艺术研究院宗教艺术研究中心邀请来京参加“中国佛道音乐精粹展演”活动，在中山音乐堂进行演出	殊像寺	田青、韩军、圣忠法师等
2004年	赴韩国参加“第四次中韩佛教音乐研讨会”演出	殊像寺	韩军、圣忠法师
2004年6月	五台山佛教音乐被山西省公布为首批民族民间文化保护工程试点项目		
2006年6月	“五台山佛乐”入选“第一批国家级非物质文化遗产名录”		
2008年	在北京民族文化宫参加文化部及中国非物质文化遗产保护中心举办的“2008年中国非物质文化遗产展演”活动	殊像寺	韩军、果祥法师等
2008年	入选“第二批国家级非物质文化遗产代表性传承人”	南山寺	汇光法师
2012年	入选“第四批国家级非物质文化遗产代表性传承人”	殊像寺、菩萨顶	果祥法师、林虎法师

二、子孙庙制度对于佛教音乐传承的意义

我国古代汉传佛教丛林制度主要有两种形式，一是子孙庙；二是十方丛林。子孙庙一般规模较小，财产属于一僧或者一系僧人所有。僧人可以自由招收徒弟，但不允许开堂传戒，徒弟们在十方丛林受三坛大戒后一般再回本庙，又可以招收弟子，这样世代传衍，住持亦师徒相传，近于“家族”传承。十方丛林则规模较大，财产属僧团公有，僧人们来自

四面八方，合住一处，如树木丛集一处为林一样，故称“十方丛林”，亦称“丛林”。丛林具有开堂传戒的资格，但僧人们不准招收弟子，其住持乃公开推选德高贤能者担任。当然也有一些寺庙的管理介于子孙庙和十方丛林之间。历史上，五台山以子孙庙居多。子孙庙的特点是僧人比较稳定，多数僧人都终生待在一个寺院或者与之相关的同系庙宇，五台山一些著名的子孙庙均都办有“寺立书房”⑦，方便未受戒的小沙弥在此就学，一则是研读经卷；二则是学习乐器，演奏“佛曲”。通过这种方式，子孙庙的佛教音乐得以世代传承。目前，五台山的寺院子孙庙已经比较少，但是佛教音乐恢复得较好的庙宇一般都是子孙庙，如殊像寺和南山寺都属于子孙庙。

佛教音乐的声乐（梵呗唱诵）和器乐其传承受到佛教丛林制度的影响很大。正如杨民康先生所指出的，“子孙丛林与十方丛林两种寺院制度的存在，致使其佛教梵呗音乐传播手段和方式上存在着明显的不同”，“在十方丛林寺院里，通常其僧侣既有长住的寺僧，也有来自四面八方的行脚僧。在同一寺庙的佛教法事中，大家通过一段时间在日常课诵及仪式里的共同协作和磨合（有时也需施以一定的培训手段）过程，在梵呗声韵及演唱方式上形成相对默契、一致的感觉”⑧，通过僧人的流通和相互之间的交流，这种梵呗唱诵形式得以跨地域传播，从而形成现在全国佛教梵呗唱诵几乎都统一于常州天宁寺梵呗唱诵这样一种“天下一统”的局面⑨。“佛教器乐的情况则有所不同。由于佛乐演奏的技艺、技巧及乐队体制的形成均需要有老师指点，也要有一个相对长期的培养及锻炼过程，这种艺僧一般只有靠子孙庙里盛行的师徒传承方式才有可能培养出来。”⑩子孙庙“自古以来有着严格的师承方式，延续至今的师传徒，弟传徒，一代一代，代代相传，师父不但教徒弟参禅礼佛，寺庙戒规，同时也要教授讽诵经文的曲牌和演奏乐器的技艺。这种师徒传承方式，对于严格的保留寺庙仪轨包括佛教文化及庙堂音乐，起到了重要作用。寺庙封闭、保守的组织形式和管理方式，使庙堂音乐系统全面保留下来”⑪。殊像寺亦是如此，这里现在仍保持着子孙庙的传统，不接受外来僧人的挂单，所有在庙僧人都是在殊像寺出家的。现在寺里僧人有圣、果、常、演四代，圣字辈目前仅剩方丈圣忠法师一人，已年过八旬。寺里的中坚力量是果字辈和常字辈，他们大都是“70后”和“80后”，也有个别是“60后”和“90后”，而演字辈仅有一人，就是出生于1991年的演隆法师。现在寺里住持是果祥法师，他是五台本县人，1977年出生，1998年在殊像寺出家，师从圣忠法师。果祥法师于2012年9月被认定为五台山佛教音乐的国家级代表性传承人，他同时也是殊像寺佛乐团的负责人。据他讲，他在出家之前也没有接触过佛教音乐，1998年冬天，开始跟着寺里的师傅学习早晚课，1999年开始学习吹笙，现在仍然在乐团里面主吹笙。

目前，殊像寺大约有僧人30人，每年来去基本上保持在一两人，相对稳定。果祥法师说，出家人讲求“缘分”，有个别僧人因为与庙里“缘尽”就离开了，他们或者还俗，或者到了别处寺院，寺院一般不会阻拦。但是，为了维护子孙庙的传统，寺里并不支持本寺僧人出去云游，短期出游可以，但如果超过半年不回就要被除名，以后再回就很困难了。历史上五台山寺院的僧人多数都是山西境内的人，尤以五台山周边的人居多。现在这种状况仍然没有发生大的改变，殊像寺里的僧人都是五台山周边人，最远的常清师傅来自太原，其余都是五台山周边县市的，而且以农村户籍居多，文化程度普遍不高，多数是初中文化，也有少数是小学及高中文化，殊像寺目前还没有大学以上文化程度的僧人，也没有僧人读过佛学院。其佛乐团成员大多是20岁到40岁之间的中青年僧人，一般都是20世纪90年代末以后进入寺院的。寺里每月发给僧人400元生活补贴，重大病由寺里出钱予以治疗，平常的头疼发热之类的小病一般都是自己到外面诊所诊治或者是到药店买些药，此外，僧人们都有医保。果明法师觉得每月400元补贴基本上够用，因为僧人的绝大部分日常用品都是寺里供给的，平时可花钱的地方并不很多。

历史上，中国的僧人尤其是子孙庙里的僧人自幼出家的比较多，但在现代社会幼童出家的情况已经很少，大多数僧人出家时基本上已是成人。过去寺里的小沙弥从几岁就开始进行佛乐启蒙和训练，等到其成人受戒以后，对于佛教仪轨和佛乐已经稔熟了，基本功非常扎实。现在的成年僧人都是在进庙以后才开始接触佛乐，虽则如此，但在果祥法师看来，这对佛乐传承似乎并未有太多影响，因为现在的僧人在出家之前都已经接受过文化教育，多数人达到了初中或高中的水平，再加上他们都来自五台山周边地区，自幼生活环境和五台山佛乐存在环境是一样的，故他们对于五台山佛乐的领悟能力是比较好的，往往是“一点就通，一学就会”，故经过两三年的学习，基本上的唱念和吹奏已经没有问题，就可以参加佛事活动了，在此过程中再逐步提高技艺。但笔者对此却心存疑虑，毕竟这些成年出家的僧人已经错过了佛教音乐的最佳学习期，基本功不牢固，只靠几年的学习和练习恐怕很难达到历史上那些自幼就开始学习佛曲的艺僧的演奏水平。

殊像寺佛乐与中国境内其他佛教音乐传承一样，都是用的工尺谱记谱法，采取师徒口授心传的方式进行传承，在殊像寺出家的僧人三年以后就可以收徒了，初入寺院的僧人通过每日的早晚课和学习佛教仪轨，领会佛教音乐的精髓和作用，然后再跟着师父学习背谱和演奏乐器。寺里并不要求每个新来的僧人都要学习吹奏乐器，而是根据自身的条件和兴趣，能学则学，实在没有兴趣或者是缺乏音乐方面的天赋，也不会强迫学习。现在殊像寺佛乐队有20人左右，每次吹奏的时候会根据需要来确定人员数量，少则七八人，多则十几二十人。从2005年开始申报国家级非物质文化遗产项目到2012年的大约7年间，殊像寺佛乐团成员和人数都有一定的变化。2005年《申报书》中有三位老传承人——圣忠、圣达和常治，填写《申报书》时他们都是七八十岁的耄耋老人了，1930年出生的圣忠大和尚至今仍为殊像寺的方丈，他虽然未教过器乐，但他能做五台山传统佛事，这里的很多果字辈僧人都是其徒弟，故当年的《申报书》将其列为殊像寺佛教艺术[12]的第一传承人。殊像寺的佛乐（器乐）主要是圣达（1920年生）和常治（1922年生）二位师傅教的，现在他们都已圆寂。[13]其余的果字辈、常字辈和演字辈乐僧也有所变化（参见表6-2），自2005年至2012年，这个仅有30来个僧人的庙宇，有两位僧人年老圆寂，6位还俗，一位去了别处寺院，7年失去9位乐僧，其间当然还有一些新来的，虽然每年庙里的人员变化不是很大，来去只有一两人，但从长期看，殊像寺的人员变化还是不小的，这对其佛乐的传承还是有一定影响的，毕竟培养一位乐僧并不是一件非常容易的事情。

表6-2 2005年至2012年殊像寺乐僧人员变化情况表

人名	2005年8月（《五台山佛教艺术国家级非物质文化遗产代表作申报书》）	2009年8月（刘红庆调查）	2012年10月（翟风俭调查）
圣忠	√*	方丈	方丈，不是乐僧
圣达	√	圆寂	
常治	√	年迈思维不清	圆寂
果祥	√	√	√
果明	√	√	√
果达	√	√	√
果军	√	√	√
果贵	√		还俗
果胜		√	√
果忍		√	√
果心			√
常清	√	√	√
常命	√		还俗
常寿	√	√	√
常戒	√	√	√

* “√”表示其人当时在寺院里，未标明则表示当时情况不明。

（续表）

人　名	2005年8月（《五台山佛教艺术国家级非物质文化遗产代表作申报书》）	2009年8月（刘红庆调查）	2012年10月（翟风俭调查）
常　林	√		五爷庙
常　旺	√		还　俗
常　全	√		还　俗
常　平	√	√	√
常　胜		√	√
常　建			√
常　悟			√
常　忍			√
常　毅			√
常　生			√
常　闻			√
常　静			√
常　德			√
常　明		√	还　俗
常　隆		√	还　俗
演　隆		√	√

现在殊像寺在唱念方面和全国其他寺院一样，都是通用的，只有器乐方面还在传承五台山以前的佛曲。其实这并不算是完整的传承。历史上的五台山佛教音乐是由《瑜伽焰口》《禅门日诵》《吹腔之部》《三昼夜本》《散曲》等五个部分构成的整体，但现在瑜伽焰口和禅门日诵方面的唱念，都是采用南方寺院的声腔，只有吹腔部分还是五台山自己的。因为五台山佛教自20世纪80年代恢复以后，当时很多南方籍僧人聚集五台山，他们带来了南方寺院中的法事仪轨和唱诵形式，逐渐使得五台山本地的佛事念唱被“南方佛事”（不带器乐伴奏的佛事）所代替。而当时本地掌握传统佛事的僧人不是已经圆寂，就是年老力衰，想要恢复原有的传统但心有余而力不足。但20世纪90年代末期以后，随着五台山本地中青年僧人的日渐成长，他们成为寺院管理和文化传承的中坚力量，五台山佛教音乐的

传承与保护也逐渐走上正轨。据果祥法师讲，寺里也打算为本寺的僧人建立一个音乐数据库，用现代化多媒体手段保存一些佛教音乐的资料，2012年3月，韩军曾在此将寺里的早晚功课和普佛等录制了音像资料，但后期制作还没有完成，他们也打算自己出一些资料。目前他们已经出了一张VCD光盘，是关于器乐演奏的。寺僧现在还是沿用以前的工尺谱记谱，据果明法师和演隆法师讲，2008年，曾有一个名叫孟凤珍的五台县剧团退休人员过来教了他们半年简谱，现在大家虽然都掌握了简谱，但在日常学习和练习时基本上还是用工尺谱，因简谱无法完全体现出曲子的特点。在他们看来，佛教音乐是寺院的修行功课之一，与世俗音乐是有区别的，从各种艺术院校毕业的学生可能在较短的时间内就能掌握佛曲的吹奏，而且技巧很高，但因为他们不懂佛教，所以他们吹奏出的佛曲缺乏佛教的韵味，没有宗教情感。佛教音乐的传承尤其自己的规律和方式，不仅仅是技巧，更是一种宗教精神和宗教理念的体现。据果祥法师讲，对于寺院的佛教音乐，他们除了每年冬天进行每天两小时的练习以外，并没有刻意强调对其进行特殊保护。在他看来，佛教音乐只是寺院的一个组成部分，他们仍要以寺院的整体发展为主，让寺院音乐保持原有的模样进行传承，这种传承其实就是寺里的日常功课和佛事，并没有其他特殊的地方。

现在五台山寺院还和以前一样，各寺院之间联系不多。据果祥法师讲，他们的佛乐和南山寺的佛乐交流很少，基本上都是各自传承自己的，各寺有自己的乐谱，除了举办重大的活动时候合在一起，平时都几乎没有太多联系。

三、经济因素对佛乐传承和保护的影响

经济因素是影响非物质文化遗产保护与传承的重要因素。对于寺院里的非物质文化遗产项目而言，经济因素同样至关重要。佛教音乐就其功能而言，除了用于僧人日常修行唱诵、法事庆典仪式和讲经弘法以外，很重要的一项功能就是为广大信众做应酬佛事（普济佛事），开光、洒净、超度亡灵等，这类佛事往往是有偿的，佛事收入是寺院经济中很重要的一部分，有的寺院尤其是南方一些寺院甚至主要经济来源就是靠给事主做佛事，而参加佛事活动的僧人往往也能从中得到一些香资和额外补贴，因此前些年还有一些寺院因为佛事太多致使僧人无暇修行而招致社会诟病，中国佛教协会对此还曾专门进行过整改。笔者采访过的南北方多所寺院，均有僧人靠佛事活动获得相对较高的补贴，如东北一所寺院维那师的补贴在2009年时达到3000元，而当时该寺其他普通僧人每月仅有400元补贴；

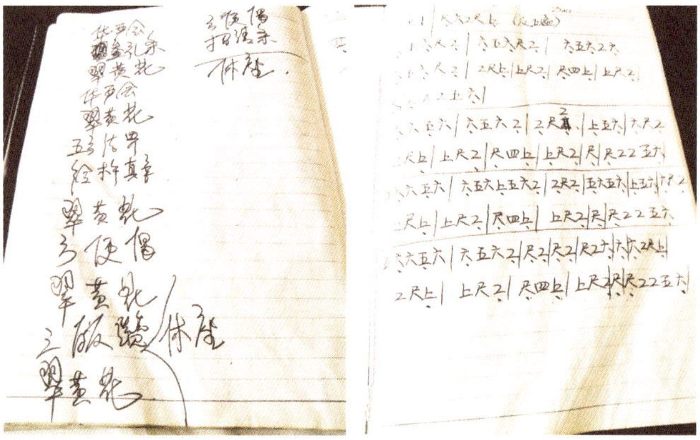

图 6-2・殊像寺乐僧手抄工尺谱
翟风俭 / 摄

五台山镇海寺为了避免乐僧流失，2009年时也对乐僧开出3000元的高薪，高于当地平均工资水平；南方寺院高薪聘请维那师和乐僧的情况更是屡见不鲜。但是，殊像寺的僧人除了每月400元的补贴以外，参加佛事活动或者佛乐演出并没有额外的补贴，演出的收入都归寺院所有，也许与其子孙庙的传统有关。

历史上，五台山的寺院在经济上是彼此独立的。寺庙取得经济收入的方式很多，主要有国家供给、经营和出租土地、经营工商业、募集布施、接受施舍和赏赐几个方面，而土地经营和出租在历史上曾是很多寺院尤其是大寺院的最重要经济来源，很多寺院通过赏赐、捐赠或者购买而拥有大量田产，依靠收取地租有些寺院甚至还非常富庶。但是，新中国成立以后，实行了新的土地政策，所有原来私有的土地均被收归国家所有，只有农民才能分得耕地，所以现代寺院一般都不再拥有田产，同时由于国家实行“以庙养庙，以庙养僧”的政策，政府一般不再给予寺院补贴，寺院收入主要靠信众布施、佛事活动以及出售佛教礼品、用品等，少数寺院也经营素斋、旅馆等；此外有些处于旅游景区的寺院还能从门票中提取一些分成，如少林寺能从门票收入中分得30%，但多数旅游景区内的寺院都没有这么幸运，它们不能从旅游门票中分成，五台山景区门票收入就与各个寺院无关。目前，五台山景区统一收取进山费，景区内的各个寺院也都不再收门票。景区内的寺院收入主要依靠香火布施，地处繁华地带、交通便捷的寺院由于香客游人比较多相应地其香火也比较旺，经济条件自然会好一些，而那些处于山顶、交通不便的寺院由于香客游人较少而致使香火不旺，寺里经济条件就稍微差一些。殊像寺位于台怀镇中心位置，出了山门不远就是景区中心大道，汽车可以直接开到山门外的平台上，而且不远处还有公交车站，可以说交通极其便利，周围的旅馆、饭店和商铺林立，因此到这里的香客游人也比较多，笔者前去考察的时候整个五台山已经处于旅游淡季，游客减少很多，但是前往殊像寺的人还是不少，不仅有来做佛事的，还有带东西来让法师加持的，此外旅游观光的人更是络绎不绝。笔者在客堂停留的近两个小时内，至少来了四五拨客人，住持果祥法师和知客常清法师一直都忙着接待不同的客人。可想如果是在旅游旺季，这里又会是多么热闹的情景！香客多自然香火收入和佛事收入就多，景区的公共设施维护都不需要寺院出钱，寺院的香火钱完全由寺院自己支配，就殊像寺而言，其经济条件还是不错的。所以这里的僧人对这里的生活还都感到满意。住持果祥法师也很满足于本寺目前的发展状况，应该说，对于一个古老的寺院而言，经济充裕、香火旺盛就是寺院发展的最重要保障。

据果祥法师介绍，目前，寺里每年对乐队投入两三万元，用于购置乐器等，冬季旅游淡季，僧人们每天都要集中在禅堂学习两个小时佛乐，夏季因为游客较多，庙里事务比较繁忙，集中学习的时间相对少一些。在2005年以前，由于寺里经济条件不好，政府对此也不很重视，所以当时的佛乐团生存比较困难，不但本寺僧人不愿意学习，而且学会的僧人流失也比较严重。现在，情况已经好了很多。同样是处于五台山，南山寺的经济条件就差一些，那里虽然有五台山唯一的“佛教音乐学校”——五台山禅门佛事音乐培训班，但是乐僧流失严重，据住持汇光法师讲，自从20世纪80年代庙宇恢复以来，这里培养了不下500名乐僧⑭，但多数都走了，出去以后就基本上把原来学习的佛乐丢掉了，因为这些僧人所去的寺院没有别的人会这些，单凭他自己或者少数几个人无法再演奏原来的曲调，他必须“入庙随俗”，按照目前所在寺院的方式进行佛事活动，原来所学自然就丢掉了。所以在目前的社会状况下，佛乐传承和保护必须固守在某一个或者某些寺院里，而不是跟着某个僧人走。

通过殊像寺我们可以了解到，佛乐在寺院里面传承，并不需要投入很高的保护经费，一者，因为佛乐即是功课，是寺院僧人日常修行的一部分，一般情况下，除了寺院日常的补贴之外，演奏佛乐并不需要额外支付工资；二者，僧人演奏佛乐主要是参加佛事活动，包括庆典佛事和民众佛事，和演员在舞台表演的要求不同，只要穿出家人的服装就可以，不需要另外置办昂贵的服装行头，也不需要华丽的舞台设计和绚烂的舞美灯光。因此日常传承方面其最主要的支出就是添置更换乐器。另外有的寺院会请音乐专家进行艺术指导，整理出版乐谱和佛乐音像光盘等，这样一来，其所需资金就比较多了，但是对于在寺院世代相传的佛教音乐而言，高价聘请音乐学院的专家来进行指导、编曲，对其传承和保护究竟有多大意义？这是个令人深思的问题。殊像寺的佛乐除了多年来一直关注五台山佛乐发展的山西省艺术研究院韩军研究员以外，并没有请其他人过来进行过艺术指导，这种原生态传承可能使得五台山佛乐在现代化的舞台艺术面前显得非常“土”，但对其本身而言未必不是一件幸事。

四、政府的支持与引导是五台山佛乐传承与保护的有力保障

五台山佛乐项目的主管部门为五台山管理局，也就是五台山风景区。五台山佛乐的传承和保护从属于整个景区的管理和旅游开发，虽然寺院和僧人才是五台山佛乐的主要传承地和传承人，但是整体的保护规划他们还得听政府的。不过，寺院对于当地政府还是比较满意的，双方相处比较融洽。

作为殊像寺的当家师傅，果祥法师对佛乐团的发展充满信心，他告诉笔者，现在殊像寺佛乐团已经比以前提高了很多。前些年，寺里僧人吹唱无法合在一起，现在已经能够合在一起了，也就是说做佛事唱念的时候，可以用乐器伴奏了，而用乐器伴奏曾经是五台山佛事音乐的重要特征，但是在20世纪后半期至21世纪前十年，五台山佛乐却失去了传承数百年的传统，普通佛事皆采用南方寺院的做法，只唱不吹，而器乐则成了单独的部分。现在殊像寺的僧人能够达到吹唱合一的水平，说明他们的水平在逐渐提高。果祥法师认为，这与政府的支持密切相关，2006年五台山佛乐申报成为国家级非物质文化遗产项目以后，五台山景区又开始申报联合国教科文组织的“世界文化遗产”项目，当地政府对五台山景区投入了相当大的资金来改善景区的软硬件设施，包括道路维修、交通工具配套完善、景区绿化、酒店住宿、商业购物等各方面都得到提升和改善，虽然直接投入佛教音乐保护方面的资金很有限，但是交通和环境的改善不仅方便了寺院的僧人，而且也带来了更多的香客游人，大家对于佛教音乐的关注也就越来越多，而且寺院也能够有更多的资金来投入佛乐保护上。果祥法师和寺里的其他僧人都很认可政府的工作。

为了推广本地的佛教旅游文化，五台山景区政府做了不少努力：1987年，五台山景区人民政府召开“恢复五台山佛教艺术”的会议，决定成立“五台山佛乐团”。佛乐团成立后，恢复了部分佛教乐曲和黄庙舞蹈。自1990年开始，每年八九月份的旅游旺季举办为期一个月的五台山国际旅游月活动，旅游月期间政府牵头举办佛教艺术展演、祈福法会、商贸洽谈、旅游产品推介等各项活动，每年的开幕式演出，都要邀请各寺庙的佛乐团参加。2004年，区政府提出要动员各方力量，全面恢复五台山佛教艺术，要求有条件的寺院尽可能恢复五台山传统的法事仪式，主要是恢复其中的音乐和舞蹈。自2004年起，景区政府在每年农历四月份举办“五台山佛教文化节”，在文化节中设立了“佛教艺术展示”的演出项目，后来，佛教文化节和国际旅游月联合在一起举办，在每年的8月到9月举行。每次五台山佛乐都被邀请参加开幕式的演出，可以说，这种演出是五台山佛乐对外展示的最好平台。目前殊像寺佛乐演出

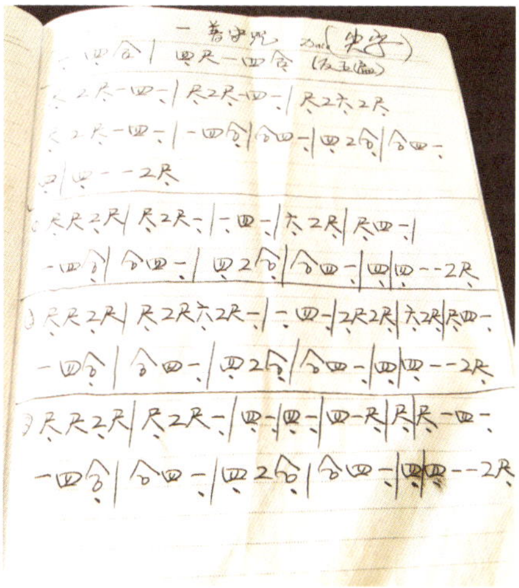

图 6-3・殊像寺乐僧手抄工尺谱
翟风俭 / 摄

大概有以下四种情形：一是配合政府宣传演出，这基本上属于公务演出，必须参加的。上文提到的五台山佛教文化节开幕式演出即属于这种。除了这种文艺会演性质的演出外，有时也应当地政府部门要求，在宾馆或饭店为政府所邀请来的客人进行单独表演或者是伴宴助兴，他们一般不对普通的游客进行演出。二是参加国内外的交流演出，这种演出基本上是佛教内部或者是学术内部的交流演出，非商业性的，但这种情况也不是很多，2003年，殊像寺僧人参加了中国艺术研究院宗教艺术研究中心所举办的“中国佛道音乐精粹展演”，在北京中山音乐堂和上海分别进行演出，引起很大反响。近年来，他们又多次参加国内外的宗教音乐交流演出。除了公益性的学术交流演出外，他们也时常接到一些商业演出的邀请，但果祥师傅说，商业演出和他们的佛乐宗旨是相悖的，他们不愿意拿佛乐赚钱，故对此类邀请一般都予以回绝。三是寺里的佛事活动，寺内的佛事活动主要有以下几种：首先是寺里的早晚功课，一般都是唱念，没有吹奏，现在的唱念都是采用南方寺院的唱诵方法，基本上不再保持五台山固有的念唱特点。其次是各种佛教节日所举行的佛事庆典活动，即祝圣佛事。以上两种都是寺院本身的宗教活动，与外界无关。最后就是应事主所求而在寺里举办的普济佛事，和南方寺院不同，北方不太流行打水陆，据果明师傅讲，殊像寺自2005年以后就再没有打过水陆，之前曾经有过两次，现在一般都是做随堂普佛、忏法和放焰口，最普遍的普佛和焰口，焰口每年要做十多次，打普佛的情况比较多。四是应邀到外面做佛事，或者是其他寺院举办开光庆典、祈福法会及其他祝圣佛事活动，或者是到事主家中或其他公共场合去做普济佛事，如商业开光（素香）、洒净、超度亡灵等，现在由于寺里的佛事比较多，寺内事务也比较繁忙，除了别的寺院邀请他们参与一些庆典法会以外，他们已经减少了外出做佛事的次数。

据常清师傅讲，他们现在每年外出为施主做佛事有十次左右，一般都是在五台山周边地区以及太原等地，路途远的地方他们一般不去，每次出去大概八九个人，前些年出去的次数比现在要多。五台山上寺院比较多，其他寺院如南山寺、菩萨顶等也都被邀请去做佛事，对此他们并没有感觉到竞争的压力，也可能是这些对于寺里的收入影响很小的缘故。以上提到的四种佛乐演出情形，其实第一、二类属于应景性质的演出，对于五台山佛乐本身的恢复与提高意义并不很大，只是起到宣传和学术传播的作用；五台山佛乐的真正使用场所应该是各种佛事活动和寺院的庆典法会。

果祥师傅认为，本寺佛教音乐的情况越来越好，这与政府的支持与宣传分不开，所以只要政府让他们为客人演出，寺院一般都会全力以赴，政府虽然很少在经济上支持他们，但这样的演出也算是政府对于他们的一种肯定，表明政府在政策上和宣传上对他们的支持态度。事实上，寺院所要的也就是这些。果祥师傅言谈之中对于当地政府非常满意，他们很理解政府部门所收的进山费，政府加强对景区的管理，寺院周边的环境改善了很多，尤其是基础设施方面，道路交通、水、电、供暖、环境、治安等各个方面都做得比较好，这也为寺院本身的发展提供了很多便利，不但僧人们自己的生活条件改善了很多，而且也非常有利于香客游人前来，很多寺院包括殊像寺汽车都可以直接开进来，笔者调研的时候，殊像寺的山门前已经停满了汽车，都是外面拜佛的人开来的。

五、对五台山佛乐的收集整理与学术研究

对五台山佛教音乐的收集整理与研究，是从20世纪50年代开始的，当时中国音协成都分会由亚欣、刘世福、巫选文等负责收集整理了《寺院音乐》，1955年铅印，其中包括《五台山寺庙音乐》，保存青黄二庙音乐264首。此后由于国内的历次政治运动使得此项活动被迫中止，直到20世纪70年代末期，中断了近20年的宗教音乐调查、研究工作开始恢复，并且出现了搜集、整理宗教音乐的热潮。1978年，一名五台山还俗的僧人李还民先生整理出抄本《山西五台山庙堂音乐》；1979年，山西省音协、山西省文化局也组织人力对山西五台山寺庙音乐进行了搜集、整理，由山西省音乐舞蹈研究所的刘建昌、陈家滨负责，油印了《山西民间器乐曲集成·五台山寺庙音乐》。此后，刘建昌、陈家滨又多次著文对五台山佛乐进行研究[15]，在这些老先生研究的基础上，后来一些学者也开始关注五台山佛教音乐，如王梓盾[16]、李宏如[17]、孔繁州[18]、崔文魁[19]、李春凤[20]、屈洪海[21]

等。成就比较突出的当数山西省艺术研究院的韩军先生。

韩军先生关注五台山佛教音乐比较早，他自1986年起就开始调查、学习五台山佛教音乐，并且此后20多年来一直把五台山佛教音乐当成自己的主要研究、考察对象，可以说，韩军先生是目前最权威的五台山佛乐研究专家。他在1993年就出版了《五台山佛教音乐》一书，不仅介绍了五台山音乐的历史，而且还整理了五台山佛教音乐的谱例，该书在2005年再版。此外，他还多次著文探讨五台山佛教音乐[22]。不仅如此，韩军先生对五台山佛乐的传承与保护还作了很多实际的工作，五台山佛乐申报国家级非物质文化遗产的《申报书》就是韩军捉笔完成的，从20年前一直到现在，五台山佛乐只要参与国内外的交流演出，韩军先生一般都是带队人，2012年10月在北京智化寺音乐节上，韩军先生再次带领五台山佛乐进京演出，可见无论是政府部门还是寺院，都将韩军当成五台山佛乐的权威专家。但是韩军作为一个专家学者而非实际的政策决策者，其关于五台山佛乐保护和传承的很多观点多数情况下仅仅是其“个人言论”，究竟能对当地政府制定有关五台山佛乐发展的政策有多大的实际影响力还取决于当地政府的态度。即便如此，出于对五台山佛乐的热爱，韩军先生还是拖着自己的伤腿，每年多次从太原前往五台山对寺院进行指导，据殊像寺僧人介绍，韩军大概每年上山五六次，每次待两三天，来指导他们进行佛乐练习，并对他们的舞台队形予以指导，作为深山里的出家人，他们除了每天在寺院里上早晚功课、做佛事以外，和外界的交流就是出去为事主开光、加持或者超度，现代化的演出舞台对他们来说是比较陌生的，他们不是演员，不习惯于舞台演出，刚开始的时候，他们的出场队形还比较混乱、散漫，显得很不专业，为了适应越来越多的这种舞台演出，韩军先生煞费苦心地为他们编排出场的队形和次序，并对他们的台风进行改进，现在经过多年磨炼和提升，他们的演出已经很专业了，舞台台风也很不错。对此，寺里的僧人都非常感激。

但是在韩军以后，专门研究五台山佛教音乐的学人并不是很多，从上文的统计也可以看到，30年来，国内关于五台山佛乐研究的文章仅十数篇，专著也寥寥无几，这与五台山佛乐在国内的影响力是极其不相匹配的。殊像寺的果祥法师、果明法师和演隆法师也都曾讲，他们这里除了韩军先生以外，多年来并没有外面来的专家学者或者学生到此考察、调研佛教音乐，似乎这里是一块被学术界和音乐界“遗忘”的角落，研究音乐和研究佛学的人对这里都不感兴趣，不由得令人有些遗憾。也可能是这里距离大城市和学术中心比较遥远，而且还是在寺院高墙之里，所以无论是宗教学、民俗学、社会学还是音乐学领域的专家学者都对这里“敬而远之”，极少将这里当成自己的考察研究对象。使得这些上千年来一直存在于五台山寺庙群并辐射至周边数百里民间的寺庙音乐，虽然在当地民众生命历程中扮演着极其重要的角色，但时至今日，仍然像深闺少女一般，淡然隐藏在五台山五百里山壑中间，少人关注。这对于五台山佛乐来说，究竟是幸事还是不幸？或许不同的人有不同的看法，但是对于五台山寺院的僧人而言，外界关注与否似乎和他们关系不大，他们仍旧每日做功课、修禅、做佛事，并且修习佛曲，在这种恬淡的生活状态下，五台山佛乐也在一代又一代的僧人中默默传承。局外人的担忧似乎是多余的。但是，脱离了与乡土世俗社会的密切联系，佛教及佛教音乐的式微就成了不可避免的趋势。

注释

① 参考国家级非物质文化遗产代表作申报书《五台山佛教艺术》，2005年，中国艺术研究院图书馆藏。

② 李宏如:《五台山佛教音乐现状》,《五台山研究》2004年第2期，第32—36页。

③ 李宏如:《五台山佛教音乐现状》,《五台山研究》2004年第2期，第32—36页。

④ 韩军:《五台山佛教音乐》，上海音乐出版社1993年版，第33页。

⑤ 中国文采声像公司1998年版。

⑥ 即本书第五章《五台山佛乐调查报告之一》。

⑦ 韩军:《我与五台山佛教音乐》,《五台山研究》2012年第1期，第50—55页。

⑧－⑪ 杨民康:《论佛教丛林制度与佛教音乐风格区的相互关系》,《艺术百家》2011年第4期，第120—126、162页。

⑫ 2005年的《申报书》名称为“五台山佛教艺术”，内容包括五台山佛教音乐和佛教舞蹈，后来在2006年国务院公布的第一批国家级非物质文化遗产名录中，名称为“五台山佛教音乐”，类别为“民间音乐”，编号为“Ⅱ－66”。

⑬ 以上关于圣忠等三位老和尚的资料来源于本书第五章，由刘红庆撰写的《五台山佛乐调查报告之一》。刘红庆去采访时，常治法师还健在，但已思维模糊，无法接受采访。

⑭ 记者马志异、王陆城、张文杰:《五台山佛乐：濒临失传的清凉梵音》，2012年5月2日，新华社。

⑮ 陈家滨:《五台山寺庙音乐初探》,《音乐研究》1981年第2期；刘建昌:《略论五台山佛乐》,《音乐舞蹈》1989年第1期；刘建昌:《五台山佛教音乐研究》,《第一届佛教音乐国际研讨会论文集》(香港),1989年3月；刘建昌、陈家滨、任德泽:《山西宗教音乐调查报告》,《音乐舞蹈》1990年第1期；安宝慧、刘建昌:《论唐代的五台山佛教音乐》,《中国音乐》2003年第3期。

⑯ 王梓盾:《五台山和唐代佛教音乐》,《五台山研究》1987年第4—5期。

⑰ 李宏如:《五台山佛教音乐现状》,《五台山研究》1994年第2期。

⑱ 孔繁州:《五台山的佛教音乐》,《中国音乐》1995年第4期。

⑲ 崔文魁:《明清时期的五台山佛教音乐》,《五台山研究》2005年第3期。

⑳ 李春凤:《民国以来的五台山佛教音乐》,《五台山研究》2005年第3期。

㉑ 屈洪海:《五台山台内、台外佛教音乐传承探析——以民国时期的两部佛乐曲谱为例》,《中国音乐》2011年第2期。

㉒《五台山佛教音乐的宫调系统》,《音乐舞蹈》1990年第1期;《五台山佛教音乐》,《中国音乐》1990年第1期;《五台山佛经讽诵中的音乐特质及其与经文形式之关系》,《中国佛教音乐学术研讨会论文集》，1998年2月;《五台山佛教音乐史略》,《中国佛教音乐学术研讨会论文集》，1998年2月;《五台山佛教音乐的特点、价值与现状》,《五台山研究》2011年第1期;《我与五台山佛教音乐》,《五台山研究》2012年第1期。

第七章
塔尔寺花架音乐调查报告

项目名称・塔尔寺花架音乐

所属类别・传统音乐

申报地区或单位・青海省湟中县塔尔寺

入选国家级非物质文化遗产名录情况・2011年第三批　Ⅱ－138

撰写人・都本玲

塔尔寺花架音乐是为塔尔寺酥油花制作和展出而演奏，用以烘托宗教气氛的特定音乐，是与塔尔寺酥油花紧密联系在一起的一种音乐，它的产生源于塔尔寺酥油花的仪式性需要，为塔尔寺酥油花服务是花架音乐的最大使命。在青藏高原大大小小众多制作展出酥油花的寺院中，塔尔寺的酥油花规模最大、最具特色，技艺也最为精湛，专为酥油花设立花架音乐也是塔尔寺所独有。2006年和2010年，塔尔寺酥油花和塔尔寺花架音乐分别成为第一批和第三批国家级非物质文化遗产项目，分属“非遗”十大类别中的“传统美术”和“传统音乐”。

一、塔尔寺花架音乐基础情况考察

塔尔寺位于青海省西宁市湟中县鲁沙尔镇西南隅的莲花山坳中，是我国藏传佛教格鲁派六大寺院之一。“塔尔寺在明清时期是黄教势力通往中央王朝的重要桥梁，是青海藏族经院教育的最高学府，是安多藏区最大的宗教活动中心。”[①] 作为青海蒙古族、藏族、土族等各少数民族信仰的中心，塔尔寺在中国佛教史上地位十分重要，盛名远播东亚一代。[②]

之所以称为“花架音乐”，其根源是这种音乐是为塔尔寺酥油花而产生的，“花架”即指酥油花架。酥油花是青藏高原上一种独特的油塑技艺，以牛奶反复搅拌后形成的酥油为原料，调以鲜艳的颜色，利用其低温下呈凝固状可塑性强的特性，通过各种雕塑手法、配合艳丽的色彩塑造出各种佛像、人物、飞禽走兽和花草树木、亭台楼阁等形象，用以礼佛供奉。为了每年一度的酥油花展，上、下花院的几十个艺僧需要在室温低于零摄氏度的工作坊内，时时将手浸于冰水之中，辛勤创作三个月，经过扎骨架、制胎、敷塑、描金束形、上盘、开光六道工序，才能完成由数以百计的人物、花鸟、亭台楼阁等细节组成的庞大酥油花架。酥油花的展出是在每年一度的正月法会上，正月法会是青藏高原藏传佛教广大信众的盛大节日，法会期间，会有成千上万的信众从四面八方赶来，转经、祈祷、磕长头、顶礼膜拜，宗教气氛十分热烈。法会从正月初八开始，到十七结束。正月十四上午在辩经院跳金刚怖畏护法舞；正月十五上午浴佛，中午跳马头明王舞，晚上举行规模盛大的酥油花灯会。塔尔寺内灯火通明，上、下花院分别在辩经院的南面和东北面搭建宽阔的长方形灯棚，将精心制作完成的酥油花架摆放在各自的灯棚内，花架前摆放酥油灯和各色贡品，赶来朝拜和参观的信众和游客人山人海、摩肩擦踵，排队依次经过酥油花架，驻足欣赏，顶礼膜拜。此时，两个酥油花灯棚内各有一个花架乐队，为酥油花展奏响宗教音乐，气氛庄严热烈。

清代西宁县令靳昂在《塔尔寺观灯二十四韵》中描绘了塔尔寺酥油花会的情境："寺在湟郡西南五十里。四山环迎，殿宇宏丽。住持番僧三千余众，为前、后藏总汇之所。岁于上元日，抟五色酥油作佛像、楼阁、花鸟、虫鱼，炳耀陆离，备极工巧，层累寻丈，矗若锦屏。下列铜盏酥油灯，参差星布。屏凡二十四，灯以万计。笳鼓动地，幡幢幕天。外藩蒙古及番汉顶礼，有不远数千里来者。附近游人、商贾，蜂屯蚁集。"③ 极言酥油花制作工艺之精妙和塔尔寺酥油花会的热闹盛况。民国时期，西宁文人基生兰在其编纂的《西宁府续志·志余》中也记载了塔尔寺的酥油花会："西宁府属各寺院，每年元宵节，皆燃酥油花灯，其中灯最多而花样最奇者，莫若塔尔寺酥油灯。其花年年改变，所不变者唯左右较大佛像耳。每于一定地点搭棚两处，上悬玻璃灯数十对，旁列花架数层，所有庙宇、宫殿、花卉、人物，皆以酥油制成。五光十色，惟妙惟肖。架前燃铜灯百千万盏，光辉相映，笙箫和鸣。远近观者，人如山海。"这两则材料中所描述的塔尔寺酥油花会的热闹情景与今天也十分相符，两则材料都提到了花架音乐，《塔尔寺观灯二十四韵》说"笳鼓动地"，《西宁府续志·志余》说"笙箫和鸣"，虽都只有简单的四个字一掠而过，但毕竟可以留给我们花架音乐历史状况的线索。

关于塔尔寺花架音乐究竟起源于何时，至今尚未发现相关的史料记载，甚至连口碑资料也非常少，按照通行的说法，酥油花最早产生于西藏，公元1600年左右从西藏传入塔尔寺，从此塔尔寺开始有每年一度的酥油花盛大花会，此时间应为汉地的明万历年间，即明朝末期。前文提到清代西宁县令靳昂的《塔尔寺观灯二十四韵》中酥油花会盛况非常，"笳鼓动地"，出自《西宁府续志》。《西宁府续志》是清光绪三年（1877），西宁府知府邓承伟组织西宁本地士绅来维礼、杨方柯、莫自恕等人纂修的地方志，所记时段起自乾隆十三年（1748），止于光绪四年（1878）。青海建省后，基生兰补纂《志余》一卷附于续志之后，记光绪五年（1879）至1928年间主要事迹。《西宁府续志》的纂修时间早于《志余》。现虽

图 7-1・塔尔寺如来八塔　塔尔寺 / 提供

不知《塔尔寺观灯二十四韵》的具体写作时间，但根据《西宁府续志》纂修时间推算，笔者认为塔尔寺花架音乐的产生年代应在明清时期。

二、花架乐队的组织形式

塔尔寺原来的寺院组织分为行政组织和宗教组织两种。最高行政负责人为总法台，总揽全寺的教育和行政事务。经过宗教改革政教分离之后，现在改由塔尔寺管理委员会管理全寺事务。塔尔寺酥油花和花架音乐都由塔尔寺寺管会统一管理。寺管会目前由20人组成，设主任1名，副主任7名，各自分工不同。分管花架音乐的副主任罗藏官却，本人即是花架音乐的省级传承人。

几百年来，塔尔寺一直设有“上花院”（杰尊增扎）和“下花院”（果芒增扎）两个酥油花机构，上、下花院各有一个负责人，称为“掌尺”。上、下花院各有属于自己的花架乐

图 7-2・塔尔寺酥油花　都本玲 / 摄

队，乐队的队长也称为“掌尺”。目前酥油花的制作艺僧上花院14人，下花院19人。各有一名国家级“非遗”传承人。上、下花架乐队各有14人，各有一名省级“非遗”传承人。

塔尔寺的上、下花院平等独立，没有隶属关系，组织结构基本一致，乐僧不会相互流动。上、下花院之间存在着一种平等竞争关系。每年农历十月份，上、下两院的艺僧开始在各自的小院为正月十五酥油花灯会做准备。在三个月的酥油花制作过程中，两个花院之间互相保密，艺僧不得泄露本花院的酥油花制作内容，也不去窥探另一花院的制作，全凭各自努力，力求从题材到技艺上能够胜过对方。直到正月十五酥油花展时，彼此才能看到对方的酥油花，而展出的酥油花会由寺院的僧人和信众共同评赏，一较高下。这种良性竞争机制为塔尔寺酥油花提供了成长的动力。

与之相对应的，过去，两支花架乐队也存在着竞争机制。每年酥油花灯会时，两支队伍都会拿出最好的状态进行演奏，一较高下，在彼此的竞技与学习中不断使花架音乐水平更上一层。但是今天，花架音乐之间的竞技已经看不到了。经过宗教改革和“文革”的断层后，重新恢复起来的花架乐队演奏水平已经失去了竞争的基础。

三、塔尔寺花架音乐的多重音乐功能分析

《大乘庄严经论》卷五云：“若不勤习五明，不得一切种智故。”“五明”是指声明、因明、医方明、工巧明、内明五类知识，藏传佛教主张积极利益众生，将五明作为僧人的必

图 7-3 • 塔尔寺花架音乐省级传承人罗藏官却
都本玲 / 摄

修内容。工巧明中就包括音乐的部分。藏传佛教对音乐的重视由来已久，藏传佛教萨迦派第四代祖师萨班·贡嘎坚赞就曾在《乐论》中这样描述音乐："虔诚信徒们的祭祀活动，食不果腹的人们的生活，多情的人们的心情激动，这一切都离不开出色的音乐。不论愚蠢之辈是何等丑陋，不论卑贱者如何匮竭资财，只要在音乐方面有一技之长，在人群中就会如顶饰大放异彩。什么地方有缠头和净发，以及翩翩起舞和乐声悠扬，那里就不会有苦恼和悲哀，因此音乐受到世人的赞扬，有的事物对某些人为美，对另些人为不美，有的事物对本人为美，对他人则为丑，而对智者、愚者、男人、女人等，全都以之为美的，是音乐。"④ 可见其对音乐的重视。在藏传佛教中，音乐与宗教修行密切联系，各种诵经、法舞和各种宗教仪式都有音乐的伴随。当音乐被用于某一宗教仪式的特定场合，并成为宗教仪式的一部分，这种音乐本身就变为一种宗教行为和宗教精神，体现的是宗教的教理和教义，并因此在教众的眼中具有宗教的神圣性。藏传佛教的寺庙音乐主要有三种：第一种是诵经音乐，指"寺院僧侣诵念经文时吟唱的声乐音乐和诵念经文段落之间穿插的间奏性器乐音乐，或与诵念经文同步进行的伴奏性的器乐音乐"⑤；第二种是寺院内的各种器乐音乐，包括法事活动、迎送活佛、寺庙大型活动等场合演奏的纯器乐音乐；第三种是羌姆法舞，这是一种仪式性的宗教乐舞。"花架音乐"属于其中的器乐音乐形式。

酥油花是呈献给佛菩萨的神圣贡品，是修行中的僧人献给神佛菩萨的虔敬心意，笔者认为，酥油花制作和展出之所以需要花架音乐的伴奏，其本意应该是用音乐营造一种神圣庄严的宗教氛围，同时也以"音声"事佛。音乐有着很好的塑造气氛的功能，特定的宗教音乐可以带给参加仪式的人更强的神圣感和庄严感，唤起听者内心的升华，调整情绪，澄清杂念，集中念力，增强酥油花过程的仪式感，同时以音声献佛，可以建立一种人与神之间的连通。

图 7-4 • 酥油花灯会上虔诚的信众
都本玲 / 摄

酥油花会的当天，成千上万的信众潮涌而来瞻仰酥油花，花架音乐此时既能完成佛教肃穆庄严氛围的塑造，又能够激发信众的集体潜意识，让他们感觉与神明之间有了更紧密的联系，获得更好的宗教体验。身处开光之后的酥油花架之下，在诸天神佛的注视之下，在花架音乐直入人心的感召之下，虔诚的信众祈祷、诵经、膜拜，在集体宗教潜意识下，内心会得到极大的感动和抚慰，最终获得希望和平静。因此，花架音乐作为一种载体无论是对于制作酥油花的艺僧还是对于酥油花会上前来朝拜的信众来说，都有着重要的功能意义。

除了酥油花的制作和展供期间进行演奏外，花架音乐有时还要承担仪仗音乐的功能。当寺庙有重大法会，迎送班禅等活佛，迎接重要的政府领导和重要来宾等时候，花架乐队曾被安排与塔尔寺的仪仗乐队一起进行演奏。“在仪仗队中加入花架乐队一起吹，人数的多少要看迎接的人的重要程度，需要多大的阵仗就相应地增减人数。”20世纪80年代时，十世班禅莅临塔尔寺，按照佛教的仪轨要隆重地举行迎接仪式，当时演奏佛乐进行迎接的花架乐队和仪仗队人数达到了四五十人。除此之外，“在法台上迎送师父时也可以吹奏花架音乐，曲子是一样的”。塔尔寺管理委员会副主任罗藏官却说：“以前的老规定是塔尔寺的主持法台出门进门、迎送，这样宗教活动必须要加入花架音乐。现在主持法台都不用花架音乐，只用仪仗队了。现在只是在酥油花展、迎接领导人时吹奏花架音乐。现在花架音乐用得少。”

总体看来，塔尔寺花架音乐的产生最初是用于酥油花制作和展出时演奏，以塑造庄严肃穆的宗教氛围，强化酥油花的宗教仪式感。后来根据需要，曾被灵活运用于重大法会，迎送班禅等活佛、主持法台、重要的政府领导和重要来宾，与仪仗乐队一起担任仪仗音乐功能，其音乐功能不断缩减，主持法台的进出门已不用花架音乐，只在酥油花制作展出和迎送领导贵宾时进行演奏，据笔者的调查发现，近几年出现了以播放录音代替现场演奏。

四、劫后余生，传承艰难的花架乐队

演奏花架音乐的乐队称为花架乐队，属于酥油花院，由塔尔寺寺管会管理。塔尔寺酥油花院分为上、下两个花院，两个花院间是平等独立又相互学习竞争的关系，在每年的酥油花制作和展示中，力争在酥油花的构思和制作上胜过对方。花架音乐主要任务是为酥油花的制作和展出演奏，与上、下两个花院相对应，塔尔寺的花架乐队也分为两小队，上、下两个花院各自拥有属于自己的花架乐队，即上花院的“杰尊增扎”和下花院的“果芒增扎”。迄今为止，塔尔寺花架乐队是青海地区藏传佛教寺院唯一的寺院乐队。

关于花架乐队乐僧的传承谱系情况，1880年之前的乐僧情况，没有文献记录，现在的人更无从回忆。从1880年到1958年间，主要的乐僧情况为表7－1所示。

表 7–1　花架乐队乐僧

姓 名	生卒年月	民 族	籍 贯	所属增扎
洛藏勒谢	1883—1953	藏族	青海湟中	果芒增扎
更登尖措	1900—1980	藏族	青海贵德	果芒增扎
宽达郎	1902—1958	蒙古族	蒙古国	果芒增扎
佐巴尖措	1906—?	藏族	青海湟中	杰尊增扎
却　增	1920—1958	藏族	青海湟中	果芒增扎
洛藏扎西	1922—1958	蒙古族	蒙古国	杰尊增扎
胡　洛	1924—1958	土族	青海民和	杰尊增扎
洛　藏	1925—1998	藏族	青海湟中	杰尊增扎
贤巴丹增	1926—1958	不详	青海湟中	果芒增扎
索南坚参	1926—?	不详	青海湟中	果芒增扎

塔尔寺的喇嘛主要是藏族、蒙古族、土族人民的子弟，进入花架乐队的自然也主要是藏族、蒙古族、土族的僧人，其中大部分僧人都来自青海本省，特别以青海湟中地区为主，另有两名来自外蒙的僧人，从侧面反映出塔尔寺的影响力。

从1958年实行宗教改革到1976年“文化大革命”结束，中间有将近20年的时间，藏区宗教活动停止，塔尔寺宗教活动停滞，僧人被迫还俗。塔尔寺阿嘉活佛曾感慨，“在‘文革’期间，承蒙敬爱的周总理的亲切关怀，使珍贵的藏民族文化遗产、国家珍贵文物完整保存下来了”[⑥]。寺庙佛像保留了下来，但在“破四旧”中，寺院的很多“老规矩”却没能保留下来。寺管会副主任罗藏官却至今心有余悸：红卫兵们来过好多次，差一点就被破坏掉了。喇嘛被赶出寺庙，要喇嘛还俗，不能穿僧袍，寺内所有宗教活动停止，更不要提酥油花和花架音乐了。“1958年到1981年，中断了20多年的时间。在这期间很多高僧都过世了。中断了，都中断了，在那种情况下，音乐算什么呀，连这么点都算不上。”罗藏官却边说边指着自己的小手指甲。

十一届三中全会之后，国家恢复宗教政策，部分被遣返回家的老僧人陆续被请回寺中，年轻的僧人也陆续加入，塔尔寺的正常宗教活动才逐渐得以恢复。酥油花会又重新举办，花架乐队也重新组织起来，但是花架音乐的水平却难以恢复了。“以前技艺精通的老僧人都没有了，好不容易请回来的僧人也都是记得上半部分记不得下半部分，不全了。”20年的中断，重返塔尔寺的乐僧很难完整地回忆起花架音乐的全貌，他们边恢复边教授新招收的徒弟，努力对花架音乐进行恢复。1980年到1990年这段时期，乐僧情况如下。

表7–2 1980年至1990年乐僧情况

所属增扎	乐僧人数	主要乐僧
杰尊增扎	14名	香曲（1923—1992），土族，青海民和人 阿旺尖措（1936—2007），藏族，青海湟中人
果芒增扎	16名	更登沃赛（1934—？），藏族，青海湟中人 索南坚参（1926—？），藏族，青海湟中人 相曲格勒（不详） 阿旺洛臧（不详）

表中出现的几位主要乐僧，是1980年花架乐队重新恢复时的骨干乐僧，我们可以推算一下，在1958年前，他们年纪最大的30多岁，年纪小的只有10多岁，并非花架音乐当时技艺最精湛的艺僧，而中断20年之后，他们仅存的花架音乐技艺却成了恢复乐队的仅有资源，其间损失掉的音乐传承可想而知。根据罗藏官却的回忆，因为相曲格勒较精通花架音乐，花架音乐的曲子他还能够背下来，后来在恢复花架乐队的时候，先把相曲格勒的音乐录下来，然后由县上文化馆的老师根据录音进行整理记谱，再将记下来的谱子发给大家进行学习。

1990年到2009年，随着老一代乐僧的离去，新一代乐僧的加入，情况又发生了变化，到2008年参加国家级非物质文化遗产项目评审时，花架乐队的情况如下。

表 7-3　2008 年参加国家级非物质文化遗产项目评审时乐僧情况

所属增扎	乐僧人数	主要乐僧
果芒增扎	10名	洛藏昂秀，生于1968年，藏族，青海循化人
杰尊增扎	9名	洛藏贡嘎，生于1966年，藏族，青海湟中人

2009年之后，上、下酥油花院花架乐队的乐僧基本各保持在十一二人。塔尔寺寺管会分管花架音乐的副主任罗藏官却介绍，花架乐队人员并不稳定，乐队每年都在招募新人，陆陆续续会有僧人加入进来，但已经加入乐队的乐僧也会有人不想继续而退出去，另外还有僧人还俗的情况。过去塔尔寺在还俗这件事情上，是有自己的规矩的，并非随意就可以进出佛门。如果喇嘛想要还俗，首先要向寺院表示还俗的意愿，然后按照寺院规定，要将其“痛打一顿，然后扣下衣被和日常应用物件，最后还要罚款”。作为对僧人的约束。宗教改革之后，塔尔寺关于还俗的限制和规定已经取消，信教自由，寺院不能干涉僧人的还俗意愿，如果有僧人想要还俗，“只向管家请一个长假就可以了”。

花架音乐成为国家级非物质文化遗产项目后，应“非遗”管理部门的要求，塔尔寺寺管会曾为每位艺僧建立了一份简要档案[⑦]，笔者对档案进行梳理后得出情况如下。

表 7-4　塔尔寺艺僧档案

姓名	出生年月	民族	扎仓	出家时间	学习花架音乐时间	文化程度	备 注
罗藏官却	1964年10月	藏族	丁科	不详	不详	高中	
洛藏群排	1966年8月	藏族	曼巴	不详	不详	初中	
阿旺谢热	1976年5月	藏族	显宗	1991年	1993年	初中	
黄　秀	1977年9月	藏族	显宗	1983年	1995年	初中	
罗藏达娃	1970年4月	土族	医明学院	不详	不详	初中	
次成尖措	1982年4月	土族	不详	不详	不详	不详	
洛桑丹巴	1984年11月	土族	不详	不详	不详	初中	
洛桑拉旦	1989年4月	藏族	显宗	不详	不详	初中	

（续表）

姓名	出生年月	民族	扎仓	出家时间	学习花架音乐时间	文化程度	备 注
仁欠俄日	1984年2月	藏族	不详	1999年	2002年	初中	2006年转入下花院学习酥油花制作技艺
托美尖措	1991年12月	蒙古族	不详	不详	不详	小学	
华旦叶亚	1983年12月	土族	丁科	1997年	2001年	初中	2004年转入上花院学习酥油花技艺

可以看出，目前塔尔寺花架乐队的成员年龄在20岁到50岁之间，仍由藏族、土族和蒙古族僧人组成，文化程度以初中和小学为主，罗藏官却是唯一一个具有高中文化学历的乐僧，也是花架乐队中年纪最大的乐僧，再老一些的乐僧已经没有了。其中有两个乐僧的情况值得注意，一个是仁欠俄日，2002年进入花架乐队开始学习花架音乐，四年之后，2006年放弃花架音乐，转入下花院开始学习酥油花技艺，至今仍然从事酥油花的制作。还有一个是华旦叶亚，2001年时开始学习花架音乐，经三年时间，2004年转入上花院学习酥油花制作，仅过了一年时间，2005年放弃酥油花学习，前往拉萨雪域唐卡艺术学院学习唐卡的制作。在《塔尔寺酥油花调查报告》中，笔者曾分析过，由于酥油花制作环境艰苦，学习周期长等原因，加上同为塔尔寺“三绝”的唐卡、堆绣在近年来经济前景明显好于酥油花技艺，因此愿意学习酥油花制作的僧人越来越少，有些原本学习酥油花的僧人也改行开始学习唐卡，当然对于同属非物质文化遗产项目的唐卡来说，这是一个利好消息，但是对于酥油花技艺的传承无疑是雪上加霜。而花架音乐和酥油花制作比起来，就更显得弱势，人员的流失造成原本就传承艰难的花架音乐更加岌岌可危。

五、困境和危机：正在被录音机取代的花架音乐

塔尔寺的花架乐队是迄今为止青海地区藏传佛教寺院唯一的酥油花乐队。曾经，“杰尊增扎”和“果芒增扎”两支花架乐队的演奏是每年酥油花展的一大亮点，历史上每年酥油花展时，除了上、下两花院的酥油花作品从题材到雕塑技艺要接受众人的赏评比较，花架音乐也与酥油花相得益彰。在这天，两支花架乐队会拿出最好的状态进行演奏，一较高下，博得众人的夸赞，在彼此的竞技与学习中不断使花架音乐水平更上一层。

然而现在，这种比赛技艺的场面越来越难看到了，两支花架乐队间的竞争意识越来越淡。与过去相比，现在乐僧演奏花架音乐水平有了很大程度的下滑，部分乐僧对花架音乐重视程度减轻，平时又疏于练习，在活动时也不积极，花架音乐面临着很大的困境。

塔尔寺入寺当喇嘛有一定的规矩：“凡送入寺院的儿童，一般年达五六岁者，先要削发表示出家。他们在寺内随其师父在一起生活，师父多半是叔伯或舅父等。他们出家后，才由师父教给藏文字母拼音及简单的念诵经文，如《坚卜卓》（皈依颂）、《卓玛》（救度母赞）等，经如此教学数年之后，到10岁左右要受‘沙弥戒’，就算正式当了喇嘛。还要加入寺院组织，每天到经堂念经。按该寺规定到20岁时受‘比丘戒’，严格遵行释迦佛所定的253条之戒律。这些受戒的手续连转世的活佛也必须经过。但是，在塔尔寺中一生没受过‘比丘戒’的喇嘛也很多。当了正式喇嘛后，便可以依照师父的意思或个人的志愿加入任何一个学经部门学习经典以及有关的宗教知识。”⑧ 要想出家到塔尔寺，最小也要年满五六岁，比较多的情况是十多岁把孩子送到寺里，也有成年之后入寺的。当然，花架乐队的成员也需要经过以上的出家及学习过程。成为正式喇嘛后，一般选择进入显宗经院的僧人占多数，密宗经院、时轮经院和医学经院的较少，而选择进入上、下酥油花院学习酥油花制作或者花架音乐的则是少之又少。

花架音乐的乐僧与其他僧人一样，主要精力要放在诵经的学习上。“喇嘛学经的方法，不是集体上课，而是每天照规定的时间在自己所拜的经师家里听讲。他们听讲后，还要按时到辩经院和同级的同学进行讨论和讲辩。讲辩时要作出拍手掌或其他各种手势以加强讲者的语气。无论讲辩哪一部经典都是依据‘因明学’的格式互相辩驳。”⑨ 乐僧们每天要去经师家学习，还要到大经堂诵经，集中精力从事学经和讲辩。每一个阶段都会有一定的课程需要完成，另外“有些必须熟读的经籍和仪轨念诵等，也要在他们听讲或讲辩之后认真熟读背诵”。在诵经学习之外，乐僧要进行花架音乐的练习。

塔尔寺花架音乐是一种纯器乐音乐，而器乐学习的特点就是除了要有一定的音乐天赋

图 7-5 · 排练中的塔尔寺花架乐队
都本玲 / 摄

外，必须肯下功夫勤学苦练，否则水平很难提高。然而经历了宗教改革和“文化大革命”的传承断层后，再次恢复起来的花架乐队已经大不如前，老一代乐僧不断老去，年轻的僧人受到种种因素的影响很少有人愿意加入，已经加入的乐僧对待花架音乐的态度也和以前的老乐僧有了很大的不同，重视程度大大下降，集体练习难以组织，个人又疏于练习等原因，造成乐僧水平的下滑，昔日花架音乐的精彩繁盛一去不返。上、下花院的竞争机制仍然鼓舞着酥油花艺僧的士气，推动着酥油花制作技艺的发展和传承，然而这种竞争机制对与酥油花相伴而生的花架音乐的影响却越来越小。据罗藏官却回忆，过去在塔尔寺内不能乱奏乐器，寺庙只能是修行诵经的地方，需要保持清净肃穆，乐僧们不能在寺院内练习乐器，但寺院允许花架音乐的乐僧到寺庙之外的地方练习吹奏，并且管理上也比较严格，经常会组织乐僧进行训练。通常八月份秋收后，花架乐队的成员会到寺院外面练习吹奏，为酥油花的制作和展出做准备。现在塔尔寺放宽了对乐僧练习场所的限制，允许乐僧在寺内练习吹奏，不必每次练习都要跑到寺外去。然而，现在环境宽松了，花架乐队成员却不愿意来了。“大家都在忙自己的事情，要组织起来练习非常不容易。偶尔需要练习时，要每天打电话，有时还不接电话，或者关机。”作为花架乐队的组织者，罗藏官却面对这种现状也很无奈，他当然知道在经过文化断层之后花架音乐如今的水平已经远远不及过去，老一代乐僧的演奏水平他仍记得，新一代乐僧缺少老师傅的指点，青黄不接的整体状况他很清楚，为了提高乐队水平，寺管会曾想把乐队的成员每隔一段时间组织起来练习一次，但实施起来很困难，乐僧们现在比较自由，集体练习并不是乐僧规定之内的任务，所以寺管会只能进行号召，但要尊重每个乐僧的个人意愿，结果这种每隔一段时间将乐僧组织起来训练一次的想法竟然难以实现。前面说到，乐僧需要完成每日的学经诵经，要把主要精力用在佛教功课上，此外，一些学经较好的喇嘛，很多会外出念经，获得一些报酬，以维持其生活。花架乐队在平时的训练是利用念经学习之外的业余时间，经济上也没有什么补贴，因此僧人的积极性不高。

经历过“文革”的破坏，塔尔寺如今虽然重新恢复了繁荣，但很多老规矩已经发生了变化，局外人从旁也许看不出太大的不同，但身处其中的僧人却感受明显：“以前塔尔寺的体系很完整，很严格，一就是一，二就是二，你是做什么的就做什么，你是管什么的就管什么，不能兼任，非常完整。现在很多体系都无法恢复了。”“藏语中，寺院是远离村庄和人群的地方，历史上规矩比较严格，没有这样那样的干扰，现在随着社会的变化，寺院已经成了公园了。”“这么多人，正常的佛事活动无法开展。人的宗教观念也随着社会的冲击慢慢淡化，现在酥油花展、花架音乐只是个仪式了，而在过去是有着严格的程序的。”塔尔寺如今已经成为国家5A级景区，是青海省最重要的景区之一，凡是到青海旅游的，塔尔寺几乎是必去的一个景点，一年中的大部分时候，塔尔寺内都是游人如织，到处都能见到拿着扩音喇叭的导游带领旅行团在塔尔寺内大声地讲解，很多佛殿内都被挤得水泄不通，如此嘈杂的环境里，僧人们确实难得清静。受到社会的种种冲击，部分僧人特别是年轻僧人的宗教观念也渐渐变淡，自我约束力和自觉性下降。罗藏官却认为，过去花架乐队的乐僧们自觉意识很高，对自己花架音乐的演奏水平要求也很高，会积极主动地进行乐器的练习，下的功夫深，又有技艺精湛的老乐僧时时从旁指点，进步很快，上、下两个花架乐队之间的竞争比较意识又比较强，因此有利于保持一定的演奏水准。另外，塔尔寺过去整个的管理体制非常完整而严格，如果乐僧不服从安排，不参加训练，会有约束措施进行干涉。如今，寺内的规矩不像从前那样严格完整，乐僧缺少束缚比较自由，寺管会也很难进行约束，所以练不练，什么时候练，只能看乐僧个人的心情，高兴的时候就吹一吹，练多练少，吹好吹坏，全凭个人自觉，而这种自觉性毕竟是有限的。这样一来，除了寺院有活动任务，比如要和仪仗队一起迎接重要领导，通知乐僧必须参加，大家就凑到一起稍作练习后参加活动，其他时间则各自分散着，长期不进行集体练习，不进行合奏，演奏水平自然很难保证。“经常不练那就吹得差嘛，但是吹得差的也要能吹个一两首，长时间吹就不行了。”

上、下花院的花架乐队各有十几人，要在每年的酥油花制作和展出时进行集体演奏，必须有乐队的配合，要进行集体排练。这个排练是要求每个人都要到场的。现在每年农历正月十三，花架乐队的僧人就汇集到花院，大家一起进行合奏练习，经过三天的集体练习排练，到正月十五晚进行酥油花展的时候进行正式演奏。器乐演奏水平的提高需要日积月累的练习，乐队之间的默契也需要长时间的共同练习和磨合，在酥油花展前，乐队成员间短短三天的交集能够做到音乐演奏整齐合辙已经很不容易，至于水平的提高和更多的技巧表现要求，恐怕很难顾及。而到了正月十五晚上酥油花会上，精美夺目的酥油花是全场的焦点，如潮水

图 7-6・酥油花灯会上乐棚中正在演奏的乐僧　都本玲／摄

般汹涌而来的民众关注和膜拜的是酥油花，而花架音乐在人声沸腾之下成为一种陪衬。据官方数据，近年来每年正月十五一晚都有十几万人前来观看酥油花，气氛之热烈可想而知。花架音乐的主要乐器是笛子、管子、唢呐、笙、云锣，在人潮人海中，音乐声压不过人的声音，“场子里人很杂，晚上大约有上十万人来现场观看酥油花展，吹错了也没有人问”。既然吹错了也没有人问，也听不出来，乐僧们的积极性就进一步受到影响。为了解决音量的问题，最初，乐队开始利用扩音话筒和音箱放大音量。再到后来随着录音机的兴起，花架乐队提前将酥油花灯会时要演奏的音乐用录音机录下来，到了正月十五晚酥油花灯会上，用录音机和音响来播放花架音乐，花架乐队则在一旁随着吹，跟着录音机的节奏走，烘托气氛。“反正放录音机也是一样的，一样的曲子，吹的效果比真人的还要好，声音大，反正是我们自己吹的录下来的，到时候放录音挂两个音响，声音就会大，否则单凭几个人去吹，声音压不过那么多群众的声音。”“前几年比较简陋，架起话筒我们对着吹，现在声音调大一些就可以了。这几年都是录音机在吹，最早从2000年左右就开始用录音机了。”

塔尔寺花架乐队是塔尔寺独有的乐队，在历史上曾经有着重要的位置，然而根据考察得到的种种信息看来，目前塔尔寺花架音乐的现状令人担忧。

六、塔尔寺花架乐队的编制和传谱情况

在塔尔寺的很多重大法会、迎送活佛、迎接重要来宾等场合，花架乐队和仪仗乐队二

者会共同演奏，它们都属于寺庙乐队。二者在功能上有重合，但各自建制和成员组成却有着很大的不同。花架乐队成员专属于上、下酥油花院，而仪仗乐队的成员则是属于塔尔寺的显宗学院、密宗学院、医学院和时轮学院四大学院。从乐器上看，塔尔寺仪仗乐队主要有大法号、刚洞、鼓、铙钹、大小镲、法螺、金刚铃、金刚杵等组成，花架乐队则是由笛子、管子、唢呐、笙、云锣、鼓、镲等乐器组成。笛子是乐队的主奏乐器。《塔尔寺花架音乐申报书》中有对花架乐队乐器编制的描述："藏传佛教花架乐队的建制与寺院仪仗乐队截然不同，在乐器建制上基本与传统宫廷乐队的建制雷同，有笛子、管子、唢呐、笙等吹奏乐器，还有鼓、钹镲、云锣、当响（藏语，形如镲儿）等打击乐器，最早还有中阮等弹拨乐器。主奏乐器是竹笛，乐队人员如需要增加，一般也是增加竹笛，管子和笙的演奏人员较少。云锣原为七云锣，后增加九云锣。"根据罗藏官却的证实，关于"中阮"等弹拨乐器，他自1985年左右加入花架乐队至今并没有见过。随着老乐僧的离世，小唢呐一度无人能吹，到2012年，塔尔寺邀请文化馆退休在家的老师前来教授小唢呐的吹奏，重新恢复起来。

《申报书》中反复提到塔尔寺花架音乐在历史上使用藏文工尺谱，但由于老乐僧的去世，乐队中现在已经没人能懂。关于藏族的传统乐谱，多杰仁宗在《青海地区藏传佛教寺院乐谱研究》一文中曾进行分类："从目前寺院使用的乐谱种类及其功能、用途等来分析，它们基本上可以分成三种功能：一是记录诵经音调的乐谱，它是用图形符号来表示诵经音调与声调的变化线条；二是记录部分宗教乐器的音调与节奏，它分别用了图形符号和文字标记来表示宗教乐器的音高、节奏及音色变化；还有一种则是用来记录诵经音调与宗教乐器同步吟诵和演奏的乐谱，它以图形符号为主，加上注释文字和数字，对诵经音调和乐器演奏进行综合记录，是一种比较复杂的乐谱。"⑩ 他认为，"寺院经文中的文字类符号乐谱，是用某些特定的文字作为符号，对各种乐器演奏的方法、指法进行解释说明的乐谱。这种乐谱大量地存在于各寺的经文中"。

塔尔寺曾经有一本乐谱，专门用于记录唢呐演奏，用某些特定的文字做符号，对乐器的音高和节奏变化进行记录，笔者在此次的调查过程中并没能见到藏文的谱子，据说当时确实存在，但是原谱已经丢失。为了证实这一说法，笔者查阅了大量资料，最后在多杰仁宗《青海地区藏传佛教寺院乐谱研究》一文中找到了一些证据。"相传，青海格鲁派著名寺院塔尔寺曾经有一本这种乐谱，是专门用于记录唢呐演奏的。"⑪ 据多杰仁宗所说，当时塔尔寺所在地湟中县文化局的干部罗焕兴曾经亲见过这本藏族的古老谱子，罗焕兴说："这本经文，是一种用文字作为符号，表示乐器演奏时的音高与节奏变化的乐谱。"而当多杰仁宗就这本谱子的真实性到塔尔寺了解时，情况和笔者遇到的情况相似，寺管会的僧人也向他证实了乐谱的存在，但是拥有谱子的人称谱子已经遗失不见了。另外，杨贵明在《宗喀巴诞生地塔尔寺文化》一书中，也曾提到了塔尔寺的这份谱子：“……塔尔寺敲击钹也有乐谱……吹奏唢呐和大喇叭的乐谱写在纸上，成为一厚本乐谱，所做表音与五线谱相似，僧人依此乐谱相互教习佛乐吹奏。”⑫

罗藏官却说，塔尔寺本来有藏文的谱子，但是现在的乐僧们都不认识这种谱子，曾经有老一代的乐僧懂得藏文乐谱，但是他们现在已经都去世了。虽然不懂乐谱，但是通过口传心授，藏文乐谱上的部分曲子留存了下来。“花架乐队鼎盛时成员达40多人，曲目达30多首，目前乐僧们所能记忆的乐曲只有13首。”不过，现在常用的只有《昂格却巴》（尤斯格日）、《南斯珀璋》（白木营）、《囊顿耶美玛》（斯周）、《拉耶阿扎》（金钱落地）、《德钦岗日玛》（德沁格日）、《却元玛》（绿麒麟）、《香香德悟》（顺风点）、《尼旦却昌》（闪杆金桥）、《拉里呗巴》（八仙）、《却白拉毛》（八谱）这10首。至于三首藏文的工尺谱《太平》《金钱丝》《八男进宝》（音译），笔者在塔尔寺的档案室中没有见到也没有乐僧知道下落。

由于花架音乐是通过口耳相传的形式传承，而且上、下花院的花架乐队又是各自独立的系统，所以上、下花院的两支花架乐队传承的乐谱细节上存在着一些不同。罗藏官却表示现在青海省“非遗”中心曾经提起过“要为我们申报传承人”（国家级非物质文化遗产代表性传承人），“想要整理这些曲子”，但现在还没有整理出来，估计完全整理出来会有几十首。

七、花架音乐和酥油花，一枝两叶的不同命运

目前塔尔寺有两项国家级非物质文化遗产项目：塔尔寺酥油花和花架音乐。尽管在非物质文化遗产项目中报和评审分类时把这两个项目分别划归传统美术类和传统音乐两大类，但事实上，在真正的宗教活动中，酥油花和花架音乐是密不可分的，是一个完整佛事活动的两个重要组成部分。一场完整的酥油花供奉活动是由酥油花的制作、供奉和花架音乐的演奏共同来完成的。然而笔者认为，酥油花和花架音乐之间的地位并不相同，至少从目前已知的历史和现状来看，酥油花和花架音乐之间有着十分明显的主次之别，而这种主次之分也十分明显地体现在上到塔尔寺的管理者，下到具体从事具体项目的乐僧的思想和行动上，进而也已经影响到了酥油花和花架音乐这两种同为国家级别的非物质文化遗产项目的保护和传承上，而且可能导致这一棵树上生出的两个枝干将会拥有完全不同的未来和命运。

塔尔寺酥油花供奉活动的整个流程一般为：第一步，每年农历十月，由塔尔寺寺管会布置当年的酥油花制作工作开始；第二步，上、下两花院的艺僧开始构思当年的酥油花制作主题，构思成熟后开始为期近三个月的酥油花制作，在这个过程中，两个花院之间互相保密，不得泄露本花院的制作内容，也不去窥探另一花院的制作，各自努力，力求从题材到技艺上能够胜过对方；第三步，到次年的农历正月十五进行酥油花大展，上、下花院的作品展现在相距百米的各自灯棚里，由寺院的僧人和游人、信众共同评赏。在这前后长达近三个月时间，毫无疑问的，酥油花的构思、制作和展现是整个活动的主体部分，而花架音乐则是应主体的需要产生并依附于主体存在的。

"每年从农历十月至腊月在长达3个月的酥油花制作过程中，二支乐队为各自酥油花院的每个重要制作环节演奏相关乐曲。正月初八至十七日的祈愿大法会期间，在十五日晚展供酥油花时，花架音乐的演奏达到高潮。"⑬ 根据《申报书》的描述，在整个酥油花活动中，花架音乐会在至少三个酥油花制作的重要过程中演奏，"花架乐队主要服务于酥油花的制作和展供，从农历十月开始，两个酥油花院封闭制作各自的酥油花，属于酥油花院的杰尊增扎和果芒增扎，也在封闭练习乐曲，并为自己花院的酥油花架制作、人物花卉组合、佛像开光等重要过程演奏音乐"⑭。历史上究竟如何，就现在所有的资料很难考证，但是笔者在采访中了解到的情况是在现在的酥油花制作和展现过程中，除了正月十五正式酥油花展的那天晚上花架音乐会进行陪衬演奏，其他时候，如酥油花开始制作时、人物花卉组合时、佛像开光时并没有花架音乐的参与。

从目前的情况来看，塔尔寺酥油花既受到寺方的重视，又被广大信众强烈需要，酥油花已经成为寺院僧侣和广大信众宗教生活的一部分。上、下花院平等竞争的机制设定为塔尔寺酥油花的创作不断输入新鲜血液，虽然也面临传承人缺乏等问题，但是相对来说，其整体生态环境有利于其保护与传承。然而，花架音乐则问题较为突出，无论从被重视程度和被需要程度上来看，都不及酥油花，乐队成员也更加缺乏积极性。

八、传承方式的改变

前文提到，过去塔尔寺乐僧的选择有着一定的程序，而今，这种规矩几乎不复存在。愿意做乐僧的人是怎么选传承人呢？"现在当喇嘛的人也少了，藏区也实行计划生育，每家只有一个孩子，不会让孩子出家，很多夫妻不要孩子……我们这一代还能传下去，以后的事谁都说不准了。没有当喇嘛的人了，传给谁呀？”罗藏官却道出的是非常无奈的现状，出家当喇嘛的人逐渐减少，加上各种因素的冲击，愿意学习花架音乐的人就更少了，现在还谈什么程序、标准，已经太奢侈了。笔者原本要问现在花架乐队选择传承人的标准是什么，可似乎没有答案，“没什么选的，你愿意参加，我们就收下，没有什么门槛，主要是个人感兴趣，否则叫过来也吹不会，要有一定的兴趣爱好，成为‘非遗’项目后这两年间，有几个人加入，不多，现在僧人受社会大环境的冲击，不愿当喇嘛，还俗的也多，信教自由”。

发生改变的不仅有传承人的选择标准，还有花架音乐的传承方式。罗藏官却回忆自己的学艺过程。他1981年来到塔尔寺出家，出家之前在上学，高中毕业。出家四五年之后进入花架乐队开始学习花架音乐。当时花架乐队的总师傅是相曲格勒（已过世）。因为笛子是花架音乐的主奏乐器，当时新乐僧刚开始都从笛子的演奏学起。乐器的学习也会结合个人的喜好，罗藏官却最初学吹笛子，后来学习管子的吹奏。也吹过约长70厘米的藏族唢呐（大号）。老师在教授徒弟的时候是典型的耳传心授，过程中并不使用乐谱。师父一句一句教，徒弟一句一句学。师傅会把要吹的曲子先反复哼给徒弟听，让徒弟先把调子记下来，然后根据曲调去找指法。另外，师傅吹的时候徒弟可以边听边看边记音高和指法，师傅动哪根手指徒弟也跟着动，配合记曲调进行学习。

现在的花架音乐已经不像过去那样由师傅专门带徒弟了，而是把大家组织起来，请湟中县文化馆的老师到寺里教授。在乐队练习的时候，把文化馆的老师请过来，根据谱子指点乐队演奏，不是单独地针对哪一个人来教，寺管会把僧人组织起来学，这样费用会低些，主要是吃饭、来回接送的路费。

关于使用乐谱的改变是在罗藏官却学习花架音乐之前就发生了的。据回忆，塔尔寺花架音乐历史上曾经使用的藏族工尺谱，至少在20世纪80年代初时就已经没人使用了，老师傅并没有把藏族的工尺谱传承给后来的乐僧，留下来的藏族工尺谱在那个时候乐队里已经无人能识。这几年塔尔寺很多重点的维修项目竣工之后要举行隆重的竣工典礼，还有远方来的客人也比较多，这些时候花架音乐要用到。1996年前后，塔尔寺请县里文化馆的老师来教乐僧学习简谱。现在乐队使用的都是简谱，除了新加入的乐僧外，花架乐队的成员基本都会看简谱。乐僧们认为简谱的学习给乐队提供了很大的方便。由于花架音乐每年只用一两次，所以使用率很低，断断续续，因此大多数乐僧只能背奏一两首曲子，后来学会识谱后，即使忘记了，也可以照着谱子吹。“但是照着谱吹坐着可以，走着就麻烦了。”传承下来的谱子主要的就是十首，其他的大同小异。

变化当中也有不变的。尽管塔尔寺花架音乐的很多方面与传统相比都发生了改变，但让人欣慰的是，他们也有坚守不变的部分，那就是对于传统曲目的坚持。直至目前，塔尔寺花架乐队吹奏的仍然是根据老师傅的记忆恢复起来的老曲子，并不盲目追加新曲，也不在恢复起来的音乐上加花变奏。他们有一种朴素的意识认为“变了就不是以前的东西了”，保持不变才是原汁原味的。这很难得。而且这种坚持如今也在经受考验。在“非遗”的保护中，破坏力最大的不是不作为的人，而是那些没有正确“非遗”理念却又十分热心的人。曾经在一次录音时，就有西宁文化馆的某位老师建议在花架音乐中加入西方吹管乐器萨克斯，以增加音乐的表现力，结果变成了中西乐器的交响。好在录音结束后，塔尔寺花架乐队又恢复了以往的演奏形式。但如果“非遗”保护的理念不能进一步普及，搞不好哪一天又会有个什么老师出来给花架音乐加上大提琴、萨克斯、小号之类的乐器。这并不是小题大做，因为这种好心干坏事的破坏在很多地方已经和正在发生着。

九、乐僧眼中的“塔尔寺花架音乐”和“非遗”

塔尔寺花架乐队的最初组建和演奏传统源于何时？塔尔寺在《申报书》中的表述为：“塔尔寺花架乐队的演奏传统，从寺院建立之时延续至今，已有600多年的历史。”又有“由于历史久远，加之经历了多次劫难，文献资料匮乏。民间口碑资料称，自塔尔寺寺院形成之始就有酥油花展供，其一，格鲁派是形成最晚的藏传佛教宗派，酥油花供养与酥油灯供养一样普遍，塔尔寺有酥油花展供顺理成章；其二，湟中地区是青海河湟文化的主要区域，唐宋以来就有闹元宵、观花灯的习俗，塔尔寺酥油花展供和演奏花架音乐，顺应了当地藏、汉、蒙民众的习俗；其三，历史上塔尔寺高僧曾在北京、内外蒙古等地任堪布法台，也曾在五台山、拉卜楞寺等地传经讲法，与各地寺院有密切的联系，尤其一些活佛家族与蒙古族有亲戚关系，花架音乐中融入了汉族、蒙古族、土族音乐元素”。

关于这个问题，笔者询问了塔尔寺寺院管理委员会中负责花架音乐的罗藏官却副主任，罗藏官却的回答进一步证实了笔者在《塔尔寺酥油花调查》中的观点，即在宗教类非物质文化遗产项目中，大多数传承人所关心的是实实在在的“事儿”，局外人眼中的非物质文化遗产项目在他们看来更加简单和纯粹，这些活动只是一件他们每年都要做的例行的宗教事务而已，是寺里安排的任务，是和宗教信仰紧密联系的活动。从意义上来说，他们本身并没有认识到除了宗教的意义之外，所从事的活动还有其他历史价值、社会价值、人文价值、人类学价值、民俗价值等其他的层面。这是宗教类非物质文化遗产项目，特别是在寺庙宫观中的项目普遍具有的特点。宗教类非物质文化遗产的持有者多是因为个人信仰，或因处于信仰体制中，服从信仰组织的安排而从事“非遗”活动，他们的主要出发点和关注点都在其宗教意义和宗教使命上，而宗教意义之外的其他社会文化价值并不是他们所关心的，挖掘和呼吁不被非物质文化遗产持有者所认知的宗教价值之外的其他价值的人群，通常都是知识分子、专家学者，所以《申报书》通常都是由专家学者代为组织编写，而其中的内容，尤其是历史渊源和价值的部分，很多说法乐僧甚至连听都没听说过了。这就形成了一个信息的不对称，而信息的不对称就容易进一步造成保护意识的缺乏和保护方向的偏差。以花架音乐为例，采访过程中，问到花架音乐的历史渊源、价值等问题，乐僧们不止一次表示：“我们不关心这些事情。”寺庙是一个相对独立和封闭的环境，所以非物质文化遗产的知识和概念进入寺庙，被一般的僧众所了解是一个长期的缓慢的过程。“这些（非物质文化遗产）我们都刚知道，之前我们都不知道这些事情，什么传承人啊、非物质文化遗产啊，我们以前听都没听说。”“这些都是前两三年的事，当时说有人当上传承人了，我们都不懂是什么意思。没人管。后来才记住的。”当然，非物质文化遗产知识在寺院普及缓慢是一个比较复杂的问题，不能简单地归咎于某一方面。

相对于对“非遗”概念的模糊和漠然，乐僧们对“传承人”的评选更为关心。第三批国家级代表性传承人申报时，西宁文化部门工作人员曾到塔尔寺搜集乐僧的资料，乐僧们“听说要选拔花架音乐的传承人，来人前又练了一阵子”。作为花架音乐的负责人，罗藏官却坦言，希望最好能评出两个传承人，“因为塔尔寺是上下两个花院，传承人牵扯到经济的问题，都非常敏感，如果只有一个花院评出了传承人，那另外的花院会不平衡，产生消极的，会想，你们吹得好，你们拿钱，那你们就多吹呗。如果有两个传承人的话，就会平衡一点，不管吹得好坏，我们有资历，是传下来的。如果上下花院各有一个国家级传承人，再各有一两个省级传承人，这样基本上就可以平衡了，不然管理工作很难做。而且最好过几年之后，还会评选新的一批传承人，这样年轻的一代也保有希望，是一种激励”。

十、小结

塔尔寺花架乐队在历史上有着重要的位置，花架音乐作为一种载体，无论是对于制作酥油花的乐僧还是对于酥油花会上前来朝拜的信众来说，都有着重要的功能意义。塔尔寺独特的内部竞争机制曾经让花架音乐繁盛一时，然而经历了文化的断层，老乐僧离去，年轻一代疏于练习水平下降，现代社会的冲击导致后继乏人，年轻僧人对花架音乐的重要文化价值认识不足等诸多问题，塔尔寺花架音乐的境况令人担忧。如何让花架音乐的文化价值在寺内得到重视，如何唤起乐僧们的文化自觉意识和积极性，并从制度和政策上为乐僧创造更有利的传承环境，问题的解决刻不容缓。

注释

① 敖红:《塔尔寺在藏传佛教历史上的地位和作用》,《青海社会科学》1993年第5期，第86页。

② 更多关于塔尔寺宗教生态环境的介绍已在《塔尔寺酥油花调查报告》中有详细阐述，这里不再重复。

③ 邓承伟、莱维礼 :《西宁府续志》，青海人民出版社 1985年版，第484页。

④ 萨班 · 贡嘎坚赞:《乐论》，赵康译,《中央音乐学院学报》1989年第4期。

⑤ 田联韬主编:《中国少数民族传统音乐》，中央民族大学出版社2001年版，第684页。

⑥ 青海塔尔寺:《江泽民主席视察塔尔寺》,《法音》1993年第10期。

⑦ 本表依据塔尔寺寺管会为艺僧所建档案表所制，为反映原始信息状态，原档案中未填写的空白信息均以“不详”表示。

⑧ 王剑萍:《青海塔尔寺事略》，政协青海省委员会文史资料研究委员会《青海文史资料选辑》第五辑，1979年6月，第18页。

⑨ 王剑萍:《青海塔尔寺事略》，政协青海省委员会文史资料研究委员会《青海文史资料选辑》第五辑，1979年6月，第18页。

⑩ 多杰仁宗:《青海地区藏传佛教寺院乐谱研究》,《中央音乐学院学报》2009年第3期，第21页。

⑪ 多杰仁宗:《青海地区藏传佛教寺院乐谱研究》,《中央音乐学院学报》2009年第3期，第21页。

⑫ 杨贵明编著:《宗喀巴诞生地塔尔寺文化》，青海人民出版社 1997年版。

⑬ 内容引自国家级非物质文化遗产申报书《塔尔寺花架音乐》，中国艺术研究院藏。

⑭ 内容引自国家级非物质文化遗产申报书《塔尔寺花架音乐》，中国艺术研究院藏。

第八章

拉卜楞寺佛殿音乐『道得尔』调查报告

项目名称·拉卜楞寺佛殿音乐『道得尔』

所属类别·传统音乐

申报地区或单位·甘肃省夏河县拉卜楞寺

入选国家级非物质文化遗产名录情况·2008年第二批 Ⅱ－138

撰写人·都本玲

拉卜楞寺佛殿音乐“道得尔”是专门为拉卜楞寺寺主嘉木样活佛起居和举行盛大典礼时的奏乐。与一般的音乐项目不同，“道得尔”音乐根植于深厚的宗教文化生态中，它的产生、发展变迁、传承与保护都不能脱离宗教文化土壤而独行，藏传佛教文化生态和安多藏区社会的客观环境都决定了拉卜楞寺佛殿音乐“道得尔”在今天和以后能否有效保护并健康传承下去。

一、扑朔迷离的佛殿音乐“道得尔”内涵

作为非物质文化遗产项目，特别是已经进入国家级名录的项目，其项目称谓应当准确无歧义，基本内容应当客观明确，这是最基本的要求。首先要确定保护的是什么，然后才能有效推进保护工作的进行。甘肃省甘南藏族自治州夏河县文化馆在递交的《拉卜楞寺佛殿音乐“道得尔”国家级非物质文化遗产名录项目申报书》(以下简称《申报书》)定义：“拉卜楞寺佛殿音乐是专门为寺主嘉木样大师起居和举行盛大典礼时的奏乐，在安多地区俗称‘道得尔’，始于第二世嘉木样时期，后几代嘉木样大师逐渐完善乐曲，形成了具有特色的藏传佛教音乐，至今已有三百多年的历史。”

目前关于拉卜楞寺佛殿音乐“道得尔”项目的名称与基本内容各界有两种不同观点。第一种观点认为，佛殿音乐俗称“道得尔”，“道得尔”就等同于佛殿音乐。甘肃省递交的《申报书》就持此观点：“拉卜楞寺佛殿音乐是专门为拉卜楞寺寺主嘉木样大师起居和举行盛大典礼时的奏乐，在安多地区俗称道得尔。”丹曲在1990年发表的《拉卜楞寺佛殿音乐初探》一文中也提到：“‘佛殿音乐’，在安多地区俗称‘道得尔’(Mdo-dar)……‘道得尔’，原指藏族古代民间和王宫以管乐和打击乐相结合的一种传统音乐，然而，随着藏族社会的发展变迁和‘政教合一’制度的形成，这种传统音乐逐步转化，仅限于寺院和宗教活动之中，鉴于它独特的风貌，所以称其为‘佛殿音乐’。”[①] 根据这种观点，佛殿音乐就是“道得尔”，“道得尔”就是佛殿音乐。与此相对应的“道得尔”基本内容非常广泛，几乎与拉卜楞寺六大学院所有的宗教活动相关。其概要可如下表[②] 所示：

表 1 拉卜楞寺佛殿音乐“道得尔”内涵解读之一

活动规模	活动名称	时间（农历）	活动内容	乐队形式
全寺范围的大型宗教活动	举行“伊扎”	正月初一早晨	嘉木样活佛接受全寺僧众祝愿，即叩首、敬献哈达	乐队六人，鼓两人，唢呐两人，铜钹两人
	毛兰花木法会：晒佛节	正月十三午前	数百僧众列队，“花身土地”在前，边跳边舞，器乐伴奏，众僧抬大型唐卡到寺南山处举行晒佛仪式	乐队八人，云锣两人，法螺两人，钹两人，鼓两人
		正月十四午刻	大经堂前广场跳法舞，最后奏乐	乐队二十余人，鼓十一人，钹八人，筒钦四人，骨笛四人
		正月十五晚	左侧数百名僧众念诵经文，右侧由乐队奏乐	资料未提及
		正月十六	转香巴，活动午前开始，由仪仗队举宝伞、经幡在前，众僧抬弥勒佛塑像，乐队行走奏乐，绕寺一周	乐队八人，云锣两人，法螺两人，钹两人，鼓两人
	七月法会（辩经法会）	六月二十九至七月十五	最隆重的是七月初八“米拉劝法会”，大经堂前广场，跳法舞，乐队伴奏	乐队鼓两人，钹三人，筒钦一人，九音云锣人
	亮宝法会	二月初八	僧众数百，伞盖队手持宝伞，乐队手持乐器，僧众各持珍贵文物一件，绕寺一周，返回讲经院，沙弥作舞，宣告结束	乐队十六人
	燃灯节	十月二十五日开始，为期三天	白天各殿堂全部开放，僧俗煨桑焚香，添油叩首，绕转经轮。晚上，殿堂僧舍燃灯，僧众念经，各扎仓乐队奏乐，以示纪念	资料未提及

（续表）

活动规模	活动名称	时间（农历）	活动内容	乐队形式
各扎仓宗教活动中的佛殿音乐	时轮金刚法会	三月十五日	备彩土供、修时轮金刚曼荼罗，选派高僧十余人舞蹈诵经，乐队伴奏	法螺一人，唢呐一人，钹一人，鼓一人
	禳灾法会	九月二十九日	由喜金刚学院主办，在图丹颇章院内由具有十年以上经验的表演者四十余人，戴上护法面具跳起法舞	乐队由二十余人组成，钹五人，鼓十四人，筒钦两人，骨笛两人，唢呐两人

除了表格中的几种形式，一些僧俗共同参与的宗教活动，如“央移”（诵经咏唱调）、“嘛呢”（六字真言调）也被认为与佛殿音乐有着不可分割的关系。

另一种截然不同的观点认为，佛殿音乐并不能等同于“道得尔”，佛殿音乐是拉卜楞寺各种音乐形式的总称，其中包括但并不止于“道得尔”。佛殿音乐和“道得尔”是一大一小两个不同概念。郝毅的《中国藏传佛教拉卜楞寺“道得尔”音乐研究》中提出：“道得尔”是佛殿音乐的早期称谓，但随着历史的向前推进，现在已经不是所有佛殿音乐的总称，而是同法乐队音乐、法舞音乐、藏戏音乐、诵经音乐等其他音乐形式“等同隶属于佛殿音乐之内”。道得尔演奏“一般局限于寺主嘉木样大师在佛殿内祭礼朝拜、受贺摩顶、起居迎送等仪式上”，“其乐队本身具有明显的礼仪性和娱乐性，即使参加某种宗教活动，也主要是烘托气氛，步入仪仗之中，不参与法舞、法乐及诵经这类纯宗教音乐的演奏。严格地说，它更倾向于礼仪乐队。这个乐队的任务是专门负责迎送嘉木样活佛本人参加的各类佛事活动，如纪念日、法会，或本人出入寺院，以及由他本人参加的贵宾迎送仪仗等。这个乐队与嘉木样活佛行动联系十分紧密，故亦称为‘嘉木样乐队’或‘嘉木样礼仪乐队’”③。1990年，才让当周在《拉卜楞寺道得尔乐队及其乐谱》一文中明确指出“道得尔”“乐曲本身有很明显的娱乐性，不带宗教内容，不参加法舞与诵经伴奏，道得尔乐队严格讲的话更倾向礼仪乐队。这个乐队的任务是专门负责迎送嘉佛本人参加的佛事活动，如纪念日、法会或本人要出走、返回以及他本人参加的贵宾迎送仪仗奏乐。道得尔乐队与嘉佛的行动联系在一起，所以，有人称它为嘉木样乐队或嘉木样礼仪乐队”④。这种观点认为“道得尔”音乐是特指为嘉木样活佛的上殿、讲经、宴请、出行、迎送贵客等活动演奏的音乐，是仪仗性质的音乐，而宗教仪式中的音乐不能归入其中。

究竟佛殿音乐“道得尔”是涵盖广泛、与法事活动紧密结合的多功用音乐，还是仅用在仪仗性质的活动中，不参与纯宗教音乐演奏的礼仪性音乐呢？“道得尔”乐队的僧人意见非常重要。实地调查采访的结果是拉卜楞寺“道得尔”乐队的僧人对“道得尔”的内涵认知与后者一致，他们认为只有和嘉木样的各种活动联系在一起的奏乐才称为“道得尔”音乐，而其他法事活动中的音乐并不能称作“道得尔”，并明确指出晒佛节、七月法会、亮宝法会等宗教性活动中，“道得尔”乐队不吹奏。另外，2004年由中国唱片公司成都公司出版的《圣地梵音》VCD光碟中收录了八首拉卜楞寺乐曲，“道得尔”乐队的管子主奏者明确指出只有第二首《八十位成就者颂》和第五首《巴火尔》是“道得尔”音乐，而这两首曲子都在曲名后明确注明是“迎宾乐”，这也从侧面反映了“道得尔”乐队的乐僧对“道得尔”的概念的认知。

可见，佛殿音乐“道得尔”的名称和基本内容存在分歧，没有统一定位，不仅在学术层面，学者与学者之间存在分歧，在“非遗”保护层面，保护单位和“非遗”持有人之间也存在分歧。思想意识上的分歧显然会带来后续保护上的问题，国家级“非遗”项目佛殿音乐“道得尔”要保护的内容是什么，当初申报成为国家级“非遗”项目的佛殿音乐“道得尔”指的是前者还是后者？在成为国家级“非遗”项目之后，主管单位和保护单位在保护的佛殿音乐“道得尔”是前者还是后者？这并不是一个简单的概念问题。正确认识“非遗”项目是对其进行有效保护的基础和前提，只有明确“非遗”项目的具体内容，才能在实际保护中真正将各项政策落到实处。佛殿音乐“道得尔”的内涵问题需要引起保护单位和学术界的共同重视，尽快统一认识，改变目前众说纷纭的状况。

二、不同版本的“道得尔”起源说及其沿革与变迁

关于“道得尔”的产生时间和历史，并无明确记载，只能从各种文献的零星记载中窥得一二。目前存在两种不同观点。一种观点认为，自拉卜楞寺成立之初，即第一世嘉木样时期已有佛殿音乐，后在第二世嘉木样时期初建正式乐队，又经后面几代嘉木样的不断完善，形成了今日风格的“道得尔”音乐。按此种说法，公元1708年，一世嘉木样从西藏返回途中，随行的人因为连日奔波，疲惫不堪，禀呈嘉木样大师希望能演奏音乐来缓解旅途中的疲劳，大师体恤众人，于是便说：按佛规是不应该奏乐的，你们要奏就奏吧。1710年寺院第一座建筑物闻思学院建立时，曾举行盛大庆典，“当时演奏的乐器以唢呐为主，曲目有传统宗教曲‘黎明晨曲’‘卧寝曲’，即藏语文中的……等五十余首曲调”⑤ 。这一

段资料来源不详，作者也称其为“传说”而非“史料记载”，是一种“推算”，作者在引述这段传说时罕见地提及了具体的乐器、乐曲名称以及乐曲数量，可惜没有进一步指明这些说法出自何处或何人之口，否则也许会为厘清这段历史提供一些重要线索。到了二世嘉木样时，酷爱音乐，在位时拉卜楞寺的音乐艺术较为盛行，这一点在阿莽·班智达·贡却坚参的《至尊贡唐·丹贝仲美大师传记》[⑥] 中有着明确记载：“由公私各方敬供二世嘉木样之风俗照常，在席间双方对辩……持有各种乐器的僧侣演奏优美动听的音乐等活动。”二世嘉木样“在各学部特别设有音乐学科，还建立了法乐队”。将音韵列入学习体系中。另外，郝毅在《中国藏传佛教拉卜楞寺“道得尔”音乐研究》一文中，曾有如下记载：“……据说嘉木样二世回归时，带回了清廷赐送的乐师。这一点郎仓·开智布格加措亲口说过：二世嘉木样时期确有蒙古僧侣在拉卜楞寺演奏笙和笛子。笙笛为道得尔乐队中主要吹管乐器。”[⑦]

另一种观点认为，“道得尔”乐队实际成立于四世嘉木样时期，也就是清咸丰六年至民国五年之间（1856—1916），此说法见于才让当周的《拉卜楞寺道得尔乐队及其乐谱》：“这种说法是据安多南特（安多藏戏）创始人郎仓·开智格来合嘉措（1890—1988）活佛亲口所述。他说：道得儿乐队是在四世嘉佛时期所建。道得儿乐队所演奏的乐曲来源于山西五台山黄庙。乐器是四世嘉佛应阿奢科尔沁哈许（今内蒙古昭乌达盟阿香科尔沁旗）亲王之邀、临别前所赠。”[⑧] 据记载，四世嘉木样十分喜爱音乐，他自己能够演奏多种乐器，特别擅长扎聂琴，创作的弹唱曲至今广为流传。在他掌管拉卜楞寺期间，曾前往北京雍和宫，返归途中有寺院为表虔敬之心，敬送数名乐师跟从。这些乐师在来到拉卜楞寺后，为嘉木样进行礼仪音乐演奏，并协助寺院乐队进行调整和训练，使乐队趋于完善，具有了一定规模。郎仓·开智格来合嘉措活佛所说建立在四世嘉木样时期的“道得尔”乐队，应该就是指经过外来乐师训练调整后的“道得尔”乐队。

对两种观点进行梳理之后，笔者认为这两种观点其实是一条历史线索上的不同节点，并不矛盾，实际上是“道得尔”乐队的不同发展变迁时期。再到后来五世嘉木样时期，“道得尔”乐队又扩大了编制，并在原来乐器的基础上，加入了扬琴、蒙古四胡和三弦等，五世嘉木样还倡导和支持安多藏戏演出，“道得尔”乐队为其伴奏，引起很大反响。1966年“文化大革命”爆发，拉卜楞寺的正常宗教活动被迫停止，很多庙宇、僧舍、佛像被砸毁，僧人被强制还俗，六世嘉木样本人也还俗到夏河县农林工作站工作。“文革”之后，国家宗教信仰自由政策逐步落实，1980年拉卜楞寺院重新开放，同年11月，为迎接十世班禅大师额尔德尼·确吉坚赞大师亲临拉卜楞寺，六世嘉木样授意组建新的“道得尔”乐队，短期培训了五名僧人，组成临时“道得尔”乐队，拉卜楞寺佛殿音乐重新发声。此后，在六世嘉木样的亲自关怀下，乐队由5人扩展到12人，随后增至17人，到申报国家级“非遗”项目的2007年时，乐队人数已增至21人。

佛殿音乐“道得尔”的主要功用是“专门为寺主嘉木样大师起居和举行盛大典礼时”而奏，其核心服务对象是嘉木样，因此历届嘉木样的兴趣偏好自然会对“道得尔”乐队产生最直接的影响，反过来，拉卜楞寺的佛殿音乐也是对嘉木样活佛文化的侧面反映。通过历代嘉木样和“道得尔”乐队的关系梳理，不难看出佛殿音乐“道得尔”所承载的深层次内涵，它不仅仅是一种为嘉木样活佛服务的简单音乐形式，更是拉卜楞文化和历史的承载者，是藏传佛教文化发展的见证者。

三、 拉卜楞寺佛殿音乐“道得尔”的历史文化生态

拉卜楞寺从行政区划上属于甘肃省甘南藏族自治州的夏河县，为夏河县府所在地。该县海拔3000多米，处于青藏高原的东部边缘，是连接青藏高原和黄土高原的过渡地带。全县辖3镇10乡，总人口8.1万人，除了79%的藏民族外，还有汉族、回族、撒拉族、东乡族、蒙古族、朝鲜族、土族等17个民族，是一个多元文化融合的地区。藏传寺庙分布于夏河县各处，清真寺和汉族的道场间布其中。各民族和谐共处，信仰着各自的宗教，遵从着各自的习俗。拉卜楞寺是藏传佛教格鲁派六大寺院之一，位于甘肃省甘南藏族自治州的夏河县。历史上藏族地区曾实行政教合一制度，所以在安多藏区，拉卜楞寺在政治、宗教、经济、文化各方面曾在很长时期内处于核心地位，在当地藏民心目中的地位神圣不可替代。张其昀编纂的民国手抄本《夏河县志・卷八》(影印版)记载:“夏河县实附丽拉卜楞寺而成立，该寺实为本县精华所在。”拉卜楞寺由第一世嘉木样阿秀阿旺宗哲活佛于清康熙四十八年(1709)创建，“周边寺院陆续归附，受控各寺院的部落成为拉卜楞之属民。清廷遂在拉卜楞设立拉卜楞分府，隶循化厅。1913年春，民国政府改循化厅为循化县，隶西宁道。1916年青海设立甘边宁海镇守使辖拉卜楞地区。1927年，甘肃省在拉卜楞设立拉卜楞设治局，1928年改为夏河县。1949年9月22日，夏河县人民政府成立。1953年成立甘南藏族自治区时划归甘南藏族自治州至今，拉卜楞镇为夏河县府所在地”⑨。可见，夏河县的建县过程是与拉卜楞寺的发展紧密联系在一起的，先有拉卜楞寺，然后有夏河县，这从一个侧面反映了拉卜楞寺在夏河地方上的重要性。

新文化运动主力军之一的高一涵，曾在1941年前后来到拉卜楞考察，并撰写了《拉卜

楞寺一瞥》一文，通过他的描述我们可以略窥20世纪40年代时拉卜楞寺的地位："拉卜楞宗教势力，昔日包括青海东南部、甘肃西南部、四川西北部及西康东北部。除西藏那个拉萨外，其建筑之雄壮与势力之雄厚，当以此寺为第一。"在历史上，拉卜楞寺不但在宗教方面地位赫赫，政治上也有很大的势力，"拉卜楞寺与塔尔寺有一不同之点：塔尔寺仅管宗教，不管政治；而拉卜楞寺则在宗教势力之外，兼有政治势力。其所谓如此者，则因效法西藏"⑩。在这样的历史背景下，拉卜楞寺逐渐成为包括显、密二宗的闻思、续部下、续部上、医学、时轮及喜金刚六大学院，108属寺和八大教区的综合性大型寺院，成为甘南地区的政教中心，形成了包括建筑、学院、法会、佛教艺术、藏经等在内的独特藏传佛教文化，成为藏传佛教格鲁派最高佛学学府之一，被誉为"世界藏学府"，其影响力不言而喻。佛殿音乐"道得尔"就产生于这样一个势力雄厚的母体中，先天滋养丰沛，后天生长环境优越。拉卜楞寺在历史上地位显赫，寺主嘉木样深受敬仰，在这种背景下，专门为寺主嘉木样起居和举行盛大典礼时所奏的"道得尔"音乐的形成也在情理之中，成为拉卜楞寺独有的音乐形式。

1959年实行宗教民主改革后，藏区的政教合一制度被废除，拉卜楞寺的政治核心功能取消。后来受到"四清"运动等影响，拉卜楞寺宗教活动一度被迫停止，僧人被迫还俗，"道得尔"乐队也随之消失。改革开放之后，随着国家宗教政策的恢复，拉卜楞寺逐渐恢复了生机，修缮寺庙，恢复乐队。如今的拉卜楞寺虽已不像往日一般拥有强大的政治权力，但藏传佛教教育制度较完备，仍然是藏传佛教文化传承的中心所在，具有不可动摇的地位，在社会上也有着实际的影响力。今天拉卜楞寺总占地面积86.6万平方米，建筑面积48万多平方米，有六大学院，僧舍730座，僧侣1200多名，信教群众50多万（包括省、州、县外前来朝拜群众）。"道得尔"音乐的宗教生态环境基本得以恢复。

拉卜楞寺僧侣的等级制度十分严格，嘉木样为拉卜楞寺僧侣阶层中的最高等级，是拉卜楞寺院最大的活佛，也是拉卜楞寺院寺主，集政治、宗教权力于一身，拥有管理本寺及属寺、部落的大权。在他之下，分四大赛赤、八大堪布、十八囊欠、五百活佛，统辖八大教区、108属寺，管辖范围包括甘肃、青海、四川，乃至西藏、内蒙古、东北、山西和北京的部分寺院，实际数量不止108寺。

拉卜楞寺自1709年创寺至今，历经六世嘉木样活佛，每一世嘉木样都受到当时政府的重视和特别嘉奖，影响着藏区政教大事，拥有崇高的社会地位。1720年，清康熙皇帝敕封一世嘉木样"扶法禅师班智达额尔德尼诺门罕"，颁赐金敕金印，准穿黄马褂；1772年，清乾隆帝敕封二世嘉木样为"扶法禅师班智达额尼德尼诺门罕呼图克图"；1848年，清道光皇帝颁赐敕印，封三世嘉木样为"扶法禅师"称号；1909年，清光绪皇帝给四世嘉木样

图 8-1・拉卜楞寺全景 夏河县文化馆 / 提供

颁赐"广济禅师"册印；1933年，国民党政府颁赐五世嘉木样"辅国阐化禅师嘉木样呼图克图"册印，后又委嘉木样为"蒙藏委员会委员"，并赐"输财卫国"匾额一面，以表彰他爱国忠诚。洛桑久美・图丹却吉尼玛，是拉卜楞寺的第六世嘉木样活佛，青海刚察人，1952年，坐床成为甘肃省夏河县拉卜楞寺嘉木样活佛。9岁任甘肃省佛教协会会长，14岁兼任中国佛教协会副会长。29岁即担任中国佛教协会副会长，曾担任第五届、六届、七届、八届全国政协常务委员，第九届、十届、十一届、十二届全国人大常委会委员。拉卜楞寺本身在藏区社会各方面的崇高地位，加之活佛个人的修为与成就，这都为拉卜楞寺"道得尔"音乐的保护与传承提供了有利的客观条件。

四、佛殿音乐"道得尔"的乐队编制情况

在对宗教类非物质文化遗产的调研中，存在一个普遍现象，即"局内人"与"局外人"关注角度的差异，"非遗"项目的普通传承者（如"道得尔"乐队的普通成员），通常只是单纯在具体技能方面持有某一种"非遗"项目，而他们之所以学习、持有并传承这一"非遗"项目，最主要的动力是源于信仰，将其视为一种修行或者是任务，当然其中也有个人的喜

好因素，而关于这个“非遗”项目背后的历史内涵和文化价值则不会太多关注，所以想知道这些内容更多的反而要从作为局外人的文化学者的研究中获得。

关于拉卜楞寺佛殿音乐“道得尔”的乐器使用情况，较早的研究是万玛多吉《拉卜楞寺佛殿乐沿革试析》，他提到一世嘉木样在行程中体恤随从，允许奏乐解除疲劳的传说，并指出“当时演奏的乐器以唢呐为主”[11]。由于文章并未指出其观点的来源根据，所以并不能因此确定究竟在一世嘉木样时所使用的有哪些乐器，但根据之后资料的记载，可以判断当时的乐器应该是比较简单的配置。

一世嘉木样去世之后，寻访并确认转世灵童，并在藏历水猪年（1743）秋天迎请二世嘉木样活佛入寺坐床。关于这一欢迎仪式在《久美昂吾传》中有如下记载：“在无边无际的迎送队伍中，在宝伞、胜幢、彩幡等无计其数的佛教供器和箫、笛、号、弦、螺、鼓、钹等各类乐器的齐鸣声中，宛如能人无垢的阿罗汉们，抵达三宝林园……”[12]这是早期关于拉卜楞寺“道得尔”乐器较为详细具体的记载。

根据《拉卜楞寺寺志》记载，到了二世嘉木样掌寺时期，二世嘉木样赴藏学法，在获得最高的“格西”学位后，西藏噶厦政府授予他“格旦丹比萨协班智达诺门罕”称号，并“赠送了服饰、伞盖、乐器，乘骑等堪布（寺院主持）用具全副……”返寺后，嘉木样二世设立了法乐队。在《金瓦寺目录》《至尊贡唐·丹贝仲美大师传记》两部著作中，都不同程度对佛殿乐的演奏情况进行了较为翔实的记载，“由公私各方敬供二世嘉木样之风俗照常，在席间双方对辩……持有各种乐器的僧侣演奏优美动听的音乐等活动”[13]。可见，在1798年前后，僧侣的音乐活动已是很普遍而盛行的事。又“大金瓦寺落成后，举行了盛大的开光典礼……同时伴有弹拨琴、洞箫、笛子、唢呐等乐器的合奏”[14]，若将此条信息与上一条信息结合起来看，“弦”“弹拨琴”应为扎木聂，则可以推测在嘉木样二世时，“道得尔”乐队中至少已有扎木聂、箫、笛、唢呐、法螺、鼓、钹这些乐器。今天拉卜楞寺文物陈列馆内仍然保存着二世嘉木样从西藏带来的玉笛、扎木聂、镶银唢呐、法螺等乐器，是对文献记载的印证。

“四世嘉木样大师，风度高逸，雅好音乐”，“其生活极为讲究，好音乐，晚年尤甚，常招诸侄女侄孙至别墅中奏乐，举行康藏歌舞，而亲自指导焉[15]”。他自己能演奏多种乐器，对“阿日扎聂”琴尤为擅长。四世嘉木样曾朝觐五台山归途中带回沿途寺庙敬送的几名乐师，从而对拉卜楞寺原有的乐队进行训练，大大提高了拉卜楞寺佛殿音乐的水平，可惜的是，这一时期所使用的乐器情况暂未见可信史料的提及。

五世嘉木样时期，“道得尔”乐队又扩大了编制，发展到24人，并在原来乐器的基础上，加入了扬琴、高胡、蒙古四胡和三弦等乐器。

“文革”期间，拉卜楞寺正常宗教活动停止，佛殿音乐一度消失，直到1980年重新开放，为迎接班禅大师，第六世嘉木样授意短期内培训了五名乐师，组成临时的乐队。

此后，“道得尔”乐队得到扶持壮大，目前，拉卜楞寺佛殿音乐“道得尔”的主要乐器包括：竹笛、笙（十七簧）、管子、主管（当钦）、九音云锣（即十面云锣）、骨笛。由夏河县文化馆主要负责编纂的《夏河县非物质文化遗产》记录：“主要演奏乐器由主管（当钦）2人、笙2人、管子2人、九音云锣2人、钹2人、海螺2人、骨笛1人等，乐队组成共21人，从拉卜楞寺院的六大学院僧人中选调，即闻思学院（大经堂）10人，其他五大学院各2名，除此之外，再从全寺僧人中乐器技艺高超者选出一人。”这一段话见于很多研究拉卜楞寺的文章之中，摘来转去，却并不更加详细地进行说明，所以容易造成一种误解，认为拉卜楞寺的“道得尔”乐队编制是固定的模式，实际上不同历史时期乐队的组合方式并不相同，即便同一时期，根据场合和环境的不同，“道得尔”乐队的编制和乐器组合形式也较为灵活。如果是在户外的大型庆典迎送场合，乐队的人数就会相应增加，反之如果在室内或是小型活动则会适当缩减，而且僧人也并非只能固定地只演奏某一种乐器，可以根据需要适当进行调整。

五、佛殿音乐“道得尔”的曲目和藏谱情况

拉卜楞寺目前仅发现十首手抄藏文古谱，个别乐僧手中有手抄本。现知有两个版本的手抄本，一个版本有八首乐曲：《姜怀希索》《万年欢》《喇嘛丹真》《智钦家居》《仁钦恰尔帕》《巴华尔》《投吉钦宝》《曰吾则阿》。另一个录有十首谱子的手抄本，比八首的版本多了《孝卡玛尔》和《堆澎》两首谱子，其余曲谱名称完全相同。由于藏语译成汉语的过程中采用音译，又没有统一规范，所以不同的研究者所使用的汉译名称不尽相同。

“道得尔”乐队的成员称这种藏文乐谱为“切冈来”谱，是一种用藏文书写的工尺谱，由藏文字母和一些符号组成，以藏文的字母来代表汉字的工尺谱。乐谱采用固定唱名的方式，记录旋律的骨干音，不设板眼，但有句读，与汉族的工尺谱既有相同之处又有其独创的地方。乐谱的特点决定了这种音乐在传承过程中，需要采用口传心授的方式才能完整地进行教授，乐谱可以辅助记忆和教学，却很难独立传承。受每一代乐师理解力和水平的影响，在经过了长久的传承之后，现在口传心授传下来的乐曲已经和谱子上记录的曲子有很大的不同。

目前拉卜楞寺乐队仍能演奏的曲目有《姜怀希索》《万年欢》《喇嘛丹真》《智钦家居》《仁钦恰尔帕》《投吉钦宝》。

图 8-2 · "道得尔"乐队 夏河县文化馆 / 提供

六、拉卜楞寺僧侣组成及生活状况

据史料记载，拉卜楞寺的僧侣鼎盛时期曾达到4000余人，到民国时期"甘肃夏河县本寺约二千六百人"（张其昀《夏河县志》，民国手抄本影印版）。2006年时，"共有九百多名正式入寺的僧人，本寺和远近各地来求学的活佛近七十多名"[16]。如今拉卜楞寺有1200多名僧侣[17]。

在拉卜楞寺大经堂大门的侧面写有一道祈愿辞，其中有这样一段："愿显密教法和四部密续法得到弘传，愿四方的优秀僧人如天鹅汇集莲湖般前来此寺。"（藏文汉译）这段文字反映了拉卜楞寺在僧人组成方面的理念，"四方"并非虚指，拉卜楞寺的僧人并不限于藏民族。民国年间张其昀所著《甘肃夏河县志略》内曾提到拉卜楞寺的僧人组成情况："寺内喇嘛无民族地域之限制，集汉、藏、满、蒙、土（青海土族）诸族之人于一堂，语言各有不同，习惯互异其趣。其籍贯则远至东三省、新疆、内外蒙古、西伯利亚之蒙人、康藏之藏人皆有之。寺内有汉族喇嘛五十余人，杨喇嘛（临夏人）尤为知名。"[18] 足可见拉卜楞寺的包容并蓄理念，也从侧面反映了拉卜楞寺宗教信仰影响覆盖面之广。

在藏民心目中做喇嘛被认为是一件光耀门庭的事，很多虔诚的藏民为了自己的信仰可以倾其所有，这种千百年来形成的彻底而纯粹的心灵诉求使得藏传佛教的佛法僧地位不可替代。学者潘凌云曾于1939年前后来到拉卜楞地区考察，在他的《拉卜楞寺与喇嘛生活》中描述了那个年代他所考察到的拉卜楞寺僧侣情况：“凡是拉卜楞寺佛权达到的地方，社会上普通优秀的男子，都到寺院做喇嘛。寺院还颁布一种强制做喇嘛的办法，凡一家兄弟二人以上者，必有一人喇嘛，三人以上者必有二人，四人以上者必有三人，以此类推。藏民对于做喇嘛，认为是高尚光荣的事。”⑲ 1939年的藏区还是政教合一的状态，拉卜楞寺的权势非常之大，藏区社会的方方面面都深受寺院掌控，“强制做喇嘛”的制度在那样的历史背景下也不足为奇，这在其他地区是很难想象的。

1959年实行“寺院民主改革”，实施政教分离，拉卜楞寺政教合一的体制被废除，原有属寺也划归县乡各级政府所管，拉卜楞寺权力与地位被减弱。1963年到1966年5月由于极“左”思想的影响，先后在大部分农村和少数城市工矿企业和学校等单位开展了社会主义教育运动，也就是“四清”运动：清政治，清经济，清思想，清组织。“那座楼高七层的颇章玛绕佛殿在‘四清’中被拆除修了电影院，殿里的那尊最大的佛像（高24米）于1958年被砸碎炼了钢铁。”⑳ “文革”时期，情况更加恶化，佛殿、僧舍等宗教场所遭到严重破坏，寺址大部分被机关单位占用，原本清净的佛殿有的甚至变成了食品厂、屠宰场，僧人大都被迫还俗，宗教活动停滞。第六世嘉木样也未能幸免，被迫还俗，到了夏河县农林工作站工作。

改革开放之后，随着宗教政策的逐步落实，中央和省州地方政府投入了大量资金，对部分殿堂进行修建和维修，拉卜楞寺开始恢复生机，到20世纪90年代，拉卜楞寺逐渐恢复到以往的建筑规模。如今的拉卜楞寺僧人虽然已经不及历史记载中那般兴旺，但由于藏传佛教信仰在广大民众心目中的根深蒂固和恢复之后的拉卜楞寺宗教和文化上的重要地位，所以甘青川等地的僧人仍然将能够进入拉卜楞寺作为一个光荣的目标来追求，很多有着虔诚藏传佛教信仰的父母仍然希望自己的孩子能够进入寺庙当喇嘛，而要进入拉卜楞寺当喇嘛并不是一件简单的事，除了父母要同意之外，还必须通过严格的入寺考试，成绩合格才能够成为一名喇嘛，在拉卜楞寺学经七八年后才通过考试成为一名正式僧人的情况十分常见。拉卜楞寺有哲学院、医学院、两个天文学院、两个密宗学院六大学院，其中哲学院学习内容和时间最多。

按照藏传佛教的传统，寺庙并不负责僧人的生活，大部分出家的僧人都由父母家人供养，提供衣食住行以及学习的支出。佛、法、僧是佛教三宝，佛教徒认为供养三宝可以获

图 8-3 • 主要受访人之一：乐僧老者丹巴　都本玲 / 摄

得无量佛德，所以有信仰的家庭通常对供养会比较重视。“通常小僧人入寺后，会寄居在本寺的喇嘛亲属家，或师傅的家中。等成年后，家人便为其修建房屋，因此大部分僧人在寺院都有自己的院落，为僧人私有财产，可以在寺内进行买卖和转让。因此，僧人的生活水平和家庭的经济状况密切相关。”[21] 家庭富有的家庭会为僧人在寺庙中盖房，装修齐全供其居住；家庭经济条件不好的房子就比较简陋，也有的僧人由于俗家的种种原因而没有自己的住房，只能寄住在其他僧人的家中。笔者此次调研所采访的“道得尔”乐队成员有的就属于最后一种情况，由于没有自己的僧舍，寄住在其他僧人的偏房内，屋子很小，陈设也很简单，一铺炕和两把椅子，一个小茶几。好在僧人在寺中的生活比较简单，又以修行学习为追求，所以并不以为苦。尽管拉卜楞寺佛殿音乐“道得尔”已经成为国家级非物质文化遗产项目，受到国家到地方的重视，并给予一定数额的经费补贴（传承人每人每年1万元），但作为乐队的普通成员，僧人并没有得到经济方面的补贴。而且，日常的排练和演出没有额外补贴，活动与演出虽是统一着装，但服装需要个人出钱购买，并不统一配发，这给一些本不富裕的僧人增添了一定的压力。僧人们会到信众家中念经赚取一些经济供养。

七、佛殿音乐“道得尔”的寺院传承模式

佛殿音乐“道得尔”的传承是标准的寺院传承模式，即以佛教信仰为基础，由寺院统一管理并组织活动，应用于佛教相关活动的传承模式。从音乐功能上来看，“道得尔”用于与寺主嘉木样的各种佛事活动紧密相关的特定场合，服务于特定的佛事活动需要，以音乐形式表达和营造佛教庄严肃穆和超然的意境，唤起教众和信徒对佛、菩萨的恭敬之心，进而产生慈悲感念，感化众生，便利弘法，并非单纯的音乐活动，而是整个寺院修行弘法的组成部分。从组织形式上看，“道得尔”的队伍组成、参与活动和训练传承等安排遵循着由上而下的运行模式，首先由拉卜楞寺委派寺管会管理“道得尔”的相关事务，然后由寺管会统一进行人员筛选，安排师徒传承。在特定的场合及活动中，再由寺管会统一组织“道得尔”乐队进行演奏。当然，老乐师向新乐师传授演奏技能师徒传承的过程仍是口传心授的师徒传授行为，但整个“道得尔”的传承仍是统一、有组织的寺院传承模式。

拉卜楞寺“道得尔”乐队从最初成立至今已历经六代，在乐队新成员的选拔与培养上形成了一定的规矩。新成员由拉卜楞寺统一组织挑选，乐感好的优先，道得尔巴必须从六大学院的僧人中选拔，不能有俗人担任。进入“道得尔”乐队的僧人被称为“道得尔巴”，音乐的训练由年龄较长技艺较高的道得尔巴担任，按照“道得尔”谱的要求严格进行。除了必要的乐器学习、演练和正式的奏乐活动，其他时候，他们多会在各自的扎仓里念佛、学习、修行。

曾任甘肃省甘南州政协文史办资料编辑的万玛多吉在《拉卜楞寺佛殿乐沿革试析》一文中对几代“道得尔”乐队的传承情况做了记载：“佛殿乐队自正式建队至今已历经六代。他们的传承关系是：每代都由拉寺统一组织挑选聪明机智的青年僧侣后，以师带徒，学成就职承担演奏员，年迈的退居修善，不再担任演奏员。属接续型的传承关系。第一代乐队从乐师到队员思想保守，集训合乐都在规定的地点进行，禁止外人接近。由此，众说纷纭，给他们涂上了一层神秘色彩的描述。经多次采访，未能调查到他们的姓名。第二代负责人是扎油托布周，系拉寺喜金刚学院僧侣，从小天资聪颖，酷爱音乐。他用过的乐器至今保存在拉寺文物馆内。第三代由扎油擦丑、旦巴（托布周之弟子）、宗哲、韩措等二十余人组成。第四代为索南木、加样等人，第五、第六代均为二十余人组成。”[22]

至2012年笔者前往田野调查之时，“道得尔”乐队共有成员24人，分别为：成来加措、宗者加措、老者金巴、扎西加措、（中）成来加措、（中）宗者加措、（小）宗者加措、金巴加措、次成加措、索巴加措、洛桑加措、加洋次成、索南加措、贡去乎加措、毛兰加措、

（小）贡去乎加措、久美加措、（小）金巴加措、（小）久美加措、亚热加措、（大）加洋加措、（小）加洋加措、旦巴加措、（小）成来加措。㉓ 其中，年龄最小的（小）成来加措在调研时为18岁，是拉卜楞寺“道得尔”音乐成功申遗后加入乐队的新成员。2009年，成来加措（67岁）被评选为“拉卜楞寺佛殿音乐‘道得尔’”项目国家级非物质文化遗产项目代表性传承人。㉔

如前文所述，拉卜楞寺在藏区特别是安多藏区处于非常重要的位置，是信仰藏传佛教的广大民众心中的一方圣地，在文化和社会层面也处于核心位置，国家和地方对拉卜楞寺的事务会较为重视，这对于寺院非物质文化遗产的保护传承是一个有利的外部条件。而从内部机制上来说，佛殿音乐“道得尔”存在的内在需求依然存在，寺庙中和嘉木样活佛相关的各项活动仍需要音乐的伴衬，所以会以寺院统一组织安排的模式进行传承。另外，从20世纪80年代开始，拉卜楞寺“道得尔”乐队受到国内外各界越来越多的关注，多次受邀前往国内外进行展示和交流，这些都是拉卜楞寺佛殿音乐“道得尔”保护与传承的利好因素。

八、基层保护单位的“非遗”工作

夏河县文化馆是分管拉卜楞寺的最基层政府文化行政部门，近年来组织人员分组在全县范围内进行普查，对各级“非遗”项目和县内文物遗产进行普查，并健全文字、图片和视频档案，出版了《夏河非物质文化遗产》《夏河县文物志》。文化馆有一间标为“夏河县文物普查领导小组办公室”的面积约20平方米的屋子，成为夏河县的非物质文化遗产保护展示厅。房间有三面墙壁上挂满夏河县各“非遗”项目的简介和照片，另一面墙和靠墙的桌子则被布置成夏河县“非遗”的实物展，唐卡、各种乐器、擦擦佛像印版、工艺酒壶等省级、国家级“非遗”相关的实物陈列其上，拉卜楞寺佛殿音乐“道得尔”的国家级“非遗”铜牌列于其中。屋子正中的椭圆形大会议桌上则整齐地摆满了夏河县非物质文化遗产项目档案和第三次文物普查资料档案。其中，佛殿音乐“道得尔”档案编号“2011”，封面标明对该项目的初次普查时间为2006年6月，二次普查时间为2009年4月，普查人员是宁静和完德加。这份档案资料包括佛殿音乐“道得尔”的9张照片、简单的“道得尔”项目普查表、国家级“非遗”《申报书》等材料，档案盒中未见“道得尔”乐队成员的个人档案。

作为物质文化遗产保护基层单位，是否有正确的保护意识和理念，能否与被保护的“非遗”项目单位建立良好的互动，是否熟悉“非遗”项目的历史与现状，能否与“非遗”

图 8-4　夏河县文化馆馆长段西义在“非遗”陈列室接受采访　都本玲 / 摄

传承人打成一片等，都是衡量“非遗”基层保护单位工作是否到位的重要考量标准。笔者在和夏河县文化馆的工作人员交谈的过程中发现他们对辖区内的“非遗”项目和传承人状况了解比较充分，能够比较客观地分析各个项目目前在保护与传承中所面临的困难与问题，同时也能感觉到他们在工作中的一些无奈。夏河县文化馆名义上虽然是拉卜楞寺“道得尔”音乐的保护单位，但实际上，由于拉卜楞寺在甘南藏区甚至整个藏区的重要宗教和文化、社会地位，地方文化馆在实际工作中实有“人微言轻”之感，很难在实际上影响寺院，只能做些辅助性的工作。

九、小结

宗教类非物质文化遗产的一大重要特点是其深深植根于宗教信仰和宗教文化土壤之中，而这种宗教文化生态的状态直接影响到“非遗”项目的保护与传承。拉卜楞寺在历史上是安多藏区政教合一的中心，在今天是藏传佛教格鲁派最高佛学学府之一，是安多藏区的宗教、文化中心，嘉木样大师在当地藏民心中的地位十分高，在社会上也有不可忽视的影响，因此，拉卜楞寺的各项工作受到政府各级单位的重视，这是拉卜楞寺佛殿音乐“道得尔”保护与传承的利好生态环境。

拉卜楞寺佛殿音乐“道得尔”采用的是寺院传承模式，音乐作为整个寺庙系统正常循环的一个环节存在，它与寺庙的整体运作息息相关，国家宗教政策能够继续支持寺庙信仰自由，寺庙经济能够自给自足支撑庞大体系的运行，藏地民众忠于信仰，出家僧人数目稳定，嘉木样大师影响力不减，各项活动如常展开，弘法气氛和威仪感仍然必要，“道得尔”音乐和乐队就有存在和传承的内在动力。

《国家级非物质文化遗产项目名录申报书》是各地保护单位和其主管部门负责组织撰写并层层上报的“可信度”较高的正式文件，需要对于其所申报的“非遗”项目进行内容定义，阐述历史渊源，介绍基本内容，梳理传承谱系，列举代表性传承人，论证主要特征，分析重要价值，点明濒危状况，并要对项目已采取的保护措施和将要实施的保护计划等一系列情况予以说明。《申报书》的要求是必须真实可信，能够真实反映申报项目的真实情况。而且申报国家级“非遗”项目还需提供一份“省级专家委员会论证意见”，要求经过充分论证后才能递交到文化部参加评审。按说经过层层专家的审核，《申报书》的内容应该基本准确，但实际上在整个考察过程中却发现，由各地上报的众多《申报书》存在很多不严谨、有争议甚至不实的信息。关于拉卜楞寺佛殿音乐“道得尔”的定义和内涵问题就属于有争议的一种情况，作为保护单位的甘肃省甘南藏族自治州夏河县文化馆对“道得尔”的定义与遗产持有人的寺庙僧人对“道得尔”的认知未能达成一致，而学者专家也在这个问题上持有不同观点，这样一来，如果概念范围的问题不先统一起来，在进一步的保护过程中很容易造成保护错位的情况。当然，在实际申报过程中，因为时间紧、条件有限等各种原因，有些急需保护的项目在准备《申报书》时，存在临时组凑材料，未经严谨论证就先行申报的权宜想法，认为既然东西确实是好东西，材料虽然粗糙了点，但只要能成功申报国家级“非遗”项目，也照样可以起到保护的作用，以后再慢慢论证。但实际情况是，一旦成功申报了国家级“非遗”项目，曾经只是用来评审的《申报书》就成为具有很高可信度的“范本”，其中所表述的项目相关信息就会被认为是具有公信力的文字，被各种媒体转载和引用，目前在很多非物质文化遗产大型专题网站上所采用的“非遗”项目信息基本都来源于《申报书》的内容，其他各大纸媒、网媒也会采信《申报书》的内容，这样一来，如果《申报书》中存在不严谨、有争议甚至不实的信息，就会以讹传讹，掩盖其真实情况。而目前由于“重申报、轻保护”的风气影响，一旦项目成功申报，再回过头来认真对项目进行反复考证的情况少之又少。鉴于以上的情况，笔者建议，一方面，要进一步加强对《国家级非物质文化遗产项目名录申报书》内容的审核力度和深度；另一方面，应当正本清源，把“非遗”项目的深度学术研究作为保护工作的重点来抓。

注释

① 丹曲:《拉卜楞寺佛殿音乐初探》,《西藏艺术研究》1990年第3期，第53页。

② 此表根据甘肃省递交的《拉卜楞寺佛殿音乐“道得尔”国家级非物质文化遗产名录项目申报书》及《拉卜楞寺佛殿音乐初探》等同类观点文章所制，以方便对比。

③ 郝毅:《中国藏传佛教拉卜楞寺“道得尔”音乐研究》,《第三届中韩佛教音乐学术研讨会论文集》，宗教文化出版社2006年版，第116页。

④ 才让当周:《拉卜楞寺道得尔乐队及其乐谱》,《中国音乐》1990年第2期，第34页。

⑤ 万玛多吉:《拉卜楞寺佛殿乐沿革试析》,《西藏研究》1990年第3期，第84页。

⑥ 阿莽 · 班智达 · 贡却坚参:《至尊贡唐 · 丹贝仲美大师传记》，成书于藏历十三饶迥土马年(1798)，第80页。

⑦ 郝毅:《中国藏传佛教拉卜楞寺“道得尔”音乐研究》,《第三届中韩佛教音乐学术研讨会论文集》，宗教文化出版社2006年版，第116页。

⑧ 才让当周:《拉卜楞寺道得尔乐队及其乐谱》,《中国音乐》1990年第2期，第34页。

⑨ 丹曲:《拉卜楞史话》，甘肃民族出版社2010年版，第7页。

⑩ 高一涵:《拉卜楞寺一瞥》,《新西北》1941年第5卷第1、2期,《西北民族宗教史料文摘》(甘肃分册)，甘肃省图书馆1984年版，第358—360页。

⑪ 万玛多吉:《拉卜楞寺佛殿乐沿革试析》,《西藏研究》1990年第3期，第84页。

⑫ 贡唐 · 贡却乎丹贝仲美:《久美昂吾传》(藏文木刻版)，成书于1798年。

⑬ 阿莽 · 班智达 · 贡却坚参:《至尊贡唐 · 丹贝仲美大师传记》，成书于藏历十三饶迥土马年(1798)，第80页。

⑭ 嘉堪布 · 智华坚参:《金瓦寺目录》，成书于藏历第十三饶迥金猪年(1791)，第37页。

⑮ 格桑泽仁:《拉章扎西溪概况》,《方志》1936年第9卷第3、4期，转引自万玛多吉《拉卜楞寺佛殿乐沿革试析》,《西藏研究》1990年第3期，第85—86页。

⑯ 才让:《神圣与世俗 —— 拉卜楞地区的藏传佛教信仰现状研究》,《宗教与民族》第六辑，第332页。

⑰ 该数据来源于甘南自治州人民政府网站(http://www.gn.gansu.gov.cn/html/2013/zcfj_0326/114.html)。

⑱《方志》1936年第9卷第3—4期合刊，转引自甘肃省图书馆编《西北民族宗教史料文摘》(甘肃分册)，甘肃省图书馆1984年版，第108页。

⑲ 潘凌云:《拉卜楞寺与喇嘛生活》,《西北论衡》1939年7卷第1期,《西北民族宗教史料文摘》(甘肃分册)，甘肃省图书馆1984年版，第422—423页。

⑳ 索南吉:《拉卜楞寺：藏传佛教格鲁派圣地》,《法音》1990年第10期，第32页。

㉑ 丁莉霞:《甘南藏传佛教信仰以及寺院经济的现状考察》,《世界宗教文化》2010年第3期，第67页。

㉒ 万玛多吉:《拉卜楞寺佛殿乐沿革试析》,《西藏研究》1990年第3期，第89页。

㉓ 此名单由拉卜楞寺“道得尔”乐队成员老者金巴藏语口述，由夏河县文化馆旦知老师笔译为汉语。

㉔ 藏民族重名情况比较常见，为了避免混淆，当地民众习惯于用性别、年龄(如大、中、小)或者职务等特征加以区分，常用于日常生活中。

第九章
东岳观道教音乐调查报告

项目名称・东岳观道教音乐

所属类别・传统音乐

申报地区或单位・浙江省平阳县

入选国家级非物质文化遗产名录情况・2008年第二批扩展项目 Ⅱ-139

撰写人・王辉

一、东岳观道教音乐概况

平阳县位于浙江省南部，东滨东海，贯穿鳌江，于公元283年建县，距今已有1700多年的历史。自2011年调整后，全县有10个镇和1个乡。在这块1051平方公里的土地上，建有寺庙20座，宫观47座。东岳观位于平阳县的政治、经济、文化中心——昆阳镇。昆阳镇面积虽然仅有80多平方公里，但经济发展迅速，东岳观就静落在这高楼耸立、车水马龙的繁华盛世之中。

东岳观始建于北宋英宗治平三年（1066），南宋绍兴年间（1131—1162）改名为广福宫，清光绪五年（1879）改为今名，东岳观是温州现存最古老的全真派道观，由圣门、府门、东岳殿、大罗宝殿、斗姥阁、功德堂、斋堂、客房等组成。1985年被定为平阳县重点文物保护单位。

东岳观的道教音乐是以“十方板”为主的经韵音乐。东岳观的“十方板”历史传承悠久，1983年由黄信阳道长等人将其带到北京白云观。有文章称：“历史总是富有戏剧性，当年，东岳观是从大有宫学来的‘十方板’，经过百余年的沧桑巨变后，又通过北京白云观辗转回归其发源地。”[①] 东岳观道教音乐是全国唯一通用的道教全真派传统仪式音乐，失传已久，直至1979年才在东岳观被发现，同年5月，该观住持马诚起举办培训班，黄信阳即是本培训班学员之一。1983年，黄信阳等人赴北京白云观教唱“十方板”，次年，马诚起等人也相继赴白云观执教，此后，白云观的仪式道乐即改用“十方板”。东岳观现存“十方板”曲牌共计67首，除去韵曲旋律相同者，实为33首，分别用于早晚课、五师供、焰口等仪式。除“十方板”曲牌以外，还有正一派的“子孙板”、释教的“和尚板”。东岳观“十方板”的特点是一词多用、一曲多用。一词多用，指同一首词可配不同的曲牌。一曲多用包括两方面含义，一方面是指一首曲牌在不同仪式场合中使用可配以不同的唱词；另一方面是指在词、曲不变的情况下可用在不同的科仪中。东岳观的“十方板”吸收了当地民歌和戏曲音乐的素材，不但在旋律风格上与之相近，而且在表演中也体现了民歌和戏曲所特有的对唱。

东岳观道教音乐使用的法器有朝简、如意、玉册、令旗、宝剑、令牌、印章、水盂、镇坛木、天蓬尺、锣、铙钹、钟、鼓、铛、木鱼、磬等。乐器有唢呐、笛子、二胡、三弦、琵琶等。

二、实地调查情况

2012年8月8日早晨，天空下起恣意的小雨，在距离喧哗的镇中心约两公里的地方，有一条临山小路，沿路直行便隐约显现出古观的屋顶，因东岳观所处地势比路面低至少4米，故观中大殿的顶部与路几乎平齐。路的左侧依山，右侧有一条非常不起眼的小胡同，沿着胡同前行便走进了东岳观的门廊，廊的两侧挂着平阳道教协会和东岳观的新闻宣传栏。穿过短廊，豁然开朗。偌大的灵霄宝殿敦实地坐落在细雨薄雾中，空无一人的院落格外清净，清净之余却稍显没落。

在灵霄宝殿旁侧的堂房内，笔者见到了正在书写道符的年轻道士——蔡高信。蔡高信生于1988年，自幼生活在道观之中，是吴立勋亲授之徒。蔡高信在东岳观道教科仪中担任主要唱经人员，擅长法器，会唱十方韵、子孙板。经他引见，笔者来到了位于堂房二楼的平阳县道教协会，并见到了陈培生秘书长。经过谈话得知，平阳县道教协会对东岳观的道教音乐并不十分了解。

8月8日下午，笔者专访了东岳观住持吴立勋。吴立勋道号吴崇悦，现任平阳县道教协会会长，县、市政协委员，市道教协会副会长。吴立勋生于1969年，1984年在平阳县东岳观出家，师从陈信修，1993年接任东岳观住持，1995年赴四川青城山常道观受三大戒。目前，吴立勋是东岳观道教音乐省级非物质文化遗产代表性传承人，道乐“十方韵”第七代传承人。

8月9日上午，笔者步行来到县文化局，文化局与文化馆同设于一楼之上，得以采访文化馆“非遗”中心主任郑金开先生。郑金开出生于1980年，现任平阳县非物质文化遗产保护中心主任、平阳县文化馆副馆长，同时是浙江省民间文艺家协会会员、浙江省民俗文化促进会会员。

8月10日，东岳观举行谢罪与祈福法会，前来执行法会的道士有5人，其中两人为出家道士，3人为在家道士。法事从早晨4时持续到下午3时。法会过程中，吴立勋道长击小鼓和钹，一位道长演奏二胡和唢呐，其他三位道长执法器唱经，采用“十方韵”和“子孙板”韵唱。 使用法器有大锣、小锣、帝钟、铙钹、铛、磬、木鱼、拍板、小鼓。笔者采录曲牌《玉皇忏》，时长20分钟。《玉皇忏》曲牌可分三段，第一段分为两个部分，韵唱与唪经。韵唱中法器与乐器并用，二胡跟随旋律进行；唪经只用法器。第二段形式和旋律与第一段相同，但唱词不同。第三段最为热闹，锣鼓并用配以唢呐伴奏，演奏者运用循环换气技法一气呵成直至终了。法会结束后，笔者采访了在家道士苏立锋。苏立锋是平阳东岳观道教音乐市级非物质文化遗产代表性传承人，生于1967年，15岁习道并皈依道门，在东岳观道教音乐中司唢呐、二胡、板胡、笛子等乐器，受教于其父，以应赴法事营生。

表 9-1　东岳观采访行程

	2012年8月8日	2012年8月9日	2012年8月10日
上午	采访道协秘书长陈培生；采访蔡高信	采访县“非遗”中心主任郑金开；参观平阳县博物馆	考察法会；采访苏立锋
下午	采访东岳观住持吴崇悦；参观东岳观道教音乐传世乐器和正在建设中的“非遗”展厅		

图 9-1・雨中的东岳观　王辉／摄

图 9-2・法会开始前桌上摆放的贡品　王辉 / 摄

图 9-3・信众与道士一起哮经　王辉 / 摄

三、保护现状综述

1．现状与申报时情况相去甚远

（1）早晚课情况

蔡高信介绍，由于应承法事频繁（每月20余场），与早晚课时间冲突，因此早晚课数量骤减。早晚课一般于每月初一和十五或者不做法事的日子。对比该项目《申报书》中所说："平阳东岳观的早晚课每日进行，从未间断，观外信徒，也踊跃参加。"可以形成鲜明对比。平阳县道观众多，道士数量却与道观数量极不相称，往往三四个道士支撑起一个道观，道观要维持，道士要生存，只能牺牲本该用来修行的时间去承接更多的法事。因法事的频繁而忽略日常修行的早晚课，无疑会导致道教文化越发向功利层面转化，其后果影响的不仅仅是东岳观道教本身，还包括道教音乐在内的道教文化。要解决这样的问题并非易事，政府补贴、道教协会资助、社会关注等尤为重要，如何使道观在不牺牲道士修行时间的前提下来提高收入或许是较好的解决办法。

根据吴立勋口述，笔者将东岳观早晚课和法会情况整理如下表所示。

表 9-2 东岳观早晚课情况

	初一、十五	其他日子	功课形式
早课	夏4:00 冬6:00	夏4:00 冬6:00	常用30多首韵曲，无乐器伴奏，法器有鼓、引磬、铃、钹、云锣等。3—5位道士
晚课	饭前16:00 或 饭后18:00	饭前16:00 或 饭后18:00	
时长	60分钟左右	45分钟左右	

表 9-3 东岳观法会情况

东岳观一年法会情况	
正月初五	祭拜财神
正月初九	祭拜玉皇大帝
正月十五	祭拜上元天官
正月十九	祭拜丘祖（丘处机）
二月初三	祭拜文昌帝君
二月十九	祭拜观音
三月初三	祭拜玄武大帝
三月二十八	祭拜东岳大帝
四月十四	祭拜吕祖（吕洞宾）
五月十五、十六	天帝寿辰
六月十九	祭拜观音
六月二十四	祭拜雷祖大帝
七月十五	祭拜中元地官
八月初一	祭拜许府真君
九月初九	祭拜斗姥天尊
九月十九	祭拜观音
九月初一至初九	祭拜九皇
十月十五	祭拜下元水官
十一月十一	祭拜九苦天尊
十二月二十五	玉皇大帝降圣

（续表）

东岳观一年法会情况	
夏至	祭拜灵宝天尊
冬至	祭拜元始天尊

上表所录法会中，以三月二十八祭拜东岳大帝最盛，信众有1500人之多，执行法会道士自各道观聚集于此达26人，全真派、正一派合作进行，使用乐器有二胡、箫、唢呐、板胡、阮、琵琶等，法会为期三天。

（2）使用乐器和法器情况

目前的普遍现象是，尚存古乐的寺观希望用丰富的音响效果来体现宗教音乐感化人神的作用。然而对于多数道观而言，这种希望难以实现，东岳观也并不例外。

会演奏乐器的道士凤毛麟角，致使简单的奏唱方式倒恰好符合了“大礼必简”，然而这种“简”却不是“道”所追求的境界，而是着实无奈的表现。

2008—2009年该项目申报国家“非遗”的时候，乐团有演奏乐器的道士5—7人，韵唱经文的道士3—6人，总人数始终维持在8—13人，如今这个数字已经骤降至5人，也就是上文提及的那5位道长。每逢大型法会，道观之间合并而行，纵然平阳县道观众多，但举行大型法会的时间往往相同，所以东岳观的情况也只能维持在目前的人数。根据东岳观申报国家“非遗”时的乐团图片和该项目《申报书》中说明文字可知，东岳观道教音乐所使用的乐器有二胡、板胡、笛子、唢呐、琵琶、三弦六种共7件，分别由7人演奏。如今，仅剩二胡和唢呐由苏立锋道长一人演奏，在没有锣鼓伴奏的韵唱时用二胡跟唱，在有锣鼓伴奏时用唢呐烘托。

图9-4・2008年东岳观道教音乐演奏场景
赵阳／摄　平阳县“非遗”中心／提供

忏钟、鼓、磬、引磬等法器在数量上并没有减少，但道士人数的减少，必然使得法器不能同时被使用，只得轮流运用，这与先前申报时候的情景大不一样。

一件乐器和几件法器，成为今天东岳观道教音乐的全部伴奏形式，“重申报，轻保护”在这里显现出了影子。申报时的大张旗鼓与申报后将文物、文化统统塞进博物馆形成了鲜明的对比，活态的音乐更是被一点点地削减，最后只剩下“鸡肋”。究其原因，或许是缺乏上级的审查，缺乏同级的比对，缺乏资金的扶持，仅剩下几位传承人强行支撑，为了生存不得不放弃“面子”项目。

（3）表演形式的自觉

以前，东岳观道教音乐的表现形式吸收了当地戏剧的表演素材，有动作和角色上的表演。如今这种戏剧化的表现形式已被取消，这种取消实质是道教音乐文化的自我反省，是经过长期实践而得到的正确的变化。宗教音乐是人与神沟通的媒介，东岳观的道长意识到曾经采用的戏剧化手法表现道教音乐是不够严肃的。吴立勋说：“以前有所表演，但是现在越看越离谱，做功课就应该老老实实的。”

2．正在进展中的保护措施

（1）东岳观展厅与平阳县博物馆

1974年，政府将东岳观地产权全部卖掉，后被东岳观收回一部分，即现在使用的这块地方，但仍然有一半的地方被平阳县油泵机械厂占有，吴立勋作为委员和代表向县市提交了四个提案以要回地产，但都没有得到回复。之所以希望要回地产，是因为吴立勋打算设立一座东岳观道教音乐厅，这个厅包括“非遗”展厅、文物展厅及其他相关展览，吴道长将通过向信众集资的方式来共同完成这个目标。

因为还没有要回地产，吴道长尚未实现建设音乐展厅的愿望，但在大殿侧面堂房的三楼，他努力建起了一个小展厅。展厅以展示东岳观道教音乐文化为主题，包括法器、乐器、印刷品等。除此之外还将陈列有关东岳观的历史文物和碑文字画。作为临时展览的场所，吴立勋介绍说，此展厅虽然能展览文化，但是却有很多不利的地方，比如上下楼的楼梯狭窄不利过往；消防设施简陋，存在安全隐患等。

展厅的展柜里将陈列法器和乐器，东岳观存有几件自民国十五年（1926）传下来的乐器。随后，蔡高信拿出这些乐器供笔者考察和拍摄，比较遗憾的是，这些珍贵的乐器并没有装进具有保护性能的盒子里，只是被胡乱堆着拿了上来，包括唢呐、笛子、钹、拍板、京胡。虽然个别乐器已经破损，例如京胡没有了弦，铙的边缘缺损等，但可以看出这些乐

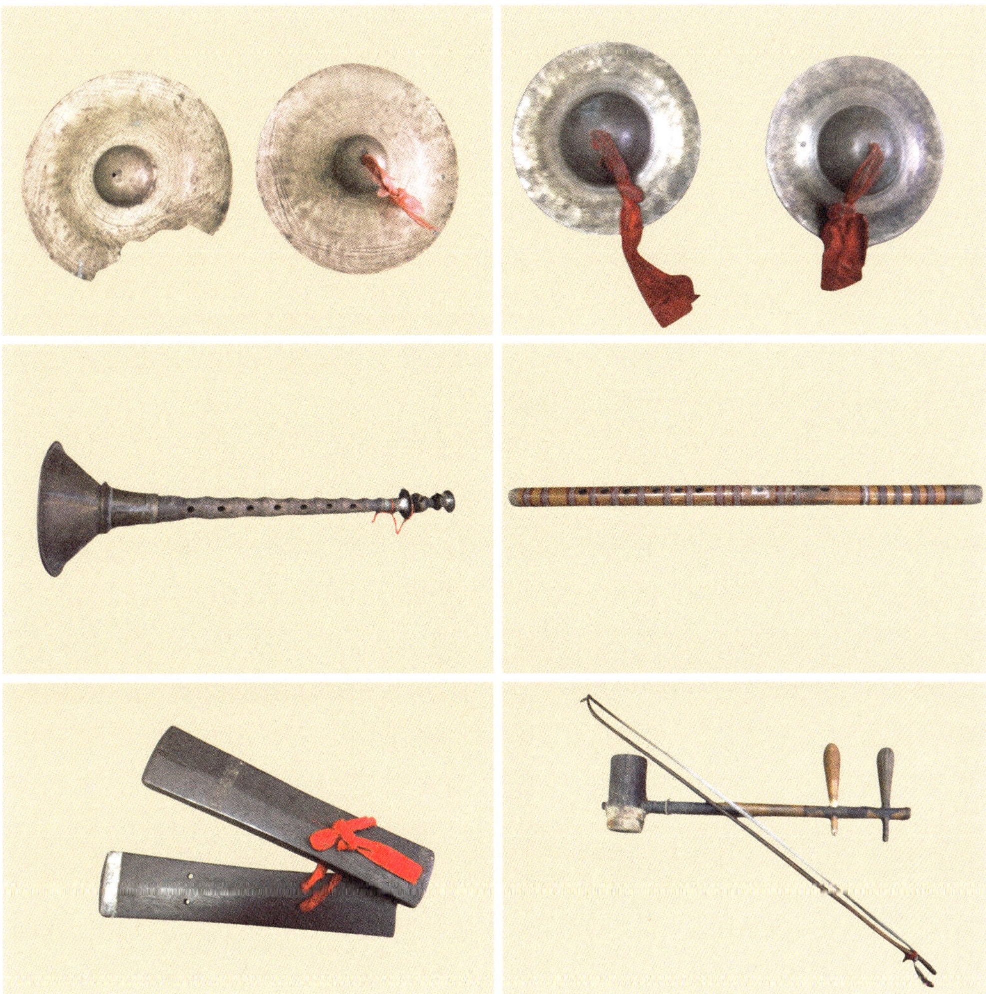

王辉／摄

9-5	9-6
9-7	9-8
9-9	9-10

9-5·铙　9-6·钹
9-7·唢呐　9-8·笛子
9-9·拍板　9-10·京胡

器确实是流传了近百年的老乐器。

正在建设的陈列展厅将成为展示东岳观道教文化物质载体的平台，除此之外，平阳县博物馆中也有展示东岳观道教文化的一面展板。吴立勋介绍说：“博物馆中有一块玻璃板专门介绍东岳观道教音乐。”面对这块玻璃板，吴立勋的话语中透露着无奈，他说：“平阳县这么多‘非遗’项目，有一块玻璃板也不错了。”

平阳县博物馆的一楼是非物质文化遗产展厅，二楼、三楼是物质文化遗产展厅。中午时分，博物馆大门紧闭，郑金开带笔者从后门进去，博物馆面积并不大，一楼的非物质文化遗产展厅的展柜中，陈列着剪纸、布偶等手工艺品，电视中播放着相关视频。

进门右手边的墙上，笔者看到了关于东岳观道教音乐的唯一展示——一块玻璃展板。在这一块长约180厘米，宽约80厘米的玻璃中，不全面地记录了东岳观道教音乐的主要内容，仅有三张图片和几百字的说明。活生生的音乐，被限制得只剩下一纸油墨。

或许二楼、三楼还存有关于东岳观的物质文化遗产，抱着幻想，笔者追问："就只有这一块展板吗？"郑金开说："是的，因为这个地方比较小，项目比较多，东西杂了不好看，二、三楼是文物和古董，没有东岳观的东西。"

（2）活态传承三载体——道乐团、培训班和传承基地

吴立勋、苏立锋和蔡高信三位道长的共同愿望是尽快组织起东岳观道教音乐团。吴立勋介绍，2012年农历四月，曾组织起一支道乐团，有个别人员来此学习和排练，所需费用由东岳观的道长们自掏腰包，每人支付100元。吴道长所计划的道教音乐团，人员至少需要20个，其中法器13人，乐器7人，着道服。组织道乐团的目的，除了配合大型法事用乐，还包括在县里举行的文化下乡和庆祝节日时表演，通过舞台化的表演，让广大群众了解东岳观道教音乐和文化，他说："既然是国家级非物质文化遗产，就要有东西给群众看。"

除了道乐团外，吴立勋和郑金开正在计划开设东岳观道教音乐培训班，通过培训班来方便更多人学习东岳观道教音乐，在培训班中，培养将来道乐团的有生力量。1979年，马诚起道长住持的"十方韵"培训班是东岳观道教音乐传播的第一次也是唯一一次培训，那一次培训培养出了黄信阳、黄信梁等道长，他们为道教音乐"十方韵"的普及做出了突出贡献，效果显著。如今30多年过去了，东岳观的住持与文化部门人员又燃起开设培训班的愿望。30年前开设培训班的目的是普及"十方板"道教科仪经韵音乐，30年后的目的则转变为保护和传承东岳观道教音乐。前者为横向传播，后者为纵向传承。吴立勋希望把唱经和演奏整理归档之后开设培训班。郑金开介绍说："培训班今年（2012）9月上旬就可以成立，培训班的准备工作已经做了很长时间，人员以道教协会的为主，其他的年轻艺人和爱好者都可参加，人员不需要太多，20人左右即可，包括5位授课老师，老师要请音乐等多方面的专家，比如当地'和剧'就办了培训班，授课老师有形体、器乐、唱腔多方面的。东岳观形成团体后，县里有文化节一类的活动，他们就可以上去亮亮相。"同时，郑主任还认为："培训班要规范，老师要制订授课计划，有比较完整的方案。县里对这种培训正在逐步规范中，培训班要做到年初有计划，年终有总结，最后还要考核。培训班每期将持续5天，根据培训的情况来决定一年办多少期。除了培训班外，老师与学生、学生之间也会多交流

的。”鉴于当地“非遗”项目“和剧”培训情况开展得有声有色，东岳观的道长们希望可以学习他们的成功经验，然而道教有其特殊的情况，仅仅是传授器乐演奏和唱经是不够的，如何把道教文化根植在后来编配的器乐伴奏中，这需要“非遗”工作者和传承人的深思熟虑。

传承基地是平阳县和东岳观计划建设的另一个有利于保护和传承东岳观道教音乐的项目，传承基地将包括“非遗”展示厅、东岳观整体展示中心、活动室和培训室等，通过传统基地的建立，不仅能保障正常的法事活动，还能让道士间产生更多交流。传承基地，其实是培训班和展厅的集合。随着正在筹划建设的展厅、培训班和专家委员会这些个别项目的成立，东岳观“非遗”传承基地的整体面貌逐步浮出，由各具功能的小型项目组建而成的传承基地在功能上远远大于这些小项目各自功能的总和。郑主任说：“道教音乐需要一个生存环境，不能孤立起来。”

另外，《2012年平阳县“非遗”传承工作会议材料汇编》中对于各个传承基地和传承人的考核机制采取了评分制。因东岳观尚无传承基地，故暂不涉及。对于传承人和学徒的考核机制如下表所录。

表 9-4　平阳县各级非物质文化遗产代表性传承人考核标准

编号	考核内容	评分标准	基本分	实得分	扣分原因
1	全年从事非物质文化遗产传承活动	全年从事传承活动少于200天扣5分，少于100天扣10分	15		
2	带有1名以上学徒，学徒从事或定期开展非物质文化遗产活动	无学徒，不得分；学徒未从事或开展“非遗”活动，不得分	15		
3	建立完整的学徒学习资料档案和教学计划，对学徒技艺进行季度考核，并按优、良、差三个等级做出评价，考核成绩记入学徒档案	学徒学习资料档案不完整扣5分；未制订教学计划扣5分；季度考核少一次扣5分	20		
4	造型艺术类代表性传承人每年教会专职学徒3份新作品；表演艺术类代表性传承人，每年教会专职学徒2份新作品。其他类参照执行	造型艺术类，少1份新作品扣5分；表演艺术类，少1份新作品扣10分	20		
5	对学徒进行职业道德教育，培养技艺、道德均衡发展的传承人	不开展，不得分	10		

（续表）

编号	考核内容	评分标准	基本分	实得分	扣分原因
6	配合相关检查与考核，每年参与各类非物质文化遗产保护、宣传活动3次以上	不配合相关检查与考核扣10分；参与活动少一次扣5分	10		
7	遵守非物质文化遗产保密制度，依法使用和维护非物质文化遗产知识产权	不遵守相关规定，不得分	10		
总分			100		

表9-5　平阳县非物质文化遗产学徒考核标准

编号	考核内容	评分标准	基本分	实得分	扣分原因
1	从事非物质文化遗产活动，与代表性传承人或传承基地签订学艺协议书	不从事，不得分；无学艺协议书扣10分	20		
2	能独立完成所学非物质文化遗产项目的制作或表演	不能完整展示所学“非遗”项目的，不得分	20		
3	造型艺术类学徒每年制作3份新作品，表演艺术类学徒每年学会2份新作品。其他类参照执行	造型艺术类，少1份新作品扣5分；表演艺术类，少1份新作品扣10分	20		
4	学习期内接受代表性传承人或传承基地安排的季度考核	考核次数少一次扣5分；季度考核成绩未达良好，一次扣5分	20		
5	配合相关检查与考核，每年参与各类非物质文化遗产保护、宣传活动3次以上	不配合相关检查与考核扣10分；参与活动少1次扣5分	10		
6	遵守非物质文化遗产保密制度，依法使用和维护非物质文化遗产知识产权	不遵守相关规定，不得分	10		
总分			100		

2011年，全县有80多位传承人参与了考核，最终评出了10位优秀者和几位不达标者。面对传承人补助的问题，郑金开说：“县里并不会对每一位传承人发放补助，传承人只有开展相应的传承工作，提出想法，我们才会在经费上给予支持。”

（3）与旅游结合

倚靠着南雁荡山美丽的风景区，聚集着93项非物质文化遗产名录，平阳县理所当然地把“非遗”项目安排进旅游产业中，面对各地费尽心思考虑如何将“非遗”项目与旅游结合的问题，平阳县旅游部门和“非遗”中心有自己的想法。

郑金开说：“把南雁荡山规划成旅游中心，在南雁荡山设立专门的‘非遗’展示区域并将东岳观道教音乐作为旅游项目。但也要吸取别的地方的经验，不能把‘非遗’项目的性质改变。另外，我们准备将坡南街（东岳观所在的街）建设成为一条‘非遗’展示街。除这两项规划外，县里也正在建设一个‘非遗’馆场，设计初稿已经完成并经过讨论。”

笔者问：“目前有些地方十分注重把“非遗”与旅游结合，希望靠这种资源拉动地区经济增长，您觉得可行吗？”

郑金开答：“‘非遗’绝对不能产业化，不能企图通过‘非遗’来赚钱，‘非遗’进景区的主要目的是宣传，一旦打算利用它赚钱就可能会走错路，其实可以依靠政府埋单，将‘非遗’展示建设成当地的一个文化窗口。当然，有些手工艺项目会赚钱，但路不能走偏，本来是手工制作的工艺品，如果将其放到工厂里机械化生产就是走偏了。”

除了把“非遗”项目放进景区，平阳县还会不定期地举办“非遗”展演，2012年将举办“两个展演一个展览”活动，展演内容包括单档布袋戏和温州鼓词，展览以十五巧板为主。笔者在郑金开的办公桌上发现了一份节目单，题目是“文化遗产与美好生活主题文艺晚会”，举办时间是2011年，其中包括了部分非物质文化遗产项目，但遗憾的是并没有看到有关东岳观道教音乐的内容。当笔者问及时，郑金开解释说需等到东岳观道教乐团人员齐备后，才会把它们推上舞台。吴崇悦道长也希望借类似的机会宣传东岳观道教文化和道教音乐，但是他认为道观自己是不能宣传的，需要靠政府来宣传，他说：“希望政府支持，要靠政府宣传，道观自己宣传是不行的，这是关键问题……当然也不能把道教音乐捧得太高，因为这是文化而不是迷信。”

3．保护中存在的问题

（1）传承后继难寻人

传承后继无人或许是“非遗”传承路上最大的障碍，对于具有特殊性的道观而言，传承危机更多地表现在后继无人，位于小城镇的道观会更凸显此类问题，分析传承人缺乏的原因或为三种。

第一，道士数目的减少是根本原因。吴立勋是全真道龙门派第二十六代传人，“十方韵”第七代传承人，他深知东岳观道教音乐传承的困难，他面对当下年轻人出家为道越来越少的实情，归纳出三点原因：一是得益于生活富裕，国泰民安；二是多数家庭都是独生子女，需要传宗接代；三是道士发髻成型需要较长时间，很多年轻人经不住这段时间的考验。

第二，同县的道士不会来学习东岳观的“十方韵”。蔡高信是吴立勋的徒弟，继承了东岳观道教音乐方面的技艺，吴立勋一字一句地将经韵传授给他。然而平阳县其他道观里的道士多习唱“西北韵”，究其原因，“西北韵”比“十方韵”更容易学会，因此学习“十方韵”者越来越少。虽然平阳县是“十方韵”的发源地，但目前“西北韵”在此更受欢迎。除“西北韵”更易学会之外，做法事的道长及信众都习惯于“西北韵”，所以即使学习了“十方韵”，因其不与其他道观相融，也是无实际作用的。这于侧面反映出目前平阳县道士对待经韵采取的是以“易”为主，可以迅速学会并达到做法事的水平。

第三，器乐学习需要精力与天赋。苏立锋说：“会演奏乐器的年轻人不愿演奏道乐，道士学习器乐则需要一定的音乐基础和兴趣。”另外两位道士说：“没有工资，会演奏乐器的道士是不会来的。”笔者提到了培训班的事，苏立锋说他愿来当老师培训其他道士，但前来学习器乐的人恐怕不会多。目前，平阳县昆阳镇会用乐器演奏东岳观道乐的只有

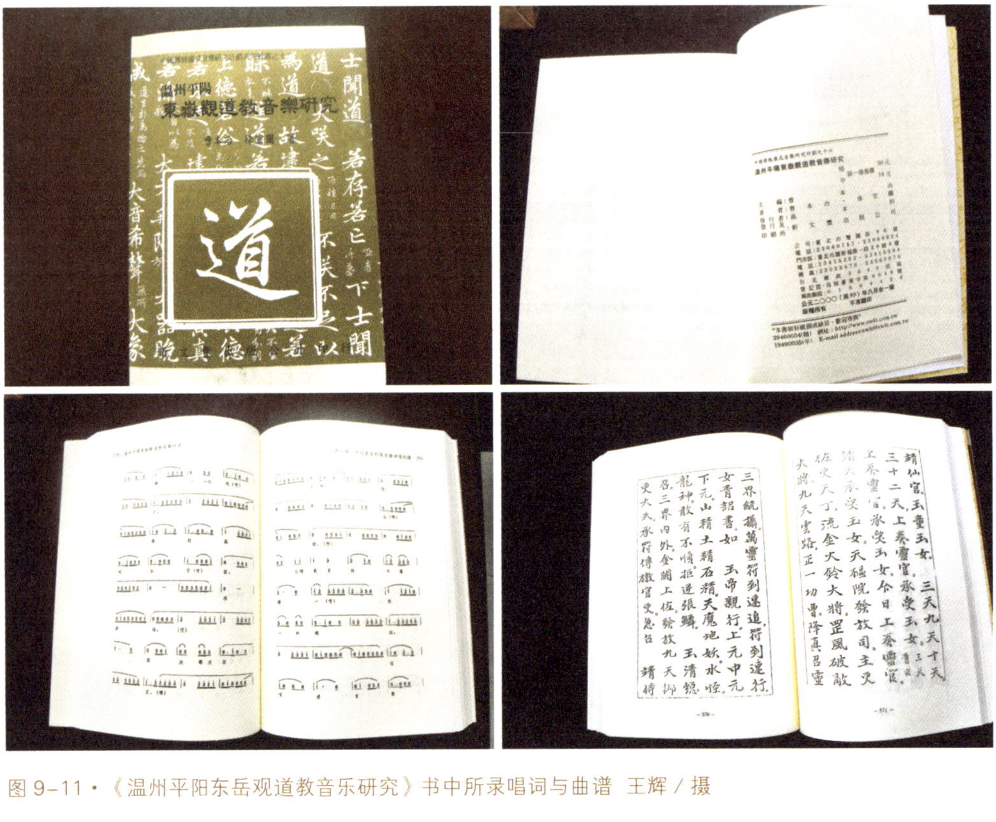

图 9-11 ·《温州平阳东岳观道教音乐研究》书中所录唱词与曲谱 王辉 / 摄

苏立锋一人，其他镇会用乐器演奏道乐的人普遍年岁偏高，只有逢大型法事才会请他们过来。

（2）口传心授还是学习简谱

吴立勋20多年前学习“十方韵”时是师傅口传的，苏立锋学会道教音乐是耳听心记的，二人学习道教音乐并没有看过曲谱。1996年，曹本冶、徐宏图等教授率队来到东岳观并采录记谱，花费数月时间将曲牌整理归纳并于2000年出版了《温州平阳东岳观道教音乐研究》。这本书是东岳观道乐唯一的纸质曲谱，在此之前并无工尺谱、简谱或其他曲谱。

目前距成书时间已有16年光景，笔者问及现在的唱经与书中是否一样时，吴立勋回答：“现在在吸收小调的素材上有一点变化。唱经需要创新，不但要发掘古老文化，也要创新。”吴道长所说的创新，是将旋律优美的时下小调套上经词，替换原来所用的曲牌，给人耳目一新之感。

几位道长一致认为简谱无法记录神韵，韵味往往会被限制，只有口传才能传出道乐的神韵，但简谱可以作为参考。因平阳县道观多以唱“西北韵”为主，合做法事必然有诸多不便之处，面对此问题，吴立勋坚定地说：“起码在我当住持的时间内，东岳观会继续唱‘十方韵’，不会学习‘西北韵’，老祖宗的东西是不能丢掉的。”

（3）补助未发，经费缺乏

由于吴立勋是省级传承人，苏立锋是市级传承人，根据国家政策，这两个级别的传承人须等到65岁才能获得政府补助，这就意味着他们还需再等待将近二十年才能拿到这笔钱。对于给予传承人补助的政策，二人并不太看重，他们认为补助并不是重要的事情，但希望可以给予东岳观一些维护和项目经费。那么针对东岳观道教音乐方面的经费如何呢？笔者分别询问了吴立勋和郑金开。

吴立勋：“多数经费要观里自筹，前几年对于‘非遗’项目，观里没有投入资金……在财力上，希望政府稍微支持就可以，不需要太多。比如平阳木偶剧团，省、市、县都给予了经费支持，去年拨款80万元。”

郑金开：“自2009年准备申报之初到目前为止，县政府投入了7万元左右。”如此算来，每年合两万多点，对于保护宗教音乐文化而言，这些费用不算多，甚至有些少，但是看看目前正在建设的项目，可以知道很多保护工作是2012年才开始正式起步的。“关于国家‘非遗’的专项补贴，县里已经向中央申请。省里我们打过报告，但是省里的资金是有限的，不可能分给所有项目，市里经费到目前都没有，县里经费是有的，但是给予东岳观的没有定数，只是会在工作上支持他们，比如召开会议、建立培训班等。”

郑金开的话中关于经费的问题很值得思考，提炼一下即“好钢要用在刀刃上”，固定的经费对于不断膨大的“非遗”项目必然是有限的，依赖政府补助是不可行的，而对于切实的传承工作，补助又是助火之“东风”，如果建立好这种补助机制，对于“非遗”项目的建设是极为有利的。

四、总结与启示

东岳观道教音乐传承人由申报时的8—13人骤减至5人，且其中3人是俗家道士，乐器仅有二胡或唢呐，笔者所调查的三天期间没有进行早晚课，面对这样的情形不得不让我们深思一个问题：宗教音乐该如何保护。温州市平阳县将东岳观道教音乐展示在博物馆中，东岳观亦已开始建设展厅，与此同时，“非遗”保护工作人员及道观道士也规划出种种蓝图欲复兴东岳观道教音乐，然而目前的成果却只有博物馆中的一块玻璃展板和东岳观内的一间展厅。在这一触即碎的保护中，又面临着经费缺乏、后继无人、空喊口号等问题。目前的“传承方式”多采取赶场的方式，即哪里有道场去哪里，因为平阳县道观众多，这种方式无疑是维持生活的方式。东岳观道教音乐的保护现状多少令人堪忧，而计划中的工作却给予了我们启示。

第一，展览多样化、生动化。东岳观和文化馆建设中的展厅是展示道乐文化的良好窗口，依托固定的场所展示历史文化，有助于道教音乐的长久保存，但只保存乐器、文物或乐谱是远远不够的，音乐像鱼一样生活在时空的水中，若将其制成标本，纵然会让我们仔细地看清它的面貌，却看不到它恣意畅游的神态。

第二，采用多种传承方式，计划切实可行。以培训班、道乐团和专家委员会组成的传承基地的构想是东岳观的重要计划，而这个计划的实现却面临着众多困难，诸如人员不足、经费缺乏和对“十方韵”的热衷程度低等，这些现实的问题制约了传承基地的建立，然而这些问题又是紧密相关的连锁反应问题。只有先解决这些问题才能实现东岳观的宏伟计划，才能有效保护和传承东岳观道乐。

第三，不以“非遗”为产业，文化先行。“非遗”项目与旅游结合，是增进“非遗”项目收入的一项重要方式，然而在这种方式盛行的今天，许多“非遗”项目变形走样，成为产业化、机械化和商品化的旅游产品。道教文化不同于其他文化，道观不能自己宣传，需要依靠文化部门进行适度的宣传来展示道教文化。郑金开的观点有利于东岳观道教音乐与旅游的结合，值得我们学习借鉴，正确把握文化与经济之间的关系，才能保证在文化传统原汁原味的基础上拉动经济的增长，文化先行，经济跟随。

第四，保持文化特色，坚持传统不动摇。“西北韵”在平阳县众道观的流行令东岳观的道教音乐孤立，因东岳观道教音乐所采用的“十方韵”难学而被大多数道观所排斥。作为全县为数不多的“十方韵”传承道观，东岳观并未因此废弃“十方韵”而改唱“西北韵”，相反，吴立勋更加坚定了运用“十方韵”的决心。

注释

① 张勤、张奋:《天籁仙音“十方板”》，2011年11月，http://www.daoisms.org/musice/info-4455.html。

第十章
腊山道教音乐调查报告

项目名称·腊山道教音乐

所属类别·传统音乐

申报地区或单位·山东省东平县

入选国家级非物质文化遗产名录情况·2008年第二批扩展项目Ⅱ-139

撰写人·王辉

一、调查简况

2012年7月12日下午，调查组成员巫宇军、李自浩、王辉乘车来到山东省东平县，县文化局办公室田主任已在车站等候多时。当天采访的主要对象是文化局副局长辛宪铭、“非遗”保护中心主任孙培智、腊山道教音乐传承人史某和一位端公腔传承人。谈话间得知《申报书》中介绍的腊山道乐传承人岳元庆道长已于2011年羽化。世事难料，他的离开无疑为“非遗”保护工作的进展速度敲了一声警钟，这样的警钟不知何时还会再次响起，但任何人都不希望听到。岳元庆道长是腊山“祥龙观”道教音乐第十九代传人，俗名岳耀海，道号元庆，自幼跟随师祖张教普和师傅杜永奎学艺，对腊山道教音乐融通神会，是腊山道教音乐的正宗传人。岳元庆道长的离开，标志着腊山道教音乐失去了仅有的一位省级传承人（暂无国家级传承人）。

在此不得不提到一件有意思的事情。腊山道教音乐传承人中名声最大的岳元庆道长，并非我们想象的那样“知名”。除了文化局领导和一位道教音乐传承人略微提及外，包括道教音乐团五人在内的其余众人对岳道长并不熟悉。对于岳道长的去世，众人没有表现出应有的悲伤，甚至有些漠然。笔者据此揣测，此种情况可能归于以下几个原因。

1. 岳元庆道长长期居住在腊山“祥龙观”内，他所带领的道教音乐团与如今的道教音乐团实属两个体系。他带领的道教音乐团以道士为主，如今的道教音乐团成员以俗家人士为主，二者很少往来。如今的道教乐团成员中，有早先去祥龙观拜岳道长为师学艺的，学成之后即出观带领民间乐团排演道教音乐，为十方八里的居民做法事和参加其他活动。

2. 文化局工作人员与岳道长来往较少，彼此并不熟悉，归根结底应是对于道教及道教音乐的关注度不够。《申报书》是2007年制定的，4年时间内，工作人员对岳道长进行的采访和采录次数极少，这不得不说是一种遗憾。

7月13日上午，调查组采访了当今道教乐团中的五位成员，随后参观了东平县博物馆，并采访了文化局徐局长及12日的一行人。

由于时间紧张且腊山地处偏僻交通不便，调查组未能亲往祥龙观调查。根据了解得知祥龙观道士寥寥数几，道乐团以演奏乐器为主，未提及诵唱经韵等法事用乐。

行程安排如下表所示。

表 10-1　腊山道教音乐采访行程

	2012年7月12日	2012年7月13日
上　午		观看道教音乐团表演并采访；参观博物馆
中午及下午	采访文化局办公室田主任	采访文化局徐局长、辛宪铭副局长、孙培智主任等人
晚　上	采访文化局辛宪铭副局长、“非遗”中心主任孙培智及“非遗”传承人史某、丁某	与孙培智、田主任谈话

二、保护现状

（一）现存的腊山道教音乐团

1. 乐团成员情况

此次采访的腊山道教音乐团，与以岳元庆道长为代表的腊山祥龙观内的道教乐团是有差别的。2006年，东平县文化局为祥龙观录制了腊山道教音乐的纪录片，片中以岳元庆道长为首，共有9位传承人，身着道袍，演奏乐器有笙二把、笛一、大管二、小管二、云锣一、碰铃一。如今，祥龙观内的道教乐团已经不存在了，此次我们见到的乐团与纪录片中差异明显。据孙培智及乐队成员介绍，乐团人员多时可达20人。但调查组采访那日，仅仅来了5人。5位成员的相关信息列表如下所示。

表 10-2　腊山道教音乐团部分成员相关信息

姓 名	年 龄	演奏乐器	平时工作
李盛禄	69岁	铜板	务农、建筑工人

（续表）

姓 名	年 龄	演奏乐器	平时工作
于宪武	82岁	笙	道士
李明武	62岁	笛子	村支书
窦全昌	41岁	大管、唢呐	务农、木匠
李怀臣	42岁	笙	个体经商

图10－1自左向右，分别是李盛禄、于宪武、李明武、窦全昌、李怀臣。于宪武是目前乐队中唯一的道士，年高82岁。他自青年习笙，至今仍不舍放下伴随了大半生的乐器，笙簧似流年，一呼一吸奏出的音符陪他度过了几十个春秋，调查组成员开玩笑说，老人家应该去开一场“从艺六十周年音乐会”，老人微微扬起了嘴角。除了演奏笙的技艺外，于宪武老人是腊山道教音乐团韵唱工尺谱最熟练的人，张口即唱，虽然目前说话有些不清，唱曲却字正腔圆似流水过隙，曲韵婉转，好不痛快！李明武，乐团负责人。身为村支书的他自然担任起了乐团的组织工作，平时都是由他来负责联系乐团的活动。窦全昌，主奏大管。腊山道教音乐以大管和小管为主，采访当日无缘，没有见到小管的演奏者。窦全昌自幼学习乐器，后跟随腊山道教音乐第二十代传承人黄立德学习演奏管子，还会吹奏唢呐，主要职业是务农和做木工。

腊山一带，因受道教音乐与戏曲影响，学习乐器的传统深固，村民皆自幼接触乐器，父辈邻里无不会演奏笙箫管笛，耳濡目染，习得技艺。后为生计故，多数人选择外出务工，唯有目前的道教乐团成员，务工、务农之余演奏乐器。作为俗家人士组成的道教音乐团体，最大的功用是为周围乡民做法事，腊山道乐以大管和小管见长，合称“大小管”，又称“阴阳管”，悲凉的音符不适于喜庆之事，所以法事以丧事为主。据成员说，法事用乐除了道乐外，依照斋主的要求亦会演奏戏曲音乐，这并不是道教的内容，而是因为人们喜爱听。打铜板的李盛禄在其他四人的伴奏下为我们演唱了豫剧和柳子戏里的片段。他们虽不是道人，但对道乐有着独特的见解，在他们心中，道教“是一种文化，是文明的宗教，道教音乐是清肃的音乐……如果你不熟悉（腊山）道教音乐，你会觉得我们演奏的这几首都是一个曲子的反复，其实呢，其中有一些差别”。

此次为了参加我们的采访，他们搁置了当天的工作，文化局对五位成员进行了补偿。他们并不愿意开口告诉我们补偿的费用是多少，包括平日法事的费用也只字不提。在他们含糊其词的言语中我们猜测费用是在每人50元至100元之间。如果细算，这样的费用是不足以支撑一个乐团的，目前的道乐团并未因为资金产生问题，言谈中流露出他们对于费用

图 10-1・道乐团成员　巫宇军 / 摄

数量是满足的。对于他们来讲，支撑乐团的不是依靠政府的帮助，不是依靠法事的费用，而是因为他们由衷对道教音乐的重视，这种重视当然不是纯粹的，不纯粹的无意的行为却更好地保护了腊山道教音乐。

2. 乐团使用乐器情况

腊山道乐以吹打乐见称。主要吹奏乐器有小管、大管、唢呐、笙、笛、箫等，击打乐器有云锣、云鼓、磬、小铜板、铛子。小管用锡制成，称为锡管。大管用木雕琢而成。现保存在博物馆中的大管，是民国初年道士杜永奎用梧桐木制成的，距今已有一百年的历史，岳元庆道长所吹奏的大管也是这一支。祥龙观中所用的大管，依2006年的纪录片来看，与杜永奎道长所制的大管和此次接受采访的道乐团用的大管皆有区别。祥龙观道乐所用大管有十个孔，且形制巨大。

目前道乐团所用的大管，是窦全昌自己制作的。他介绍说，大小管历代都是自己制作，因为市场上没有这种规格的，木料须是梧桐木，长35厘米，用芦苇做哨。窦全昌自制大管身漆红色，做工略显粗糙，样貌明显不及琴行中出售的乐器精致，但这种古朴正代表了腊山道乐的原始形态，这种原始形态，恰恰是腊山道乐区别于其他道教音乐的特色。在演奏过程中，大管一般随着笛子的声音而出声，需要依其他乐器音高来定音。窦全昌为我们单独演奏大管时，音准难以掌握，几乎无法吹奏音阶，而一旦笛声起，大管似拨开迷雾寻见小路，一音不偏，张弛有余地完成了整首曲子。窦全昌称他手中的管子是“活的”。

于宪武老人手中的笙已陪他度过60个春秋，是目前乐团中最有历史的乐器。与现代的笙略有不同，他的笙是用竹子扎箍而成的。乐团中使用的笛子、铜板、唢呐均是今天的琴行中常见的乐器。据称，乐团还有云牌、铃、二胡、板胡等乐器。每逢重要节日，乐团

图 10-2・2006 年祥龙观所用大管 王辉 / 摄

图 10-3・于宪武老人和他的笙 巫宇军 / 摄

会去祥龙观演出，所用乐器须成双，笛子两支，笛身插龙头，演奏者分别向左、右对称持笛；笙两把，身饰凤凰图像；管两支，二胡两把，云锣一架等。

大管的变化是腊山道乐团最引人注意的地方。杜永奎所制大管为十孔，2006年祥龙观用大管为十孔，形制比杜制更大，窦全昌制大管为八孔，大小与杜制相似。这种不拘于一种形制的大管与不易掌握的吹奏方法更代表了腊山道教音乐的特性——取法自然。历代道人可以使用祖传的乐器，也可以自己创制新的乐器，但都会严格保持腊山道教音乐大管的制作工艺和特性，于保存传统之中又有所创新。

3．现存曲谱情况

相传腊山道教音乐曲牌多达360余首，现今所传曲牌已不及20首。此次调查组见到了12首，极有可能是流传下来仅剩的曲谱。12首曲牌均为杜永奎所作，相传在民国初年，他感觉道乐气势不及佛乐，发明了梧桐木大管，又对生活有所感悟，创作了这些曲牌。目前的12首曲牌由第十九代传承人雪永琴口述，第二十一代传人王安先记录并整理。上为工尺谱，下面对应简谱，没有经文，可见这是用于乐器演奏的道教音乐器乐曲谱。除一首无名外，其余11首都有相应的故事和背景。现摘录如下：

（1）平调《临清歌》

这是当年临清州闹灾荒，逃荒要饭之人汇聚“祥龙观”唱出的民间小调，道师杜永奎把它整理成曲子流传下来以取名“临清歌”。

（2）越调《临清歌》

同平调《临清歌》一样。

（3）越调《小拜门》

此曲是道家弟子念经拜庙，或施主、善人烧香、还愿、敬神时的配乐。

（4）平调《小拜门》

同越调《小拜门》一样。

（5）《清河令》

此曲是道士杜永奎以东平湖景色为题材，创作的曲牌，清河就是现在的东平湖。

（6）《柳金絮》

新中国成立前，地处东平湖畔的贫苦渔民逃荒要饭饥寒交迫，吃的是猪狗食，穿的是柳絮衣（即用湖畔柳树上春季散落的柳絮，套成的棉衣）。道士杜永奎眼看着越来越多的逃荒要饭之人汇聚“祥龙观”，寒风吹烂了破棉衣，柳絮从破衣中飞出。作者用低沉、浑厚的大管子奏出此曲，这也是对旧社会湖畔贫苦渔民悲惨生活的真实写照。

（7）《留青年》

新中国成立前，道士杜永奎收留了一个好逸恶劳、不务正业的青年对其进行耐心的帮助教育，给他讲解庙内壁画《善恶报应图》，使其悔过自新，改恶从善，道师杜永奎有感于其徒弟的转变，谱下一曲，流传至今，曲调热情欢快而又有风趣。

（8）《二凡》

道士杜永奎以东平湖内河（大清河）为题材创作的抒情曲子。

（9）《唐秀才》

这是道士杜永奎根据民间传说《唐秀才上任》创作的曲子，内容滑稽、活泼，节奏明快，把唐秀才得中后上任的心情表露得活灵活现。

（10）《登云路》

民国初年，东阿县令庄守忠游山观庙，对“祥龙观”景色赞不绝口，道士杜永奎率乐队助兴吹奏，庄县令诗兴大发，题词绝壁之上“阿南屏翰”，这时鼓乐达到高潮，伴随县令登“碧霞元君祠”的险要攀路石阶，道师杜永奎创作此曲，流传下来。

（11）《滚鼓令》

这是道士杜永奎为打醮（一种道教舞蹈形式）谱写的伴奏曲，众道士踩着鼓点节奏，边吹边舞。

（12）无名无解释

据该项目《申报书》称，“腊山道教音乐从明朝正德八年（1513）至今已500多年的历

图 10-4・1912 年杜永奎制作的梧桐木大管
巫宇军 / 摄

史”。目前所看，仅剩的12首曲牌为杜永奎于民国年间创作，即是说1513年至民国年间的曲谱已荡然无存。历史上传统的道教音乐已不见了踪迹，杜道长的创作虽然吸收了前代乐谱的素材，然而前代乐谱的佚失是一大憾事。

1986年，泰山道教协会联合东平县文化局共同录制了现存的12首曲牌，曲谱被收录在《中国民族民间器乐曲集成・山东卷》上。

（二）博物馆对腊山道乐的保护情况

博物馆的兴建似乎为“非遗”保护提供了一种便利的且成果显而易见的途径，然而对于活生生的音乐文化来讲，博物馆只能是一种辅助的手段，而不能成为保护的主要途径。

东平县博物馆坐落在旷野的平原上，其后方矗立着东平县图书馆。博物馆正门与白佛山相望，山似葫芦，半山腰处有一座三教寺，据徐局长介绍，三教寺是儒释道三教合一的寺庙。东平县虽然没有林立的高楼，没有流水的汽车，但这两座宏伟的文化建筑表现了他们的自信与自豪。博物馆于2011年正式开馆，地下一层，地上三层，由包括“非遗”展厅在内的8个展厅组成。博物馆陈列展览的项目极多，在“非遗”展览厅内，展陈着包括了端公腔、四音戏等“非遗”项目。其中也有腊山道教音乐项目的展示，包括一块宣传牌子，一件传世梧桐木大管，一本省级传承人证书和电视上播放的道教音乐录像。梧桐木大管是杜永奎道长所制，由岳元庆道长捐赠给博物馆。2009年6月，岳元庆道长被授予山东省省级非物质文化代表性传承人。除此之外没有再多有关腊山道教音乐的内容。

将乐器、证书和录像等置于博物馆中珍藏，有利于对这些物件的保存，有利于展示文化和供人们参观，然而这些“有利于”对于道教音乐的保护是远远不够的。缺乏活态的音乐展示，道教音乐及道教文化并不会因为博物馆的保护而得以传承，博物馆所传承的只是一段历史，并不能将其延续。道教音乐是生长在道观中由道人演奏的用以感染道士和信众的音乐，它充满宗教情感，具备广泛影响力，在内容上蕴含宗教文化，在形式上体现宗教音乐传统。假若这样富有鲜活生命力的音乐仅仅被几个物件所取代，这无疑是遗憾的。博物馆保护的措施相对来说是省时省力的，因为简易所以达不到最好的保护状态，道观与文化部门对待道教音乐应与对待其他历史文物、艺术品、传说等区别开来。

（三）“非遗”《申报书》中保护内容与计划落实情况

该项目《申报书》中陈列的保护内容：

一、通过岳元庆道长的记忆，整理挖掘腊山道教乐曲；
二、组织上级专家对腊山道教音乐进行研究，建立健全文档资料库；
三、组织音乐爱好者学习演奏腊山道教乐谱，奠定乐队基础；
四、招收青年学员，培养新生力量；
五、把腊山道教音乐与社会活动及东平水浒文化旅游结合起来，使之兴盛广大。

表 10-3 《申报书》中保护计划落实情况

保护措施	完成情况	预期目标	进 度
搜集资料，整理曲谱，组织人员学习演奏	有部分资料，除12首曲谱外没有整理新的曲谱	宣传腊山道教音乐	取得了一定宣传作用
与东平水浒旅游公司协同，组织腊山道教音乐传人在腊山祥龙观定期演出，招收学员，随乐队学习演练	尚未与旅游结合，在祥龙观有定期演出	补充新生力量，延续发展，扩大腊山道教音乐影响范围	补充新生力量是难题，更多的是自愿行为
加大资金投入，扩大传承力度培养	申报后，为乐团配置了新乐器、道袍等，给予了补助，加大了经费的投入	组织其在公共场合演出	偶尔会去别的县进行演出
腊山道教音乐在深入研究的基础上，改革创新，增加新时代的生命力	有一群热爱道乐的人支持，没有改革创新，却胜于改革创新	把其发展成为地方特色文化经典	有一定的知名度

（续表）

保护措施	完成情况	预期目标	进 度
争取上级支持，创造多种机会，让腊山道教音乐参与社会文化活动，与市场经济接轨	当今正在计划实行	让道教音乐达到自给自足，更加繁荣辉煌	未达到

* 落实情况、达到程度系王辉添加。

目前对于腊山道乐的学术研究相对较少，有个别专家为之写过报道与文论，“非遗”保护中心的孙培智介绍说将来会逐步建成文档资料库来保存这些资料。东平县并不缺少会演奏乐器的人，缺少的是长期固定演奏腊山道乐或道士中演奏乐器的人，组织爱好者学习固然是一种方法，但是爱好者组成的乐团不能代表腊山道教音乐文化。与旅游结合，是文化部门一直希望的事情，也是此次采访谈论最多的话题。

三、面临的问题与分析

（一）腊山道教音乐传承人概念不清

调查过程中，一直陪同我们的腊山道乐传承人史某，曾经跟随岳元庆道长学习，是文化部门承认的传承人，然而他与我们此次采访的“民间”腊山道乐团的成员不熟悉，他也未给我们演奏道乐，这种情况暂且称为“全民传承，互不相识”。所谓“全民传承”是指腊山道乐团体的组成十分随意，村中会演奏乐器者，有曲谱者皆可以演奏道教音乐。所谓“互不相识”是指民间自发传承腊山道教音乐的人和腊山道观里的道士不相识，民间传承人互相之间也存在不相识的情况。由于这种情况的出现，引发了人们对“传承人”概念的模糊，文化部门需培养道乐文化传承人，不得不去寻找具备传承人资格的人，史某因跟随岳元庆道长学习，于是成为文化部门指定的传承人。而对于这种指定，演奏道乐的民间团体是不知的，一方面因为他们并不关心此种问题；另一方面他们也不清楚传承人的概念。窦全昌说：“传承人？很多人不搞这个，谁会（腊山道乐）谁不就是传承人吗？”面对传承人概念不清的问题，有待文化部门与道观联合进行分析与管理。于宪武老人是目前这个民间乐团中唯一的道士，年已82岁，当某一天他不再参加乐团，这个民间的组织还能被称为腊山道乐的传承团体吗？再者，道观中的道士不习此乐，仅靠乡民传承，是无论如何也难以长久保存的。道教音乐不应只是音符的表演，也是道教文化的传递。

（二）腊山道教音乐传承青黄不接

乐团全部的20人（凑齐的情况下），仅有李怀臣和窦全昌较年轻，其余年龄普遍较高，新人的缺乏使乐团的未来模糊不清。这里所谓“乐团”的概念，既指20人组成的大乐团，也指分散时组成的各个小乐团。招收新人是一件困难的事，年轻人并不愿意在一个小地方从事这个不起眼也不赚钱的行业。窦全昌无奈地说：“连岳元庆的儿子都不愿意学。”年轻人不参加乐团有两个主要原因，不赚钱和不喜欢。乐团做法事的费用，一般每人每次只有30元到50元，况且法事并不多，年轻人多选择外出打工来贴补家用。偶有喜爱道教音乐的年轻人，春节归来学习一段时间，待假期过后又外出打工，即使逢法事需要运用道教音乐时也不会回来，这样的情况无法维持道乐的传承。例如，调查组此次见到的五人，恰好他们在家所以才来参与表演，他们说，务工一天比表演道乐能赚更多的钱。显然，经济是文化传承者不得不考虑的一个重要问题。自2007年申报“非遗”后，道教乐团成员每月可以拿到一定数量的补助，除此之外，政府和道观的活动邀请也会给予他们补贴，比如此次为了我们的调查邀请他们来演奏，乐团中年龄越大者补助越高。五位成员对这样的补助很满意，他们说：“即使没有补助我们也会演奏道教音乐，因为我们喜欢这个，我们的业余爱好就是聚在一起‘玩’。”

依靠乡民留在本地进行单纯的道乐传承显然是难以实现的，告老还乡之人即便有时间有精力，也不能完全代表腊山道教音乐，因为他们缺少宗教情感。

乐团成员最希望的是能够吸收新人加入，与其他地方的要求不同，他们并不把眼光放在艺校学生身上，他们说：“只要有爱好的，都可以来学。”这一观念与相邻的泰山道教音乐团形成了鲜明的对比，受城市音乐的影响，泰山道教音乐团最希望从艺校与艺术团招收专业的表演型人才，更希望得到专家的指导。而在远离城市喧嚣的农村，质朴的人只希望新人能够具备喜欢道教音乐和乐团集体的条件即可。这样简单的要求，却并不容易实现。

换一种角度思考，腊山道教音乐的逐步混乱与低迷状态亦是制约乐团难以引进新人的一大原因。作为宗教音乐，目前全部留存在了民间，道观与之形成了雇用关系，节日即请、无事即罢的情形使原本正统的道乐团变成了松散的民间组织。腊山道教音乐的传承人，从寻找到培训需要一个漫长的过程。

（三）仅存12首曲谱

仅存12首曲谱构成了目前腊山道乐的全部内容，而这个乐团，只会演奏其中的四五首。12首曲谱均为单旋律的器乐曲谱，在此次的演奏中，各乐器采用了大合奏的形式。曲谱较为简短，重复演奏多遍是增长乐曲的唯一办法。亟待发掘与整理原有的曲谱和重新整合现有12首曲谱无疑是当前最重要的任务。作为历史久远的腊山道乐，12首简短的小曲显然无法体现腊山道乐的文化，更何况目前的演奏水平完全停留在不熟练的摆设音符阶段，何谈文化？

简单的曲谱和技艺不够纯熟的乡民，无论如何也难以体现出道教文化的神韵。可以说，目前的腊山道教音乐，是仅存了道教音乐的形式，而没有表现出道教的文化，甚至可以说，腊山道教音乐是名存实亡的。对于曲谱的解读，显然不是乡民的能力可以做到的，还需要文化部门协同道观道人，以及道教音乐专家共同研究探讨，还原腊山道教音乐的原始形态与作用，使其不至于只停留在再现旋律的表层上。

四、难以实现的愿望

文化部门对腊山道教音乐的保护与传承付出了一定的努力，取得了一定的成效，例如为乐团成员置办新的乐器，为他们置办新的道袍，每月给他们补助，演出给予补贴，大力宣传腊山道教音乐等，在乐团的经费上，他们没有吝啬；在宣传腊山道教音乐上，他们做得也很好，比如我们手中的这份宣传单（图10－5）精致且精细，没有任何商业元素。这些方面不仅值得称赞，也值得学习。

文化局徐局长对未来道乐的生存发展已经有了明确的打算，他认为“非遗”保护理念与实际状况是有区别的，国家给予的保护经费，实际上是杯水车薪，为了保护“非遗”项目，必须与市场接轨。这有两种途径，一是建立专门的公司，主要负责把“非遗”项目做得更好，推向市场，推向舞台。二是与旅游业相结合，将“非遗”作为文化展示来吸引游客，发展经济，形成文化与经济的“互哺”。他说：“现在一个现实的问题，靠政府发工资来养，是不现实的……我认为保留原味是最重要最基本的，可能在这个过程中会有个体差异，就像我们说话，山东话、河北话这些方言的语调差异。”这种靠“非遗”拉动经济，以收入维持“非遗”的计划在一定程度上是可行的，也是现实的。国家给予

图 10-5 ·《腊山道教音乐》宣传册书影
王辉 / 摄

的经费无论如何也不可能满足一项"非遗"的保护工作，这需要"非遗"保护工作者站在双重的立场考虑问题，既保护了"非遗"，又发展了经济。国家要"非遗"，人民要生存，这一问题的解决尚需一步步地探索，只是在探索中不能失掉传统文化的精髓。笔者认为，面对腊山道教音乐较低迷和混乱的这种情形，与市场结合或许有利于腊山道教音乐的传承与振兴。

五、总结与反思

腊山道教音乐的情况表明，对待"非遗"不能急于求成，欲速则不达，文化不等同于产业，一声令下并不会立竿见影，任何人单纯以"非遗"项目保护为目的的保护措施都是不保险的，对于文化项目，应根植在它生长的土壤中，腊山道教音乐应还原在道观中，发挥它应有的功用。目前简单的12首曲谱亟须宗教人士及道乐专家进行解读，当今腊山道教乐团的演奏较为粗制滥造，形式和内容都没有得到充分表现，仅仅依靠不娴熟的演奏四五首乐曲如何能肩负起腊山道乐原本五百年的历史文化传统？脱离了道观，脱离了宗教信仰，宗教音乐便失去了原有的价值。

如今宣称的腊山道教音乐拥有的五百年历史缺乏可靠的证据。若要保护，应先发掘整理原有曲谱并使道乐团体规范化，在潜移默化的文化构建中呈现出腊山道教及道教音乐的文化。保护的动机应是为了传承文化，而不是为了政府的某一项目，文化的传承需要文化承载者发自内心地接纳，为保护而保护并不可取。

第十一章
泰山道教音乐调查报告

项目名称·泰山道教音乐

所属类别·传统音乐

申报地区或单位·山东省泰安市

入选国家级非物质文化遗产名录情况·2008年第二批扩展项目 Ⅱ-139

撰写人·王辉

一、泰山道教音乐历史概况

泰山道教音乐始于北魏，距今已有一千五百多年的历史，是道教进行斋醮仪式时，为祈求上天赐福、祭拜神圣和超度亡灵所使用的音乐。泰山道教音乐出现伊始，与泰山文化相融合，历代王侯对泰山道教音乐推崇备至，多位帝王曾在泰山举行封禅祭祀大典，均用到了泰山道教音乐。

“泰山自古道观较多，据明《道藏》收录的大庙有22处，清《泰山志》收录的道观有80多处，现在保存完好的有岱庙、碧霞祠、王母池、玉皇庙等处。泰山道教主要是全真教之丘处机所创龙门派。‘文革’时曾一度中止……十一届三中全会以后恢复了正常的宗教活动。贯穿于道教宗教仪式中的各种法事音乐同时回响于泰山道观庙宇之中。”①

“因为泰山紧邻山西、陕西、河南、河北等省，为元明全真道教传播的主要宫观之一。故而明清的泰山道教已成为全真道教的天下，整个泰山道教受北京白云观影响，习用清《道藏辑要·全真正韵》为教材。所以说，泰山道教音乐以《全真正韵》为主，后来也吸收当地民歌及戏曲音调，独具地方特色。乐器主要有笙、管、箫、云锣、小吊钟、磬、大鼓、笛、二胡、铛、镲、木鱼、铃等。值得学者注意的是岱庙珍藏有《玉音仙范》道乐谱，似乎与其他宫观不同，说明泰山道教一方面也受到历代朝廷祭祀音乐影响，《玉音仙范》很可能是宫廷祭祀泰山所用的专门音乐，一般用于法事的开头、结尾、唱曲过门……1982年2月，在岱庙发现宗教音乐《玉音仙范》大管子谱数本，1985年完成部分古谱翻译。”②

以上引文是泰安当地学者撰写的泰山道教音乐的概况，由此可见，泰安当地道教历史悠久，道观众多，所传承的道教音乐以《全真正韵》为主，并吸收了当地的戏曲、民歌等素材。还有一部分道教音乐来源于泰安岱庙所藏的《玉音仙范》。总体而言，泰安道教音乐既受北京白云观道教音乐的影响，又沿用了自古所传的当地曲谱。

二、实地调查情况综述

（一）调查行程简述

2012年7月11日，调查组成员巫宇军、李自浩、王辉来到泰安市灵应宫。随着脚步声，清脆悦耳的乐声飘扬而来，调查组从侧门进入灵应宫里新建的宫院。穿过清幽的小院，见到了这次采访的主要对象：泰山道教音乐团。道教音乐团成员皆着道服，以老年人为主，20人左右。在一个七八十平方米的房间中，一边是道教音乐团，对面摆有几个凳子，颇像一处小音乐厅，我们聆听了这首“欢迎曲”——《代柳戏》。这次演奏俨然是舞台表演的形式，有一位女主持人为大家介绍曲目。随后，道教音乐团又为我们演奏了《小开门》《山坡羊》，三首曲子历时半小时。

随后我们来到西课堂进行采访。采访对象有霍怀虚、于桂珍、王光明、尹燕臣、齐某。

霍怀虚，山东平原县人，自幼信仰道教，1985年在泰山碧霞祠出家，拜张常明先师门下，是全真龙门金山派第二十二代弟子。1989年于北京白云观受戒于方丈太师王理仙，受戒道号洞玄子。原任泰山碧霞祠住持，现任泰山脚下的灵应宫住持。

于桂珍，道教音乐团主持人；王光明，道教音乐团笛子演员；尹燕臣，道教音乐团二胡演员。采访过程中，正值大殿有法事，清音入耳，甚是精妙。临近中午，与霍道长一同在观中用斋的张道长为大家韵唱了工尺谱，他是目前道观里唯一会唱工尺谱的道士，因其急于外出，遗憾未能对其进行采访。

下午四点钟，灵应宫进行晚课，晚课有六位道士，各执法器，唱经历时四十分钟，用的是“十方韵”，曲牌采用《玄门》。晚课结束道人分散不久，飘然传来笛箫之声，不远处两位道士正在吹奏。这两人是文乾阳道长和王法通道长。在两人的邀请下，调查组去了他们的住处，寝室分里外屋两间，二人住里屋，房间不大，有两张床、一张写字台、两个笔记本电脑和一些与道教相关的书籍，随后他们拿出了经韵和道乐的曲谱，是自己复印并放在便夹里的，均为简谱，他们略懂一些简谱。

7月15日上午，调查组登上泰山，中午到达碧霞祠。泰山道教包括两个道观，灵应宫在山下城市中的街边，碧霞祠在山顶，距离看日出的玉皇顶很近。调查组在碧霞祠内见到了高功欧阳孔武道长，并对他进行了采访，随后采录了碧霞祠的晚课，下山来已是月牙初升。

现用表格将行程列下。

表 11–1 泰山道教音乐采访行程

	2012 年 7 月 11 日	2012 年 7 月 15 日
上午	观看道教音乐团表演； 采访霍怀虚道长、于桂珍、王光明等人	登泰山
中午	听张道士唱工尺谱；采访霍怀虚道长	到达碧霞祠，采访祠里的执事道士
下午	观看灵应宫晚课；采访文道士、王道士	采访欧阳孔武道长；采录碧霞祠晚课

（二）泰山道教音乐现状

1．泰山道教音乐的承载者—灵应宫和碧霞祠

泰山道教音乐，被灵应宫和碧霞祠两座宫观共同传承着。

灵应宫始建于明朝正德年间，经明末和清朝时翻修扩建，最近几年又进行了修缮和扩建。坐落在泰安市西南隅，临灵山大街，交通便利。如此便利的交通，有利于道教文化的传播及道士间的交流，但处于杂尘闹市之中，与凡事杂糅，亦有不利之处。灵应宫由主殿、崇台、配殿等组成。

碧霞祠坐落在泰山顶上，宫观直入云霄与天相接。山上的碧霞祠与山下的灵应宫遥相对望，但它们实际是分属两个体系。碧霞祠始建于1009年，宫观成群，蔚为壮观，道教文化氛围浓厚。不便之处在于交通不利与常年气候寒冷，这对于道教文化的交流与道教音乐团体的建设多有不利。不利之处存在优势，与灵应宫恰恰相反，虽难以建立道教音乐团体，然而由于与世隔绝的封闭更利于道教文化的保存。

泰山道教音乐可以分为三部分：灵应宫道教音乐团、灵应宫唱经团、碧霞祠唱经团。

（1）灵应宫道教音乐团

灵应宫道教音乐团，前身是香梅艺术团。据泰安政府官方网站大事记中记载，香梅艺术团是2006年9月在泰安成立的艺术表演团体，时由陈香梅授权并揭牌，艺术团中包括了表演人员、指挥、导演等，主要表演歌舞、戏剧、民乐等。

灵应宫道教音乐团演奏的音乐，是古时接驾与送驾皇帝时专用的音乐。于桂珍说：

"之所以道教音乐可以传承，也在于泰山是神州，人们对泰山的崇拜，皇帝来泰山进行祭祀等活动离不开道教，皇帝祭祀和行进都需要音乐，泰山道教音乐是把民间和宫廷的音乐结合起来，比较特殊。泰山道乐有其特点，除了古朴典雅外，还要表现出泰山道教音乐的气势恢宏，因为皇帝来封禅的时候，要有气势。"

灵应宫道教音乐团有20人，当天实到19人。这些人除一位外其余都是退休的职工，平均年龄60岁，他们并不是道士，也并不都信仰道教，起初在一起演奏道教音乐，更多的是因为他们爱好演奏乐器、爱好音乐，有这样一个集体的乐团，平时可以一起排练，在其中得到快乐和交流，使得退休的生活有声有色。然而，正是这样一群人，在不知不觉中传承了道教音乐，如今他们都认为这是中国传统文化，是需要延续下去的。

乐团配置有二胡5人、低胡1人、中胡1人、笛子2人、笙3人、中阮1人、扬琴1人、琵琶1人、碰铃1人、木鱼1人、鼓1人、锣鼓镲1人、主持1人。乐器均自备，从琴行中采购，没有传世乐器。

表 11-2　乐团成员一览表

姓　名	出生日期	工作单位	乐团司职
潘星辰	1952年	军人复原后经商	鼓
戚光银	1957年	泰安市物资局	二胡
柴树广	1951年	泰安市印刷厂	弹拨
于桂珍	1956年	泰安市电缆厂	主持
王光明	1947年	教委主任	笛子
尹燕臣	1952年	泰山区教育局	二胡
陈文艺	1955年	经商	笙
孙北峰	1950年	经商	笙
韩　栋	1982年	泰安市光学仪器厂	笙
李广春	1945年	部队艺术团	笛子
李承生	1943年	新汶矿务局艺术团	扬琴
洪富军	1950年	经商	锣、鼓、镲
张广平	1948年	水利局干部	低胡
韩维国	1948年	泰安汽车制造厂	二胡
高维国	1948年	泰安市文化局	中胡

（续表）

姓　名	出生日期	工作单位	乐团司职
刘炳修	1951年	泰安石油公司	二胡
梁吉言	1948年	莱芜钢厂	二胡
张元俭	1948年	泰安市公安局	琵琶
邹雪梅	1956年	经商	碰铃
张金芳	1951年	经商	木鱼

灵应宫道教音乐团定期排练，并去外地演出，据齐某说："每个礼拜五上午集合排练，有专门地方，自组建七八年来，在霍道长的领导下，每个人都很热情，所有的段子（道乐曲牌）基本熟练，我们这个团20个人，经常去济南、东平、肥城等地演出，短的三天五天，长的十天。"

每一次排练多是义务的，若是道观要求来排练的，道观会请大家吃饭或者给每人一百元钱。道教音乐团并不为唱经伴奏，据霍道长说，如果用乐团伴奏的话，一者要去掉打击乐器；二者演奏的人要懂得唱经。因为没有费用和时间排练，现在的问题是演奏人员跟不上唱经的道士，不是不想用，而是不敢用。

灵应宫道教音乐团只有在农历三月十五为碧霞元君祝寿时和过年、国庆节时才会去山上的碧霞祠演出，虽同处一市，碧霞祠的道人对这个乐团并不是很了解。对这种情况，下面的对话记录可供参考。

巫宇军："山下有一个退休人员组织的乐团，您知道吗？"

欧阳孔武："他们演奏哪方面的音乐？"

巫宇军："也是道教音乐，用乐器。"

欧阳孔武："这个倒是没有听说，往常三月三、三月十五的时候，都会请山下的一些老年人，一二十个，演奏道教音乐一天，基本上是散落民间的、道教的音乐。"

王辉："那他们演奏的符不符合道教的观念？"

欧阳孔武："他们毕竟不是道士，更多的是相当于演员。不是出家人就演奏不出来这种境界。"

欧阳孔武所谓的境界，指的是只有修道之人演奏道乐才能达到的一种境界。

（2）灵应宫唱经团

灵应宫唱经团一般由6人组成，主要是为斋主做法事以及平日的早晚课，灵应宫与碧

图 11-1 · 泰安灵应宫道教音乐团　巫宇军 / 摄

霞祠的唱经道士一般不会互换。法器有鼓、忏钟、木鱼、磬、引磬、法铃、钹、镲等。

每日早晚课前先击鼓，燃烛焚香拜供殿中的各位神圣，祭拜的有泰山碧霞元君、眼光奶奶、灵应菩萨，殿门两旁的城隍神与土地神。随后道士揭开盖在法器上的红布，穿上唱经用道袍，中间者着黄色道袍，其余五位着红色。继而霍怀虚道长点香供拜主神位，之后唱经开始。因“泰山韵”早已失传，道士们唱的是“十方韵”，据道人介绍，灵应宫唱的韵与白云观的“十方韵”一模一样。我们观看晚课的当天，霍怀虚道长自己执二胡为唱经伴奏，其中可见他已是长久不习此乐器了。

（3）碧霞祠唱经团

碧霞祠有道士和工作人员60多人。因为位于泰山顶上，游客络绎不绝，早晚课更有利于展示道教文化。碧霞祠所用经韵与北京白云观亦是相同的“十方韵”。欧阳孔武道长介绍说：“‘文革’之前是用泰山韵，‘文革’前泰安市道教宫观有七八十座，‘文革’后，只剩二十多座，归道教所用的只有两座半，那半座是道教管一半、景区管一半。‘文革’后，会唱泰山韵的道士都走了，以前条件不好，国家不重视，人们都当作是迷信，也没有录音等。”如今泰山韵几乎失传。

碧霞祠早晚课一般有9位道士，唱“十方韵”，与灵应宫所唱经韵相同，时间约40分钟，逢初一、十五会增加时间。所用法器比灵应宫略多几样，有忏钟、法铃、大木鱼、小木鱼、大鼓、小鼓、铛子、钹、镲、引磬等。据欧阳孔武道长说，以前还有编磬，但是“文革”时期被毁坏了，没有流传下来。

午课是碧霞祠功课的特色，午课时间为11点左右开始。据一位执事的道士介绍，除了碧霞祠，其他地方基本没有午课。除早中晚课外，还有一些神圣寿辰和节日需要做法事，根据执事道士口述列表如下。

表 11-3 碧霞祠一年法会情况

正月初一	新年法会
正月初九	拜玉皇大帝
正月十五	祭月
三月初三	庙会
三月十五	碧霞元君圣诞
七月十五	中元节
八月十五	中秋节
九月初九	重阳节（不是很重要）

碧霞元君圣诞本应是四月十五，但是为了和三月三的庙会连接起来，民间和道观将三月十五定为碧霞元君圣诞。其中，新年、拜玉皇大帝和碧霞元君圣诞是最重要的日子。以上法事会做朝科，时长1—2小时或者半天，时间的长短根据实际的需求而定。三月十五，山下的灵应宫道乐团会来碧霞祠演奏道教音乐。

2. 封藏的曲谱与现用的曲谱

泰山道教音乐的传世曲谱，名曰《玉音仙范》，有研究认为“《玉音仙范》谱集共16本，其中有重抄本，最早抄本为清同治六年（1867），最晚抄本为1936年，实有曲谱9本（大管子谱5本，小管子谱3本，云锣谱1本）共104首曲牌……《玉音仙范》谱集为宋代俗字谱”③。据霍怀虚道长介绍，《玉音仙范》有500首乐曲，谱子是工尺谱，1966年“文革”时交给管理处保管，现藏于泰山岱庙之中，极少允许他人翻阅和研究。

现在道教音乐团用的曲谱，据霍怀虚道长说：“是一个当地的老师去北京学习了一个月，才会翻译工尺谱，在他之前没人会翻译。学习回来后，有一位老道士唱着工尺谱，这个老师记谱，之后翻译成简谱。其次，又从岱庙里找到工尺谱，翻译了72首，这72首是经过允许可以翻译的，1988年出了简谱的书，上面是工尺谱下面是简谱。”也就是说，如今使用的曲谱是老道士口传并经记录整理的曲谱又结合岱庙藏谱而成的。这本1988年出

图 11-2・灵应宫晚课场景　巫宇军 / 摄

图 11-3・霍怀虚道长执二胡为唱经伴奏　巫宇军 / 摄

图 11-4・碧霞祠晚课场景　巫宇军 / 摄

版的简谱书，因时间经久，霍道长已经不知道将它放到了哪里。但目前道教音乐团用的曲谱，是从那本书中抄下来的，没有72首那么多。

在碧霞祠，欧阳孔武道长提到了另一种曲谱，他说是用曲线记载的。经笔者查阅，他介绍的曲谱应为《玉音法事》，是曲线谱记录的道教音乐乐谱，此曲谱是明代万历年间皇帝颁发给泰山岱庙《道藏》中包含的曲谱。欧阳孔武之后拿出《玉音仙范——泰山岱庙藏谱解译》[4]，他说30多年前，该书作者在泰山搜集曲谱，并通过关系得以翻阅和翻译了岱庙藏的《玉音法事》中的部分曲目。

如今，无论是曲线谱、俗字谱还是工尺谱，在灵应宫和碧霞祠都看不到了，剩下的只是记录并不完全的简谱，那些传世的曲谱还没有发挥完全的作用便被珍藏起来。

道教音乐团成员习惯使用简谱，两座宫观，上下询问，只有一位年轻的道士会唱工尺谱。采访中他为我们演唱了一段道教经韵，他说："我只会工尺谱，不认识简谱。当时学

图 11-5 • 王法通道长吹笛　巫宇军 / 摄

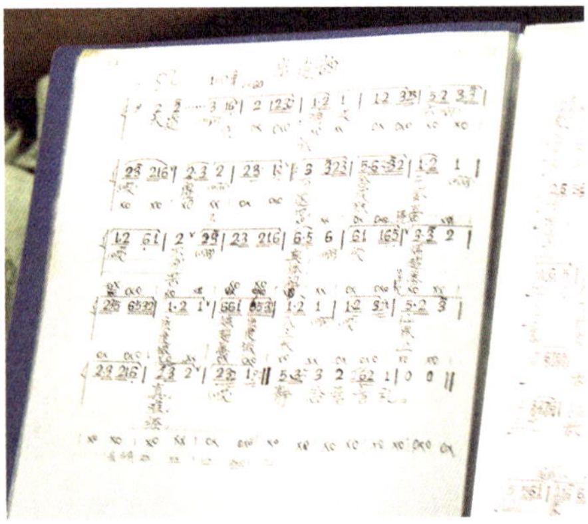

图 11-6 • 演奏《步虚韵》的简谱　巫宇军 / 摄

习时都是工尺谱，是老师口耳相传。工尺谱必须要口耳相传，不然节奏不好掌握，如果我会乐器的话我就可以演奏出来，和简谱一样。”霍怀虚道长说：“不一样，工尺谱才是中国传统文化，是最应该传承的东西。”

3. 道士的音乐生活

碧霞祠和灵应宫都有会演奏乐器的道士。灵应宫的文乾阳道长和王法通道长习乐时被我们恰巧碰到，文乾阳道长练习箫，小院幽静，执箫而立，于乐中寻道，品天地之气。他的面前有两种乐谱，一种是现当代的创作乐曲，例如《边疆的泉水清又纯》，另一种是道教音乐，二者都是简谱。见我们走来，文乾阳道长有些内敛，随后他叫出了王法通道长。王法通道长擅长吹笛，音乐水平比文道长略高一筹，在我们的请求下，他为我们演奏了一首道教音乐《步虚》，笛艺虽略显粗拙，但屏气凝神，眼中透露出悠远的深思。每天下午，文乾阳道长和王法通道长都会拿出乐器练习片刻，一方面是喜欢音乐；另一方面是把它作为修道的途径。

他们平时看的道教音乐曲谱，同时是唱经用的曲谱，与道教音乐团演奏的曲目不同。曲谱是他们自己手抄后复印的，对于简谱，他们也并非全部通晓。

比起山下，山上碧霞祠中的道士就没有这么惬意了。由于碧霞祠是旅游胜地，且没有专职的工作人员照料，因此门口卖道教器物的、配殿执事的、大殿看管人员等都由道士组成，这就使得他们少有自己的时间。欧阳孔武道长说：“碧霞祠是景区的庙宇，必须天天开放，特别是游客香客多的情况下，道士要做很多事，没有自己的时间练习乐器。”不仅仅是时间有限，庙中也不提倡道士练习乐器。因此道观中会演奏乐器的道长技艺并不高，也没有形成气候，除了忙碌的工作外，山上的寒冷不利于乐器存放，因此道士也没有把更多的心思放在这上面，无奈我们采访那天会乐器的道士没有在山上。

（三）目前的问题

1. 经费问题

（1）灵应宫道教音乐团

霍怀虚道长几次向我们提到灵应宫道教音乐的四大任务。

第一，加强培养人才，在此基础上从艺术学校吸收十位年轻人员；

第二，组织经费，全部用到道乐上，巩固和传承，需要年轻人员接班；

第三，提高道乐质量，增加乐器，改换道服；

第四，把所有曲谱翻译出来，建立档案。

霍道长提出的四大任务，是目前需要解决的问题，而这些问题，归根结底是经费的问题。对于灵应宫目前状况来说，经费是一切行动的保障。灵应宫道教乐团的现状归因于以下几点。

第一，灵应宫不属于景区，无法依靠旅游，没有广泛与持续的收入来源。

第二，因碧霞祠的影响，灵应宫香火不旺。请法事的斋主相对较少，又无其他收入来源。

第三，维持二十人组成的较为庞大的乐团，与低收入的灵应宫形成了较为明显的矛盾。

那么目前费用需要的情况如何呢？

霍道长说："乐团成员演奏一天每人100元，每周要有一天。如果不按天付费，就要按月工资制度，每月每人1500元，20人一个月需要3万元……把所有的500首谱了全部翻译出来，翻译需要花钱，现在却没钱。翻译可以采取两种方式，政府派人才翻译也可以，给经费也可以。"

于桂珍说："我们退休人员有退休金，可是我们不敢让年轻人来这里，他们必须要毕业找到工作后过来兼职，不能拿这个（演奏道教音乐）当职业，因为要糊口。"

日前也有一些年轻人希望来演奏道教音乐，但由于费用问题却不敢接纳。

霍怀虚："如果国家每年会拨钱，我们吸收过来就是长期的，哪怕只有五个人，也是道教长期人员。每月都要发工资，安排得像音乐团体一样。"

巫宇军："当地文化局有没有拨款？"

霍怀虚："没有，一分也没有。除了'非遗'补助的5000元，其他都没有。"

霍怀虚作为国家级传承人，每年有5000元的补助，他说："5000元不够用，道教音乐团排练，一次2000元，观里没有钱，就只有我掏钱或者请他们吃饭。”他希望国家每年能拨款，专款专用，用以保证道教音乐团每月有四天学习机会。

（2）碧霞祠道教音乐

欧阳孔武道长常年住在碧霞祠，他不是泰山道教音乐的传承人，但对道教音乐了解甚多，对于恢复碧霞祠中的道教音乐，他提出了碧霞祠的问题：“道士能力有限，能维持着碧霞祠就很不容易了，这里有40多位道士。泰山上有这么多庙，都是一个老板承包的，我们夹在这里面谋求发展。”

2．灵应宫道教音乐团水平问题

霍怀虚道长一直认为乐团的水平还不够，主要原因是两点：一是排练时间少；二是乐器质量差。他认为乐团的人员数目较少、演奏音乐不整齐，在音乐的表现力方面欠缺。谈到音乐的表现力，他更希望灵应宫道教音乐团能达到专业音乐团体的水准，先将道教音乐完美地展现出来，再追求道教文化的深刻内涵。他说：“乐团里目前有四位二胡演奏者，但演奏的音量、节奏不统一。之所以水平低，首先是因为演奏者的年龄大了；其次是排练时间短，不够熟练；再次，乐器年代久远。乐队配置人员不够，比如弹拨的只有一个人，应该至少要三个人。”他最希望的是能去济南请专业的音乐家来指导乐团。当我们提到专家懂音乐但未必懂道教的问题时，他说专家能听懂。霍怀虚道长依然是从音乐表现方面来说道教音乐，在他心里，音乐的表现是不分世俗音乐和道教音乐的。霍怀虚道长曾多次提到音量不够、乐器陈旧等问题，却很少提到韵味不足、道教文化展示不够等方面。

3．虽处一市，却非一心

同为道观，灵应宫和碧霞祠对待道教音乐的态度不同。霍怀虚道长说他希望有朝一日能够率领灵应宫道教音乐团参加全国道教音乐会演，而欧阳孔武却认为全国道教音乐会演有些世俗，他说：“现在的全国道教音乐会演主要是宣传、弘扬，更多地倾向世俗。这种世俗化也有好处，就是可以弘扬道教音乐，但是主要的还应在庙里、庄严的场合中演奏道教音乐，让人们切身实地地感受。”

对于灵应宫的许多事情，山上也并不太了解，比如欧阳孔武并不知道霍怀虚是传承人，也不知道道教音乐团演奏的曲子。欧阳孔武认为这个每年上山演奏1至2次的乐团并未达到道教音乐应有的境界，他认为他们都是演员，不是出家人。

（四）未来的发展

1. 现存道教音乐团

如今泰山道教音乐的国家级传承人只有霍怀虚道长一人，他自然肩负起这挑重担。在他的沟通下，最近民政局为泰山道教音乐进行了注册，其次又申报了三位市级传承人。据称这三位都是道士，以唱经为主。

灵应宫的道乐团虽然面临许多困难，但也有成绩。人员较为固定、练习磨合期长、对道乐较为熟悉是目前的优势。针对当前经费问题及乐团本身问题所在，霍怀虚道长提出了走合作发展的路线，他说："只有（人员）固定才能发展，必须有道士，不然就不是道教音乐了，另外，演出应多在宫观和山上进行。"他列举了白云观道乐团的成功，打算把乐团发展壮大，参加全国道教音乐会演，把道教音乐与科仪一同展示。灵应宫道教音乐之所以被分为道教音乐团和唱经团是因为道教音乐团的演奏者不会经韵，而道士的乐器水平基础较差。提高道士演奏乐器的水平是解决这一问题的有效方法，正在申报市级传承人的三位道士（灵应宫2位、碧霞祠1位），他们已经开始在练习乐器。

请专家来指导和从艺校中招收新人，是霍怀虚道长目前最大的心愿。这个梦想根深蒂固的原因，与道教乐团成员及霍怀虚道长本人受泰山市民族乐团的影响分不开。泰山市民族乐团是商业性质的专业化民族乐团，灵应宫道教音乐团长期以其为"榜样"并希望与之比肩。这势必要求请专家指导与吸收高水平人才，而这一切的实现又需要经费的支持，灵应宫的收入无法与商业化乐团相比，因此目前的愿望难以实现。于道教文化来讲，专家指导与专业人才所能实现的，更多的是道教音乐形式上的表现，缺乏宗教感情与深刻体会的乐团成员，难以表现出道教文化。针对这一问题，调查组提出是否可以和艺校学生团体合作时，霍怀虚认为学校中的学生流动变化太大，几年就要更换一批，不利于道教音乐稳定的发展。

2. 欧阳孔武心中的道教音乐

欧阳孔武道长对保护道教音乐的看法可分为两个方面：整理曲谱和建立专业道教音乐团。

巫宇军："如果进行抢救保护，首先应该做哪些工作？"

欧阳孔武："我认为，《玉音仙范》藏本在岱庙，如果能够把藏本拿出来找专家翻译成简谱或线谱，然后再印刷出来。作为书籍，印出来之后，需要有一个演绎道教音乐的团队，不管是社会人士还是出家人，这个团队一定要有，而且最好是专业水准的，然后再通过泰山文化宣传或者是单独宣传泰山道教音乐，也是个展示的平台。最起码让泰山的本地人能了解泰山道教和音乐。”

欧阳孔武道长希望先翻译曲谱，而后建立专业的道教音乐团体通过泰山这个平台宣传泰山道教音乐，一方面是宣传道教音乐，另一方面是依靠道教音乐来宣传泰山文化。

对于由民间人士组成的灵应宫道教音乐团，欧阳孔武道长认为，民间流传的曲目与道观一脉相承的曲目要分开对待，善信自己编撰的道教乐曲与道乐传到民间的有所不同，民间自己演奏的乐曲可以起到宣传教化的作用，而道观里的乐团应尽量庄严一些，演奏正统的道乐。

宗教乐团不同于普通民族乐团。欧阳孔武道长认为，专业音乐团体演奏技巧会比较高，但是宗教音乐和民间音乐必然不同，需要宗教感情，这是专业演员所缺乏的，由道教人士组成的乐团才是理想的道教音乐团，但是他深知目前这个想法是难以实现的。“我们欠缺的是演奏乐器的技巧，专业演员欠缺的是宗教感情，如果能融合的话最好。”欧阳孔武道长提出了另一个办法：与泰山学院专业人士相结合。他说：“泰山音乐学院音乐系比较有条件，靠着泰山道教文化，有文化底蕴……我们这里成立乐团目前不可能实现，如果纯粹让社会、学校成立道乐团也不太可能，如果互相结合，在学生乐团里掺入道士。多少也能影响一下他们，让他们了解道教。接触后，学生自己会有自己的见解和感触。像这样的工作应该更多的是政府去做。”

三、反思

泰山之高，不仅高在以6377层台阶铸成的1524米海拔上，更高在与尘世之间的距离。城市的躁动触及不到玉皇顶上的宁静，行人脚下的灰尘迈不进碧霞祠红色木质的门槛，为功利目的存在的乐音掺不进纯粹的经韵拜唱。山上碧霞祠无乐团，却有浓厚的道教精神；山下灵应宫乐团规模不小，怎奈寻不到那清静无为的音符。乐团的建立固然是重要，但同时更需要道教文化来作为支撑，确切的来说，应是泰山道教文化的传承方式之一。

道教的文化不应只是做些斋醮仪式，道教音乐同样不能只为了增加仪式的排场，抱着如此的目的，道教音乐便成了功利的工具，作为工具，不用去讲究内在的文化，只看重它是否好用耐用。一味地追求乐器的质量、人员的演奏水平，经费着实会成为更加突出的难题，这毕竟不是商业的演出团体，怎能与之相比较呢？笔者认为，道教音乐团对于道教之作用有三，一为斋醮仪式；二为清修自身；三为感化道人与信众。于“非遗”保护的作用，只限于传承道教文化，保存中华文明。

注释

① 马吉玉、马晓春：《泰山道教音乐》,《泰安师专学报》1996年第3期。

② 任宗权：《东岳泰山道教音乐的传承发展》，2012年6月，http://www.daoisms.org/musice/info-4906.html。

③ 马吉玉、马晓春：《泰山道教音乐》,《泰安师专学报》1996年第3期。

④《玉音仙范——泰山岱庙藏谱解译》，作者须旅，江苏无锡人，1978—1987年在山东泰安市艺术馆从事民间器乐曲集成工作。此书内容应是得益于当时作者职位的方便而编写，出版于2011年3月，书中内容记录了简谱、五线谱、经词等内容。

第十二章 成都道教音乐调查报告

项目名称·成都道教音乐

所属类别·民间音乐

申报单位或地区·四川省成都市

入选国家级非物质文化遗产名录情况·2008年第二批 Ⅱ－139

撰写人·巫宇军

成都道教有着一千多年的历史，在这漫长的历史进程中，成都及其周边地区的道教始终传承不绝。东汉顺帝年间（126—144），张陵（张道陵）于今成都大邑县鹤鸣山创立“五斗米教”（又称“天师道”），因此鹤鸣山被认为道教发祥地。之后张道陵弘道于青城山，从此青城山道脉不断。于是，青城山被认为道教的发祥之地。

现在道教分为全真派、正一派两大派别。张道陵创立的天师道属于正一派。全真派形成于宋元之际，初期主要在北方发展。成都地区的道教在明以前以正一派为主。至明末，四川战乱纷然，导致全川人丁锐减，连道观也多庙毁观空。随着清王朝建立，局势渐趋安定，为补充四川人口不足，以迅速恢复和发展生产，清康熙时期大量移民实蜀，许多道士也来到成都各宫观担任住持，成都道教元气才又恢复。但这些道士以全真派为主，渐渐地原来成都地区正一派一统的格局被打破了，全真派进而取代正一派成为该地区道教的主流。故而现成都地区宫观内的道教主要属于全真派，正一派道士则大部分散居民间。

经韵用乐是道教文化的重要组成部分，一直伴随着道教及其文化而发展变迁。两晋南北朝时期，北魏高道寇谦之和南朝的三洞法师陆修静对成都道教用乐进行了整理和创新。唐末高道杜光庭入主青城山后，又对成都道教经韵用乐进行了系统整理，形成了南韵。明末时期，道教因战乱而衰微，南韵也呈凋落之势。直到清初，在青城道士陈复慧和学者刘沅的推动下，南韵才再度复兴。在南韵复兴前的康熙年间，湖北武当全真道士陈清觉、张清夜相继来到成都，带来了全真教通用的科仪音乐，时称北韵。清光绪时，与青羊宫一墙之隔的二仙庵道士宋慧安往北京白云观学戒，并将白云观道教音乐引入成都。自此，成都道教用乐南北兼容。

“文化大革命”期间道教文化遭受严重破坏，幸而成都道教经韵用乐未完全断绝。20世纪70年代末恢复宗教政策后，经青城山高功江至霖口述，记录整理出170余首“成都道教音乐”中的60多首。今青城山天师洞副当家，江至霖的弟子吴理冲（坤道）还能完整地唱出北韵曲目近50首以及大部分南韵曲目。

2008年，“成都道教音乐”获准入选第二批国家级非物质文化遗产名录。按规定，每一个申报国家级非物质文化遗产的项目须制订五年的保护计划（后定为十年[①]）。而今，从“成都道教音乐”保护单位填报《申报书》的2007年4月17日算起，五年已过，“成都道教音乐”的保护计划落实情况如何？在这几年中取得了什么成效？积累了什么经验？还存在什么困难？带着这些问题，本课题调查组专程前往成都，于2012年7月18日至20日对相关部门和人员进行了调研。

一、调查对象和调查过程

根据《申报书》提供的信息，“成都道教音乐”分布广泛，其在成都市辖区内的覆盖面积超过200平方公里，主要的分布点在青羊宫、青城山、鹤鸣山、老君山等四处。其中，作为道教发祥地的大邑县鹤鸣山距成都57公里，道教发祥地之青城山距成都市67公里，老君山则位于新津县城南2.5公里处，距离成都亦有几十公里之遥，只有青羊宫位于成都市区。显然，在有限的时间内对以上4个主要分布点逐一调查是十分困难，也必定很表浅的。

在参考多方材料，再结合考察实情，兼及考虑调研的时间和经费等现实条件，经综合分析，调查组决定重点考察成都市区内的青羊宫和成都市道教协会，选择的重点访谈对象有4人：青羊宫监院（俗称“大当家”）陈明昌道长、对青羊宫和青城山均非常了解的中国道教学院老师林永峰道长、负责“成都道教音乐”非物质文化遗产相关工作的成都市道协教务办陈杰主任和道协办公室的刘主任，另外还随机抽样调查了部分青羊宫道士和信众。之所以如此安排，基于以下理由。

青羊宫乃著名的道教圣地，自古以来素有“川西第一道观”之称，是“成都道教音乐”的主要分布点和保护主体之一。青羊宫坐落在成都市一环路的西南角上，地处闹市中的繁华地带。据了解，由于青羊宫是“西南的龙头宫观”，又位于市区中心，交通便利，到成都及周边的道士一般都会前来造访。故青羊宫可谓连通周边道观的枢纽。另外，成都周边各宫观的道教音乐与青羊宫均有渊源，属于同一体系。再者，青羊宫的道教文化积累最丰，其道教音乐近年来影响最大，是“成都道教音乐”申报非物质文化遗产最重要的依托，故而，青羊宫具有代表性。

再则，调查组造访之时恰逢阴历三十。据悉，每至阴历三十和初一，青羊宫便有撞钟击鼓的仪式。游历甚广的林永峰道长说，全国只有四川此地还保持这一传统，其他地方他还未发现有存留。每到此日，早晚功课的时间较平日为长，程序较多，前来进香者亦众。所以，集中精力，把青羊宫作为重点进行调查，可以在有限的时间内获得较全面完整的考察材料。

成都市道教协会是“成都道教音乐”的申报和保护单位，全面负责该项目的非物质文化遗产保护工作。同时，作为成都市道教各宫观的协调管理部门，成都市道协与该地区各宫观联系最为紧密，对道教各方面情况最为了解，该单位又是道观与政府及社会联结沟通的桥梁。因此，若要了解“成都道教音乐”的申报、保护及综合考察成都道教内外各方面的具体情况，就须对其进行深入的调查。成都市道教协会又设在青羊宫内。故而，选取青羊宫和成都市道教协会调查，还可大大减少路途往返，有效利用时间。

中国道教学院设在北京白云观内，因此林永峰道长实际住在北京，之所以对他进行采访，是因为20世纪90年代，他曾在青羊宫居住多年，参与了青羊宫各类活动，包括宫观的修缮管理和各类法事的组织。在2010年中国道教学院委托青城山道教学院办学时，他又在青城山、青羊宫任教一年。他虽人在北京，但每逢暑假一般都要游访青羊宫，因此对成都道教各方面情况均十分了解。其本人曾到过全国各地的道观游学访道，学识渊博，尤其精通道教科仪，对与科仪关系密切的音乐亦甚为熟悉。兼之本课题组一位成员与林道长交往多年，有着良好的关系，调查组前往成都时林道长又恰在青羊宫，故而得此行家、“局内人”兼“熟人”的引荐介绍，不仅调查更加顺利，最为难得的是可以听到许多外界不易获得的来自道教界内部的真实心声。

此次考察的过程如下：

7月18日上午及中午，在林永峰道长引导下，全面考察了青羊宫。林道长作了极为详细的介绍和讲解，涉及青羊宫、成都道教的历史，宫观周围的社会环境和人文生态，与成都道教有关的各类事件发生发展的原委始末等。林道长还特意安排调查组体验了信众们在青羊宫茶园内的日常活动。

7月18日下午，经林道长引荐与青羊宫大当家陈明昌道长交谈。之后考察并采录青羊宫下午的晚课及逢月末三十入暮时分（傍晚19时）举行的击鼓撞钟仪式。

7月19日一大早，考察青羊宫初一清晨6时的击鼓撞钟及早课。在对来青羊宫进早香的信众作了初步的考察后，采访了成都市道教协会教务办陈杰主任。之后再对冒大雨前来青羊宫进香的信众进行调查。

7月20日，再访陈杰，其间访谈成都市道协办公室刘主任。两日来见证了成都市道教协会工作人员事无巨细地为筹备2012年8月成都道教经师团应邀赴港参加法会而奔波的全过程。

巫宇军／摄

12-1	12-2	12-3
		12-4

12-1・青羊宫正门

12-2・青羊宫晚课场景

12-3・逢阴历三十傍晚击鼓撞钟

12-4・初一大早上香的信众

二、实地调查述要与分析

尽管受多方条件限制，调查显得仓促，可这虽短暂，但还算比较深入的访谈也已使调查人员对“成都道教音乐”申报和保护的总体情况有了较全面的把握。现分述如下。

（一）成都道教两大乐团的兴与衰

从《申报书》得知，成都有两大道教乐团：青羊宫道乐团、青城山仙乐团。成立这两个乐团被列在《申报书》“保护措施”的第一位。虽然《申报书》文本对乐团的直接描写着墨不多，但在访谈中能明显感觉到，这两个乐团是保护单位乃至成都道教界的骄傲，更是保护、传承和传播成都道教音乐的骨干力量和依托。实际上，许多保护方略都与乐团及其成员密切相关。然而，调查人员初到青羊宫却闻悉，这两个乐团如今均已解散。

1．成都道教乐团变迁述略

在分析成都道教乐团解散的原因之前，先简单介绍一下乐团的产生和变迁历史。

经了解，这两大乐团实际成立于2003年。当年，青城山和青羊宫各自筹集资金，先后创立乐团，分别为青城山仙乐团和青羊宫道乐团。

乐团成立后，青羊宫不但为乐团添配了大阮、中阮、琵琶、二胡、中胡、大胡、古筝、扬琴、笙等多种乐器，还斥巨资到武汉定做了一套编钟。两乐团共有人员最多时达45人，其中青羊宫道乐团十二三人。青羊宫道乐团人员虽少，但因位于市区，邻近四川音乐学院和其他艺术表演团体，故有着地利之便。他们不仅聘请了退休的四川省歌舞剧院指挥胡济璋任音乐指导，大当家陈明昌还大力支持乐团团员向四川音乐学院专业教师学习乐器的演奏技法。所以，该乐团整体奏乐水平高于青城山仙乐团。

2004年3月，由董至光、李怀常策划，胡济璋指导，青羊宫经师班演唱、道乐团演奏，青羊宫录制并发行了《太上玄门早晚坛功课经》VCD。

2005年初，青羊宫又出版发行了由青羊宫道乐团演唱演奏的《玄风遗韵》道乐CD光盘。

不过，直至此时，青羊宫、青城山两乐团在外界的影响均甚小。

2005年5月21日至22日，青羊宫道乐团代表四川省首次参加由中国道教协会在广州举办的第五届道教音乐会演，技惊四座，一鸣惊人，荣获一等奖。于是青羊宫道乐团和青城山仙乐团即被增补邀请，参加不久后（2005年7月底8月初）在台湾举办的、海峡两岸联袂组织的“蓬莱仙韵颂太平”道教音乐会，又引起轰动，获得巨大成功，受到了国家宗教局和省市领导的高度评价，自此声名鹊起。

2006年8月，两乐团再次参加了在成都举行的第六届道教音乐会演[与“第二届中国（成都）道教文化节”合办，作为文化节的一项重要活动]。但之后不久，青城山仙乐团先行解散，青羊宫道乐团随后也解散。

2007年，由某演艺公司承包，重新恢复青羊宫道乐团，还在青羊宫内搭建了一座楼台，专用以表演道教音乐。

2007年6月28日，“成都道教音乐”经四川省非物质文化遗产保护专家委员会遴选、论证，省非物质文化遗产保护工程领导小组审核，并报经四川省人民政府批准，作为第二批国家级非物质文化遗产名录予以推荐。2008年6月7日获得批准。

但青羊宫道乐团重新恢复不到一年，成员又各自四散，只剩五六人，乐团再度解体。

2010年左右，“成都道教音乐”的两位省级传承人之一的董至光也离开了青羊宫，据说去了山西，而且不再住庙。

2．道教乐团解体的原因

为什么在产生了广泛影响并受到重视和保护后，乐团反而无法维持了呢？调查得到的说法不一。

陈杰说："道士的流动性很大，因为道士是随时可以云游四方的，所以道乐团不是很固定。……道士各自到不同的庙子里面去，道乐团就散了。"

林永峰却说："四川的庙，人员相对比较固定，因为没有多的人，一个萝卜一个坑，一走了就空了。……2005年，青羊宫乐队参加在广东举行的两岸三地演出，叫'道教音乐节'，得了一等奖，名气一下就大了。名声一大，就整天搞音乐演出，后来就搞包装公司，功利性太强了。这些道士都不愿意，道士不愿意和包装公司干……主要是思想的原因。你叫他们出去演出他们不愿意去演出，你给我再多的钱我就是不去，我就不跟你去演出。……一出名一包，就包坏了，把人都包走了，就很躁，经常有人来找他们。……有的走这个地方，有的走那个地方。招他们回来，给他们多少钱一个月，他们不要。……受不了，活动太多了，心就乱了，静不下去了。……这么一搞，把我们的人都搞走了，他们不接受外面这些。……刚开始是一种兴趣，一种爱好，发自内心，不是后来的发自外力——你必须给我这样，把自然的变成人为的，就散了。"

因工作关系与许多道士有长期接触和交往的陈杰也承认："道士是不愿意出去表演的，他们觉得这个弹唱非常神圣。……真正的具有人品的高功，是非常淡泊名利的，他会觉得很多东西是心里的一种修养。道教里面的很多东西是不愿意示人的。"

陈明昌还提道："别的地方也来挖人，其他地方给他们钱给得高一些他们就走了。"

看来，导致道乐团解散的原因很多，至少有四种：一是道士游学传统使然；二是利益驱动所致；三是过多的表演活动违背了道士习乐清修的初衷；四是其他道观采取了包括利用上述原因在内的诸多方式挖取人才。

3．青羊宫道乐团解体之根源探析

应该说，以上原因中的第三点是主要的、根本的。这一判断可以结合其他方面作进一步探究和分析。

让我们先从申报名称存在分歧说起。

"成都道教音乐"，是该项目《申报书》上的名称。调查了解到，道教界对这个名称其实并不认同。

图 12-5 •《太上玄门早晚坛功课经》VCD 巫宇军 / 摄

图 12-6 •《玄风遗韵》道乐 CD 巫宇军 / 摄

林永峰说："叫'道教音乐'不确切，我们叫'经韵'。…… 很多老道长不认可。"

陈明昌也说："我们青羊宫'道教音乐'我们称为'经韵'。这个'经韵'我们主要是用于做法事活动。"

这种不认可，除了字面上的不同，还有内涵、性质和功能等方面的区别。

《申报书》写道：成都道教音乐，内容丰富，曲目众多，常用于道教的早晚功课和斋醮科仪活动中。主要流派有静坛派、善坛派和行坛派，谓之三坛道乐。静坛派和善坛派的道乐是同一体系，其主流属道教全真派音乐系统，声乐形式主要使用全真正韵…… 器乐形式主要使用细乐，通常以笛子、铛子、铰子为主奏乐器 …… 行坛派的道乐为另一体系，其主流属正一天师道、民间伙居道士音乐系统，声乐形式主要使用广成韵，极富四川地方音乐特色 …… 器乐形式主要使用大乐，通常以大锣、大鼓、唢呐为主奏乐器，发声宏大，风格粗犷、热烈，民间气息浓厚，具有明显的民间道坛色彩。行坛道乐过去主要有成都地区的广成坛道乐和法言坛道乐。

也就是说，"成都道教音乐"是对流行于成都地区不同体系、不同流派道教用乐的统称，青羊宫的经韵用乐只是其中的一种。

有学者指出，对于道人们来说，是没有"道教音乐"这一词汇和概念的，道内认同、使用"道教音乐"这个概念和名称，是近来道人们受道外学者界定了"道教音乐"这一概念的影响，而接受并顺应"道教音乐"这一概念和形式的。学者们所界定和运用的"道教音乐"这个名词，在道人们的传统思维习惯及其具体宗教活动的体认中，与道外（局外）人有不尽相同的解读。……

道内所理解的道教音乐，是仪式行为，是念经拜忏的具体程序。……

道外所理解的道教音乐，是音乐概念，称之为音乐即肯定了其被用于欣赏的基本属性，因此，道外人理解的道教音乐，是艺术，是宗教艺术。②

这种理解上的差异，为后来保护观念和措施实施等诸多方面的矛盾冲突埋下了伏笔。

尤其是，作为申报单位的成都市道教协会赋予了“成都道教音乐”一些新的意义和功能。陈杰说：“民众了解道教音乐主要是在道场法事上，……‘道教音乐’这个概念在人们心目中还是模糊的，虽然大家天天都在做法事，但是，（对）这个音乐整体的概念还是模糊的。……现在道教音乐不仅仅是用于斋醮法事，还有就是为了把道教音乐发扬光大，我们中国道教协会每年都要组织一次全国的道教音乐会演，把各地的一些道教音乐放在一起，让大众感受。四川的两支乐团去台湾演出，获得非常大的成功。这是道教音乐本身的魅力所在。”

或许，道协的观点与政府领导的认识和取向以及当前时代思潮有关。陈杰还谈道：“我们几届道教文化节都得到了市委市政府的特别重视，当时统战部部长和我们宗教局的领导都觉得道教音乐应该让更多的百姓知道，……认为道教不仅仅是养生，在音乐这一块，对修身养性也是非常好的，希望能够让更多的人欣赏。……觉得要让百姓更多地了解道教，知道它有音乐，有这样一种文化存在。”

这种意识决定了保护单位对待道乐团的态度和采取的相应的行动。

陈杰说：“当时我们专门成立了一个道乐团，是准备除了斋醮法事使用外，还可以去参与其他的演出，让更多的百姓能够接触。”

《申报书》的“保护内容”有如下一项，从中更可以看出，青羊宫道乐团和青城山仙乐团在保护单位心中的功能和作用：“传播：以青羊宫、青城山道乐团为主干，创作道教音乐剧目，创建道教音乐市场机制。”

但对于道观里的出家人而言，音乐只是修行的一种辅助而已，并非根本之物。林永峰言道：“（音乐）纯粹是个人在修道过程中辅助的东西，陶冶情操的东西。……我们的‘经韵’不是对外的一种宣传，是跟神沟通的。”

至于“经韵”，陈明昌谈道：“这个‘经韵’我们主要是用于做法事活动，做法事有念啊唱啊，唱的经韵再加上乐器的伴奏，就体现了气势吧。”

乐器在成都道教宫观里的地位是怎样的呢？

陈明昌：“开初我们青羊宫跟青城山的只有吹笛子，而其他二胡、中阮、扬琴、吹笙那些都是2003年以后配的。”

林永峰：“早晚课配打击乐。弦乐管乐弹拨乐都没有。实际上弦乐管乐弹拨乐是后期才有的。……打击乐主要是掌握节拍的嘛，弦乐管乐弹拨乐是可有可无的，打击乐就不能少，木鱼、磬、鼓三样不能少，木鱼和鼓，一个是命，一个是令，这些响器叫法器，是与神沟通的，就是通神。弦乐管乐弹拨乐可以用可以不用。”

那么，既然乐器对于他们而言可有可无，青羊宫为何还要成立道乐团呢?

作为大当家的陈明昌当时是这样考虑的:“我当时想，我们做法事嘛，配上音乐伴奏有气势嘛。”

林永峰介绍了成立道乐团时的情形:

“我们为什么把老师请过来在这边做三年呢?当时就有那么一股子劲，有几个道友有共同的兴趣，说这个音乐挺好，我们把这个东西做起来，他们没有出去过，只是道友之间交流。当家的又很重视这个事情。……那时有一位某个乐团的指挥，退休了，常到庙里来。这里环境比较好，四川的人一般都有信仰，不是信道就是信佛。就把他请来，让他吃住在庙里面。……他有东西，愿意奉献给庙里，一个愿学，一个愿奉献。……

“原来有十多个人。我们那么大的编钟，花了多少钱?从武汉搞回来的。好像多少万元。我们是定做的，包括那个架子，都是他们弄好了的，我们自己去运，去了两个道友，行了才拉回来。当时我们还没搞修建，庙里还有一点钱，就愿意搞。每天九点钟大家集合到那里去排练，天天排练。当年啊，那东西要点功夫的。排练之后晚上自己练，或者是自己找老师，拉二胡的我们专门请了四川音乐学院的老师，吹笛子的我们请老师，敲编钟、扬琴都请老师。请老师很贵，比较有名的教授好像是400块钱一个小时，当然对他们这些人优惠啦，收200块钱或者是180块钱。”

陈明昌补充道:“(道乐团)十二三个人，全部都是青羊宫的道士。也花了些钱的，因为他们到音乐学院去学习。我们有培训，……音乐都是我们自己教，把我们唱的录下来，他们再加上简谱。四川音乐学院的甘绍成年轻的时候来青羊宫请我们唱，他记下的。1993年我们在青城山第一次培训，他来参加了两个月，他把我们唱的经韵加上简谱。”

由此可知，近些年才出现的青羊宫道乐团和青城山仙乐团，在乐器方面，绝大部分是新添配的，并非传统如此，不过用乐的核心仍然是“经韵”，因为他们使用的所有乐曲都是根据传统经韵曲牌配器而得。但外界却过于看重乐团在“道教音乐会演”和“道教文化节”上的器乐表达方式和舞台表现形式，忽视或忘记了其最主要的修行之功能和宗教的内涵，过度凸显和夸大了其艺术性。这种思想，是导致把器乐演奏作为宣传道教文化的一种工具，进而把修道变成表演之根源，最终引致了道乐团的解体。林永峰有些郁愤地说:“政府出了一些力，但很大部分起的是负面的作用，要是不包，他们在这里自己搞自己的，还能行。”

（二）成立“专业乐团”构想论析

尽管陈杰也说：“道教音乐与其他音乐不太一样，不是纯粹演出的音乐，是在科仪里面出现的，是配合法事做的科仪，所以称为斋醮音乐。”但似乎，保护单位并未真的意识到道乐团的解散主要是出自认识上的问题，在他们看来，根本原因在于道士流动性大。

这种认知决定了他们的保护思路。青羊宫道乐团和青城山仙乐团解散后的几年间，成都市道教协会多次讨论组建一个专业乐团。之所以要成立专业乐团，他们认为如此可以传承“成都道教音乐”。

陈杰说：“我们协会一直想做的事情就是想成立道乐团，真正地成立一个成都市的道乐团。申报成功过后，成立道乐团方面一直在努力。我们领导都想了很久了，一直在说这件事情，成立一个道乐团，聘请一些专业的音乐人士，把这些东西传承下来。”

他们认为这种专业乐团能保证传承的原因，一是稳定，二是具有专业知识，可以系统地整理道乐。

陈杰：当时领导想成立道乐团的目的，是觉得民众了解道教音乐主要是在道场法事上。想有一个稳定的乐团把这些东西系统性地传承下来。……我们这么考虑就是因为道士流动性特别大，我们帮他培养起来，然后他又流到其他地方了，然后我们道乐团又散了。所以基于这种情况，就想是不是可以请四川音乐学院的，或者把从音乐学院出来的一些人吸引过来。……另外还有就是系统地整理，因为他们毕竟是专业人士，而从道教界出来的，除董至光对这一块比较感兴趣以外，其他的人毕竟乐理、音乐知识各方面都比较差，要整理，确实非常困难，那么，我们希望借这个专业的乐团把应该整理的帮他们整理出来，包括他们的唱腔。

除此之外，这个拟建的乐团还肩负着宣传、弘扬道教音乐、道教文化的重任。

陈杰：上级领导也特别重视，我们几届道教文化节都得到了市委市政府的特别重视，当时统战部部长和我们宗教局的领导都觉得道教音乐应该让更多的百姓知道，所以为什么我们领导一直在想，如何成立一个专业的音乐乐团。因为道士是不愿意出去表演的，他们觉得这个弹唱非常神圣，那么要让更多的民众知道，就只有专业的，本身就是属于表演形式的人去参与，这样的话就可以使这样的音乐让更多的人去欣赏。

当调查人员问道：“让川音的专业人士来参加组成道乐团，他们演奏的时候，水平肯定是没问题，但是他们对道教文化理解吗？”

陈杰回答：“这就是培训的过程嘛。领导也考虑了，招聘的人，要确实有这方面的道心。我们说的道心，是他确实对传统文化感兴趣，对道学感兴趣，这样的人才来，不是随便抓一个人就进来。我们都知道，道学文化是博大精深的，我们不从信仰这个角度来说，从文化本身来说，其实对我们自己每一个人都有好处，所以当时领导的意思，具有道心的，愿意学道学文化的，招进来。招进来过后呢，他们本身有音乐的技能，然后才配上我们道学方面的传统，这样结合起来。”

但组建专业乐团之事，保护单位筹划多年，至今无果，原因有二：一是缺乏经费；二是道教界不认同。陈杰说：“还有一个原因就是，对道教界来说，觉得成立道乐团，不是道乐。因为他们认为，只要没有他们参与，那音乐就已经变了味了。”

成立专业乐团的构想并未写入《申报书》的保护计划中，因为那时青羊宫道乐团还未解散。《申报书》中，与“保护内容”的“传播：以青羊宫、青城山道乐团为主干，创作道教音乐剧目，创建道教音乐市场机制”相对应，在“五年计划”里又有以下两项：

表 12-1　道教音乐剧创作“五年计划”

时　间	保护措施	预期目标
2009年4月—2010年3月	创作道教音乐剧目	创建道教音乐市场机制
2010年4月—2011年3月	将道教音乐剧目推向全国以及海外	使成都道教音乐适应市场，以乐养乐，走上良性循环的可持续发展之路

可以推想，按照保护单位的思路，专业乐团若能建立，必将是取代解体后的青羊宫、青城山道乐团，担负起以上任务。

但是，即使乐团组建起来，这种以经济为动力的专业乐团又如何能在市场大潮冲击中始终保存道乐本色呢？而况还要承担需要花费大量精力和财力的搜集整理传统乐曲的工作？如此“以乐养乐”，谈何容易！且不说这种“市场化”的“保护”思维始终未离“现代性”“工业化”的逻辑体系，依然是无处不在的“经济全球化”的具体表现，即从现实的角度出发，则也未免过于乐观。若从保护角度议，笔者以为，此举实不足提倡。

（三）成都道观的经韵传承

其实，调查得知，就传承机制而言，以青羊宫为代表的成都道教宫观的经韵传承制度依然是健全而且有效的，这主要是因为有道教宫观体制和清规戒律的制约，故而自成规矩，使其得以较少受到外界的影响，能够长期保持原貌、长传不断，而其传统的传承方式又带有一定的隐秘性，主要靠代与代之间的师徒口传心授，尤其全真道，要求更加严格。

对于传统的承传方式，林永峰讲解道："是一代一代老道长传下来的。……在房子里练，不是在殿里，专门有个学打法器的地方，边学打法器边学习经韵。过去学习经韵的时候不能随便打。学打法器的时候一定先要写一个牌子'学习经韵，诸神回避'放在那里，然后再开始打法器。刚开始学的时候还不能用法器打，先敲桌子或打自己的身上。'当请，当请，当当请'，打熟了才开始打法器。过去刚开始打法器要是打错了，要罚跪的，跪香。因为这是很庄重很神圣的事，不能随便。惩罚的目的就是要你认认真真，打错了就要跪香。跪香要有人去保他才能起来。但有人保也要跪上一会儿才能起，不能不跪或跪一下就起来，这起不到惩罚的作用。过去一炷香有一个小时、两个小时的，有人保时，要跪半个小时之后，才请人来保，经执事同意，还要磕头顶礼。一般刚开始的时候是跪一个小时，老调皮老爱犯，就跪长的。但现在跪香很少了，这个传统应该恢复，因为这是宗教的特殊管理方式。"

现在青羊宫已经改变过去单对单师徒传授为主的方式为集体教学，但教习的要求变化不大，用传统的当请谱，按照当请的节奏教传。每年，青羊宫都会组织新出家的人进行培训，确保人人掌握。省级传承人董至光在青羊宫之时，主要交由董至光教授，在春秋两季举办三个月的高功培训班。董至光走后，又恢复从前的模式，即由副当家尹元清执教，遇到尹元清不懂时，再由大当家陈明昌出面指导。

陈明昌介绍了当前青羊宫的传承情况："经韵都是我们自己在教。比如说，来了些年轻人，他不会的，几个组织起来教，每年都在教，教他们学唱，新出家的都要培训。半年都教不完。……白天要上班嘛，比如守殿、搞卫生。白天上班，学习经韵就都是晚上，吃过晚饭来教，每个晚上学习一个钟头。学得慢的一个经韵起码学习几天，到后来就快些了。全部学完差不多要一年。现在年轻人学东西都比较快，半年多就可以了。……我们是根据上辈一辈辈传下来的东西教，没有自己编新的东西，都是以前的。……我们专门有一本经韵的书，五十多条是十方韵(按：北韵，又称全真正韵)，广成韵(按：南韵)有二三十条，我们经师两种韵都会。"

制度化的传承机制，应该是道教经韵数百上千年续传不断的保证，而不是靠市场化的经济手段维持的。对于出家人来说，念经是每日早晚必行之功课，是他们生活中一件非常重要的事情，其用功之勤、用心之专、用时之长实际远非当代社会许多专业人士对待自己的专业可以比拟。除课诵以外，其他敬天事神、度己度人的各类法事活动中经韵也有着十分重要的地位。因而，广泛的应用需求也是道教经韵不致断绝的重要保障。

值得注意的是，成都道教界重视教育、重视传统不仅仅表现在经韵上，还是全方位的，涉及道教文化的所有方面，而且此风古已成范，早就成为传统。

比如，青羊宫存有现今世界上唯一一部完整的《道藏辑要》经版，为清代刻版。刻制《道藏辑要》经版是在清光绪年间由成都二仙庵住持阎永和、新津彭瀚然发起，刻版时历尽艰辛，不仅彭瀚然四处“筹费不暇”，阎道长还中途羽化，几年后宋智和、王复阳继续雕刻，经三次制作，凡十五载始告竣；此后又历抗日战争、解放战争、“反右”“大跃进”“文革”等灾难，经版多有损失，幸得青羊宫张元和道长冒险交涉、竭力抢救，才把绝大部分经版保护下来；之后时任青羊宫当家的张道长为使经版发挥作用，又亲率道众清洗、晾干、点缺，而后按原刻印本补刻了缺失的400多块，终使经版齐全，并重新印刷面世。尤其难得的是，在当今浮躁的社会风气下，现在青羊宫的印经房仍然以古老的雕版印刷术用这套经版印制经书。

还可一提的是青羊宫近些年营造的文化氛围。

2008年，在大当家陈明昌等倡议下，观中自筹经费建立了“老庄书院”，以弘传道学文化。书院设有图书馆，藏有道教、道学、中华文化等各类图书数万册，是目前国内道观中最大、最好、藏书最全的图书馆。书院在研究的基础上又面向公众开设讲堂。2010年还编辑出版院刊《老庄》，现在已定为每季一刊。另外，观内还设有琴馆和武馆各一座，分别教授蜀派古琴和武当松溪太极拳，习练者甚众，既有道观的道士，也有社会上的爱好者。每逢周五、周六、周日下午，以上机构均会举办各类讲座或培训，数年来未有停辍。

可以说，文化传承在青羊宫内蔚然成风。恐怕，正因为有这种意识，成都道教宫观才有极其深厚的文化积淀，也才有许多非凡之举。而这种意识和传统则应是包括经韵在内的道教文化千余年来不绝于斯的重要原因之一，难怪人们说：“自古研道不离川。”

（四）经费及相关问题

言及培训和传承，人们总会想到经济的问题。那么，青羊宫在此方面是否资金充足？他们是如何解决经费问题的呢？

首先，让我们先看看青羊宫的经济来源。以下是调查人员与林永峰道长的部分谈话记录。

问：“现在庙里的经费主要有什么来源？”

林永峰：“自养的。以庙养庙，国家不拨钱。”

问：“是香火钱呢还是……？”

林永峰：“香火。还有一些捐助，还有法物流通处。就这么几个来源。”

问：“哪一块占的比例比较大？”

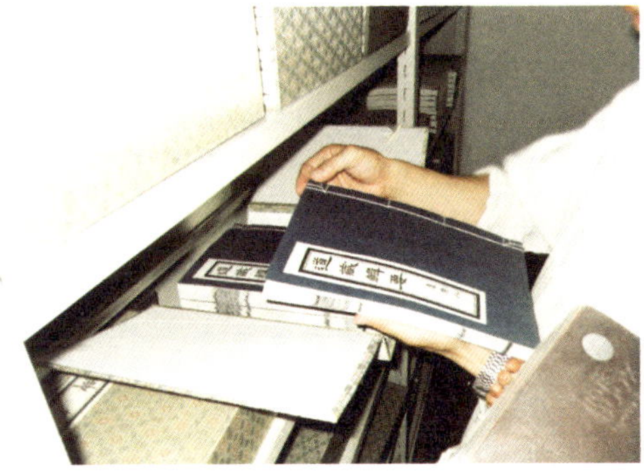

图 12-7 · 青羊宫藏《道藏辑要》　王辉 / 摄

图 12-8 · 《老庄》杂志　王辉 / 摄

林永峰："还是香火钱，法物流通处是鼻子眼睛要配上去，没有的话就感觉到缺什么，特别是城市里的，要配上去。"

据观察，法物流通处通常情况下门庭冷清，即使有人前往，也多是匆匆浏览，实际交易者极少。捐助则时而会有，所捐或钱或物，或多或少，但属于偶然现象，具有随机性，不能作为经济的主要依持。

另外，青羊宫还有门票收入，每人次10元，不过，四川的老年人免费。然而，来青羊宫的大部分人员却是当地的长者，一般都是常来常往的老年信众。他们或来进香，或来消遣度日，有相当一部分在观内的茶园里还有"固定的"座位甚至座次（实际是他们天天都来，或单独，或结伴，而且总是坐在同一位置上，慢慢地就"固定"了下来）。初一是进香的高峰日，放眼望去，老人居多。因此，青羊宫的门票收入应该不会太多。观内的茶园提供午饭，是收费的，有2元、4元、6元等几档。除最便宜的豆花饭外，其余档次的不同仅是量上的差别。林道长解释道："只是收回成本而已。"

经查询青羊宫的网站，了解到青羊宫还有对外承接各类法事的服务，也会收取一定费用，兹录如下③：

除了日常早晚功课、节日仪典外，青羊宫还应社会上信众的请求举办斋醮仪式，即通常所称"做道场"。为满足广大信众请行斋醮的要求，青羊宫于1998年专门设立了"青羊宫宗教活动办公室"，本部负责对外承接各类法事项目。青羊宫应社会上信众的要求可举办的道场如下：

表 12-2　青羊宫道观斋醮科仪名目及服务资费标准

阳醮类		
法事名称	法事宗旨	法事金额（元）
南斗祝文	延生集庆	1200
贡祀诸天	祈祥保泰	1600
拜斗解厄	祛病除邪	1200
静斗燃灯	祈福消灾	1800
接寿正朝	续限延龄	2400
文昌正朝	开智祈嗣	1600
三景玉符	改运度煞	1200
正奏三清	上表祝愿	2400
十八诰符	解诸灾难	1600
亡斋类		
法事名称	法事宗旨	法事金额（元）
转咒颁赦	超度先灵	1200
救苦正朝	奏章荐亡	1400
度人正朝	追度逝魂	1200
天医正朝	专度难死诸魂	6000
六时荐拔	升度灵魂	6000
三天荐度仪	关亡对炼	24000
血湖大斋仪	专度女魂	2400
度人十转仪	荐度三代宗亲	32000
施戒超度	荐度诸类茕魂	3600

陈当家说："（做法事）一般都是到青羊宫来做，我们都不到家里去。他如果要请我们去，就跟他说，法律规定，宗教活动只能在宗教活动场所里面进行，到家里面去是违规的。"

经向陈当家了解，青羊宫每年都会承接到上列的部分法事。这应该是道观的一项收入来源。可惜观里没有登记，无法得知确数。

以上便是调查所知青羊宫的主要经济来源。青羊宫每天的人流量较大，香火钱大概是比较稳定的大额收入。

整个道观人员的衣食住行、道观日常维护和管理，以及与观外道外的往来事务，在一些节日还要做大型法事回馈社会，如陈当家提到的“每年二月十五老子的寿辰，青羊宫要办老君会，很多信教的群众都要到青羊宫来，晚上在青羊宫静坐，几千人哩，三清殿外面到处都是人，我们要给他们煮面，吃寿面”，等等，就都是靠这些收入来维持。其中耗费最巨的要数宫观建筑的修缮和建造。当然，道协办公室的陈主任也说，有些可以向政府申请资助，比如在“汶川大地震”中受损的道观或一些重点文物类建筑的修复等。但这种资助数量很少，而且是专款专用。

青羊宫办书院、办图书馆、办院刊、组建乐团等，均是道观自发自觉的行为，所需资金也是道观自行筹措。获批为国家级“非遗”项目后，观中未曾收到任何“非遗”保护方面的经费，陈当家甚至对国家或当地政府会给传承人一定补助一事毫不知情。

没有外界的经济支持，青羊宫依然有着较为良好的传承，究其原因，大概有以下几点：

第一，因为念经拜忏本就是出家人分内的事，是修行悟道的重要方式，因此，并不需要专门培养兴趣，也无须强迫或利诱，是人人必须具备的基本能力。

第二，出家人清心寡欲，日常生活本就素朴清苦，不求奢华。所以，在传承上无论教还是学，都不会过于讲究物质条件，更不需要支付工资。林道长说：“我们家里自己的事情不考虑有钱我就去，没钱我就不去。”即使很苦很累，只要有需要他们就会去做。

第三，宗教人士有着执着的信念，只要于信仰有益，有钱时自能力行，缺资时也多会想方设法筹集促成。

第四，青羊宫传统使然。对于他们认为有利于修行和道义的音乐，只要有人愿意学习，当家的总会慷慨投资，鼎力支持。现在乐团虽然解散，但当调查人员问陈当家，假若还有道士想向专业人士学习器乐演奏等技能，是否仍然会支持时，他毫不含糊地给予了肯定的答复。

既如此，是否就可认为青羊宫在保护和传承方面不存在资金不足的问题呢？

实际上，出家人也是有一分钱做一分事，尽力而为，多则多用，少则少用，没钱时，很多只能因陋就简，维持一些基本的需求，其他的就只能争取或等待机会。

例如，陈杰谈道，已故的江至霖是公认唱经最好的高功，现在许多道士耳边还萦绕着他当年的唱腔。以前曾经用磁带录了一些，由于成都地区气候温湿，磁带很容易受潮发霉变质，时日长了就放不出来了。陈杰一次采访省级传承人吴理冲（江至霖的弟子）时，提及希望把这些磁带转录成光盘，吴理冲闻言深以为然，说如果能这样就太好了。可是却苦于缺乏经费，始终无法落实。

类似地，保护单位也希望把现在许多典型的仪式和好的高功唱腔，进行全面录音和录像，以保留一份资料，供后来者学习和研究。然而，同样是资金无着，只能有待机遇。可年岁不饶人，等到将来经费解决了，可能有些年长的道长已经羽化，驾鹤西去了。

“成都道教音乐”申报成为国家级非物质文化遗产项目获准后，不但青羊宫未得到分文支持，作为保护单位的成都道教协会也没有获得任何相关的款项。据陈杰反映，只有两位省级传承人得到了每年4000元的补助，发至个人手中。

陈杰还说，她曾经为经费问题咨询过，只知道成都市“非遗”中心的资金是从省上派下来的，但始终没弄清楚这种资金的拨放程序，至于其中包含什么款项，能否争取资金，如果可以争取支持应如何争取等问题则全不明了。

因此，包括成都道教界许多人都很不理解申报成为国家级非物质文化遗产项目有何作用。陈杰无奈而困惑地说：“说实话，申报比不申报，有时候我感觉有点多余。为什么呢？因为申报了过后，没有钱不说，事情简直是多得不得了，一下这样检查，一下这样表，一下那样表，我一直在应付这些东西。……你说我们申请了有什么用？所以很多道士不理解，问我你申请这个有什么用？又拿不到一分钱，申请了反而有时候感觉就是一种累赘，因为事情太多了，一下是这个调查，一下又是什么规划了，计划了，一会儿又是什么检查了，事情多得不得了，每天都是这个样子。当然不是说我们不想这样做，因为毕竟我们也是抱着想保护这些东西的态度去做，……反正我们是在往这条路上走……但是经费的问题使很多想法不能变成现实。”

我国“非遗”保护工作推行已有多年，其间做了许多卓有成效的工作，取得了社会各界广泛的共识。而今，已经到了落实各项保护措施的阶段，但从调查的情况看，制度层面是需要进一步细化和完善的。财务制度便是有待健全的敏感而关键的方面。常言道，兵马未动，粮草先行。不管是资金支持的不足，还是资金管理的无序，都必然直接影响到保护措施的具体落实。因此，完善“非遗”保护的财务建制，使之明晰化、制度化、规范化，保证专款专用，是目前急需解决的问题。

（五）从经济投入看“非遗”保护在人们心中的地位

需要注意的另一个问题是，我国“非遗”保护的财务制度诚然急需完备，但是，并不能说保护单位和保护主体在经济上真的是完全没有保护非物质文化遗产的能力。

在访谈过程中，成都市道教协会收到了企盼多时的国家宗教局批复，同意成都道教经师团24人前往香港参加为期16天的大法会。据了解，成都道教经师团由成都及周边各道观的经师组成，每年都会到香港参加法会。之所以每年如此，一是成都与香港道教界长期以来相互帮助，建立了良好的关系，成都经师团赴会助阵是对香港道教界的友善回报；二是对于道教界而言，法会是他们“自己家里的事”，因此他们总是会积极主动、充满热情地参与，这和拒绝参加表演性质的舞台演出之态度形成鲜明的对比。其实，除了香港，成都道教界还与国内外许多地方的道教团体有这种往来。林永峰说：“我们全国寺庙里面举行一些活动，邀请他们去，他很乐意的。我们到沈阳，到东北，到台湾，到香港，到澳门，到新加坡，他们都去过，他们说这是我家里的事情，我自己的事。”要知道，组团远赴异地与会是需要经济作为基础的，但成都道教界却未见因为资金问题而中断此类事务。

另外，成都道教文化节举办已有三届，分别是2004年、2006年、2010年，现在已经确定为三年一届，第四届将于2013年举行。道教文化节同样是耗资巨大的活动，经费由多方凑集。以第二届为例，陈杰介绍说，当时总共投入资金几百万元，其中成都市道教协会出资50万元，青羊宫出资一两百万元。

无论是法会还是文化节，对于弘扬道教精神及文化都有着巨大的作用，这点毋庸置疑，但相较而言，他们每每热心投资大笔资金于法会和文化节，却不肯花费较少的资金于保护，可见，不管是成都道教界还是当地政府部门，对于一些基础性的保护工作热情并不很高。这说明，人们对于“非遗”保护急迫性、重要性的认识还有待进一步提高。

三、结语

总体而言，尽管成都道教音乐仍然保持着以往的传承脉系，但从非物质文化遗产保护角度看，“成都道教音乐”的保护情况是不理想的，有许多急需抢救和保护的方面未能抓紧落实，而由于保护单位和保护主体在保护理念上存在分歧，以至于形合神离，各行其是。《申报书》预定的一些保护措施，目前，只有出版《天府天籁——成都道教音乐研究》专著一项得以完成，其余，保护主体或者不能认同，或者不以为然，或者不切实际，故大多未能实施。

然而，这些不理想，却不能完全归咎于保护单位和保护主体，其中反映了许多更深层次的问题。总结起来，有以下几点：

第一，人们对宗教的认知仍不全面。时至今日，尽管随着中国改革开放不断深入，中国社会日显开明，从上到下在思想上均对各类思潮、观念和社会现象表现出难得的大度和包容力，但由于历史的原因，人们对宗教的认识仍然是表浅的、片面的，尤其对其深层的信仰内涵，许多人至今仍不敢正视和触碰。因而在保护宗教类非物质文化遗产问题上，往往只看到或只停留于强调其与时代主流合辙的艺术成分。这种认知和取向限制了宗教类非物质文化遗产保护工作的实质性展开，甚至有时起到了破坏的作用。成都道教乐团的解散便是一例。所以，要保护好宗教类非物质文化遗产，必须对宗教重新进行全面的、中肯的评价，转变对宗教的过于负面的态度，否则，宗教类非物质文化遗产保护工作将事倍功半，甚至适得其反。

第二，宗教界对“非遗”保护重视不够。虽然我国“非遗”保护的宣传工作成效显著，深入人心，但宗教界对此似乎较为冷淡。成都道教音乐的申报成为国家级非物质文化遗产项目工作从提出，到申报，再到后来的保护，就完全是道教协会及当地政府在做，尽管道教界也表示支持，同时也非常配合工作，但多少有点事不关己的心态。因此，要保护好宗教类非物质文化遗产，需要宗教界人士的积极参与，而要做到这一点，就要提高宗教界内部的“非遗”保护认识。

第三，地方政府和基层“非遗”保护工作人员依然缺乏非物质文化遗产的保护意识，思维单一，对于“现代性”是破坏传统文化的重要因素认识不足，未能摆脱“创新”“市场”等现代观念的影响。由于“非遗”保护来得突然，又是个庞大的系统工程，虽然通过宣传，人们都深感保护非物质文化遗产的重要和必要，但对于保护理念和保护方法，在大多数人头脑中仍然是模糊的，这使得“非遗”保护在具体实施时显得盲目，无所适从。因此需要加强“非遗”工作人员的培训。

第四，“非遗”保护的资金缺乏和相关财务制度的不健全限制了我国“非遗”保护工作的进一步推进。应该尽快建立起健全的“非遗”保护财务制度，设立“非遗”保护的专项资金，并加强“非遗”保护资金的管理，使之规范化。

第五，“非遗”保护的上级管理部门应对基层多进行实质性的指导和支持。尽可能减少过于形式的报表、检查等事项。

第六，就成都道教音乐而言，行坛道乐乃《申报书》所称“成都道教音乐”三大组成部分之一，但在保护措施和保护计划中均未见保护行坛道乐的相关安排，建议今后加强行坛道乐的调查和保护。

注释

① 《国家级非物质文化遗产代表作申报评定暂行办法》，2012年9月23日，中国非物质文化遗产网（http://www.ihchina.cn/inc/detail.jsp?info_id=88）。

② 刘红主编：《天府天籁：成都道教音乐研究》，人民出版社2009年版，第6—8页。

③ 《青羊宫现对观外信众开放的道场（法事）》，2012年7月20日，青羊宫官网（http://qingyanggong.org/Show_z.asp?id=2）。

第十三章 文昌洞经古乐调查报告

项目名称·文昌洞经古乐

所属类别·民间音乐

申报单位或地区·四川省绵阳市

入选国家级非物质文化遗产名录情况·2008年第二批 Ⅱ－128

撰写人·巫宇军

文昌文化是中华传统文化的重要组成部分，经历了从秦汉到明清以至今天的漫长发展演变和积累过程，其所包含的内容极为丰富，涉及伦理道德、音乐绘画、建筑雕塑、中医中药、文学艺术、民风民俗、科仪祭祀以及宗教学、民族学、社会学等诸多方面，博大而精深。千百年来，文昌文化流播广远，在全国乃至海外都有很大的影响，形成了独特的文昌帝君信仰。

有观点认为，文昌帝君为“文昌星神”与四川地方“梓潼神”结合而产生之神，四川省绵阳市梓潼县七曲山则是传说中的“梓潼神”张亚子修行之地，梓潼七曲山大庙为天下文昌宫观之祖庭，故此，梓潼被视为文昌文化发祥地，又名曰“文昌帝乡”。

作为“文昌帝乡”的梓潼县，文昌文化积淀极为丰厚。2005年，该县对当地的非物质文化遗产进行了全面普查，至2012年初，全县经核定的市级以上非物质文化遗产26项，其中与文昌文化相关的就有10项，分别是文昌洞经古乐、文昌出巡、马鸣阳戏、大新花灯、文昌祭祀、梓潼民间木雕泥塑艺术、文昌神话传说故事、文昌庙会、文昌木刻画年画壁画、文昌古籍等。它们占据了该县5项省级项目的3项（文昌出巡、马鸣阳戏、大新花灯），而唯一的一项国家级“非遗”项目即是“文昌洞经古乐”。

一般认为，文昌洞经音乐源于南宋乾道年间谈演《文昌大洞仙经》的檀炽钧音。在梓潼，这种音乐主要运用于文昌祭祀、文昌出巡、文昌庙会等传统文昌文化活动之中，自南宋承传至今，历史悠久。

然而，调查发现，在2008年6月7日梓潼“文昌洞经古乐”被公布为第二批国家级非物质文化遗产之前，多数梓潼人，尤其是年轻一代，却不知道当地有洞经音乐存在。究其原因，主要是由于1950年以后与文昌相关的各类传统文化活动在梓潼被迫中断三四十年造成的。而今，随着梓潼“文昌洞经古乐”入选国家级非物质文化遗产名录以及文昌洞经古乐团在七曲山大庙连续多年的表演，梓潼县文昌洞经音乐及其相关活动又渐渐得到了恢复。

2012年7月21日至24日，本课题调查组对梓潼县“文昌洞经古乐”的抢救和保护情况进行了考察。

一、调查对象及行程安排

本次调研着重考察了“梓潼七曲山大庙文昌洞经乐团”、梓潼县文化馆和梓潼县七曲山风景区及其管理委员会，选择的重点访谈对象有6人：白金福（现任洞经古乐团团长、市级传承人）、陈周述（洞经古乐团顾问、省级传承人、原乐团常务副团长）、康永安（现任洞经古乐团副团长）、姜合（梓潼七曲山风景区管理委员会综合办公室主任、梓潼县文化馆原馆长）、罗智婉和潘丽（梓潼县文化馆负责“非遗”日常工作的馆员）。另外，调查人员与洞经古乐团部分团员进行了交谈，还对梓潼县居民作了抽样调查。由于未能联系上另一位省级传承人王梓延（生于1923年），故未能寻访[①]。

此次考察的过程如下：

2012年7月21日下午抵达梓潼后，调查组随即考察梓潼县城。通过考察，对梓潼生态及人文环境有了感性认识，使得从文本中了解到的梓潼逐渐变得生动真实，进而熟悉，许多先入为主的想象错觉得到了涤除。在傍晚寻找梓潼县文化馆时（该馆在汶川大地震后几经搬迁）偶遇白金福夫人，后得以与白金福见面，经交谈，得知翌日一早洞经古乐团将上七曲山大庙演奏。

2012年7月22日清晨，调查组与白金福等洞经古乐团人员一同乘公共汽车前往七曲山。下午又随团赶乘公共汽车返回县城。其间，调查人员用录音、录像或相机记录了洞经古乐团在山上演奏、生活以及往返的全过程，并与陈周述、白金福、康永安和部分团员进行了深入交谈。

2012年7月23日清晨，调查组二上七曲山，采访七曲山风景区管委会综合办公室主任姜合。之后对七曲山大庙进行了全面考察。下午返回县城，在文化馆对潘丽进行访谈。

2012年7月24日，调查人员再到梓潼县文化馆，采访罗智婉与潘丽。

二、梓潼文昌洞经音乐依存的生态、人文环境

梓潼虽然是文昌文化发祥地，但外界多数人对梓潼却是比较陌生的。为此，有必要先对这个孕育“文昌洞经古乐”的梓潼县作一简略介绍。

梓潼县隶属四川省绵阳市，距绵阳市区45公里，至省会成都150公里。县东北交剑阁县，东南邻南部县和盐亭县，南接三台县，西南连绵阳游仙区，西北畔江油市。全县辖32个乡镇，地域面积1442.5平方公里，人口380325人。

从地形上看，梓潼位于四川盆地西北部，地处盆地丘陵向盆周低山过渡地带，平均海拔600米左右。最高点海拔911.6米，是古金牛蜀道“坡去平来”的分界线。地势东北高，西南低，以潼江河谷为界，东北为高丘低山，西南为浅丘。从绵阳乘车进入梓潼，沿途大多开阔平坦，庄稼覆野，四围丘坡小伏，连绵不断。

梓潼年平均气温16.5摄氏度，凉爽宜人，年降水量902.4毫米。调查期间正逢雨季，终日阴雨绵绵，据说已持续三月余，偶有小型滑坡，但破坏力不算太大。全县森林覆盖面积42%，连县城里也绿树成荫，尤其较为繁华的老城区，道路两旁的树木可谓遮天蔽日。然而路况不佳，城中房屋也多数老旧，看得出是个经济不太发达的边远山区县城。

梓潼虽然地居偏远，却是著名的古城，早在秦昭襄王二十二年（公元前285）便已置县，处在剑门蜀道翠云廊南端，历来为“地联秦关，路当蜀扼”的军事重镇，有“益州矜领”之称，是古蜀陆路出川的唯一交通驿道，不但历来为兵家力争之地，也是古代蜀地学子上京赶考的必经之路。由于梓潼七曲山大庙乃文昌祖庭，供奉着护佑士子的文昌帝君，故而据说古之士人过境无不前往拜谒。

七曲山现为国家4A级旅游景区，位于梓潼县城东北方9公里处，有公共汽车往来其间，单程仅需20分钟可达，约20分钟一班车。景区有古柏两万余株，为全国最大的纯古柏林。七曲山大庙是景区的核心，集元、明、清古建筑于一体，有殿堂楼阁23处，红墙黛瓦掩映在苍苍古木之间，烟雨迷蒙中更显清幽。考察期间，冒雨到大庙祈祷顶礼者不算太多，但都很虔诚。经了解，他们多数为专程拜文昌而来。魁星楼的里面乃至廊道两旁挂满了考学遂愿之人赠送的锦旗，层层叠叠，不计其数。

调查中看到，与县城相比，无论是道路还是建筑，七曲山均显得焕然崭新，据悉是汶川大地震后得到援建的缘故。这也说明梓潼县把建设投资的重点放在了七曲山。

不过，要指出的是，就调查的情况看，作为古城的梓潼，城中虽有偌大一个文化广场，但整个县城却未能让人感觉到传统文化的气息。七曲山大庙则不然，古香古色的建筑

和大量的文昌帝君传说故事营造出浓厚的文昌文化氛围。文昌帝君因其更贴近生活，与读书人的关系也未因时代变迁而发生大的改变，所以对于今人而言仍然亲切。近年来，七曲山大庙还增加了文昌洞经古乐的演奏。尽管这种表演和传统的洞经谈演相去甚远，但对于抢救、保护和宣传一种濒临消失的古老音乐来说，则有不同寻常之意义，更打下了坚实的基础，可谓功莫大焉。

三、“七曲山文昌洞经乐团”与梓潼洞经音乐的抢救与保护

“梓潼七曲山大庙文昌洞经乐团”是梓潼最早、历史最长、水平最高的洞经乐团，聚集了梓潼绝大部分洞经音乐人才，可以说是目前梓潼洞经音乐最集中、最全面的代表。本次考察亦主要围绕该乐团进行。在此，先将调查所得的梓潼洞经乐团目前的基本情况作一介绍。

（一）乐团现况

1．大庙演奏纪实

每逢周末，“梓潼七曲山大庙文昌洞经乐团”都要到七曲山大庙演奏，风雨无阻。2012年7月22日正是星期天。

22日早晨八点，调查组来到开往七曲山的班车上。班车是公交车，并非乐团专车。车上已有不少乘客，其中便有已经认识的乐团团长白金福。他介绍说，乘客中有不少乐团团员。因为是演奏日，车上乘客以洞经乐团人员居多。不久车辆启动，穿过县城开往大庙。沿途各站还有不少乘客（包括一些乐团团员）上车。县城至七曲山票价2元，各人自行购票。

八点半左右，抵达七曲山。乐团从大庙侧门进入演奏地点——怡园。怡园紧挨大庙的文昌正殿，居正殿右侧，颇为宽敞，原为游客休息喝茶的茶园，现为洞经音乐演奏场所，不过仍具茶园功能。怡园分成演奏台和观众席两部分，观众席有桌椅15套。

进园后，团员们先到演奏台旁的厢房内取乐器和演出服。厢房狭长形，放满了各类乐器和多种古装演出服。乐器架上写着乐师的姓名。团员们或试音，或调弦，或收拾打扫，各自忙碌。

约八点四十五分，大庙负责人通知白金福：“九点有接待任务。”要乐团抓紧准备。有人

闻言抱怨："至少应该提前一个小时通知。"因为演奏正常十点才开始。还有部分团员未到。

九点过，省旅游局领导来到怡园，洞经乐团人员虽不全，但也已有18人就坐于演奏台。主持人报幕后演奏开始。一曲《浪淘沙》弹唱毕，领导们离去，其中一位捐出一百元人民币投入台前的"抢救文昌洞经音乐捐款箱"。

接待任务完成，乐团继续弹奏，未几，又有导游引游客入。

是日风急雨斜。园外枝飞叶舞，园内弦歌不辍。

后到的团员陆续加入。演奏约半小时后方歇息。如此称为一场。一般上午演奏两场，下午三场，场间休息二十分钟左右。22日因为接待，上午多演了一场。通常每场演奏乐曲五六首，各场曲目不重复，每曲演奏前先由主持人报幕，简单介绍曲名和内涵。怡园表演完全免费。

约十一点半，上午场结束。团员们各自从厢房中取出餐具，到大庙管理人员的内部食堂就餐，4元一餐。白金福则先打了饭回到怡园看守乐器。

下午场一点才开始，团员们饭后自由活动。考察看到，不少团员此时围坐一起弄弦切磋。

由于要赶乘公交车返回，为免耽搁，下午最后一场开始前，团员们先卸去演出服，着常服演奏。下午约三点，全天演奏结束，众人匆匆放好乐器赶往庙外候车。

乐团现有成员共32人，7月22日来了25人。副团长康永安说："平时一般最多的也就是二十八九个人。总有那么几个人要耽搁，总有点事。"据说7月21日周六到了29人，已属超常。

就7月22日的情况看，游客不算多，随来随走。不过相对7月23日周一怡园冷清空落的景象而言，周末的怡园就显得热闹了。游客中很少有连续听上三曲者，这或许与跟团随众有关。就观察所见，个别游客对怡园的洞经演奏表现出极大兴趣，大约有三分之一临别时显出依依之情。

2．乐器

由前面的介绍，可见"梓潼七曲山大庙文昌洞经乐团"阵容鼎盛。经调查统计，目前该乐团使用的乐器共有32种，各类乐器的数量本次考察未及核点，根据乐团演出的阵型估计，乐器的总数量不会少于44件，详如下：

堂鼓（1）、大鼓（1）、大阮（2）、二胡（6）、扬琴（1）、磬（1）、木鱼（1）、笛子（3）、箫（1）、小锣（1）、镲子（1）、三弦（1）、笙（1）、唢呐（1）、大锣（1）、云锣（1）、京胡（1）、川胡（1）、中胡（2）、大胡（2）、拉阮（1）、大提琴（1）、古筝（1）、柳琴（1）、小阮（1）、中阮（3）、琵琶（1）、埙（1）、排箫（1）、编钟（1）、梆子（1）、二星（1）。

3．乐曲乐谱

经向陈周述等了解，乐团现有乐谱四本，每本有曲目10首左右，这40多首曲目就是乐团在大庙演奏的常用乐曲。但这些乐曲却不完全是洞经音乐，来源颇杂。白金福说："有些是原来的洞经音乐，下去采风挖掘来的，有些是从外面返回来的，比如《奉圣乐》，有些是根据洞经音乐元素创作的。"

4．服装

乐团的演出服不止一套。综合调查和资料图片统计，乐团至少有6套定制的演出服，详见图13－3至图13－6。

13-1	13-2
	13-3

13-1・七曲山大庙
巫宇军／摄

13-2・虔诚的进香者
巫宇军／摄

13-3・文昌洞经乐团演出服 1
巫宇军／摄

梓潼文化馆 / 供图

13-4 | 13-5

13-6

13-4 · 文昌洞经乐团演出服 2

13-5 · 文昌洞经乐团演出服 3
梓潼文化馆 / 供图

13-6 · 文昌洞经乐团演出服 4
张玮 / 摄

5．人员构成

该乐团现有的32人，绝大多数为退休人员，来自梓潼本县各不同行业。截至2012年7月22日调查时止，乐团团员平均年龄63.5岁，最年长者85岁，最年轻者43岁，年龄分布情况详见表13－1。

表 13-1　七曲山大庙文昌洞经乐团成员年龄分布情况表

年龄段	<40岁	40—49岁	50—59岁	60—69岁	70—79岁	80—89岁	≥90岁
人　数	无	1	9	15	5	2	无

调查所得乐团人员详细信息见表13－2（以入团时间先后为序）：

表 13-2 七曲山大庙文昌洞经乐团成员信息表

姓 名	年龄（岁）	出生年份	入团时间	级别	演奏乐器	原单位
安果全	85	1927	1998	一等	堂鼓、大鼓	梓潼中学
赵安福	67	1945	1998	一等	大阮	县生资公司
仇昌伦	82	1930	1998	二等	二胡	梓潼中学
李道如	65	1947	1998	特等	二胡	技监局
史桂珍	71	1941	1998	一等	扬琴、磬、木鱼、诵唱	糖酒公司
谈光伟	65	1947	1998	一等	笛子、箫	农行
魏实珍	73	1939	1998	二等	小锣、镲子、诵唱	检察院
刘建明	64	1948	1998	特等	三弦、笙、唢呐、大锣、云锣	文昌镇人
仇兴嘉	64	1948	1998	特等	京胡、二胡、扬琴、川胡	县供销社
仇林基	67	1945	1999	二等	大胡	文昌镇青岭村
陈周述	70	1942	2000	特等	二胡、中胡、拉阮、大提琴、唱	县大修厂
何晓玲	59	1953	2000	一等	古筝	文昌路北段
廖国荣	61	1951	2000	二等	柳琴、小阮、中阮	公安局
何学蓉	60	1952	2000	特等	二胡、唱、报幕	财保公司
康永安	66	1946	2001	特等	音响调音	五金公司
魏长才	67	1945	2001	特等	二胡	南桥居委会
白义忠	61	1951	2002	特等	笛子、笙	县生资公司
刘厚君	60	1952	2003	特等	琵琶、大阮	燃气公司
程全利	61	1951	2003	特等	笛、埙、扬琴、排箫	财保公司
仇 炽	56	1956	2003	一等	大阮	燃气公司
汪国孝	56	1956	2004	特等	唢呐、二胡、中胡、编钟	南桥村11社
李俊英	59	1953	2004	二等	唱、二胡	农业局

（续表）

姓名	年龄（岁）	出生年份	入团时间	级别	演奏乐器	原单位
郭荣	54	1958	2005	一等	笛子	农发行
高维琼	59	不详	2005	二等	中阮	
赵成友	60	不详	2007	二等	中胡	
薛敬恒	59	不详	2008	二等	笛子	
白金福	71	不详	2010	特等	指挥	县文化馆
王绍芬	58	不详	2010	二等	中阮	
王惠清	56	不详	2010	二等	古筝	
孙华君	61	不详	2010	二等	梆子、二星	
白长润	43	不详	2010	二等	大胡	
赵履宝	71	不详	2011	二等	二胡	

表中“级别”一项，乃乐团内部根据团员演奏的技术水平而定，分特等、一等、二等三档。

6．乐团活动

乐团活动以表演为主，分定时和临时两种。

定时演出：逢双休日、国家法定节假日、文昌庙会等必演，风霜雨雪不停歇。

临时演出：用于接待、嘉宾、海外团体、大型旅游团等，听候七曲山景区管委会通知，随时上大庙作接待表演。

据陈周述介绍，乐团每年演出总天数为152天左右。按正常定时演出计，如前所述，每天上午10:00—11:30，下午1:00—3:00，场次为上午两场，下午三场，每场约半小时，有观众时为演出，无观众则为排练，地点只在七曲山大庙怡园。

另外，乐团也偶有外出交流演出，但数量极少。

（二）乐团变迁与梓潼洞经音乐抢救和保护

七曲山洞经乐团尽管还存在许多问题，需要进一步探讨，但从梓潼洞经音乐的继承史

图 13-7 • 文昌祖庭洞经音乐研讨会现场
梓潼文化馆 / 供图

看，能够恢复到如此程度，达此规模，却已十分不易。梓潼洞经音乐延续到今天，实是社会各界共同努力的结果，凝聚了民间、学界、政府和许多热心人士无数的心血。下面就根据调查材料，结合七曲山洞经乐团的形成、发展变迁和运转活动，介绍一下梓潼抢救和保护文昌洞经音乐的历程。

自20世纪80年代起，国内学术界开始重新审视和探讨与文昌有关的各类文化事象，成果渐多。1995年9月，“四川梓潼文昌学会”成立，并首次提出和阐述了“文昌文化”这一概念。1996年3月，在梓潼举办了“首届文昌文化研讨会”，四川省内的大专院校、科研机构和其他有关地区的专家学者50余人出席会议。文昌文化研究由此进入系统研究阶段。

在这样的氛围中，梓潼文昌洞经音乐也得到了各方各界的关注和重视。如1987年梓潼县文化馆专门派人深入乡镇进行了初步的收集、挖掘、整理。1997年7月，四川音乐学院甘绍成到梓潼演武、许州、马鸣、石牛、三泉等乡镇村落调查，访问了王兴义、蒋阶兴、史大恒、李明焕、李国勋、邓仕义等洞经老艺人，对洞经音乐发源于梓潼的观点进行了论证。其他学者如王兴平、雷宏安等也长期关注梓潼洞经音乐。

学界深入广泛的调查和研究在梓潼产生了深巨影响。1998年6月，梓潼县编印了一本文昌洞经音乐集成。也在这一年，梓潼的民间音乐爱好者自发筹备文昌洞经乐团，陈周述称此为“初创阶段”。

陈周述：“（乐团）1998年开始筹备，筹备的过程当中，有一些爱好音乐，也会一些乐器的人形成了这么一个队。当时没有洞经乐曲乐谱。乐曲从哪里来的呢？有一个甘绍成教授，……他来指导大家。他下乡到民间去采访了一些，通过录音录下来，然后记下、整理了过后就拿出来，有十多首曲子。他反复来了几次，和我们的人一起下去。这是初创阶段。”

据最早进入乐团的团员说，他们之前都没有接触过洞经音乐，在民间，这些音乐也无人再继续操弄。直到当年调查人员找到不多的几位健在的老艺人，老艺人才重新拿起乐器，凭记忆把梓潼本土的洞经音乐传授给乐团的音乐爱好者。2000年进入乐团的陈周述也是如此与洞经音乐结缘的。

初创阶段，乐团人员并不多。康永安说："那时还没有我们，还没有陈周述、白金福，有安老师、乔老师、史桂珍他们。他们由几个人、十几个人，慢慢慢慢发展，在火神庙底下，就在县城里，平时礼拜几啊去练一练，没有任何收入。"

不过那时乐团人员不太稳定，陈周述介绍说："来的来，走的走，有来的，也有走了的，因为是民间组织，比较松散，没有多少约束，他家里有事，他就迁居了，迁到外地去了。但是，走了一些，又来一些。"

除了人员问题，乐曲也很缺乏。为此，他们引进了部分曲目。

陈周述："另外我们从外面拿回来一些乐曲。我们的洞经音乐呢，按照传说，是梓潼传到了云南，我们到云南，通过录音、磁碟、磁带，把它放出来记录下来，记录了一些洞经音乐。整个挖掘整理，总共40多首，已经不少了。"

康永安："（乐团）发起来过后，云南雷宏安教授……在梓潼调查、采访、收集资料，前前后后恐怕是有一年的时间……他还在云南那边带了点乐谱过来。"

经过这一阶段的努力，乐团进入了较为稳定的发展时期。

陈周述："形成规模呢，是在2000年以后，通过两年的慢慢发展，2000年我们的人多了一点。……2000年以来，始终保持在26个人左右。"

不过，在发展期，乐团都在民间活动，偶尔参加县里文化部门组织的演出，影响并不大。县政府对该乐团也没有十分留意。直到2003年情况才有了大的改变。因为这一年，乐团参加中央电视台《夕阳红》老年电视风采大奖赛获得了三等奖。

陈周述："到了2003年，我们有了一个较大的发展，我们到北京去参加《夕阳红》老年电视风采大奖赛，我们获得的是三等奖，铜奖。自从那以后啊，县里面才重视了。原来县里根本不重视。因为这是个民间团体啊，他不给你资金，也不给你财物。……2004年县里面责成旅游局把我们乐团收进来，局里面管，给我们拨一点日常的经费，这里（指七曲山大庙）上来一天200块钱，全部人共200块钱。"

被县旅游局"收编"之后，乐团便开始在大庙演出。但"收编"一事的背后却还有观念的交锋和利益的冲突。

康永安："洞经乐团最初成立的时候，有一个文昌文化开发中心，民间的，洞经乐团是他们开始弄起来的。乐团壮大了过后呢，他们有些操作方法啊，跟我们乐团的人格格不入，就开始闹矛盾，……这乐团的归属是他们的，我们又不愿意跟他们，我们愿意跟旅

图 13-8 • 座虚座满歌不住，天雨天晴乐无停　巫宇军 / 摄

游局，因为跟旅游局才有生存能力嘛，再有我们毕竟是庙堂音乐，必须要在庙堂里面才有那个氛围，才有意义，你说我们到街上去？没得意思。……（后来）县上讨论，旅游局干脆把我们收编了，收编成一个半民间组织，你说是民间的嘛，他们又在管，给我们一定费用，你说是他们旅游局的编制吧，工资啊福利啊各方面又不一样。”

年纪最大，最早入团的安果全还说：“旅游局原来有一个打算，买上一些乐器，叫他们那些职工来学，但是他们本单位的人来演奏，不成功。那太慢了，他们开始才学，不能马上用啊，好几年都不行，这不是三天五天就能学会的。现在（乐团里）旅游局的人一个也没有。乐器我们接管了。”

自2004年始，洞经乐团就定时定点、不间断地到七曲山大庙演奏，直至今天。前不久，七曲山管委会从旅游局独立出来，乐团划归七曲山管委会管理。归属虽变，乐团的运作模式一仍如旧。

还要说明的是，乐团成立后，梓潼人并未停下挖掘本地乐谱和文昌文化资源的努力。比如，2001年，梓潼县文化局副局长黄枝生率队深入各乡镇村庄，对文昌文化和老艺人（如王兴义、赵定春等）做了极其详细的调查，并亲自整理成文。2004年5月8日，文化馆副馆长白金福率何燕、刘升荣采访了魏永富、王梓延。“非遗”普查中，文化馆馆长姜合率领罗智婉、赵映贵采访了仇世增（81岁）、张明周（46岁）、陈文理（70岁）、魏永富（85岁）、徐文仲（76岁）、刘成华（73岁）等老艺人及其后代。这种注重下乡调查的工作作风在梓潼似已成为传统。其中，来自剑阁县、已故的文化局副局长黄枝生起着表率作用。至今，梓潼文化馆的工作人员还时时提起这位剑阁人对文昌文化的热爱，念念不忘他在“非遗”普查工作中因劳累过度而去世的事迹。

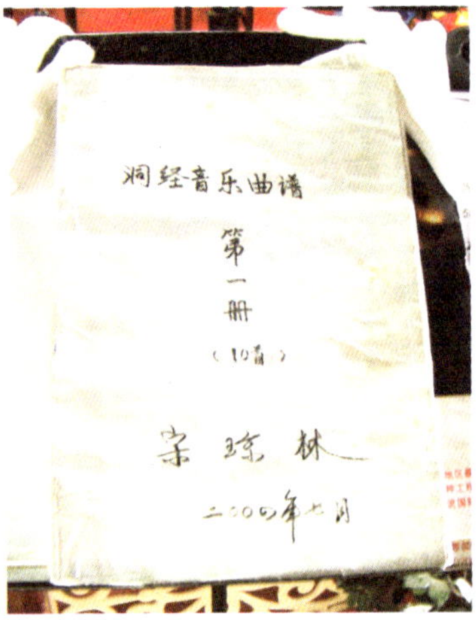

图 13-9 · 宋琼林整理的乐谱
巫宇军 / 摄

除了学者和政府文化部门，乐团成员也积极搜集整理洞经乐曲。陈周述说："洞经音乐的初期，宋琼林老师对乐团乐谱的整理啊，下了非常大的功夫，做了非常大的贡献，现在这个乐谱很多都是她搞出来的。她原来是乐团的副团长，现在她跟女儿到深圳去了，走了有五年，非常惋惜。她各方面都行，很能干。真的要写洞经的发展过程，这个人一定要写进去，这个人是立了汗马功劳的，花了非常大的心血。她比我付出的心血多，当然我也出了不少力，比起来她付出要多一些。"

（三）经济维持

前面康永安提到乐团的生存问题，并说"跟旅游局才有生存能力"。我们已经知道，乐团在大庙的演出是免费的，那么旅游局是以什么方式维持这个庞大乐团的呢？先来看看旅游局或管委会对乐团的经济投入情况，主要有以下几方面：

一是购买乐器、演出服装、道具等。陈周述说："旅游局收编以后，又制了一套服装（按：姜合说是三套），买了一套乐器，我们原来的乐器没有这么好。……（共）投入了几十万，买乐器花了十多万元，做服装花了十多万元。"康永安补充道："陆陆续续在换，不是大规模换。省级申报后添了些，国家级申报以后也在换，前前后后连服装连乐器，一共投入了三十二三万元吧。……我们现在用的乐器，所有的乐器，基本上都换了新的。"

二是提供演出场地。场地即七曲山大庙原来之茶园——怡园。改为演出场所须得配置表演台。现在的怡园有舞台，舞台上有文昌帝君画像，两壁墙上挂有若干吉祥物，另还配有红地毯、音响设备和灯光。作为音响师的康永安说："舞台是我设计的……那些画啊，吉祥物啊，是请北派古建筑的彩画师画的……总共可能十来万，其中音响设备一万多块钱。”

三是充分利用“非遗”保护资金。姜合、罗智婉、潘丽等几位负责“非遗”工作的人员都提到，“文昌洞经古乐”入选国家级名录后，国家下拨了专项保护资金，梓潼县都落实到了保护项目上。梓潼县文化旅游局2012年2月的自查报告中说：

> 2009年由中央、省级为文昌洞经古乐补助的专项资金24万元，于2009年8月下达到梓潼县文化旅游局。用于添置服装10.9420万元、置乐器6.8920万元、制作项目光碟照片资料费用等2.7708万元、表演活动2.8340万元、全年其他日常开支0.3万元。

2010年省级补助文昌洞经古乐代表性传承人专项资金0.4万元，于2010年1月下达到梓潼县文化旅游局，用于省“非遗”传承人补助，已由传承人领取。

以上情况在调查中都得到了证实。

四是给予乐团人员一定经费补助。目前，七曲山洞经乐团每次表演，管委会都补助每位出勤者一定费用，数额不多，每人32元／天，但解决了往返交通费（共4元）和山上的伙食费（午餐4元），余下二十多元为“纯收入”。不过这二十多元在乐团里不是均等的，乐团会根据演奏技术的级别分出特等25元、一等22元、二等20元三档。补助由管委会统一发至乐团，乐团再发给个人。如果按照一年演出152天、平均每天出勤26人计，政府每年补助整个乐团126464元。当然，这种补助有个逐渐增加的过程，并非一贯如此。康永安说：“（补助）申报以前也有，申报以后这一次给我们增加到32元了，以前是24元。这都是一步步来的，从几块增加到十几块、二十几块，最近这一次给我们增加到32块。”

除了政府资助，一些企业家还以赞助的方式支持乐团。例如，2004年乐团用社会赞助款购买了编钟和部分乐器、服装，另还有一家企业赠送乐团一套舟山锣和三面大鼓、两面小鼓，等等。

据了解，怡园舞台前的“抢救文昌洞经音乐捐款箱”也有一点收入，归乐团所有。至于其数额，康永安说：“捐款箱以前还可以，现在每天几十元钱，百十元钱，平均下来就这个样子。……我们才进庙子收到的钱，大于旅游局给我们的钱，有的还直接拿给我们一千两千，现在没有了。”估算一下，乐团演出一年所得捐款为15200元左右（152天 × 100元／天）。这算是乐团的集体所得，其用途如下：

康永安：“一个是小零小碎的，比如箱箱烂了修补，每个人都有个电子校音器，电池要换，反正就这些小零小碎的低值易耗品，这是一个用途。另一个用途呢，就是开个会，

图 13-10 • 陈周述在指导学生　梓潼文化馆 / 供图

图 13-11 • 文昌一小洞经乐团　梓潼文化馆 / 供图

过年过节，重阳节、冬至节、春节，吃个饭。……还有一个是，我们乐团团员生病了啊，去看望下，花个百十块钱。基本上就用在这些方面。”

从以上情况看，七曲山洞经乐团得到了多方面的关怀，而梓潼政府的支持是长期的，也是主要的。虽然目前每个团员所得非常微薄，但对于一个欠发达地区来说，能做到如此已十分难得。其中包含着官方的肯定和重视，这一点相信乐团成员心里是感受得到的，否则，很难想象这许多并非完全因为信仰而弹奏洞经音乐的老人能够风雨无阻地坚持上山演奏将近十年之久。

（四）多种传承方式并存

实际上，乐团在怡园的不间断演出和排练就是一种传承。每年七八百场次的锤炼和切磋，老团员日渐成熟，新团员也日渐提高，无论是技巧，还是对文昌文化的情感，都会与日俱增，使他们从纯粹的音乐爱好者渐渐转变成洞经音乐的承传者。这种传承便是一种保护。用姜合的话说，是“动态保护”。

除此以外，梓潼还探索着其他多种不同的传承模式。

2010年，他们开始在梓潼县文昌一小开设洞经音乐培训班，后又推广到文昌二小，两个小学各自成立了洞经乐团。培训班每周两节课，已经坚持了三年。这种培训属于兴趣班、特长班，学生自愿报名，每期有学生60人左右，指导教师由七曲山洞经乐团选派几位水平较高的团员担任。如陈周述、程全利等。作为代表性传承人的陈周述是主要教师。

经过三年的实践和摸索，陈周述对在小学办班的效果不太满意。

陈周述：“我们乐团的几个老师去文昌一小教洞经音乐，教了三年。他们学生啊，有一个问题，小学生对这个洞经音乐简直没有概念。我们只是教他们用洞经乐谱，教他们奏出来，但是他们这期学完以后，就毕业，第二期重新再来，只有一年的时间。这一年的时间他模糊得很，学生主要是学习，你这个洞经音乐对他来讲，可能就是点缀一下，他就走了，对他没有多少深刻的印象。通过这三年的实践，我想这个传承工作啊，在小学里面，不现实。”

对此，他提出了一种新的模式：

陈周述：“我认为要传承，要一代一代往下传，还得在老年朋友里教。为啥呢？我想了一下，五十多岁到六十岁的人，他生活比较安定了，他的家也比较安定了，他就在梓潼了，基本上不走。我个人的一个想法，梓潼有一个老年大学，各种爱好者都有，也有音乐爱好者……我觉得在这里面教，比较现实。(因为)他本身有基础，音乐有基础，不用再教他基础的东西，就是把洞经乐谱教给他，使他产生深刻的印象。现在人都活得比较长久，起码活到70多岁。这样十年，再十年，一个十年一个十年，这样就把它接下去了。我觉得这是个好办法。……今年如果政协开会的话，我想向政协写一个提案，提出来。……提出在这个老年朋友中间，或者直接就说，就在老年大学里面开展洞经音乐，我可以免费教他们。……但是这个人家要认可，要开课才行。”

陈周述的想法并非脱离实际，事实上，七曲山洞经乐团走的就是老年人传承的道路。乐团自创立到现在，成员基本上都是退休人员。而且，最近几年他们公开招收新成员，目标仍然是退休人员。且看他们招考的条件。

康永安：“乐团招人，面向社会出公告。条件：第一热爱文昌文化、洞经音乐，第二要有充裕的时间，第三生活要有保障，……再有就是身体健康，没得明显残疾，有一定技能。”

为什么把“有充裕时间”和“生活有保障”作为条件呢？这是和乐团的性质及运作模式相关联的。前面已言及，每次上山演奏只有32元/天的补助，一年只不过演出152天左右，显然这远不能养家糊口，所以康永安说：“我们这个往大里说是旅游文化，往小里说就是休闲娱乐。”而且“双休日，节假日都要来，有时候领导来了，或者有客人啊，台湾的国外的客人来了，临时要组织上去，我们要随叫随到”。因此，符合条件的人“大概就在退休的老年人中找，也有几个不到60岁的，他们家庭条件都比较可以，不在乎那点钱”。

相应地，他们对新招人员虽然有技能要求，需要考试，但要求也不是很高。

康永安：“这个技能要考……但考的要求不是很高，能适合我们的洞经演奏就可以了……考的时候，哪样都可以，你自己说。一支曲子吹出来，音准、旋律、节奏起码要

图 13-12 · 文昌出巡中的洞经乐棚
梓潼文化馆 / 供图

准，你音都吹左了，那不得行。你吹，我们的考官就听，哪怕是《社会主义好》啊，你吹出来，也可以，起码音乐这一块你有天赋，又有基础，因为洞经音乐那个曲子简单，来了过后，能够识谱就行了。”

除了以上模式，梓潼人还在尝试把洞经音乐与文昌祭祀活动结合起来，恢复其原本的谈演形态。白金福就说：“我现在准备恢复它整套的祭祀。……我们有个科仪活动叫文昌正朝。……文昌正朝有主祭官，叫高功，他做法事颂唱，我们就伴奏。”

陈周述说得更具体：“文昌正朝大概有十首乐曲，有很多仪式。真正的洞经音乐按照过去的那种谈演仪式，现在剩下的老人都没经历过。……我收集到的一个本子，是梓潼卧龙的谈演本，是专门谈演洞经音乐的，里面没有乐曲，只有文字。……但乐曲其他资料查得到。”

陈周述的干劲很大，也有自己的想法。他说：“要恢复谈演呢，还有很多工作要做，我想我在有生之年总要把这个事情搞出来。……那个形式一搞要搞几天，现在的人啊，没有这个耐心，我想简单恢复一下，简单恢复以后大概有个把小时。”实际上乐团已经在尝试了。陈周述谈道：“山上大庙有一位张老师，对文昌正朝的仪式非常熟悉，他一直在做（祭祀）。……比较大的祭祀他就找我们跟他配合。”因此，乐团上大庙除了前面提到的几种情况，当张老师邀请做祭祀时，也会专程上山。

还值得一提的是，梓潼县政府除了大力扶持洞经音乐，也十分重视其他传统文昌文化活动的恢复，例如文昌出巡、文昌庙会等。以盛大的文昌出巡为例。

“文昌出巡”是一种大型的文昌祭祀活动。是时，人们从七曲山大庙恭请文昌及圣父、圣母巡幸入城，与民同乐，共度新春，并企盼文昌佑护民众来年物阜粮丰，安康福寿。

文昌出巡产生并流传于梓潼及其周边地区，据考证，明嘉靖五年之前已经存在，每年正月举行。从正月十二开始，正月十八结束，历时七天。

文昌出巡主要程序有扫荡、迎文昌、祭文昌、送文昌几部分，场面宏大，参与人员众多。

届时，县城居民皆要摆放香案，家家门前煨柏桠（烟祭文昌）。县城报马直奔七曲山文昌宫，请文昌起驾。县令率百官士绅，抬上城隍到北门恭迎。文昌、圣父、瘟祖木雕神像乘凉轿下山，然后换上十六人大轿，再排列仪仗入城。前有开山锣，随后是“肃静”“回避”的大牌，彩旗幡伞作前导；后有百余人喜神队、高脚木牌队；接着是狮子舞龙队。在二十八宿勇士队的护卫下，圣父、瘟祖、文昌、城隍四乘大轿开始巡游县城。每乘大轿之后都有一乐棚，边走边奏洞经古乐。再后是一群赤裸上身，点着七星灯的汉子，多为父母生病许愿还愿者，接着是身背香筒的信众。出巡队伍游遍全城，入驻文昌行宫，连唱几天大戏。正月十八，送文昌帝君归山。据了解，参与文昌出巡的人员多达一千五六百人，整个县城万人空巷。

这种隆重大型的文昌祭祀活动已在一定程度上恢复，成为梓潼县每年的盛事。随着此类文昌文化活动的恢复，与之相伴的洞经音乐也就有了生存的沃壤。

四、启示与讨论

梓潼洞经音乐在中断了四五十年、已基本无人习用的情况下，能够再续接起来，并且至今运转良好，从非物质文化遗产抢救和保护的角度看，是成功的。梓潼成功的原因是多方面的，其中可以给我们启示的至少有以下几点。

第一，依托学界，尊重传统。梓潼洞经音乐的抢救和保护是学术先行的，也一直是在学者们的指导下进行的。应该说，是学术研究充分挖掘并识别出了长期以来被定性为“封建迷信”的文昌文化的内在价值，对传统文昌文化有了较准确的判断和较全面的定位。这使得，一方面，在“文革”结束后不久，梓潼人便能较早地卸下沉重的政治思想包袱，积极主动地抢救传统文化；另一方面，在商品经济意识滋蔓的当今社会，梓潼人能尊重传统而不至于急功近利地迎合俗世的喜好，把洞经音乐完全剥离其文化土壤而变成以营利为目的的、纯粹的艺术表演。这从康永安“庙堂音乐必须要在庙堂里面才有那个氛围，才有意义，你说我们到街上去？没得意思”的认识中便可以看出。作为政府官员的姜合也明白：“（洞经）老艺人在谈演中他才存在……洞经音乐谈演是文昌祭祀的一个组成部分。”诚然，学者们对传统文昌文化的关注唤起了当地人对本土文化的重视和保藏，也改变了他们对待传统的态度。不过，他们观念的转变也应源自梓潼县从民间到政府对学术的尊重。《中华文昌文化：国际文昌学术研究论文集》一书的《后记》中就说："该书的正式出版，凝聚了无数学者和领导的心血与汗水……县长蒋开恩专程去成都邀请川大博导、中国道教文化研究的泰斗卿希泰教授作序，还亲自审看了三校稿，提出了不少建议和意见。"② 学术研究及讨论的自由、平等和充分比之于政治的隐忍偏狭和商业的唯利是图，眼界更为开阔，胸怀更为宽广，目光更为长远，也更加公正客观。兼及过去、今天和未来的"非遗"保护的确应该立足于学术。梓潼经验值得人们效仿。

第二，传承为主，技能为辅。当前，许多人，包括不少专家学者，在"非遗"保护中往往看重"非遗"项目的科学、历史、艺术等价值，认为这些价值高，才有保护之意义。但实际上，一种文化的价值关键在于其人文精神，而科学价值、历史价值、艺术价值只是其表层属性，属于附带的价值，而非本质。就音乐而言，一种深刻地影响着人类生活和文明的音乐文化，其人文精神是不以音乐技能是否娴熟、技巧是否高超为准则，也不会因之而变易的。技能只是表现其文化精神的一种手段而已。因此，非物质文化遗产保护的核心应是人文精神的续传。梓潼洞经音乐的保护便是如此，以传承为主，技能为辅，他们招选人员时对音乐技能的要求是在保证传承的前提下提出的，而不过分强调技能。这使得梓潼洞经音乐的保护和传承不致脱离现实，具有可操作性和持续性。这一点，值得我国许多保护工作难以持久的"非遗"项目借鉴。

第三，抢救遗产，修复生态。梓潼洞经的接续，大体看可分抢救遗产和恢复文化生态两步。首先，人们进行了广泛深入的普查搜集，根据健在老艺人的记忆和文献资料，弄清了文昌洞经音乐过去的存在形态和当下的遗存情况，继而由合适的人员习练继承下来。此为抢救，是第一步。第二步，逐渐恢复洞经音乐依存的文化土壤，即各种文昌祭祀活动。众所周知，一种文化现象的产生和长期存在，不是凭空而来的，而是人们长期生活经验和智慧的积累和结晶，离开了原本的文化生态，文化现象就失去了存在的理由，也就会消失或发生大的变异。梓潼洞经的存继正是这种理念的实践实例，也是"非遗"保护"保护为主，抢救第一"要求和"整体性保护"思想的具体体现。

第四，因时制宜，长者传承。从根本上说，文化遗产的继承应该由年轻一辈承担。但梓潼人通过实验证明，当前传统文化生态受到严重破坏，远未得到修复，同时，差别极大的传统生活模式和现代社会生活模式之间尚无合适的对接方式。在此情况下，年轻人还不能完全承担起继承文化的重任。他们的实践摸索则表明，在这传统文化将断将绝的时代，可先由老年人传接文化之脉。此经验，对我国非物质文化遗产保护具有启发意义。

也许有人会说，梓潼人把洞经乐团放在大庙，恢复文昌出巡等文昌祭祀活动，其主要目的在于旅游开发或是其他政府行为，而不是保护文化遗产。的确，对于洞经音乐，姜合就说：“以后发展方向可能就是向着产业方面发展……形成演艺方面的产业。”对于文昌出巡，姜合承认：“原来的文昌出巡要到县城里面巡游，现在只有演绎，相当于一种展演的形式，不是纯粹的民俗活动了。”现在梓潼的文昌出巡有时一年会举办两三次。比如2011年海峡两岸文昌文化交流活动，大庙山来了一百多名台湾的学者、宗教界的人士，就组织了文昌出巡活动。姜合提到当时筹划中的2012年9月川陕甘三省旅游区域协会年会，文昌出巡也是计划中的重要项目。

因此，梓潼的“成功”有不少是客观条件促成的，是一种不自觉的行为。但这并不能否定其行为和结果中包含了某些有启发性的经验。我们可以通过归纳总结和提取，用以自觉地指导“非遗”保护实践。

当然，也正因为梓潼人的不自觉性，他们在今后的保护中须时时警惕，不要在经济条件有所改善之后为利迷惑，而失去了文昌文化原本的精神和价值追求。

注释

① 笔者在后期整理资料时发现，梓潼县文化旅游局2012年2月8日印发上报绵阳市文化局的《梓潼县文化旅游局关于我县国家级、省级及市级非物质文化遗产代表性项目保护工作的自查报告》之附件《国家级、省级非物质文化遗产代表性项目代表性传承人传承义务履行情况表》中未见王梓延之名，估计情况不容乐观。

② 王兴平、黄枝生、耿薰编：《中华文昌文化：国际文昌学术研究论文集》，巴蜀书社2004年版，第698页。

第十四章

通海『妙善学』女子洞经古乐调查报告

项目名称·玉溪市通海『妙善学』女子洞经古乐

所属类别·民间音乐

申报单位或地区·云南省玉溪市

入选国家级非物质文化遗产名录情况·2008年第二批 Ⅱ－123

撰写人·巫宇军

夏日访通海，通海一长湖。
四围青山绕，流水洞中输。
秀山雄城后，林茂似玉壶。
此地文物盛，花桩百样殊。
幽人养兰芷，留有数千株。
手工艺术巧，百货畅无虞。

以上是朱德1962年在通海留下的诗句。该诗高度概括了通海的景貌风物，除自然景观外，“文物盛”“手工艺术巧”“百货畅无虞”则点出了通海的人文风气。

通海县在云南省中南部，隶属玉溪市，位于玉溪市东面，距离玉溪市区50公里，距离昆明143公里。有六镇三乡，361个自然村，总人口27.8万人。

地处偏远，人口不多的通海之所以人文殊胜，是与其地理位置和历史际遇相关的。

通海南有四季青葱的秀山，北有面积36.86平方公里、封闭型高原淡水湖——杞麓湖。城邑在山、海之间，四季冷暖不太分明，坝区平均气温15.6℃，河谷区17.4℃。年平均降雨量869.2毫米。气候温润，物产甚丰，有“鱼米之乡”“小云南”美誉。通海东与华宁县接壤，西同峨山县、玉溪市毗连，南和石屏、建水县交界，北与江川县相通，交通便利，自汉朝起便凿通了驿道，后来一条连通滇南的重要马帮通道也取路通海。另外，通海还有地势险要的关隘、平缓开阔且泉眼丰富的关岭，宜于驻兵防卫。为巩固边疆和保证军事、商贸及贡赋等输送畅通，古代的通海一直是滇南重镇。

由县中古城可知，通海历史可上溯至战国时期，唐宋两朝则或为都督府，或为郡府所在地，元代更升格为辖管若干郡的临安路之治所和都元帅府，一度为滇南的政治、军事和经济中心。

作为边疆重镇的通海，因其独特而重要的地位，与中原的中央政权联系紧密。为加强统治，明清二朝还从江南迁入大量移民，使得当地汉族人口比例剧增，现已占该县总人口87.2%。故而，一方面，通海民族成分复杂，有汉族、彝族、回族、傣族、蒙古族、哈尼族等，少数民族自治乡多达4个；另一方面，又多受中原文化的影响，致使通海自明以来便儒学兴盛，佛、道兼融，被称为“礼乐名邦”。这一点，从现在秀山的文物及其风格和整体氛围也可窥一斑。秀山虽然不大，但正如其名，秀美碧翠，集宋元明清各朝古建筑于一山，拥有规模宏广、风格各异的三元宫、普光寺、玉皇阁、清凉台、涌金寺、白龙寺等建筑群及众多小巧玲珑的亭、台、楼、阁，是佛、道圣地，云南四大名山之一，享有“冠冕南州，秀甲南滇，礼乐名邦”之称。小小的秀山不但有云南最古老的宋代建筑，更有包括大书法家米芾在内的数以百计的历代名人匾联碑刻，被称为“匾山联海”。

通海积淀存留着大量的古代传统文化，包括物质文化遗产和非物质文化遗产。洞经音乐，则是通海非物质文化遗产中最为突出而独特的一种。

通海洞经音乐相传有600多年历史，萌芽于元，创立于明朝初年，兴盛于明末至清朝，到清咸丰、同治年间，已活跃着许多洞经古乐班、社（会），可谓历史悠久，积淀深厚。尤为引人注目的是，1943年18位终身不嫁的修贞女子成立了通海“妙善学女子洞经会”，是云南省唯一全由女子组成的洞经团体。她们将洞经谈演活动带到民间礼佛活动中，一度引起轰动。2001年9月，“妙善学”女子洞经古乐应邀进京演奏，再度引起关注。2008年，通海“妙善学”女子洞经古乐入选第二批国家级非物质文化遗产名录。

为了解几年来通海“妙善学”女子洞经古乐的保护情况，本课题调查组于2012年7月26日至28日前往通海进行了调研。

一、调查对象与调查过程

本次调研主要考察了通海县文化馆及通海县秀山公园，因为通海县文化馆全面负责通海洞经乐团各类活动的组织和管理工作，而秀山公园是洞经乐团，尤其是“妙善学”活动的重要场所。选择的重点访谈对象3人：李景泰（“通海县洞经古乐团”团长，通海县文化馆原馆长）、徐军（通海县文化馆现任馆长）、李琼（通海县文化馆馆员，负责“非遗”保护档案管理）。此外调查人员还对十余名通海县居民进行了抽样调查。不过，调查期间通海各洞经乐团均无活动，经电话联系，得知乐团成员四散各地，多数居住在外。2012年7月27日，调查组上门拜访“妙善学”女子洞经省级传承人林荣仙、王桂英，但林荣仙病危，已移居乡下，王桂英则在外就医未归，故而此行未能与乐团成员晤面。

此次考察的过程如下：

7月26日下午，调查组抵达通海，对秀山山麓的通海县文化馆进行初步考察。由于文化馆工作人员已下班，便与紧邻文化馆，且和古乐馆门面相对的秀山公园售票处工作人员交谈，了解“妙善学”女子洞经及古乐馆日常活动情况。

7月27日上午，到古乐馆采访李景泰，随后到文化馆，调查通海洞经音乐“非遗”保护各方面情况，与李琼、徐军等交谈。

7月27日下午，分别到妙善女子洞经老人、省级传承人林荣仙及王桂英住处拜访，不遇。之后电话联系其他多位乐团成员。

7月28日上午，在古乐馆与李景泰进行深入交谈。

7月28日下午，对秀山进行全面考察。

下面根据调查获得的信息对通海洞经音乐保护情况进行介绍，并就几个主要问题作简要分析。

二、保护主体名实辩

从《申报书》的名称和内容看，“妙善学”应是通海洞经音乐的主要代表和保护主体，但调查却发现，实际情况并非如此，甚至《申报书》的主要撰写者李景泰也说“不能老是提妙善”。为什么以“妙善学”的名义申报，却又“不能老是提妙善”？这要从通海的两种不同洞经传统谈起。

（一）“儒学礼乐”传统与“庙会法事”传统

通过调查了解到，目前通海存在两种类型的洞经团体，各自的职能和价值取向相去甚远，“妙善学”只是其中一种，另一种以“通海洞经古乐团”为代表。根据调查信息，仔细分析《申报书》，会发现里面隐含着通海洞经发展的两条脉络。

其一是儒学礼乐传统。《申报书》如是说：

从历史上看：通海洞经谈演者一般是文人学士、官宦士绅及商家子弟。自元代兴建文庙后，学儒之风日渐兴旺，祭孔礼乐日臻完善。“科田连绵、人文蔚起，硕学宏儒、忠良循吏接踵而生，贡廪生员更难计数。”（见《续修通海县志》）他们都崇尚孔孟儒学，沿周公制，以礼作乐。而《大洞仙经》崇祀的主要神圣文昌梓潼帝君又主宰着大下文化教育和仕途晋升“大权”，故而，凡崇拜孔子的科举文人及官宦士绅都非常崇敬他，形成洞经谈演者以儒家学派为主的结构群体，这就是通海洞经属儒教之说的由来。①

“通海洞经古乐团”传承的就是这一传统，他们奉持明朝葛中选的音乐理念和思想追求。

葛中选，号淡渊，现通海河西人，官至苑马寺正卿，因明万历年间完成了专论音韵和音乐理论的《泰律》一书而被称为“大音韵学家”和“乐理学家”。《申报书》提到，《泰律》一书，在明末被当时的上层知识界称赞为“绝学”，明万历四十六年状元焦竑特为《泰律》作序，称之为“千载之一奇也”！崇祯初，大学士金声奉旨专程来云南河西请先生还朝……还在河西葛氏宗祠中挥毫写下“绝学名儒之邦”的大字匾额。②

《申报书》还介绍说，《泰律》“取《易经》中的六十四卦，以阴阳推理，对春秋时的师旷，汉代的上林乐府，魏晋南朝的龟兹、天竺的佛乐，唐代梨园教坊音乐和宋元小唱都作了系统的研究。按中国古代十二音律（黄钟、大吕等）衍生出二十四律，追衍为六十四律，之后，又通过中国古代的五声音阶：宫、商、角、徵、羽的黄钟之宫（音）中，研究出古箫笛音孔的三寸九分加五的音乐理论”③。《泰律》不仅对发声、乐音的产生及乐音如何形成为有情感色彩和有形象思维的雅乐与俗乐做了系统推演，还论述了古代各种器乐的演奏方法及演奏出的音声效果，并详细说明了乐队仪仗、乐器配置、挂悬形式以及打击乐的大小，而且对祭孔乐舞也进行了详述。

尤其应该注意的是，葛中选撰写《泰律》，对古代音乐进行研究的目的，按李景泰的说法，葛中选的音乐宗旨，是遵守中国的中华之音，否定从魏晋南北朝到唐代进入中国的龟兹文化和龟兹胡乐，认为龟兹乐使得整个中国的音乐不只是变味，而是使得原始的元音受冲击，解体，被融合，他遵守中华元音，坚持清商之音，坚持孔夫子提倡的音乐。④

为此，葛中选组建了通海第一个洞经会社“雅乐社”。此后，清康熙时期的“朝山会”，雍正时期的“庆九会”，乾隆年间的“桂香会”，嘉庆、道光以后的“五圣会”“雅集社”“桂香会”“振文学”“崇文学”“兴文学”“正文学”，民国初年的“同文会”“香山会”等洞经会社也秉承这一传统。会首多由出身进士、举人的在任或退隐官宦担任。参加会社的人员主要是官宦乡绅、文人雅士和知文识墨的商家子弟等。

李景泰认为，葛中选的坚守是通海洞经音乐风格与众不同的根本原因，也是今天“通海洞经古乐团”追求的方向，不妨称之为“儒学礼乐”传统。

通海洞经发展的另一条脉络是民间庙会及佛事、道场等斋醮科仪传统，姑且称其为“庙会法事”传统。

这一传统很可能比儒学礼乐传统流传的时间更久。《申报书》也提到，雅乐社“广泛收

图 14-1 · 普济寺放焰口　王辉 / 摄

图 14-2 · 祭亡对联　巫宇军 / 摄

集流传在通海河西民间的古乐曲，经过精选，改编出一批适宜谈诵演唱《大洞仙经》的曲调……逐渐形成了较为完整的通海洞经古乐”。而通海洞经古乐“在参与本地各种节庆及庙会的祭祀谈演活动中渐次发展兴盛起来”。⑤

通海的庙会很多，各村寨都有形式不同，各具特色的庙会。如正月初一到初十“太平斋（会）”（河西）；正月初六至初八“迎冷神”（通海）；正月十六至廿六“大佛会”（四街）；二月初二至初七“龙抬头（会）”（九街大兴村）；三月初十至二十“三义会”（议邑）；四月初八“浴佛会”（河西、通海）；四月十三至十七“财神会”（通海、河西）等。这些庙会的开头和结尾都要特请洞经班会演奏。⑥

通海作为滇南佛、道教圣地，古刹名寺遍布全县，皈依居士，修贞常斋蔚成风气，遍及全县乡村。在盛大的祭典活动以及频繁的民间庙会社火中，佛门居士、修贞女子等学习洞经、谈演洞经现象非常普遍。

调查组考察秀山时，在普济寺（即原来的三元宫）偶遇一场放焰口法事，寺中住持领着15位老年女性信众，虽无管弦，却也钟、磬、鼓、板、铃齐备，声腔抑扬，行止娴熟，显然习练有素。通海县城内，凡较古老的家居建筑大门，大部分都贴着白色的对联，看其内容，是家中有人故去。但许多飘零残缺，显然时日已久，却也不揭去，由此可看出通海祭亡之风甚炽。经向徐军和李景泰了解，这是超度亡灵时贴上的，人去世后的35天、70天、105天、一周年、三周年等都要做法事。徐军说：做法事时，大多数都请洞经，特别是农村。

李琼也说：“我们通海的洞经大部分都在各个乡镇，赶庙会的……还有秀山上的庙会也挺多。”至于洞经队伍的数量，因统计的口径不同，李景泰说有40多支，徐军则说大小可能有100多支。

“妙善学”正是这类洞经团体的代表者和此传统的继承者。

“妙善学”成立之初虽然曾向儒学礼乐传统的洞经会社学习音乐，但礼佛却是其本质和目的，而非以儒学礼乐为旨归。正如《申报书》反复提到的，“妙善学”只是将洞经谈演活动带到民间礼佛活动中，而她们的洞经活动，“在民间，仍然被看作行善积德的‘佛事’活动，因而被佛信徒们视为同道知音，捧为劝善使者而备受欢迎”⑦。其实，在李景泰眼里也是如此，他说，“妙善”是一种宗教的符号，她们信奉观音，靠民间的一些礼仪生活，比如庙里的庙会、散唱念经、超度亡灵、放焰口。

在造访王桂英时，调查人员看到，她家大门贴的对联、符条均与信仰有关。如“酌茗水献馨香酬天答地，演龙章宣凤篆度祖超宗”“灵宝大法司本月发大门封”等。其客厅更俨然就是一个佛堂。在王家接待调查组的王桂英徒弟，只学佛事，完全不懂洞经。“妙善学”女子洞经的活动多在秀山的宫观庙宇。山上白龙寺门前立了一块牌子，上书“妙善女子洞经”，显然这是“妙善学”的固定活动场所。详见图14－4。

尽管在某些活动中，“妙善学”和“通海洞经古乐团”也会同台演出，但这两个乐团的成员却完全不同，无一人重复，可说泾渭分明。以下是两个乐团的人员名单：

“妙善学”女子洞经会（共13人）：林荣仙、王桂英、葛元贞、胡琼芬、郝翠华、李宝仙、刘秀琼、杨丽华、潘素珍、杨美荣、杨华英、杨桂珍、邹梅。⑧

“通海洞经古乐团”（共29人）：张家训、高受珍、阚斗生、程天奇、溥端正、张世隆、姚淑华、郑应文、常生兴、张晓娟、金艳、杨涛、王瑾、张俊虹、杨学林、王立三、吕丹一、李景泰、徐军、王芳、解俊、康鼎丰、沈冲、林京、林芸芸、周正国、杨峥、许国春、李正江。⑨

（二）“通海洞经古乐团”的出现与保护单位的“艺术—儒学观”

以上“庙会法事”传统在20世纪80年代初逐渐恢复，如“妙善学”于1981年开始恢复活动。但“儒学礼乐”传统却始终沉寂，直到1999年。彼时，李景泰受县政府委派对通海全县的洞经做了三个多月调查摸底，了解到有40多个洞经会。但他认为：“那些都是民间的，他们对于驾驭整个文化遗产流传下来的曲牌曲目的运作呢，达不到（要求）。只是走走过场，把它演奏出来，不管它的风格，不管它的配器，不管它的乐器设置，不管它的礼仪。”于是，他根据调查情况写了一份报告，申请成立“通海洞经古乐团”，得到县政府批准。随后，李景泰把调查中发现的“有资历的人”（指有儒学会社谈演经验，特别是祖上为洞经会社成员者）请来，集中训练了两个月。2000年1月1日，正式成立“通海洞经古乐

图 14-3・王桂英家大门　巫宇军 / 摄

图 14-4・白龙寺大门一侧　巫宇军 / 摄

团”，县里任命李景泰为团长，批拨秀山下的青龙庵给该团做活动基地，即今之“古乐馆”。

2011年从通海县文化馆馆长职位上退下来，申报时作为保护单位法人的李景泰强调：“我们现在虽然是公布了非物质文化遗产的女子妙善洞经古乐，但是任何妙善的元素都没有，都是我们古代的通海本身的风格。”“我的宗旨就是要保护我们的风格。”

“古代的通海本身的风格”就是前述的儒学礼乐传统，也即葛中选倡导坚持的“中华元音”。换言之，继承和恢复儒学礼乐传统是李景泰的愿望。但李景泰也说，完全按过去的标准和形式恢复已经不可能，因为“没有那个氛围”。不过他找到了古今的契合点——“高雅”。认为像过去那样“不是去卖钱，自己要掏钱”的洞经谈演是“高雅”的，而今的舞台表演艺术，则与这种“高雅”取向一致。

因此，《申报书》中“濒危状况”一项有如下文字：“目前，虽有一些退休人员在坚持活动，但艺术水平已大打折扣。甚至还有人把高雅的洞经古乐当作谋生挣钱的工具，与民间道教的超度生死的一些形式内容混杂在一起，为私人办丧葬等白事活动，将高雅的洞经古乐艺术搞得非驴非马。”《申报书》指出当前需要解决的主要问题之一是：“急待理顺通海洞经古乐的正轨问题。使其按高雅特色的原貌继续传承下去。否则，通海洞经古乐很快就要变味和消亡。”

从上可知，以李景泰为代表的保护单位的观念和心理是复杂的，既有传统儒学礼乐思想的倾向，也有现代艺术观念的影响，两者交相混合，可谓“艺术—儒学观”。

（三）“妙善学”成为《申报书》保护主体的原因分析

既然保护单位持“艺术—儒学观”，排斥“超度生死”等法事行为，不认同以礼佛为目的的“妙善学”，为何又要把“妙善学”写入《申报书》并定为保护主体呢？

作为《申报书》主笔的李景泰说：“原来我们没有提妙善，……根据市里面的要求，硬要我们挂上，申报妙善女子洞经。”

笔者认为，除行政命令之外，以下两方面恐怕也是不可忽视的因素。

其一，“妙善学”曾向儒学会社学习音乐和仪礼，与一般的法事会社略有不同，音乐上更丰富，吸收了儒学会社的许多乐器和曲牌，艺术性较强，而且其传承谱系与儒学会社有师承关系，保存了儒学会社的某些传统。

20世纪40年代，“张家熊、张云涛教习出女班洞经，组建了‘妙善学’。成立时有18人，全是不出嫁的‘修贞女’，信奉观音（妙善）。1947年在秀山三元宫举办了三天的洞经谈演后，便开始了独立的设坛作会”⑩。张家熊是“五圣会”会首，张云涛是“桂香会”会员，他们教授“妙善学”学习唢呐、胡琴、三弦、笛子等各种打击乐器和谈演礼仪。“妙善学”掌握的曲目至少有：小开门、阴阳调、鹧鸪天、叠落金钱、双七星、古歌记、元始、一江风、锁南枝、甘州歌接祝皇天、丹凤、云谈夹叠落、北调、蓬莱宫、新荷叶（碧桃）接雀踏枝、小开门接扮妆台、步步娇、间鱼夹胜日（即鹧鸪天、醉花云）、半江云、云谈、功课、茶供养、七星丹、香赞、寂寂至、楚天遥、月儿高、沙落雁、满堂红、仙家乐、浪淘沙、河南雁、老阳调（雁落平沙）、扮妆台、将军令、小桃红、得胜令、四平腔（五称圣号）、阴阳忏等39首。⑪ 这些乐曲占通海48首洞经曲目的81%。

《申报书》云：“‘妙善学’谈演完整，程序齐全，赞偈咒忏，原汁原味。洞经恢复活动后，省内各处最多的只恢复了洞经古乐和部分洞经仪式，‘妙善学’会算是全省保留洞经谈演程序和内容最完整的一家。”⑫ 若果真如此，“妙善学”对于通海儒学会社传统的保存功不可没。

由于未能采访到当事人，“妙善学”究竟是如《申报书》所说的爱好音乐，宁愿献身洞经而终身不嫁，还是本就一心向佛，为表虔诚而引入洞经，在此无法下判断。不过，具有虔敬之心的信仰者，往往较常人更能坚持，而且在宗教信仰遭受严禁和打压的时代，他们会因时因地制宜，调整方式，变公开为隐秘，背地里或者默默地在心里反复吟唱礼神，甚至把仪礼规约暗暗化入日常生活行为举止中，不知不觉地保持了传统的延续。“妙善学”之所以能够完整保留传统，应该与此关系更大。

其二，“妙善学”在社会上有较大影响。作为云南第一个女子洞经组织，“妙善学”首次做会就产生了轰动:“第一场的演出震动了县城的百姓，第二场演出招来了周围村镇以及外县的百姓，因为三元宫的房屋不够容纳，年轻后生就爬上房顶去观赏，导致几乎压垮房的事件。”⑬

1981年8月，政府有关部门组织采录通海洞经音乐，“妙善学”受到重视，参与演奏录音的10名洞经师中“妙善学”占了4位(其余6人分属五圣会和桂香会)。

1991年10月，“妙善学”赴弥勒城郊谈经，学术界对其演奏的36首曲目进行了录音。⑭

2001年10月,“妙善学”女子洞经古乐受邀进京参加“第四届北京国际音乐节”，引起文化艺术界的广泛关注，受到高度评价。

2002年，“妙善学”应邀赴大理参加“中国·大理洞经古乐邀请赛”，荣获一等奖。同年，林荣仙、王桂英被云南省人民政府授予“云南省民族民间音乐师”称号。

此外，“妙善学”自1981年恢复活动以来，谈经演奏从未间断，先后应邀到过新平、易门、华宁、蒙自、弥勒、大理、安宁、晋宁、个旧等地谈演洞经，广受欢迎。可以说，“妙善学”无论是在官方还是在民间，都有较大影响，非“通海洞经古乐团”能比。

以上大概都是“妙善学”得到一定程度认可的原因。但“妙善学”的本质终究属于法事会社，因而倡导儒学传统的李景泰等内心并不认同。于是，保护单位申报时虽然迁就上级意见，但在保护措施和理念及实际操作上，重点仍然是“通海洞经古乐团”。然而，受到重视的“通海洞经古乐团”生存状况实际却远不如“妙善学”。下面根据调查情况逐一介绍。

三、“通海洞经古乐团”的生存状况

(一)招收和培训团员

“通海洞经古乐团”招收新成员的要求反映了保护单位的“艺术—儒学观”。他们参照传统儒学会社入会标准，结合当下的时代特点订立新准则招收人员。

过去，儒学会社入会的人员必须具备四个条件，一要身家，指三代身家清白，没什么污点；二要闲，即须得有空闲时间谈演洞经；三要“子弟”，“子弟”在当地是“帅、端正、漂亮”的意思；四要钱，要求家庭经济基础较好，能满足“掏钱玩洞经”的需要。

现在的标准是，一是有文化；二是有工作，多选择教师，也有部分退休人员；三是侧重培养女孩；四是以专业院校毕业生为主。李景泰解释说，教师有稳定的工作，不会为生活所困，院校毕业生主要选择音乐专业和舞蹈专业学生，他认为"院校派"的音乐专业学生能适应洞经演奏的风格，把握技巧能力强，舞蹈专业学生虽然演奏乐器方面稍弱，但身段好，可以敲编钟，另外无论男女，都必须"扮相要好"。

徐军补充说明了选择音乐老师的好处和对他们的要求，这一要求于2011年提出：作为团员的老师在小学和中学里教学生唱歌、鉴赏音乐的时候，要介绍通海的洞经古乐，使学生了解本土还有这个音乐。进入乐团以后，每人都要学一种乐器，如阮、鼓、筝、二胡等。徐军认为，在学生里面灌输通海的洞经音乐，从传承角度看，可能更好一点。

（二）活动和交流

"通海洞经古乐团"从不上秀山，绝不参与庙会、法事等性质的活动，其活动地点以"古乐馆"为主，但日常并不运作，只在有演出任务时才集中起来。"古乐馆"活动主要有以下三类。

一是接待领导。见图14－6。

二是接待留学生。从1999年开始，"通海洞经古乐团"已接待云南民族大学的美国留学生25届，一年两次（偶有三四次的情况），往年通常在2月份，2012年在9月份。这已成为固定项目，年年如此，每届最多时30多个学生，最少时也有十五六人。

三是服务县里的政府部门和单位，如财政局、法院、医院等。多是应这些单位接待客人之需而演奏。

此外，"通海洞经古乐团"也参与通海文庙的相关活动。

通海文庙位于秀山北麓，毗邻通海县文化馆和古乐馆，坐南朝北。据《重修通海县学宫记碑》载："学宫始建于元，有明迁建秀山之麓。"清康熙、雍正年间重建，扩建，由照

图14－5・培训团员
王辉／摄自通海文化馆宣传栏

图 14-6・接待领导　巫宇军 / 摄自通海文化馆宣传栏

图 14-7・接待留学生　巫宇军 / 摄自通海文化馆宣传栏

壁、畔池，德配天地坊、道冠古今坊、学而堂（节孝祠）、诗礼堂（忠烈祠）、文明坊、乡贤祠、名宦祠、大成门、圣迹堂（东庑）、圣诲堂（西庑）、大成殿、圣儒堂（崇圣祠）、尊经阁等建筑组成，占地约12000平方米，1998年11月被云南省政府评为省级重点文物保护单位，是仅次于建水文庙的云南省第二大文庙。通海文庙的文明坊建筑工艺精湛，建于清雍正十一年（1733），是云南省第二大牌坊。

2011年通海文庙重新修缮，完工后于2011年、2012年举办活动两次，内容为开笔礼、成童礼和成年礼，均按传统进行了洞经谈演。

秀山公园售票处工作人员还提到，每逢国庆、春节，古乐馆也有活动，自早上八点左右到下午四点。一天四场，早上两场，下午两场。但此信息未及向徐军、李景泰求证。

在交流方面，最近几年"通海洞经古乐团"与石屏、峨山、蒙自等地洞经乐团有所来往，形式以联合演奏、互相观摩为主。如2012年6月初，曲靖洞经古乐团到通海与通海洞经古乐团交流、座谈。

（三）经费来源及使用情况

"通海洞经古乐团"经费来源有以下几种途径。

一是向县、市、省、国家等各级政府申请资金。李景泰说，"通海洞经古乐团"成立以后，县、市、省等各级政府支持非常大，投入经费几十万元，修了房子（即青龙庵）作为古乐团活动基地，买了乐器，置了家当。由于"非遗"保护资金极为有限，无法满足"改善通海县洞经古乐的活动空间，修缮改造青龙庵作为'妙善学'女子乐社（实际是'通海洞经古乐团'）活动基地"的需求，通海县便向国家文物局提出申请，由国家文物局出资

图 14-8 · 通海文庙大门　巫宇军 / 摄

图 14-9 · 乐团交流　巫宇军 / 摄自通海文化馆宣传栏

两百多万元进行青龙庵整体修缮，包括揭顶大修，大院、楼板的翻新等。之所以有此举，是因为青龙庵建于乾隆十年，属于秀山古建筑群一部分。2012年7月27日调查组造访之时，恰逢国家文物局到通海县文化馆商谈此事。

二是利用“非遗”保护经费。徐军提到，国家在洞经音乐“非遗”保护方面已下拨了经费，2010年12月底到账10万元，这笔经费主要用于“通海洞经古乐团”，如为29位古乐团团员统一缝制了一套演出服，500元 / 套；并请专业人士对团员进行琵琶、笙、阮、打击乐等乐器的培训，100元 / 课时（如果老师请自玉溪市，则需另付老师100元汽油费）；另外利用这笔经费添置了部分乐器。“通海洞经古乐团”音乐总监张家训是省级传承人，云南省每年补助省级传承人3000元，据说这笔费用每年都按规定交到了张家训手中，但本次调查未能联系到张家训，补助的落实和使用情况不得其详，只闻说张家训正在编一本有关通海洞经音乐的书。

三是企业赞助。“通海洞经古乐团”与外地洞经乐团交流所需的资金，有时来自县政府资助，有时向企业拉赞助，有时两者兼有，视情况而定。具体使用主要有两种形式：一种是接待方负责吃住，来回交通自己解决；另一种是食宿车费全部自己出资。如最近曲靖来通海交流，便是曲靖方承担所有费用。因此，下次通海乐团回访曲靖，费用也就只能自己解决。

四是演出收入。县里的政府部门和单位要求提供洞经表演服务时，通常会支付一定数额的报酬，但非常微薄，在600元至1500元之间。

以上几种收入来源，以第一种额度最大，最为主要。可以说，“通海洞经古乐团”能维持十多年，完全得助于各级部门，尤其是当地政府的大力支持。

图 14-10 · 古乐馆大门　巫宇军 / 摄

图 14-11 · 古乐馆演奏厅　巫宇军 / 摄

（四）“通海洞经古乐团”的困境

尽管得到了多方面的资助，“通海洞经古乐团”的生存状况却并不乐观，经费不足是最主要的原因。

虽然该乐团利用多种途径争取资金，并占有了大部分的国家经济资源，但由于自身无收入，每次活动和交流都只能向政府申请经费或向企业拉赞助，否则就寸步难行。然而，无论是申请还是拉赞助，过程都是漫长的，又都是单方面的付出，需要付出方有足够的热情和必要的需求，故而成功率并不太高，所以实际上古乐团只能勉强维持，许多设想和计划都无法实现。

徐军叹息道：“现在没有收入……基本是服务政府，政府基本不给我们钱，就给我们几餐饭吃一下，但是，把人找起来。（他们）有的退休，有的在农村，来的时候要坐车，要适当给他们一点车费吧？演出费也要给人家吧？你天天叫人家奉献，谁奉献啊，现在的社会？对不对？人家家里还不是有其他事。”

至于《申报书》计划的2009年举办一次“中国 · 通海洞经古乐邀请赛”，邀请全省知名的洞经乐团参赛，同时召开一次全省知名音乐家参加的洞经古乐研讨会，边演出边交流。但该项目预算资金高达78万元，难以落实，故而至今未能实现。

在文庙祭孔是传统儒学会社的重要内容，但现在要恢复此活动耗资巨大，同样无果，只能改为规模较小的成童礼、开笔礼、成年礼三礼活动。

传统儒学会社之所以运行良好，其实是有经济基础的。过去每一个会社都有固定经费，即先由洞经团成员捐资，家庭条件好的多捐，经济较困难的少捐或者不捐。团队捐资还会带动社会捐资。会社用捐资的钱买田、房子或铺面，田、房、铺获得的收入即作为各社活动的固定经费。“问渠那得清如许，为有源头活水来。”“通海洞经古乐团”缺乏的正是经济“活水”。

因此，经济是制约“通海洞经古乐团”进一步发展的重要因素。

四、“妙善学”女子洞经乐团的生存状况

相对而言，“妙善学”女子洞经虽未获得保护单位的大力扶持，却自有其生存之道。

（一）人员构成及活动

从《申报书》《“妙善学”女子洞经会新增人员登记表》可以发现，其人员除一人外，其余均为农民，其中秀山镇1人，秀山镇长河村5人，六一村1人，杨广镇杨广村3人，都是信女。

不过，过去的“妙善学”成员终身不嫁，现在这一要求早已取消。至于传统洞经谈演的其他戒条：“鸣锣不到者，经毕不盖者，诵经错讹者，谈不入卷者，失音自笑者，执事不专者，擅动乐器者，断弦不续者，音误不调者，左顾右盼者，坛内乱动者，宣听不从者，礼貌不周者，长幼失序者，衣冠不整者，座席不正者，坛内喧哗者，随地吐痰者，坛内吸烟者，饮酒入席者。”[15] 对于心有信念的礼佛敬神者而言，这些只不过是人人自律的基本要求，实非难事。

图 14-12 · 庙会上的“妙善学”
通海文化馆 / 供图

图 14-13 · “妙善学”与通海洞经古乐团合作演出
通海文化馆 / 供图

在通海乡村，佛教、道教信仰普及，信众资源丰富，只要有一颗诚心，愿意习练乐器即可加入，不需要很高的文化，也不需要高超的技艺。2007年申报国家级非物质文化遗产名录时，“妙善学”新增的会员为10人，2011年8月9日的合影中，成员已达23人，除去当时健在的4人为老会员，新会员19人。由此可以想见，“妙善学”应该不会为人员问题困扰。

“妙善学”当下的活动主要有以下三种类型：

1. 参加各种庙会。

2. 应私人邀请谈经。

3. 参与政府部门组织的各类活动，包括接待、表演、比赛等。

虽然秀山是“妙善学”的重要活动基地，但她们的活动范围现在已很广，包括宫观庙宇、城乡私宅、古乐馆、文庙、舞台等，既有本县的，也有外县、外市，甚至外省的。如前文提到的北京、昆明、新平、易门、华宁、蒙自、弥勒、大理、安宁、晋宁、个旧等，可谓不拘一格。“妙善学”活动非常频繁，尤其是庙会和民间法事，有人说她们“日程几乎排满”。就通海县浓厚的信仰氛围而言，此言与事实估计相去不远。

（二）经费来源

“妙善学”如此多的活动，其经费是如何解决的呢？

实际上，“妙善学”的所有活动都是应邀前往，有的请到庙里，有的请到家中，根据具体法事而定。即使是在庙会上奏乐念经，也多是应寺庙或是信众之邀前往。邀请方都会支付一定费用。

通海民间办丧事正常都要请洞经班，如徐军说：“（丧事）大多数都请（洞经班），特别农村里面，多多少少都请。……付费。三天，比如今晚上五点到，到晚上九点以后，吃宵夜，吃完就走了，第二天早上，来吃早点，吃完开始念、吹，供一天三顿饭，下午又到别家去了。算三天，实际只有一天半。来五个人要算六个，（费用）六百六、八百六，人多就多要一点。”

“妙善学”的收费情况，本次调查没有得到直接的信息，但可引网络上一位记者的调查作参考：

无论祈福延寿、悼亡做七、安龙奠土、消灾祛邪等各种祭祀活动均应邀而去，应邀谈演也只接受赠物。后来，收取随心公德作为酬劳费，以贴补生活。1990年以后开始收受一定的酬金，并逐步增多。近几年各地都根据自己的条件，每次（一般3天）付给200元至300元酬金，有的还负责接送并赠给谈演用品。所收酬金，少部分用于添置器物或提留会务备用，大部分分给参加谈演的人员作日常生活费用，每人每次最多也就是分得20—30元，她们还要为邀请方捐2—5元的“功德”，已成惯例。⑯

收费应该是“妙善学”没有陷入经济困境，谈经活动自1981年恢复以来从未中断的重要保障。

除了法事和庙会得到的报酬，政府组织的活动也常会给予一些补助。李景泰说：“(19)81年的时候……当时政府没什么资助……(19)85年以后，国家重视，抢救民间艺术，政府给予照顾，不是固定的照顾，有活动都给他们报上。……百把两百块钱。……每一次演出，她们来，给她们一点钱，算她们自己创收。”

从李琼、徐军、李景泰三人口中了解到，作为省级传承人的林荣仙、王桂英，同张家训一样，都获得了3000元/年的补助。

五、思索和建议

此次通海调查之仓促和表浅是显而易见的，但这匆匆一瞥也颇引人深思。下面就一些相关问题展开议论。

从调查和分析的情况看，通海在保护洞经音乐方面的热情是值得肯定的，他们也的确做了不少工作，尤其普查摸底，可谓极其细致、全面而且扎实。李景泰对此贡献最大。按他自己的说法：“一生人就做文化。”李景泰参加了第二次和第三次全国文物普查（分别是1981年至1985年，2007年至2011年），他在20世纪80年代不但负责主编《云南省民族民间舞蹈集成·通海县资料卷》，还独自承担该书的舞蹈技术设计、音乐记录整理、白描和场记图设计及搜集、采访、录音等大量的具体工作。他说：“这本书啊，我中青年时候搞了四年，苦不堪言，跑了很多地方。……就我一个人。那个时候交通根本不可能，步行啊，还背着那个录音机，不是现在的，这么大，还有个相机，还有洗漱用品。背着包，坐着手扶拖拉机到山脚，爬山。我一个人走啊，非常艰苦。（有时）又下着雨，走着路下着雨，（衣服）全部湿透了。湿透了也不怕，太阳出来全部干了。但是干了，衣服是硬的。那个时候整个县的文化我了如指掌，我走出来的。”1999年李景泰再次受命下乡对通海全县的洞经做了三个多月调查摸底。这些工作为后来的非物质文化遗产普查和保护打下了坚实的基础。有此经历，李景泰在谈到包括洞经音乐在内的通海各类传统文化时如数家珍。他力图恢复通海洞经的儒学传统也非一时的冲动，而是出于对传统文化的浓厚兴趣和深厚感情。这些必须充分肯定，也是我等后学之辈应该好好学习的。

但通海洞经保护主体名实不一致的现象却也值得思考。笔者以为，通海洞经音乐的儒学礼乐传统和庙会法事传统各有其价值，责怪保护单位没有按照《申报书》落实保护并不是问题的关键。问题在于，目前对这两种传统还未见有深入的研究论涉，也无人进行学理性的系统梳理和阐释。由于缺乏基础的研究，人们对通海洞经音乐的认识仍然难以摆脱片面否定宗教信仰的旧有观念影响，也无法跳出当前占据主流的现代艺术思潮的藩篱，以致对通海传统洞经音乐缺乏深层次的认识和客观准确的定位，将“高雅”和艺术性认作通海传统洞经音乐唯一的本质的属性。从前述的分析可见，这种认知在通海洞经音乐的《申报书》中大量存在。认知观念的片面褊狭引致人们在保护主体的选择、价值判断和定位、保护措施制定等一系列问题上脱离实际。虽然通海人对保护充满热情，用心良苦，结果却不甚理想。应该说，这种《申报书》是不够成熟的。但此类《申报书》却能通过多级评审最终获批，则又反映出我国当前的非物质文化遗产评审存在缺陷。显然，一个偏远地区的非物质文化遗产，其状况，多数专家评委不可能全都了解，如果缺乏基础研究，就只能凭一纸《申报书》进行评判，《申报书》也就成为一项非物质文化遗产能否获得批准的决定因素。有可能一些极为珍贵、急需保护的“非遗”项目因《申报书》撰写水平不高而被拒之门外，还有可能出现像通海洞经音乐那样申报与保护主体名实不符的现象。为此，笔者建议，每一项非物质文化遗产的评定，特别是国家级项目，应有足量的、学术性的基础研究作为依据。对于已经批准的项目，若当年因条件所限，基础研究不足，现应及时补充，并定期复审，以修正工作误差，确保保护措施能够真正落实。

另外，“通海洞经古乐团”“演出开着门就是包场的几个人坐着外，老百姓都不来听”，“生存还是有问题”，而“妙善学”却“日程排满”，广受欢迎，两者生存状况的天壤之别也颇令人深思。从中可以看到，一种传统在其赖以生存的文化生态被彻底破坏后，要恢复是多么困难！即使国家和当地政府投入大量资金也难以维系。实际上，绝大多数非物质文化遗产都不是政府出资培植的。无论是通海过去的儒学会社和法事班会，还是我国其他许多非物质文化遗产，如古琴、昆曲、木卡姆、少林功夫、福建南音等，尽皆如此。它们都是经几百年、几千年积淀，合无数能工巧匠、文人雅士、百姓民众的智慧、心血、汗水、财力而形成的。不知多少人为之耗尽了一生。他们或以此为乐，或以此为生，许多更已成为他们生命和生活的一部分。他们为之付出的，如果以今天的标准来计量，必定是个天文数字。那么现在，若将我国大量的非物质文化遗产统统推给政府来维持、保护，显然不合理，也不可能。国家所能做的应主要是宣传、引导、鼓励，在政策上给予倾斜，最重要的是营造一个良好的氛围，建立起良好的文化生态。特别需要强调的是，当前国家对传统文化、宗教信仰等应尽快重新作出客观、中肯、合理的评价，纠正过去的片面认识。

通海洞经音乐保护状况的调查使我们对文化生态重要性的认识更加深刻。

注释

① 摘自国家级非物质文化遗产名录项目申报书《玉溪市通海“妙善学”女子洞经古乐》，第25页。
② 摘自国家级非物质文化遗产名录项目申报书《玉溪市通海“妙善学”女子洞经古乐》，第12、13页。
③ 摘自国家级非物质文化遗产名录项目申报书《玉溪市通海“妙善学”女子洞经古乐》，第12页。
④ 根据2012年7月27日上午采访李景泰录音整理，取其主要意思，文字上稍有调整和处理。
⑤ 摘自国家级非物质文化遗产名录项目申报书《玉溪市通海“妙善学”女子洞经古乐》，第13页。
⑥ 摘自国家级非物质文化遗产名录项目申报书《玉溪市通海“妙善学”女子洞经古乐》，第4页。
⑦ 摘自国家级非物质文化遗产名录项目申报书《玉溪市通海“妙善学”女子洞经古乐》，第9页。
⑧ 主要根据申报书整理，同时结合调查所获信息。已故和离会者未列入。
⑨ 此名单为2012年7月27日上午徐军提供。
⑩ 参见张兴荣:《云南洞经文化：儒道释三教的复合性文化》，云南教育出版社1998年版，第429页。
⑪ 参见张兴荣:《云南洞经文化：儒道释三教的复合性文化》，云南教育出版社1998年版，第431页。
⑫ 摘自国家级非物质文化遗产名录项目申报书《玉溪市通海“妙善学”女子洞经古乐》，第22页。
⑬ 摘自国家级非物质文化遗产名录项目申报书《玉溪市通海“妙善学”女子洞经古乐》，第7页。
⑭ 详见张兴荣:《云南洞经文化：儒道释三教的复合性文化》，云南教育出版社1998年版，第431页。
⑮ 摘自国家级非物质文化遗产名录项目《申报书》《玉溪市通海“妙善学”女子洞经古乐》，第10页。
⑯ 杨杨:《东方音乐神女：通海“妙善学”女子洞经音乐社的一些史实》，2013年4月28日，新浪网（http://ishare.iask.sina.com.cn/f/13075026.html）。

第十五章
崂山道教音乐调查报告

项目名称・崂山道教音乐
所属类别・传统音乐
申报单位或地方・山东省青岛市
入选国家级非物质文化遗产名录情况・2008年第二批 Ⅱ-139
撰写人・王英睿

一、历史上的崂山道乐——形简意远的道家音乐

崂山是我国沿海的名山，主峰海拔1133米，是我国18000公里海岸线上最高的山峰，《齐记》云："泰山虽云高，不如东海崂"，有"海上名山第一""神仙窟宅"美誉。崂山是中国全真道主要发祥地之一，也是全国最大的道场所在地之一，两千年前就被一些方士、道人称为"神仙窟宅、灵异之府"。

崂山道教属于北"全真"派，故其道乐以全真正韵为主体。早在西汉时崂山就有了道士和庙观，经文和经韵音乐也随之产生，至南北朝时期，十方道首寇谦之创编"祭祀""祈祷""度亡灵"等坛场经乐，并定了殿坛功课经韵曲牌《大澄清》《小澄清》《大赞》《小赞》四大经曲，崂山宫观也开始沿用。唐宋时期已成规模，金代，全真道北七真来形简意远的道家音乐。崂山传真布道，特别是丘处机三次来崂山，把崂山道乐和十方道乐进行了广泛交流，逐渐形成了风格独特、宗派多而复杂的道乐体系。各教派用的经文大部分相同，但韵曲各有差异，或根本不同。故崂山的道经韵曲既有独特的崂山经韵，也有全国通用的十方经韵。

历史上，崂山道乐曾经分布在120多处宫观之中，在446平方公里的秀峰幽谷中曾遍布"九宫八观七十二庵"。依地理状况而被分"内山派"和"外山派"。"内山派"中既有高道仙师，又有文人雅士、帝王官宦。他们前来崂山游历，将各地民歌雅曲带进崂山，特别是琴曲，对崂山的道乐经韵有极大的影响。李白、苏轼、丘处机、刘长生、孙不二、谢丽、谢安、养艳姬、蔺婉玉、蒲松龄、蒋清山、褚守恃、叶泰恩、薛一了、韩谦让、阎全德等人，都对崂山道乐的创编、完善、传播做出了突出的贡献。历代的隐逸方士在实现他们追求的超尘出世的境界和崇尚自然、效法自然的音乐理想中，产生了或清新幽雅、闲致飘逸，或哀婉悲怆、激愤抑郁的崂山道教音乐。"外山派"道乐使用管弦伴奏，并直接参与各种民俗活动，因此它又与山东一带的地方语言和民间音乐联系紧密，在演唱风格、旋法特征及结构特征上具有鲜明的地方特色，形成闻名道场的"崂山韵"。同时，外山派道乐促进了崂山地区民间吹奏乐的蓬勃发展。因此，崂山道乐是一个多层次的系统，容纳了孔庙祭祀音乐、佛教音乐、宫廷音乐、古琴音乐及地方戏曲、民歌等多种音乐品种。

道教音乐崇尚空灵的审美境界，在整体的音乐形态中，崂山道乐始终追求着形简意

远、清雅馨淡的自然风格，还从不同角度体现着道家所推崇的清、虚、简、远、雅的品格，是一种源远流长的无形艺术。崂山道教音乐盛行时期，曾一度成为北方道教音乐的中心。

二、青岛市崂山区崂山道乐的保护及申报工作

（一）针对崂山道乐采取的保护措施

虽然，崂山道乐曾经有过辉煌的历史，但至20世纪初，已逐渐衰落，1930年至1937年期间，只有金山派、随山派和龙门派有道教活动（崂山全真道教的三大主要道派），活动的中心分别是白云洞、太清宫和百福庵。多年战乱和动荡使崂山道教深受伤害。尤其是“文革”期间，道长、道姑均被迫还俗。太清宫随山派最后一任住持徐惟毅，明道观的匡常修、孙真淳、朱四红，明霞洞的叶蓬瀛、韩信奎、谢祥云，上清宫的冯茂柱，凝真观的刘子志，太平宫的道姑崔静一等，均被迫还俗。与此同时，大量道教文物遭到毁灭性破坏。太清宫的古碑、藏书、古玩、古画、历代皇帝的赐物（包括万历皇帝的手谕等）；刘墉、王羲之、王渔洋、赵孟頫等名文人的字画，蒋迪南、乔艳姬、蔺婉玉亲笔书写的字画、琴谱，韩谦让、薛一了、韩泰昌等历代道士演奏过的古琴11张以及古乐谱，大部分被“造反派”捣毁烧掉，残存无几。然而，历尽劫波之后，那么“所剩无几”的崂山道乐又如何能够顺利入选国家级非物质文化遗产呢？带着这个疑问笔者于7月下旬踏上了去青岛的火车。

还未下火车，笔者就直接拨通了崂山区文化局王保生局长的手机（号码是托一位老同学打听到的）。他非常热情，第二天，就派人来到笔者的住处接笔者去崂山文化局。此次负责接待笔者的杨国华，几句交谈后，原来彼此还是大学校友，她1994年毕业于山东师范大学美术系，之后来到崂山文化局工作，受文化局委派，负责“崂山道乐”的乐谱整理和档案建立工作。

通过杨国华的介绍，笔者了解到，崂山道乐的主管部门是青岛市崂山区文化局，保护

单位是崂山区文化馆和崂山太清宫。崂山区位于青岛市东部，东、南濒黄海，西邻青岛市市区，西北连青岛市李沧区，北接青岛市城阳区和即墨市。总面积为389平方公里，辖中韩、沙子口、王哥庄、北宅4个街道办事处，139个社区居民委员会，总人口为20万人。区内自然资源十分丰富。1978年十一届三中全会后，发展“文化崂山”成为该区的重要方针。崂山道乐归崂山区文化局管辖以后，崂山道教及其文物古迹受到党和政府的高度重视。

1．恢复重修道观

1979年，青岛市成立“崂山风景点恢复领导小组”。1980年，在青岛市和崂山县党政领导的支持下，原太清宫住持徐惟毅指导对太清宫和太平宫等殿宇进行重修，随即修复了上清宫、百福庵、明霞洞、遇真宫、石桥庙等宫观庙宇。原金山派道士匡常修与孙真淳主持太清宫的道事，并招收道士数十名，崂山道业得以承袭。“文革”期间遣散的许多道长被重新请回道观。崂山道教一步步发展起来。崂山道乐也随之逐渐恢复。

2．建立道乐团

1979年起，崂山文化馆开始对崂山道乐进行专项普查和研究工作，收集、抢救、整理出大量的道乐曲谱及文字资料，其中许多被收入《中国民族民间音乐集成》。20世纪80年代初，崂山文化馆音乐部成立了道乐队，开始演练曲目。当时邀请了崂山道乐的传承人——匡常修和孙真淳道长（时任太清宫住持）传授道乐。1985年4月18日，匡常修和孙真淳两位道长带领太清宫道士与文化馆道乐队在太清宫共同演唱、演奏了《吊挂》《步虚》《三清诰》等“崂山韵”，由青岛市人民广播电台录制后对台广播，向台湾同胞介绍崂山的道乐，促进了海峡两岸的文化交流和了解。之后，青岛市道教文化研究会成立了“崂山道教乐团”；崂山区文化局与崂山太清宫成立了“太清宫士班乐团”“东海崂古乐团”。区政府拨专款购置乐器、服装，用以扶持“东海崂古乐团”。同时，崂山区文化局积极鼓励并扶持民间群众道乐团，坚持每年给群众文艺队伍配送乐器。2006年，各级领导来青岛视察时，东海崂古乐团做了专场演出，受到好评。

杨国华：“我们文化局现在的所在地是崂山新区，1994年才区划，老崂山只保留了崂山文化馆的牌子。其余的包括人员，都留在了李沧区。”

笔者：“能否简单介绍一下局里对崂山道乐的保护都做了哪些工作？”

王保生：“第一，深入挖掘整理和梳理有关崂山道教音乐的资料，挖掘整理崂山道教音乐的一些曲目。第二，每年要拿出专项经费来用于道教音乐的保护。第三，加大对民间传承人以及专业人才的保护和培育。让更多的人才来关注学习崂山道教音乐。现在，崂山道乐班的道长们在演奏曲目时已不单单局限于传统的管子、鼓、木鱼等基本乐器了，他们把扬琴、古筝、琵琶、二胡、编钟、阮、箫、笙等多种不同音色的民族乐器也逐渐融进了道乐，使得经曲更加富于感情和韵味，以便于更多的人们理解和接受，在聆听的同时既能修心养性，又能参禅悟道、品味人生。”

（二）崂山道乐的申报工作

崂山道乐能恢复到目前的状况，与市政府及区文化馆20多年的保护工作分不开。正是有了如上的前期准备，2008年6月，崂山道教音乐正式入选成为国家级非物质文化遗产项目。崂山道乐的具体申报事宜由青岛市崂山区文化馆负责。太清宫是传承地和传承人的所在。

笔者：“《申报书》是谁写的？”

杨国华：“王局长负责文化馆宏观管理，具体工作我们文化馆这边负责，当时请了陈振涛老师过来，他从事多年道教音乐的挖掘工作，搜集了一些东西。《申报书》里只有一部分，是从他那里买过来的（有的东西还是在他手里），2008年，市里对他们这几个有贡献的进行表彰，国家级的给5万元，省级的给3万元。这是先期进行的奖励。”

笔者：“能联系一下陈振涛吗？”

杨国华：“我们一直在找他，可是他换手机了，不知道是什么原因，大家都找不到他。”

崂山道教音乐是第一批国家级非物质文化遗产项目，陈振涛全程参与了申报工作，申报文本也是由他负责撰写的。在《申报书》中将陈振涛列为传承人。《申报书》传承人一项里，是这样介绍陈振涛的：男，1936年生人，山东省青岛市崂山区人，青岛市李沧区文化馆退休干部，对崂山道乐研究有较深造诣，搜集、整理记谱崂山道乐近百篇。发表许多有价值的论文。

事实上，陈振涛为崂山道乐的抢救、挖掘、整理的确做了很多事。尤其是20世纪80年代，在崂山道乐衰微的情况下搜集、整理记谱的乐曲主要有应风歌《六问青天》《离恨天》；古琴曲《云石风松》《大赞》《小赞》《六句》《步虚》《吊挂》《救苦诰》《紫微迎仙》《泰山景》《吊周瑜》《青羊》等。

1984年春，在太清宫录音记谱崂山派经韵《崂山吊挂》《步虚》《大赞》《小赞》。

同年，在太清宫录音记谱坤道崔静一所传唱的道歌《子午钟》（孙不二作词谱曲），即流传至今的《崂山吊挂》原声曲。

1984年至1985年，多次去即墨的金口福利院采访太清宫随山派最后一任道长徐惟毅，采录他传唱的随山派十方南韵《双吊挂》《单吊挂》《晚坛救苦诰》《青华诰》(“工尺”记谱)。

1986年在古不其山(今铁骑山)前的百福庵庙下的院后村录音记谱该庙还俗道士孙志素所传的龙门派经韵《大赞》《小赞》及应风歌乐《六问青天》《离恨天》(养艳姬、蔺婉玉在该庙所创)。与当年北京白云观的还俗道长宋四海同时传谱《六问青天》《离恨天》，道乐《满江红》及祭孔的大型套曲《十献》及蒋清山道士当年和蒲松龄在百福庵合作创编的古琴曲《云石风松》与应风乐曲《青羊》《迎仙客》。在原金口福利院多次采访了道士叶蓬瀛(曾为蒋介石的保镖，为华山派云游名道)，他传了苏浙的优美韵牌《南曲六句》(也称南韵小赞)以及琴曲《寒山缘》《秋夜孤雁》(原塘子观的谢丽、谢安创编)等。

1987—1999年多次采访隐居在家的华山派道士刘瑞珍和刘瑞端，并对他们传唱的大套曲《归去来兮》(苏东坡到太平宫传给道士们)录音记谱。多次采访并为原塘子观龙门派道士刘志晓传唱的龙门派大套曲(经乐曲)《三涂五苦颂》《山丹花》《海底沉》等曲目录音。采访栾新海和他的传人贾盛敦(笙吹奏家)，收集整理道乐应风曲《梨花开》。

2002年9月在太清宫金山派道长孙真淳病重之际，记录孙道长创编的歌乐《玉兰花》(手稿)。

崂山道士及民间应风乐艺人传的小部分是工尺谱、大部分是简谱、很少一部分是线谱。在整理过程中主要依靠录音记谱。

这些都是陈振涛所做的工作。然而，《申报书》中所列曲目只是上述曲目中很小的一部分，多数仍在陈振涛那儿，没有公之于众。

杨馆长带笔者来到二楼看他们所收集整理的非物质文化遗产档案。在一间大约6平方米的办公室里，并排摆放着两个铁皮柜子，里面整整齐齐地码放着关于崂山道乐的档案及文献资料。

（三）申遗后制订五年计划

2008年，崂山道乐申报国家级非物质文化遗产项目成功。为全面系统科学地保护崂山道教音乐的内容，以及文化艺术表现形式，在青岛市崂山区非物质文化遗产保护领导小组和区委、区政府负责管理、督导下，青岛市崂山区文化局负责组织实施，制订了缜密的五年保护计划，要点如下：

1．建立崂山道教音乐保护工作机制

崂山区委、区政府将崂山道教音乐保护工作同时纳入全区“十一五”文化发展规划之中。成立在区政府分管区长领导下的崂山道教音乐保护领导小组，密切协作，协调文化、旅游、财政等相关部门各司其职，并邀请有关专家学者制定科学的、可操作的保护措施，确保崂山道教音乐保护走可持续发展之路。

2．政府财政支持

崂山区政府财政每年拨付非物质文化遗产保护专项经费10万元，用于抢救、挖掘、整理、保护、宣传崂山道教音乐等非物质文化遗产保护，并随经济的发展逐年有所增加。同时通过设立崂山道教音乐保护基金和大力发展文化产业等渠道筹措资金，在政府宏观指导下，采取市场化运作的手段，依靠民力，启动民资，鼓励和支持社会资金参与崂山区非物质文化遗产的研究、保护和开发，确保对崂山道乐的研究和有效保护。

3．加强对专业人才和民间文化传承人的教育培训

出台、落实保护老艺人的相关政策，举办道教音乐培训班，鼓励老艺人带徒授艺，建立一支素质较高的保护和传承队伍。

4．加大宣传力度，提高全社会保护意识

通过举办崂山道乐专场演出、编辑出版崂山道乐的乐谱、研讨会论文集，开展各种形式的崂山道乐研讨会等多种形式，加强文化交流，宣传推介崂山道教音乐，培养新一代对崂山道教音乐的兴趣，进一步提高全社会的保护意识。

三、崂山太清宫道教音乐

（一）崂山太清宫

青岛崂山太清宫创建于汉武帝建元元年（公元前140），明代以来，被誉为“道教全真天下第二丛林”，迄今已有2150年的历史，是中国道教的发祥地之一。丘处机祖师有诗赞曰：“清歌窈袅步虚齐，月下高吟凤舞低，断崖绝壁无人到，日夜时闻仙乐声。”

崂山景区以著名道观太清宫命名，简称太清景区。太清景区坐落在宝珠山下，宝珠山七座山峰从东、北、西三面环绕着一临海谷地，形成特殊的地理环境。宝珠山主峰称“老君峰”，其左边依次是“桃园峰”“望海峰”“东华峰”，右边依次是“重阳峰”“蟠桃峰”“西王峰”。此7座山峰挡住了北方的冷空气，南面海湾，名“太清湾”，又有暖湿的海洋空气源源不断送来，使此地形成亚热带气候环境，故名“崂山小江南”。依照传统风水学分析，此地确为不可多得的风水宝地。所以自古以来此地成为道教的重要发祥地和道家丛林。山中之道观均保留了国内少有的宋元以来的建筑风格和中国古代园林的重要分支——寺庙园林，同时，缘于道家对一些特殊具有象征意义植物的偏爱，国内罕见的植物在此分布较密，如银杏、耐冬、凌霄等，还有亚热带特有的植物，如竹林、茶园、棕榈、广玉兰、红楠等。

1982年11月，青岛崂山风景名胜区被国务院公布为第一批国家风景区，太清宫等被列为市级保护单位；1983年，崂山太清宫被国家确定为“汉族地区佛道教全国重点寺观”之一；1985年，青岛市道教协会筹办委员会成立，会址在崂山太清宫；1989年，青岛市道教协会第一次代表大会在太清宫召开，正式成立青岛市道教协会，会址在崂山太清宫，第一任会长为匡常修，副会长为孙真淳、刘怀元。1992年到2003年，在中国道教协会等部门协助下，太清宫修缮了藏经楼、道舍，扩建钟鼓楼、混元殿等。

积极融入社会的太清宫与新闻媒体、国内外学术界、大学院校建立良好的交流与沟通的管理体制。据周宗颐《太清宫志》记载，太清宫的管理体制：长老之下设道长，道长之下是监院，监院之下是执事，执事之下是道众。为了适应时代的发展，现在的管理制度有所改动：太清宫的日常管理主要由李宗贤道长总负责，李道长之下，有分管接待、教务、戒律、后勤等各位道长，道众们各有分工，有的看殿，有的负责经乐，有的在山门接待游客，有的在厨房负责伙食等，管理有序，分工明确。

李宗贤（1959— ），全真龙门派第二十三代玄裔。曾任崂山太平宫监院、青岛市和崂山区人大代表、山东省和青岛市道协副会长、太清宫管委会主任等职，是当代发展崂山太清宫的重要道长之一。李道长任职以来非常强调信仰建设，注重人才培养。他认为崂山道教中人要严格奉行全真教“功行两全”的教旨，以入世之身积功累德，以出世之心修身炼性，把生活本身也作为修行的重要组成部分。他把《道德经》作为道教的理论基础、行为准则，要求道士能够背诵。他还投资建立图书室，购置道教文化书刊。目前讲经堂已经建成，内设400平方米的藏经阁和300平方米的打坐圜堂，为崂山道教的文化发展提供了良好的条件。李道长重视宫观建设，致力于宫观修缮与扩建，道观的绿化，使太清宫的面貌焕然一新。他关心改善道众的生活，为道众盖起了单房楼，15平方米的单房内，家具、闭

图 15-1·李宗贤道长　王英睿 / 摄

图 15-2·住持藏书　王英睿 / 摄

路电视、空调、网络一应俱全，为他们提供了优越的清修环境。李道长的辛勤工作，得到了道众的拥戴与政府和中国道协的好评。

在李宗贤道长的努力下，2006 年，华楼宫、蔚竹庵等道教庙宇恢复为道教活动场所并对外开放。10 月 31 日至 11 月 1 日，青岛崂山太清宫与山东大学宗教、科学与社会问题研究所联合主办首届“崂山论道”国际学术研讨会。2007 年初，青岛市道教协会投资的崂山太清宫藏经楼、讲经堂等正式破土。2008 年完成了《崂山道士》纪录片的拍摄，并在 10 月举行了第二届“崂山论道”学术研讨会。

得天独厚的自然景观、太清宫自身体制的逐步完善，再加上国家、青岛市、区政府支持，这些都为崂山道教音乐的恢复与发展奠定了良好的基础。

（二）崂山道乐团

1. 乐团人员构成

山不在高，有仙则名。崂山的盛名，不仅得益于如诗如画的自然环境，也得益于崂山的道教，而崂山道乐则是宣传、弘扬崂山道教的最重要载体。有如此美妙的自然景观，加上政府扶持，更重要的是太清宫自身的运行机制，崂山道乐得以在这片宝地维持至今。环山而上，不到半个小时，笔者来到了太清宫。置身满眼的美景中，已然让你心旷神怡，而一阵阵或远或近、此起彼伏的乐声则不由得牵引你循声而去，这正是崂山道乐团在演奏。真的是人间仙境：不仅有仙山，还有仙乐！

7 月的崂山正是旅游旺季，太清宫住持李宗贤事务繁忙，出去开会了，临行前嘱咐助理李永祥接待笔者。传统的崂山道乐乐种古老、乐曲多、曲调美，从不同角度体现着道家所推崇的清、虚、简、远、雅的品格。但经过多次的劫难，传统曲目多数失传。如今的太清宫的道士多数不懂音乐，于是，自2008年开始尝试从音乐院校招收演奏员组建道乐团。

笔者："乐团的人是从哪儿招来的？"

李永祥："我们招的人都是比较正规的，他们原来都是青岛大学音乐学院的学生，科班出身的。"

笔者："学生都愿意来吗？"

李永祥："的确有困难，招人招不到，来了不久又走了。"

笔者："现在庙里的还有多少道士懂音乐？"

李永祥："山上也有一些爱好音乐自己修音乐的老道，但是真正懂乐器的很少，他们也是顺其自然，主要还是修道，技术上谈不上（很高），所以我们也想了些办法，让这些老道跟外面科班出身的住在一起，他们在一起耳濡目染，可以相互提升。老道慢慢地掌握了一些演奏技术，外来的人员随着做一些道场，他们的'道气道味'也有所增强。"

笔者："支持道乐团的经费来自哪里？"

李永祥："经费很紧张。当初搞道乐团全都是借的钱，自己养。演出都是无偿的，游客随时都可以去听的，音乐也是免费的。文化局去年才拨给10万元，今年我们才收到。非物质文化遗产是他们申请的，我们也不知道。道乐团一直是我们自己在养，费用也全是我们庙里出。去年的5万元具体我不知道，今年我们申请了10万元，从文化局他们那边申请的。所以说几万块钱我们来养活这么多人，我们初步算了一年要七八十万元，最少都要五六十万元。主要还得靠门票收入，门票是20元。在2002年、2003年收入还可以，那时候景区少，景点少。这几年到处开发景点、景区，我们这里的收入就是一年不如一年了。"

杨国华："那个时候有2000多万元。"

图 15-3 · 李永祥道长　王英睿 / 摄

李永祥："那时候还可以，现在我估计一年都不到1000万元了，很少。主要现在庙里养的工作人员多，包括打扫卫生的，加上老道，将近一百个人。现在正在修建的老子像，都是和银行贷款。光乐班人员的工资待遇、买乐器，我们每年就要花掉六七十万元。第二项花费是每年还要参加外面的演出活动。"

笔者："是应邀参加吗？"

李永祥："没有，我们自己去。这是道教协会组织的，我们自己出资，服装、差旅（坐飞机），都是自己出钱。道协每年搞这个，你得参与，因为这也是弘扬道教的一个方法，一个途径。我们去开开眼界，也增加公关影响力。此外，还有平时请老师来指导，毕竟道教还是比较微弱，人才比较奇缺，老道很少，培训人才就更少，所以我们就请社会上的各大教授，来给我们培训，这种培训，请一次就少则几万元，多的十几万元。"

笔者："都请过谁，什么地方的？"

李永祥："从全国，比如说请朱润福（69岁）来培训道乐团，花费10万元。创编20首道乐曲目。另外，还请段存洲、胡济璋等人来编配过一些乐曲。"

笔者："在网上看到一张介绍崂山道乐的照片，有一个弹古筝的，是道长还是学院的学生，哪里去了？"

李永祥："对，是那个年轻道长，他已经走了，哎，清修去了。因为道士都是以庙为家，所有的庙都是他的家，流水老道，固定的庙。某个时候，觉得这里的气场不适合自己，就走了。所以说他固定不下来。太清宫道乐团现有十三人，三位是道士，其余的都是音乐学院毕业的学生。道士月薪1200元，招聘的学生每月2000元，管吃管住。在目前的社会经济状况下，多数人会觉得待遇不高，陆续走了好多人。但对于音乐学院的本科毕业生，有些找不到工作的，也愿意来这里，尤其是喜欢这里氛围的，更能在这里常住。道乐团在太清宫的支持下还根据道教音乐的风格集体创作了一些新练习曲，练习时用。这种新创作的曲子有十多首，都是简单的只曲形式，平时在私下演奏。"

道乐团传统乐器分为两类：一是吹奏乐器，主要有管、笙、笛；二是击奏乐器（一律称为法器），有云锣、鼓、铛子、钹、铙等。现在崂山道乐的演奏乐器多种多样，在传统的管子、鼓、木鱼等基本乐器的基础上，扬琴、古筝、琵琶、二胡、编钟、阮、箫、笙等民族乐器也逐渐融进了道乐。目前道乐团常演奏的曲目共有39首。根据使用场合和功能的不同选用不同的乐曲，有着一定的规范。应风经韵主要用于民间、民俗活动，念唱的经韵与殿坛科仪时使用的相同。

表 1　道乐团人员构成

成 员	主司乐器	年龄（岁）	来源地
陈飞	二胡、打击乐器	29	湖北武当山
黄玄金	筝	35	陕西华山玉泉院
李雪	琵琶	30	四川音乐学院
孙琳	琵琶、古琴	30	天津音乐学院古琴专业
董馨营	二胡	28	青岛大学音乐学院
丁洁	二胡	28	青岛大学音乐学院
孙玉	二胡、大阮	26	青岛大学音乐学院
夏丽萍	二胡、筝	22	青岛大学音乐学院
彭璐	竹笛	21	青岛大学音乐学院

2．乐团活动

太清宫道乐之所以一直维持到现在，很大程度上正是由于有太清宫这样一个宗教场所，除了日常上午、下午的表演性演出外，还要参与佛事伴奏，因而既保持了其功能性，又兼有娱乐性。

（1）演出活动

从2010年9月开始，太清宫在庙内设立专区，每日进行两场免费演出，演出时间都是固定的：上午9:00—11:30，下午1:30—3:30。只要游人三五成群地聚集在殿内，道乐

图 15-4・道乐团日常演出宣传海报
王英睿／摄

王英睿／摄

15-5、15-6、15-7 · 崂山道士在做道场

团就开始演奏。演出的曲目是从39首传统音乐中挑选的曲牌，如崂山道乐的精华部分《步虚》《吊挂》《大赞》《小赞》等。演出不收门票，这已经成了太清宫的一项公益展演。

（2）宗教活动

崂山道士最重要的修炼就是早、晚功课经。早课经第一首经韵是《步虚》，午课经第一首经韵是《三官诰》，晚课经第一首经韵是《青华诰》或者《小澄清》。

崂山道乐参与的另一项重要宗教活动是做法事（道场）（图15－5、15－6、15－7）。这由经师班专职道士（高功）负责。道教的法事是举办道教活动、展示道教文化、联系信教群众的一种重要形式，分为阴事和阳事，主要用于庆贺祝寿、祈福消灾、超度亡灵等。每逢国家和道教的重大节日、社会的重大活动，太清宫必做大法事，这其中自然离不开道乐。

法事由一位“高功”主持，六位至八位或更多（最多时三十六名）熟悉科仪的道士为经乐法师，手中拿着钟、鼓、磬、铛、镲、木鱼等法器，加乐器演奏咏唱诵经。这部分道乐叫“应风经韵”，是道场科仪的布道行法音乐，集中体现了“通圣达神”的特征。为向俗民们展示“神的法道”，法事的进行往往带些表演成分。由高功拿着笏板主持道场科仪，先供神、

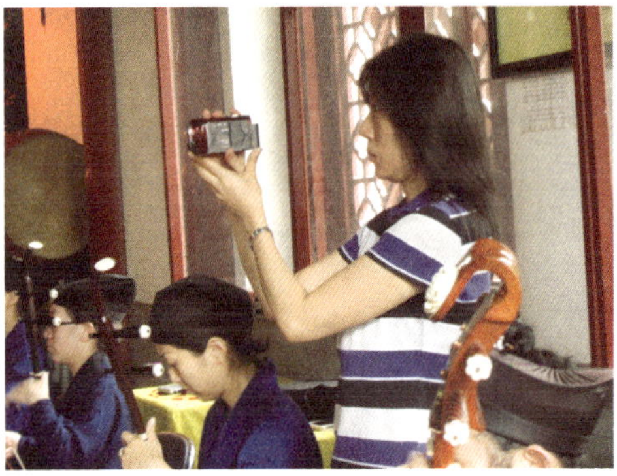

图 15-8 · 笔者在拍摄　张国良／摄

敬神、参拜神，然后向神表达自己的愿望和要求，祈祷神灵保护，最后是传达神的旨意，驱逐恶孽，求得幸福平安。在这样一种“神”“人”共存的特殊场合，配合这种道教科仪音乐，乐神娱人。人神交汇在一起，特别要考虑到让俗民们能接受“神曲”，这就不得不考虑到“仙曲俗唱”的成分，所以，崂山道乐中吸收了大量的民谣成分及民间音乐小调。较多使用的应风音乐有《六问青天》《离恨天》《青羊》《满江红》《宾鸿泪》《天边月》《十献》等。

笔者：“你们也参与民间的红白喜事吗？”

李永祥：“不参与，但我们现在周边的音乐都是从庙里传出去的。现在有宗教法，一般地方不能去，即使有些来庙里面做法事的，或者请我们去其他庙的，如果没有取得宗教活动证，也不能做。自古以来，做道场就是念经，音韵都是一体的，做道场、念经就是感动上苍，通过做道场、音乐，感动上苍，是不能分开的。一般出去做道场，念经、音乐都是一体的。在这里我负责做道场，庙里的道场主要是圣诞，庆贺道场。道教讲人、鬼、神三界，就是天界、人界、幽灵界，做道场对神是一种尊敬。道人讲的是内功外行，内功就是内在的修炼，外行就是对外多做善事、多度魂灵。在庙里，为了表示对神的崇敬，一年有三大官方焰口：清明节、七月十五、十月初一。如果有人死了需要超度，不能去家里，得来庙里做。家里有邪事的，比如灵魂附体，邪病，有灵物上身的，需要超度，这叫阴事道场，也要来庙里做。对外，如果取得宗教活动证的，可以在庙外开辟一个道场，我们去给他开光、祈福、度鬼等。”

笔者：“现在做这些法事都用到崂山道乐吗？”

李永祥：“对，都用。崂山道教属于全真道派，全真道音乐的传承，历来严谨、规范，通行于全真道内的音乐以“全真正韵”亦即教内通称的“十方韵”为范本，各宫观均准规严行，经韵的承传，全凭上师密传，口传心授，故其音乐形态上有着高度的统一性。崂山道教音乐以全真正韵为主体，并辅以“十方南韵”“崂山韵”、应风乐和古琴乐为特色。申遗成功后，尤其是近两年，来庙里做法事的人越来越多。不仅增加了太清宫的额外收入，也促进了道乐团的发展。”

四、总结

截至笔者此次调查结束，通过梳理、整理调查记录，大致可以看出当地主管部门对于崂山道乐保护工作已取得的成绩和存在的问题。

（一）取得的成绩

1. 整理出版道乐资料

每年拨出专项资金、安排专门人员对道教音乐进行深度挖掘，收集并整理了道教音乐乐谱手稿、录音带，对现有资料进行整理、分类、存档，建立起道教音乐陈列室；编辑、整理已收集的道乐草本及各地手抄本的资料编印发行，部分研究成果结集出版。

2. 举办大型文化活动

崂山道乐申遗成功后，文化局的第一个五年计划里就将举办大型文化活动放在了首位，联合举办了多次围绕崂山道乐开展的大型文化活动。其中最突出的是创建了保护崂山道乐的一个文化品牌：中国崂山论道《太清水月》大型文艺晚会——“崂山论道”之“太清水月”。

自2008年，中国道教协会主办，青岛崂山论道组委会、青岛市崂山区文化局开始承办每两年一次的大型文化活动——中国崂山论道。时至笔者2012年采访期间，已连续举办了三届。

图 15-9 · 整理成册的资料　王英睿 / 摄

2008年，第一届“崂山论道”之“太清水月”于10月11日晚在崂山太清宫举行。根据活动安排，11日上午9时至9时30分，在崂山太清宫举办2008年中国崂山论道暨首届玄门讲经活动开幕仪式；下午1时30分至5时30分在崂山太清宫讲经堂举办大师论道，“大师论道”活动邀请了海内外道教高道、社会名流，当代国内、国际道教文化研究领域的著名专家学者70余人围绕道教与生态文明（自然之道）、道教与养生健康（养生之道）、道教与社会和谐（包容之道）3个分议题，进行演讲阐发；当晚7时至8时20分在崂山太清宫举办的《太清水月》大型文艺晚会将活动推向高潮，高雅悦耳又庄严神秘的道乐演奏、柔中带刚的道家武术表演、道法自然的茶艺展示，全方位地展示道教文化的精髓、彰显崂山的独特魅力。观众在现场体会来自悠远的崂山道教文化精髓，感受深厚的道家文化底蕴。崂山论道《太清水月》大型文艺晚会等一系列活动，得到中外人士的一致好评。旅游促进了太清宫门票收入，增加了对道乐团的投入。而且，在媒体的介入与宣传下，崂山道乐在群众中的知名度大大提高。

3．各方协作

充分发挥驻区高等院校、科研院所综合优势，合作开展对崂山道教音乐挖掘、保护等方面课题研究。从20世纪90年代开始，以青岛市道教文化研究会为依托，开展对道教音乐历史渊源等课题的研究，发表了二十多万字的相关论文。

2008年9月27日，太清宫道乐团与青岛大学联合举办了庆中秋崂山道教音乐会。此次演出，表演了《大朝元》《月儿高》《三清号》《崂山吊挂》《谨奉礼》《大赞》《步虚》《玉鹅浪》《睡莲》《庆太平》等经典崂山道乐。

2010年6月19日，崂山太清宫创建2150周年专场音乐会在青岛大学音乐厅隆重举行。太清宫道乐团献给世人祈祷国泰民安、风调雨顺的道教科仪《开天符》及《迎仙客》《南清宫》《仙家乐》《三信礼》《文辞》《下水船》《步虚》《小赞》《喜悦调》《将军令》等曲调典雅、旋律优美、清心怡神的道教音乐。这些演出得到了院校师生的认可。逐渐有学生加入道乐团中来。借助音乐院校的师资力量发展崂山道乐是太清宫的一个新举措。

（二）存在的问题

1．忽视重要细节

申遗后，崂山区文化局制定了缜密的保护措施，但在具体操作上，却忽略了一些重要的细节。对于崂山道乐来说，最实际、最重要的是传承人和传承曲目。而目前掌握这些重要信息和资料的关键人物陈振涛销声匿迹。杨馆长的说法是："那些乐谱太简单。" 太清宫都不知道陈振涛此人。笔者在采访太清宫道乐团成员时，没有一个人知道陈振涛是谁，对于他所记录的那些前辈道长留下的曲目也毫无知晓。没有做好陈振涛的工作，是一个重大的失误。

2．五年计划尚未完成

从2008年申报成功到笔者2012年前去采访，四年已经过去，崂山区区政府制订的第一个五年计划能如期完成吗？就拿财政支持这一项来说，有这样一项关于经费的细则：连续三年拨付专款120万元用于崂山道乐的保护。其中：

· 30万元用于扶持、保护老艺人，设立崂山道教音乐专家工作室；

· 20万元用于在各区道教宫观展开普查工作，建立崂山道教音乐文物室；

· 20万元用于加强各道观间道乐的沟通与交流，在道教重大节日举行道教音乐会；

· 20万元用于与东海崂古乐团、太清宫合作编排一台既能体现民族音乐魅力又能展示崂山道乐精华的音乐节目，进行对外文化交流；

· 10万元用于举办崂山道教音乐理论研讨会；

· 10万元用于开展崂山道教音乐培训班；

· 10万元用于整理、出版有关崂山道乐的韵腔曲谱、器乐曲牌谱集，编辑出版《崂山道教音乐概述》《崂山道教音乐研讨会论文集》。

事实上，单就财政支持这一项来说，五年计划“看上去很美”，但至少一半仍未完成。

第十六章 齐云山道场音乐调查报告

项目名称・齐云山道场音乐

所属类别・民间音乐

申报单位或地区・安徽省休宁县齐云山道教协会

入选国家级非物质文化遗产名录情况・2008 年第二批　Ⅱ－139

撰写人・李自浩

一、休宁县非物质文化遗产概况

（一）休宁县人文环境与主要“非遗”项目

休宁县隶属安徽省黄山市，为古徽州一府六县之一，此地人杰地灵、文风昌茂、人才辈出，被誉为“中国第一状元县”。自东汉建安十三年建县以来，至今已有一千八百年。休宁县内非物质文化遗产品类繁多，有独特的地方语言，丰富的民间文学和手工技艺，还有五彩斑斓的民俗文艺表演和独具个性的乡风俚俗。尤其是徽剧、目连戏自明清以来便活跃在民间。“徽墨”“罗盘”“松萝茶”等制作工艺很早就驰名中外，万安罗盘早在20世纪初就获得了巴拿马万国博览会的金奖。

休宁县从2005年开始非物质文化遗产的采集与保护工作。经过挖掘、整理和申报，2006年，万安罗盘制作工艺被列为第一批非物质文化遗产成果名录；2008年，齐云山道乐被评为国家级非物质文化遗产，松萝茶制作技艺、五城米酒酿造技艺和五城豆腐干制作技艺被列入安徽省非物质文化遗产成果名录。

（二）齐云山道场音乐简介

休宁县齐云山为全国四大道教名山之一，道教文化源远流长、历史悠久，泱泱古岳，上下传承一千二百余年。正一派道场音乐作为道教文化的重要组成部分，与道教各类大小斋醮科仪活动相辅相成，同系一脉。道有多久，乐有多长，沿袭至今。

道乐演奏人员为道场中的“文场”，由器乐、声乐两部分组成，道场上道士们有说有唱，有音乐有舞蹈。登场者少则七八人，多则十四五人。锣鼓笙箫，经声悠扬，喧闹悦耳而又庄严肃穆。齐云山道场名目繁多，主要有《诸天科》《慈悲科》《水火炼度》等25种；演奏道乐的乐器有鼓、大锣、小锣、磬、木鱼、二胡、琵琶、箫、笛、唢呐等。齐云山道场音乐使用的乐谱为工尺谱，主要曲牌有《步虚韵》《主云飞》《真香初炷》《大开门》等。

二、实地调查情况

2012年7月16日上午，笔者来到休宁县文化局，找到了分管"非遗"工作的黄永强副局长，黄局长带领笔者来到具体负责"非遗"工作的县文化馆，在余敏华馆长的安排下，笔者对撰写申报材料之一的汪根印进行了详细采访。17日下午，笔者在休宁县状元故里大酒店采访了另一位申报材料撰写者张启立。19日，在汪、张陪同下，登齐云山，在山顶真武殿采访了齐云山道教协会副会长詹和平。

（一）齐云山道场音乐的保护现状

休宁县共有两项国家级非物质文化遗产，万安罗盘和齐云山道场音乐。申报工作由文化局黄永强局长负责，文化馆承担具体资料的收集、整理和申报工作，具体工作分别由汪根印和张启立来做。汪根印现年66岁，张启立69岁，二人都已经退休。退休前，汪根印在县文联工作，张启立在县委宣传部工作。二人在休宁县是知名的文化人，退休以后就到文化馆专门负责万安罗盘和齐云山道场音乐的资料收集和《申报书》撰写工作。汪根印介绍："这几年重点还是在抓'非遗'申报工作，除了两项国家级的之外，省级、市级、县级都有。但真正地保护、管理还是少一些。万安罗盘是1915年万国博览会金奖的，保护得比较好。齐云山道乐的保护刚刚开始。齐云山是全国四大道教名山之一，道场音乐应该是国宝的，但是道教的人中专生都没有，几乎都是农村的小学生、初中生，所以他们素质比较差，让他们搞这个事情就搞不起来。原来曾经在江西请过几个道教的师傅，在齐云山上待了一段时间，结果因为各种原因待不下去。后来派人到北京道观去学习，水平是提高了一点。但是他们学习之后，演奏、实际操作可以，研究、保护还是插不上手。"

从汪根印的介绍中可以看出，休宁县重视齐云山道乐的申报工作，但是并没有切实可行地开展保护工作。休宁县文化馆近年准备重点抓好两项工作。第一，对道乐进一步挖掘。虽然齐云山道乐已经申报国家级非物质文化遗产，但是上报的是一部分，在民间还有一些需要进一步挖掘、整理。第二，休宁县道教协会计划招募文化素养较高而且能演奏乐器的人，成立一个50—60人的道教乐团。组建道乐团县政府已经批准，并计划投资100

万元，目前正处在招人、报名阶段，报名方式以自愿报名为主。道教协会计划利用业余时间集中排练，有游客观看或者领导检查时，即穿上道服盛装演奏。道教乐团成立之后，还可以进行对外交流演出。

（二）保护主体——文化馆

休宁县文化馆共有7名工作人员，但没有人专职负责“非遗”工作。因为“非遗”专业人才难得，此前馆里已经20年没有招人，新招的两个大学生，虽是音乐专业，但对“非遗”工作知之甚少。

文化馆工作人员名单制作表格如下：

表 1　休宁县文化馆工作人员名单

姓名	性别	年龄（岁）	专业	职务
余敏华	女	45	黄梅戏演员	馆长
焦祖斌	男	56	美术／摄影	馆员
孙金芬	女	55	黄梅戏演员	馆员
汪志乐	男	49	黄梅戏演员	馆员
胡美英	女	46	黄梅戏演员	馆员
孙晓玲	女	28	舞蹈编导	馆员
李灿灿	女	27	扬琴	馆员

图 16–1・笔者采访汪根印（左） 张永亮／摄

图 16–2・笔者采访张启立（左） 张永亮／摄

上表显示文化馆大多数工作人员是黄梅戏演员，其原因是，休宁县黄梅戏剧团解散以后，部分黄梅戏演员没有工作，就被安排到了文化馆。他们从十三四岁就开始唱戏，却没怎么上过学，文化素质相对较弱。李灿灿和孙晓玲是2012年刚招的大学生。现在文化馆编制需要设9个人，还要再招两个。从工作人员的年龄结构和专业结构来看，文化馆自身是无法满足“非遗”申报和保护工作的。因此，休宁县文化局才会让张启立和汪根印来负责具体的申报事宜。但两人均已退休，“申遗”成功之后如何开展保护工作仍然令人堪忧。

（三）齐云山道场音乐申报材料撰写

齐云山道场音乐的申报材料是由张启立主笔完成的。张启立，生于1944年，现年69岁，1961年17岁中学毕业就参加工作，在税务局当税收员。20岁参军入伍，当了5年兵。当时年轻，张启立非常崇尚绿军装、敬仰解放军。回来以后在税务局工作，后来又到黄山日报社当记者。用他自己的话说是“既拿过枪杆子也握过笔杆子”。齐云山在“文化大革命”期间受到严重的破坏。党的十一届三中全会以后，齐云山准备恢复旅游事业。1982年休宁县委就把张启立调回齐云山，让他创办了齐云山风景区管理处，从此一干就是整整10年。那时筹建齐云山风景区条件艰苦，是在废墟上开辟旅游事业。张启立讲：“后来因为年纪大了，虽然内心对齐云山很有感情，还是调到县文联、宣传部了。到现在离开齐云山已经21年了，虽然岗位不在了，但是心还在。工作期间，边管理边研究，写了好多文章。所以现在电视台或其他地方有人来的时候还是要请我去说一说、讲一讲。《齐云山志》新中国成立以来修了两部，第一部是20世纪80年代，是在我手上搞的。去年全国二轮修志，又编第二部《齐云山志》，齐云山管委会领导称我是‘齐云通’，又要我来主笔。”

张启立获得资料的途径主要有两个，一是采访道士，二是查找资料。采访的道士主要是詹达礼和詹和平父子。詹达礼是安徽省道教协会会长，詹和平是齐云山道教协会副会长，主持工作。查找的资料包括《齐云山志》和《休宁县志》，相对而言，《齐云山志》比《休宁县志》记载的道教内容更丰富一些。张启立介绍：“2005年、2006年县里要申报‘非遗’，文化局负责承担这项任务。文化局后来把具体的任务分解到各个乡镇，时任齐云山镇党委书记兼齐云山管委会主任的王勇找到我，让我来写齐云道乐的申报材料。我就查阅了一些道教的资料，到山上去找道士了解道乐的情况。但是找他们，他们也说不出所以然来。因为齐云山的道教队伍参差不齐，老的老小的小，而且他们的业务素质都不是很好，绝大部分都是山下的村民。一般是父亲年纪大了，儿子来接班，道服一穿就成道士了，道教业务他们不太熟悉。前任齐云山道教协会会长詹达礼，尽管到北京白云观道教中心培训进修过，但他表达能力较弱。齐云山上道教队伍大概还有十六七个，其中年纪最长的一位姓曹，今年84岁了，说话也口齿不清了。原来也找他聊过，其他的也聊过，但是他们也不了解。所以还是我凭自己在齐云山10年的感觉、印象、理解，加上找的一些资料，整理成了申报资料。”

（四）没有国家级传承人的国家级项目

齐云山道乐2008年入选国家级非物质文化遗产名录，但是至今没有国家级传承人。为什么没有传承人呢？从汪根印、张启立二人的介绍来看，一是齐云山道士整体素质差，文化水平低，表达能力差。二是作为道长的詹达礼掌握的曲目太少。詹达礼不是国家认定的传承人，但他是实际的传承人。

从《申报书》反映的情况来看，齐云山道场音乐传承谱系不甚清晰，尤其是詹氏一族，有稽可查的仅可以上溯到詹达礼（1948年至今）的父亲詹岩福（1906—1987）。

据张启立讲，齐云山道教香火始于宋，盛于明，兴于今。但是可以查到的传承人很少，而且齐云山道教在民国初年曾经中断过一段时期。“文化大革命”期间齐云山遭到重创，造反派把齐云山改为“立新山”，很多神像、石碑都被砸碎了。造反派不允许道士继续当道士，于是道士们就回去务农了。这恐怕是齐云山道场音乐传承谱系不甚清晰的一个原因。另一个原因可能与齐云山道教的特性有关。据张启立介绍：“齐云山道教是正一派，正一派就是居家道士，又叫火居道士。全真派的道士和佛教有点接近，出家后六根清净，永诀红尘，没有杂念。正一道叫居家道士，可以在家里做功课，可以在家里面打坐念经，而且可以娶妻生子，所以叫居家道士也叫火居道士。必要的时候，有时候可以吃点荤，可以喝点酒。平时农忙的时候，也和农民一样上山采茶，下地种菜。做道场呢，道袍一穿，帽子一戴，全副武装之后就成一个道人了。”

（五）齐云山道士人事关系及经济收入

在当地人看来，齐云山道士等同于一个社会职业，可以维持生活，有收入来源。父亲当道士后，儿子也可以当道士。但是按照老规矩，父亲不能带儿子，即拜师不能拜父亲为师，要另外拜其他的师傅为师。虽然不能拜父亲为师，但受家族的影响后辈大都继续当道士。张启立说：“简单说，就是父亲年纪大了，儿子没考上大学就来接班。齐云山上父子同时当道士的有好几家。”

图 16-3・齐云山摩崖石刻
李自浩 / 摄

这些道士有固定收入，收入来源是灯油费、香火费。另外做道场也有收入，根据规模的大小，大的要两三千元，小的要500—800元不等。其他还有一些香客的捐资、募捐、功德箱、抽签算命等。山上16个道士全部拿工资，工资虽然不高，但是维持基本生活是没问题的。大概有的800元，有的1000元。道士们一般论资排辈，决定相应的收入。

（六）“局内人”的声音

通过调查采访张启立、汪根印、詹和平等局内人，可以看出休宁县在齐云山道乐的保护工作上，自2008年以来并没有太多的作为。这里面的原因是多方面的，从国家层面上来讲，“非遗”保护工作刚刚起步，缺乏经验。从基层单位来讲，除了缺乏经验之外，还缺乏人才、资金等，所以保护工作举步维艰是可想而知的。但是这项工作毕竟是开始了，人心思动，都在围绕着保护工作积极思索。张启立代表的是政府一方，他认为对“非遗”资源进行田野普查，然后整理成册，真正在保护的前提下开发利用好，为市场经济服务，是件好事。但目前还没有产生多大的效益，各项工作被动状态的原因主要是经费问题。比如建立资料馆、档案馆、数据库等，县财政是解决不了的。

詹和平代表的是道协一方，他对齐云山道乐保护工作止步不前颇有看法，并尽个人之力先行动起来。比如尽可能在两三年之内，从人员上吸收一些年轻人，在器乐方面加强一下。再比如准备跟音乐院校合作，招一些搞民乐的，来好好搞一下器乐。对于休宁县政府计划筹建的道教乐团，詹和平并不赞成，原因有二：一是道教忌讳表演，但道乐团主要是服务游客进行表演的；二是齐云山道乐唱念的语言特殊，是婺源话、休宁话、普通话三种话夹杂在一起的，但道乐团是采用休宁话唱念，韵味发生了变化。

三、结语

齐云山道场音乐2008年入选国家级非物质文化遗产代表作名录，从“非遗”保护的角度来看，基本还停留在申报时的状态。但是从休宁县政府和休宁县文化局的角度来看，他们更多的是考虑怎样使齐云山道场音乐这一国家级非物质文化遗产能在得到保护的同时，积极地为休宁县的经济发展服务。从调查的情况来看，除了筹备中的道乐团之外，齐云山道场音乐的保护工作并没有实质性的进展。休宁县作为一个全县有28万人口却有18万茶农的小县城，在保护齐云山道场音乐上并没有多大的经济能力，也没有得到更多的资助。齐云山道教协会副会长所说的“所有问题归结到一点上就是经济问题”，恐怕就是保护齐云山道场音乐的理想与现实的差距所在。

第十七章 济公传说调查报告

项目名称·济公传说

所属类别·民间文学

申报地区或单位·浙江天台县

入选国家级非物质文化遗产名录情况·2006年第一批 Ⅰ-11

撰写人·刘红庆 弓宇杰

一、济公传说简述

“鞋儿破，帽儿破，身上的袈裟破，你笑我，他笑我，手中的扇儿破……”这首歌搭乘着电视平台，济公广为世人所知。实际上，济公是南宋时的一个僧人，济公传说很多，传播范围也很广，但他的家乡浙江省天台县，却最为经典。

面对以祝寿为名向百姓勒索的官员，济公写下了这样的寿联：

大老爷做生日 银也要 金也要 珠宝也要 红白一把抓 不分南北

小的们真该死 麦没收 谷没收 豆也没收 青黄两不接 送啥东西

济公的这种不畏强权，乐善好施的行为，在当今社会仍有现实意义。

遥望济公家乡——浙江省天台县，一首诗出现在脑海，那就是李白的《梦游天姥吟留别》。诗中说：“海客谈瀛洲，烟涛微茫信难求。越人语天姥，云霞明灭或可睹。天姥连天向天横，势拔五岳掩赤城。天台一万八千丈，对此欲倒东南倾。”

天台县正是在天台山的南侧。《十道山川考》这样说：“天台山在台州天台县北十里，高万八千丈，周旋八百里，其山八重，四面如一。”而天姥山在天台县西的新昌县。

在天台县广为传诵的济公故事很多，现在可知的有80余则，整理成文字约20万字。当地学者整理归类，把这80多个故事分成五类。笔者根据相关资料列成下表：

表 17-1 济公传说的分类

类别	性质	代表作	主要内容	作用与意义
第一类	济公身世	《永宁村的传说》《陇西花园的传说》《降龙罗汉投胎》	讲述济公父辈的李氏家族从北方南迁，居住在天台城北永宁村，所建花园名为“陇西园”，寄寓怀乡之情。济公祖辈礼佛，父母念佛尤笃，乐善好施，因年老无子，去天台国清寺罗汉前求子，得降龙罗汉感应，投胎而生	这类传说重点在宣扬济公的不凡身世，寓意日后必大有作为

（续表）

	性 质	代表作	主要内容	作用与意义
第二类	童年生活	《周岁乞巧》《济公读书赤城山》《拜师羞学台》《修元出家》	述说济公幼年聪颖，才思敏捷，攻读诗书，废寝忘食。少年济公在赭溪边捕鱼捉蟹斗蟋蟀；在山野间放歌牛背，捉迷藏，翻筋斗；去国清寺听经、礼佛；进赤城山瑞霞洞读经，手不释卷	这一类传说充满亦顽亦庄的童真稚气。歌颂了济公聪明睿智
第三类	扶危济困	《芥菜叶泼水救净寺》《蟋蟀还魂救小僧》《竹篮打水》《变牛谢老农》《济公救少女》《猪掉粪池》	济公帮小长工设下计策，淹死恶棍殷司的母猪；为许得宝追讨工钱，打赢官司；替杨小牛献策，使恶棍出尽洋相；给不堪忍受后娘打骂欺凌的小女孩出谋，使后娘改变态度。尤为神奇的是《芥菜叶泼水救净寺》的传说，讲述童年济公在天台赭溪洗菜，用一片芥菜叶泼水，浇灭杭州净慈寺大火	这类传说突出济公乐于助人、无我利他的精神。述说济公扶持弱小，帮助穷人
第四类	戏佞降魔	《济公惩恶棍》《掷刀戏秦桧》《该当何罪》《计斗恶嫂》《牛角喷火》《棒打寿联飞》《掉木鱼柄》《难题规劝不肖徒》《三难吹牛大王》《智擒盗宝贼》《赭溪打鬼救童》	《掉木鱼柄》讲述天台杜知县贪婪成性，抢走国清寺宝物，被济公用芭蕉扇扇进赭溪，丢官还家。还有一些传说讲述济公设计让康王赤脚逃千里，秦桧死无葬身之地；棒打寿联飞，惩罚恶知县；智救朱寡妇，教训地痞恶棍；识破盗狗贼，砸碎挂羊头买狗肉的招牌。通过一个个救民苦难，伸张正义的故事，表达老百姓的心理愿望	这类传说颂扬济公疾恶如仇，惩恶扬善，不畏强暴、无我利他的精神，表达了百姓对这种精神的崇敬和向往
第五类	民俗风物	《利济桥的传说》《书记岩的传说》《济公帽的来历》《破芭蕉扇破蒲鞋》《破铜钿》《“游走”的来历》《五味粥》《“卷饼筒”的来历》等	《济公帽的来历》讲述济公喜欢穿破衣烂衫，戴破帽，手摇破芭蕉扇的缘由；描述小济公喜欢斗蟋蟀，衍生了《“游走”的来历》；济公首创的“卷饼筒”，已成为天台最具特色的风味小吃；济公发明的五味粥，成为天台人春节早餐必用的“美味佳肴”，寄寓五谷丰登之意。发生在杭州等地的，还有《飞来峰》《运木古井》等传说	这类传说探究与济公有关的地名和物名来历，解释与济公有关的民俗事象的起源

2006年5月20日，“济公传说”入选国务院公布的《第一批国家级非物质文化遗产名录》。

二、实地调查简况

济公的事迹早已超越佛门，成了一种为社会普遍认同的社会信仰，但是归根到底，是佛教“惩恶扬善”的思想在指导着济公的行为。为了了解天台县保护济公的举措，笔者于2009年10月26日，从无锡到杭州换车，直达天台县。于傍晚住进了位于国清寺风景区内的卧龙山庄。

因为《申报书》上的法人是天台县长，很难约到，所以笔者从网上搜索到了天台县文广新局的孙明辉。电话打过去，他正是非物质文化遗产保护的负责人。由他陪同，很多事情便显得顺利了很多。

10月27日上午，如约来到了位于县城中心的济公故居。这里的负责人余云安和文史专家许尚枢接受了笔者的采访。主任把多种与济公有关的著述赠送给笔者，为笔者了解济公传说提供了帮助。

李白的诗中说：“势拔五岳掩赤城。”赤城也是山的名字，就在县城不远处，下午孙明辉陪同笔者上山游览。赤城山，是褐红色的石头山。旅游部门也搞一些与济公有关的所谓经典，粗糙而可恶。游客自然稀少。

游览途中最欣慰的是，孙明辉以一个边远地方的文化人，对保护非物质文化遗产颇有心得。于是，也便不虚此行。

次日，拜谒了南国名刹国清寺后，赶往宁波。

在天台山的采访是这样的：

表 17-2　天台山采访行程

	上午	下午	晚上	备注
2009年10月26日	上午从无锡到杭州，换车赶往天台县	住进天台卧龙山庄	联系采访事宜	到达采访现场

（续表）

	上午	下午	晚上	备注
2009年10月27日	1. 到济公故居； 2. 采访济公故居发起人、天台县人大原副主任余云安； 3. 采访天台县文史专家许尚枢	1. 孙明辉陪同逛赤城山风景区； 2. 途中孙明辉谈非物质文化遗产的保护心得； 3. 从孙明辉处了解到天台还有一个国家级非物质文化遗产项目，是佛教造像艺术； 4. 到天台山佛教城采访佛教造像艺术		获赠《天台山济公活佛》《济公传说》《走进济公老家》《济公与济公文化研究》《海峡两岸济公与济公文化研究文萃》
2009年10月28日	1. 到邮局把资料寄回北京家中； 2. 拜谒南国名刹——国清寺	赶往宁波		
2010年10月30日	电话采访孙明辉			

三、保护现状情况汇报

（一）余云安，复建济公故居做传播基地

余云安1945年出生在天台县，杭州大学中文系毕业后回到家乡，在县委办工作，其后又到文化馆工作，在县委党校担任过副校长。1989年担任了城关镇党委书记，1996年担任县人大副主任。

余云安负责的“赤城路”边上，是历代天台人纪念济公而留下的遗址，也被说成是济公故居所在地。

保留不保留济公故居纪念地？县里没有要求，甚至县里主要领导没有想到要有什么要求。实际上，改造老县城，县里也没有钱。而余云安作为一个当地知识分子，他明确地意识到济公对于天台县的价值。

关于拆迁，县里给了三句话：

（1）政府给政策不给钱；（2）政府搭台指挥部唱戏；（3）市场运作自求平衡。

把老百姓的房子拆了，再挣出安置老百姓的钱来。于是，在古老的县城盖起了成片的楼宇。这是房地产开发。

余云安一直做行政工作，不是商人，但是他必须算清这笔账。

余云安要在有限的地面上，给济公留出一块地来，用他自己的话说是："保护济公故居遗址，还济公一个故居。"

这块地，是风水宝地，开发商愿意出高价要，但是作为工程指挥部负责人的余云安在赤城路改造中留下了，留给了济公，也留给了天台的未来，留成了一个保护、传播济公传说的基地。他的远见卓识，将随着时间的推移，更加显著地体现出来。

但是，余云安不仅仅是留一块地，还要在空地上建起一个"济公故居"建筑群来！他给自己定了三句话："文化内涵"，"旅游特色"，"现代气息"。

没有钱，理想还在。怎么办？县里要求两年拆迁，三年建设，五年"赤城路"改造全部完成。这样紧迫的任务，余云安还要在有限的地面上建造一个济公故居，这个难度是可以想见的。

余云安给济公家留出了16亩地。今天的济公故居建筑群就是占的这块地。而周边已经是楼宇林立。余云安在接受采访时遗憾地说：这块地还是留小了，要是再多留点就好了。周边都是住宅楼，济公故居再扩建已经没有了可能。"那时还是不够有远见。"余云安这样说。

卖了大部分拆迁腾出来的地给房地产商，安置了拆迁户，将剩余的钱用于规划和建设"济公故居"。余云安在16亩地上，建了6310平方米仿古建筑。花了3000万元。而今天，这块地可以卖到1.5个亿。而济公故居这个无形资产还没有算在内。

2002年上半年运作，到2004年所有建筑就绪，余云安在济公故居倾注了自己大量的心血。余云安成就济公故居，济公故居成就了余云安。余云安把这里当成自己的家，但他却是为社会，为信仰做一份事情。

孙明辉说，在申报国家级非物质文化遗产之前，济公故居就是最好的济公传说的集散地。申报国家级非物质文化遗产成功后，保护这个遗产，济公故居当然担负着义不容辞的责任。

一个庞大的建筑群在这里，再好不过地说明了济公在天台人心目中的位置。外地人来天台必看济公故居，看故居就要了解相关事情，于是传说就这样散布而去；当地人自然会来看看，即使不来，他们也以这里为骄傲与自豪，会收集一点济公的故事告诉外面的朋友。

即使济公从来没有在这里住过，即使这些房子看上去太新了，但是济公的传说却因为故居而扎下了根，有了腾飞的翅膀，有了传播的中转站。

图 17-1・在济公故居采访后合影
右起：余云安、许尚枢、笔者、许周汭
弓宇杰 / 摄

（二）把研究、活动与传说传播结合起来

济公故居是济公传说保护和推广的重镇，但是，济公故居不是单独的、孤立的存在。天台山始终有一批文化人持续致力于济公文化的研究。我们在各种资料和采访的基础上，整理出一个天台人在近30年里保护济公传说、推广济公传说的历程表。从这个表中，我们可以感受到天台人循序渐进地传播济公传说的一个过程。这个过程是：整理出版→修复遗址→会议研讨→国际活动。30年不变的传播，终于使济公传说成了国家级非物质文化遗产。

表 17-3　30年来天台人对济公传说的保护与推广

序号	时间	天台人的努力	传播方式
1	1984年	陈玮君编《天台山调仙记》由中国民间文艺出版社出版	整理出版传播
2	1985年	投入3万元修建石墙头济公亭	复修遗址传播
3	1987年	1987年，投入1000万元维修保护永宁村石墙头、修建赤城山济公院、赤城山济公读书处。《济公的传说》由浙江文艺出版社出版	整理出版传播
4	1989年	曹志天、曹肖冰的《小济公——济公童年故事》由上海翻译出版公司出版	整理出版传播
5	1992年	浙江省民间文学集成办公室编辑的《中国民间文学集成・浙江省・台州地区・天台县故事歌谣谚语卷》中收录了大量的济公故事	整理出版传播

（续表）

序号	时间	天台人的努力	传播方式
6	1993年	天台山济公研究会成立。出版《天台山的传说》	整理出版传播
7	1997年	许尚枢编著的《天台山济公活佛》由国际文化出版公司出版	整理出版传播
8	1998年	天台山济公研究会换届，改名为“天台山济公文化研究会”	
9	2000年	复建济公故居启动	复修遗址传播
10	2001—2002年	投3000万元（不包括地价），在永宁村复建济公故居	复修遗址传播
11	2004年5月	济公故居竣工并对外开放。5月10日，举办了规模盛大的复光仪式。举办了“首届天台山济公文化研讨会”。北京、上海、香港、杭州和台州的专家、学者30多人出席了会议	重大活动传播
12	2005年5月10日	纪念济公成道800年暨玉佛开光，马来西亚、泰国、文莱、英国、美国等1000多名国际友人齐聚天台。因为济公是海外“德教”的崇拜偶像，所有这些地方的“德教”领袖都来到了小小的天台县，他们把这里视为“德教”的祖庭。“德教”创立于1927年	重大活动传播
13	2006年5月	5月10日，“首届天台山海峡两岸济公文化学术研讨会”召开；5月20日，“济公传说”入选国务院公布的《第一批国家级非物质文化遗产名录》	重大活动传播

余云安以自己创建的“济公故居”为基地，国际活动年年都搞，并且越搞越大。

2007年5月9日到11日，“走进济公故里——天台山海峡两岸济公文化交流研讨会”在天台县举行。中国社科院世界宗教研究所黄夏年主持研讨活动。

2008年6月18日至21日，“2008国际济公文化节暨济公活佛成道八百周年”庆典在澳门隆重举行。天台县代表团30人，应邀出席。据介绍，参加盛会代表来自60余个国家、地区，共2000多人。特别是来自东南亚国家的代表，大都是非常有影响和有地位的人士。如工商巨头，军界的上将、中将，皇室亲友都来参加。内地各省市大多是外侨办负责人。济公故里代表团特别受欢迎尊重。

2009年6月5日，天台县举办“2009年国际济公文化节”，并举办了以“济公文化与和谐社会、和谐世界的建设”为主题的“2009海峡两岸济公文化研讨会暨《济公文化研究文荟》首发式”。会议由天台县人民政府、台州市台办主办，天台县台办、天台山济公文化研究会和济公故居承办。来自泰国、马来西亚等国以及两岸四地的佛教界人士、专家学者及济公文化爱好者近600人参加了此次祭奠济公的盛典。

2010年7月5日，中国台湾淡水行天武圣宫的济公文化交流参访团一行到天台济公故居寻根谒祖。

通过这样一系列的活动，济公传说就不仅仅是一些零碎的故事，而是成了联系海峡两岸、联系东南亚华人情感的纽带。

（二）把信仰与传说结合起来传播

济公故居，并不是一般意义上的名人故居，在故居的一侧，还修建了一座供人们祭拜的场所：济佛殿。余云安介绍，济公故居建立起来以后，台湾、香港、澳门地区同胞和东南亚的华人，纷纷前来祭拜，香火很旺。

济公传说，不仅仅是民间故事，而是一种可以影响人生走向的信仰。济公故居把传说的保护，与人生信仰结合起来，这种传说就不会削弱，而且会加强。早在申报国家级非物质文化遗产的时候，天台人就充分地认识到了济公传说的价值。但是，这些价值在申报成功之后的几年中，体现得更加明显。笔者根据申报材料进一步分析，济公传说的价值是这样：少数人兴趣的价值→多数人欣赏的价值→所有人信仰的价值→全社会和谐的价值。应该说今天的天台人，把济公传说的价值最大化了，而且还有的可做。

表 17-4　济公传说的价值

类别	价值方向	价值分析	价值的意义
第一种价值	历史研究价值	济公传说产生于特定的历史时期，印刻着特定历史的印迹。抢救、发掘、保护济公传说，可以窥见济公传说所蕴含的时代特征，了解当时的历史风貌，探究某一历史阶段的风土人情，以史为鉴，更好地为社会主义现代化服务	少数人兴趣的价值
第二种价值	文化审美价值	济公传说，已经成为文学艺术的生动素材。抢救、发掘、保护济公传说，对丰富和完善民族民间文学，将产生一定的推动作用。济公戴破帽，穿破衣，手持破芭蕉扇，却具有无我利他的美好心灵，在中国审美文化史上，这是以丑为美、似邪而正的典型，具有独特的审美价值	多数人欣赏的价值

（续表）

第三种价值	道德教育价值	八百多年来，济公传说成为一种独特的文化现象，深深印刻在天台当地，乃至全国人民的心里，对天台人性格的形成，乃至中华民族民族精神的形成，都有重大影响。济公传说充分表现了扶危济困、蔑视权贵、无我利他的精神。弘扬这种精神对于形成见义勇为、助人为乐的良好社会风尚，推进道德教育，构建和谐社会具有重要作用	所有人信仰的价值
第四种价值	文化交流价值	济公传说随着华人的迁徙而流传于全世界，有华人足迹的地方即有济公传说，济公传说是全世界华人的重要心理符号。近年来，台湾地区每年都要组织朝圣团来天台，济公传说已经成为推动海峡两岸交流的重要桥梁。澳门地区每年在济公诞辰日都举办济公文化飘色巡游（民间艺术大巡游）	全社会和谐的价值

综上所述，在天台县济公故居，我们接触到济公的故事会越来越多，越传播越广。

四、相关设想要进一步落实

在申报文本中，天台县有不少好的设想，在笔者到来时并没有完全落实到位，需要今后努力。笔者觉得他们已经想到了，并且在努力去做着。比如《申报书》已经提到的：

1. 保护与“济公传说”有关的物质遗存，使“济公传说”发生、发展的真实环境和实物例证得以流传后世。

2. 组织普查队伍，对“济公传说”的流传状况进行彻底调查。

3. 保护“济公传说”口耳相传的传承形式，认定命名和保护一批“济公传说”的传讲人，鼓励他们培养下一代传承人。

4. 发挥民间故事家的作用，在学校和社区中开展“济公传说”传讲，使“济公传说”以口头文学的形式继续得到流传。

5. 组织编写《济公传说》青少年读物，列入当地中小学的乡土文化教材。

6. 建设济公传说博物馆，负责收集、研究与“济公传说”相关的物质和非物质形态的文化遗产，宣传、展示济公传说的文化内涵，发挥济公传说的社会价值和现实作用。

这些内容在笔者调查中并没有很好落实的迹象，需要引起相关部门的重视与注意。

第十八章
观音传说调查报告

项目名称 · 观音传说

所属类别 · 民间文学

申报地区或单位 · 浙江省舟山市

入选国家级非物质文化遗产名录情况 · 2008年第二批 Ⅰ-40

撰写人 · 刘红庆 弓宇杰

一、观音传说简述

“人人阿弥陀，户户观世音”，是对佛教盛行时的一种形象描述。观音信仰，被学者称为“半个亚洲信仰”。为什么？因为观音是“大慈大悲、救苦救难、普度众生、有求必应”的大菩萨。舟山群岛中的普陀洛迦山，是中国四大佛教名山之一，是闻名海内外的观音道场所在地。舟山流传的“观音传说”有很多，成为一项重要的遗产。

笔者从文献典籍中，整理出观音信仰与观音传说的脉络与发展轨迹。

表 18-1 观音信仰与观音传说的脉络与发展轨迹

序号	朝代	典籍	内容
1	晋代	谢敷《观世音应验记》	无考
2	南朝·宋	傅亮《观世音应验记》	7则
3	南朝·宋	张演《续观世音应验记》	10则
4	南朝·梁	陆杲《系观世音应验记》	
5	南朝·齐	王琰《冥祥记》	
6	北朝·齐	颜之推《冤魂志》	
7	宋·宝庆	《昌国县志》	梅岑山（今普陀山）观音宝陀寺
8	宋·乾道	《四明图经》	“日僧慧锷送观音”，使《不肯去观音》从此流传至今
9	元代	盛熙明《甫怛洛迦山传》	记有《善财一十八参观自在》《观世音三十三现身随类说法》《唐大中梵僧潮音洞前燔十指亲睹大士现身说法》等灵异传说
10	明·万历	《南海观音全传》	流传民间
11	明清	《普陀山志》	观音灵异传说等
12		《西游记》《封神演义》	观音传奇

（续表）

	朝代	典籍	内容
13	民国初年	话本《观音得道》	传世于民间
14	民国12年	《普陀洛迦新志》	记录各类观音灵异传说68则

从20世纪80年代起，舟山开展“中国民间文学的三套集成”普查工作，搜集到的观音传说有110多个，部分已公开发表，如下表所示。

表18-2　观音传说的研究成果

时间	出版单位	图书名称	故事及数量
1985年	浙江文艺出版社	《普陀山传说》	赤脚观音、袖手观音、杨枝观音、送子观音、观音跳、观音借普陀、观音收罗汉、观音收金刚、观音收韦陀、观音收鳌鱼、观音收龙女、观音巧造洛阳桥、观音泼水坍东京、观音泼水淹蓬莱、慧锷请观音、不肯去观音等
1989年	中国民间文艺出版社	《浙江省民间故事集成·舟山市故事卷》	有关观音传说的四十余则
1992年	浙江摄影出版社	《普陀山观音传说》	
1998年	海潮出版社	《南海观音传》	
2000年	西安地图出版社	《南海普陀山：灵异传说》	
2000年	中国文联出版社	《普陀洛山佛教故事》	
2001年	中国文联出版社	《观音宝相缘》	
2002年	民族出版社	《普陀山观音文化》	
2002年	中国文联出版社	《普陀山：南海观音道场》	
2002年	中国文联出版社	《普陀山观音宝相集》	

（续表）

时间	出版单位	图书名称	故事及数量
2003年	西安地图出版社	《昌国绿洲：海天佛国，观音传奇》	
2003年	中国摄影出版社	《观音居住的地方：普陀山》	
2004年	中国文联出版社	《舟山民间故事精选》	有关观音传说的二十余则

综观这些传说，可以分为以下六类：

表 18-3　观音传说分类

类别	特色	主要内容
第一类	观音出家、修炼、成道的传说	讲述观音排除阻碍、清修苦炼、终成正果的奋斗过程
第二类	观音与其他诸神、菩萨的传说	《龙女拜观音》传说解释为什么观音菩萨旁侧总是有龙女恭敬地立候着；《观音收金刚》传说告诉我们寺庙中四大金刚的来历和故事；观音与弥勒菩萨、韦陀菩萨，甚至与黄大仙、八仙等都有动听的传说
第三类	观音与自然景点的传说	舟山1390个岛屿中，许多十分独特的自然景观也被当地老百姓赋予了一个个与观音相关的美丽传说
第四类	观音化身的传说	观世音菩萨以悲心无量，慈誓莫穷，故复于十方世界，现菩萨及人、天、凡、圣等身，以施无畏，而垂济度。她拥有佛身、独觉身、罗汉身、天王身、人王身、大将军身、宰官身、比丘身、比丘尼身、婆罗门身、童男身、童女身、人身、龙身等三十二应身
第五类	观音惩恶扬善、为民造福的传说	这类传说主要是宣扬观音不畏邪恶，运用无边法力为民除害，造福百姓的事迹
第六类	观音拔苦救难、奇应显灵的传说	观音应验传说，反映了历代中国老百姓朴素愿望和对人世的美好理想

普陀山是佛教圣地，是观音传说的发祥地。2008年6月7日，观音传说被评为国家级非物质文化遗产保护项目。

二、实地调查简况

2009年10月28日，笔者从天台赶到宁波。次日，来到了普陀山。在这里的采访用下列表格可以说明情况：

表 18-4　观音传说采访行程

	上午	下午	晚上	收获
2009年10月28日		到达宁波		
2009年10月29日	写《佛教非物质文化遗产调查报告》提纲	赶往普陀山		
2009年10月30日	1. 在舟山本岛，采访舟山文化局邵思明处长； 2. 中午采访舟山市群众艺术馆馆长杨翎、嵊泗县文化局副局长金瑛	1. 采访舟山市普陀山风景名胜区管理委员会副主任、舟山市文联副主席周开龙； 2. 乘船回到普陀山	采访觉如法师	
2009年10月31日	1. 采访普陀山佛学院院长门肃法师； 2. 到隐秀书院采访普陀山文化研究者王连胜	离开普陀山		各种图书和音像制品

图 18-1 • 普陀山观音像在海天间给人的感受是这样的瑰丽与美妙　弓宇杰／摄

三、保护现状情况汇报

（一）舟山市文化局的努力与困惑

邵思明，1968年出生在舟山，从小就听过不少观音传说。浙江师范学院毕业后，回到舟山，在舟山师专任教。他对现有的教育制度、应试教育比较反感，但是真的改起来也有难度，不抓成绩不行，但是抓成绩就得把学生当牛一样走一条路。正是这种矛盾和观念上的冲突，邵思明不想当老师了。他离开教育岗位的原因主要是两个：一者，对教育制度没有兴趣；二者，教师工作太辛苦，心理压力大。

邵思明现在是舟山市文化局文艺处处长，非物质文化遗产保护工作，由他们负责。

邵处长说：前几年发生的定海古城的大拆大毁，把海岛上的一个江南水乡毁掉了。定海是历史文化名城，经过那次拆老城，定海没有了。全国掀起了那样大的“定海保卫战”，最后也没有保下定海。“太可惜了！”邵处长这样说。

“当年拆城的那届领导呢？”笔者问。

历史文化名城——定海，就是在世纪之交，被舟山人自己毁灭掉的。那么观音传说呢？邵处长说，在进入国家级非物质文化遗产保护名录之前，观音传说已列入了舟山市非物质文化遗产保护名单。

1．保护观音传说的理由

邵处长给出了以下的理由：

第一，观音传说的历史底蕴非常深厚。观音传说不但是在舟山，而且是世界性的。观音道场在舟山，是传播观音传说最便利的地方。我们这里占尽了天时、地利、人和。所谓天时，就是国家重视，地利就是观音道场在舟山，人和就是观音文化影响力巨大。

第二，普陀山观音文化活动频繁。每年舟山都有观音文化节和三大香会。三大香会是观音出生日、观音得道日、观音成佛日。每当这些日子，普陀山是人山人海，观音的信众是各种信仰中最多的，所以观音传说应该挖掘好，保护好。

《申报书》中也谈了一些观音文化的价值，笔者重新梳理，整理为五种价值，从人生信仰到百姓励志，再到区域文化，再到东方艺术，最后到社会稳定。观音传说确实需要很好地保护。

表 18-5　观音文化的价值及主要内容

	价值分类	主 要 内 容
第一种价值	人生信仰	把佛教信仰中美好的成分融于现实社会，促进社会公平、和谐。传说中的观世音菩萨，能反观自身、洞察社会善恶、处处宣扬“诸恶莫作，众善奉行”。许许多多以观音为主角的传说，都以惩恶扬善、惩贪扬廉、抑富济贫、抑俗养性为宗旨，对促进社会的公平、和谐具有重要意义
第二种价值	百姓励志	老百姓千百年来的传说，赋予观音以救苦救难的守护神形象，其在人们生活中的普遍性，如月印千江，这种形象，增加了人们对生活的信念，与自然灾害、邪恶势力搏斗的勇气，以及对理想社会的追求
第三种价值	区域文化	传说中观音生活于其中的观音道场，其大自然显得灵动，赋予生命，比如莲花洋的铁莲花、普陀山的红蛇、千步沙的金沙、潮音洞的浪涛、西天的石龟、佛顶的雾等，观音道场的海山之景，通过百姓的观音传说而显得灵动，有了生命。这种因观音传说和山海兼美的自然景观，在国内是具有独特价值的
第四种价值	东方艺术	观音传说的独特意义，还表现在不同文化层次的人们所共同传诵。千百年来，从唐朝的诗人王维和画家吴道子、阎立本，宋代的诗人陆游，元代的赵孟頫，明代的书画家董其昌，清代的学者全祖望等，以不同形式对观音进行歌咏和描绘，形成大量的价值独特的文化遗产，创作的以观音为题材的诗篇数以千计
第五种价值	社会稳定	官方与民间共同营造的文化遗产。从宋代、元代、明代、清代至民国，历代王朝都对观音传说予以保护和发展，尤其是明代万历朝、清代康熙朝，朝廷拨巨资复兴观音道场。乃至20世纪80年代，这种官方的努力总是得到民间的呼应，这种官民共同创建的文化遗产，具有恢宏的、地域广阔的、经代历劫的特点

2. 舟山市文化局在保护观音传说上的想法与做法

第一，整理编印观音文化丛书。浙江省文化厅给了7万元，2009年初就布置了任务，但是十个月过去了，进展很不理想。缺少人手，没有办法推进。

第二，普陀山以观音文化为主申报国家级的文化生态保护区。大家在讨论把普陀山建设为“非物质文化遗产旅游区”，他们认为普陀山不但是自然风光，非物质文化旅游在表现形式上、观音文化的精神内涵、佛事形式、礼仪、吃佛斋、念经、观音文化陈列都是很好的内容。今后，大家到普陀山，更应该偏重于人文而不只是自然。这是从古到今世界各地的全球华人、海外香客所看重的。

第三，在此基础上，海山风光，观音文化，申报世界遗产。

3．文化局有想法没办法的原因在哪里？

但是，真正保护观音传说这个非物质文化遗产，文化局却插不上手。这是体制造成的。原来，为了更好地管理普陀山，舟山市政府专门成立了一个普陀山风景名胜区管理委员会。这个委员会是县处级，和文化局是同等级单位，但是比一般的局要大，要厉害。舟山市文化局很难给他们布置任务。你提的要求，他们可以置之不理。

邵处长说："当然，市里的专项保护经费也没有到位，也没有专门的非物质文化遗产的保护机构。现在是临时挂在我们文艺处下面。"

地方领导为什么不重视非物质文化遗产的保护工作呢？

第一，非物质文化遗产工作对领导政绩考核效果不明显。尤其是观音传说，需要大量的案头工作，保护项目的增加势必投入也要增加，做得好不好，社会效益和经济效益都不明显，不是一蹴而就的事情，是出力不讨好的事情。所以各级地方领导都不重视。非物质文化遗产保护影响力不大，不是形象工程，从来没有得到上级领导满意过，所以大家也都不去做。

第二，现在的领导喜欢热闹场面，而非物质文化遗产保护重视的是细小的工作。挖掘整理，领导看不到，资料整理数据统计，领导看不到。

除了文化局与普陀山管理委员会的关系比较尴尬，使得观音传说的保护不能像文化系统设计的那样进行外，非物质文化遗产工作对工作人员的素质要求也比较高。在文化系统，图书管理，或者戏剧表演，对从业者的要求比较单一，但是非物质文化遗产就不一样。除了专业知识外，还要有其他学科的知识，历史、人文、社会、经济、哲学、文学艺术，观音传说还涉及宗教知识。这样要求从业者综合素质要高，但是舟山市文化局现有的人都不合格。

邵处长说，素质高了，还要有"三心"：热爱非物质文化遗产的心，对这项事业很崇拜，崇拜我们的祖先给我们留下的这些遗产；要安心，可以忍受寂寞；还要细心，走村串户，一家不漏地普查，没有细心做不到。

4．如果领导重视了，员工素质提高了，"三心"具备了，邵处长准备怎样干呢？

第一，挖掘整理观音传说的丰富内涵，使之更加完善。过去在普查过程中，做得不够深入，只是把原来整理的报上来了，没有挨门挨户去调查，这一课应该补上，工作量很大，观音传说不仅是在普陀山一块地方，在整个舟山市的范围内影响面很广，各地、县、区都有。作为舟山市文化局，要把家底摸清，了解非物质文化遗产生存现状。

第二，非物质文化遗产项目代表性传承人的确认与传承基地建设。观音传说，很难确认传承人，但我们应该努力去做，尽可能调查哪些人传说掌握得多。因为传说分布广，怎样建设基地要认真研究、负责。

第三，由观音传说延伸开去，包括佛事活动的组织安排，佛教音乐的传承传播，观音道场的布置，最终将这些内容整体打造包装成观音文化。

第四，根据观音传说改编成可供欣赏的艺术作品，一个送到学校，因为任何遗产的传承目标都是传承人，所以要到学校中传承。还要开发成旅游项目，通过音乐艺术净化人的心灵。

第五，创设一系列的载体，建设“非物质文化遗产旅游区”，把观音传说教给导游。俗话说：“祖国山河美不美，全靠导游一张嘴。”游客真正感兴趣的不是景点本身，而是景点背后所承载的故事。

第六，建设一座观音文化博物馆。动态的故事与静态的实物陈列结合起来。

邵处长说他谈的这些内容纯属个人想法，不知道何时才能完成。即使将来干不成，总是在这个位置上想过了，实现起来会有很大的困难。

（二）普陀山风景区管理委员会的想法

周开龙是一位作家，他是舟山市文联的副主席，是普陀山风景名胜区管理委员会的副主任，而文化上的事情一般由周开龙负责。

周开龙说：“观音文化是一个体系，信仰起源，传说的传播，观音与佛教礼仪、仪式仪规、民间传说。我们普陀山管理委员会正在把观音传说与信仰，连同观音造像艺术、佛教音乐、寺庙建筑，一起包装，申报人类口头与非物质文化遗产。”

具体到观音传说，周开龙说，这些传说来自三个方面，一是佛经记载，二是民间传说，三是灵异现象。

普陀山管理委员会非常重视对观音传说的保护，专门成立了保护小组，设立了专门的研究机构，组织了各界的专家，创办了《普陀山》文化刊物，精选了观音传说结集成小册子。在这方面，我们提出了：“文化普陀山，普陀山文化”，“演绎文化，文化遗产”的主张，对待传统文化要从挖掘、搜集、整理、运用，以便弘扬传承，达到新的高度，使传统文化的内容更加丰富。

2009年笔者到达普陀山的时候，这里刚刚举办了一系列的活动。周开龙介绍说：

第一，我们每年都举办一届观音文化节，到今年是第七届了。这次我们投入1500万元，造了一条“不肯去观音船”，是仿古船，里面是钢，外面是木头包的。

第二，最近我们拍摄了电影纪录片《心中观世音》，投入500万元。

第三，最近又在拍摄一部故事片《不肯去观音》，剧本已经完成，三稿正在改编。

这样轰轰烈烈的投入，是不是对观音传说的保护很乐观？

周开龙说："保护观音传说困难还是有的，因为只是保护观音传说，内容太单一，太脆弱。我们更重视拓展观音文化空间与生存形态，努力把普陀山打造成世界佛教圣地，国际旅游胜地。"进一步处理好观音与众生的关系，把普陀山塑造成四个中心：

第一，信仰中心；第二，弘法中心；第三，研究中心；第四，僧才培养中心。

周开龙给文化部和国家非物质文化遗产保护中心提的要求是，我们这里应该建设成为"国家文化生态保护试验区"，我们在东海边，我们是最前线，是海上丝绸之路的必经之地，扩大观音道场的影响力，又做了一道国家大陆的保护屏障。

观音传说在亚洲的信仰，从文化安全性上考虑，观音文化的弘扬对和谐社会建设极有好处。因为我们处在信仰的时代，13亿中国人，有1亿是党员。这1亿党员信仰共产主义，那12亿人信仰什么？这要引起关注。佛教是包容的宗教，对于一般老百姓而言，可以适当鼓励他们信仰。

周开龙是党员，他说："我对佛教文化比较喜欢，它是人类文化的成果，充满了智慧。我们要突出佛教的文化性，而不是做宗教徒。"

笔者从"第七届中国普陀山南海观音文化节活动安排"可以看出周开龙所说的"观音大文化"概念。

图 18-2 · 笔者与周开龙（右）在舟山见面
弓宇杰 / 摄

附:《第七届中国普陀山南海观音文化节活动安排》(有删节)

举办时间:2009年11月16日(药师佛圣诞,周一)至11月21日(达摩祖师圣诞,周六)

举办地点:中国·舟山·普陀山

【节庆宗旨】

以科学发展观和党的宗教政策为指针,构筑和谐社会,建设和谐世界,在海天佛国演绎盛世华章,使观音文化进一步走向世界。

【节庆目标】

坚持创意领先,科学策划,理性把握,周密实施,实现"小现场,大媒体",艺术的经典性与大众的参与性并重,着力营造普陀山文化影响力和景区品牌效应,努力促进我市旅游经济又好又快发展。

【节庆主题】

自在人生　慈悲情怀

【节庆特色】

舟山群岛·第七届中国普陀山南海观音文化节重在体现佛教"六和"精神在当前和谐社会建设中的积极作用,扩大普陀山观音文化的"结缘四海,弘法五洲;和谐人类,和合众生"的国际影响,着重体现三个方面:(一)凸显文化交流与旅游合作;(二)注重海上丝绸之路理论研究;(三)启动观音文化申遗项目。基本框架如下:朝拜·法会·论坛·创作·会展·体验·交流。

【节庆内容】

"千人斋宴"普陀山旅游答谢会

一、活动时间:2009年8月、9月

二、活动地点:香港等地

"佛国之约"音乐盛典

一、活动时间:11月15日晚上8:00

二、活动地点:普陀山剧院

三、活动内容:《普陀梵音》首演仪式

第七届中国普陀山南海观音文化节开幕式暨佛陀真身舍利朝圣瞻礼法会

一、活动时间:11月16日上午9:00

二、活动地点:南海观音广场

"点亮心灯"传灯祈愿法会

图 18-3 · 笔者与门肃法师（右）
弓宇杰 / 摄

图 18-4 · 笔者与王连胜（右）
弓宇杰 / 摄

一、活动时间：11 月 16 日晚 7：00

二、活动地点：普济寺景区

三、活动内容：在普济寺组织开展“点亮心灯”传灯法会

“佛顶顶佛”朝拜法会

一、活动时间：11 月 17 日上午 7：30

二、活动地点：法雨寺至佛顶山古香道

“弘法演说”讲经法会

一、活动时间：11 月 17 日下午 2：00

二、活动地点：普济寺

普陀山文化丛书首发仪式

一、活动时间：11 月 14 日上午 9：00

二、活动地点：普陀山游客服务中心

“在海上相遇”——普陀山国际摄影展

一、活动时间：2009 年

二、活动地点：中国普陀山、希腊雅典、日本出云市、菲律宾伊慕斯市

“心灯 · 心愿”六和佛灯艺术展

一、活动时间：11 月 16 日—11 月 21 日

二、活动地点：海印池四周

三、活动内容：展览造型各异的佛教艺术灯

（三）僧人的态度与专家的想法

文化局的保护，与普陀山风景区管理委员会的保护想法是不一样的。那么走进寺院看看怎样呢？

笔者在普济禅寺采访了《潮音》报的主编觉如法师。笔者于2008年到山里开会的时候认识觉如，觉如是安徽人，家里实在太穷了，没有成家，就跑到普陀山做了和尚。因为有些文化基础，编上了《潮音》报。但是，《潮音》到底怎样呢？他说："和尚和外面的人不一样，一般都是客气地说好。没有人管别人的事情。"

觉如在普陀山修行已经多年，他说：宗教是为了破除迷信，而不是制造迷信。不知道道理而去相信就是迷信，但宗教是讲道理的。热爱自由是人的基本道德，虔诚，不做坏事。有人以为佛家是有求必应，这是不对，这要看你求的合理不合理。求生、求健康，这是人生最基本的要求。求名求利就不对了，佛就不支持。但是超越了基本需要的要求，佛不奖励，也不惩罚。佛有说理的能力，就是分辨的能力。

观音四大传说，就是四个人生的大道理。制止贪欲，护法，只要诚心就能感动菩萨。

笔者又拜访了佛学院门肃法师。僧人们说观音传说不是寺院里要刻意保护的东西，只要寺院在，只要真佛在，他们只管修行。观音传说对于僧人来说，相当于现行学校应试教育体制下的课外活动，不在正规教学内容之中。观音传说，多数也不是来自佛学典籍，所以，在和尚眼里，观音传说还是民间的事情，保护也是民间的事情，不是寺院里的事情。

但是1949年以后，较早开始搜集观音传说的，是普陀山的僧人。这个信息是觉如告诉笔者的。查阅《普陀山志》，笔者知道了这个僧人叫煮云，1919年出生，1938年出家，在普济寺修行多年。1950年到了台湾。他写过《南海普陀山传奇异闻录》。

经觉如介绍，笔者到隐秀讲院拜访了王连胜老师。觉如说，隐秀讲院很好，香火不旺，一般游客不去，却是一个清净之所在。王连胜对片面招揽观光客，也是有一些自己的看法。但是他却在这个僻静的寺院里，潜心研究普陀山的历史文化，为观音传说的弘扬提供着理论上的支持。

四、近年出版研究书影

图 18-5 · 近年出版研究书影　弓宇杰 / 摄

第十九章 靖江宝卷调查报告

项目名称·靖江宝卷

类别·民间文学

申报地区或单位·江苏省靖江市

入选国家级非物质文化遗产名录情况·2008年第一批扩展项目Ⅰ-13

撰写人·刘红庆　弓宇杰

一、靖江宝卷简述

赵景深先生为《中国大百科全书·戏曲曲艺》写的“宝卷”词条这样说：“宝卷，民间说唱艺术宣卷的脚本。明代白莲教、红阳教等曾用作宣讲教义的经典。清代末年宣卷演变为民间说唱曲艺。”他说：“宝卷直接渊源于唐、五代的变文，大体与变文一样分为讲唱经文和演唱佛经故事两种。……一般说来，宝卷在农民起义和宗教思想方面的史料价值较大于文学价值。……宝卷中的一些较好的作品，也是说唱文学遗产的一部分。”

关于宝卷研究的著述很多，笔者以陆永峰、车锡伦的《靖江宝卷研究》为准，整理出一个“宝卷”发展的变迁表，以使读者对宝卷在中国历史上的演变一目了然。

表 19-1 “宝卷”发展变迁表

分期	特色	发展时期	代表性事件	性质
第一期	佛教宝卷	南宋至明代武宗正德四年（1509）	现存最早以“说故事”为主的佛教宝卷：《目连救母出离地狱生天宝卷》；现存最早以宣说经义为主的佛教宝卷：《大乘金刚宝卷》	宗教属性
第二期	民间教派宝卷	明代武宗正德四年（1509）至清康熙年间《猛将宝卷》出现为止	最早的民间教派宝卷：罗祖《五部六册》；黄天道：《普明如来无为了义宝卷》《普静如来钥匙宝卷》 《护国佑民伏魔宝卷》《灵应泰山娘娘宝卷》《福国镇宅灵应灶王宝卷》	宗教属性 宣讲阐教 仪式性强
第三期	世俗宝卷	清康熙年间至今	1. 确立世俗宝卷成型：《猛将宝卷》 2. 宣卷班社大量出现 3. 进入大城市发展	突出娱乐功能

经历了“佛教宝卷→民间教派宝卷→世俗宝卷”，宝卷已经不仅仅属于佛教，虽然其源头是来自佛教。在数百年来的百姓日常生活中，宝卷更多地参与了劝善、教化民间和娱乐民间的行动。

一般来说，北方的宝卷宣演主要流传地是河北、山东、山西，以及甘肃河西地区。南方的宝卷宣演主要流传地是江苏、浙江的吴方言区。但是，可能的情况是，在河北、山东、山西以及吴方言的中心苏州，数百年间，戏曲成了娱乐民间的主要样式，挤压掉了宝卷的市场，因为作为综合艺术的戏曲，山西的四大梆子，河北的河北梆子，山东的吕剧，苏州的昆曲、苏剧乃至评弹，表演起来都比宝卷丰富和更具有观赏性，所以宝卷便被边缘化了。而在申报国家级非物质文化遗产项目的时候，这些地区的品种也相当丰富，研究者的目光不会集中在宝卷上，反而是甘肃河西和靖江两地的宝卷，获得了更大的知名度，成为国家级的非物质文化遗产保护项目。笔者的这种观点得到了扬州大学陆永峰副教授的认可。他来自江苏昆山，那里是昆曲发祥地。在当地，宝卷非常流行，只是，昆山的非物质文化遗产项目多，无暇顾及宝卷的研究。而历史上，相对处于主流文化边缘的甘肃河西与靖江，宝卷这一曲种却发挥了独特的作用。

2006年5月20日国务院公布的《第一批国家级非物质文化遗产名录》：

13　I－13　河西宝卷　申报地区与单位是：甘肃省武威市凉州区、酒泉市肃州区

2008年6月7日国务院公布的《第一批国家级非物质文化遗产扩展项目名录》：

13　I－13　宝卷（靖江宝卷　河西宝卷）　江苏省靖江市、甘肃省张掖市

笔者在靖江采访时了解到，在第一次申报国家级非物质文化遗产的时候，靖江把“宝卷”作为“民间信仰”项目申报，没有获得专家认可。等国务院正式名单公布后，他们发现宝卷属于“民间文学”，这样他们又以“民间文学”来申报，结果令他们满意。

宝卷来自佛教，但是又不局限于佛教。

靖江宝卷的《申报书》这样写道：“靖江宝卷集艺术、宗教、民俗于一体，具有多重的社会与文化价值。首先，它具有社会教化的价值。它以劝善的道德教化为核心，有促进社会和谐的特殊功用。其次，它有大众娱乐的价值。它以传说、故事、歌谣、俗谚等民众熟悉的民间文学材料，唤起乡民的认同、愉悦与参与的热情。再次，它具有学术研究的价值。其中多文体的民间文学形式、多彩的民俗风情和广博的民间知识，为民间文学、民俗志和文化史的研究提供了丰富的资料。最后，它具有特色文化资源的价值。它为吴文化体系的认定与整合，为区域文化的发展和文化产品的再创准备了资源条件。”

这里并没有强调其佛教意义。但是，佛教向善的思想，确实为宝卷定了一个基调，铺

了一层底色，使得宝卷在其漫长的发展历史上，在中国各地传播中，都没有离开“善”这个主题。这是我们开始关注宝卷的一个基本的认识。

二、实地调查简况

在南下靖江调查之前，笔者在网上搜索到了一本新书:《靖江宝卷研究》。2008年9月由社会科学文献出版社出版，其内容简介这样写道:“当代的江苏靖江是少数仍然有着宝卷宣演的地区。当地称宝卷宣演为‘讲经’。讲经依存于‘做会’之中。从其仪式到文本，都体现着强烈的宗教信仰色彩。作者通过对靖江当地的地域、文化背景的探讨，阐明了靖江宝卷发生的原因、靖江宝卷的发展历史与其主要的类别，对靖江宝卷中的民俗和宗教信仰内容作了一定程度的描述与探讨，并重点讨论了民间信仰中重要组成部分的冥府信仰。本书是国内外首部对靖江宝卷作全面、深入研讨的专著。”

其目录显示了全书的结构与主要内容：1. 靖江宝卷的地理、文化背景；2. 宝卷发展概述；3. 靖江讲经的历史发展；4. 靖江宝卷的类型；5. 靖江宝卷的宣演；6. 靖江宝卷的口头文学特征；7. 靖江宝卷的叙事艺术；8. 靖江宝卷的民间世界。

图 19-1 ·《靖江宝卷研究》书影
弓宇杰 / 摄

笔者认为，这本书对尽快进入宝卷会有大的帮助，于是，一直在打听获得这本书的方式。而北京许多书店并没有这本书。

虽然作者是两个人，但是在作者简介中只介绍了第一作者陆永峰。文学博士，扬州大学文学院副教授。于是，当笔者在南京最大的书店，只查到该书的书名而没有存书时，决定直奔扬州，先找陆永峰请教。

2009年10月20日，笔者到达扬州，拜会了高中同学、复旦大学中文系博士、扬州大学中文系教授、扬州文学研究专家、《扬州文学镜像研究》作者苏保华，他陪笔者观赏了老扬州的夜景。并请他帮助约见陆永峰。第二天，笔者如愿见到了《靖江宝卷研究》作者、扬州大学中文系副教授陆永峰，他介绍说，另一作者车锡伦更是一位研究宝卷的前辈。可惜的是，同是扬州大学的，车先生到了北京，并且短时间不回来。陆永峰送了笔者一本他的专著《靖江宝卷研究》。

10月22日，笔者坐长途汽车抵达靖江。事先联系的靖江市委宣传部陆进为笔者安排了非常好的住宿。接着就进入采访，靖江市委宣传部夏林梁、黄靖两位副部长在一间会议室详细地向笔者介绍了他们的工作。

笔者提出实地观赏宝卷表演，靖江的同志表示：1.北方人基本听不懂，甚至一个字都听不懂；2.临时组织难度大，不是做会的日子，农民们各有其事。

他们把两卷本《中国靖江宝卷》和《靖江宝卷研究文献资料（第一辑）》送给笔者，笔者便决定第二天离开。与接待方约好，有机会再来深入现场采访。

下表是笔者在靖江的行程：

表19-2　靖江宝卷采访行程

日期	上午	下午	晚上	收获
2009年10月20日	在南京书店寻找《靖江宝卷研究》一书，未得	赶到扬州住下	扬州大学中文系教授、扬州文学研究专家、《扬州文学镜像研究》作者苏保华	获赠《扬州文学镜像研究》
2009年10月21日			1.拜访扬州大学中文系副教授、《靖江宝卷研究》作者之一陆永峰；2.拜访扬州大学中文系教授苏保华	获赠《靖江宝卷研究》
2009年10月22日	逛扬州何园	1.午后赶到靖江，市委宣传部陆进接待；2.采访靖江市委宣传部夏林梁、黄靖		获赠《中国靖江宝卷》（上、下）《靖江宝卷研究文献资料》（第一辑）
2009年10月23日	离开靖江到无锡			

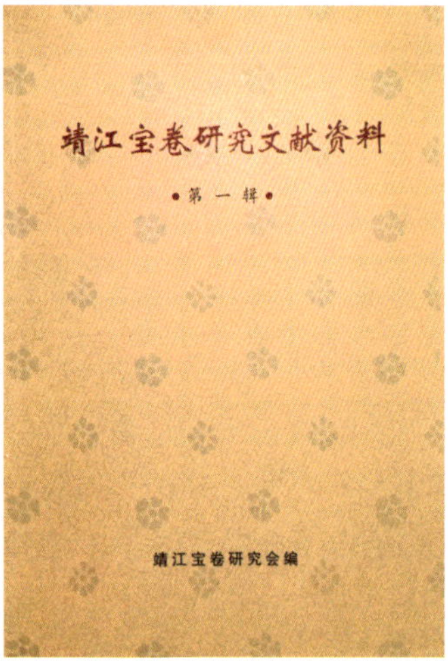

图 19-2 •《靖江宝卷研究文献资料》书影
弓宇杰 / 摄

三、保护现状情况汇报

（一）靖江宝卷是佛教遗产

四五百年来，在江北这块最原始的土地上保留了古老的宝卷艺术，这里400平方公里上30万人口，传承着这种艺术。现在靖江有“佛头”110人，每年讲经3000场左右。那么，“靖江宝卷”与“佛教”究竟存在怎样的关系？这是要首先解决的问题。因为我们不是在做普通的民间文学的调查。

靖江市委宣传部原副部长黄靖说：“宝卷的根是佛教。现在从细节上讲：1. 宝卷民间艺人叫‘佛头’，与‘佛’有关吧？ 2. 讲经中的互动形式，叫‘和佛’。3. 圣卷故事的主体核心，是佛的因果报应，劝善。4. 宝卷中大量的神佛故事。5. 宝卷的仪规、早功课，与和尚的早功课一样。6. 宝卷的信仰核心是佛，信佛，信观音，信菩萨。从这六点来看，宝卷就是‘佛教非物质文化遗产’。”

（二）靖江保护宝卷成果显著

对笔者的到访，靖江市委宣传部给予高度重视。这也说明靖江在宣传宝卷方面是时刻不怠慢。笔者经过靖江市委宣传部夏林梁的介绍，并参阅各种资料，整理出一条靖江保护宝卷的线索：

1.20世纪50年代中后期，当时的靖江县委书记蒋逸成把宝卷改造成“靖江曲艺”，编出《张员外逼租》和《臧五姐》，旧瓶装新酒，使得宝卷获得生机。

2.20世纪80年代，“全国三套集成”工作期间，文化馆馆长吴根元等记录靖江宝卷200余万字。

3.1987年，北京大学段宝林、扬州大学车锡伦到靖江考察宝卷。

4.1987年，江苏省民间文学集成办公室和靖江县民间文学集成办公室编印出版了《三茅宝卷》单行本，20余万字。

5.1989年，扬州市民间文艺家协会和靖江县民间文学集成办公室编印出版了《大圣宝卷》单行本，10余万字。

6.1989年，扬州大学车锡伦教授撰写的《江苏靖江讲经的调查报告》发表。

7.1991年8月，北京大学段宝林等撰写的《俗文学的活化石——靖江宝卷》在中国台湾发表。

8.2001年10月、2003年8月，靖江市文化局筹集资金11万元，用于搜集整理并出版《靖江宝卷·圣卷选本》和《靖江宝卷·草卷选本》。

9.2004年，靖江市财政拨款4万元，用于拍摄、制作总体介绍靖江讲经宝卷的专题片《俗文学的活化石》。

10.2005年，靖江市广电局挑选优秀宝卷讲唱艺人，组织讲唱宝卷，并制作成200小时的电视节目播放。其中4部代表性作品制成DVD光盘，正式出版，公开发行。

11.2005年，靖江市文化局组织专门班子对靖江讲经宝卷进行申报国家级非物质文化遗产项目。2006年靖江市财政拨款5万元，用于讲经宝卷申报国家级非物质文化遗产项目。2007年，靖江讲经宝卷列入江苏省首批非物质文化遗产名录。

12.2006年，靖江市委宣传部整合全市研究力量，成立了靖江宝卷文化研究会；市财政拨款10万元用于研究会的工作。

13.2006年下半年起，靖江市委宣传部、文化局组织搜集整理靖江讲经宝卷，准备编纂、出版集成式大书《中国靖江宝卷》和申报“中国民间文化之乡”。靖江市财政拨款65万元用于两项工作的展开。

14.2007年元月，靖江市被中国民间文艺家协会命名为“中国宝卷文化传承之乡”。

15.2007年8月，《中国靖江宝卷》正式出版。

16.2008年6月7日，国务院公布的《第一批国家级非物质文化遗产扩展项目名录》中，“靖江宝卷”榜上有名，正式登上国家名录。

17.2008年12月,《靖江宝卷研究文献资料(第一辑)》出版。

那么，经过新中国半个多世纪与不利因素抗争，靖江宝卷的保护获得了巨大的成果，获得了空前的声誉。

(三)靖江取得成果的原因

1.政府在保护工作中始终扮演了主体角色

早在20世纪50年代，当时的县委书记，在社会风气非常不宽松的环境中，敢于倡导利用和改造宝卷，以用于社会主义新思想的宣传。这种做法，至少使得民间讲经的那些“佛头”感觉到自己的技艺还是有用的，并没有被作为“封建迷信”完全打倒。这对宝卷在新中国成立后的传承发挥了重要的作用。

进入20世纪80年代，社会环境宽松了，民间可以自觉地行动起来整理民间遗产，但是也获得了政府的支持。到了21世纪，更是以政府为主导在保护遗产。

2.民间觉醒早，学者关注深

20世纪80年代，北京大学民间文学的专家首先从外人的视角来呼吁保护靖江宝卷。扬州大学车锡伦教授也是这样的先行者。20世纪80年代至今，北京市、江苏省、扬州市、靖江市，在各个时期都有民间学者、大学学者在关注靖江宝卷。自学者陆永峰研究成果《靖江宝卷研究》出版后，相关的研究者不断地涌现出来。

3.老百姓从内心深处的向善

靖江地处偏远，民风淳朴，老百姓向善的愿望强烈，这是宝卷得以传播的丰厚的土壤。地方戏曲艺术不发达，其他艺术样式不丰富，也给宝卷提供了生存空间。

(四)成果卓著的同时，也有一些问题提了出来

1.政府主导的同时，能否不改变宝卷的原有生态?

在政府提供给笔者的《靖江讲经DVD》(20片装)，是由中国国际广播音像出版社出版的。这是靖江当地电视台拍摄的，提供给外面的人以传承、传播宝卷的。但是，把讲经的“佛头”请到演播室，给他穿上特制的唐装，样子便有点做作，也消解了讲经的氛围。这是谁家邀请的?这是什么时候?为什么讲经?原有的那些文化背景不存在了，只把“佛头”搬来。面对摄像头，他也有了些拘谨。而如果从电视节目角度讲，“佛头”就不应该在这样正式的场合咳嗽、喝水，“和佛”的人不应该有小动作。所以，这个片子，把“佛头”

放在演播室，没有演播室的规矩，而原始讲经的环境也没有营造出来。所以，是割裂了文化背景的讲经走场，是粗糙的电视节目。

笔者建议，在农村还原这样的讲经场景，再拍摄下来，意义更大。

2. 研究者能不能做人类学、音乐学上的田野考察?

写了一本《靖江宝卷研究》的扬州大学副教授陆永峰，居然没有到过靖江。实际上，他工作的扬州距离靖江并不远。《靖江宝卷研究》是一本有价值的民间文学研究著作，但是却不是一本对靖江宝卷做了人类学考察的生动的学术著作。从文献到文献，《靖江宝卷研究》似乎有点枯燥。如果像陆永峰这样年轻的学者，能够重视田野，重视采风，他的著述的意义将更大。而靖江宝卷是包含音乐成分在内的，边说边唱，唱的和佛教唱诵有相似处。但是，在所有的关于宝卷的研究中，音乐学的缺失也使得其音乐上的价值没有人阐述。文学阐述需要继续，音乐学阐述需要补遗，人类学家们要关注到这个研究，或者说当地的研究者应该借鉴人类学的方法来研究，毕竟我们现在的研究方法过分陈旧。

3. 民间的环境究竟怎样，需要进一步深入下去调查

笔者由于接待方的态度，自己的时间、精力，以及经费等各方面的限制，没有能够深入讲经的环境中去，这是非常遗憾的事情。所以，笔者并不能完整地描述出靖江宝卷的保护现状。从政府的角度看，成就卓越，著作很多，但是民间艺人的生存状态怎样？他们收入怎样？民间讲经的整体环境怎样？政府对讲经环境的保护做了哪些工作？仍旧没有答案。

作为宝卷研究的顶级专家，车锡伦在接受笔者电话采访表达了一些愤怒和对宝卷非物质文化遗产项目代表性传承人的担忧。他说，宝卷是关乎信仰的问题，不是民间曲艺。靖江的一些做法并不能反映宝卷的真实状况。当地文化人为了给自己树碑立传，按照他们的意愿来宣传。而当地人把真正接近原初状态的宝卷封锁了起来，不让外面的人接触。

宝卷是当地一宝，是不是靖江人不希望外人参与研究，而试图把所有的成果都为自己独有呢？笔者接触时间短，没有深刻的感受。但笔者希望宝卷研究传播传承得好，既要老百姓真心的爱，也需要有良知、有见识、有研究方法、传播手段的学者真诚的加盟。

不过，靖江宝卷以当地方言为讲经工具，影响了它的向外传播。这其实不重要，并不是所有的遗产都具备向外传播的基质和向外传播的必要。它只要留存在靖江，温暖一方土地，教化一方百姓，就足够了。只有这样，中国的文化才会多元，并丰富着大地上的色彩。

（五）当地还有很多想法，靖江人在努力

1. 资料库建设

他们说要建立实物、图片、文字与音像资料四位一体的靖江讲经宝卷资料库；立体地、完整地分类记录各种讲唱宝卷的做会活动；组织民间文学工作者继续进行田野调查，搜集、整理留存在讲唱艺人口头的宝卷资料。

2. 规模化的学术研讨、讲经活动

举办“中国靖江宝卷文化国际研讨会”；设立孤山镇孤山寺、生祠镇岳王庙、季市镇青龙庵、西来镇城隍庙四个讲经坛；举办宝卷讲唱艺人培训班，推荐命名宝卷讲唱非物质文化遗产项目传承人。

3. 政府挂帅

支持靖江宝卷文化研究会开展经常性研究工作，并出版相关的研究论集；制定靖江市讲经宝卷保护工作条例。

在这样的努力之下，靖江宝卷的保护与传承将有一个美好的未来！

四、《中国靖江宝卷》介绍

《中国靖江宝卷（上、下）》，2007年7月由凤凰出版传媒集团江苏文艺出版社出版。大16开本，1664页，2700千字，是宝卷史上一部空前重要的集成。

《中国靖江宝卷（上、下）》搜集并整理了靖江地区流传的讲经宝卷，根据录音或抄本整理，共计54种，其中圣卷25种、草卷18种、科仪卷11种。

圣卷，主要是讲民间信仰的各种神仙、菩萨修道成仙成圣的故事。计有：《三茅宝卷》《大圣宝卷》《香山观世音宝卷》《梓潼宝卷（上册・龙宫招亲）》《梓潼宝卷（下册・三元救父）》《土地宝卷》《月宫宝卷》《药王宝卷》《目连救母宝卷》《血湖宝卷》《十王宝卷》《庚申宝卷》《地藏宝卷》《东厨宝卷》《财神宝卷》《龙王宝卷》《东岳宝卷》《玉皇宝卷》《眼光宝卷》《关帝宝卷》《延寿宝卷》《李青宝卷》《灶君宝卷》《地母宝卷》《雷祖宝卷》《庚申经》等25种。

图 19-3 ·《中国靖江宝卷(上、下)》书影 弓宇杰 / 摄

草卷，又名小卷，虽也有一些神仙菩萨，但主要的内容是讲民间传说及历史故事，或改编小说评弹故事。计有:《十把穿金扇》《独角麒麟豹》《牙痕记》《五女兴唐》《彩云球》《罗通扫北》《白鹤图》《回龙传》《八美图》《九美图》《薛刚反唐》《和合记》《香莲帕》《五虎平西》《狸猫换太子》《文武香球》《刘公案》《寿字帕》18种。

科仪卷，是用于做会时的科仪规范。计有:《功课》《拜愿》《请佛偈》《念疏赞》《送圣赞》《念饭偈》《送佛偈》《忏悔偈》《解结科》《上茶偈》《篆香庆寿开关》11种。

第二十章
少林功夫调查报告

项目名称·少林功夫

所属类别·传统体育、游艺与杂技

申报地区或单位·河南省登封市

入选国家级非物质文化遗产名录情况·2006年第一批 Ⅵ-7

撰写人·都本玲

一、少林功夫概况

少林寺位于河南省登封市西北13公里的中岳嵩山西麓，背依五乳峰。嵩山东为太室山，西为少室山，少林寺在竹林茂密的少室山五乳峰下，故名“少林”。1983年，国务院确定少林寺为全国重点佛教寺院。

少林功夫已有1500多年历史。北魏太和十九年（495），孝文帝为印度高僧跋陀在少室山北麓敕建少林寺。其后，又有不少印度高僧到少林寺传授禅法，少林功夫信仰的最初形态是这一时期形成的。其中印度高僧菩提达摩在少林寺，首倡禅宗，由此确立了少林寺禅宗祖庭的崇高地位。

隋朝初年，由于朝廷的赏赐，少林寺拥有庞大的田产。隋朝末年战乱，为了保护寺产，少林寺僧人组织武装力量自卫，并为新王朝——唐朝的建立，做出了贡献。少林寺自此以武勇闻名于世。

与少林寺形成武装力量对应的是，以观音菩萨愿力信仰为核心的那罗延金刚神信仰开始流行，并一直延续至14世纪的元朝末期。中晚唐以降，禅宗教法盛行，成为中国汉地佛教主流。进入宋朝，少林寺禅宗祖庭的地位确立，“禅武合一”开始成为少林功夫的主流思想。金元两朝对汉地民间武装力量极力抑压，少林寺亦不例外。然而，少林寺作为禅宗祖庭，依然地位显赫，禅学盛隆。在此期间，少林成立了寺院宗法门头制度，成为少林功夫体系、门派形成的重要基础。少林功夫体系中的医宗，至迟在金朝已经形成。

明朝民间习武风气盛行。这是少林功夫水平大发展时期。明朝近三百年间，少林寺僧人至少有六次受朝廷征调，参与官方的战争行动，建立功勋，多次受到朝廷的嘉奖。少林功夫在实战中经受了检验，确立了少林功夫在全国武术界的权威地位。这一时期，少林功夫至少存在10支系统或门派，少林功夫著作开始出现。虽然少林寺宗法门头制度相对封闭，严格遵守宗法传承，但是佛教的游方制度在根本上是开放的，进出自由，因而少林寺这种特殊的开放和封闭两重性，对于少林功夫的发展和传承，对于少林功夫体系和门派的形成，都有着非常重要的作用。少林功夫信仰形态在明朝也发生了变化，由唐朝以来的以观音菩萨愿力为核心的那罗延金刚神信仰，演变为紧那罗王神授少林寺棍法的武圣信仰，并以此激励少林寺僧人修习少林功夫。

清朝入关建立政权以后，严禁汉民习武。雍正十三年（1735），朝廷对少林寺宗法门头进行了整顿。少林寺僧人虽然坚持秘密练武，但少林功夫水平及影响整体衰落。民国时期，军阀混战，少林寺进一步衰落，少林功夫也处于风雨飘摇之中。1949年以后，特别是“文化大革命”期间，少林寺衰落。20世纪80年代后，政府颁布宗教信仰自由政策，寺院宗教生活恢复，少林功夫的价值重新被重视，少林寺年老僧人开始向年少僧人传授少林功夫，少林功夫典籍征集、鉴定、整理、出版工作展开。①

二、实地调查情况

（一）少林门头制度和少林功夫传承谱系

《少林功夫国家级非物质文化遗产名录申报书》（以下简称《申报书》）中保护计划第一条“传承人的保护和培养”中，开篇便提到少林寺的门头制度恢复计划：

> 1—1. 恢复、完善传统的传承制度。……目前少林寺僧人传承仍基本遵守着13世纪福裕禅师确立的传承谱系，但是门头体系已经很不完备，有些门头已经消亡。由于各个门头传承的少林功夫种类、风格有特点，所以，门头的消亡，意味着少林功夫的多样性、丰富性的丧失。少林寺已经对寺中僧人的传承，进行了全面的梳理。在此基础上，明确传承序列，根据少林寺历史上传统的传承方式，恢复收徒惯例。初步拟定了12个具有收徒资格的僧人，发展和完善门头制度。

少林寺的人员构成情况：少林寺现有僧人200多人，武僧团近100人，常住几十个人，禅堂几十人，另有一些保安清洁等工作人员。

《申报书》所提到福裕禅师确立的少林寺传承谱系，共有70辈：“福慧智子觉，了本圆可悟。周洪普广宗，道庆同玄祖。清净真如海，湛寂淳贞素。德行永延恒，妙体常坚固。

心朗照幽深，性明鉴崇祚。衷正善禧祥，谨悫原济度。雪庭为导师，引汝归铉路。”目前少林寺中与方丈释永信同属“永”字辈的不超过10人，当代少林寺僧人已经传承至谱系中的“德行永延恒”，已历经30多代，近800年历史。此次调研过程中，笔者一行所接触的僧人除方丈释永信之外，都是其余少林寺的“延”字辈僧人，他们也是现在少林寺的主力僧人，再下一辈是“恒”字辈。

少林功夫的传承严格按照师徒制度进行。这种师徒关系，是少林寺传统的宗法门头制度的最基本表现。宗法门头制度是古代中国社会的基层结构，具有很强的凝聚力。13世纪曹洞宗领袖福裕禅师主持少林寺期间，把少林寺建成中国传统宗法门头制度的家族式寺院，对少林寺及少林功夫都产生了深远影响。少林寺宗法门头历史上最发达时期，下辖25个下院，僧人总数达800多人。据释永信方丈介绍，现在少林寺僧人200多人，共恢复、创办了盘山北少林寺、熊耳山空相寺、新密超化寺、郑州显圣寺、商丘观音寺、荥阳洞林寺、巩义慈云寺等十几个下院。此次笔者前去少林寺，除在本寺调查采访外，释永信方丈还特别安排僧人带笔者去新密超化寺和正在恢复重建的荥阳洞林寺两个下院参观。参观下院原本并不在此行的计划当中，是方丈和众僧人的热情推荐促成此次下院之行，这让笔者深切地感受到，少林僧众对恢复和宣传推广下院的用心良苦，这种努力与坚持对少林寺宗法门头制度的恢复十分重要。

少林功夫的传承，以少林寺传统宗法门头制度的师徒关系为基础，并以“言传身教”式，将佛学修行和武功修习相互融合的特殊方式进行的。师徒关系确立的同时，师父不仅要像亲缘父子那样为徒弟提供生存的基本保障，还要承担对徒弟参禅修行和修习少林功夫的传授责任与义务。在传习少林功夫的过程中，为徒者虽然有套路歌诀作为习武的依据，但要学习高水平的少林功夫，则完全取决于师父的点拨和弟子参禅修行的悟性。少林功夫的传承过程与参禅修行是同步进行的。

释延庄是少林寺武僧团的总教头，也是少林功夫“非遗”申报短片中的主要功夫展示者，1964年出生于河南上蔡县，一口浓重的河南口音。据其介绍，他从小学学习武术，有一定的武术基础，1983年来到少林寺，开始研习少林武术。最初四年多时间修炼金刚拳和铁布衫等武艺，后来着重修炼刚柔并济的柔拳。

释延庄介绍，历史上少林寺有东院、西院、南院、北院，还有很多下院，比如慈云寺、超化寺等很多小的寺院，都是少林寺的门头，后来随着历史的变迁门头制度遭到破坏。少林功夫成为国家级非物质文化遗产项目之后，门头制度逐渐恢复了不少，比如恢复天津的北少林，创立云南的新门头等。少林寺现在在国际上很有影响，很受欢迎，已经在很多国家建立了少林文化中心，实际上也是建立新的门头。

现在少林寺每个下院都可以收徒，收徒的基本标准是要有信仰。在此基础之上再看其自身的条件是否是学武的材料。佛教讲究因缘，因此是否与寺庙、师父有缘分也是收徒的一个因素。师父会从各个方面对其进行考察，满意了才会收下。少林寺客堂负责人释延凯说："因为师傅正式收了徒弟是要对他负责的，包括吃穿用、上学、花销都要师傅来负担，所以在少林寺收个徒弟就像养个儿子一样，子孙寺院就是这样的。所以老师不会轻易收徒弟。"

少林功夫传承人的选择，是综合素质的选择。要从武功和武德两方面培养。释延庄认为注重武德的培养，这也正是少林功夫与普通的体育机构不同的地方。后者注重形，注重技巧的养成；而少林寺更注重的是用传统的练功方法进行内在的修炼，要形神兼备。"如果光从技术上要求，最后也成不了什么气候。"学习少林功夫不在多而在精，并不是每个人都要学会全部的功夫，每个人都有自己的侧重点。初学时可以广泛接触，然后根据自身特点选择精炼的功夫，适应练什么就练什么。有的专门练罗汉拳，有的专门练七星拳；有的适合练软功，有的适合练硬功；有的柔性不好的就练硬一点的，灵巧的就练灵活一点的，块头比较大的就练爆发力比较强的。总之，练功的最后要突出"精"字。

在少林寺学功夫的弟子分为两部分，一部分是少林寺的出家僧人，一部分是少林俗家弟子。进入少林寺学功夫的新弟子，若尚未满18岁，按规定暂时不能出家，但也要按照佛门的清规进行约束，也要诵经，清晨5点要起床上早课。等到18岁时少林寺会让学徒自己决定是出家皈依佛门，还是还俗。如果选择出家就要接受沙弥十戒。少林寺课堂负责人释延凯认为，少林功夫的核心是禅武结合，因此若学武功后离开少林寺，等于离开禅修，少林功夫就变得不完整，毕竟离开少林寺之后边练武边禅修的是很少数，而在少林寺内坐禅和练功都是必需的。

图 20-1 · 少林寺武僧团总教头释延庄法师　袁瑾 / 摄

（二）少林武谱

少林功夫是一个大的概念，它是一个庞大的技术体系，里面分很多门类，而不是一般意义上的“门派”或“拳种”。根据少林寺内流传下来的拳谱记载，历代传习的少林功夫套路有数百套之多，其中流传有绪的拳械精品有数十种。另外有七十二绝技，以及擒拿、格斗、卸骨、点穴、气功等各类独特的功法。这些内容，按不同的类别和难易程度，有机地组合成一个庞大有序的技术体系。

少林功夫具体表现为以攻防格斗的人体动作为核心、以套路为基本单位的表现形式。套路是由一组动作组合起来的。动作的设计和组合成套路，都是建立在中国古代的人体医学知识之上，合乎人体的运动规律。动作和套路讲究动静结合、阴阳平衡、刚柔相济、神形兼备，其中最著名的是“六合”原则：手与足合，肘与膝合，肩与胯合，心与意合，意与气合，气与力合。

根据少林寺内流传下来的拳谱记载，少林功夫套路有708套，其中拳术和器械套路为552套，另外七十二绝技、擒拿、格斗、卸骨、点穴、气功等各类功法为156套。而现在根据少林寺内流传下来和重新收集的少林功夫套路统计，拳术178套，器械193套，对练59套，其他115套，合计545套。

纸质的拳谱流传了下来，但拳谱里的功夫却很难全部传承。例如，拳谱中记载的罗汉拳，历史上是十八路拳法，但由于历史等种种原因传承中断，现在已经无人能打全这十八路罗汉拳。这些失传的功夫能否按照拳谱进行恢复？释延庄表示，如果将少林寺的武术专家集中起来，专门成立一个机构研究拳谱，各种因缘际会，按照拳谱恢复起来也是可能的。现在是有拳谱但没人练，主要是时间、精力等条件不允许，每个人都有其他的事务要完成。

综合少林寺僧人所提供相关材料，笔者将少林功夫整理成表格形式，以供参考（详见附录一）。

（三）少林武僧团

少林武僧团是少林功夫进行对外沟通交流和演出的主要团队。

少林寺武僧团的前身是少林寺僧兵，历史上曾因少林寺“十三棍僧救唐王”有功，唐王颁诏少林寺拥有僧兵的特权。为了继承和发扬传统的少林武术，满足社会上对少林武术的要求，1987年由释永信法师发起，少林寺成立了少林武术队。1989年，少林武术队正式更名为少林寺武僧团，它在形式上仿照了历史上的僧兵体制，但职能转变为通过表演少

图 20-2・少林寺武僧展示少林功夫　都本玲／摄

林武术，达到弘扬祖国传统武术文化，宣传少林禅宗正法的目的。

1989年6月2日至10日，释永信方丈率少林寺武僧团一行24人在海南省海口市工人影剧院连续进行三场少林功夫演出，引起轰动。这是少林寺武僧团第一次外出演出。1990年12月27日，应日本武术协会邀请，以释永信为团长的少林寺佛教文化访问团访问日本东京、京都、大阪、横滨等城市。访问团在日本国家电视台、南韩学校、东京杏林大学等处举行了十余次少林功夫表演。 近年来，少林功夫已经成为一张文化名片，经常会受邀出国参加各种活动，弘扬传统少林武术，传播中国文化，其表演的正宗少林功夫，受到世界各国人民的欢迎。释延凯说：“前一段时间我们去法国，他们的文化部的副部长说，我们现在是对西方的一种文化震动，软实力。”

目前，少林寺武僧团约有近百人，主力成员年龄一般都是20多岁，他们的武功并非最精纯，主要是表演性质，随着年龄增长和功力的增长会从队员转成教练。已先后在60多个国家和地区进行过功夫表演。在新建的临时练武厅内，笔者遇到来自芝加哥的20名位外国人，正在跟师父们学习少林功夫。僧人介绍，像这样从外国来到少林寺拜师学艺的情况很多，现在少林功夫在国际上的受欢迎程度比国内还要高。

笔者根据少林寺提供的资料，对照实际调研情况，进行综合比较，对少林武僧团建立和发展的主要脉络进行了梳理（详见附录二）。

从1987年成立至今近30年的发展历程不难看出，少林功夫的发扬壮大与少林寺武僧团的壮大有着密不可分的关系。是少林寺重新恢复昔日风采，从河南走向全国，从中国走向世界的重要一步。少林武僧团作为少林功夫的代言者，用一种民众喜闻乐见的方式，以武会友，迅速拉升了少林寺的影响力和被关注度，特别是在国外，随着少林武僧团在世界各地的建立，少林功夫在国际上受到追捧，已经成为中国功夫的代表。当然，正如前文所讲，真正的少林功夫还在少林寺内，在那些静心修禅，踏实练武的僧人身上。少林功夫这一非物质文化遗产的未来传承，最终能托付的只有禅武兼备的人。

（四）全面培养，拳法之外的精进

除了功夫传承，少林寺对僧人整体素质的提高也较为重视，并采取了一系列有效举措。

1. 少林武僧入佛学院进修情况

近年来，少林寺每年会安排几十人去全国各地佛学院学习，尽量让年轻的僧人都有机会去外地学习。除了到国内的佛学院学习，也创造机会让僧人到国外佛学院去进修，比如新加坡、美国、德国等国家，边进修边在当地的中心教少林功夫，传播少林文化。不少僧人都能掌握至少一门外语，外文沟通顺畅。

2. 少林寺僧伽培训班

少林僧人虽为武僧，但每天的生活并不只是习武，日常也有专门上课学习的教室，特别是对那些比较年轻的僧人。少林寺僧伽培训班的课程安排，主要包括武术的经典、佛教的知识和医学培训，一周至少六节文化类课程。其余时间修炼武功，知识学习和练功时间基本相当。

3. "少林问禅"系列活动

为保持禅宗参究疑情和辩的传统，少林寺每年都会打一个"禅七"。在此期间，少林僧人从全国各地集中到少林寺的临时禅堂，连续49天，每天坐禅将近20个小时。同时举办"少林问禅"活动，邀请各界学者参与少林寺的文化建设。从2006年第一届"少林问禅"活动开始，少林寺每年都会举行"少林问禅"系列活动。

以第四届"禅宗中国 · 少林问禅 · 百日峰会"为例，在从2009年4月27日至8月31日的100天内，少林寺举办了"禅宗中国"学术研讨会和"机锋辩禅"等一系列活动。

2009年4月27日至29日，为期三天的"禅宗中国"学术研讨会以"嵩山话禅""中土论禅""少林悟禅"为主题内容，以"当代社会中国知识界的人生信念、道德取向、文化要求、终极关怀"为内涵，从"哲学视野""文学风貌""宗教信仰""艺术审美"等不同角度，博采众长，形成"少林问禅"的核心生命力。

整场活动的100天期间，几乎每天都有国内知名专家、学者在少林寺经堂进行专题讲座。来自中国社会科学院、佛教文化研究所、北京大学、中国人民大学、复旦大学、南开大学、中央民族大学、东京大学、韩国中央大学、越南河内大学等近30余所国内外高校、研究机构的80余位知名专家、教授、学者共聚少林寺。其中很多专家、教授是各自研究领域中的顶尖人物。每天一场讲座，每场讲座经堂里都坐满了出家僧众，聆听台上主讲人的专题讲座，吸取方方面面的营养，开阔文化视野。讲座内容涵盖儒、释、道、哲学、美学、社会学、文学、传统医学等各个方面，这无疑是一场文化的盛宴，在宗教界，甚至文化界来讲，这样的规模、层次和丰富性也是少见的（详见附录三）。

“机锋辩禅”则是历届“少林问禅”系列活动中不可缺少也是最受关注的部分。从全国各地赶来的四众弟子、佛学爱好者数百人齐聚少林，坐而论道，相互印证，交流共修。

少林寺的少林问禅活动是每年佛教界的一件大事，通过这种形式少林寺在佛教内部和佛教之外的社会影响力大大增强，其间各大媒体也都会对这项活动给予很大的关注，机锋辩禅的论题也会在网络上受到网友的关注和热议，这对少林寺和少林文化客观上都起到了宣传弘扬效果。

（五）“少林武术”学校和少林寺商标之争

1. 遍地开花的“少林武术学校”

随着少林寺和少林功夫在国内外影响力的不断增强，各种打着“少林武术”或者相关、类似名义的武术学校在迅速增长，东北四平少林武术学校、北京少林武术学校、无锡少林武术学校、叶县少林武术学校、济南少林武术学校等，遍布全国各地。仅登封市内的少林武校就让人眼花缭乱，前往少林寺的一路上各种各样的“少林”武术学校随处可见：嵩山少林武术职业学院、少林塔沟武术学校、嵩山少林寺武术学院、少林嵩基集团武术学校、嵩山少林寺中心武术学校、登封市少林聚英武术学校等，有的名称只是一两字之差，就又是一所少林武校，更不必说打着少林武术名义的其他培训机构。

对于这种情况少林寺的僧人们似乎已经见怪不怪，这些少林武校有一些确实是少林寺的俗家弟子在少林寺学习之后出去开设的学校，这种学校算是和少林寺有一点渊源。但是也有很多只是借用少林寺的名气而已。在少林寺的僧人眼中，只有在少林寺内进行传承的才能够称之为少林功夫，“少林功夫是指在嵩山少林寺这一特定佛教文化环境中历史地形成，以佛教神力信仰为基础，充分体现佛教禅宗智慧，并以少林寺僧人演练的武术为主要表现形式的传统文化体系”。少林功夫最讲究的是禅武兼修，练武要辅助以坐禅的，武术是一种外在的形体，武术的灵魂是少林的禅，静坐是修心的，练拳是修身的，内外兼修。这正是少林“功夫”与其他“武术”的区别所在。

2．“少林”商标之争

关于“少林”商标的话题由来已久，1994年河南省郑州市中级人民法院以伤害宗教徒感情、侵害少林寺名誉权为由做出判决，禁止河南省漯河市罐头食品厂使用“少林”商标，生产、销售和推广其火腿肠产品。

自此以后，中华人民共和国宗教局、文化部、外交部、商标局等，不断加大对少林寺、少林功夫及其传承人形象和知识产权的保护力度，制定了一系列制止社会上冒用、滥用、歪曲“少林寺”“少林功夫”等专用称谓的商业行为的措施。这些措施包括：（1）未经少林寺授权同意，禁止乱用少林寺武僧名义进行少林功夫表演等商业活动；（2）2004年，依法认定少林寺为“驰名商标”（宗教教育、体育教育），加强对少林寺、少林功夫知识产权的保护；（3）为保护从业人员技术、技艺而采取的法律或其他保护措施。

1998年，少林寺到国家工商总局查询“少林”商标，发现截至当时，这一商标已被与少林或佛教毫无关联的57种商品抢注，从食品到日用品，少林的商标在方方面面被使用，假冒少林俗家弟子，开武校、办武馆的事情更是司空见惯，甚至在国外也有冒充少林名义的纠纷，美国、日本和欧洲一些国家已经大量抢注了以“少林功夫”为内容的商标，其中包括“少林功夫”“少林武术”“少林拳”“少林全套功夫”等在内的几乎所有商标。美国一家公司就将“少林全套功夫”的商标统统注册，把所有与之相关的内容全部包括进去。欧洲及日本一些公司在注册“少林寺”商标的同时，也把与之相关的“少林功夫”“少林武术”“少林拳法”等含义包含在内。直到今天，“少林寺”或“少林”这个商标以及其背后所隐含的知识产权问题仍然备受关注。

少林寺方丈释永信说：“少林寺自己不打广告，外面冒充少林寺的宣传倒很多。所以少林寺要申报‘非遗’，保护自己的权益。单靠少林寺自己的力量是做不到的，全国各地都有冒用少林寺名字的。少林寺本来是一个宗教的场所，作为一个寺庙做一些事情有些时候不适合（指通过法律维权），需要政府出面才能得到解决。国外也有很多机构抢注少林寺这个商标，我们也在从商标注册这个方面费了很大的人力物力来做这个事情，不然中国很多传统的东西在国外被外国人注册侵权了，所以我们现在要作少林寺文化的源头保护，所以要把少林寺的源头申报遗产保护起来。”

为了变被动为主动，少林寺已经成立了少林无形资产管理中心，其前身是少林实业有限公司，成立于1998年，由中国嵩山少林寺全资所有，核心任务就是保证“少林”“少林寺”这一中华千年品牌永续发展。该管理中心的主要职能是对少林寺的商标、品牌等无形资产进行有效的保护。目前，少林寺已拿到45个类别、200多项商标的注册证书。他们希望通过主动注册商标来保护少林寺的权益。

（六）少林寺下属机构中的少林功夫宣传平台

少林寺有自己较为完备的宣传平台，包括少林书局、少林寺文化传播有限公司、《禅露》杂志、少林寺网站、少林寺海外文化中心等。

1．少林书局

少林书局创办于2002年，出版了一批有关少林寺、少林功夫历史、技艺等内容的书籍。负责进一步收集、整理、编辑和出版少林功夫古籍、抄本以及少林功夫书籍。少林寺内僧人和对少林寺有较深了解的居士写的一些介绍少林寺的书籍都以少林书局的名义出版。

少林书局成立以前，少林寺书籍的出版主要采取与其他出版社合作的方式，曾经出版的与少林功夫有关的书籍主要有:《少林寺武功秘籍》（十卷本）（中华书局合作出版）、《少林寺建寺1500周年禅文化研讨会论文集》《少林文化研究论文集》等。

少林书局成立以后，由少林书局出版的与少林功夫有关的书籍有:《少林寺与律宗论文集》《少林功夫文集①》《少林功夫文集②》《少林功夫》《走进少林》（少林书局、河南大学出版社联合出版）等。

2．少林寺文化传播有限公司

少林寺文化传播有限公司，以在全球范围内传播与保护少林文化为己任，主要从事文化产业领域中包括电影、电视、广播、网络、电子游戏及舞台演出等媒体及传播业产品的开发和经营，并在上述领域进行少林寺品牌的授权与管理。

图 20-3・少林书局部分出版物
都本玲 / 摄

3.《禅露》杂志

《禅露》创办于1996年5月，以“传播禅文化的内蕴和妙义”为宗旨。为大32开，季刊，每期印刷量5000册。刊登通俗、可读、与日常生活密切相关的介绍、反映、表现佛教内容的作品。《禅露》编辑部并不在少林寺内，而是设在河南省郑州市，由中国嵩山少林寺和少林慈善福利基金会主办。至今，《禅露》杂志已刊登过《少林功夫国际化传播研究》(赵秋菊、李力杰)、《少林武术研究漫谈》(释永信)、《论少林功夫形成的文化成因》(韩雪)、《少林功夫古籍的若干考证》(程大力、宁红)、《武术的禅与禅的武术》(释延王)等数十篇关于少林功夫的研究文章。

4.少林寺网站

网站是少林寺对外宣传的一个很重要的平台，现在的少林寺网站(www.shaolin.org.cn)经过多次调整改版，已经比较完善，内容涵盖了少林寺文化的方方面面。少林寺网站初建于1997年，2001年3月28日全面改版，并正式开通。2007年底开始第二次改版，2009年底开始第三次改版，2010年3月1日全面上线。目前少林寺网站开设有“寺院介绍”“少林僧团”“寺院法务”“禅宗祖庭”“少林功夫”“慈善事业”“文化交流”“佛教艺术”“佛教知识”九个大栏目，每个大的栏目之下又有相关的小栏目，内容丰富，更新也比较及时，是了解少林寺各方面信息的一个比较方便的入口。

少林寺网站中对于少林功夫做了详尽宣传，由少林功夫简介、功夫人物、功夫典籍、功夫拳法、功夫功法、功夫器械、功夫研究和少林寺武僧团几个部分组成，通过图片和资料的介绍，让人很容易地就能够对少林武术有一个大概的轮廓认识。并且，在网站的首页可以直接点击观看少林功夫的影像资料，这些都对少林功夫的宣传有着积极作用。

5.少林寺海外文化中心

海外文化中心是由中国少林寺组织成立的少林功夫管理组织，旨在保护少林文化能健康、完善地参与世界文化交流，向世界推荐具有少林文化特质的生活方式；保证少林功夫传播中的真实性、完整性、准确性。海外文化中心面向世界各地区，通过会员制的形式，为少林功夫爱好者提供相互沟通与交流的平台。海外文化中心将对世界各地的少林功夫培训道馆、教练进行培训和认证，并统一进行系统化管理，以保证少林功夫在传播中的完备性和准确性。

目前少林寺在海外美国、德国、法国、俄罗斯和澳大利亚等很多国家都建有少林文化中心(少林寺将在海外的寺庙大多称为“文化中心”)，其中最大规模的少林寺海外分院在澳大利亚，2006年6月，澳大利亚少文市政府将当地1.8万亩土地以协议出让的形式赠予少林寺永久所有。曾有统计称，少林寺目前在全球50多个国家和地区建有专门研学少林功夫的学校和团体，拥有洋弟子300多万人。美国加州将3月28日定为“少林寺日”，每五年举办一次大的庆典，在加州、洛杉矶、旧金山都有一系列少林寺活动。

（七）采访少林寺功夫非物质文化遗产国家级传承人释永信

既是少林寺方丈又是少林功夫的非物质文化遗产国家级传承人，释永信的双重身份意味着他的观念与态度对少林功夫的“非遗”保护工作至关重要。以下访谈时间均为2009年6月20日，地点：少林寺方丈室。

1．关于非物质文化遗产

佛教界的第一个商标是少林寺注册的，佛教界的非物质文化遗产项目也是少林寺第一个申报的。客观地讲，少林寺今日的繁盛和影响，与方丈释永信的超前眼光是分不开的。2001年少林寺就开始着手准备非物质文化遗产材料，当时国内还没有几个人知道非物质文化遗产是怎么回事。2002年少林寺开始向国家进行“非遗”申报。当时很多武术学校也号称在传承少林功夫，所以在“申遗”过程中，在专家的建议下，提出少林功夫与武校武术的区别，即武术属于单纯的竞技类项目，而少林功夫是武与禅的结合，首要的是文化和信仰，其次才是技术。最终将少林功夫定义为在少林寺内薪传的功夫才叫作少林功夫。这对于少林功夫的传承与保护是非常重要的一步。

少林功夫最终入选国家级非物质文化遗产名录，无疑是一种荣誉。对于散落在河南各地的传统文化的保护，释永信认为：“中原地区沉淀了很多好东西，这些东西在越穷的地方、越落后的地方保存得越好，多少给点机会、给点荣誉，就好办了。”

2．关于保护经费

经费问题一直是个敏感问题。

释永信表示，少林寺现在仍然很缺保护经费。少林寺内很多建筑都是后来恢复的。僧人住房面积很小，几个人一间屋子很拥挤，没有资金很难改善。

每年去少林寺的游客络绎不绝，登封市政府在少林寺所在的嵩山风景区设立了登封市嵩山风景名胜区管理委员会（下称嵩管委），在少林寺外设售票处收取门票。门票100元（2009年时价格），双方协议，其中70元归嵩管会，30元归少林寺。（2014年少林寺将嵩管委告上法庭，诉其从2011年1月到2013年10月拖欠少林寺应得的门票分成款4970万余元。）释永信说：“只要出了寺院的大门就归政府管了，所以少林寺发展空间就这么大，少林寺名气很大，很多人说少林寺很有钱，其实少林寺没有钱。而且少林寺收养了一千多个孤儿，他们一年的吃、用、上学所有的费用都是少林寺出，这几年也做了很多修缮活动，花费也很大……少林寺现在僧人200多人，加上临时工作人员，一共300多人。寺内的塔林、寺庙、文物保护都需要费用，都是我们自己想办法。我建议国家宗教局要成立非物质文化遗产司，直接列入国家财政计划，由国家宗教局负责寺庙的非物质文化遗产保护。”

3．多头分管的尴尬

释永信建议，国家宗教局专门成立一个机构保护宗教界有形和无形的文化遗产，因为佛、道教的寺庙有一大批国宝级单位，有一大批国家级非物质文化遗产，专门成立一个机构保护，意义是很大。因为寺庙古迹属于文物部门管，非物质文化遗产属于文化部门管，而寺内的日常事务又归属宗教部门管，这样的多头分管制度，在涉及具体问题时很难协调，往往互不买账，互相推诿，最终寺庙的实际问题得不到有效的解决，事情很难推进，造成一种很尴尬的局面。这种情况在笔者采访其他宗教类项目时也多次遇到，好的政策得不到好的落实，娘多了却没奶吃，这让很多宗教类的“非遗”持有单位有苦难言。

三、小结

总的来看，少林寺在对少林功夫的保护上确实做了大量工作。通过调研得知，少林功夫的实际情况与其《申报书》中所表述的内容基本相符，且其中的保护计划大部分都能得到较好的落实。

自从2005年少林功夫进入第一批国家级非物质文化遗产名录之后，表面看来，少林功夫红红火火，无论是在国内还是在国际上都受到越来越多的关注，世界很多地方都兴起一股学习少林功夫热潮；少林寺在全世界开设分院教授少林功夫，几百万人的国内外少林功夫学员、前来考察少林功夫的络绎不绝的高朋贵客和频繁出席在各种国内国际重要场合的少林武僧团，展现出一派少林功夫生机勃勃、枝繁叶茂的繁荣景象。然而冷静下来细想，却难免让人产生一丝隐忧。

正如少林寺僧人自己所说的那样，少林功夫是一种在佛教信仰基础上的修炼方法，重要的是要以信仰统摄技击，以技击表现信仰。少林寺以专修禅定为主，少林功夫讲究禅武合一，这才是少林功夫的精髓所在。因此真正能够传承少林武术这项国家级非物质文化遗产的，绝不是那些只学习了少林寺表面拳脚功夫的人。拨开浮华，真正能够传承少林功夫真意和精髓的究竟有多少？武僧团中弟子近百人，少林功夫的追捧者更是不计其数，其中有多少能够真正将少林功夫传承下去的继承者？这是关系到少林功夫生死存亡的关键。

附录一：少林功夫套路统计表（少林寺提供资料，都本玲制表）

功夫功法	详细内容
拳术套路	1. 小洪拳 2. 二路小洪拳 3. 一路大洪拳 4. 二路大洪拳 5. 三路大洪拳 6. 四路大洪拳 7. 六路大洪拳 8. 老洪拳 9. 长护心意门 10. 关东拳路 11. 关东拳 12. 关西拳 13. 云阳拳 14. 一路小通臂拳（母拳） 15. 二路小通臂拳 16. 五路小通臂拳 17. 六路通臂拳 18. 一路大通臂拳 19. 二路大通臂拳 20. 大通臂拳 21. 小通臂拳 22. 提手炮拳 23. 二路炮拳 24. 三路炮拳 25. 少林小炮拳 26. 二路少林小炮拳 27. 少林大炮捶 28. 三皇炮捶拳 29. 一路七星拳 30. 二路七星拳 31. 三路七星拳 32. 一路长拳 33. 二路长拳 34. 三路长拳 35. 少林心意长拳 36. 太祖长拳 37. 罗汉十八势（之一） 38. 罗汉十八势（之二） 39. 一路罗汉拳 40. 二路罗汉拳 41. 三路罗汉拳 42. 罗汉掌 43. 一路罗汉十八手 44. 二路罗汉十八手 45. 三路罗汉十八手 46. 四路罗汉十八手 47. 五路罗汉十八手 48. 六路罗汉十八手 49. 七路罗汉十八手 50. 八路罗汉十八手 51. 九路罗汉十八手 52. 护山子门罗汉十八手 53. 大罗汉 54. 一路梅花拳 55. 二路梅花拳 56. 少林小梅花拳 57. 少林大梅花拳 58. 少林朝阳拳 59. 一路朝阳拳 60. 二路朝阳拳 61. 七星螳螂崩步拳 62. 七星螳螂散手 63. 少林梅花螳螂拳 64. 少林七星螳螂拳 65. 少林白猿螳螂拳 66. 柔拳 67. 五行连环拳 68. 小六合拳 69. 撑拳 70. 鸳鸯腿 71. 护身流星拳 72. 少林铁牛盾拳 73. 六合连拳 74. 虎扑拳 75. 心意拳 76. 心意起落把 77. 少林铁牛盾拳 78. 少林十二趟弹腿 79. 园功拳 80. 少林五拳 81. 少林五形八法拳 82. 少林心意门十四闯拳 83. 少林十三抓 84. 少林地龙 85. 子母少林拳 86. 少林脱战拳 87. 少林大战拳 88. 少林十字战拳 89. 十趟弹腿 90. 少林连环拳 91. 金钢拳 92. 跌扑拳 93. 短拳 94. 少林砸拳 95. 达摩点穴拳 96. 侠拳 97. 少林童子功 98. 六合拳 99. 连手短打 100. 石头拳 101. 少林八步连环腿 102. 少林心意把 103. 少林心意拳 104. 二路心意拳 105. 少林二门八极拳 106. 少林连环拳 107. 少林八步连环拳 108. 少林燕形拳 109. 少林五虎拳 110. 少林黑虎拳 111. 少林猛虎拳 112. 少林八法拳 113. 少林五形八法拳 114. 少林莲花拳 115. 少林昭阳拳 116. 少林猴拳 117. 少林戳脚拳 118. 少林劈卦拳 119. 少林天罡拳 120. 少林破莲拳 121. 少林窜宫拳 122. 少林地煞拳 123. 少林降妖拳 124. 少林滚龙掌 125. 少林风火拳 126. 少林醉拳 127. 少林步拳 128. 少林综合太极拳 129. 少林追风掌 130. 少林短打拳 131. 少林罗王十八掌 132. 少林夜叉铁沙掌 133. 少林豹子捶 134. 少林搜风掌 135. 少林镇山拳 136. 少林出山拳 137. 少林豹窜拳 138. 二路少林豹窜拳 139. 三路少林豹窜拳 140. 四路少林豹窜拳 141. 少林玲珑拳 142. 少林鸡爪龙腰 143. 虎豹头变势 144. 少林金刚拳 145. 一路金刚拳 146. 二路金刚拳 147. 三路金刚拳 148. 四路金刚拳 149. 五路金刚拳 150. 六路金刚拳 151. 七路金刚拳 152. 八路金刚拳 153. 九路金刚拳 154. 十路金刚拳 155. 一路少林五合拳 156. 二路少林五合拳 157. 三路少林五合拳 158. 四路少林五合拳 159. 五路少林五合拳 160. 少林看家拳

（续表）

功夫功法	详细内容
拳术套路	161. 一路开山拳 162. 二路迎门拳 163. 三路三着诸葛 164. 四路穿心锤 165. 五路五夫掌 166. 六路地盘腿 167. 七路梅花腿 168. 八路连环捶 169. 九路连环腿 170. 十路埋伏掌 171. 十一路仆地沙 172. 十二路擒敌归山门 173. 十三路守院捶 174. 五步拳 175. 梅花拳 176. 五行十六法 177. 龙拳 178. 十路弹腿
器械套路	1. 一路梅花单刀 2. 二路梅花单刀 3. 三路梅花单刀 4. 古单刀 5. 一路单刀 6. 老单刀 7. 七星单刀 8. 上搂单刀 9. 背旋单刀 10. 一路双刀 11. 六合双刀 12. 春秋大刀（之一）13. 春秋大刀（之二） 14. 春秋大刀（之三） 15. 关公破长沙二十四势 16. 开山刀 17. 少林大刀八趟 18. 朴刀 19. 六合单刀 20. 少林单刀 21. 梅花单刀 22. 春秋大刀 23. 少林双刀 24. 少林青龙刀 25. 少林枸花刀 26. 少林黑龙刀 27. 少林五虎群羊刀 28. 少林雁形刀 29. 少林四门刀 30. 少林缠头刀 31. 少林寺南院双刀十一招 32. 十三枪 33. 二十一名枪 34. 四十八枪 35. 花枪 36. 六合枪 37. 少林长枪 38. 少林连环枪 39. 金枪二十四式 40. 少林十三名枪 41. 少林梅花枪 42. 少林乌龙枪 43. 少林大花枪 44. 少林扭丝枪 45. 少林二十四枪 46. 达摩剑（之一）47. 达摩剑（之二）48. 龙行剑 49. 青龙剑 50. 乾坤剑 51. 行龙剑 52. 五堂剑 53. 梅花剑 54. 九宫剑 55. 八仙剑 56. 少林稠公剑 57. 少林搜风剑 58. 少林火龙剑 59. 少林云阳剑 60. 少林龙泉剑 61. 少林龙形剑 62. 少林五法剑 63. 少林连环剑 64. 少林十形剑 65. 少林三十六剑 66. 少林风魔剑 67. 少林上盘八仙剑 68. 少林七星剑 69. 少林达摩剑 70. 少林形龙剑 71. 少林窜林剑 72. 少林青风剑 73. 少林童子剑 74 梢子棍 75. 风火棍 76. 小梅花棍 77. 夜叉棍 78. 大夜叉棍 79. 俞家少林棍 80. 阴手棍 81. 少林短棍 82. 猴棍 83. 猿猴棒 84. 六合阴手棍 85. 六合风里夜叉棍 86. 烧火棍 87. 阴手眉齐棍 88. 子母少林棍 89. 少林风摩棍 90. 阴阳棍 91. 六合棍 92. 眉齐棍 93. 少林棍 94. 破棍 95. 细女穿线棍 96. 八回排棍 97. 白蛇棍 98. 少林上盘八仙棍 100. 少林五虎群羊棍 101. 少林大圣棍 102. 少林旋风棍 103. 少林大升棍 104. 少林梅花棍 105. 少林飞龙棍 106. 子母少林棍 107. 二路梅花棍 108. 小六合棍 109. 二路达摩棍 110. 少林达摩棍 111. 少林穿梭棍 112. 少林齐眉棍 113. 少林流星棍 114. 一路梅花单拐 115. 二路梅花单拐 116. 梅花双拐（一） 117. 梅花双拐（二） 118. 方便铲 119. 月牙斧 120. 三股叉 121. 虎头双钩（一） 122. 虎头钩 123. 猿手鞭 124. 少林护手鞭 125. 少林四门八步鞭 126. 少林双鞭 127. 刀里加鞭 128. 少林赶山鞭 129. 一路秀圈 130. 二路秀圈 131. 日月乾坤圈 132. 子午鸳鸯钺 133. 鸡爪镰 134. 双草镰 135. 月牙铲 136. 少林月牙铲 137. 一路单匕首 138. 二路单匕首 139. 一路双匕首 140. 二路双匕首 141. 方天戟 142. 达摩杖 143. 画戟 144. 马牙刺 145. 少林单拐 146. 少林板凳功 147. 大夜叉棍对练 148. 程宗猷棍法五十五势 149. 少林金刚凿 150. 少林护手钺

（续表）

器械套路	151. 少林月牙刀 152. 少林天罡劈水扇 153. 少林草镰 154. 少林闭血鸳鸯铎 155. 少林五合掌 156. 少林转堂拐 157. 少林闭血鸳鸯幡 158. 少林两节棍 159. 少林双流星 160. 少林铁扫帚 161. 少林猎燕叉 162. 少林雁翅锐 163. 少林鲁佚铲 164. 少林方便铲 165. 少林托天叉 166. 少林羊角拐 167. 少林牛角拐 168. 少林双拐 169. 二路少林双拐 170. 少林金刚圈 171. 少林宣花斧 172. 少林短打追魂铲 173. 少林双锏 174. 少林长把槊 175. 少林护手钩 176. 少林金花锤 177. 少林降魔钺 178. 少林三节棍 179. 二路达摩杖 180. 少林绳鞭 181. 少林双折鞭 182. 少林僧鞋 183. 少林挎虎篮 184. 少林伏龙双钵 185. 少林双竹筷 186. 少林子午丁 187. 少林莲花寺命钎 188. 少林佛尘 189. 少林铁笛 190. 少林山河带 191. 少林镖刀 192. 少林飞镖 193. 少林梅花截木针
功夫功法	**详细内容**
对练套路	1. 耳把六合拳 2. 踢打六合拳 3. 二路踢打六合拳 4. 对练六合拳 5. 咬手六合拳 6. 对风魔棍 7. 对眉齐棍 8. 六合棍对练 9. 对练六合枪 10. 梢子棍破枪 11. 绞手梢子棍破枪 12. 三节棍破枪 13. 二人对刀（之一） 14. 二人对刀（之二） 15. 二人对刀（之三） 16. 单刀破枪（之一） 17. 单刀破枪（之二） 18. 双刀破枪（之一） 19. 双刀破枪（之二） 20. 大刀破枪（之一） 21. 大刀破枪（之二） 22. 单拐破枪 23. 双拐破枪（之一） 24. 双拐破枪（之二） 25. 单刀拐破枪 26. 草镰破枪（之一） 27. 草镰破枪（之二） 28. 双锏破枪 29. 三股叉破枪 30. 单刀破双枪 31. 双刀破双枪 32. 大刀破双枪（之一） 33. 大刀破双枪（之二） 34. 三人对枪 35. 白手夺二刀 36. 三英战吕布 37. 五虎群羊 38. 少林十三折对折 39. 赤尻拳 40. 罗汉十八手对练 41. 罗汉缠打对练 42. 罗汉拉手对练 43. 少林六合拳 44. 二路少林六合拳 45. 三路少林六合拳 46. 四路少林六合拳 47. 少林崩步拳对练 48. 少林黑虎拳对练 49. 朴刀破枪 50. 拐子破枪 51. 单锏破枪 52. 对刺枪 53. 少林六合枪 54. 少林六合棍 55. 少林风魔棍对练 56. 少林对花枪 57. 小夜叉棍对练 58. 大夜叉棍对练 59. 少林俞家棍

其他功法	七十二艺		1. 铁臂功　2. 排打功　3. 铁扫帚功　4. 足射功　5. 腿踢功　6. 铜砂掌（竹叶手）7. 蛇行术（蜈蚣跳）8. 提千斤 9. 罗汉功　10. 铁头功　11. 四段功　12. 铁布衫功 13. 双锁功　14. 上罐功 15. 石锁功　16. 铁珠袋　17. 千斤闸　18. 鞭劲功　19. 分水功　20. 玉带功　21. 鹰翼功　22. 跳跃法　23. 霸王肘　24. 一指金刚法　25. 拔钉功　26. 一指禅功　27. 石桩功　28. 金钟罩　29. 铁牛功　30. 旋风掌　31. 卧虎功　32. 拔山功 33. 金龙手（合盘掌）34. 推山功（推山掌）35. 踢木桩（踢桩功）36. 鹰爪功　37. 斩魔剑　38. 玄空拳　39. 金砂掌（摩擦术）40. 铁砂掌　41. 飞行功　42. 枪刀不入法　43. 五毒追砂掌（五毒手）44. 飞檐走壁法　45. 一线穿　46. 穿纵术 47. 金铲指　48. 揭谛功　49. 梅花桩　50. 捻花功　51. 螳螂爪　52. 跑板功　53. 闪战法　54. 金刀换掌法　55. 轻身术　56. 铁膝功　57. 陆地飞行术　58. 穿帘功　59. 浪里钻（泅水术）60. 点石功　61. 琵琶功　62. 柔骨功　63. 壁虎游墙术　64. 门裆功　65. 翻腾术　66. 布袋功　67. 蛤蟆功　68. 千层纸功　69. 弹子拳　70. 锁指功　71. 追风掌功　72. 软玄功
	擒拿术		1. 身体各部位擒拿法　2. 擒拿十八法　3. 解脱三十二法　4. 擒拿十技法　5. 擒拿七十二手法　6. 安公擒拿六妙法　7. 擒拿八法　8. 擒拿卸骨十七指 9. 卸骨法　10. 解裁十法　11. 拿法三十二招　12. 四十六擒拿法
	点穴法		1. 少林点穴法第一层功夫　2. 少林点穴法第二层功夫　3. 少林点穴法第三层功夫　4. 不同手型点穴法　5. 要害穴后点打法　6. 点穴手法　7. 取穴尺寸折算法　8. 常用取穴法
	气功	少林气功	少林静禅功　少林十段功
		少林柔功	少林风摆柳功　少林金刚拳　少林一指金　少林八段锦 少林童子功十六式易筋经十二式　少林八门第一段功
		少林轻气功	少林飞毛腿功　少林跳砂坑功　少林流星步功　少林二指禅功
		少林硬气功	少林指钻墙功　少林掌分砖功　少林拳分石功　少林头撞壁功
		少林太和气功	睡法十八式　禅坐法（十九式）　高坐法（十九式）　站转法（二十式）
		达摩易筋洗髓经	
		益寿阴阳法	

附录二：少林武僧团发展大事记（少林寺提供资料，都本玲整理）

1987年12月21日，释永信发起成立“少林武术队”，即少林寺武僧团前身。

1989年，按照历史上僧兵体制，正式恢复“少林寺武僧团”建制，“少林武术队”更名为“少林寺武僧团”。

1989年6月2日至10日，应海南省政府邀请在海口剧院进行了首场演出。释永信率少林寺武僧团一行24人，在海南省海口市工人影剧院连续进行3场少林武术演出，引起轰动。

1989年7月28日至30日，为帮助黄河游览区炎黄二帝巨型塑像筹委会筹措资金，少林寺武僧团在河南省体育馆义演三场，筹资数万元。

1990年1月1日，释永信率少林寺武僧团一行20多人，在广州体育馆进行少林武术大型演出，并接受广东省电视台采访。随后到番禺、东莞等地作巡回演出。

1990年12月27日，应日本武术协会邀请，以释永信为团长的少林寺佛教文化访问团访问日本东京、京都、大阪、横滨等城市。从日本达摩寺复印了一套1920年的少林寺照片，为少林寺重修重建工程提供了原始依据。访问团在日本国家电视台、南韩学校、东京杏林大学等处举行了10余次少林武术表演。

1992年10月26日，释永信受到中央电视台《正大综艺》邀请，作为特邀嘉宾接受中央电视台采访。少林寺武僧团在《正大综艺》节目里向全国人民表演了少林武术。

1993年4月3日，应澳门葡国台湾贸易商会、香港中华博览城有限公司邀请，释永信率领少林寺武僧团25人到澳门作少林武术慈善表演，门票收入100万元，全部资助中国“希望工程”和澳门教育基金。

1993年6月7日，应台湾地区中国文化大学邀请，以释永信为团长的少林寺佛教文化访问团一行22人访问台湾。这是海峡两岸佛教界隔绝40多年来第一个踏上台湾宝岛的佛教文化访问团。访问期间，除了会见岛内著名高僧，如悟明长老、净心法师、圣严法师等，共同主持佛事，进行一系列佛教文化交流，还进行大规模的少林武术公演。访问期间，少林寺佛教文化访问团还受到俞大维、蒋纬国、郝柏村等台湾地区名流贤达接见。

1997年12月18日，永信大和尚率领“中国嵩山少林寺武术慈善义演团”在马来西亚首都吉隆坡等地巡回慈善义演。

1999年11月，释永信方丈应英国白金汉宫邀请，率少林寺武僧团参加“1999英国皇家综艺晚会”，受到英国女王接见。

1999年、2000年少林寺武僧团两次应英国白金汉宫邀请参加皇家新年晚会作专场演出，伊丽莎白女王观看表演并亲切接见全体团员。

2000年以来，少林寺武僧团多次作为国家的文化使者，随国家领导人到韩国、日本、巴西、澳大利亚、北美、东南亚等国家访问演出。2000年7月，少林寺武僧团在黎巴嫩演出期间受到拉胡德总统亲切接见。

2002年3月值中韩建交10周年、中日邦交正常化30周年之际，少林寺参加中国文化部、河南省文化厅组织的国家访问代表团赴韩国、日本进行友好访问演出。日本两位前首相桥本龙太郎、森喜郎分别接见了释永信方丈，并对少林寺武僧团的表演大加赞赏。

2002年6月，为了保护少林僧人传承了1500多年的“少林功夫”，释永信启动将少林功夫申报联合国教科文组织“人类口头及非物质遗产代表作”工作。

2004年3月，少林寺文武僧30余名赴美国参加加州“嵩山少林寺日”确立庆典。

2004年11月17日至24日，为配合胡锦涛主席出访南美，释永信方丈率领少林寺武僧团一行27人抵达巴西首都圣保罗，参加国务院新闻办公室举办的“感知中国”大型文化交流活动。这是少林寺武僧团首次亮相拉美。

2006年，少林功夫被列入第一批国家级非物质文化遗产名录。

2006年3月22日，俄罗斯联邦总统普京访问少林寺，受到了释永信方丈暨全寺僧众的热烈欢迎。

2006年5月16日，少林书局出版发行《少林功夫》。

2006年7月4日，由美国少林拳法联盟少林寺弟子延谛（斯狄奋·德玛斯科）和延灯（查尔斯·迈特拉）率领的美国“少林拳法联盟”朝拜团一行500多人前来少林寺朝圣进香，并与少林寺武僧团进行交流。

2007年3月，少林寺武僧随中国代表团由北京赴莫斯科，参加“俄罗斯中国年”开幕式的大型文艺演出，俄罗斯总统普京在克里姆林宫接见少林寺武僧代表。

2008年6月29日至7月20日，禅宗舞剧《箴言》在欧洲进行巡演。

2009年5月18日，释永信方丈率少林功夫传承人代表团前往巴黎联合国教科文总部参加多元文化周活动展示中国优秀非物质文化遗产。

2009年10月29日，上海世博局举行少林功夫系列活动项目签约仪式，标志着少林功夫将正式进驻2010年上海世博会。少林寺方丈释永信和上海世博局副局长胡劲军分别代表双方签字。

2010年5月18日至31日，受文化部特邀，为配合文化部部长蔡武同志等访问非洲，庆祝喀麦隆等非洲国家独立50周年，少林寺武僧团一行21人赴非洲喀麦隆、刚果（布）、赤道几内亚进行文化交流活动。

2011年6月17日，“中原经济区合作之旅——走进台湾”活动启动仪式在台北国际会议中心举行。少林寺武僧团在启动仪式演练了少林功夫。

2012年4月21日至29日，少林武僧赴香港宝莲禅寺参访，佛诞日参加隆重盛大的浴佛法会，其间，为香港市民展示少林功夫。

2012年6月28日至7月14日，少林寺武僧团的八名武僧及河南艺术文化团随国家文化部蔡武部长出访布隆迪、乌干达、厄立特里亚和迪拜等国，行程一万多公里，先后进行七场演出活动。

2012年9月2日，为庆祝香港回归十五周年，少林寺武僧参加了在香港西贡举行的“庆祝香港回归十五周年——文武荟萃在西贡”大型庆祝活动，为香港市民献上少林功夫演出。

2012年9月6日，抵达欧洲参加“首届欧洲少林文化节”的中国嵩山少林寺方丈释永信及少林寺僧团代表接受了德国卫星1台（SAT1）的专访。

2013年3月22日，少林寺武僧团一行10人，随国家主席习近平一起出访俄罗斯，进行少林功夫展演等文化交流活动。

2013年12月7日，下午三点及晚上八点，少林寺武僧团一行30人，在延庄法师的带领下，在俄罗斯莫斯科城 Crocus City Hall 剧场演出两场。

2014年1月26日，法国清田同乡会20周年庆典上，少林寺武僧团进行少林功夫展演。

2014年9月23日，由中国驻印度使馆主办，印中经济文化促进会协办的“庆祝中华人民共和国成立65周年”中国武术演出在印度首都新德里斯里堡剧场举办。少林寺武僧团一行23人，在延庄、延奥、延体的带领下，为印度观众献上了一台精彩的少林功夫展演。

2016年4月2日至4月10日，少林寺武僧团助阵“2016高雄内门宋江阵”大型活动，为台湾地区人民献出一场场精彩的少林功夫展演。

附录三：第四届“禅宗中国 · 少林问禅 · 百日峰会”部分主题讲座（都本玲整理）

第三场：天文学与宗教传播——江晓原

第四场：晚清中国的佛教变革——麻天祥

第五场：中国禅宗的特质——王守常

第六场：心理禅学与禅宗的现代形态——徐光兴

第七场：禅与文学 · 唐代的诗学畅销书——张伯伟

第八场：禅与文学 · 中韩诗文中的三笑题咏——曹虹

第九场：古希腊、古中国、古印度——人类早期文明的三种路径

第十场：说南京城市想象与政治话语及文学论述——程章灿

第十一场：宋诗的禅意与禅理——张培锋

第十二场：禅茶漫述：禅茶的生活、精神修养与禅境——王兴国

第十三场：禅 · 禅宗 · 禅文化——孙昌武

第十四场：中原古代文明与中医药文化——许敬生

第十五场：“医圣”张仲景的籍贯、官职及其著作——钱超尘

第十六场：祖国医学的产生发展与河南的关系——温长路

第十七场：中医药在美国的机遇和挑战——李豫伟

第十八场：从周武王封禅嵩山谈嵩岳崇拜——郝本性

第十九场：道教南宗丹道与当代养生——张高澄

第二十场：参禅开智慧——吴言生

第二十一场：信仰与科学——江晓原

第二十二场：“禅的现代诠释”与“人性、神性之间的困惑与徘徊”——麻天祥

第二十三场：从中国封建社会再认识——冯天瑜

第二十四场：外来宗教本土化的经验和教训：中国礼仪之争为例——李天纲

第二十五场：佛教智慧与社会和谐——方立天

第二十六场：甲骨文及中国文字之起源——王蕴智

第二十七场：体国经野之道——周振鹤

第二十八场：“魏晋风度漫谈”与“四大名著的文化价值取向及其逻辑关联”——宁稼雨

第二十九场：“漫谈中国古代琴禅”与“守成与开放——唐代音乐生活面面观”——罗艺峰

第三十场：“论儒学的宗教性内涵”与“‘五四’的超越与反省——以现代性与传统为中心的讨论”——郭齐勇

第三十一场：生命的特质与生命的关怀 —— 李利安

第三十二场：易经天道十二法 —— 韩易

第三十三场：和合学的现代价值 —— 张立文

第三十四场：中西自由观、人生观比较 —— 邓晓芒

第三十五场：历史悠久的汉字 —— 黄德宽

第三十六场：许慎与《说文解字》—— 黄天树

第三十七场：近代汉字形体的演变 —— 杨宝忠

第三十八场：徽文化与徽学 —— 朱万曙

第三十九场：中国书法的审美特性 —— 张森

第四十场：中国园林 —— 梁友松

第四十一场：印度文化的特质 —— 梅晓云

第四十二场：当今中国应如何普及儒学 —— 陈卫平

第四十三场：禅学与人生 —— 楼宇烈

第四十四场：中国禅宗的兴起及其主要特色 —— 杨曾文

第四十五场：读史的智慧 —— 姚大力

第四十六场：中国佛教与现代社会 —— 李向平

第四十七场：国学热与国学经典的构成及读法 —— 虞云国

第四十九场："晚清变革的动力与空间"与"共和国发展模式历史透视" —— 雷颐

第五十场：商周青铜器铭文 —— 张桂光

第五十一场：战国文字及简帛书 —— 陈伟武

第五十二场：孔孟儒学的生命智慧与老庄道家的价值追求 —— 冯达文

第五十三场：互动与融合 —— 从中国传统文化的发展过程看儒释道的关系 —— 卿希泰

第五十四场：在宗教与科学之间 —— 陈方正

第五十五场：中国早期佛教艺术的来源与特点及佛教的现在与未来 —— 杜斗城

第五十六场：西夏开国皇帝李元昊的对宋战争与大宋王朝败北的历史检讨 —— 王天顺

第五十七场：从礼乐文化说到和谐社会 —— 董健

第五十八场：王阳明的心学 —— 杨国荣

第五十九场：现代西方的中国形象 —— 周宁

第六十场：感悟老庄 —— 张松辉

第六十一场：禅宗历史上的方便通经 —— 龚隽

第六十二场：禅与中国文化 —— 赖永

第二十一章 金陵刻经印刷技艺调查报告

项目名称·金陵刻经印刷技艺

所属类别·传统手工技艺

申报单位或地区·江苏省南京市白下区文化局

入选国家级非物质文化遗产名录情况·2006年第一批 Ⅷ-79

撰写人·都本玲 张晓雪

一、 金陵刻经印刷技艺概况

金陵刻经处是我国著名的佛教文化机构，创建于清同治五年（1866），一百余年来在国内外享有盛誉。创始人是我国清末佛教复兴的奠基人安徽石埭杨文会（字仁山，1837—1911）居士。

清末金陵刻经处的发起人有杨仁山、妙空法师、赵烈文、刘翰清等16人，以杨仁山居士为首。金陵刻经处成立后，妙空法师又先后于如皋、杭州、常熟和扬州等地相继成立了如皋刻经处、杭州刻经处、常熟刻经处和扬州江北刻经处。这四处刻经处所雕佛经版的版式完全与金陵刻经处相同，且雕版的内容也不与金陵重复，并与金陵刻经处约定以共同刊刻完成大藏经为目标。1911年杨仁山居士去世后，他的弟子徐蔚如、庄蕴宽等人先后于民国二年（1913）和民国十年（1921）分别于北京、天津成立了北京刻经处和天津刻经处，它们所刊佛经的版式全同于金陵，但内容并不重复，且与金陵刻经处约定以共同完成杨仁山居士晚年编定的《大藏辑要》（共收三藏要典及各家著述460种、3300余卷）为目标。在全国所有的刻经场所中，以上六处刻经处与金陵刻经处的关系最为密切。至20世纪40年代末，此六处刻经处与全国其他刻经处相继消亡。1949年后，在以赵朴初为首的金陵刻经处护持委员会的呵护和各级地方政府的关心、支持下，金陵刻经处成为全国仅存的唯一一家刻经处。

金陵刻经处有自刻经版47000余块。因近代中国屡经战乱，佛教经版遭受严重破坏，散置各地，亟须抢救整理，金陵刻经处于20世纪五六十年代又陆续接受了全国各地其他刻经场所的经版。这样，金陵刻经处现在共计收藏经版125000余块，包括经籍1500余种，13000余卷，是全国佛典图像刻版的总汇，全国各处木刻的重要经版基本上都集中于该处，包括北京、天津、扬州、长沙等地的经版。金陵刻经处既是世界上规模最大的收藏汉文木刻经像版的宝库，又是蜚声海内外的我国木版雕刻、水墨印刷汉文佛教经典的唯一机构。①

二、实地调查情况

金陵刻经处坐落在南京淮海路，位于新街口东南、杨公井西北，东邻延龄巷，西接双塘港，南边是淮海路，路南是江苏省工业设备安装公司职工医院，北面是该公司及其宿舍区，其地理位置十分优越，属于南京市的黄金地段。占地面积3923.8平方米，建筑面积2254.4平方米，有房屋95间，收藏佛经版125318块、佛像版18块。1982年该处被列为省级文物保护单位，并于同年8月在大门内立青石标志碑一座。金陵刻经处院落的总面积虽然不大，但是环境优雅，绿树成荫。这个地方表面上看不出什么特殊之处，而且很少有人知道金陵刻经处，甚至连附近居民也少有问津，但是近代佛教重兴之地的美誉却非此莫属。

（一）金陵刻经印刷技艺

据金陵刻经处的副主任肖永明介绍，金陵刻经处的历史渊源和现在的状况，之后由金陵刻经处学术负责人武延康带笔者一行参观了整个刻经印刷流程。

肖永明表示金陵刻经印刷技艺的整个工艺基本被保护下来。虽然现在在工艺方面不可能完全按照过去的工艺来进行，但为了将金陵刻经印刷技艺发扬光大，金陵刻经处基本还是尽量按照过去的工艺流程来运作。整个工艺主要分为三个流程：雕版、印刷和装订。金陵刻经处的三道工序与扬州广陵古籍刻印社相比，有自己的优势。因为在扬州广陵古籍刻印社雕版、手工印刷、手工装订目前很少做。因为手工雕版印刷成本很高，并且很难降低成本。“但是我们一直还在用手工雕版，而且也一直在用手工印刷。因为我们想保持雕版印刷的原汁原味，这就是最好的，而且把它传承下来。金陵刻经处这两个环节也有机器做的部分。但扬州广陵古籍刻印社这两个环节基本是用机器做了。”不过，金陵刻经处如果要有更大的改进，要更好地保持其刻经印刷技艺的原汁原味，需要有更多经费的支持，否则从成本上很难承受。比如雕版之前先需要写样，然后按照写好的版样雕刻出来，写样时字是反方向的，这也是一道很难的工序，对于雕版人的绘画技术、审美要求都很高，现在要找一个这样全面的人很难。

面对种种难题，金陵刻经处摸索出自己的一套办法。因为金陵刻经处在历史上存有底版，特别是保存着大量关于佛经的底样，所以当有损坏的和丢失的版需要修补时，就把现成的底本拿来刻补，这样可以省掉不少人力物力。实际上，在雕版印刷工艺中，写样与雕版一样，是非常重要的一环，因为这个工艺最能体现整个工艺的水平，是一个很关键的工序。有漂亮的写样做底子，加上雕版师傅的高超刻版工艺，才能完成一块高质量的底版。有了高质量的底版，才有可能印刷出漂亮的文字。金陵刻经处历史上的刻本很精美，内容和质量上乘，特别早期的刻本非常地漂亮，与当时优秀的写样技艺是分不开的。作为国家级非物质文化遗产的金陵刻经技艺，毫无疑问应该完整地包含全部传统雕版印刷流程的每一个环节、每一个传统技艺。然而，优秀的写样传承人培养过程非常难，既需要努力，又需要天赋，更需要时间，需要花很多年的时间来培养。特别是写样师必须要有书法和绘画的双重功底作基础，不是随便一个人就可以学习。所以新的传承人很难找，培养的代价也很高。在经费不足的情况下，考虑到成本等问题，高质量写样师的培养一度被搁置。金陵刻经处的负责人反复表示，从理论上他们也明白从非物质文化遗产保护的角度出发，写样技艺是应该保护起来的，如果经费充足，他们也很想花高成本培养高质量的写样师，这也是有必要的。

（二）金陵刻经印刷技艺的保护经费问题[2]

谈到金陵刻经印刷技艺成功申报成为国家级非物质文化遗产项目前后境况的变化，负责人回应确实比“申遗”之前受到更多的重视和社会关注。 中央电视台第十频道《百科探秘》栏目为金陵刻经处拍摄了专题纪录片——《百年金陵刻经工》，省级电视台、中国香港和日本的电视台都曾来拍摄采访过。但是不少具体政策仍没有落实，对“非遗”本身没有太直接的影响。

自金陵刻经处成立以来，一直处于一种“自负盈亏”的状况。虽然是事业单位全额拨款，但仍是杯水车薪，无法改变经费缺乏的实质问题。2006年金陵刻经“申遗”成功后，国家非物质文化遗产中心下拨保护资金11万元，由江苏省文化厅往下拨付，而后下至白下区文化局，由文化局分管“非遗”有关事务的办公室下拨给金陵刻经处。之后的2007年、2008年、2009年则都没有资金的下拨。因为职工的工资和平时修缮金陵刻经处的资金所占的比例庞大，因此他们在国家全额拨款的同时，靠自己的第三产业——肥城地段门面房出租租金的支持。“金陵刻经处的创办者杨仁山居士，他选的这个地方是南京最繁华的路段。相当于北京的王府井，我们这里有自己的门面房，可以出租，所以可以在经

图 21-1·反向雕版　袁瑾/摄

费上有一定的支持。”（笔者隔日走访了金陵刻经处的出租门面房，其中，一间大约5平方米的修鞋店2009年时的月租金为1200元。）目前的这些资金，只能是用来维持金陵刻经处的基本运作。经济情况基本上属于自筹经费，以便用于金陵刻经处的经版维修等正常工作和开销。

在肖永明看来，资金的短缺还使得金陵刻经处的宣传力度受到了限制。他拿金陵刻经处和扬州广陵刻经处两者做比较。2009年2月，在北京举办的第一届国家级非物质文化遗产技艺大展中，第二展厅中的雕版印刷栏目，代表展演的是扬州的广陵刻经。金陵刻经无论是从名气还是其中的文化底蕴都更胜一筹，但是金陵刻经处最后却没有参加“非遗”大展。肖永明认为扬州广陵刻经处有地方政府大批资金的注入和扶持，所以宣传上占有一定的优势。自2006年以来，扬州地方政府为了扶持广陵刻经处，将其单位的性质重新定位，将其职能一分为三。广陵刻经处原来是全额拨款的事业单位，由于有了政府资金的支持，一分为三：一个是文物方面，做成了雕版印刷博物馆；一个是印刷方面，完全按照企业方面的运作，变成营利性质的企业；最后，把原来是事业单位的体制，直接变成了广陵书社，打出文化的旗号。广陵刻经处的职能外延扩大化，有利于其宣传和市场运作。因为广陵刻经处是由扬州市政府直接管辖，所以当地政府肯花大力气投资。

而金陵刻经处属于中国佛教协会的管辖。“其实我们的上级部门是很特殊的，我们属于事业单位，上级部门是中国佛教协会。”南京市政府也很关心金陵刻经处，但由于金陵刻经处是中国佛协的管辖，市政府也是爱莫能助。所以金陵刻经处陷入了经费分配的三角无人区和被踢皮球的尴尬局面，出现了酒香也怕巷子深的尴尬局面。

（三）金陵刻经印刷技艺的传承人情况

金陵刻经印刷技艺的《申报书》中提道："刻经处的刻工目前有两名：马萌青（男，43岁）及其徒弟邓青之（女，32岁）。他们的工作量不会因为市场对线装经书的需求量减少而受到影响，因为该处藏版中的大量缺损版需要重刻或补刻。但随着（刻工）年龄的增大，也同样存在该项传统技艺后继乏人的问题，故培养接班人也是当务之急。"③

1．师徒三代四个人的传承

马萌青和邓青之是目前整个金陵刻经处仅剩的两位能够高质量雕版刻经的师傅。笔者一行在刻版的工作室中见到了马萌青和他的徒弟邓青之。屋子不大，一前一后放了两张简单的工作桌，邓青之在前，马萌青在后，桌子上和地上都放着雕刻的经版以及各种刻版的工具。

马萌青在2012年被评为第四批国家级非物质文化遗产金陵刻经印刷技艺项目代表性传承人，现为金陵刻经处高级刻工。马萌青在3岁时，因注射青霉素过敏，导致了右耳失聪，左耳也只能听到80分贝以上的声音，因此他基本上是靠观察口型来"读"别人的话，说话也有些含混不清。采访过程中，他通常会先把要说的意思告诉他的徒弟邓青之，然后由与他共事十多年、比较了解他情况的徒弟进行转述。

马萌青1963年出生，高中毕业后，1981年进入金陵刻经处工作。刚开始，马萌青从事的工作并不是雕版，而是进行手工印刷工作。1982年，马萌青师从金陵刻经印刷技艺第五代传人周保伦和王金碌学习刻新版和补旧版技艺，经过三年的刻苦学习与钻研，学习期满，正式出师。而老师傅也在此时离开金陵刻经处。当时和马萌青一起跟老师傅学习的共有6人，但由于雕刻经版的工作十分辛苦又很枯燥，中途有4个人没满三年就离开了，只剩下马萌青和大他4岁的孙巨扣留了下来。1991年，孙巨扣不幸去世，第六代传人就只剩下马萌青一人。一块约16开纸大的经版正反两面能刻800个字，一名刻工用拳刀在木板上刻完一块经版，通常要花半个月时间。如果有错别字，要挖掉重新补版。有一年补版时他左手不慎碰到刀刃，无名指当下被切掉一截，从此他的左手无名指和小拇指变得一样长短，这也成为他雕版生涯抹不去的烙印。

邓青之1974年出生。1992年，18岁的邓青之来到金陵刻经处实习，因为表现好被留下。邓青之跟随马萌青学习雕刻经版的技艺，成为金陵刻经印刷技艺唯一的第七代传人。2014年，邓青之入选省级非物质文化遗产代表性传承人。但目前掌握补版修复技艺，能让百余年的残缺经版重焕新生的仍然只有马萌青一人。

图 21-2・金陵刻经印刷技艺国家级非物质文化遗产传承人马萌青 都本玲 / 摄

值得欣慰的是，2012 年金陵刻经印刷技艺多了两个新的学习传承者，“90 后”的王康和刘鼎一毕业于同一所大学的古籍修复专业，他们的到来为金陵刻经处增添了新的希望。

2. 后继乏人的金陵刻经印刷技艺

2009 年 9 月由扬州广陵古籍刻印社、南京金陵刻经处、四川德格印经院代表中国申报的雕版印刷技艺被联合国教科文组织列入《人类非物质文化遗产代表作名录》。金陵刻经处和马萌青的知名度也越来越高，然而缺少传承人的问题仍然难以有效解决。由于雕版工作一低头就是一天，比较沉闷枯燥，而且收入也不高，所以对现在的年轻人缺乏吸引力。况且，学习需要三年才能出师，很多人没有这个耐心。国家级“非遗”传承人马萌青的孩子也没有选择了承父业。

曾有南京大学图书馆系的学生来金陵刻经处参观，看重要的流程，也会有一些学生想过来学习刻经技艺。肖主任对此表示为难，一方面，很少学生是愿意出校做事，并没有谁愿长期做这个工作；另一方面，虽然也有想专门学习的，但怎么接待他们也是问题，因为每一个员工都有自己的工作量，参访太多会影响完成工作量。在金陵刻经处，工人们特别是除了刻经之外的印刷、装订等环节的人员，工作量直接和工资挂钩，如果要教别人就一定会影响他们的工作进程，影响个人的工资收入，也影响到整个单位的业务量，所以很难安排。“如果有一定的经费支持，我们之间有一个协议，说专门来培养这样一个人，我们就会有专门的培训。”

（四）避免以讹传讹

在笔者的走访过程中，通过实地采访与核对，发现金陵刻经雕刻技艺的《申报书》文本存在一些问题。对申报文本进行内容纠错，并非咬文嚼字，小题大做。所有被列入国家级非物质文化遗产名录的项目，其申报文本和相关的宣传材料，很容易地会被社会大众认为是已经通过最高审核的免检材料而被转发、引用到各个宣传领域中。因此，对于这些文本中需要完善之处，必须予以重视，避免以讹传讹。特举五例说明。

1．钩如鹅瘤

《申报书》对于刻版环节的“写样”有这样的描述：“该处刻版全用宋体字。写宋体字样本的技术有其独特的传统，我们遵循相传的六笔头歌诀：‘横平，竖直，点似瓜子，撇如刀，钩如皂刺，捺如锹。’”

金陵刻经处的办公室主任沈健海，是原来金陵刻经处的最早的工作人员，对于金陵刻经的每一个环节都相当熟悉。他指出，“钩如皂刺”是错误的，应该是“钩如鹅瘤”。

2．扉印

《申报书》中“手工印刷有飞印、压印两种。因该处通常所印每部经书的数量不大，飞印方便迅速，免去压纸手续，工作效率可大大提高，故一般采用飞印方法”。在这里，“飞印”应为“扉印”。

图 21-3・第七代金陵刻经印刷技艺传承人邓青之
都本玲／摄

3．上样

关于刻版环节的“上样”，《申报书》中描述：“刻版的版材选用棠梨木，先将木材水煮，或长时间用水浸泡，去除木质中的糖分，以减少日后虫蛀的危险。然后锯刨平整。每块版材按照书样大小下料。”这一步浸泡时间应该为一个月。浸泡时间的长短很重要，时间不够会使木材受到蛀虫的侵蚀，时间太长会使木质受损。这一点项目说明书上没有明确的说明，不够完整。

4．印刷

《申报书》对“印刷”部分第三步的描述：“将宣纸复盖在经版上（纸张上版，高下大小，全靠目测经验，版框处的天地头都有一定的标准，即‘三分脚子七分头’，也就是上面天头留七分，下面地头留三分）。”申报书中说是全靠目测，而更正确的说法是高是底的2倍。

另外，“印刷”部分的第五步提到墨的制作方法：“该处使用的墨也很考究，乃是根据祖传配方自己配制，成分是烟灰、面粉、胶、酒、醋等（配合分量为：一百斤烟，加酒十斤，面粉四十斤，胶、醋适量）。该处使用的印刷工具全是自己制作，市场上没有成品购买，制作方法乃根据老师傅一代代口授身传。”这里，墨的制作配料中，漏掉一种主要材料——冰片。

5．传承谱系

关于金陵刻经雕版印刷技艺的传承谱系，《申报书》中第六代传人写了4位，而根据笔者之前与马萌青交谈所得知的情况，当时和马萌青一起跟着老师傅学习的一共有6个人，但是由于雕刻经版的工作十分辛苦而且又很枯燥，所以，中途有4个人没满三年就离开了。只剩下了马萌青和孙巨扣留了下来。1991年的时候，孙巨扣去世，第六代传人就只剩下了马萌青一人，并无毛金陵和沈建强两人。

（五）金陵刻经处的经书流通情况

金陵刻经处的书籍最后都会通过专门的经书流通处走向四方。根据在经书流通处的调研，金陵刻经处目前的经济运作主要存在四大问题。

图 21-4 · 金陵刻经处经版楼外景
都本玲 / 摄

1．印刷品种不够全面

金陵刻经处的印刷受到经书品种的限制。有的经书受到国家相关法律法规的限制，不能随意印刷。基本情况是每年流通300种到400种经书，营业额在二三百万元左右。

2．周围“地下”小印刷厂的泛滥造成威胁

金陵刻经处周围存在很多非正规小印刷厂，这些“地下”小印刷厂使用的原材料差、印刷质量粗糙，而且不注重校勘等严格的步骤，所以成本较低，比较容易进入市场，利润高，这也造成地下印刷厂的迅速发展。金陵刻经处讲求质量，从原料到印刷，再到严格的校勘都实行高标准要求，因此成本就比小印刷厂要高，影响了金陵刻经处经书的销量。金陵刻经处的业务量是每年大约120万册，主要是线装书的流通。肖永明说：“线装书其实很不划算。成本太高，定价很低，线装书成本很高，但是外面的都是机器印刷，他们的成本很低。为什么我们把价钱定得这么低呢？因为原来赵朴老给我们定的价格就不算很高。而且一般人都认为金陵刻经处是个事业单位，就应该定价不高。还有佛教界的人认为金陵刻经处的书应该是免费的，如果价格高他们接受不了的。”金陵刻经处的客户基本稳定，没有大起大落。

3．行政审批的复杂和低效影响正常运营

“我们的代管部门很多。经书流通要经过很多的部门。一本经书的出版要先给宗教协会打报告，然后再经过新闻出版社。财务、人事、宗教局都要管。一本书要经过很多环节，要先打报告给市宗教局，然后打报告给省宗教局。光这个还不行，还需要打报告给省厅。一共是三个环节。”报告打上去后回复又慢，一般来说，一年半载的很正常。这样一来成本增加，自然影响正常的业务运转。

（六）金陵刻经处的“经版”保存情况

《申报书》中“已采取的保护措施”：

> 1.“文革”中，金陵刻经处遭受严重破坏。经版因得国务院来电保护，才免遭焚毁厄运，但已全部下架，散置地上，凌乱不堪，任其霉烂。从1980年10月开始，金陵刻经处的恢复工作全面展开。1984年，将原储藏经版的十间平房改建为二层楼房。定制了统一规格的经版架，经版按部类、经名全部上架。经版既保持干燥通风，又便于检索。
>
> 2.每年在经版房内喷洒杀虫药水，然后封闭门窗数日，多年来已基本杜绝蠹虫对经版的危害。④

金陵刻经处学术负责人武延康带笔者参观了位于墓塔之后的“经版楼”。经版楼是一座二层的楼房，里面储存着金陵刻经处珍贵的佛经版和儒学版。“经版一室”的门上方镜框里标示：“经版一室，华严部84，方等部201，净土部109，法相部113，般若部397。”哪个屋子里有哪几种经版，每种经版各有多少块，一目了然。进入室内，里面排放着两列分层的木制经版架，木架上按部分类整齐排放着黑色的经版。每版上约有800个字，雕刻工要花半个月时间才能刻成。这里一共收藏12万块经版，其中很多都是珍贵的文物。

现在的经版楼是在原本十间平房的基础上改建的，经版楼围墙仅隔1米多的江苏省安装公司家属宿舍违章建筑存在严重的火灾隐患。而且家属宿舍二楼多家住户私自搭建的厨房就在经版楼后防火墙上，致使经版楼的后窗全部封闭，通风受到严重影响，消防安全存在重大隐患。多次协商未果。经版都是木制，一旦发生了火情，后果将不堪设想。另外，由于经费问题，现在的防虫措施只能是做基本的处理。

三、结语

走出金陵刻经处，笔者心情十分复杂。从1866年杨文会居士创办金陵刻经处，一百五十年来，金陵刻经处历经风雨坎坷。金陵刻经处曾经有过非常辉煌繁盛的时代，经由金陵刻经处印刷并流通到全国甚至世界华人界的佛经和儒学经典也不计其数，然而在今天，这样一种传统手工技艺也面临着后继无人的尴尬局面。经费的问题、缺少传承人的问题、人事体制的问题，甚至周围违章建筑的防火隐患都威胁着金陵刻经印刷技艺这一宝贵传统技艺的生存。要想真正地保护这项非物质文化遗产，无论是政府还是金陵刻经处本身，都要做出更多的努力。

图 21-5・经版楼内保存的经版 都本玲 / 摄

注释

① 以上数据来源于《金陵刻经技艺国家级非物质文化遗产项目申报书》。

② 此处为2009年之前的经费情况。

③ 资料来源于《金陵刻经技艺国家级非物质文化遗产项目申报书》。

④ 原文引自国家级非物质文化遗产项目申报书《金陵刻经技艺》，中国艺术研究院藏。

第二十二章
天台山干漆夹苎技艺调查报告

项目名称·天台山干漆夹苎技艺

所属类别·传统手工技艺

申报地区或单位·浙江省天台县

入选国家级非物质文化遗产名录情况·2006年第一批 Ⅷ-53

撰写人·刘红庆 弓宇杰

一、天台山干漆夹苎技艺简述

天台山干漆夹苎技艺是流传于天台县民间的传统手工技艺，是为佛像进行外表装饰和保护的一种独特的技术。因为这种工艺是用原始生漆、苎麻为主要材料，因此得名。

民间艺人用层层包粘、反复打磨的办法，再涂上朱砂等辅助材料，最外层贴上金箔，使得佛像金碧辉煌。整个制作过程完全是采用手工操作，最后成品经久不蛀、光泽润亮、不开裂、不变形。

表 22-1　天台山干漆夹苎技艺的发展历史

历史分期	时　间	代表性人物	主要事件
1. 萌芽期	河姆渡文化时期		制作木雕、漆器
2. 成型期	东晋时期	戴逵父子（336—396）	在天台山一带将民间流传的“干漆夹苎法”工艺用于寺院的佛像制作，制成木雕“干漆夹苎”佛像
3. 外传期	唐代中期	僧人思托	将此法传到日本，当时由他制作的鉴真坐像被日本奉为国宝
	宋代984年	天台人张延皎、张延裘兄弟	用此法制成的一尊“伏填王释迦瑞像”由日僧带回日本，仍供奉于清凉寺
4. 扩展期	明代	天台人张文郁（工部左侍郎）	奉命督造北京故宫建造时，曾将天台的一批干漆夹苎工艺的工匠请去，为宫殿的藻井、柱、梁等进行外表装饰
5. 辉煌期	20世纪80年代	天台人汤春甫	对散落在民间的、濒临失传的干漆夹苎工艺进行挖掘、整理，将用于该工艺的13种原材料，用传统的方法加以提炼，并总结出48道工艺流程，使这一古老的传统技艺焕发出新的生命。他们用该法制作的作品，为东南亚和欧美等49个国家和地区的国宝馆和宗教部门收藏，1999年制作的“千手观音像”为故宫博物院收藏

2006年，天台山干漆夹苎技艺被评为首批国家级非物质文化遗产项目。在申报成功为国家级非物质文化遗产之后，天台山的干漆夹苎技艺保护究竟如何呢？我们开始了采访。

二、实地调查简述

笔者到天台山采访，主要是为了济公传说。在与当地非物质文化遗产保护中心负责人孙明辉谈话的过程中，他介绍说当地还有一项国家级的非物质文化遗产，是佛像的造像技艺。笔者在孙明辉的带领下，我们赶到了位于去往国清寺、卧龙宾馆路上的天台山佛教城。

天台山佛教城巨大无比，是集工厂、销售、展览、干漆夹苎技艺保护于一体的大型建筑群。里面展示的各种造像上千尊，蔚为大观。

这里的核心人物汤春甫不在，他的第一代徒弟、生产工厂厂长汤景智、汤春甫的太太接待了笔者的采访。

把以上内容整理成表格如下：

表22-2　天台山干漆夹苎技艺采访行程

日期	上午	下午	收获
2009年10月26日	上午从无锡到杭州，换车赶往天台	住进天台卧龙山庄	
2009年10月27日	到济公故居采访	1. 孙明辉陪同看赤城山风景 2. 到天台山佛教城参观 3. 采访天台山佛教城工作人员张健 4. 采访天台山佛教城生产厂长汤景智 5. 采访天台山佛教城总经理汤春甫先生的太太	1. 获赠《浙江省非物质文化遗产代表作丛书·天台山干漆夹苎技艺》一书 2. 获赠《天台山佛教城》宣传页
2009年10月28日	1. 到邮局把资料寄回北京家中2. 参观国清寺	赶往宁波	

三、保护现状情况汇报

（一）保护基地：一个传人与他的佛教城

在“天台山中华佛教城”提供的简介中这样说：

天台山中华佛教城经浙江省人民政府批准设立，旨在研究发掘整理佛教传统造像艺术。位于以佛宗道源闻名于世的天台县城关镇国清路，是中国佛教伽蓝菩萨的旧址。

天台山造像艺术已有2000多年历史，天台山中华佛教城传承和发展了天台山造像技艺。佛教城占地面积100余亩，建筑面积6万平方米，固定资产1.3亿元人民币，高中级技艺人员300多名，有能力制造100多米大佛的工场多处，拥有雄厚的经济技术实力。佛教城造像均以佛教经典为设计依据，采用传统的“干漆夹苎法”技艺。这一独特的传统“金漆木雕——干漆夹苎法”技艺目前世界上唯有中国存在。而在中国唯有佛教城保存并独家传承使用这一技艺。佛教城制作的佛像无论是造型设计、制作技艺还是选料等方面都被国内外公认为举世无双，是世界佛教造像之瑰宝。

天台山佛教城开展传统工艺美术研究、发掘、整理、陈列、展览，促进了国际间的文化交流与合作，提高了民族文化整体性和历史连续性。并对“干漆夹苎法”技艺开展抢救、保护与传承。被台州市人民政府、天台县人民政府批准为爱国主义教育基地。

所有的建筑里展示着这里的缔造者汤春甫和他的徒弟们采用“干漆夹苎技艺”制作的各种人物造像，其中主要是佛教人物。

陈列馆分为：企业文化馆、精品造像馆、六十元辰馆、五百罗汉馆、历代名尼馆、孔子及门生、室外释迦牟尼佛像、伽蓝院、文化园。除此以外，佛教城还下设台州传统工艺博物院、天台山美术馆、天台山佛教文化艺术研究院。工人们在旁侧的工厂里紧张地生产，以供全国乃至世界各地寺院里对佛像的需要。港澳台地区、东南亚，是佛像需求的大市场。在近20年的时间，他们共制作大小佛像2.9万余尊，销往100多个国家。其中主要客户集中在中国及下面九个国家：新加坡、马来西亚、澳大利亚、韩国、日本、泰国、英国、美国、加拿大。

笔者在“天台山佛教城”走访参观，感觉缺乏整体规划，建筑做工也不考究。但是室内外巍峨壮观的佛像依旧有无穷的魅力。特别是汤春甫以一己之力，打造了一个非物质文化遗产的传承基地，他不仅不向国家、向社会伸手要钱，还捐献各种精品给各级博物馆，捐资助学，他是文化遗产的传承者，也是一个成功企业家。

毫无疑问的是，因为企业生意红火，以此可以挣钱，所以这种技艺不会失传。

天台县非物质文化遗产保护中心的孙明辉欣慰地告诉笔者："我们两个遗产，济公传说靠济公故居传承，干漆夹苎技艺靠佛教城传承。所以不存在没有经费，没有人才，没有组织保护的情况。我们也大胆地把保护工作的重任交给两个实体。这样做现在看来前途是非常乐观的。"

这里办公室的工作人员张健告诉笔者，佛教城生产佛像，每年的产值有2000多万元。而在天台当地，用同样方法生产佛像的企业还有上百家，但是规模和能力都不及佛教城。

负责生产的厂长汤景智是汤春甫的亲戚又是徒弟。他1963年生于天台县下汤村，16岁开始学雕刻，在庙里修佛像。有时候在寺院里做，有时候在农民家里做。他是比较早跟上汤春甫干的人之一。在佛教城，员工的工资最低每月也有2000—3000元，最高的年薪可达到七八万元。

现在佛教城有熟练掌握技艺的工人200多人，高级职称的有40多人。不缺少的就是活儿，但是招工并不容易。虽然手工不如机器快，但是必须用手工做的，他们就用手工做。因此，这里佛像的价格卖得比别人贵。但是因为质量好，所以他们的生意很好。虽然有竞

图22-1•"隋代古刹"国清寺就在天台山佛教城附近　弓宇杰／摄

图 22-2 · 笔者在天台山佛教城采访，厂长汤景智（中）向笔者介绍情况　弓宇杰 / 摄

争，但是压力不大。

汤春甫的太太郑女士介绍说："我们最早就是在东南亚做生意起的家，后来巴拿马、美国、加拿大、澳大利亚、韩国、日本，都有业务往来，佛像在这些地方都很受欢迎。我们没有拿过政府一分钱的拨款，是企业在养着博物馆。"

她说："现在原材料在涨价，我们用的金箔，是纯粹金子做的，所以成本很高。"

笔者开玩笑说："工厂用的材料都是金子，不怕员工拿回家？"

佛教城的人说："不会的，我们有很好的管理。"

汤春甫在外地出差，我们在天台县采访时，没能见到他。但是企业把一本《浙江省非物质文化遗产代表作丛书 · 天台山干漆夹苎技艺》送给笔者。他们说，这本书就是汤春甫写的。不过署名是释普义。他们说："这是汤的法名。"

（二）是民间技艺还是个人发明？是否还有老艺人？

汤春甫生于1952年。1963年，11岁的他在寺院里随师学艺。1976年，24岁的他开始从事独立的佛像雕塑。于是开始了他宏伟的人生规划，成就了他此后的宏伟事业。

汤春甫的师承是这样的：

释广弘：华顶寺艺僧

↓

汤春甫（法名：释普义）

↓

郑炳瑞　汤景智　金仁初　郑端池　汤华远　汤坚文　徐存炳　袁　敏

许式猛　郑彬彬　许优霞　许铭芳　潘善全　应薛钢　娄银平

叶建军

↓

胡国勇　汤密阳　汤　敏

从这里看出，汤春甫的徒弟很多，已经三代了。这些人也都是他工厂里的工人。

我在采访中一再问，此外的“干漆夹苎技艺”传承人还有吗？大家都说没有了。既然是一个民间的项目，不是某个人的发明，就不应该为一个人和一个企业所垄断。如果是从佛教遗产的角度考虑，就应该在激发佛教城积极性的同时，努力去发现散落在民间的那些艺人。他们手里也应该有一些绝活。而这一点，天台县似乎没有做。

《浙江省非物质文化遗产代表作丛书·天台山干漆夹苎技艺》作者只说了自己的工作。他的工作固然值得肯定，但是毕竟“干漆夹苎技艺”不是一个人的发明项目。所以，别人做的规模不大，经济实力不强，甚至可能真的在艺术上和技术上都不及汤春甫，但是，笔者更希望看到一个大面积的传承。毕竟，这是一个可以盈利的技艺，市场还大，并可能越来越大。

（三）技术中的艺术含量可否高些？

笔者在参观的过程中发现，也许是太多了，也许是流水线上的生产的结果，所有造像的艺术性不够。或者说个性不够。除了特有的传统造型要保持外，在人物塑造的细部也要精益求精，力求传神。太原晋祠的24侍女像，云冈石窟的佛像，之所以被人们记住，除了它吻合当时的造型规则和审美外，还有一点就是这些作品是艺人表达情感、景仰而塑造出来的。

当然，做到市场与艺术都很精是不容易的，但希望佛教城真的能在历史上留下几件精品，让后来的人常说常新。对企业来说，眼下的当务之急并不是一定要有精品，而是严肃认真地把企业做好，把博物馆做好，先普及。说不定有一天，会有工艺美术师，做出惊世之作！

在天台县的《申报书》中，对“天台山干漆夹苎技艺”的价值有明确的认识。笔者再次把原有的文字制作成表格：

表 22-3 天台山干漆夹苎技艺的价值

	价值类别	阐 述
第一种价值	历史价值	作为一项有着悠久历史的独特的装饰工艺，它见证了历史。它具有保存时间长，不变形不开裂的特点。唐代中期，鉴真的弟子思托在日本用“干漆夹苎”工艺制作的鉴真坐像，公元984年（宋代），天台张延皎、张延裘兄弟用该法制成的一尊“优填王释迦瑞像”由日僧带回日本，供奉于清凉寺，仍是我们了解当时佛教和造像工艺的最有力的物证
第二种价值	文化价值	它对天台山佛教文化的发展有一定的推进和传播作用。从历史上看，这一技艺用于最多的是佛像制作，它的最有代表性的作品也是佛像。从某种意义上说，它是天台山佛教文化的一个组成部分。天台山佛教的兴盛，寺院的兴起，更为这一传统技艺提供了广阔的施展空间，甚至许多僧人和居士直接参与了这一工艺的传承
第三种价值	艺术价值	制作的成品，色彩鲜艳，光泽润亮。制作的佛像造型优美，线条流畅，神态典雅
第四种价值	工艺价值	在它身上凝聚了古代劳动人民的聪明才智。它的选材的精良，用料的讲究，制作程序的严谨，包含着丰富的科学内涵
第五种价值	经济价值	长期以来，“干漆夹苎”工艺是民间工匠们谋生的手段。它的原料取自天台山的树木植物和岩石，促进了当地农民的增收。用它制作的佛像等不仅受到本国寺院的青睐，还出口到49个国家和地区，增加出口创汇
第六种价值	对外交流价值	早在唐朝用该法制作的佛像就传到了日本。从20世纪80年代末开始，天台山佛教城用该法制作的作品为东南亚和欧美等49个国家和地区的国宝馆和宗教部门收藏，为中国的对外文化艺术交流发挥了积极的作用

不需要政府投入，而依靠企业的造血能力，“天台山干漆夹苎技艺”获得了惊人的成就。如果中国的传统工艺有一半像他们这样生机勃勃，那么保护非物质文化遗产的担忧就成了多余。

虽然在《申报书》上他们也讲了濒危性，但是事实上并不像他们说的那样。他们不仅不要钱，还有能力向社会捐献，无论怎样都是一个好企业。

遗憾的是，笔者在当地采访时间较短，没有当面与汤春甫对话，其次，笔者也没有机会到民间走访更多的这种技艺的传承人。

但是，天台县的两项遗产正好有两个有实力的实体在保护着、弘扬着，笔者感到非常欣慰。这里无愧佛教圣地，因为他们对佛教遗产传承保护得这样好，这样有效益、有市场、有希望！

四、著名作品举隅

弓宇杰 / 摄

22-3	22-4
22-5	22-6

图 22-3 · 《释迦牟尼佛像》

图 22-4 · 《漆金木雕卧佛》，通高 16.16 米

图 22-5 · 《四面弥勒》通高 3.2 米，2000 年参加上海国际文化博览会，荣获金奖

图 22-6 · 工人在工作中

第二十三章

妙峰山庙会调查报告

项目名称·妙峰山庙会

所属类别·民俗

申报单位或地区·北京市门头沟区

入选国家级非物质文化遗产名录情况·2008年第二批　X-84

撰写人·翟风俭

一、作为非物质文化遗产的庙会

庙会是我国民间非常普遍的民俗活动，是群众文化的一个非常重要的组成部分，具有广泛的民间信仰基础，同时也是基层民众狂欢、娱乐和商贸交流的重要渠道。庙会在我国有着非常悠久的历史，据1986年在辽西牛河梁“女神庙”地下遗址的考古发现，证明我国在五六千年前的新石器时代已有了庙会活动。当时的庙会仅限于在氏族内部举行较为隆重祭祀活动，并伴以乐舞表演，这些都是为鬼神准备的。后来，随着社会的发展，人们之间经济活动交流的增多，庙会在保持原有的祭祀活动的同时，逐渐融入集市交易活动，这时的庙会又称为“庙市”。同时，庙会的娱乐性也大大增加，庙会上的各种表演活动不仅仅是为了祭祀、敬拜神灵，更多的是为了娱乐民众。在漫长的两千多年的中国封建社会中，无论是统一政权时代还是政治割据时代，国家政权始终是以“礼”为准绳，社会等级森严，基层民众始终在压抑中审慎度日，缺少情感宣泄的渠道。在这种情况下，某地一年一度或者一年几次的，以酬神献祭为主要内容的庙会活动在一定程度上就成了普通民众释放自己、宣泄情绪的绝妙机会。这同时也是民间信仰的重要表现方式。正因为如此，我国的庙会历经数千年，始终在民间世代延续、传承和发展，历久不衰、屡禁不止。庙会活动充分反映出民众长期积淀形成的思想意识、价值观念、行为方式和心理态势。新中国成立以后，尤其是在“文化大革命”期间，受到当时极“左”宗教政策的影响，将庙会与“封建迷信”联系起来，各地纷纷禁止庙会的举行，绝大多数地方流传数百年甚至上千年的庙会都被迫中断。20世纪80年代以后，随着改革开放和民族宗教政策的落实，以及地方发展经济的需求，各地城乡庙会重又兴起，近些年，在地方政府的支持下，一些庙会的规模和影响越来越大。

但是，由于这些庙会多是以政府主导开展的，重在物资交流、商业贸易及文化旅游，与传统庙会以民众自己为主体，重在酬神敬鬼、娱神娱人的特点有所不同，因此，近年来的不少重新兴起的庙会虽然在举办场所、名称上仍然延续了以前的老场地和名称，但庙会的性质、形式、内容等与传统庙会相比还是发生了很大变化，有些甚至是质的变化。

目前，在我国国家级非物质文化遗产名录体系中，庙会被列为民俗类，在第一批国家级非物质文化遗产名录中，北京宣武区的厂甸庙会被单列为一项，编号为X-42。后来随着庙会类项目的增多，在第二批以后的国家级名录体系中，庙会类项目不再单独列项，而是统归于“庙会”项目之下，统一编号为X-84，目前包含着24个地方的24个不同庙会，以后数量可能还会增加。第二批国家级非物质文化遗产名录中，庙会类项目共有10个，分别是妙峰山庙会（北京市门头沟区）、东岳庙庙会（北京市朝阳区）、晋祠庙会（山西省太原市晋源区）、上海龙华庙会（上海市徐汇区）、赶茶场（浙江省磐安县）、泰山东岳庙会（山东省泰安市）、武当山庙会（湖北省十堰市）、火宫殿庙会（湖南省长沙市）、佛山祖庙庙会（广东省佛山市）、药王山庙会（陕西省铜川市）。与第三批国家级非物质文化遗产名录同时公布的第二批扩展项目中，庙会类项目有7个，分别是北山庙会（吉林省吉林市）、张山寨七七会（浙江省缙云县）、方岩庙会（浙江省永康市）、九华山庙会（安徽省池州市九华山风景区）、西山万寿宫庙会（江西省新建县）、汉阳归元庙会（湖北省武汉市汉阳区）、当阳关陵庙会（湖北省当阳市）。第四批中包含庙会类项目7项，分别为蒲县朝山会（山西省蒲县）、泰伯庙会（江苏省无锡市新区）、苏州轧神仙庙会（江苏苏州市姑苏区）、金村庙会（江苏张家港市）、浚县正月古庙会（河南省浚县）、宝顶架香庙会（重庆市大足区）、丰都庙会（重庆市丰都县）。其实，虽然有一些项目并未归于庙会项目之下，但也有庙会，尤其是与信仰相关的项目，如入选第二批国家级非物质文化遗产名录的河南省桐柏县、泌阳县共同申报的“盘古神话”，就有非常著名的“二月三”盘古山庙会。在省级、市级及县级的非物质文化遗产名录中，庙会类的项目还有更多，在我国，还有更多数不清的民间庙会没有列入过四级非物质文化遗产名录体系当中。可以说，庙会作为我国民间尤其是在汉族聚居地区广为流传的民俗活动，它所包含的非物质文化遗产信息是极其丰富的，根据非物质文化遗产的定义：“非物质文化遗产”指被各群体、团体，有时为个人所视为其文化遗产的各种实践、表演、表现形式、知识体系和技能及其有关的工具、实物、工艺品和文化场所。各个群体和团体随着其所处环境、与自然界的相互关系和历史条件的变化不断使这种代代相传的非物质文化遗产得到创新，同时使他们自己具有一种认同感和历史感，从而促进了文化多样性和激发人类的创造力。它包括口头传统，包括作为文化载体的语言；传统表演艺术；民俗活动、礼仪、节庆；有关自然界和宇宙的民间传统知识和实践；传统手工艺技能；与上述表现形式相关的文化空间。可以说，非物质文化遗产所涉及的内容

翟风俭 / 摄

23-1 23-2
23-3

图 23-1 23-2 23-3 • 妙峰山庙会的非物质文化遗产牌匾

在庙会中都有体现。庙会是保存我国民俗事象资料和传统文化最为丰富的民俗活动，对于研究我国的传统民俗活动具有非常重要的现实意义。为了了解当前我国庙会的基本状况，2012年4月底，笔者对北京西郊妙峰山庙会进行了考察。

二、妙峰山庙会的基本情况

相对于全国众多的庙会，妙峰山庙会在我国的民俗学历史上具有特殊意义，其里程碑式的地位更是其他任何庙会所无法取代的。妙峰山庙会处于北京西郊门头沟妙峰山风景区内，目前属于北京京西风光旅游开发有限公司妙峰山景区分公司管理。2008年6月入选第二批国家级非物质文化遗产名录。妙峰山的主要庙宇惠济祠始建于辽代，目前有三座庙宇群：灵感宫、回香阁、玉皇顶，14座殿宇分别供奉着释、道、儒、民间信仰的各路神灵。根据妙峰山庙会的申报材料介绍：

> 妙峰山庙会是以民间信仰为主要内容的综合性民间传统吉祥文化活动，香客达数

十万，有300余档香会为庙会义务服务和献艺。香客们祭祀佛、道、儒和民间吉祥神，祈福禳灾、求子嗣、祛病痛、求吉祥平安。各地民间香会云集于此，另有宫廷“内八档”香会参加。文会为庙会和香客提供各种义务服务，武会朝顶献艺，酬神娱人。香会一般以行业或居住地为单位组建，组织严密，分工明确，各负其责，规范周全，以“车栊自备，茶水不扰，虔诚上山，戴福还家”为原则，行善助善，是庙会活动的主体。在多年朝顶进香活动中，形成了一套约定俗成的程序：打知、祭坛、拜祖师、起驾、参驾、献艺、祭塔、拜碑、回香、谢山。

妙峰山春季庙会会期是农历四月初一至十五，首先上山做前期准备的是香会中的文会。文会又分行香和坐棚，行香先上山。修道老会二月中旬整修香道，成员多由海淀八旗各营的余丁组成。他们分段包干，清理浮石，填平坑洼，拓宽香道。如“万寿无疆尊王坦平修道老会”。三月十五，下苇甸开山老会砍伐香道上阻碍香客行走的荆棘。三月二十日开始，道桥老会在永定河上搭设木板桥，绳络老会在桥上拴栏杆，路灯老会在香道沿途安设路灯。如三家店道桥老会、龙泉务永佑平安粥茶老会。此时掸尘老会到娘娘庙打扫卫生，如由玉器行业组建的“万善掸尘粥茶老会”。各坐棚善会开始在沿途布置固定茶棚和搭建临时茶棚。行香的善会向茶棚施舍用品，如献盐老会献盐，茶叶圣会献茶叶，拜席老会献芦席，彩棚老会搭席棚，裱糊老会和糊窗老会到庙内和固定茶棚（香道沿途设茶棚的神庙寺观）裱糊窗户顶棚，如西城孟端胡同一心治善献盐老会、崇文门外金鱼池公议长善茶叶圣会、护国寺公议重整拜席老会等，此外还要献供品、献香烛、献鲜花、献蔬菜、献茶具、献围桌，还有为神像献袍的各种盲会。庙会所用物品，全部为香会所献。

坐棚香会三月底开始陆续上山，在茶棚设驾供奉娘娘，安排粥茶，开棚之日为四月初一至初五，初十之后上山朝顶，十二之后陆续闭棚。专有香会在娘娘庙守驾，从开庙至关庙，守驾半月。

茶棚提供馒[illegible]、茶[illegible]、粥[illegible]，[illegible]。[illegible]公议馒首老会、南道水泉降香老会、樱桃沟公议从[illegible]等，庙会期间有惜字老会捡拾废纸，保持环境卫生。

从四月初一起，香会中的武会开始上山，前门外狗尾巴胡同曾设有“会口”，统管城里的各档武会，有“井字里”的正会十三档，称为“幡鼓齐动十三档”，即开路、五虎棍、中幡、狮子、双石、杠子、石锁、杠箱、花坛、吵子、胯鼓、高跷秧歌、天平（十不闲莲花落），民国初年又增加了踏车、小车和旱船，发展为十六档。另有“井字外”的达数十种之多。从三月中旬开始，各会贴出会启，决定去妙峰山的日期，集合地点，出发时间、仲伙（吃饭）落宿的时间和地点、朝顶进香和回城日期及香会纪律。出发的前一天晚上，在下会处设娘娘驾，请神、焚祀，拜祖师、守夜，第二天一早起驾出发，路上经过茶棚时，武会停止乐器响动，派人手执会帖到茶棚“打知”，由茶棚派人手执拨旗引会进棚。茶棚都设有娘娘神驾，香会至此要参驾献艺。

到达妙峰山后，先到灵官殿焚香、叩拜、号佛，称为报号。然后到金顶娘娘庙，先在庙前祭塔，因白塔代表观世音菩萨，然后会众停在庙院前，由前引手执拨旗，把各会领入庙院，会众在灵感宫娘娘殿前肃立。院内有40余块石碑，均为历史上的老会所立，众人拜碑，以示对前辈敬意。会众站好后，首先向娘娘敬献钱粮（香烛、纸码），然后会头上香，三拜九叩，攒香，焚表，最后是献艺，表演各会的绝技。礼成之后，会众到各神殿或许愿，或还愿，然后集体到回香亭（阁）回香，会头都管回到庙里，向僧人致谢，称为“谢山”。最后每人买一朵红绒花戴在胸前下山，称为“戴福还家”。

城外各村香会自由上山，自定行程，不受会口所管。

外省香客一般从农历二月便组织香会，涌向北京城。《清实录》有载。

香客有的零散上山、有的互结为伴、有的居家前往。有虔诚香客许愿还愿的，有“借佛游春”游山赏景的，有观看香会表演的。但绝大多数香客是为了求得碧霞元君的护佑，得到心理上的期冀和精神上的寄托及安慰。

香会组织因以去妙峰山朝顶进香为目的，故称“香会”，又因以行善助善为宗旨，又称“善会”。立会时间超过百年的，称为“老会”，不足百年的，称为“圣会”，受过皇封或皇帝、太后“御赏”的，称为“皇会”。[1]

由以上介绍我们可以知道：

1. 妙峰山庙会地处京畿之地，规模和影响大，辐射京津冀乃至河南、山东、江苏、浙江等广大地区。历史上，上至皇亲国戚、高官巨贾，下至车夫走卒、乞丐流民，均来上香祈福。

2. 妙峰山庙会以道教碧霞元君信仰为主，兼有释、道、儒、民间信仰的各路神灵，能够兼顾各个阶层、满足各种信仰人群的不同需求。

3. 数量众多的民间香会为庙会及香客行香提供了各种便利条件，保证朝顶进香活动顺利进行，这也是妙峰山庙会最具特色的地方。

4. 传统的妙峰山庙会完全是民间行为，各级政府一般都不予干涉。

可以说，正是由于这些得天独厚的条件，使得妙峰山庙会自明朝中后期起一直到清末民国，延续数百年而兴盛不衰，在清末达到鼎盛，方圆数百里的香会、香客每年都聚集于此，热闹非凡。据清代富察敦崇著《燕京岁时记》载：“妙峰山每属四月，自初一开庙半月，香火极盛，人烟辐辏，车马喧闹，夜间灯火之繁灿如列宿，香火实可甲于天下矣。”但是，20世纪30年代，日本侵华战争使得妙峰山庙宇遭到破坏，庙会自此衰落。而1952年以后，因为要“破除迷信”，庙会彻底停办，使得这一影响华北数省的著名庙会最终从民众的生活中消失了。此后一直到20世纪80年代中后期，由于发展旅游的需要，妙峰山的庙宇逐渐修复，1990年，京城著名的花会会头隋少甫先生带领城内的多档花会上山进香[②]，自此，妙峰山庙会重新启动，前三年都是他们与山下的涧沟村村委谈好，自发前来，政府没有参与。自1993年起，门头沟区政府为了发展本区的旅游业，开始每年组织妙峰山庙会活动，当年算是第一届庙会，2012年是第20届，但实际上，如果从1990年花会上山开始算起，应该是第23届了，妙峰山景区管委会的王德凤主任也认为庙会应该从1990年就开始了，当年他作为山下涧沟村的村干部全程参与了此事，在他们提交的国家级非物质文化遗产《申报书》上，写的也是自“1990年开始恢复庙会”[③]。可见，妙峰山景区和政府部门对此的认识并不太一致，最初三届庙会由于政府没有参与，所以他们不太愿意承认，而作为前三届庙会承办者的涧沟村和妙峰山景区则认定他们之前举办的庙会也是合法的，所以妙峰山庙会的开端应从1990年花会上山开始，不过实际宣传上，他们还是遵从政府的意愿。这其实体现出了民间力量与政府之间的微妙博弈，政府想要全面控制庙会，而作为距离妙峰山娘娘庙最近的涧沟村和娘娘庙的管理者妙峰山景区则希望能够有较多的发言权，毕竟在历史上，涧沟村由于距离妙峰山娘娘庙最近，妙峰山庙会的兴衰直接关系到涧沟村村民的利益，迄今这种状况仍在继续。妙峰山景区从最初的庙宇重建，到后来的庙会复兴乃至景区管理，涧沟村都直接参与其中，如在景区从事管理工作20多年的王德凤就是原来涧沟村的村干部，景区内的停车管理员以及在景区开商铺卖香的小贩也都是涧沟村村民。

三、妙峰山庙会缘何成为几代民俗学者眼中的“宠儿”

（一）顾颉刚与《妙峰山进香专号》

1925年，供职于北京大学国学门研究所的著名古史学家、民俗学家顾颉刚以及孙伏园、容庚、容肇祖、庄尚严等五人组成调查团，对妙峰山庙会进行了三天的专门调查，后来顾氏等人的考察文章陆续在当时的《京报》副刊上刊印，持续五个月之久，即《妙峰山进香专号》[④]，此次调查是“中国现代民俗学史上第一次有组织、有目的、有计划的专项

图 23-4・功德榜
翟风俭 / 摄

田野调查”[⑤]，开创了我国民俗学田野调查的先河，不仅成为我国现代民俗学的奠基之作，而且也使我国的现代民俗学这一学科由此确立，顾颉刚因此成为我国现代民俗学的鼻祖，妙峰山也因此被认为中国民俗文化的发祥地而备受推崇。在妙峰山庙会重新举办以后，国内外很多民俗学者和民俗学的学生都曾到妙峰山考察，写下了不少有关妙峰山庙会的各种专著和调研报告，而且目前这种考察仍在继续，每年在妙峰山庙会期间，都有到这里来考察的各类学者和学生。笔者调查期间，在采访香会会头和妙峰山景区管理者时，他们都曾表示，已经多次接待过国内外各种各样的调研者。1995年妙峰山庙会，恰逢顾颉刚等人登顶妙峰山考察70周年，首届“中国民俗论坛”学术研讨会在门头沟召开，来自全国各地的40余位民俗学者参加了会议并考察了妙峰山庙会，我国现代民俗学泰斗、时年已93岁高龄的钟敬文先生不顾年高体弱，也在马学良、刘锡诚以及众弟子的陪同下，兴致勃勃登上妙峰山顶，“圆了70年的一个梦[⑥]！”会议论文结集出版，即《妙峰山・世纪之交的中国民俗流变》[⑦]。2005年，中国民俗学会等单位又联合召开了“纪念顾颉刚先生考察妙峰山庙会活动80周年学术研讨会”，出版有《百花山 纪念妙峰山民俗考察80周年专刊》[⑧]，并于当年四月初一（5月8日）第13届妙峰山庙会开启之日，在妙峰山顶竖立了“中国民俗学调查纪念碑”，以此来纪念顾颉刚等人对妙峰山实地考察80周年。[⑨]

（二）现今学者对妙峰山庙会的关注与思考

其实，早在顾颉刚等人的考察之前，就已经有人对妙峰山的自然和人文景观、香会、香道及庙会盛况作了较为细致的介绍，主要就是奉宽的《妙峰山琐记》和金勋的《妙峰山

图 23-5 · 妙峰山庙会今昔图片展　都本玲 / 摄

志》[10]，这两本著作与顾颉刚编著的《妙峰山》[11]一起，不仅是研究妙峰山庙会的必读经典，亦成为我国民俗学研究的经典著作。近年来，以妙峰山庙会作为硕士、博士论文研究对象的也有不少，北京师范大学民俗学1995级民俗学博士生吴效群，以妙峰山庙会为调查对象，历经几年考察，于1998年完成博士论文《北京的香会组织与妙峰山碧霞元君信仰》，并以此为基础，于2005年出版了《走进象征的紫禁城——北京妙峰山民间文化考察》一书，该书不仅记录了自己介入并考察妙峰山庙会的全部过程，而且考察了妙峰山庙会及其香会在整个20世纪的兴衰与变迁，尤其是最近20多年来的重大变化，侧重考察国家政治对妙峰山庙会及香会的影响，以及妙峰山庙会的政治象征意义。此书对于研究当下的妙峰山庙会非常有意义，作者还就此写了一系列有关妙峰山庙会及香会的相关文章。北京师范大学民俗学1999级博士生王晓莉于2002年完成了《碧霞元君信仰与妙峰山香客村落活动的研究——以北京地区与涧沟村的香客活动为个案》博士论文。此外，影响比较大的还有美国学者韩书瑞（Susan Naquin）的《北京妙峰山的进香之旅：宗教组织与圣地》[12]以及隋少甫、王作楫合著的《京都香会话春秋》[13]。

以妙峰山庙会为主题的相关专著、论文及调研报告还有很多，如首都师范大学历史系北京历史与文化教育传播中心于2002年5月12日，即妙峰山第十届[14]传统春香庙会举办初日组织了71名同学专程进山对该届庙会盛况、花会组织以及香客信众等进行了广泛的调查采访，后由郗志群、李海荣二人执笔撰写了《妙峰山第十届传统春香调查报告》[15]，对当年妙峰山庙会的沿途古迹及现状、布施情况、香会组织会万儿及地址、会启、游客情况等都作了调查，并从庙会三个层次的活动空间——膜拜空间、娱神空间和递福空间对妙峰山庙会进行分析，认为妙峰山庙会融合了民众宗教信仰、酬神娱乐和商贸、祈福等传

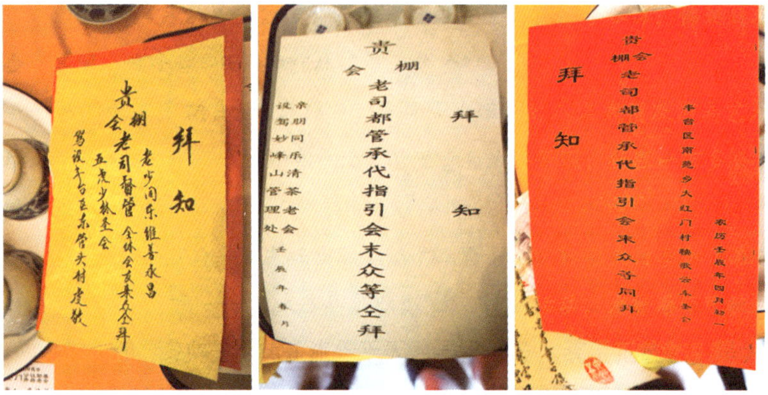

图 23-6・花会的会帖　翟风俭 / 摄

统庙会的多种功能，以道教碧霞元君信仰为核心，融释、儒、道、民间等众多神灵信仰于一体的神仙谱系满足了信徒“奉善修好、祈福纳祥”的宗教心理，而以酬神献艺、布施结缘为目的的“生机勃勃的各类民间花会组织又原汁原味地保留了传统民俗文化的精华成分，成为民俗研究中不可多得的活化石论据”。因此，“妙峰山作为京西旅游业的主打品牌，完全可以完善成为集宗教朝圣、民俗采风、休闲赏花、观光度假为一体的旅游胜地”。可以说，以此来解读妙峰山庙会，正是大力推广京西旅游，并以此带动地区经济发展的各级政府部门的最大心理愿景，他们希望通过恢复妙峰山庙会来带动旅游和经济发展，目前，北京市政府、门头沟区政府、妙峰山景区以及山下的涧沟村，他们所关注的妙峰山庙会，其主要意义也在于此。

（三）妙峰山庙会在民俗学研究上的“天时、地利、人和”

妙峰山庙会之所以受到如此关注，就是其占尽了“天时、地利、人和”的优势。前文已经说过，妙峰山庙会信仰基础稳固，其主要供奉在华北地区影响极其广泛的道教天仙圣母碧霞元君，除此之外，还供奉有释、道、儒、民间信仰的众多神灵，信众甚多，影响广泛，而众多花会的无偿施舍奉献、酬神献艺活动则为我们展现出了明清以来北京及其周边地区宗教信仰及民俗活动的活态面貌，是研究北京乃至整个京津冀地区民俗活动的活化石。妙峰山春季庙会时间是农历四月初一至十五，正值春末夏初，气候宜人，乃京城最适合游乐的季节，所以能吸引大批城内的民众来此上香游玩，此时对于学术考察而言，也是非常舒适的。此外，妙峰山地处北京郊区，离市区仅30余公里，而北京作为首都，不仅是全国政治经济文化中心，而且也是全国学术研究中心，这里汇聚着全国最知名的大学和科研院所，不仅有我国现代民俗学的中心——北京师范大学民俗学与文化人类学研究所，此外还有北京大学、首都师范大学、中国社会科学院等重要的民俗学科研和教学基地，拥有很多著名的民俗学专家，这些民俗学家和他们的弟子们将妙峰山作为民俗学田野调查的对象，无疑是“近水楼台”，条件极其便利。在这样“天时、地利、人和”的有利条件下，妙峰山庙会自然成为中国民俗学界关注的重点。

四、妙峰山庙会的现状

妙峰山庙会作为民俗事象，是民俗学家的研究内容，在此我们所关注的重心是作为国家级非物质文化遗产保护对象的妙峰山庙会的现状及发展方向。由前人的研究可知，现在的妙峰山庙会虽然也号称是“原汁原味的传统庙会”，但这只是旅游宣传的噱头，20世纪90年代以后重新恢复的妙峰山庙会与20世纪上半叶的妙峰山庙会已有相当大的不同。也就是说，有关妙峰山庙会的国家级非物质文化遗产项目《申报书》所介绍的妙峰山庙会还是一百年前的妙峰山庙会，而不是20世纪90年代以后乃至21世纪的妙峰山庙会。这在庙会现场和采访过程中都能够明显地感觉到。

（一）“古香道”的荒芜废弃使得妙峰山庙会变得不完整

传统妙峰山庙会是“行香走会”，其活动区域分娘娘庙和香道茶棚两部分，进香沿途的各香道茶棚更乃是传统妙峰山庙会不可分割的重要组成部分。妙峰山进香原有老北道（又称北道）、中北道、中道、南道四条古道，方便从各个地方来的香客，香会朝顶进香。每条香道路途长短及路况好坏虽各不同，但在交通极为不便的年代，朝顶进香有选择乘坐车、马、山轿的，更多的还是徒步上山，无论从哪条香道，最少也需经一天工夫才能到达山顶，庙内进香一天，下山又是一天，一般的朝顶进香需三四天工夫才能完成，而且多数时间是在香道上度过的，更有外省香客往返一次甚至要花费三个月时间。鼎盛时期，各香道沿途每隔八里就有一茶棚，从德胜门外就开始设茶棚，一直延续到山顶，并有众多香会免费提供茶水、米粥、馒头、盐豆、拐棍儿等，以供香客游人停脚歇息，而且，还有香会义务提供修道、路灯、缝补等公益活动。传统的茶棚有“松棚、芦棚和永久性茶棚。松棚用松枝搭建而成，用完也不拆除，任由风雨侵袭直至倒塌；芦棚属于一次性建筑，庙会结束后随即拆除；永久性茶棚常常利用香道沿途的庙宇，或者专门修建而成”[16]。但不管是哪种茶棚，香客进棚都要遵守一定的规矩——进茶棚，先要参拜茶棚内供奉的娘娘神像。大小茶棚都有执事守在茶棚入口，边吆喝边指点不懂规矩的香客。而且在香道上行走也要遵守一定的“行香交通规则”，如已经上完香下山的“回香”者要让正往山上走的“保香”者先行；同一香道同一个方向行走时，后面的人不能超越前面的；遇到一步一叩头、插耳箭、双臂吊挂香炉、身背马鞍或者戴脚镣手铐扮作罪人等这些“行大愿”的人以及抬山轿的轿夫，行人都要避行让路。可以说，行香途中这一切也都构成了妙峰山庙会极其重要的民俗事象，因此，古香道进香路径本身就是妙峰山庙会不可分割的重要组成部分。

但是，时至今日，妙峰山庙会的传统进香古香道多数现在已经废弃。早在1995年，北京史地民俗学会专门派出考察小组历时两年多，对妙峰山朝顶进香古香道及娘娘庙进行深入考察，获取大量第一手资料，在此基础上，考察组成员常宽等写了《妙峰山香道考察记》[17]一文，对四条妙峰山进香古道现状及遗址、文物作了极为细致的考察，此文迄今仍是研究妙峰山古香道的最有价值的参考著作，目前有关妙峰山古香道的资料大都引自此文。由于妙峰山庙会在20世纪曾中断数十年，这些专为进香而开辟的古香道也多年人迹罕至，逐渐荒芜废弃。20世纪90时代庙会重开之后，为了发展旅游业，政府已将盘山公路修至山顶庙门口，人们朝顶进香已经不用像原来那么辛苦，盘山公路从山下一直修到妙峰山景区门口，自驾车可以从山下直接上到山顶；如果坐公交，则每逢庙会时期，自城内苹果园地铁站就有直通到妙峰山景区山下涧沟村的行香专线，香客及游人可以搭乘进山，大约1个小时就可以到达涧沟村，再沿村西的古香道，步行不到1个小时就能到达山顶；如果不愿意步行上山，也可以在村内找私人车辆包车沿公路上山，十分钟左右即可抵达，非常便捷。笔者一行第一次进山考察时就是先从城里坐地铁到苹果园，乘坐进香专线公交到达山下的涧沟村，此后又与其他游客一起包了一辆面包车沿公路到达妙峰山景区门前。这样一来，除了极少数登山、探险爱好者之外，进香的香客游人及各个花会组织都不会再去披荆斩棘冒险穿行已经废弃多年的古香道。现在，庙外路途仅仅剩下涧沟村到山顶娘娘庙这一小段香道仍然保存完整并仍作为登顶进香的香道在发挥其作用，其余多条香道都已荒芜，沿途的茶棚等设施也都荡然无存，仅剩下遗址。随着古香道即沿途茶棚的荒芜废弃，连带与之相关的很多香会也都不复存在，如修道老会、道桥老会、绳络老会、路灯老会等，这些修道、搭桥、拉桥栏杆、点路灯等有关道路交通服务的老会现在都没有存在的必要了，而且很多发生在路途中的行香规矩及仪式活动也都随之消失。因此，目前妙峰山庙会的重心只在山顶娘娘庙里，从地域上来说，当前妙峰山庙会的范围已经较之以前大大缩小了，与之相关的很多规则及仪式活动也都不复存在，可以说现今的妙峰山庙会无论

图 23-7・舍粥、舍茶　翟风俭 / 摄

是从规模还是形式上都与原来有着较大的差别。

对于古香道，北京市门头沟区旅游局副局长陈连军曾经这样说："我们对妙峰山香道首先进行的是保护性的开发，力求最大限度地保持香道的历史风貌，还原给游客一个真实的香道，因此，我们现在只是对香道进行简单的维护清理，如清除杂草、杂物，对各条香道一一进行整修。同时，我们还会结合历史背景，对香道旁的茶棚遗址进行恢复，给大家展现古香道完整的风貌。对于古香道，我们会结合古村落来进行宣传。香道古道是我们门头沟区新打造的一个旅游品牌，必将成为门头沟区的新亮点。"⑱ 原为妙峰山朝顶进香必经之路的古香道在历史发展的今天已经完成了它既有的使命，今后，社会将赋予它新的使命，即作为旅游怀古的线路而不是朝顶进香道路，实际上，重新启用的"古香道"和现今的妙峰山庙会之间已经没有太多关系，它们之间曾经的亲密关系只是作为历史留在人们的记忆中。

（二）民间花会的变异

传统的妙峰山庙会上，香会进香一直是最核心的部分。传统的香会分为文会和武会两种。文会是为庙会提供各种义务服务的香会，武会则是在娘娘庙前进行各种表演的表演团体，它们各有分工。每年庙会头先行动的就是各种文会：先是修道会、清道会、修桥会、路灯会等提前进山修整道路、桥梁，并在沿途设置路灯；随后又有掸尘会、献供会、糊棚会、鲜花会等，提前两三天到沿途及山顶各个庙里为神像扫除灰尘，更换袈裟、披风，修补窗户、顶棚，并放置好面贡、水果、鲜花等贡品；接着是各种茶会、粥会、馒头会、缝补会等，提前一两天开始在香道沿线设点，给进香的香客免费供应茶水、粥饭、馒头等，提供各种义务服务。多数文会都是驻会，即从庙会开始的四月初一或者在此之前就到达沿途各茶棚或者庙里，直到四月十五庙会结束才离开，驻扎至少半个月，名曰“为老娘娘守驾”。

武会则是当天来当天走，不驻会。武会最著名的就是“幡鼓齐动十三档”，包括开路、五虎棍、高跷、中幡、狮子、双石头、杠子、石锁、杠箱、天平、花坛、吵子和胯鼓等十三种武会，后来又加入了小车、旱船、脚踏车“外三档”武会。武会是兼容舞蹈、杂技、体育、武术、音乐、戏曲、民俗等各个学科内容的综合体。

在传统的妙峰山庙会上，为庙会提供义务服务的文会占据着相当大的比重，可是由于社会的发展，目前，很多传统的文会已经失去了原有的价值和意义，所以就自然而然地消失了。根据妙峰山景区提供的自1990年庙会重开以来到会的各花会名单看，绝大多数是武会，文会只是区区数档，主要是馒头圣会、清茶圣会、舍粥圣会、鲜花圣会以及掸尘圣会等。2012年4月30日，笔者在妙峰山景区看到的文会有德清鲜花圣会、亲友同乐清茶圣会、亲朋同乐清茶老会、同心向善馒头圣会、厚德积善馒头圣会等几档。其中德清鲜花圣会的会头是丰台区西铁匠营的陈德清老太太，她已经85岁高龄，自庙会恢复起，每年四月初一至十五都到山顶为娘娘“守驾”，并于2003年发起成立了德清鲜花圣会，自认会头。2012年陪同她上山的是其女儿女婿，花会事务主要由其女婿负责。采访陈德清老人得知，她原为丰台区三路居的农民，从未上过学，后来因为政府征地拆迁而转为市民。她说自己从10岁起就同家人一起上山进香，早些年她曾经连同三个姐妹卖花为妙峰山娘娘庙捐钱，当时每盆花只能赚几分钱，尽管如此，陈家四姐妹为妙峰山捐助鲜花、钱款达一万二千元，在妙峰山顶碑林处，有妙峰山景区管理处于1999年（己卯年）为陈氏四姐妹所立的“积德行善”碑，碑背面刻文：“丰台区西铁匠营乡释迦寺村信士姐妹四人，自公元一九九四年至一九九七年为重建妙峰山惠济祠捐鲜花计陆仟元，一九九八年捐款陆仟元整。以此积德行善助妙峰山香火，立碑以示后人。助善人：陈德秀、陈德清、陈德荣、陈德芳。”不仅如此，陈德清老人还在2012年为妙峰山捐款1万元，妙峰山景区管理处为她颁发了荣誉证书。

传统妙峰山庙会上，各种武会敲锣打鼓、耍武弄艺、舞蹈说唱，将庙会带入高潮。“虽然民间艺术形式多种多样，但进入北京香会组织中的只有十三档，那些与碧霞元君信仰扯不上关系的会档，是不允许前往以妙峰山为主的各处庙会表演献艺的。在民间香会看来，每个武会都是大顶（妙峰山）庙里的一个摆设，都在朝顶进香活动中发挥着不可替代的重要作用，是碧霞元君神圣信仰的一个有机组成部分。”⑲ 传统的武会即北京城内“井字里”的正会十三档，称为“幡鼓齐动十三档”，即开路、五虎棍、中幡、狮子、双石、杠子、石锁、杠箱、花坛、吵子、胯鼓、高跷秧歌、天平（什不闲莲花落），民国初年又增加了踏车、小车和旱船，发展为十六档。新中国成立初期，由于受到新观念的影响，觉得传

图 23-8 · 陈氏四姐妹的功德碑
翟风俭 / 摄

统的因为行香走会而得名的“香会”有封建迷信之嫌，于是众人商议将“香会”改名为“花会”，“含有祝愿民间艺术百花齐放，丰富多彩的意思”。[20] 于是，现在一般都将“香会”称为“花会”。“从香会到花会，改变的不只是名称。作为基础的民间信仰观念不再存在。过去，行香走会的意义在于行香，香会组织是娘娘庙里的一个‘摆设’，其活动是为老娘娘当差；民间花会则摆脱了宗教的意义，是民众自娱自乐的艺术组织，还原了民间艺术的本来面目。”[21] 而且，现在的民间花会早就不遵守传统妙峰山进香香会十六档的规矩了，各种表演团体均可上山表演，尤以秧歌队居多。1997年“庙会期间共有八十档花会上山。其中秧歌队就占了二十档。这些花会没有前引、笼幌之类的与碧霞元君信仰有关的传统家什，上山表演纯粹是出于娱乐游玩的目的。采访他们对碧霞元君信仰的认识、对传统花会的认识，基本上一无所知。只是知道这个时候其他秧歌队上山表演，自己也来‘玩玩’。他们上妙峰山只是随兴表演，没有公共的祭拜碧霞元君的行动。茶棚和一些自谓为按传统方式活动的花会对他们不理不睬，因为他们根本就不懂得换知帖、拜棚等规矩。”[22] 而且根据香会的传统，一个新成立的香会，只有经过“贺会”才有资格到妙峰山朝顶进香。

> 贺会，是新会成立之时所举行的资格审查活动，也是一种宗教仪式。届时，新会邀请全北京德高望重的老会头对新会的能力、水平及设备等进行审查，然后再对妙峰山老娘娘举行祭拜告知仪式。由此，新成立的香会才算获得了北京香会界的认可，获得上妙峰山朝拜老娘娘的资格。不经贺的会称为“黑会”，没有资格上妙蜂山进香，也不能在公开场合“玩”，

> 若有不守法度的黑会在公共场合露面，遇到它的香会皆有权砸掉它。通过贺会的仪式活动，一档普通的玩意儿便被赋予了神圣的意义——成为碧霞元君信仰世界的一个组成部分，用行香走会者的话来说，变成了“庙里的一个摆设”。[23]

只有男人才可以入会，女人是不能参会的。但是，现在这些禁忌和规矩统统被打破了，不仅各种秧歌队可以上山表演，而且还出现了女会头，如前文提到的德清鲜花会的会头陈德清老人。另外，还有很多妇女参加秧歌队、舞龙舞狮队表演，当然，这些秧歌队、舞龙舞狮队是否算真正的香会，恐怕还待商榷。“这在过去是不可想象的，别说没有经过承贺、不懂会规等，单单是妇女参加花会这一点就足以令其他花会‘震怒’了。时过境迁，妙峰山从过去民众为表达意志、追求理想而建构起来的‘紫禁城’，变成今日劳动者娱乐游玩的公园。”[24]

但是，妙峰山景区管委会的花会名单上，都将这些列入其中，并没有分别，可见他们对于这些是比较宽容的，毕竟来的都是客，作为庙会的管理部门，他们不会为了恪守原有的老传统而拒绝新会。但是，这些不太懂传统香会规矩的各类表演组织也已经引起了妙峰山管理方的注意，毕竟从恢复传统和妙峰山庙会长远发展看，这些缺乏碧霞元君信仰、不太规范的表演团体会把妙峰山庙会引向与传统大相径庭的另外一种发展路径，这是妙峰山景区和各级政府管理部门所不愿意看到的，也是民俗学家和非物质文化遗产保护专家所不愿看到的。不管怎样，作为一项国家级非物质文化遗产项目，他们还是想尽可能地保留较多的传统特色，尤其是在庙会最具特色的民间花会方面。妙峰山景区的王德凤主任告诉笔者，目前各个花会组织上山都遵循着“车榄自备，茶水不扰”的老传统，所有费用全部自理，除了一些纯粹为了娱乐游玩而非为娘娘“守驾行香”的社区秧歌队、舞狮队不懂规矩之外，传统花会上山还都基本上遵循着“打知、祭坛、拜祖师、起驾、参驾、献艺、祭塔、拜碑、回香、谢山”这样的进香程序，而那些秧歌队本身也没有认为自己就是花会组织，这从他们的名称就可以看出，凡是认为自己是花会组织的就称为“秧歌会”，而且前面往往会有“同心助善”“老年同乐”“太平同乐”等传统花会常用的名称，而“秧歌队”则通常只是“某某村”“某某社区”秧歌队，说明二者还是有区别的，后者并未把自己当作花会，因此也不必恪守花会进香的规矩。虽然他们都是到庙前为民众表演，但其实质是不同的，花会组织是带有宗教信仰性质的，是为“神”服务的，而一般的演出队则完全是世俗的，几乎没有信仰的成分，纯粹是为了娱乐。

五、申报成为国家级非物质文化遗产项目之后的妙峰山庙会将向何处去

（一）如何为民间花会建立制度和规矩

妙峰山庙会从开始恢复一直到现在的20多年时间里，王德凤一直作为主要负责人与各个花会联络，管理经验丰富，所以这些花会也都只信任他一个人，各个花会一上山来就找王德凤，而不找别人，有事也都找他来协调解决。因为这些花会自一开始来妙峰山就是与王德凤接洽的，互相之间已经形成了信任和依赖，王德凤和各花会会头之间互相称兄道弟，关系颇为融洽，他甚至被大家戏封为“妙峰山总会主”。现在，王德凤虽然已经到了退休的年龄，但又被返聘过来管理花会事务。笔者一开始进去，先去采访了在庙里“守驾”的几个文会，谈到要了解庙会和香会的事情，他们都一致推荐笔者去找王德凤主任，可见他在大家心目中的地位。

王主任对目前妙峰山庙会和花会发展不无担忧，在采访时，他告诉笔者，目前景区方面也在积极想各种办法把庙会传承下去，因为各香会都是民间组织，“设想将来也成立一个民间组织，或者叫妙峰山花会协会，名称还没想好。到时间定期召开座谈会，收集民间花会的资料，形成一个完整的会规，把过去流传下来的不完整的东西完整化。设立庙会的程序，各个花会如何走，都要订立规矩。因为妙峰山庙会曾经中断了几十年，现在恢复得还不完整，而且花会组织也不完整，现在就是要将会规与花会都弄完整（即制度化），成立一个统一的组织来管理花会和庙会，有规矩、有程序。因为是国家级的项目，所以要搞得像样”[25]。但是，具体要怎么搞，如何统一，如何订立规矩，王德凤主任并没有细说，或许，在他那里，也还没有很清晰的思路，毕竟身处21世纪经济与社会文化都飞速发展的时代，与一百年前的中国社会环境有很大不同，经过多次社会变革，旧的制度和规矩已经被彻底打破，要想恢复谈何容易。而且，社会的发展也使得很多旧制度、老规矩无法复原，必须以新的制度和规矩来取代。新的制度和规矩由谁来制定呢？政府与花会组织显然都不适合，一方面政府虽然是新时代庙会的主办方和管理者，但是庙会和花会的主体都是民间的，而且花会上山行香所遵循的规矩仍然是“车笼自备，茶水不扰”的自主管理理念，由政府来制定规矩显然是不合适的；另一方面在当下的时代，由于社会变迁，花会式微，旧会与新会之间沟通不畅，矛盾凸显，让花会自身来制定规矩显然也不可能。这就需要一个介于政府和民间的协会性质的民间机构，统一管理花会，制定出行香走会的规矩，并且

也可以帮助花会筹集资金，渡过难关。

（二）妙峰山景区与涧沟村的微妙关系

在明清以及民国时期，妙峰山娘娘庙里的香火应该是比较旺的，其收入应该是归庙里支配。但是，据妙峰山管理委员会的王德凤主任介绍，妙峰山的庙宇重建工作是自1986年开始的，最早庙宇是由妙峰山乡政府恢复的，而且除了山顶景区内的庙宇以外的其他地方都属于山下涧沟村的土地，景区修建停车场也是占用了村里的土地。据王德凤主任介绍，庙会与村里的关系不大，但庙里的收入与村里有关系，因为这里搞旅游其目的就是富裕老百姓，村里开的农家乐、门口卖香的摊位等都是村里的，一个卖香的摊位每年收入在五六万元到十几万不等，农家乐的收入都在十几二十万元。此外，庙里还给村里分一部分钱，如停车场因为占用村里的土地，要给村里交一些占地费，收的停车费、管理费也属涧沟村所有，而且停车场的管理员都是涧沟村的村民。此外，庙里所用水、电也是涧沟村的，所以还要向村里缴纳水电费，这些费用加起来，每年妙峰山景区大概要给村里补偿四五十万元。据《妙峰山镇》概况介绍，截至2010年，涧沟村常住人口507人，村里年收入3427万元，人均收入9895元，是妙峰山镇人均收入最高的村子。涧沟村主产业是林果业和旅游业，它是目前沟域内唯一的市级民俗旅游村，不仅有国家3A级妙峰山主景区及市级森林公园，而且其玫瑰基地是村庄独特的旅游资源，现种植面积已达5000多亩，年产量50吨，2010年通过国家级玫瑰标准化示范区验收。村里共有个体农家乐餐馆10个，能接待游客几百人次；有商店6家，方便游客购物个体摊位40多家，经营工艺品、香、土特产，如玫瑰酱、干花、炒红果、野山菇等。㉖ 此外，政府每年还要给每个村民退耕还林的补助。

由以上介绍我们可以知道，涧沟村的收入相当一部分都与妙峰山景区有直接或间接的关系。虽然庙会与村里无关，但庙会活动能给村民带来可观的经济收入。但同时，由于景区属于北京京西旅游上市公司，门票收入和景区内的香火收入都和村里无关，景区与涧沟村之间的关系是很微妙的，如从涧沟村到山顶娘娘庙的古香道途中，原有灵官殿、傻哥哥殿和三仙姑殿，这里曾经是登顶进香的必经之地，因为按照传统的进香规矩，朝顶进香香会和香客必须要先到灵官殿“报号”，然后才能去娘娘庙进香，因此所有的香会、香客都必须从这里登顶上山。这些宫殿在妙峰山庙会被废止的年月也早已倒塌荒芜，残破不堪，由于此处属于涧沟村领地而不属于妙峰山景区，很长一段时间里都得不到修缮，使朝顶进香者无法在这里“报号”。失去了在灵官殿“报号”的登顶进香活动无疑是不完整的，这对于妙峰山庙会来说也是一个不小的缺憾。直至2006年，涧沟村和文物部门才共同出资重新修复了这三座殿堂，目前已向公众开放。这样，就与山顶的进香活动融为了一个整体。

（三）官办模式大大削弱了妙峰山庙会的民间性质

目前的妙峰山庙会与传统庙会一个很大的不同就在于庙会承办的主体变化了。在历史上，无论是妙峰山庙会还是中国境内的其他庙会，其举办的主体都是百姓自己，庙会完全是民间的事情，政府极少参与，有些地方和年份即使有政府参与，但也不是主要负责者，庙宇僧众和地方乡绅、耆宿共同协商，各民间团体及民众共同参与，达官贵胄也主要是作为普通民众参与其中，而不是代表政府进行管理。但是，现在的庙会一般都由当地政府牵头主办，或者是政府委派给相关的旅游公司举办，多数目的是为旅游开发或者商贸引资，可谓是“庙会搭台，经济唱戏”！在这样一种运作模式下，现在的庙会或多或少已经失去了其原真性，呈现出另一种发展态势。但这并不就是否定现在的庙会。的确，在政府主导下举办的庙会，因为有多个政府部门参与管理，所以更加规范和安全，首先在庙会秩序方面，警察和为数众多的安保人员时时巡逻，使得坑蒙拐骗、强买强卖、偷窃抢夺等犯罪行为大为减少，维护民众的人身财产安全；同时政府的层层审查也剔除了传统庙会中一些粗俗鄙陋的表演活动；再次，如遇火灾、人员踩踏等突发事故，消防、安保人员可以及时赶到，最大限度减少伤亡和损失；此外，因为有政府公共资金的支持，还可以较好地维护道路交通、庙宇及其附属设施等庙会举办的场所及建筑，为赶庙会的群众提供种种便利。可以说，由政府作为坚强后盾，各地所举办的庙会一般都会井然有序。

据王主任介绍，现在的妙峰山庙会的主办方一般都是门头沟区政府，实际上具体实施者都是妙峰山乡政府和妙峰山景区管委会，区政府只是挂名指导，这种运作方式在我国可以说是最普遍的，活动的举办者往往由于自身地位或者资格较低，影响不大，就将自己的上级部门或者是相关的学术机构列为主办方，而自己则甘愿屈身为承办者，即获得相关部门的领导与支持，相当于为此次活动找到了一个或几个大的“靠山”。妙峰山庙会的举办需要得到北京市政府、门头沟区政府以及妙峰山乡政府的支持，虽然市政府和区政府在庙会实际运作中并不插手，但每次庙会举办仍需得到他们的审批，由他们挂名也更显示出妙峰山庙会的档次，对庙会来说是一件好事情。妙峰山乡政府可以说是庙会的最直接管理方，每年都将庙会举办当成乡政府的一项重要事务，活动策划、部门协调等都须乡政府出面，至于花会的联系，到会以后对花会的安排、指导等都由妙峰山景区管委会来做。王主任说，每年庙会前一个月，乡政府和景区管委会都要召开一次花会联谊会，召集各个区县花会的会头前来开一个座谈会，主要为大家通报本年庙会的一些情况，如会规、各会之间的距离、安全问题、上山顺序、时间安排等。会议经费由妙峰山景区出。此外，因为庙会期间香客众多，人员复杂，所以必须做好各种安保措施，为此乡政府还要召开一次各部门的协调会，包括公安、交通、城管、工商、林业、消防等与庙会有关系的部门都要参会，协商包括安全、交通、执法、环保、治安、防火等各项事宜，一般先开联谊会，后开协调会，让这些部门协助景区做好本年度的庙会工作。可以说，在目前的社会状况下，如果没有这么多国家机关和政府服务部门共同协作，要举办这么大的活动几乎是不可能的。但是，"传统中国以家族为本位，国家缺少社会保护、社会保障、社会救济等手段，社会控制能力也非常软弱，广大民众无法从国家那里得到这些社会生活重要且必不可少的服务"[27]。因而，传统庙会只有靠民间自身的力量来协调这些事情，所以各民间花会的义务奉献对庙会的正常举办起到了至关重要的作用。现代化国家管理中，这些保障问题一般都由国家各部门来完成，所以民间力量在庙会中的作用大大减小了，同时国家政权对庙会的控制却扩大了，庙会成了国家意志，而民众自己的声音却小多了。

对此，不少学者也有担忧。如吴效群《走进象征的紫禁城——北京妙峰山民间文化考察》曾经这样描述1997年门头沟庙会情况：

> 1997年是"中国旅游年"，市旅游局将妙峰山庙会作为北京'97中国旅游年的重点项目，他们和门头沟区政府共同设计了农历四月初一到四月十八的"百档花会上妙峰，百万游人朝金顶，百样山货任挑选，百尺竿头有新景"庙会活动主题。主管的副区长表示，旅游业已成为区里的龙头产业，一定要打好旅游这张牌，为区经济发展做贡献。各职能部门都表了态，表示一定做好庙会的服务工作，大家并对一些具体工作进行了商讨。
>
> 类似妙峰山庙会这样的民间文化活动，其特色即在于民众自发、自主、自由的活动，现在政府出面按照自己的理解和利益操办，已经使它们失却了民间文化的本来含义。更恰当地说，现在这些有政府支持或者由政府直接操办的"传统民间活动"更应该视为国家意志的体现。[28]

（四）经济原因是制约妙峰山庙会恢复传统的重要因素

就妙峰山景区的经济状况而言，其主要收入是景区门票和庙会期间的香火收入。但是，妙峰山景区现在是企业化管理，是北京京西风光旅游开发有限公司（以下简称"北京旅游"）的下属分公司，"北京旅游"是北京首家以旅游服务业、酒店服务业和商业地产为主导产业的上市公司。1998年公司股票获准在深圳证券交易所挂牌上市。“北京旅游”是门头沟区政府下属的国企，门头沟区的四大旅游景区——潭柘寺、戒台寺、妙峰山和灵山——都被囊括其中。为此，妙峰山景区每年要向政府缴纳相当比例的利润，这样一来，在扣除了工作人员工资、办公经费以及景区基本维护费用以外，每年用于庙会上的资金就比较紧张了。同时，由于山顶景区内地方狭小，除了围墙内的几座庙宇以外，其余地方均属于山下涧沟村的土地，景区占用村里的土地还需要向村里缴纳土地使用费等相关费用。目前景区由于受地域限制，服务设施不完备，笔者在采访时也注意到，景区只有一座二层小楼有少数几个房间，每年让给“守驾”驻会的香会供他们住宿。对于众香客而言，除了香会免费提供的馒头和粥以外，并无其他可以吃饭的地方，吃饭只能到山下涧沟村的农家乐和景区外面的临时餐点。景区在几年前筹建了一个游客中心，但由于缺乏资金，于2008年以后停建，直至笔者采访时仍在“烂尾”，王主任说2012年庙会以后准备将其装修，以解决部分游客的吃住问题。

图23-9·“同心向善馒头圣会”2012年施舍馒头计划　翟风俭／摄

据王主任介绍，举办一次庙会共费用包括前期的筹备以及庙会期间各类服务人员的工资补贴、食宿等需要十几二十万元。庙会期间，每天在景区食堂吃饭的各类人员有几百人，包括景区内的工作人员，临时请的保安、安检人员以及守驾驻会的香会成员等；此外还要给为庙会提供服务的工作人员发劳务补贴。根据北京市安全部门的规定，举办大型活动必须要有保安和安检人员，所以举办一次庙会，安保、消防、交通、城管、林业、工商、卫生等各个部门都要介入，这些费用也是很大一笔开支，全由景区负担。

关于目前驻会的各个花会的费用问题，王主任介绍说，遵循传统，原则上各花会的所有费用都是自行解决，但是考虑到花会的实际困难，景区还是会给他们提供一些方便的。如所有朝顶行香的花会组织景区都为他们免了门票，每档花会都几十人，现在景区的门票是40元，光这一项就是一笔不小的开销，如果不免费，花会是承担不起的。还有食宿问题，由于景区地方小，没有饭馆，也不允许自己生火做饭，所以各花会都是从自己家里带些熟食、鸡蛋、小菜，甚至酒水、饮料之类等，另外还可以到景区食堂免费打些职工餐。此外，景区专门开辟了一排平房作为“茶棚”，以供每个花会无偿使用。对于茶会和粥会，景区还会无偿供应自来水等。除此之外，费用都由花会自行解决了，如茶叶、水壶、纸杯等都是茶会自己购买的；鲜花会的鲜花也是由鲜花会自己花钱购买并从山下运来摆好；馒头会的馒头都是在山下的馒头店订好的，装袋运到山上。据王主任介绍，“同心向善馒头圣会”是北京浙江台州商人发起的，会头是在前门大栅栏开绸缎庄的老板，多年前同朋友一起朝顶上山，因感念而成立此馒头会，每年在此向香客游人免费施舍馒头、咸菜，他们事先已经将馒头装袋，每个袋子里有两个馒头，一包咸菜，笔者也有幸领到一袋。王主任说，此同心向善馒头圣会每年上山两次，春会和秋会都来，每年的费用不少于十万元，2012年他们计划施舍4万斤馒头，每斤馒头批发价格大概是一块八，此项费用就是七万二千元，每天还要雇一个集装箱来运馒头，此外，会头及工作人员每天往返城区和庙会的车马费，以及亲朋好友来庙会烧香的招待费用等也有不少。但是，根据同心向善馒头圣会竖立在摊位旁边的计划表看，2012年春季庙会，他们从初一到十五，每天根据香客多少，计划施舍馒头1600斤至6000斤，咸菜1600包至4000包，十五天共计划施舍馒头3.1万斤，咸菜3.72万包，与王主任告诉我们的4万斤有些差距。不过据笔者观察，可能庙会期间施舍出去的馒头不会有那么多，因为我们去调查时，是在五一放假前夕，正是上班时间，上山香客不多，当天很多馒头都没有发出去，估计发出去的不到一半。

（五）民间花会传承与妙峰山庙会传承唇齿相依

妙峰山庙会最独特之处就是有众多民间花会无偿为娘娘“护驾当差”，提供各种义务服务和表演。各种花会从成立，到公开面世，再到朝顶进香，都要遵循着一套极为严格的程序和礼仪，而且都包含着虔诚的宗教信仰观念，这些程序、礼仪连同虔诚的宗教信仰观念构成了传统妙峰山庙会的内核。但是，现今的妙峰山庙会正在逐渐失去这些内核，与传统渐行渐远！

王主任介绍说，历史上妙峰山庙会的鼎盛时期，前来朝顶进香的花会有300多档，来自全国各地，最远的有福建、江苏、浙江那边的，近处的有河北、天津等北京周边地区的，花会种类众多，有进献武术的、曲艺说唱的，还有各种民间秧歌、狮舞表演等。现在花会的覆盖面比较小，有从天津、河北那边来的，但比较少，主要还是北京城区和郊县的。浙江台州商人所成立的馒头会其实也是属于北京城区的，因为其会址在北京，会头虽然老家在浙江台州，但久居京城经商。近年来来行香的武会最远来自河北邯郸，还有白洋淀的及天津的也都来过。每年花会来的都不一样，每个花会不一定年年都来，只有少数花会是年年都来，有的则是偶尔来，或者是隔些年才来一次，有条件就来，没条件就不来。

这些都是自愿的，谁也不强求。王主任说，从恢复庙会到现在已经来过的花会大概有将近200档，但每年庙会期间的花会只能保持在几十档，有各种原因来不了的，还有新来的，年年都不同，最多的一年来了将近90档，一般都保持在五六十档，今年好些，可能有70档。但即使是花会最多的年份，仍远远不及历史上的鼎盛期。

现在很多花会都面临着诸多困难，首要原因是城乡各地的拆迁重建，使得很多自然村消失，导致大量原住民被分散安置，原有的社区被打破，而历史上很多花会组织往往就是依托了一定的地域和社群关系而组建起来的，失去了原有社区和熟悉社群，花会会员组织不起来，自然也就解散了。其次，经济原因也占很大因素，由于花会在庙会期间的所有费用都是自己筹集，历史上各个花会会首都是自己贴钱办花会，“花钱买脸”。目前城里的很多花会组织都是靠在别的庙会上进行商业演出或者是为商家开业助兴而筹集费用，但是那些名气小，没有人请的花会组织其经费就比较困难了，仅仅依靠会头一人的力量恐怕无力承担年复一年的行香走会费用，而妙峰山景区目前也没有能力补贴花会组织。据王主任介绍说，因为每年所来的花会是60多档，即使每会补贴3000元，也要20多万元，这是一笔不小的费用，同时如果景区出钱补贴花会组织，也会破坏传统妙峰山庙会上花会组织“车栊自备，茶水不扰”的优良传统，因此花会靠景区补贴是不太可能的，花会的经费必须自行筹集，这就造成花会组织有钱则来行香上会，无钱则不来的局面。再次，各花会组织后继乏人。纯粹奉献钱物的文会还好一些，那些靠技艺立身的武会，如中幡、太平鼓、武术、十不闲莲花落之类的花会，这些原为下层民众赖以谋生的手段，习练的人很多，群众基础也很广泛，但现在，随着社会的发展，很多现代化的休闲娱乐方式逐渐取代了这些传统的杂耍技艺，年轻人宁愿在家里上网玩电脑或者看电视，也不愿意参与这些又苦又累的活动，在年轻人的观念中，这些都是“老掉牙”的东西，跟不上时代潮流，也不能带来现实的物质利益，所以很少有年轻人愿意学习这些“老玩意儿”，很多武会都面临着后继无人的尴尬局面。虽说中幡、太平鼓等也已经被列入了各级非物质文化遗产保护名录，但传承人问题依然很严峻，这在很大程度上影响了花会组织的发展。王主任说：“现在有的老会头都已经80多岁了，如车打沟的魏勇已经85岁了，还在当会头。丰台的老会首好几个都七十六七了，还在耍。这些老人如果干不了了，这个花会就会很麻烦。如过去很有名的皇会，有很长的历史，受过皇封，可是现在中断了，如西北旺的高跷，受过皇封的，200多年历史了，可是现在耍不了了，去年就没来，今年也够呛能来。很多花会的人年纪都很大了，这个问题不好解决，也不是我们能够解决的，我们不能给他培养一批年轻人接班，只能是村里或者小区里培养，现在很多村也没有了。”不过，一些比较有远见的花会已经着手这方面的工作了，“如雷家桥的雷鹏（音），朝阳的赵凤玲（音），丰台的刘利才（音），海淀的安和（音）等，都在培养小孩”。从孩子抓起，也许，这是花会重兴的根本！

妙峰山自2008年被评为国家级非物质文化遗产项目以来，最初几年北京市政府和国家都没有拨付任何经费，2011年，北京市非物质文化遗产办公室的一位领导前来调研，景区管委会将此种情况反映给他，2012年，北京市非物质文化遗产办公室为庙会拨付了20万元专项经费，但这对于妙峰山庙会这个项目的保护来说只能是杯水车薪。王主任介绍说，为了让香客游人更好地了解妙峰山庙会的历史情况，他们景区建立了“妙峰山庙会今昔图片展”，把各个历史时期有关妙峰山庙会的照片配上说明文字，制作成展板，供游人参观学习，此一项花费了20余万元。此外，在景区内路边的墙壁上，他们正在筹建一个“文化墙”的活动，即将历史上妙峰山庙会的行香过程制作成浮雕，刻在墙上，让游人一进景区大门就能看到，而且将各个花会也都做成浮雕上墙。这项工程已经花费了200多万元，目前还没有完工。景区作为旅游企业，每年在上交给国家利润以后，能用在庙会方面的资金就不是很充裕了，他们还是希望国家（或北京市）能够多拨付一些资金，专款专用。有了比较宽裕的资金，也能“从侧面给各个花会一些补贴，不是直接给钱，但是可以给其添置一些行头、买点锣鼓、置点旗子等，这样就能减轻花会的一些负担”。景区管委会这样设身处地为花会着想，是很难能可贵的，可见他们为将妙峰山庙会传承下去所做所想还是非常切合实际的。

对比2008年申报成为国家级非物质文化遗产项目前后，妙峰山庙会有何变化的问题，王主任认为，从政府方面看，政府重视的程度高了；对景区而言，因为是国家级的非物质文化遗产项目，因此也更加重视，比过去想得多了，想得高了，想把庙会的层次提升上去，让它更好地传承下去并发扬光大。但是他个人感觉心有余而力不足，对于妙峰山庙会来说，要做的工作还有很多，他最希望得到政府的经济支持——这也是几乎所有非物质文化遗产项目管理者的共同愿望，但是，全国这么多项目都伸手要钱，能得到的仅仅是极少数幸运者，绝大多数项目还得靠自己来想办法，但这并不意味着放弃保护，而是责任更重，任务更艰巨。

妙峰山庙会也是如此！

注释

① 国家级非物质文化遗产代表作申报书《妙峰山庙会》，藏于中国艺术研究院图书馆。

② 妙峰山景区内《妙峰山庙会今昔图片展》有当年隋少甫带领花会上山的照片，下面有说明：“1990年春，崇文区民间花会联谊会秘书长隋少甫老先生自带饭菜到妙峰山联系重整花会事宜，当年5月1日由隋少甫老先生率领9

档花会（按）明清时期会规朝顶进香，使中断40年的花会重新兴起。”

③ 国家级非物质文化遗产代表作申报书《妙峰山庙会·项目简介》，藏于中国艺术研究院图书馆。

④ 参考顾颉刚编著：《妙峰山》“自序”，上海文艺出版社影印民国版1988年版，第7—8页。

⑤ 施爱东：《中国现代民俗学检讨》，社会科学文献出版社2010年版，第62页。

⑥ 刘锡诚：《再上妙峰山》，原载《中国文化报·四季文学导刊》2000年11月30日；后收入作者《追寻生命遗韵》，武汉出版社2003年版。

⑦ 刘锡诚主编：《妙峰山·世纪之交的中国民俗流变》，中国城市出版社1996年版。

⑧ 张广林主编：《百花山》2005年第7期，百花山杂志社。此外，2011年，四川美术出版社又出版了彭利锋编著的《妙峰山学术考察八十周年纪念 妙峰山文集》一书。

⑨ 参考齐鸿浩：《八十年来妙峰山民俗研究概述》，http://blog.sina.com.cn/s/articlelist_1683616672_0_1.html。

⑩ 可以参考《门头沟地方志丛书：潭柘山岫云寺志·妙峰山志（妙峰山琐记 北京妙峰山记略）》，北京燕山出版社2007年版。

⑪ 这是在《妙峰山进香专号》的基础上结集而成的，于1928年出版。可参考叶春生主编《典藏民俗学丛书》（中），黑龙江人民出版社2003年版。

⑫《民俗研究》2003年第1期。

⑬ 隋少甫、王作楫：《京都香会话春秋》，北京燕山出版社2006年版。

⑭ 从1993年算起。

⑮ 郗志群、李海荣：《妙峰山第十届传统春香调查报告》，《民俗研究》2003年第1期，第108—122页。

⑯ 参考《妙峰山香道规则》，《新京报》2010年5月31日。

⑰ 常宽等：《妙峰山香道考察记（海淀史地丛书）》，北京出版社1997年版。

⑱ 参考《妙峰山香道规则》，《新京报》2010年5月31日。

⑲ 吴效群：《走进象征的紫禁城——北京妙峰山民间文化考察》，广西人民出版社2007年版，第120页。

⑳ 吴效群：《走进象征的紫禁城——北京妙峰山民间文化考察》，广西人民出版社2007年版，第125页。

㉑ 吴效群：《走进象征的紫禁城——北京妙峰山民间文化考察》，广西人民出版社2007年版，第125—126页。

㉒ 吴效群：《走进象征的紫禁城——北京妙峰山民间文化考察》，广西人民出版社2007年版，第93页。

㉓ 吴效群：《走进象征的紫禁城——北京妙峰山民间文化考察》，广西人民出版社2007年版，第121页。

㉔ 吴效群：《走进象征的紫禁城——北京妙峰山民间文化考察》，广西人民出版社2007年版，第94页。

㉕ 根据采访王德凤录音整理。

㉖ 以上关于涧沟村的介绍参考《妙峰山镇》概况，http://wenku.baidu.com/view/abeba948cf84b9d528ea7af3.html。

㉗ 吴效群：《走进象征的紫禁城——北京妙峰山民间文化考察》，广西人民出版社2007年版，第118页。

㉘ 吴效群：《走进象征的紫禁城——北京妙峰山民间文化考察》，广西人民出版社2007年版，第65页。

第二十四章
乐安傩舞『滚傩神』调查报告

项目名称·乐安傩舞“滚傩神”

所属类别·民间舞蹈

申报单位或地区·江西省乐安县政府

入选国家级非物质文化遗产名录情况·2006年第一批 Ⅲ–7

撰写人·李自浩

一、乐安县傩舞概述

（一）三种傩舞

乐安县傩舞主要分布于县城西南的东湖村（属增田镇）、流坑村（属牛田镇）、罗山村（属鳌溪镇）。东湖称之为“滚傩神”，流坑取名为“玩喜”，罗山叫作“打戏头古”，鳌溪则把它叫作“旗傩舞”。

（二）乐安傩舞的起源传说

乐安傩舞的起源，县志没有记载，只能依据民间传说，而这些传说，各个流传区域又各自不同。

东湖的“滚傩神”，据当地老艺人杨演中（生于1918年）介绍，有两种不同的带神话色彩的传说，其一是：明末清初，东湖人乘船进京交粮，一日，船至大江，忽遇一木箱在船边旋转，久久不肯离开，押粮人十分惊异，便高声叫道：“你是真神还是假神？是真神，保我运粮平安到京，是假神，请你远去他方！”这只奇怪的木箱，便一直尾随船后，船队也风平浪静平安地到达京城。他们回村后不久，忽听得后龙山鸟雀团飞，惊叫不休，近前一看，又是那只奇怪的木箱！村内长者便高声说：“你是真神还是假神？真神请上神龛安位，假神就远走他方！”回村后，果然发现木箱端端正正地摆在长者家的神龛上，长者便燃香烧纸，跪拜祈祷，虔诚地打开箱子，里面装的竟是一本书，书上记载傩舞面具的制作方法及表演程式。东湖人认为这是神的恩赐，从此，便有了傩。另一种传说则是：早年，东湖人丁不旺，瘟疫流行，一年村后池塘内突然传出一阵又一阵“般般咚咚锵”的锣鼓声，村民都十分惊异。一个胆大的放牛娃，潜入水中，捞出一个铁匣，内有一本书，记着一十八个面具及其表演方法，“滚傩神”就这样传下来了。两段传说，虽近于荒诞，但东湖的傩至今仍被当地作为驱瘟逐邪，保一方清净平安的一种仪式。

流坑的“玩喜”，据童元辉（生于1917年）和董煌七（生于1905年）老人讲，北宋哲宗元祐年间（1086—1093），流坑村的董敦逸，在朝官拜监察御史适逢契丹欲犯中原，皇帝命董敦逸出使契丹议和。途中遇一女子，将契丹的国王、王后，该国的礼仪及风土人情一一详告。董到辽邦后，该国国王百般刁难，董由于掌握了内情，对所有难题对答如流，国王叹服，准予议和，董在该国居住12年，方才回国。途经当年遇见那女子的地方，亲自登门道谢，谁知那女子早已亡故，董便请艺人刻了女子的面具像，并派人学习当地的跳傩仪式带回京城。后来，董敦逸遭奸臣排斥，罢官回家，便将面具和仪式带回流坑，“玩喜”就因此而产生，从流坑现存的傩舞服饰来看，如不是官宦人家所倡导，绝不可能有如此华丽。

罗山的“打戏头古”，据老人曾言三（生于1908年）等老一辈的讲述，北宋末年，金兵侵入乐安，烧杀抢掠，无恶不作，老百姓恨之入骨，为了报仇雪恨，在端午节前的一个晚上，乌云翻滚，雷声隆隆，暴雨倾盆，罗山的八对血性青年，化装成各种面目狰狞的神像，身藏利刃，潜入敌营，向金兵发动突然袭击，从梦中惊醒的金兵，以为是天兵天将下凡，一个个惊慌失措，死的死，伤的伤，逃的逃，罗山人这一行动，吓破了侵略者的胆，从此再也不敢进犯这个地区。为了纪念这一胜利，罗山人就跳起了“打戏头古”，表演人数为16人，表演时间为端午节，鳌溪的“旗傩舞”是从罗山传过去的，源在罗山。

乐安傩舞，尽管起源不同，风格流派各异，但表演的目的相同，一是为了驱疫逐邪，祈求平安吉庆，县城北郊古傩神庙的一副对联对此作了有力的说明，“傩驱瘟疫丁盛畜旺；神佑乡里邑立村宁”。二是给人民群众以娱乐作用，无论是古朴粗犷的“滚傩神”，热闹诙谐的“玩喜”，勇武豪放的“打戏头古”或“旗傩舞”，表演时都吸引了无数的观众，既给群众以艺术的享受，又增添了节日的气氛，正因为人民热爱它们，所以它们才具有旺盛的生命力，一直流传至今。

（三）东湖村“滚傩神”简介

东湖的“滚傩神”表演时间是农历正月初二至十五。“滚傩神”有一套较为完整的仪式和表演程序。正月初二起傩，先由族内长者至傩神庙装香点烛，顶礼朝拜，请出傩神，然后开始玩傩。傩神庙供放鸡嘴、猪嘴、清源、金毛、七星、白虎精、歪嘴婆婆、魔（鹅）王、东狱、判官、小鬼、夜叉、状元等18个面具，外出时一般只表演“鸡嘴”“猪嘴”两

图 24-1 · 东湖村傩神古庙 李自浩 / 摄

个节目，所以傩队一般由七人组成，两人担箱，五人出大神。演出前，先放爆竹，再由领班向四方朝拜请神，口念“伏矣，伏矣，十方四界，值日星宿，功曹使者……”之类的祷词，然后开始“鸡嘴”“猪嘴”表演。如果出现了瘟疫，则所有的面具全体出动，在“鸡嘴”“猪嘴”表演完毕后，由白虎精、歪嘴婆婆、状元、土地出场，演唱以“劝世文”为内容的“文戏”，紧接着由“东狱”牵着用锁链套着的“小鬼”出场巡游一遍，“魔（鹅）王”进行踩爆竹表演，最后由“鸡嘴”“猪嘴”进屋搜索，驱邪出门。整个演出，四五个小时。元宵一过，便回马归位，将面具送回庙中。不过东湖的“滚傩神”有一个规矩：不请不跳。

二、实地调查情况

2012年7月21日上午，笔者电话联系了乐安县文化馆的周文胜馆长，约好了访谈时间后，下午来到乐安县文化馆，采访了周文胜馆长和王青馆员，晚上在文化馆搜集资料并拍照。22日上午，乐安县文化局副局长谢华勇和周文胜陪同笔者到增田镇东湖村采访沙前排村小组组长杨三生和乐安傩舞县级传承人杨兴才。

（一）乐安傩舞的保护现状

乐安傩舞是2006年被国务院批准为首批国家级非物质文化遗产项目的，六年来县文化局和文化馆按照“保护为主、抢救第一、合理利用、传承发展”的工作方针开展工作，2006年制订了五年保护计划，并已经分步实施。同时还逐步建立健全各项保护制度，制定了《乐安县非物质文化遗产代表性传承人保护办法》《乐安县县级非物质文化遗产保护与管理暂行办法》《国家级非物质文化遗产名录项目“十二五”期间保护计划书》等。在实施过程中，从原生性、历史性和完整性等方面抢救保护乐安傩舞，优先抢救保护具有重要历史、文化和艺术价值且处于濒危状态的傩仪、傩舞节目及其传承人。在有效保护的前提下，合理开发和利用乐安傩舞，并计划到2015年形成完善的保护体系和传承体系。

六年来，县文化局和文化馆先后完成了乐安傩舞的田野调查，建立了完整的乐安傩舞资料库；在县文化馆设立了傩舞展厅，并开展了乐安傩舞进校园活动；在增田镇东湖村建立了培训基地；与省电视台合作录制了乐安傩舞“滚傩神”纪录片，举办了乐安傩舞广场展演和广场电影等活动。

乐安县文化馆作为乐安傩舞的直接保护单位，隶属于县文化局，为股级事业单位。下设有非物质文化遗产保护办公室、非物质文化遗产传习室、档案室和资料室。还设有乐安傩舞展厅，用以展示面具、服装和道具。文化馆现有工作人员4名，他们同时也是乐安傩舞的主要保护人员。

乐安傩舞保护队伍名单如下：

表24-1　乐安傩舞保护队伍名单

姓名	性别	年龄	专业	职称	单位	联系电话
卢学军	男	65	舞蹈	馆员	乐安县文化馆	0794－6592587
周文胜	男	41	群文	助理馆员	乐安县文化馆	0794－6592587
陈志刚	男	47	中文	高级教师	乐安实验小学	1387###6826
阮　平	男	46	群文	馆员	乐安县文化馆	0794－6592587
王　青	女	34	美术	馆员	乐安县文化馆	0794－6592587

（二）保护工作的具体措施

乐安县文化馆在保护工作中，一是抓好乐安傩舞文化空间设施建设。从2007年开始，完成了增田镇东湖村沙前排小组村容村貌的整治工作，对傩神庙等古建筑进行了全面维修和改造。二是积极开展乐安傩舞展示展演和对外文化交流活动。2007年以来，结合每年的文化遗产宣传日活动，先后开展了乐安傩舞广场展演、广场电影和广场展览等活动，观众人数达到2.4万人次。还应邀参加了首届江西国际傩文化艺术节、南丰蜜橘文化节踩街表演和澳门内地春节习俗展。三是开展了乐安傩舞的理论研究。2010年，邀请了江西师大在校研究生利用三个月的时间深入增田镇东湖村进行考察，完成了论文《论东湖傩的宗教仪式及其文化内涵》，发表在2012年第12期《时代》杂志上。此外，还和县实验小学创编了乐安傩舞课间操，获得全省课题研究成果二等奖。四是做好乐安傩舞对外宣传工作。2010年与江西电视台联合拍摄了乐安傩舞纪录片《乐安滚傩神》，在《赣风》栏目播出，该片还获得了在西安举办的国际民俗影视作品展优秀节目奖；从2008年以来，每年以乐安傩舞为主要题材，编印了形式多样的贺年卡在省内外发行，累计发行5万张；还创编了大型舞蹈《乐安傩舞》进行巡回演出，受到领导和专家的好评。五是做好乐安傩舞各级代表性传承人的申报工作。从2007年开始，先后申报了并获批省级代表性传承人1名，市级2名，县级3名。六是开展了形式多样的传承活动。组建了一支由7人组成的乐安傩舞传承队伍，并为其添置了面具、服装、道具等，每年有组织有计划地开展传承活动4次以上。目前累计培训200余人次。此外，还积极开展乐安傩舞进校园活动，《鸡嘴舞》《乐安傩舞韵律操》在校园广泛推广。

周文胜作为文化馆馆长，对未来乐安傩舞有五个方面的保护憧憬，概括起来就是五个一：一本乐安傩舞专著；一部傩舞题材的电影或电视剧；一个傩舞艺术团；一个面具工艺雕刻厂；一个傩舞民俗村，打造动物崇拜寻根之地。

（三）保护工作中存在的问题与整改情况

县文化馆对于乐安傩舞的发展现状进行了较深入的调查，认为其存在三个方面的问题。一是经费不足。乐安县是国家重点扶贫县，县级财政十分紧张，而用于“非遗”保护的经费又很大，特别是在征集实物的过程中，因经费严重不足，造成众多贵重实物征集不上来，保护工作时常出现捉襟见肘的尴尬局面。二是人才断层。“非遗”保护是一项全新的工作，专业要求高，但是乐安县具备这种高素质的人才是少之又少。专业人才招不进

图 24-2 · 傩舞健身操 王青 / 摄

来，也调不进来，造成工作处于两难境地。三是传承人思想不稳定。传承人均为农民，生活不宽裕，因为得不到满意的待遇条件，他们就对传承工作缺乏热情和信心。

针对存在的问题，县里进行了认真整改，并提出了三项整改举措。一是经费方面，争取县财政经费支持并积极拓展资金筹集渠道。二是人才方面，将工作经验丰富且有一定写作水平的退休老干部返聘到保护队伍中，以老带新，不断壮大保护队伍。三是传承人方面，通过命名、授牌，并对各级传承人给予适当经费补助，来调动传承人的积极性。

（四）专项经费使用情况

2006年乐安傩舞获得中央专项保护经费10万元，2009年获得保护经费20万元，共计30万元。其中，拨给保护单位27万元，拨给增田镇用于文化空间建设3万元，对资金使用和管理做到了专款专用。保护单位的27万元，主要开支在以下几个方面：一是用于乐安县举办乐安傩舞展示、展演、展览等文化活动，共计0.6621万元；二是用于组织参加省、市民间艺术调演活动，共计0.9740万元；三是用于开展普查申报工作经费，一共0.9677万元；四是用于添置普查设备，一共1.2698万元；五是用于拍摄制作录像片、贺年卡，一共0.7380万元；六是用于保护项目文化空间设施建设，一共2万元；七是用于项目研究，一共1.0275万元。累计开支7.6050万元，专账还剩19.3950万元，但还有十几万元拖欠款没有支付。

图 24-3 • 东湖村傩班杨兴才（左）和杨三生（右） 李自浩／摄

（五）东湖村傩班概况

东湖村目前只有一个傩班，就是沙前排小组的傩班。这个傩班共有8人，分别是：杨光明（53岁）、杨友才（61岁）、杨冬香（36岁）、杨根荣（32岁）、杨兴才（63岁）、杨金保（41岁）、杨毛女（66岁）、杨三生（62岁）。

沙前排约有170余人，全为杨姓。杨氏一族共分三公三房，以此区别血缘亲疏。同公即为同祖，互相之间为叔伯兄弟。如傩班中的杨毛女和杨兴才同公同房，为叔伯兄弟。沙前排杨姓按照“广、传、世、教、佐、达、右、樑”来排辈。在世的杨姓族人从传字辈到达字辈，共有5代。杨氏傩班传内不传外，传男不传女。

据杨兴才讲，每年过年的时候，从正月初二开始，傩班开始到邻近的村庄跳傩。跳傩的时间和地点是规定好的，上午在哪个村跳，下午在哪个村跳，在哪个村吃早饭，在哪个村吃午饭，不管下雨还是天晴都要去，年年如此。而且，这种规定新中国成立前就有了。跳傩的时候，要念咒语，咒语是全部写在傩书上的。跳的时候，打着赤脚，脚底下是放响的鞭炮，鞭炮多达好几担，但是跳傩人的脚并不曾受伤，这都是咒语起的作用，这些咒语现在都失传了。

跳傩被当地人认为可以驱邪逐鬼，所以傩班不论到了哪个村里都很受欢迎，也常被事主邀请到家里跳傩。旧时傩班到村庄跳傩并不收钱，只要饭食，或者送灯油、大米等。跳傩从初二开始一直跳到元宵节才结束，这期间，傩班吃住全在村庄。

1966年“文化大革命”开始以后，全社会“破四旧”，烧掉了很多神像、道具、面具，傩班也不再跳傩了，到20世纪80年代逐渐开始恢复跳傩。现在的沙前排村傩班里年纪比较大的杨兴才、杨友才、杨毛女、杨三生等人，收入较少，仅能基本解决温饱问

图 24-4 • 杨冬香在传授傩舞
王青 / 摄

题。年纪小一些的杨冬香、杨根荣等，除了种地之外，还外出打工挣钱，收入相对多一些。傩班外出演出的机会很少，况且演出收入相对于生活需求而言杯水车薪，解决不了根本问题。

东湖村只有一个傩班，且傩班一般保持在7—9个人。跳傩总人数从旧时到现在，始终寥寥无几，屈指可数，实是有难言之隐。在东湖村民的记忆中，跳傩的人是没有后代的，而且不管怎样，只要谁参加了傩班就不会生小孩。所以，跳傩人便成了村民眼中的另类，跳傩也被有意无意地当成了不吉利的事情。拿沙前排村小组这里来说，一般都是让孤儿来跳，有妻儿老小的，家里是不让来跳的。近几年，由于全社会"非遗"保护的影响，县里通过大力宣传，逐渐改变了村民学跳傩的守旧思想。

二、小结

乐安傩舞自2006年入选首批国家级非物质文化遗产名录，到现在已经6年多时间了。在这期间，乐安县政府和分管"非遗"工作的文化局、文化馆，在现有条件的基础上，创造性地开展工作，使乐安傩舞得到了原生性、系统性和社会性的保护，把鲜为人知的艺术奇葩展现在世人面前。乐安县作为国家重点扶持的贫困县，在开展"非遗"保护的工作中，遇到的最大的问题还是经费问题，其次是人才队伍的问题。以杨兴才为代表的乐安傩舞代表性传承人，其生活状况令人堪忧，而跳傩本身并不能解决他们自身和家庭的经济问题。这样的现实引发了笔者的思考，国家在统筹安排全国非物质文化遗产经费划拨的时候，是一刀切的划拨手段，并没有考虑到各个地方的经济状况和财政能力。这样做可能出现两种不同的结果，经济发达地区的非物质文化遗产靠地方财政就可以解决经费问题，那中央划拨的经费就是锦上添花。经济欠发达地区或者像乐安县这样的国家级贫困县，地方财政没有能力解决经费问题，那中央划拨的经费就是雪中送炭。国家在安排保护经费这个问题上，如果能酌情增减各个非物质文化遗产的扶持经费，才能最大限度地发挥经费的实际作用。

第二十五章 南丰县跳傩调查报告

项目名称·南丰县跳傩

所属类别·民间舞蹈

申报单位或地区·江西省南丰县政府

入选国家级非物质文化遗产名录情况·2006年第一批 Ⅲ-7

撰写人·李自浩

一、南丰县非物质文化遗产概况

（一）南丰县跳傩简介

南丰县是文化部第一个命名的中国“民间傩舞艺术之乡”。傩舞，南丰俗称“跳傩”，是南丰乡傩的主要表现形态，它有两千多年的传承历史和深厚的文化积淀。汉初，长沙王吴芮驻兵南丰军山时，即在西乡一带“传傩以靖妖氛”。唐末，饶州余干县余氏为避战乱，徙居南丰，将祖先在四川为官时崇奉的傩神清源祖师“请至”金砂村，立庙奉祀，世袭“驱傩”。南宋时，邑人刘镗作《观傩》诗曰：“鼓声渊渊管声脆，鬼神变化供剧戏。”诗中详细描写了南丰傩舞剧的演出情景。明清两朝，南丰乡傩发展很快，许多村庄修建傩庙，组建傩班，如上甘村永乐年间（1403—1424）迁建的傩庙现仍保存完好。民国年间，南丰有班队100余个，新中国成立后发展为130多个，统称为傩班，节目都称傩舞。

南丰“跳傩”保留了古老的傩礼仪式。民国前，每当立春日，官府于东郊举行迎春礼，“竹马、大傩、和合、狮子之戏，衣彩衣，戴面具而舞”，“官舞竟，则遍舞于民间”，城镇与农村，处处锣鼓，家家“跳傩”，直至元宵之后。一些大傩班沿袭古礼，举行隆重的“搜傩”或“解傩”仪式，几个捉鬼神灵，或执铁链，或举桃剑，到各家厅堂或房间“索室驱疫”，将虚拟的鬼疫解送村外水中，然后举行占卜“判筶”仪式，祝祷人丁兴旺，五谷丰登。有的傩班则与灯会、戏社联合，举行大型游乐活动，数百村民出灯，与傩班、戏班弟子一起串村游堡，跳傩演戏，送陈纳吉，形成农村的狂欢节日。

南丰“跳傩”流传近百个节目，内容来自神话传说、古典小说和民间故事。有《开山》《雷公》《魁星》《财神》《哪吒》《杨戬》《金刚》《纸钱》等独舞，有《白袛》《回子》《对刀》《钓蟾》《双伯郎》《花鲍对阵》《小尼姑下山》等双人舞，有《福钟馗禄寿》《八仙过海》《张天师召将》《水漫金山》等群舞，还有《西游记》与《封神榜》舞剧系列节目。其中一些节目是“哑杂剧”的表演形式，如《傩公傩婆》与《钟馗醉酒》等。傩舞风格各异，有的巫步手诀，舞姿诡秘；有的古朴刚劲，节奏强烈；有的刚柔相济，表演细腻；有的模拟生活，风趣幽默。表演中，有的大傩班还穿插技巧和武术节目，保留了古代百戏演出风格。

南丰“跳傩”现存2300多枚面具，有驱疫神祇、民间俗神、道释神仙、传奇英雄、精怪动物、世俗人物等150种角色。面具造型浑厚，色彩古朴亮丽，文化符号隐秘。“跳傩”音乐丰富，有清锣鼓、鼓吹乐、吹打乐、丝竹乐等伴奏乐队，民乐俚曲，融合一体，共同构成独具地方特色的南丰傩文化。

（二）南丰县主要非物质文化遗产项目

南丰县从2006年开始对全县的“非遗”项目调查摸底，然后登记造册，当时调查到的项目有五六百个。在这个基础上，集中申报了5个，分别是：民间舞蹈类的南丰县跳傩、传统技艺类的南丰蜜橘栽培工艺、传统手工技艺类的南丰泥炉制作工艺、民间美术类的南丰傩面具雕刻、民俗类的“妆迎”。这5个都是省级的非物质文化遗产，南丰县跳傩同时又是国家级非物质文化遗产。除此之外，市级的“非遗”项目有6个，县级的“非遗”项目有10个。

二、实地调查情况

笔者2012年7月20日上午在抚州市文化馆馆长余晓辉的陪同下，来到南丰县文化局，采访了文化局副局长刘在梁，21日在余晓辉、刘在梁陪同下到三溪乡石邮村采访了南丰县跳傩国家级传承人罗会武，采访结束后，又参观了南丰县博物馆和南丰傩文化展览馆。

（一）南丰县跳傩的保护单位

南丰县文化局原设有“南丰县跳傩研究保护中心”，专门负责跳傩的保护事宜，但不合市里的要求。市里要求文化馆负责非物质文化遗产的各项工作，南丰非物质文化遗产保护中心就设在县文化馆。但是文化馆人手急缺，现在只有一个工作人员。南非县实际是文化局副局长刘在梁负责“非遗”工作。

图 25-1 • 南丰县跳傩场景 刘在梁 / 摄

（二）保护最好的石邮傩班

据南丰县文化局提供的资料，三溪乡石邮村“跳傩”是南丰保存古傩仪式最好的乡傩班。石邮《吴氏重修族谱》记载，明永乐年间，石邮人吴朝宗任广东潮州府海阳县令时，曾迎傩驱疫。解职后，奉迎24神像回乡，修建傩神庙，组建族傩班，选派8名杂姓子弟充任，由带回的8个艺人教傩。明嘉靖年间，为避兵难，所挑神像过桥时一箱掉于水中，留下开山（2枚）、纸钱、雷公、钟馗、大鬼（2枚）、二鬼、一郎、二郎、傩公、傩婆、关公共13枚面具，此后只表演《开山》《纸钱》《雷公》《钟馗醉酒》（分《醉酒》和《跳凳》两折）、《双伯郎》《傩公傩婆》《祭刀》8个节目。

石邮“跳傩”从农历大年日至正月二十前后结束，沿袭古礼进行，仪式结构为：下殿—起傩—演傩—搜傩—圆傩—安座。其中“搜傩”是典型的古傩“索室逐疫”仪式，当晚全村参与，千人观看，铳炮震天，气势磅礴。石邮“跳傩”节目《钟馗醉酒》早在1957年即赴北京参加全国民间音乐舞蹈调演，此后石邮傩成为众多文艺工作者关注的热点。“文革”后，石邮“跳傩”西出桂林专场表演，北上京城商业演出，东赴济南参加庆典。1998年和2001年又作为中、日、韩文化交流使者，两渡日本表演。2008年应邀参加法国巴黎第12届原生态艺术节。

石邮傩班在人数上有特殊要求，就是固定8个人跳，8个人中领班的叫大伯，按进班先后分别叫二伯、三伯、四伯、五伯，一直到八伯。这种排序既可以体现进班的先后顺序，也可以体现地位的高低。8人中只有一个人过世了，才可以补进新人，新人即为八伯。

石邮村在当地是一个较大的村子，有1100余人，村子里以吴姓为主，杂有叶、刘、罗、曾诸姓。在旧时，跳傩被视为低贱的事情，跳傩人身份卑微，受人控制。石邮村傩班即是由吴姓头人控制，并由其他杂姓人充当跳傩人。头人一般有25个人，这25个人实行轮换制。头人给傩班筹集资金、做衣服、做面具，养活傩班。傩班这8个人有更换的话，要经过头人同意和选拔。傩班有演出也不能私自进行，也需经过头人同意。这种头人管理负责制的传统一直延续到现在，这也是石邮村傩舞保存得比较好的一个原因。相对而言，其他村子跳傩者和管理者是合二为一的，管理者同时也是跳傩者。

石邮村傩班的名单如下表所示：

表 25-1　石邮村傩班的名单

姓名	称谓	性别	年龄（岁）
罗会武	大伯	男	73
彭金孙	二伯	男	73
唐仙仔	三伯	男	45
聂毛仔	四伯	男	47
彭春根	五伯	男	39
罗润印	六伯	男	36
张水根	七伯	男	34
饶金泉	八伯	男	32

（三）南丰县跳傩国家级传承人罗会武

罗会武，生于1939年，曾读过半年私塾，1959年11月加入石邮村傩班，先后师从彭润仔、刘加龙、李长仙、罗会友等老艺人学习跳傩，先后担任傩班的八伯、七伯、六伯、五伯、四伯、三伯、二伯。1984年11月起先后教授传承石邮村傩班叶根明、聂毛福、罗润印、张水根、彭春根5人学跳傩。2003年2月至今，任石邮村傩班大伯，并负责管理傩班。他熟悉傩班的各项仪轨程序，主持各项傩仪和跳傩活动，传承跳傩技艺。擅长跳《开山》《纸钱》《雷公》《傩公傩婆》《钟馗醉酒》《跳凳》《双伯郎》《关公》全部8个节目的各个角色，技艺全面、精湛，堪称南丰傩乡有代表性的傩舞艺人和传承人。

罗会武日常以务农为主，种有300棵橘子树，还有0.7亩水稻，每天日出而作，日落而息。一年内大部分的收入来自橘子树，橘子丰收的时候，可以收入3万元左右；歉收的时候，有1.6万元左右的收入。跳傩所获收入仅占一小部分，每年正月初一到十五，跳傩最多可以挣1000多元。平时，政府组织的表演、展演，也能收入1000元左右。作为国家级传承人，他总共从县里领过三次传承经费，一次6000元，两次8000元。

罗会武的老家并非石邮村，而是同乡的另一个村子。罗会武的高祖将家迁到了石邮村，到罗会武已经是第五代了。罗会武没有兄弟姐妹，其父亲仅此一子。他从师傅那里学到的技艺比较少，主要是从一起跳傩的人那里边跳边学。罗会武有6个孩子，老大是儿子，其他5个是女儿。儿子是抚州市的高校教师，没有继承跳傩。

南丰县跳傩除了一个国家级传承人以外，还有省级传承人两人，市级传承人两人，县级传承人12人。

（四）经费和艺人收入情况

南丰县跳傩的专项保护经费基本做到了专款专用，主要用在5个方面。一是用于举办傩文化活动。其中，2007年、2009年、2011年南丰国际蜜橘文化节傩舞踩街活动开支23万元，2008年文化遗产日期间举办南丰县跳傩调演开支8万元。二是参加省、市民间艺术调演活动。分别组织傩班参加了三届江西省文化遗产日开幕表演，参加了临川文化节民间艺术展演，参加了厦门文化产业博览会文艺表演等活动，共开支5万元。三是用于创作出

图 25-2 • 传承人罗会武（中）和弟子
刘守琴 / 摄

版傩文化作品。四是开展傩文化普查。五是录制傩文化专题片等。

刘在梁介绍：傩班在过年这段时间一般是在自己村子里面跳，有的也到别的村子跳，跳到村头的时候人家会包个红包放在那里，但是这个钱也不多。每年除了正月初一到十五这段时间，其他时间一般不跳，所以就没有什么收入，年轻人不学这个的原因也就是这个。有几个傩班县里搞活动经常请他们去，然后会给些工钱。还有的出过几次省，出过几次国，稍好一些。

国家给南丰县跳傩的经费，2007年给了10万元，以后又给了30万元，目前为止一共有40万元。那个经费远远不够，主要还是县里和局里来解决。傩舞的专场演出很难进行，也很难赚钱，所以我们还是跟蜜橘结合起来搞旅游。原来也想学习少林寺在旅游结束后观看半小时武术表演那种模式，在旅游结束后观看半小时傩的表演。但是南丰县不是旅游大县，那样搞不现实。我们每年主要是两次游客多一些，一个是蜜橘花开的时候，时间是春季4月份，一个是蜜橘成熟的时候，时间是冬季11月份。到时候傩班会在村头跳傩赚点钱。

（五）南丰县跳傩大事记

2001年元月1日，县文广局组织下坊“少儿傩舞艺术团”参加江西省“千禧年”旅游节开幕式表演。

2001年7月8日至12日，香港凤凰中文卫视台和天津电视台《寻找远去的家园》摄制组赴石邮和上甘拍摄傩舞及村落文化。11月上甘傩班6人赴天津参加其电视专题片的开播仪式。

图 25-3·傩文化活动书影 李自浩 / 摄

图 25-4·2007 年踩街活动场景 章梦元 / 摄

2001年7月20日至8月19日，县文广局组织“南丰傩舞艺术团”和“南丰傩面具展览”，参加山东济南市“纪念曾巩任齐州知州930年”演出和展览。

2001年10月19日至30日，南丰傩面具参加香港“中国传奇”艺术节《民间喜吉祥》中国民间艺术展，民间艺人罗春明到现场雕刻。

2001年10月11日至13日，县文联组织民间雕刻艺人参加了省文联、省民协、景德镇市文联举办的“江西首届民间工艺精品展”，南丰获一等奖、二等奖、三等奖各一名，县文联及曾志巩同获组织奖。

2001年10月27日至28日，由县委宣传部部长领队、石邮傩班8人赴日本东京，参加第八届中日韩戏剧节演出。

2001年11月23日至26日，由县文广局组织的“南丰傩舞艺术团”赴上海参加省委省政府举办的“江西优质农产品（上海）展示展销会”表演。

2002年10月，县文联组织民间雕刻艺人参加省文联、省民协主办的“江西省第二届民间工艺美术精品展”，南丰傩面雕刻艺人获一等奖1个，二等奖3个，三等奖1个，1人评为高级民间工艺美术师，4人评为民间工艺美术师。

2003年11月12日，“2003年中国南丰国际蜜橘节”开幕，由各乡镇组织的百人傩舞队在开幕式上作表演。

2004年，张宜祥木雕作品《开山》参加了“第三届中国国际民博会暨第二届中华（天津）民间艺术精品展览会”获金奖。

在2005年的中国江西国际傩文化艺术周上（南昌），石邮傩队荣获中国江西国际傩文化艺术周中外傩艺术展演金奖。

2005年6月14日，出席“中国江西国际傩文化艺术周”的100多名中外学者到南丰观傩，并到石邮村考察傩仪傩舞。

2005年11月9日，由南丰县各乡镇及群众团体组成的千人傩舞队在南丰县城举行了隆重而又喜庆的踩街游行活动。

2006年6月，“南丰县跳傩”入选第一批国家级非物质文化遗产名录及江西省第一批省级非物质文化遗产名录。

2006年6月12日，由县文化局组织的下坊“傩舞艺术团”赴南昌参加省“非物质文化遗产日”活动演出，并获特别纪念奖。

2006年7月，由县文联主席黄伟斌领队，水北和合傩班7人赴日本东京参加中国文化日活动演出。

2007年3月，县文联上报石邮罗会武和上甘永福为中国民间傩舞传承人，张宜祥和罗春明为傩舞面具雕刻传承人，罗会武被中国民协认定为中国民间文艺杰出传承人。

2007年11月，由县文联组织的石邮傩舞班赴甘肃永靖演出。

2007年11月，文化部原代部长、中国文联名誉主席周巍峙一行抵达南丰，到三溪乡石邮傩村考察傩舞，并为石邮村题词“中华傩文化第一村”。

2008年6月，南丰县被中国傩戏学研究会批准为“中国傩戏学研究会团体会员江西省南丰县傩文化研究基地”。

2009年1月，国家文化部命名南丰为“中国民间文化艺术之乡（傩舞）”。

2008年4月7日，南丰县三溪乡石邮村傩班等一行10人启程赴法国巴黎，参加法国“第12届原生态艺术节”。

2009年10月29日，南丰傩舞参加了“第二届海峡两岸（厦门）文化产业博览会”。

2009年11月8日下午，以南丰傩舞表演为主的民间艺术踩街活动在县城举行。

2010年4月17日，由南丰县人民政府、抚州市旅游局主办，南丰县旅游局和三溪乡政府承办的“走进傩舞之乡，感受蜜橘花会”乡村旅游活动在南丰县三溪乡石邮傩文化民俗村举行。

2010年4月28日，南丰县三溪乡石邮村傩班和市山镇竹源村傩班16名傩舞民间艺人，前往韩国晋州参加“第13届东亚西亚假面具盛会”。

2010年6月2日，以南丰傩舞为题材的数字电影《桔乡傩缘》在央视电影频道播出。

2010年7月，南丰傩面雕刻艺术家张宜祥在世博会江西展馆现场进行木雕傩面具艺术展演。

2011年11月9日，南丰县组织举办了以傩舞为主的1000多人参加的民间艺术踩街活动。

三、结语

南丰县跳傩2006年被国务院批准为首批国家级非物质文化遗产，2008年，艺人罗会武被评为国家级非物质文化遗产代表性传承人。5年来，南丰县通过夯实南丰县跳傩基地，激发傩舞艺人积极性，组织专家学者开展研究，举办跳傩展示活动等方式，对南丰县跳傩进行了较好的保护和传承。应该看到，石邮村傩班的由大户人家豢养的家傩性特点，使其长期以来受控于吴姓头人，得不到自由发展的空间，但正因受到头人的管制，傩班没有私改、私跳等权利，石邮村傩舞才较好地保存了传统、延续了传统。

中央非物质文化遗产专项经费的拨付，在一定程度上缓解了非物质文化遗产保护经费不足的问题。在该项经费的支持下，南丰县每年培训傩舞艺人100多人，举办大型傩文化活动两次以上，参与傩班100多个，跳傩人员2000多人，观众达2万人次，为开展保护传承活动提供了必要的经费保障。但是这项经费只占南丰县跳傩所有开支的20%，经费不足仍然是制约非物质文化遗产保护与发展的主要问题。

跳傩对于村民来说既是一种信仰，也是一种娱乐，这是跳傩世代传承的原始动力，至于它作为经济来源的功能是微乎其微的，因为跳傩的目的是祈祷来年风调雨顺、粮食丰收。如果跳傩到家里厅堂里面的话，就是祈求一家人健健康康、平平安安。对于跳傩这一迎吉纳祥的传统，村民是愿意花钱的。跳傩的主场在乡村、农家，并不在城市、舞台。它动作简单、单调，并不适宜舞台表演。近年来，像北京舞蹈学院和江西歌舞团这些专业舞蹈院团，纷纷吸取傩舞的元素来进行舞蹈创编。这种风气已经影响到了南丰跳傩发展，并对傩班艺人的价值观有所影响。这种情况，应当引起警惕。

第二十六章

塔尔寺酥油花调查报告

项目名称·塔尔寺酥油花

所属类别·传统美术

申报地区或单位·青海省湟中县塔尔寺

入选国家级非物质文化遗产情况·2006年第一批 Ⅶ-48

撰写人·都本玲

酥油花是青藏高原上一种独特的油塑技艺，以牛奶反复搅拌后形成的酥油为原料，调以鲜艳的颜色，利用其低温下呈凝固状可塑性强的特性，通过各种雕塑手法，配合艳丽的色彩，塑造出各种佛像、人物、飞禽走兽和花草树木、亭台楼阁等形象，用以礼佛供奉。在青藏高原的格鲁派寺院中，大小寺院都会在农历正月十五这一天供奉酥油花，基本以单个的佛像和花草树木、动物的塑造为主。塔尔寺酥油花能在众多寺院的酥油花中脱颖而出，不仅因为其造型生动多样，塑造技艺较高，还因为塔尔寺的酥油花表现的是一个完整的故事，不是单个而是成组的主题系列雕塑，每年上、下花院的酥油花竞赛让塔尔寺酥油花技艺不断精进，塔尔寺酥油花展也成为每年一度的盛大展事备受教内外关注。塔尔寺酥油花作为酥油花制作的代表在2006年入选我国的第一批国家级非物质文化遗产代表名录。

一、塔尔寺酥油花依存的宗教生态环境

不同于其他的非物质文化遗产项目，宗教类非物质文化遗产项目有一个重要的特征是其背后的宗教信仰体系，这类项目建立在宗教信仰基础之上，因宗教信仰而诞生，并为宗教信仰服务。宗教价值是其本身产生与存在的原始动力，对于局外人来说，这一类“非遗”项目的价值核心是文化，而对于局内人来说，其价值首要的还是宗教。此类“非遗”项目的产生及流变与其生长的宗教土壤息息相关，不可分割，其因何肇始，采用何种表现形式，如何选择传承方式，以及未来的兴衰走向等一系列问题都与其所处的宗教大环境密切相连。可以说，藏传佛教信仰体系和塔尔寺的宗教生态大环境是塔尔寺酥油花传承形式与内容的基础。

塔尔寺藏语“贡奔强巴林”，意为十万佛像之弥勒院，位于青海省西宁市西南25公里处的湟中县鲁沙尔镇，这里是藏传佛教格鲁派创始人宗喀巴大师的诞生地。宗喀巴大师在藏传佛教被尊崇为大智文殊菩萨的示现化身，是藏传佛教历史上影响最大的人之一。宗喀巴大师一生遍访名师，博学多闻，在学问修持各方面都具有很高的造诣。他在总结吸取大小乘、显密各派学说理论的基础上自成一家，“采取原始佛教之乞食、座具、服装等方式，提倡般若中观与秘密金刚乘之融合说，认真矫正旧派佛教的流弊而严持戒律，并戴黄帽以区别于其他旧派，成为十四、十五世纪藏传佛教的改革家，因此开创了藏传佛教的黄帽

派”[1]。塔尔寺最初就是为宗喀巴大师修建的纪念塔，后来一代代逐渐扩展形成寺院，因先有塔，后有寺，所以叫作塔尔寺。

塔尔寺在青藏高原的藏传佛教中居于非常重要的地位，是藏传佛教格鲁派六大寺院之一，在安多藏区与拉卜楞寺齐名，加之此处是宗喀巴大师诞生地，在信众心目中格外崇高神圣。寺院始建于1379年，成寺于1560年，后又几经扩建。1612年，塔尔寺正式建立显宗学院，讲经开法，标志着塔尔寺成为格鲁派的正规寺院。塔尔寺受到历代政府的重视和推崇，据史料记载，明朝时期塔尔寺僧人就曾多次受到封号，到清代康熙帝时，认为“修一庙，胜用十万兵”，大兴黄教，曾经御赐匾额、法器、佛像、经卷、佛塔等物，北京雍和宫和山西五台山都曾有过来自塔尔寺的掌印喇嘛。三世达赖、四世达赖、五世达赖、七世达赖、十三世达赖、十四世达赖及六世班禅、九世班禅和十世班禅，都曾到塔尔寺进行过宗教活动。因此“塔尔寺在明清时期是黄教势力通往中央王朝的重要桥梁，是青海藏族经院教育的最高学府，是安多藏区最大的宗教活动中心”[2]。塔尔寺在中国佛教史上地位十分重要，甚至盛名远播东亚一代。

塔尔寺是青海佛学的最高学府，历史上有80多位转世活佛，最盛时有僧侣3600多人，新中国成立初期有1983人，后经历宗教改革和“文化大革命”，其间约20年时间，塔尔寺宗教活动停滞，僧人被迫还俗。直至十一届三中全会之后，国家恢复宗教政策，部分被遣返回家的老僧人陆续回到寺中，另有年轻僧人陆续加入，塔尔寺的正常宗教活动才逐渐得以恢复。截至2012年7月，塔尔寺共有僧侣785名，活佛17名。中央和地方政府对塔尔寺的维护和修缮十分重视，多次向寺院拨款，仅从1992年至今，拨款数额就达一亿多元。如今的塔尔寺有殿堂52座，僧舍及大金瓦殿、大经堂、九间殿、小金瓦殿、花寺、大拉让宫、弥勒佛殿、释迦佛殿、依怙殿等各类建筑1万余间，占地面积600余亩。

塔尔寺设有显宗学院、密宗学院、时轮学院、医明学院四大学院，凡来塔尔寺出家为僧者，必须先在显宗学院修学，然后入其他经院，而在显宗学院通常需要15年时间。僧人的学习内容包括佛学理论、藏语言文字、天文历算、医药、音乐舞蹈、雕塑绘画、建筑等。塔尔寺入寺当喇嘛有一定的规矩：“凡送入寺院的儿童，一般年达五六岁者，先要削发表示出家。他们在寺内随其师父在一起生活，师父多半是叔伯或舅父等。他们出家后，才由师父教给藏文字母拼音及简单的念诵经文，如《坚卜卓》(皈依颂)、《卓玛》(救度母赞）等，经如此教学数年之后，到10岁左右要受‘沙弥戒’，就算正式当了喇嘛。还加入寺院组织，每天到经堂念经。按该寺规定到20岁时受‘比丘戒’，严格遵行释迦佛所定的253条之戒律。这些受戒的手续连转世的活佛也必须经过。但是，在塔尔寺中一生没受过‘比丘戒’的喇嘛也很多。当了正式喇嘛后，便可以依照师父的意思或个人的志愿加入任何一个学经部门学习经典以及有关的宗教知识。”③

整个塔尔寺的宗教文化体系庞大而又秩序井然，塔尔寺酥油花就在这样的丰沃宗教土壤里生根发芽，成长为青藏高原上的一枝绝美之花。

二、上、下花院竞争机制促生持续内动力

塔尔寺原来的寺院组织可以分为行政组织和宗教组织两种。最高行政负责人为总法台，总揽全寺的教育和行政事务。总法台下设有襄佐和六族甘巴。其下为吉索，即寺院的实际行政机构，称为大吉哇。大吉哇设有吉索第巴三人，为实际负责管理全寺事务的人，这三个人通常称为大老爷、二老爷、三老爷。他们处理各项事务后要向总法台汇报。大老爷总揽全寺内部事务；二老爷负责对外交涉事务；三老爷负责会计总务。在三位老爷下还有一些人员听其指挥。吉索中除三位老爷外，还有一位管杂务的人，通称四老爷。另有汉文秘书一人，藏文秘书二人。全寺的重要事务，由总法台主持，并由襄佐、大僧官、大老爷加上六族甘巴等十人组成的噶尔克会议讨论决定。塔尔寺的宗教教育的总负责人也是总法台。其下是大经堂，大经堂中设大僧官一人，大僧官下有四个小僧官。大经堂中还有总引经师一人。④

如今塔尔寺改由塔尔寺管理委员会管理全寺事务。塔尔寺寺管会目前由20人组成，设主任1名，副主任7名，各自分工不同。内部组织机构按管理层次分为四个层次。民管会为第一级管理组织，下设六个二级管理组织，即办公室、教务处、僧人管理处、财务处、总务处和治安处。塔尔寺管委会的分工很明确，几个副主任各自具体负责不同的事务。塔尔寺酥油花制作与展览由塔尔寺寺管会统一管理，目前酥油花事务的主要负责人是常务副主任罗藏昂秀，他是塔尔寺酥油花项目的两个国家级非物质文化遗产项目代表性传承人之一，精通酥油花制作的方方面面。另外，除了寺院内部的管理体系，由于塔尔寺酥油花已经成为国家级非物质文化遗产项目，因此还受到文化行政部门的监管，即受由文化部到青海省文化厅，再到湟中县文化局的文化行政体系监管。

几百年来，塔尔寺酥油花一直设有专门的两个机构，称作“上花院”（杰尊曾扎）和“下花院”（果芒曾扎）。上、下花院各有一个负责人，称为“掌尺”，选定当年酥油花制作的题材、构图和人员分工等事务都由掌尺决定。上、下花院的独特设置是塔尔寺酥油花不断推陈出新、不断精进的重要体制保障。塔尔寺的上、下花院平等独立，没有隶属关系，都归寺管会统一管理。上、下花院的组织结构和艺僧人数都基本一致。制作酥油花的艺僧根据出家之前的籍贯分别进入不同的花院，不会互相流动。据记载，20世纪50年代以前，上花院由西纳族主持，下花院由隆奔族主持，这两个部落位于寺院西北的西宁西川，因为是当初创建塔尔寺的六个部落中的两个，所以在塔尔寺拥有较高地位，负责主持酥油花院。凡是出身于西纳族和雪巴族的折科，以及隆奔族新庄等地的艺僧集中在上花院；出身于米纳族、申中族、祁家族、隆奔族（新庄之外）和雪巴族的账房台、红崖沟等地的艺僧集中于下花院。⑤ 到了20世纪60年代之后，西纳族和隆奔族掌握酥油花院的格局被打破，各族艺僧都可能进入酥油花院，艺僧以藏族为主，也有土族、蒙古族和汉族。

在塔尔寺酥油花的制作上，上花院和下花院之间是一种平等竞争的关系，双方僧人都在各自花院的老艺僧指导下进行酥油花制作的学习，各自沿袭自己花院的酥油花设计风格和艺术传统，在具体的制作技艺上也有各自特色。每年农历十月，塔尔寺寺管会布置当年的酥油花制作工作，上、下两院的艺僧便开始构思本院当年的酥油花主题，之后即各自开始酥油花的制作。在这个过程中，两个花院之间互相保密，艺僧不得泄露本花院的酥油花制作内容，也不去窥探另一花院的制作，全凭各自努力，力求从题材到技艺上能够胜过对方。直到正月十五酥油花展时，才能看到对方的酥油花，而展出的酥油花会由寺院的僧人和信众共同评赏，一较高下。上、下两院也在此时互相认真观摩对方的作品，互相学习、取长补短，并总结经验争取明年能够获胜。竞争机制的设立大大地激发了酥油花艺僧的积极性和内在创作潜力，为了在酥油花展上能够脱颖而出，艺僧们会自然提高对自我的要求，会以超过上一年的优胜作品为目标，集合力量完成本年的酥油花创作。这样一来，每年的酥油花会也变得更有悬念，而令人期待，竞争机制为塔尔寺酥油花带来源源不断的动力，使塔尔寺酥油花得以积极良性发展。有竞争才会有进步，几百年过去了，上、下花院这种独特的竞争激励模式仍然在塔尔寺酥油花的传承中发挥着重要而积极的作用，仍然激励着上、下花院的艺僧，笔者认为，如果运用得当，它将是未来塔尔寺酥油花继续绚烂美丽的重要持久动力。

三、艺僧眼中的塔尔寺酥油花和非物质文化遗产

关于酥油花的来源，目前学术界上没有已知确凿的记载。塔尔寺寺管会常务副主任罗藏昂秀这样描述：“宗喀巴大师为了纪念佛祖释迦牟尼，聚万僧众在拉萨大昭寺举行祈愿大法会，法会期间大师做了一个梦，梦见荆棘变为鲜花，树木变为奇珍异宝，然后他梦醒以后，为了显现这个梦境，开始召集僧人，用酥油做花卉、树木、人物，这样一直到现在。”另外还有两种酥油花起源说，其一说是起源于西藏苯教施食贡品上的小小贴花；还有一种说法认为酥油花的产生与文成公主有关，唐代文成公主与吐蕃和亲嫁给松赞干布，从大唐带来一尊释迦牟尼佛的12岁等身像，被供奉于大昭寺内，按照佛教传统，佛像前需要供奉阏伽（净水）、涂香、花、烧香、饮食、灯明“六供”，但由于当时正是严冬，没有鲜花可以供奉，所以当地的藏民就用酥油制作了鲜花的样子供在佛前，酥油花从此在藏区流行开来，后来由西藏传到了青海塔尔寺。

对于寺院中每年都要制作酥油花的艺僧们来说，酥油花的历史与价值这些问题似乎并没有那么重要，除了负责人，酥油花艺僧们对酥油花的起源、历史、文化等问题并没有太多关注。当问及酥油花的起源等问题时，艺僧大多会说：“应该是从西藏传过来的吧，具体的就不清楚了。”在对众多宗教类国家级非物质文化遗产项目进行田野考察之后，笔者发现，艺僧们的回答是再正常不过的，他们在意的是实实在在的信仰和技艺。对大多数艺僧来说，酥油花的制作和念经一样，是一件宗教事务，是他们“应该做的”，“既然师傅安排做酥油花，那就认真做好，没有想太多”，至于什么是非物质文化遗产，什么时候成为非物质文化遗产，意义何在，这些都和他们的距离很远，对于他们来说，“申遗”成功的前后他们并没有太大的感受，艺僧们想的是如何将酥油花塑造好，如何提高自己的手艺，如何完成每一年的酥油花展示供奉佛祖，而酥油花的历史渊源、文化价值等是专家学者们和个别具体负责人探讨和关注的。这种现象在宗教类非物质文化遗产项目中颇为常见。

宗教类非物质文化遗产项目，特别是在寺庙宫观中的项目，其遗产持有者多是因为虔诚的信仰而从事“非遗”相关活动，因此传承人的主要出发点和关注点都在其宗教意义上，其传承是一种宗教层面的自然传承。他们对宗教意义之外的其他社会文化价值并不关心，对自己所持有的非物质文化遗产的文化、历史价值往往认识不足。这会带来两种可能的后续结果：一种是如果该“非遗”项目在寺庙的宗教仪轨中居于重要的位置，是宗教活动的不可或缺的组成部分，而且僧人们精进虔诚，严格地按照祖训进行宗教活动，在这种

情况下，虽然并不了解非物质文化遗产的意义，“非遗”项目却可以在其宗教体系中得到较好的保护和传承。例如常州天宁寺的梵呗唱诵音乐，由于梵呗唱诵是寺庙法事活动的不可缺少的一部分，而且历来备受各大丛林推崇，所以相对传承较好。还有一种情况，如果该“非遗”项目在宗教活动中处于相对从属的地位，和宗教仪轨的结合并不是特别紧密时，如果对其作为非物质文化遗产的宝贵价值不了解，那么随着社会的发展，当其存在的客观条件发生变化时，就很容易衰落甚至被新形式取代。例如，塔尔寺花架音乐，原本是作为酥油花展的伴奏音乐存在，但由于并非酥油花展的主体，所以花架音乐的文化价值未被深入认识和重视，以至于近几年酥油花展的时候，曾经出现用录音代替花架乐队现场演奏的情况。因此，笔者认为，考虑到可能发生、正在发生和已经发生的由于对所持“非遗”文化价值不了解而随意造成的损失，对身居寺庙宫观之中的“非遗”持有人进行“非遗”基本常识和保护理念的普及很有必要。当某一项宗教类项目成为非物质文化遗产之后，各级文化管理单位和“非遗”中心要做的不是仅仅颁发个牌匾和证书，也不仅是将“非遗”保护的政策作为官面文章公布，而应督促并协助“非遗”项目持有单位，让传承人和管理传承人的人了解“非遗”项目的文化与历史等全面价值，帮助其建立基本的“非遗”保护理念。当传承人的宗教信仰传承意识和“非遗”传承意识达到统一时，“非遗”保护工作才有了真正扎实牢固的基础。

四、塔尔寺酥油花的基本情况

塔尔寺艺僧们通常在每年农历十月就开始为来年酥油花会做准备。上酥油花院和下酥油花院各自有自己的独立院落用来制作酥油花。院落中设置有酥油花制作间、念经的佛堂、做饭的厨房，还有供艺僧制作过程中临时烤火、取暖休息、喝热茶的地方。工作房要尽量大而高，这样才能容下酥油花的花架。除此之外，屋内要有通天立地的木柱子，上部横贯一条横木，便于固定酥油花的花架。下面用小木桌垫起，木桌上放一根带槽的长木条，这样就可以将花架的底座放入槽中，上部用绳子固定在横木上，防止滑落。地面要铺设厚重的木条地板，这样酥油花的部分组成雕塑就可以在尚未最后组装之前固定连接在地板上，也便于组装前的拆卸。由于酥油耐热度低，不能承受太阳直射，所以即使在大冬天，也要用白色布帘把窗户都遮蔽起来，在屋内以日光灯的光线辅助进行雕塑。青藏高原的冬天非常寒冷，但制作酥油花期间，工作房内温度要控制在零下5摄氏度以下，这是制

图 26-1 · 塔尔寺酥油花国家级代表性传承人罗藏昂秀 都本玲 / 摄

作酥油花的最基本的外部环境。

塔尔寺酥油花虽色彩缤纷、造型繁多，但制作工具实际非常简单。每位艺僧都有一个长方形炕桌，将炕桌竖起来就变成雕塑架。工作时，坐在小板凳上，炕桌置于身前，桌面朝向自己，桌腿朝外，用石块等重物加以固定，避免晃动，再根据需要用长铁钉将需要雕塑的小型部件骨架固定在桌面上。整架的酥油花由一个个小型人物、鸟兽、花木部件组成，而这些小型部件很多都是在这个小炕桌上完成的。一组酥油花，除了人物、鸟兽、亭台楼阁，大量的花卉点缀非常重要，看似复杂的花卉制作可以采用模具进行辅助，"在塑制花卉时，用各种做花瓣叶片的模具，大小不等，形态各异，有数十种。塔尔寺的模具是保密的，不能外泄"[⑥]。除了模具，艺僧们雕塑时还会用到各种木笔、木刀，通过这些看似简单无奇的工具，艺僧们创造着令人赞叹的酥油花艺术。

由于温度升高会影响酥油的硬度，而人体的正常体温是37摄氏度，这样一来在制作酥油花的时候就很容易发生融化变形，为了降低手的温度，每位艺僧的旁边都会放置一盆带冰的水，在雕塑过程中不时将手浸入冰水中来降低手温，保证造型的完整。在进行雕塑时，酥油会被揉入各种鲜艳的颜色，一个小部件也会由多种不同颜色组成，为了避免带有颜色的酥油粘在手上，混合到其他颜色中去，每位艺僧身边还要准备一盘豆面，当酥油粘在手上时，用豆面搓搓手，酥油粘到豆面上，保持手的干净。艺僧们分别制作酥油花的人物、鸟兽等组件，当组件都做好后，最后要一件件组装在大的底座上，底座是"高2.2米，宽分别为1.65米、1.35米、0.5米的9块木板。有榫头，可以组合。这些木板本来就厚重，又经多年来酥油浸透，油黑面沉重"[⑦]。

每年塔尔寺酥油花的制作都从巧妙的构思创意开始。由于上、下花院的竞争机制，使

图 26-2・工作房内已制作完成的酥油花组件　都本玲／摄

得每年的酥油花制作创意格外重要，一个好的创意往往就是获得最后胜出的关键，因此两个花院在进行每年的酥油花主题构思时都会格外用些心思。塔尔寺寺管会主抓酥油花事务的常务副主任罗藏昂秀简单概括了酥油花的构思过程：“首先要确定主题，确定主题之后，先听故事，想象这个故事中涉及几个主人公，是怎样的一个场面，然后开始选谁谁谁做哪个主人公。这样定下来以后，一部分僧人在这上面（花架）做场面，一部分僧人在下面做人物。”一架酥油花少则两三个故事，多则八九个故事，动辄人物走兽百计，亭台楼阁数十，人物的喜怒哀乐，布局的千奇百巧都依靠艺僧们的手下功夫。

关于酥油花的制作技艺，目前尚未成立专门的研究机构对其进行记录研究，塔尔寺也没有将完整的酥油花制作技艺整理成书或拍摄教材作为档案。酥油花的历史渊源、背景知识、完整的制作技艺等还没有完整、详细、图文并茂的档案记录。2008年群言出版社出版的由张喜臻撰写的《酥油花》是目前介绍塔尔寺酥油花的主要著作，书中对酥油花制作的整个过程记录比较翔实，具体制作工序分为四步，首先是扎骨架。根据所表现内容和掌尺（总设计师）的要求，用香木、草梗和麻绳、铁丝扎成大大小小形态各异的骨架。其次是做初坯。艺僧们把往年展出过的酥油花砸碎，薄薄地铺开，撒上滚烫的尚冒青烟的草木灰，卷起来，趁其变软之时使劲碾压揉捏，剔除杂质硬物，捏成一张张烧饼模样黑色坯料，韧性好、弹性强，藏语称这为“加莫勒”。把“加莫勒”裹贴在骨架上，完成基本造型，即为“做初坯”。要求造型生动，比例准确，符合总体设计的规范，稍不合适，就得返工。这道工序由技艺过硬的骨干艺僧去做，一般情况下，谁做初坯，下一步的敷塑也由自己完成。再次是敷塑。用青藏牦牛奶打制的纯净的白酥油，按比例兑入适量的各色矿物颜料，碾压搓拉，揉制成几十种颜色不同，深浅不等的彩色坯料，去敷面、描眉、点唇，去塑花、状叶、点蕊，仔细地敷塑在初坯上。若是塑制鲜嫩娇柔的花朵叶片，或是玲珑剔透的玉饰宝玩，则直接用彩色坯料用模具一次塑成。所使用的模具有几十种，属于绝对机密。对一些需要特别处理的部位，用金箔拓，用银粉描。最后装盘。用大大小小的铁条将每个部件疏密有致地固定到花架上。[⑧] 塔尔寺酥油花的《申报书》将这一过程总结为“六道工序，即扎骨架、制坯、敷塑、描金束形、上盘、开光”。基本内容一致，所谓开光是指大的酥油花架制作组装完成后，负责诵经的僧人要进行诵经仪式，此时由一名德高望重的艺僧为主佛像点睛，完成“开光”仪式。

酥油花的展出是在每年塔尔寺的正月祈愿法会期间，法会从正月初八开始，到正月十七结束。正月十四上午在辩经院跳金刚怖畏护法舞；正月十五上午浴佛，中午跳马头明王舞，晚上进行规模盛大的酥油花灯会。是时，塔尔寺内灯火通明，上、下花院分别在辩经院的南面和东北面搭建长方形灯棚，酥油花架摆放在各自的灯棚内，花架前摆放酥油灯和各色贡品，成千上万从四面八方赶来朝拜和参观的信众和游客摩肩擦踵，排队依次经过酥油花架，驻足观看，顶礼膜拜，僧侣们在旁诵经，花架乐队演奏宗教音乐烘托庄严气氛，热烈气氛通宵达旦。

酥油花灯会现场盛况与历史资料中的记载十分吻合，清代史料中，西宁县令靳昂在《塔尔寺观灯二十四韵》中描绘了塔尔寺酥油花会的情境：“寺在湟郡西南五十里。四山环迎，殿宇宏丽。住持番僧三千余众，为前、后藏总汇之所。岁于上元日，抟五色酥油作佛像、楼阁、花鸟、虫鱼，炳耀陆离，备极工巧，层累寻丈，矗若锦屏。下列铜盏酥油灯，参差星布。屏凡二十四，灯以万计。笳鼓动地，幡幢幕天。外藩蒙古及番汉顶礼，有不远数千里来者。附近游人、商贾，蜂屯蚁集。”[⑨] 极言酥油花制作工艺之精妙和塔尔寺酥油花会的热闹盛况。民国时期，西宁文人基生兰编纂的《西宁府续志·志余》中也记载了塔尔寺的酥油花会：“西宁府属各寺院，每年元宵节，皆燃酥油花灯，其中灯最多而花样最奇者，莫若塔尔寺酥油灯。其花年年改变，所不变者唯左右较大佛像耳。每于一定地点搭棚两处，上悬玻璃灯数十对，旁列花架数层，所有庙宇、宫殿、花卉、人物，皆以酥油制成。五光十色，惟妙惟肖。架前燃铜灯百千万盏，光辉相映，笙箫和鸣。远近观者，人如山海。”

虽然经历了“文革”期间的停滞，恢复后的塔尔寺酥油花会其宏大场面和热烈气氛并不逊色昔日辉煌，酥油花灯会不仅是出家人的盛会，更是广大信众虔心膜拜，表达强烈宗教感情的需要，是广大民众的节日。法国社会心理学家古斯塔夫·勒庞的群体心理学在酥油花灯会的场景中同样适用。参加酥油花灯会的人形成了“一个心理群体”，而“构成这个群体的个人不管是谁，他们的生活方式、职业、性格或智力不管相同还是不同，他们变成了一个群体这个事实，便使他们获得了一种集体心理，这使他们的感情、思想和行为变得与他们单独一人时的感情、思想和行为颇为不同”[10]。通过酥油花灯会，广大信众与所信仰的神明更加亲近，通过礼佛祈愿达到心灵上的极大满足，参加酥油花灯会的民众在宗教信仰的基础上，自觉地形成和维持着一种积极的潜在秩序。经过几百年的不断完善改进，塔尔寺酥油花从构思、制作、完成到最后的展出已经形成一套十分完整成熟的模式，由于广大信众的精神需要和藏传佛教的信仰力量，塔尔寺酥油花已经成为寺院僧侣和广大信众宗教生活的一部分，仍被寺院和广大信众所需要，这是塔尔寺酥油花能够传承和繁荣下去的核心能量所在。

图 26-3・酥油花灯会当天组装酥油花架
都本玲 / 摄

五、酥油花馆改建让酥油花不再“昙花一现”

按照以往的传统，塔尔寺酥油花的展示每年只有一次，几十名艺僧经过三个月艰苦的“抱冰”制作，完成精美的酥油花架，只在正月十五的晚上九点到半夜十二点这短短几个小时进行展示，一到午夜，酥油花和灯棚就要完全撤掉，展示现场不能留下任何痕迹，被撤下来的酥油花随之毁掉，所以虽然酥油花会时人潮不断，但能够看到酥油花的人仍极为有限，每年的展示似乎都如昙花一现。

为了让更多的人欣赏到酥油花的精美，20世纪90年代塔尔寺在却西活佛院南侧修建了老酥油花馆，安装空调维持温度。老馆位于塔尔寺的主干道上，建筑面积约295平方米，通过简单的玻璃围护和降温处理对酥油花进行保存展示。然而酥油怕高温，超过一定温度就会变色融化，酥油的氧化和生物反应还会引起酥油花的变色、变味，即使保存在老酥油馆中，每年七、八月份的时候，酥油花也免不了融化变色，无法长期保存。

寺管会副主任罗藏昂秀认为，要延长酥油花的保存寿命基本有两种思路：一种是不改变酥油花本身，通过改变外部存放环境来达到延长保存期限的效果，如利用恒湿、恒温和先进的制冷设备营造一个密闭的适合酥油花存放的环境，利用填充惰性气体等方法延迟酥

图 26-4 • 新制作的酥油花　都本玲 / 摄

图 26-5 • 隔年氧化褪色的酥油花　都本玲 / 摄

油花的氧化变色；另一种想法是从酥油花本身的制作材料入手，在酥油中添加一种材料，使酥油提高耐热度，不易氧化、不变色，这样酥油花就可以在常温状态下制作和保存了。但是究竟怎么做才是最好的方式，如何达到最好的效果，还在探讨当中。

目前，建立酥油花研究所，与科技部门联合寻找一种新的添加原料来延长酥油花的保存时间这一构想并未能真正付诸实施，而在专业机构的指导下从外部改善酥油花的保存环境已经进行。2010年塔尔寺筹划在酥油花馆原址上进行改扩建工程，中国艺术研究院建筑艺术所为其拟定了《青海塔尔寺酥油花馆改扩建项目建议书（代可行性研究报告）》，该项目建议书内容十分翔实，从项目建设的必要性到可行性分析，都给出了很专业的建议。这是研究人员和塔尔寺寺管会的僧人们共同商讨的结果，通过对酥油花馆的现状条件到场址条件、交通条件、公共设施条件、社会环境条件等多个方面的综合考虑，给出了建筑总面积2216平方米、建筑高度约20米的酥油花新馆建议书，为酥油花新馆规划了1157平方米的展陈区，以及其他配套功能用房1059平方米。

2011年9月青海省发改委对塔尔寺酥油花馆的改扩建项目可行性研究报告进行批复，最终确定投资1750万元（国家文物局投资1200万元，寺院自筹550万元），建设期为两年，在酥油花老馆的原址上建设一个2240平方米的酥油花新馆，地下一层，地上三层，除主要的酥油花展示区外，还将设立临时展区，展示塔尔寺三绝中的另外两绝：堆绣和唐卡。并在硬件设施上采用先进的温控配套设施，以保证酥油花能得到更长时间更好的保存和展示。

六、塔尔寺酥油花的艺僧状况和技艺传承情况

塔尔寺是藏传佛教的黄教六大寺庙之一，寺内僧人主要是蒙古族、藏族和土族。过去一个藏族家庭中如果有两个孩子，通常会将其中的男孩送到寺庙出家为僧，并以此为荣；同时也有由寺庙从信众家中抽调到寺中的情况。目前塔尔寺共有艺僧40多人，上、下花院各有艺僧20人左右，有两名国家级“非遗”传承人和5名省级传承人。

在20世纪30年代酥油花人数曾经多达60人，1958年后的近20年时间，塔尔寺的所有宗教活动被迫停止，酥油花制作无法继续。在此期间，大部分技艺精湛的酥油花艺僧相继去世。20世纪80年代后，塔尔寺各种宗教活动得以恢复，酥油花才又开始了制作和展示，然而由于大批老年艺僧的离世和20年传承的中断，最初恢复酥油花时十分困难，重返寺庙的掌握雕塑技艺的艺僧寥寥无几，几乎无法撑起场面，雕塑水平大不如前。

按传统，艺僧的选拔通常在十几岁时开始，在全寺范围内挑选具有艺术方面潜质的僧人，这个过程结合了师傅的意思和个人的意愿。被挑选出来的新艺僧，最初会有老艺僧辅导他们学习藏传佛教工巧明中的《造像度量经》《比例学》《色彩学》《物图与比例》等，这些是堆绣、壁画、酥油花三种艺术都需要的基础课程，在学习了一段时间之后，新艺僧们开始表现出在各个领域的偏好，然后再具体专攻堆绣、壁画、酥油花中的一种。由于酥油花怕高温的特殊性，所以每年只有从酥油花开始制作的农历十月中旬到正月十五这两三个月的时间，新艺僧才能够在酥油花制作的过程中，边看边学，真正跟随老师学习酥油花的制作技艺。这个过程是真正的口传心授，师傅一边制作今年的酥油花，一边指点身边的徒弟；徒弟一边看师傅制作，一边动手练习。好在现在有了手机、相机可以协助记录老师的制作手法，有的艺僧会把师傅的制作拍摄下来，反复观看，这在客观上可以促进学习。打下一定的基础之后，师傅会让徒弟参与一些辅助制作过程，随着新艺僧技艺的逐渐提高在酥油花制作过程中所担任的任务也会越来越重要。酥油花制作的学习时间比较长，从学习绘画基础、打酥油、认识色谱、扎骨架开始，到真正参与酥油花的制作，要不断地学习提高。一般先学制作圆盘上的图案，大概需要三年的时间；然后学习亭台花鸟等背景造型，大概需要五年的时间；最后才学习制作人物，人物的制作是需要技艺最高的，所以最终能够达到制作人物的水平的艺僧只是少数人，通常需要十多年的学习。

以塔尔寺酥油花国家级非物质文化遗产项目代表性传承人罗藏昂秀为例。1962年罗藏昂秀出生在青海省西宁市湟中县，1980年在塔尔寺出家，1981年进入上花院，跟随罗藏龙柱学习酥油花的制作。罗藏龙柱的师父是扎西尼玛，扎西尼玛是酥油花重新开始恢复

时的主要艺僧，酥油花制作技艺十分精湛，因此曾多次担任酥油花掌尺。1991年塔尔寺酥油花首次走出塔尔寺，到北京民族文化宫举办展览《文成公主进藏》酥油花展，就是由扎西尼玛担任掌尺，引起很大反响，大获成功。扎西尼玛的师父是罗藏印巴，这是更老一代的酥油花艺僧，可惜没有关于他的更多资料留下来。成为酥油花艺僧之后，第一年，是进行绘画基础知识学习，《造像度量经》《比例学》《色彩学》《物图与比例》等是必修的内容，平日里要描绘线条、练习绘制唐卡，到了农历十月开始酥油花制作时间，罗藏昂秀最先学习的是如何打酥油和加工白酥油，这也是每一个新人必经的阶段。贴金箔，扎草人骨架，学做图案画，制作简单的花鸟等也在第一年的这三个月中间边学边实践。第二年到第五年，在师父扎西尼玛的口传心授下，罗藏昂秀开始酥油花的设置布局的构思学习。整整经历了五年的学习，到第六年的时候，罗藏昂秀才开始学习人物的塑造，人物的塑造是酥油花中最难的部分，是少数艺僧才可以达到的水平，一定要在有了比较扎实的酥油花制作基础后才能开始学习。可见要想成为一名优秀的酥油花艺僧除了要有天赋更要经历一个艰苦漫长的学习磨炼过程。

当然，作为出家人，艺僧们首要功课还是念经修行，每天去经堂诵经学习，听经师讲经，观摩和参加辩经等宗教活动是他们的主要生活。除了参与寺院的活动外，艺僧在平时还要练习绘画，掌握各种边饰、八宝图的画法，练习基本功。

酥油花的制作是一项极其艰苦的工作，在零下5摄氏度的屋子里，拉上窗帐不让阳光进来，不停地手抓冰块，将双手浸在冰水中降温，保持双手低温防止酥油融化，在这样的环境中一待就是两三个月，艺僧们在制作酥油花的过程中所克服的艰苦是常人难以想象的。长时间的低温环境使得很多酥油花艺僧患上了关节炎、手指关节变形等疾病，常年疼痛难忍。寺庙对因为酥油花制作而患上相关疾病的艺僧并没有特别的照顾和补贴，艺僧们年老之后要靠自己的徒弟养老。例如，老一辈艺僧扎西尼玛，他1932年出生在青海省湟中县，从小出家塔尔寺，加入艺僧行列，他具有很好的艺术天赋，在唐卡和堆绣艺术方面都很擅长，尤其在酥油花的制作上更是精通，因此曾多次担任酥油花掌尺，然而由于常年在低温冰冻的条件下进行酥油花制作，扎西尼玛的手指在冰水的浸泡下指关节严重变形，严重的关节炎带来的病痛常年折磨着他，关节肿大，行动不便，需要靠燃烧白酒减少疼痛，但他并无怨言，2002年，扎西尼玛在塔尔寺圆寂，享年70岁。

酥油花制作环境艰苦，补贴也不高，因此对年轻一代的僧人来说缺乏吸引力，有的已经加入酥油花制作队伍的艺僧因为难以忍受艰苦的制作过程，而中途离开。酥油花艺僧的队伍从来就不是固定不变的，艺僧加入酥油花队伍时是在自愿的前提下，退出酥油花的制作也是自由的。近年来“塔尔寺三绝”中的唐卡和堆绣，市场价值越来越高，经济前景越来越好，而且相对不必忍受寒冷的艰苦环境，所以一些原来制作酥油花的艺僧受到经济因素的吸引，改做唐卡和堆绣，愿意从事酥油花制作的僧人越来越少，艺僧的流失让塔尔寺酥油花面临青黄不接的传承压力。

七、建立健全“非遗”档案

在非物质文化遗产的保护中，对项目的相关信息进行梳理和建档，是非常重要的一项基础工作，对今后的研究和保护都有重要意义。塔尔寺的档案馆保存着塔尔寺各种日常事务档案，包括各种规章制度、文件报告、艺僧档案和酥油花的各种活动资料等。

在酥油花的资料保存上，寺管会为艺僧建立个人档案，并搜集保存了历年来上、下花院酥油花创作的文字材料。

1. 艺僧个人档案包含的内容有：姓名、性别、出生年月、民族、身份证号、文化程度、工作单位、扎仓、花院、加入时间、邮编、联系电话、电子信箱、职务职称、荣誉称号、居住地址、个人工作简历17项内容，并留取每个艺僧的身份证复印件存档。现有的艺僧资料基本上是2010年8月整理建档，在此之后的人员增减未做更新。

笔者将塔尔寺寺管会保存的单个艺僧档案信息进行综合整理后，得到下表：

表26-1　酥油花传承人信息表

姓名	出生年月	民族	扎仓	花院	加入时间	文化程度	荣誉称号及其他
尕藏尖措	1942年9月	藏族	显宗	下	1957年11月	藏初中	省级代表性传承人
洛桑克宗	1969年4月	藏族	显宗	下	1985年11月	初中	
旦曲更桑	1965年4月	藏族	显宗	下	不详	初中	省级代表性传承人
罗藏昂秀	1962年10月	藏族	寺管会	上	1981年	高中	国家级代表性传承人
旦曲尖措	1972年4月	土族	显宗	上	1988年11月	藏初中	
陈力太	1980年3月	土族	曼巴	上	1994年11月	藏初中	

（续表）

姓 名	出生年月	民族	扎 仓	花院	加入时间	文化程度	荣誉称号及其他
鲍小宗	1985年4月	土族	丁科	上	1999年11月	藏初中	
华旦叶亚	1983年12月	土族	丁科	上	2004年11月	初中	2005年到拉萨雪域唐卡艺术学院学习
洛桑拉杰	1990年11月	土族	曼巴	上	2004年11月	小学	
旦切尖措	1990年7月	藏族	不详	下	不详	小学	
王海清	1992年6月	土族	丁科	上	2010年11月	小学	
旦贝尼玛	1992年10月	土族	显宗	上	2010年10月	小学	
汪导尖措	1990年8月	藏族	显宗	下	2009年11月	小学	
格桑索南	1982年4月	藏族	显宗	下	1995年11月	小学	
尕藏尖措（李友祥）	1988年2月	土族	显宗	下	2009年11月	小学	
罗藏仁增	1963年5月	藏族	曼巴	上	1981年11月	初中	
尖参克宗	1974年11月	土族	丁科	上	1985年11月	初中	
叶亚多杰	1984年5月	土族	曼巴	上	1996年11月	小学	
仁欠俄日	1984年2月	藏族	不详	下	2006年	初中	2002年学习花架音乐
更嘎多杰	1984年3月	藏族	显宗	下	2006年11月	小学	
拉参尖措	1979年9月	藏族	显宗	下	2006年11月	小学	
嘎桑尖措	1979年6月	藏族	显宗	上	1999年11月	初中	
噶桑索南	1979年2月	藏族	显宗	下	1995年11月	小学	
三 旦	1978年1月	土族	曼巴	上	1988年11月	藏初中	
更嘎多杰（仁欠）	1984年10月	藏族	显宗	下	2000年11月	小学	
贤巴尖措	1992年12月	藏族	显宗	上	2007年11月	初中	
索南尖措	1982年3月	藏族	显宗	下	1995年	初中	
勒谢尖措	1988年11月	藏族	显宗	下	2007年11月	不详	

（续表）

姓　名	出生年月	民族	扎　仓	花院	加入时间	文化程度	荣誉称号及其他
洛智尖措	1990年8月	藏族	显宗	下	2010年11月	藏初中	
尕　藏	1984年7月	藏族	显宗	下	2001年11月	小学	

2. 塔尔寺寺管会档案室中较为完整地保存了上、下花院酥油花创作的历年文字材料，包括最早期的手抄稿件到后来的单页黑白打印纯文字简介，再到近几年装订成册的彩色铜版纸带图简介。这些资料对于研究塔尔寺酥油花是重要的材料。笔者对大量此类资料按照年代进行分类整理，并制成表格，据此可更直观地了解塔尔寺酥油花制作的历史情况。

表 26-2　塔尔寺历年酥油花作品档案

时　间	作　品	创作花院	备　注
1983	《智美更登王子的故事》	未记录	黑白打印，无图
1991	《佛祖生平事迹》（塔尔寺内）	未记录	黑白打印，无图
	《文成公主进藏》（北京民族文化宫内）		
	《玛噶达仙女本生故事》	未记录	黑白打印，无图
1993	《度母解八难》	未记录	黑白打印，无图
1996	《智美更登王子生平》	未记录	黑白打印，无图
1997	《施身救饿虎》	下花院	黑白打印，无图
1998	《香巴拉种姓法王故事》	上花院	黑白打印，无图
	《仲敦巴·加瓦琼乃传》	下花院	
1999	《卖身供佛的故事》	上花院	黑白打印，无图
2000	《王子顿月、顿珠的故事》	上花院	黑白打印，无图
	《白玛文巴龙宫取宝的故事》	下花院	
2001	《极乐净土》	上花院	黑白打印，无图
	《六世班禅仁波切晋京》	下花院	
2002	《阿底侠尊者传》	下花院	黑白打印，无图

（续表）

时 间	作 品	创作花院	备 注
2003	噶拉昂我国王的相关故事（无详细标题）	上花院	手写本
2004	《米拉日巴尊者传》	下花院	黑白打印，无图
2005	《佛祖前生金巴钦波寻宝故事》	上花院	黑白打印，无图
	《大成就者唐东杰波的传奇故事》	下花院	
2006	《度母解八难》	上花院	手写本
2007	《玛嘎达仙女故事》	上花院	黑白打印，无图
	《神鸟郑宛达哇故事》	下花院	
2008	《佛陀十二生平事迹》	上花院	黑白打印，无图
2009	主尊为文殊菩萨，左右是《至尊宗喀巴大师传略》	未记录	彩色铜版纸图册
2010	《佛陀十二生平事迹》	下花院	彩色铜版纸图册
2011	《极乐净土》	上花院	彩色铜版纸图册
	《神猴哈努曼陀罗和罗刹岩魔女的故事》	下花院	
2012	中间主尊为文殊菩萨像，右边是《佛与十六尊者》，左边是《十八罗汉渡海图》	下花院	彩色铜版纸图册
	中间主尊为文殊菩萨，右边是《十八罗汉渡海图》，左边是二圣六庄严围绕佛祖释迦牟尼佛	上花院	

塔尔寺历年来的酥油花创作题材，最主要是与宗教相关的题材，如《佛祖生平事迹》《阿底侠尊者传》《莲花生本传故事》《宗喀巴本传故事》《施身救饿虎》《卖身供佛的故事》等。有《智美更登》《卓娃桑姆》《诺桑王子》等藏戏内容的。还有反映重要历史事件的，如《文成公主进藏》《六世班禅仁波切晋京》等。其中进京展出《文成公主进藏》的那次经历至今仍被艺僧们引以为傲、津津乐道。1990年10月，塔尔寺的20多位艺僧在青海省文化厅和塔尔寺管委会的组织下，来到北京，在西黄寺耗时两个多月完成了一组精美的大型酥油花作品《文成公主进藏》。1991年1月，塔尔寺酥油花展在北京民族文化宫开展，展览引起很大的反响。此后，1994年2月，塔尔寺酥油花进入洛阳白马寺展出；同年9月，又在深圳举行展览，让更多的人欣赏到酥油花的风采。

塔尔寺对历年酥油花展的图文资料进行了基本的收集保存工作。塔尔寺酥油花简介留存最早的有明确年代标记的是1983年的《智美更登王子的故事》，简介有汉文和藏文两个版本。1996年之前的资料对于创作的花院未加标注。对于上、下花院当年酥油花的掌尺缺少记录。2008年之前的简介都是简单的黑白打印文稿，没有酥油花的图片资料，2009年至2012年，简介资料大为改观，采用铜版彩印的薄图册形式，将艺僧照片、当年酥油花照片和寺内其他重要照片展示收在其中，掌尺情况仍待补充。

3. 酥油花纪录片及其他

2012年2月17日，一档由农业部农民科技教育培训中心和中央农业广播电视学校联合制作的《塔尔寺酥油花》专题片，在CCTV—农业频道的“农广天地”栏目播出了，专题片详细地介绍了酥油花制作技艺，从酥油花的构思，到制作的每一步细节都做了详细而具体的影像展示，纪录片的形式可以十分直观地表现和记录酥油花的整个制作过程，虽然由于篇幅时间所限只记录主要过程，一小时的纪录片不能将三个月的酥油花制作完全呈现，但是，已经可以将酥油花的制作过程直观而有效地体现，对于酥油花的保护和传承具有十分重要的意义。此纪录片由农业教育声像出版社出版发行，塔尔寺档案馆中保留的为刻录版。

除此之外，还有塔尔寺管委会的工作汇报材料、酥油花赴外地展出的各种资料、酥油花展献工作方案（见附录）、酥油花展请柬等资料存档。相关材料的留存对于酥油花的研究具有非常重要的参考价值。

八、塔尔寺经济来源及对酥油花的投入情况

近年来，塔尔寺的主要收入由旅游门票收入、香火灯油钱、铺面租金及各种社会捐赠等组成。其中占比例最大的是门票的收入。塔尔寺原是佛教徒诵经修行、信众们拜佛祈祷的宗教场所，改革开放之后，受旅游经济大潮的影响，塔尔寺开放成为青海省最主要的旅游景点之一，成为海内外游客去青海旅游的必到之地。2012年塔尔寺成功挂牌国家5A级景区，每天接待着成千上万的游客前来参拜和观光。塔尔寺的普通门票是每张80元，对现役军人、残疾军人、军队离退休干部、学龄前儿童等实行免票；对学生、老年人、残疾人实行半价优惠。另有部分参观者通过寺管会领取参观票可免费进入。根据寺方提供的材料显示，2006年至今，塔尔寺门票年收入在2000万—5700万元不等。以2008年为例，

2008年旅游买门票人数达35万多人次，朝拜人数32万，机关单位免票人数4000多次，售出80元门票24万多张，售出40元门票11万多张，总计年门票收入2300多万元。[11] 2013年塔尔寺游客门票收入达到5700多万元。除了门票之外，寺庙还有其他收入，如2008年的塔尔寺香火款进项200多万元，铺面租金进项19多万元。可见，门票收入是塔尔寺收入的主要来源。另外，多年来国家和地方政府对塔尔寺也给予了充分的经济支持，主要用于塔尔寺的寺庙维护。

通常寺庙的财务支出包括寺庙的各项维修支出、僧众和勤杂劳务人员的工资支出、僧人们的学习交流经费、佛事活动支出、硬件设备的购置、各种慈善捐款、接待费用、管理费、酥油花制作费用、水电费等。如2008年，塔尔寺年支出总额2600多万元。

在大额的进项出项之中，每年用于酥油花制作的经费是多少呢？根据寺方提供的数据，2007年塔尔寺用于酥油花项目的支出为6万元，2008年用于酥油花项目的支出为7万元，2009年用于酥油花项目的支出为13万元，2010年用于酥油花项目的支出为24.5万元。可以看出塔尔寺对酥油花的投入保持着持续增长。在过去，酥油花的制作费用由寺庙管委会统一负责开销，现在已经改为由寺里直接划拨款项到上、下花院，然后由上、下花院自行管理开销。酥油花制作的三个月期间，上、下花院的艺僧们会各自集中到专门的院落中，除了艺僧之外，还有负责财务、负责饮食和揉制酥油原料的辅助人员。支出费用包括材料费（主要是酥油原料费），艺僧的劳务补贴（每人每天不超过100元），后勤和帮工的劳务费等。2009—2010年度下花院使用白酥油300斤（每斤22元），黄酥油300斤（每斤19元）。当时艺僧每天约40元补贴，加上后勤劳务的工钱，“艺僧们感觉资金不够用，有些入不敷出”。 2011—2012年度的酥油花制作耗费酥油1400多斤，其中白酥油500斤，黄酥油200斤，随着酥油价格连年上涨，酥油花的制作成本逐年增加，需要更多的资金投入。塔尔寺酥油花制作技艺已成为国家级非物质文化遗产项目后，为了更好地保护酥油花制作技艺，2006—2013年，青海省已拨款560万元保护酥油花制作技艺。总体来看，塔尔寺酥油花的经济基础是相对较好的，在整个寺院经济繁荣的基础上，适当加大对酥油花的投入，并不会对寺庙带来太大的经济影响。

九、小结

总的来看，塔尔寺酥油花的保护与传承具有不少利好条件。第一，塔尔寺酥油花所赖以生存的大生态环境运行较好，塔尔寺在藏区的重要地位和当地民众的虔诚信仰，为酥油花的存在和继续生长提供了良好土壤。塔尔寺的酥油花由于是塔尔寺宗教活动的重要组成部分，在僧人和信众心目中具有重要位置，一年一度的酥油花展是塔尔寺非常重要的宗教活动，既受到寺方的重视，又被广大信众强烈需要，酥油花已经成为寺院僧侣和广大信众宗教生活的一部分。第二，上、下花院平等竞争的机制设定为塔尔寺酥油花的创作不断输入新鲜血液，能够激活艺僧们的创作动力，使艺僧们在竞争之中相互学习，不断提高技艺，这在客观上对酥油花的制作技艺有积极的促进作用，带来良性可持续发展。第三，国家非常重视塔尔寺的酥油花项目，在经费上投入力度较大。第四，档案的初步建立。塔尔寺寺管会已经开始有意识地为酥油花的艺僧们建立档案、保留历年酥油花展的介绍资料，保留酥油花相关的文件档案，这些都为酥油花今后的研究提供了资料。第五，酥油花馆改扩建工程实施，新场馆计划采用先进的制冷恒温装置，为酥油花提供一个更加利于保存和展览的场所，到时候酥油花可以保存更长时间，会有更多的人欣赏到酥油花的精美。这几点从客观上对塔尔寺酥油花技艺的传承与发展都创造了有利条件。

然而，塔尔寺酥油花所面临的困境与问题也不容忽视。眼下人才的青黄不接问题是酥油花面临的重要难题，酥油花的制作条件严酷恶劣，又容易因寒冻留下伤病，艺僧在三个月酥油花制作过程中，所得补贴不多，因为酥油花而落下伤病的艺僧在老年得不到额外照顾和补贴，而同为塔尔寺三绝的唐卡和堆绣显然能够在更舒适的学习制作环境下带来更多的经济效益，因此愿意学习酥油花制作的僧人越来越少。另外，由于酥油花制作只能在冬天进行，每年只有三个月的学习时间，从开始学习到独立创作需要很长时间，老一代技艺精湛的艺僧正逐渐老去，而年轻一代的艺僧还未能完全掌握酥油花的制作技艺，在技艺传承上也十分令人担忧。

目前塔尔寺寺管会已经为酥油花艺僧建立了传承人档案，这是值得肯定的。美中不足的是档案中对艺僧的基础信息做了登记，还缺少比较关键的师承关系和传承谱系情况，同时艺僧曾经参与制作的作品和学习经历也应当记录下来，如果艺僧在某个方面有特别擅长之处也应记录在档案中。除此之外，笔者认为还应抓紧时间对已经过世的或者年老不再制作酥油花的艺僧档案进行回忆性补录，重点是师承关系要记录下来。对于原来在上、下花院制作酥油花，但后来转行退出的也应有所记录，记录其退出原因及去向。对于新增加的酥油花艺僧情况，要在其进入花院开始登记在册，并随着经历和技艺的变化及时更新档案。档案封面应加设“状态”一项，标明其是去是留的情况。艺僧人数并不多，档案内容至少应做到每年普查更新。目前塔尔寺酥油花的老一代的艺僧正在不断减少，酥油花技艺的传承依靠的是口传心授，老一代的艺僧离开了，他们所掌握的酥油花制作技艺也会随之被带走，今后可以请教的老艺僧会越来越少，而年青一代的艺僧还没有完全成长起来，很有可能造成部分技艺的失传，因此，建议对技艺精湛的老年艺僧，特别是国家级传承人，进行口述史的记录和拍摄，保留下珍贵的文字、制作影像资料，为酥油花的未来长久传承积蓄力量。此外，组织力量编写一本面向艺僧，详细记录酥油花制作规范和方法的教材类书籍，无论是对于酥油花的传承还是研究都有十分积极的意义。

作为藏传佛教特有的艺术形式，塔尔寺酥油花在经历了几百年的岁月磨砺后依然盛开在青藏高原上，其艺术之精美、构思之巧妙都令人赞叹。塔尔寺酥油花的保护与传承受到政府、社会、寺庙等方方面面因素的影响，如何让这朵高原之花在未来的日子里更加美丽动人，考验的不只是塔尔寺的僧人们。

注释

① 宗喀巴大师:《宗喀巴大师集》，民族出版社2001年版，第1页。
② 敖红:《塔尔寺在藏传佛教历史上的地位和作用》,《青海社会科学》1993年第5期，第86页。
③ 王剑萍:《青海塔尔寺事略》，政协青海省委员会文史资料研究委员会《青海文史资料选辑》第五辑，1979年6月，第18页。
④ 此内容部分参考蓝吉富主编:《中华佛教百科全书》的“塔尔寺”词条，中华佛教百科文献基金会1994年版。
⑤ 敖红:《“塔尔寺六族”与塔尔寺》,《青海社会科学》1991年第3期，第105页。
⑥ 张喜臻:《酥油花》，群言出版社2008年版，第73页。
⑦ 张喜臻:《酥油花》，第75页。
⑧ 本节内容部分参考《酥油花》，第75—77页。
⑨ 邓承伟、来维礼:《西宁府续志》，青海人民出版社1985年版，第484页。
⑩ [法]古斯塔夫．勒庞著，冯克利译:《乌合之众：大众心理研究》，中央编译出版社1998年版。
⑪ 此数据来源于塔尔寺管委会内部文件“湟塔管字〔2008〕22号”。

结论

宗教类非物质文化遗产的保护任重而道远

近年来，为了考察我国宗教类非物质文化遗产保护情况，课题组成员曾奔赴全国各地进行考察，考察了智化寺京音乐、天宁寺梵呗唱诵、开封大相国寺梵乐、千山寺庙音乐、五台山佛乐、塔尔寺花架音乐、拉卜楞寺佛殿音乐“道得尔”、东岳观道教音乐、腊山道教音乐、泰山道教音乐、成都道教音乐、文昌洞经古乐、通海“妙善学”女子洞经古乐、崂山道教音乐、齐云山道场音乐、济公传说、观音传说、靖江宝卷、少林功夫、金陵刻经印刷技艺、天台山干漆夹苎技艺、妙峰山庙会、乐安傩舞“滚傩神”、南丰傩舞、塔尔寺酥油花等25处国家级宗教类非物质文化遗产项目的保护情况。这些项目分属于民间文学、传统音乐、传统舞蹈、传统体育游艺与杂技、传统技艺、民俗等类别，虽然只占到了全部宗教类国家级项目的极少一部分，但是也基本能反映出我国宗教类非物质文化遗产保护的总体状况。

2005年12月，“中国非物质文化遗产保护中心”在中国艺术研究院正式挂牌成立，如果自那时算起，我国现代意义上的非物质文化遗产保护工作已经开展了十余年。但是，从1949年新中国成立起，我国的民族民间文化保护工作就一直在持续进行着，并已经取得了相当大的成绩。随着“非物质文化遗产”这一新名词的诞生，这项工作可以说是发生了质的飞跃。国家将其提到了前所未有的重要高度，2005年国务院办公厅专门下发了《关于加强我国非物质文化遗产保护工作的意见》① 和《关于加强文化遗产保护的通知》② 两个重要文件，要求加强非物质文化遗产保护工作，并且成立了由文化部、发展改革委、教育部、国家民委、财政部、建设部、旅游局、宗教局、文物局9个部委③ 共同组成的非物质文化遗产保护工作部际联席会议，在全国范围内开展非物质文化遗产的普查、整理工作，通过举办大型展演活动，建立国家、省、市、县四级非物质文化遗产保护体系，确立非物质文化遗产代表性传承人，设立文化生态保护实验区，筹建各种专题及生态博物馆等多项措施加强对非物质文化遗产的保护工作。2006年被称为“中国非物质文化遗产保护元年”，这一年年初在国家博物馆举办的“中国非物质文化遗产保护成果展”一下子将全国民众的目光都集中在非物质文化遗产保护方面，而在此之前，国内大多数人都还从未听说过“非物质文化遗产”这一新概念，而随后“文化遗产日”的设立及其相关活动也进一步加强了非物质文化遗产在人们心中的地位。在2007年国务院总理的政府工作报告中，也首次提到了“非物质文化遗产保护”这一概念，可以说，自2006年以后，“非物质文化遗产保护”

一直就是社会上的热门词汇，有关非物质文化遗产的新闻时常出现在各种媒体上，社会大众对其的认知度也逐渐提升。2009年，文化部成立了非物质文化遗产保护司，主要职责就是拟订非物质文化遗产保护政策，起草有关法规草案；拟订国家级非物质文化遗产代表项目保护规划；组织开展非物质文化遗产保护工作，承办国家级非物质文化遗产代表项目的申报与评审工作；组织实施优秀民族文化的传承普及工作；承担清史纂修工作。这充分体现出国家对于非物质文化遗产保护的重视程度。目前，我国的非物质文化遗产保护工作已经由单个的项目性保护逐步走向系统保护、科学保护和依法保护阶段，有中国特色的非物质文化遗产保护体系已初步形成。

2011年6月1日，《中华人民共和国非物质文化遗产法》正式实施，为我国的非物质文化遗产保护提供了法律依据和保障，这是中国非物质文化遗产保护的又一个里程碑。但是，我们也必须承认，我国的非物质文化遗产保护事业还处在起步阶段，保护过程中出现了很多亟待解决的问题，很多观念也需要改变。如经费缺乏及挪用、过度的商业开发、重申报轻保护、创新性破坏、传承人缺乏、相关的文化空间被毁、基层工作人员流动性大、专业基础薄弱等，如果这些问题得不到及时解决，将对下一阶段的保护工作产生非常不利的影响。宗教类非物质文化遗产作为我国非物质文化遗产中非常重要的一个组成部分，对其的保护工作与宗教信仰及宗教文化本身密切相关，如果这项工作处理不好，将会影响到相关宗教政策的执行，可能会引发一些社会问题。

正是基于对这些问题的考虑，本课题组成员特意选取了全国各地26个宗教类国家级非物质文化遗产项目作为考察对象，希望通过对这些项目的考察，摸清我国宗教类非物质文化遗产的基本底细，查找保护过程中存在的一些问题，并通过对这些问题的分析寻求到适合于宗教类非物质文化遗产保护的有效方法和途径。我们期望考察结果能对今后所有宗教类非物质文化遗产保护工作乃至全部非物质文化遗产保护工作有所帮助。

对于此次考察，我们并不只紧盯着问题和不足，更是要了解其全部的现实状况。通过考察，我们欣喜地看到我国非物质文化遗产保护工作已经取得了相当大的成就，不但各级政府为其付出了很多努力，而且无数基层民众更是自觉承担起了保护的重任，他们的执着与勇气是我国非物质文化遗产保护事业的巨大动力。但是，另外，我们在考察过程中也切实感受到了地方非物质文化遗产保护工作的艰辛，感受到了基层非物质文化遗产保护工作者的无奈与呼声，同时一些项目的濒危状况也非常让人担忧。这次考察更加强了我们这样一种观念：我国的非物质文化遗产保护工作任重道远！宗教类非物质文化遗产保护工作任重道远！

一、启动保护工程对宗教类非物质文化遗产项目影响巨大

尽管在现实中，我国非物质文化遗产保护工作存在着这样那样的问题，各地在具体实施的时候也出现了不少亟待解决的实际困难，但是，这项工程对我国的非物质文化遗产保护还是产生了极其深远的积极影响，全社会由上到下对保护工作都已经形成了共识，政府和民众都在积极关注这项事业，我国非物质文化遗产保护的总体状况逐渐好转，人们的民族自豪感和自信心不断提升。针对这次调研活动，我们感受到，国家启动非物质文化遗产保护工程对宗教类非物质文化遗产项目影响巨大，不仅其社会影响力得到提高，而且境况也逐渐向好的方面发展，政府部门和民间力量都在为此付出艰辛的努力。

（一）宗教类非物质文化遗产的社会影响力不断提升

通过走访这些项目，我们发现申报成为国家级非物质文化遗产项目，对这些项目的影响还是非常巨大的。在申报之前，有些项目已经在进行保护工作了，但多数项目还基本上处于自生自灭状态，极少有人过问，不管是当地的政府部门，还是普通民众，几乎没有什么保护意识。如千山寺庙音乐在2006年申报国家级非物质文化遗产之前，当地除了韩漫、洪振仁等少数几个人组织了乐团参加寺院佛事活动及普通居民家的婚丧嫁娶活动以外，基本上没有人将其当成珍贵的文化遗产资源加以保护，在当地人眼里，除了其曲目多为佛教曲目、演出多在庙上外，它与当地其他的民间笙管乐队并没有太多区别。千山各寺院里“东北韵”已成绝响，没有几个僧人会唱，做法事时全都用南方韵。即使是在2005年申报工作开始的时候，当地也没有人意识到这里的寺庙音乐资源是一种值得保护的文化遗产，还是远在沈阳的著名民俗专家和非物质文化遗产保护专家乌丙安先生首先关注千山寺庙音乐，他提醒并指导当地的文化部门做成了这件事情。几年过去了，虽然千山寺庙音乐的濒危处境还未从根本上得以改变，但是人们对其的看法已经发生了重大转变，不仅当地的文化部门已经将其遗存资料进行整理，并付梓出版，而且房增胜（释吉安）、韩漫、房燕、

洪振仁等基层传承人也将此当成一项重要事业来做，甚至自己贴钱也在所不惜。北京智化寺京音乐在申报成为国家级非物质文化遗产项目之前，其保护工作一直在进行着，不过申报成功对其的影响还是很大的，不仅媒体的宣传增多了不少，而且前来智化寺旅游和参观的游客也有了增加，接受采访的智化寺工作人员王娅蕊介绍说，“打电话的很多，找智化寺在哪儿，想来听音乐，现在的游客也是冲着智化寺音乐来的”。申报成为国家级非物质文化遗产项目之后智化寺的知名度提升不少。其他很多项目也都是如此，社会关注度远比以前提高很多。

（二）政府是非物质文化遗产保护的主导力量

2005年国务院办公厅下发的《关于加强我国非物质文化遗产保护工作的意见》明确提出我国非物质文化遗产保护的工作原则是：“政府主导、社会参与，明确职责、形成合力；长远规划、分步实施，点面结合、讲求突破。”强调了政府在非物质文化遗产保护过程中的主导作用。

政府的主导作用主要体现在建章立制、总体规划、设立机构、经费保障、组织协调、奖惩激励等方面。近年来，中国政府为非物质文化遗产保护做了很大努力，不仅确立了由文化部牵头，发改委、财政部、教育部、国家民委等14个部委参加的非物质文化遗产保护工作部际联席会议制度，同时还在文化部设立了非物质文化遗产司，在中国艺术研究院成立了中国非物质文化遗产保护中心，各地也加强了非物质文化遗产保护机构队伍建设，全国各省市直辖市除台湾以外均成立了省级“非遗”保护中心，不少省区市在文化厅局单独成立了非物质文化遗产处（室）。这使得非物质文化遗产保护工作有了队伍、机构建制方面的保障，保证了保护工作的有序进行。2011年6月1日，经全国人大常委会审议通过，《中华人民共和国非物质文化遗产法》正式颁布施行，这意味着非物质文化遗产保护由政府工作上升为国家意志。截至2013年底，已有浙江、江苏、新疆、山西、河南等13个省区市颁布出台了地方非物质文化遗产保护条例，各级政府都从贯彻《非物质文化遗产法》的角度推进保护，保护措施也越来越得力。

此外，国家设立了“非遗”保护工作专项资金，不断加大对保护工作的财政支持力度。自2002年到2010年，中国政府中央财政共为非物质文化遗产保护投入了10.26亿元人民币，而且近年来这种财政的支持力度越来越大，截至2013年，中央财政共计投入专项资金28.04亿元用于非物质文化遗产保护。④ 可以说，政府的政策支持和资金扶持，将会直接决定非物质文化遗产的保护力度和成效。靖江宝卷的保护工作一直由靖江市政府主持来做。20世纪50年代中后期，当时的靖江县委书记蒋逸成把宝卷改造成“靖江曲艺”，旧瓶装新酒，使得靖江宝卷获得新的生机；20世纪80年代，靖江市文化馆记录靖江宝卷200余万字；进入21世纪，靖江市文化局、财政局、广电局、宣传部等单位多次筹集资金用于靖江宝卷的整理出版、电视专题片制作、节目录制以及遗产申报等工作，目前，靖江宝卷的各项保护工作开展得都比较顺利，这完全得益于靖江市政府多年来的积极扶持。浙江天台的济公传说项目，是天台县在旧城拆迁改造过程中，特意将原有的济公故居遗址保留下来，并花巨资在此修建了新的济公故居，以此为依托，天台县已经多次举办与济公传说有关的学术研讨会、文化节等，提升了济公传说的文化魅力和社会影响力，目前济公故居已经成为当地最著名的旅游资源，这也带动了对济公传说这个项目的宣传与保护。当然，政府主导也有一定的弊端，比如受政治、经济因素及某些地方官员个人因素的影响，有时会将一个整体项目进行分割保护，剔除他们认为是“不合适”的“糟粕”部分，尤其是涉及民俗信仰的成分时更容易如此，这在一定程度上又损害了项目本身的原生性和整体性，宗教类项目因为直接关系到信仰问题，所以受到的影响也最多，几乎所有的宗教类项目都和宗教仪式有关，而目前我们的保护项目中直接保护宗教仪式的比较少，因此，政府部门在保护策略上应该注意，尽可能地将这些项目与整个宗教仪式一起保护。

（三）社会民众的支持是非物质文化遗产保护的中坚力量

我国的《非物质文化遗产法》第九条规定：“国家鼓励和支持公民、法人和其他组织参与非物质文化遗产保护工作。”任何一项非物质文化遗产项目的背后，其实都有一批非常强大、执着的社会民众的力量在积极参与。这些社会民众主要是与该项目同处一个文化空间、具有相同文化渊源的原住居民，他们有的是项目传承人，有的则是受用者和爱好者，他们有一共同特点就是至少从这代起就与该文化遗产项目相知相熟甚至是密切联系，有的可能会上溯至前几代人甚至是几十代人，即祖祖辈辈就与该项目同处一个文化空间，这种文化遗产对于塑造他们社群的人文精神和社会性格产生了极其重要的影响。相对于政府公权部门，这些民间保护者遇到的最大困难是缺乏经费和权力支撑，他们在一定程度上属于“弱势群体”，多数情况下是仅凭自己的热情、执着和信念，守护着属于他们自己的文化遗产资源，他们将自己的文化身份认同与该文化遗产紧密联系在一起，将这种文化看成自己社群的身份象征，如果这种文化遗产消失，则最失落的就是这些与之同处一个文化空间的民众，因此在保护该项目方面，这些民众表现出高度的社会责任感和文化自觉性，尤其是对于那些政府保护力度不够的濒危项目，同一文化空间民众的坚持可能成为它们的最后堡垒。如课题组所采访的全国各地的道教音乐项目，发现目前其主要的传承人大多不是在道观中出家的道士，而是一些社会上爱好道教音乐的普通群众，他们不为名，不为利，怀着一腔热情，用音乐来丰富自己的生活，在不知不觉间传承了道教音乐。千山寺庙音乐的传承人韩漫、房燕夫妇也是如此，他们夫妻将自己十多年的心血全都用在整理佛曲上了，目前已经整理出大约300首曲子，韩漫还手绘出了水陆法会的全部手印，这些都是他辛辛苦苦一笔一画写绘下来的，而且在自己经济条件并不富裕的情况下，省吃俭用将其复印制作成册，态度之认真让人钦佩。目前，韩漫整理的佛曲已经成为恢复传统千山寺庙音乐的重要曲目来源。不仅如此，他还成立了一支佛教乐队——千山寺庙乐团，到千山周边的各个寺院进行助兴演出，所用乐谱全是他自己整理出来的。天宁寺梵呗音乐的申报成功，得益于一位退休中学音乐教师——秦德祥，在寺院僧人对于非物质遗产保护还懵懂未知之时，秦德祥凭着对梵呗音乐的热爱，凭一己之力收集资料撰写申报材料，使得天宁寺梵呗音乐顺利入选第一批国家级非物质文化遗产名录体系。北京西郊妙峰山庙会之所以能够在中断几十年后得以恢复，也是由于京城花会会头隋少甫先生等人对传统花会及庙会的执着追求，历届庙会的顺利进行，也离不开像陈德清老人这样虔诚的护会者。正是由于这些民间人士多年以来坚持不懈的努力和坚持，这些项目才得以保存甚至是发扬光大。对于他们来说，最渴望的就是能够得到来自政府部门的支持与扶持。

二、宗教类非物质文化遗产保护遇到的问题和困难

宗教类非物质文化遗产作为一种比较特别的非物质文化遗产资源，其保护过程中既存在着我国非物质文化遗产保护过程中所遇到的一些普遍性问题和困难，如经费紧张、过度开发、重申报轻保护、传承人匮乏、赖以存留的生态文化空间萎缩或消失等，同时也存在着其自身特殊的问题和矛盾，如僧人的保护态度不积极、宗教部门的作用发挥不够、寺院开放旅游与寺僧修行之间的矛盾等。

（一）宗教类项目得到国家的专项保护经费相比其他类项目更加困难

应该说，这些年来，我国对非物质文化遗产的经费投入还是很大的，中央和省级财政已累计投入几十亿元用于非物质文化遗产保护，很多省市都建立了非物质文化遗产保护专

项基金，但是这对于我们87万项非物质文化遗产项目来说，还是远远不够的，而且这种投入存在着不均衡性。在2008年7月29日全国非物质文化遗产保护工作会上，当时的文化部副部长周和平谈到中央财政保护经费具体分配时，指出：

按照“统筹规划，分步实施”的原则，2008年名录项目保护资金重点用于第一批国家级名录项目，对于第二批国家级名录中急需抢救的项目予以适当考虑；

统筹考虑非物质文化遗产项目的生存状况和轻重缓急，专项经费重点向入选联合国教科文组织“人类口头和非物质遗产代表作”项目、濒危项目、中西部及少数民族地区倾斜；

对于国家已安排专项资金予以保护的项目，经济效益和生存状态较好的项目，暂不安排补助资金。

正是基于此经费分配原则，虽然同为国家级非物质文化遗产项目，所得到的中央财政下拨的保护经费情况存在着很大差异，只有部分项目能够得到数目不等的保护经费，在我们所调研的这些项目中，很多项目没有得到任何国家的专项经费。各省市自己的配套资金的投入情况也非常不均衡。各地的经济发展水平对于地方政府对非物质文化遗产保护的经费投入有极大影响，经济比较发达的省份和地区，对非物质文化遗产保护投入经费相对较多，保护工作做得相对好一些；而像中西部以及东北的一些地区，经济条件相对较弱，对非物质文化遗产投入的经费就相对较少，很多项目甚至没有任何经费投入。在已经调查的这些项目中，只有靖江宝卷多年以来一直是靖江市政府重点保护的项目，市政府为此投入了比较多的经费；而少林功夫、观音传说、济公传说、天台山干漆夹苎技艺、妙峰山庙会等则是由于项目自身所带来的经济效益比较显著，因此其经济状况也稍好一些；而其他不少项目都是因为保护资金的匮乏而使保护工作开展困难。即使是那些经济条件相对较好的项目，如少林功夫、观音传说等，也受到保护经费的困扰，而这些项目由于其本身属于“经济效益和生存状态较好的项目”，要想得到国家的保护经费就更加困难。

另外，北京智化寺京音乐项目得到的保护经费也算是比较多的，不仅于2007年得到了国家一次性拨付的10万元经费，而且直到2010年时每年还能够得到北京市政府的20万元的专项保护经费，用于支付传承人的日常生活开支和工资等，但这些只能勉强维持，深度保护所用的资金仍然缺口很大。近几年，北京市政府加大了对智化寺的经费投入，现在每年有30万—40万元经费用于京音乐的传承与保护，可以举办一些音乐节、进行录音录像然后出版、外出展演等活动；五台山佛乐方面，五台山宗教文物局对佛教音乐也投入了几十万元，但多数都用在了前期的项目申报上，传承单位南山寺、殊像寺、菩萨顶等寺院并没有得到任何保护经费；千山寺庙音乐仅得到了辽宁省下拨的三四万元经费，其余投入都是项目保护单位鞍山市艺术创作研究所自己筹集的；南京金陵刻经处也只于2006年得到了国家下拨的11万元保护经费，此后几年再没有得到，他们作为全额拨款事业单位，经费有限，只能靠出租门面房来支付工人的工资和进行修缮。少林寺方面，河南省财政说是有30万元专项经费，但几年下来，一直没有拨付，不过按照2009年末少林寺和登封少林寺风景管理区委员会签订的协议约定，由管委会统一管理嵩山少林寺景区门票的经营业务，少林寺按照每人次30元分得门票收入，但是2013年有关少林寺起诉登封少林寺风景管理区委员会拖欠近5000万元人民币的门票收入分成的官司纠纷闹得沸沸扬扬，因为几年下来，少林寺并没有拿到任何门票分成。少林寺方丈释永信2014年在接受英国广播公司（BBC）专访时透露，少林寺目前的收入主要来自售卖门票，而不是来自信徒的捐献。他说："门票收入分成是少林寺最重要的收入来源，少林寺的常住院、塔林、初祖庵是世界文化遗产，这笔收入不仅是文物维修、殿堂重建等保护千年古寺、弘扬和发展少林文化的经费保障，也是维系日常僧众生活支出、开展佛事活动的经济来源。"⑤ 他还透露，少林寺把大约四分之一以上的门票收入投入在慈善公益工作上，其余大部分用来"恢复"修缮少林寺的建筑和文物。近几年来由于景区管委会拖欠门票分成，已经影响到少林寺的日常运行，看来少林寺起诉景区管委会讨要门票收入分成实属无奈之举。本属于寺院的正当的收入且拿不到，要想再从政府那里获得额外的保护经费看来就更是难上加难了。常州天宁寺梵呗唱诵项目和开封大相国寺梵乐项目的所有保护经费也都是自己筹措的，国家、省、市都没有拨付任何保护经费。冀中笙管乐的各个项目只有涞水高洛音乐会得到了国家专项经费25万元，其余的各个项目都没有，保定市每年的15万元保护经费要分给101个项目，平均分到各个项目的不足1500元，杯水车薪。

我们可以从下面的表中，大致了解一下部分项目2010年之前的保护经费情况：①

部分项目获得经费资助情况*

项目名称	国家经费	省级经费	市县级经费	其他经费情况
观音传说	无	7万元	无	普陀山管理委员会：2009年观音文化节1500万元；电视专题片500万元
济公传说	无	无	2002—2004年，建济公故居，3000万元	无

* 本表统计时间截至2010年。

（续表）

项目名称	国家经费	省级经费	市县级经费	其他经费情况
靖江宝卷	无	无	2006年，靖江宝卷申报国家级非物质文化遗产项目，5万元；成立靖江宝卷文化研究会，10万元；编纂、出版《中国靖江宝卷》和申报“中国民间文化之乡”，65万元	无
智化寺京音乐	2007年10万元	20万元/年	无	无
天宁寺梵呗唱诵	无	无	无	自筹200万元
五台山佛乐	无	无	几十万元	无
大相国寺梵乐	无	无	无	购置乐器经费：120万元；乐手培训费：10万元；建立梵乐艺术展室经费：80万元；编作梵乐音像制品经费：15万元；梵乐考察整理研究经费：30万元。总共投入255万元。全部自筹
千山寺庙音乐	无	4万元	无	鞍山市艺术创作研究所自筹20余万元
津门法鼓	无	无	无	无
冀中笙管乐	涞水高洛音乐会25万元，其余项目无	无	保定市每年15万元（全部101个项目）； 新安县：2007年1万元； 雄县：无	圈头音乐会自筹：建音乐会会所16.4万元，申报国家级非物质文化遗产项目2万元（张国政垫付），共计18.4万元；雄县亚古城音乐会自筹
少林功夫	无	无	景区门票收入30%	寺院自筹
金陵刻经技艺	2006年11万元	无	全额拨款	门面出租
天台山干漆夹苎技艺	无	无	无	企业自筹

从以上表可知，大多数项目并没有得到中央和省级的专项经费，相比较其他项目而言，宗教类非物质文化遗产项目申请国家及省市县级保护经费更加困难，多数项目的保护经费都是自己筹措的。2010年之后，国家虽然加大了对非物质文化遗产保护的经费投入，同时《非物质文化遗产法》也规定："县级以上人民政府应当将非物质文化遗产保护、保存工作纳入本级国民经济和社会发展规划，并将保护、保存经费列入本级财政预算。国家扶持民族地区、边远地区、贫困地区的非物质文化遗产保护、保存工作。"但是由于一些内陆县市的财政状况并不太好，以至于没有更多资金支持非物质文化遗产保护工作，在调查过程中，仍然发现一些宗教类项目没有享受到这些政策扶持，如浙江平阳县东岳观道教音乐在2012年的时候还没有得到任何"非遗"保护的资金扶持。

（二）旅游及商业开发与宗教类非物质文化遗产保护的二元关系

很多宗教类非物质文化遗产本身是非常好的旅游资源和商业资源，如果开发利用得好，不仅可以获得丰厚的经济收入，而且也是对该项目很好的宣传，尤其重要的是可以为其继续发展提供无穷动力。这方面做得比较成功的如少林功夫、观音传说、济公传说、天台山干漆夹苎技艺等，名誉天下的少林功夫自不必说，浙江舟山的观音传说和天台的济公传说都成了重要的旅游开发资源，它们既成为当地旅游的核心资源，带来了可观的经济效益，同时旅游也是对这些项目的最好宣传，为其继续传承发展提供了动力。天台山干漆夹苎技艺作为一种传统的佛像作造工艺，自产生至今一直与各地的佛像需求互依共存，它本身就是一种商业性项目。目前，民营企业家利用这项技术开设了佛像制作工厂，依靠每年巨大的经济效益，他们修建了天台山佛教城，这里已经成为天台山干漆夹苎技艺的重要传承基地。天台县非物质文化遗产保护中心的孙明辉对此很欣慰，他说："我们两个遗产，济公传说靠济公故居传承，干漆夹苎技艺靠佛教城传承。所以不存在没有经费，没有人才，没有组织保护的情况。我们也大胆把保护工作的重任交给两个实体。这样做现在看来前途是非常乐观的。"⑥ 但是，同样是地处佛教旅游胜地的五台山佛教音乐和本身具有商业技术性质的南京金陵刻经技艺，其状况就不是很乐观了。五台山佛教音乐虽然依附于五台山佛教圣地，但其并不是这里旅游开发的重心，无论是寺院里面的佛乐队还是社会上纯粹为旅游而组建的佛乐演出班子，都没能带来良好的经济利益，各个寺院的保护状况不一样，经济条件好一些的寺院，投入经费就相应多一些，保护工作也就相应好一些，如殊像寺，但是那些经济条件本身不太好的寺院，保护工作也就相应差一些，如南山寺；南京金陵刻经技艺受到目前其他现代化印刷技术的冲击，每年的业务量非常小，仅靠印制数量极其有限的佛教典籍和其他书籍基本无法维持日常开销，保护情形也不容乐观。还有一些项目，本身并不具有商业开发性，如果硬要将其进行商业开发，可能就会损伤到这种项目本身。属于冀中笙管乐的河北南响口梵呗音乐本身是一种佛教寺庙音乐，现在南响口村的寺庙和僧人都已经不复存在，有限的几次演出都是为本地政府举办的一些活动助兴，河北省群艺馆在该村成立了“河北省南响口燕赵鼓吹乐团”，希望将其作为一个文化品牌推广出去。可能，在不久的将来，南响口梵呗音乐也会逐渐演变为民间鼓吹乐，而与佛教的关系会渐行渐远。五台山寺院外，有两个商业性质的佛乐演出团，其成员都不是僧人，而是艺术院校的毕业生或当地农民，但演出时都穿着僧人的服装。他们的演出虽然借用佛乐的名称，但实际上与五台山佛乐几乎没有任何关系，内容也很粗陋。这样的演出行为已经严重损害了五台山佛乐的名声，造成了非常不好的社会影响，应引起相关部门的注意。在采访过程中，僧人们对于社会上的这些演出也比较排斥，他们认为这不属于佛教音乐，因此如果有社会演出要去借用他们的乐器（法器）、面具（黄庙）等，他们一般都不出借，即使对方出高价也不行，在僧人们看来，寺院的音乐和法器是有特殊用途的，一般社会人士不能接触。

目前，由于旅游业的发展壮大，使得一些地方政府与风景区内的寺院之间存在“争利”现象，寺院和僧众在与政府的博弈中往往处于劣势。还有一些地方急功近利，打着宗教的旗号“借教敛财”的现象在全国各地都时有发生，如一些非宗教活动场所设立功德箱，收取宗教性捐款，有的甚至通过各种手段威逼利诱信众和游客，骗取钱财，以教牟利；还有一些景区内的寺院、道观等，诱导游客和信众烧高价香，从事卜卦抽签，骗买辟邪物品等；也有一些地方将寺院等承包给非宗教人士，蛊惑一些不明真相的群众前去布施、烧香等。这些行为严重损害了僧人和信众的利益，国家有关部门应引起重视。

（三）地方领导重申报、轻保护现象严重

文化部原副部长、中国艺术研究院名誉院长、中国非物质遗产保护中心原主任王文章在谈到我国的非物质文化遗产保护工作所存在的问题时，曾经指出“存在重申报、重开发、轻保护、轻管理的问题，缺乏保护规划与措施，甚至不惜损害非物质文化遗产的本真性而超负荷利用和破坏性开发的现象也经常可见”⑦。地方政府更看重短期内的经济效益和政绩，而非物质文化遗产保护却是要花费大量人力、物力、财力但短期效果却并不显著的社会公益事业，好多濒危项目本身也不具备商业开发利用的性质，所以有些地方政府的领导很不情愿投入大量经费来做此项事业。宗教类非物质文化遗产项目很多也属于这种情

况，而且还由于涉及宗教信仰问题，保护工作就更加艰难。如鞍山市的千山寺庙音乐虽然早在2006年就进入了第一批国家级非物质文化遗产名录，但是并未引起当地政府的足够重视，当地各主要媒体对其的宣传也很少，当地文化部门的工作人员在接受访问时曾非常无奈地说："电视台一听说报道与宗教有关的事情，都纷纷推脱，市里面四大班子的主要领导，对于这类活动根本不会参加，最多能来个政协副主席就非常不错了。"而天津津门法鼓的处境也很艰难，2010年6月，天津市给同心法鼓会颁发了法会传承的"荣誉证书"，而别的像保护经费、法鼓会被街道占去的房产等问题一概没有解决，包括三家已经申报为国家级非物质文化遗产项目在内的多家法鼓会都已经名存实亡。好在国家对此已经比较重视，在《中国非物质文化遗产法》中明确规定："省、自治区、直辖市人民政府文化主管部门应当组织制定保护规划，对本级人民政府批准公布的地方非物质文化遗产代表性项目予以保护。制定非物质文化遗产代表性项目保护规划，应当对濒临消失的非物质文化遗产代表性项目予以重点保护。"从2012年开始，文化部启动并实施了对国家级"非遗"代表性项目保护单位的动态化管理。2013年初首次下发了《文化部办公厅关于调整和认定国家级非物质文化遗产代表性项目保护单位的通知》，对433个第一、二批国家级"非遗"代表性项目保护单位进行了调整和重新认定。2014年3月，又对鼓舞（花钹大鼓）等121个国家级"非遗"代表性项目的保护单位进行调整和重新认定。目前文化部共计已对554家项目保护单位进行了调整和重新认定，其中由于履职不力、不具备独立法人资格、不具备履职能力和条件等原因而进行实质性变更的有300余家。这标志着文化部对国家级代表性项目保护单位的动态化管理工作进入了常态化阶段。文化部自2015年起大规模开展的贯彻《非物质文化遗产法》的执法检查，纠正和解决执法不严、监管不力、保护责任不落实等问题。⑧并定期对存在问题的保护单位进行调整、淘汰，以督促保护单位对项目进行有效保护。同时，还将加大管理力度，加强对保护单位履职能力和履职效果的中后期监管。相信，通过这一系列措施的施行，对宗教类非物质文化遗产项目的管理也会相应加强。

（四）城乡拆迁工程使一些文化遗产失去赖以存在的文化空间

文化空间作为非物质文化遗产的生存载体，是非物质文化遗产的一项重要内容，失去了相关的文化空间，依附于其上的非物质文化遗产项目自然也就不复存在。近些年来，我国城乡很多地方都在进行拆迁改造工程，很多老旧城区和市郊农村经过改建成为新建小区或者商业街，原有文化圈内的老居民都被分散安置在城市的四面八方，相见一次尚且不易，更别提聚在一起举办活动了，即使有机会聚在一起，但也没有活动的场地和接受群体，而且原来为酬神、庙会或婚丧嫁娶等目的而进行的活动因为社会生活方式的巨大变迁导致其活动目的亦不复存在，依附于这片土地和文化圈上的非物质文化遗产资源也因此失去了最后的保留地。浙江天台县于1998年启动旧城改造的时候，几乎整个旧县城也被拆掉了，幸运的是，时任拆迁工程指挥部负责人的余云安意识到济公文化的意义，将历代天台人纪念济公的遗址保留了下来，并于此址建立了济公故居，这里现在已经成为济公传说的传承基地。但是，这种情况只是极少数，更多的项目已经因为拆迁而不复存在了。目前，政府已经注意到了这些，《非物质文化遗产法》第二十六条规定：对非物质文化遗产代表性项目集中、特色鲜明、形式和内涵保持完整的特定区域，当地文化主管部门可以制定专项保护规划，报经本级人民政府批准后，实行区域性整体保护。确定对非物质文化遗产实行区域性整体保护，应当尊重当地居民的意愿，并保护属于非物质文化遗产组成部分的实物和场所，避免遭受破坏。实行区域性整体保护涉及非物质文化遗产集中地村镇或者街区空间规划的，应当由当地城乡规划主管部门依据相关法规制定专项保护规划。

但是在利益驱动下，很多时候国家这些政策被停留在纸面上。寺院道观等宗教场所如果妨碍了各方利益，多数时候是处于“弱势”地位，其利益无法得到保障，近年来，关于合法寺院及产业遭到破坏、拆除的事件时有发生。2017年5月，嵩山景区管理委员会执法人员“闯”进少林寺禅耕农场，对场内设施和农作物进行了“强行拆除损坏”，损失数万元。无独有偶，福建百年古刹瑞云寺及山西繁峙龙兴古寺也都被强拆。我国的《宗教事务条例》的规定指出：

> 宗教团体、宗教活动场所合法使用的土地，合法所有或者使用的房屋、构筑物、设施，以及其他合法财产、收益，受法律保护。
>
> 任何组织或者个人不得侵占、哄抢、私分、损毁或者非法查封、扣押、冻结、没收、处分宗教团体、宗教活动场所的合法财产，不得损毁宗教团体、宗教活动场所占有、使用的文物。

但是，这只是规定了寺院的使用权，而不是所有权。根据我国的土地管理政策，寺院的土地一般都属于国家所有，寺院及僧团只有使用权，在所有权与使用权不一致的情况下，如果有矛盾产生，那么寺院及僧人往往成为弱势群体，其利益很难得到保障。少林寺与地方政府的矛盾也是源于此。因此，如果这一问题不能从根本上得以解决，那么宗教类非物质文化遗产的保护将受到很大影响。

（五）僧人在宗教类非物质文化遗产保护中的积极性并没有被调动起来

宗教类非物质文化遗产有很多项目是源自佛教，传于社会，也有一些是在寺院里面传承发展的。有一些寺院在弘扬佛教文化方面做了不少工作，但是因为其宗教性质，所以遭到了社会上的一些异样的声音。最著名的就是河南嵩山少林寺和这里的方丈释永信。作为禅宗祖庭和少林武术的发源地，少林寺这些年来一直处于舆论的风口浪尖，从商标注册、电视选秀、“被上市”传言及门票官司等一系列事件，社会一直在质疑少林寺的过度商业化，方丈释永信还被网友冠名“少林寺CEO”，对此，释永信本人也感到颇为无奈。其实，近年来，释永信本人和少林寺为少林文化的保护和弘扬做了很多努力，包括古籍整理、文物保护、挖掘少林祖传秘方、创办少林药局、传播少林功夫等。目前，少林寺和少林功夫已是闻名天下，世界五大洲到处都有少林弟子，几乎每天都有少林功夫在世界各地进行表演，来少林寺参观访问的游客络绎不绝。可以说，少林寺是国内寺院中为数不多的积极主动保护自己文化的寺院，少林寺和少林功夫能有今天的盛名，方丈释永信可以说付出了很多辛劳，正因为如此，其社会争议也就很大。人们的观念中，出家人应该是“青灯古卷，竹杖芒鞋”，超然于世俗世界之外，像少林寺这样高调入世，不太符合人们惯常的思维。许多出家人也抱有这样的观念，所以更多的寺院、道观和僧人、道士对于弘扬、保护宗教非物质文化遗产资源并不很积极，还没有意识到其重要意义，并没有把这项事业与弘法、修行联系在一起，在宗教界还未达成非物质文化遗产保护的共识。如对千山寺庙音乐的保护，其传统的东北韵焰口传承主体应该是千山各寺院和僧人，但现在，包括千山寺庙音乐的传承基地龙泉寺在内的千山各个寺院对于恢复传统东北韵焰口都反应很平淡，跟着老师傅吉安法师学习传统东北韵的僧人只有寥寥几个人。山西五台山佛乐的保护也存在同样的问题，僧人对学习和继承佛乐并未表现出应有的积极性。对于那些源自佛教，而在民间传播的项目，佛教内部的态度更加消极，如浙江舟山的观音传说，普陀山佛学院门肃法师认为这不是寺院里要刻意保护的东西，“他们只管修行”。“观音传说对于僧人来说，相当于现行学校应试教育体制下的课外活动，不在正规教学内容之中。观音传说，多数也不是来自佛学典籍，所以，在僧人眼里，观音传说还是民间的事情，保护也是民间的事情，不是寺院里的事情。”⑨ 普陀山作为观音菩萨的道场，虽然每年这里都要举办观音文化节，内容包括朝拜、法会、论坛、创作、会展等，但主要是为旅游，牵头做的是舟山市普陀山风景名胜区管理委员会，普陀山各寺院只是被动地按照管委会的要求举行各种法会，以吸引游人香客，他们的主动权似乎不多，而且对于每天如织的游人，希望得到清净的僧人们只能是“顺其自然”，他们更愿意精心参研佛理。常州天宁寺梵呗唱诵的申报文本是一位退休中学老师填写的，天宁寺对申报过程几乎毫不知情，寺院对于申报不申报国家级非物质文化遗产似乎并不关心，他们只是照常在早晚功课和法事活动中唱诵梵呗。五台山佛教音乐的申报和保护主体都不是寺院，也不是佛教协会，而是五台县文化局，有佛教音乐的各个寺院如南山寺、菩萨顶、殊像寺等进行佛教音乐的保护时显得有些被动，他们需要听从五台县文化局的安排，如有领导视察或者重要客人来访想听五台山佛乐，僧人们就得放下其他事情，集中起来为他们演奏，其实这对于僧人以及五台山佛乐而言都不算是个好现象，毕竟五台山佛乐的演奏有其特定的场合，一定意义上它是法事仪式音乐，而不是迎请礼乐，不适合迎宾表演。青岛崂山道教音乐的主管部门是青岛市崂山区文化局，保护单位是崂山区文化馆和崂山太清宫，申报非物质文化遗产项目也是由文化局负责办理的，《申报书》是文化局找人写的，包括太清宫在内的崂山各道观事先并不知晓此事，这也为申报成功后的传承与管理留下了不少隐患。这个问题在不少宗教类项目中普遍存在。

（六）多头管理情况下宗教部门的作用发挥不明显

宗教类非物质文化遗产项目中的相当一部分项目，尤其是与寺院相关的那些项目，是属于宗教信仰的内容，由于寺院属宗教部门管理，所以这些项目的活动要受到宗教部门的管理。另外，由于很多寺院位于风景游览区，这些寺院又要受风景区管理委员会的管辖。同时，我国的非物质文化遗产项目的管理又采取文化部门主导的原则，申报和项目管理都由文化部门负责，这样一来，对一些宗教类非物质文化遗产项目的管辖就显得有些混乱了，有的属于宗教部门管，有的属于文化部门管，有的则属于旅游部门管，还有一些则几个部门都要管，最后的结果则是多头管理，但都无法具体负责，尤其是宗教部门的管理作用发挥不明显。旅游部门既要利用寺院的文化遗产资源，但是旅游收入在多数情况下又不给寺院分成，多数寺院是靠香火和供养来维持；文化部门抱怨旅游部门过度开发，不懂得保护文化，但他们又插不上手；宗教部门则更处于弱势，因为除了寺院里面的项目外，多数非物质文化遗产项目并不属于宗教部门管理，宗教部门既没有制定保护政策的权力，也没有拨付保护资金的能力。如观音传说的保护，申报的主体单位是舟山市文化局，但实际上却主要是普陀山风景名胜区管理委员会在管理，舟山市文化局插不上手，由于是同级单位，对方并不听从他们的管理。在文化局看来，“很难给他们布置任务。你提的要求，他们可以置之不理；布置下编书，他们不编；确认传承基地，他们不干；连谁是传承人，都确定不了”[10]。他们认为，普陀山的所有重大活动，都是为经济利益，普陀山管委会并没有做观音传说的文化工作。辽宁千山寺庙音乐的情况也是如此，千山龙泉寺被确定为千山寺庙音乐的传承基地，在2010年7月的授牌仪式上，市文化局和千山风景区管委会的领导都出席了，宗教局却没有派人过来，似乎与宗教部门无关，文化部门的人也从未就此与宗教管理部门有任何沟通。此外，千山风景区管委会还在龙泉寺建立了一个音乐展厅，对此，千山寺庙音乐的主管单位鞍山市艺术创作研究所事先毫不知情，这个展厅展出的只是一些新购的乐器和一些历史图片，显得很不专业。千山风景区的门票收入都归风景区管委会，景区内的各个寺院及道观都没有任何分成，他们的收入主要是靠香火、供养及平时的法事活动，完全自收自养，但是高额的景区门票显然将很多香客拒之门外，这也严重影响寺院的香火收入，少林寺就因此损失很多香火收入，为此少林寺曾经将嵩山景区管理委员会告上法庭以讨要自己应得的门票分成。这当中，地方宗教局的作用显得很微弱，他们根本无法插手这些。此外，由于分属不同的管理部门，也为经费的拨付制造了障碍。掌管着非物质文化遗产保护经费的文化部门不能管理寺院内部的事情，而管理寺院的宗教部门则没有这样的专项经费，因此，就造成了多数宗教类非物质文化遗产得不到保护经费的尴尬局面。有人提出将隶属于寺院的宗教类非物质文化遗产项目分离出来，由国家宗教局直接管理，直接列入国家财政，但是这种提议缺乏可操作性。因为宗教类非物质文化遗产资源比较复杂，有多种情况，哪些归宗教局管，哪些归文化部门管，界定比较困难，而且对于那些由文化部门管理的项目，在其经费难以保障的情况下，进一步的保护又该如何呢？

（七）传承人的认定与保护制度仍需完善

首先，传承人的认定并不严谨，存在着虚报、假报及错报的情况。造成这种情况的因素有多种，一是某些地方的文化部门审查不严，使得真正应该成为传承人的没有申报，而申报上的却往往是与某些地方官员有瓜葛的人或者就是负责该事务的官员本人，偏离了国家申报传承人的初衷；二是申报部门没有做好调研工作，掌握情况不实，从而造成错报漏报，如千山寺庙音乐就是如此，因为掌握信息不全，使得掌握千山寺庙音乐曲目较多的房增胜（古安）、韩漫、房燕等人被漏报，而演出技能、掌握本领远远不如他们的洪振仁则被申报成为国家级传承人，这种情况并非个案，在其他一些项目中也存在类似状况。

其次，在经费补贴方面，课题组调研的这些项目中，其传承人既有被认定为国家级的，也有被认定为是省、市、县的，也有没有认定级别的。但不管如何，这些传承人中，我们在2010年之前调查的项目中，得到国家及省、市、县政府补贴的占极少数，多数人并没有得到任何经济补贴。也可能是有的项目调研时间较早，当时国家级传承人的补贴还未发放到位。课题组于2010年10月调研的千山寺庙音乐的国家级传承人洪振仁已经领到了每年8000元的专项津贴，他是2009年被认定为第三批国家级非物质文化遗产项目代表性传承人的。自2010年起，国家级非物质文化遗产代表性传承人的补贴已经提升为每人每年1万元，2016年又增至每年2万元，近几年来，这项补贴直接打入传承人的个人账户之中，保证了国家级传承人能够及时足额领到这笔钱，这一点在调研中也得到了证实，所有2010年以后采访的传承人每年都能及时领到这笔款项。

除了国家级的传承人有经费补贴外，其他级别的传承人的经费补贴就取决于当地政府的政策了。少林功夫的传承人登封市给做了一个荣誉奖杯，开封大相国寺梵乐和河北保定市的冀中笙管乐则都是给每人发了一个荣誉证书。千山寺庙音乐的省级传承人吉安法师2010年时每年有4000元的补贴，而韩漫和房燕两位鞍山市级传承人则没有任何补贴。金陵刻经技艺的传承人马萌青在没有被认定为国家级传承人之前也没有得到任何补贴，当时省级文化厅下拨给省级传承人1万元的补贴，全部给了单位。金陵刻经处认为金陵刻经是一个集体合作的项目，光主要的工序就三道，刻版工艺是整个金陵刻经的重中之重，同时也是手工技艺的精华，所以金陵刻经把传承人定为马萌青，但是津贴应该归单位集体所有。

最后，有些项目的上级管理单位工作不到位，与传承人之间缺乏沟通，不了解传承人的传习情况。这方面做得比较好的如千山寺庙音乐项目，其负责单位鞍山市艺术创作研究所为每个传承人都建立了艺术档案，并定期打电话询问他们的传习情况，对各个传承人的情况都了如指掌；但是，常州天宁寺梵呗唱诵项目的传承人很长一段时间里，竟然不知道自己被认定为传承人，也没有收到任何证书和证明，在调研组去调研的时候才知道自己是该项目的国家级传承人。

很多项目传承人培养比较困难。出现这种情况的原因有多种：一是传习时间长，技术要求高，但待遇较低，吸引不了人才过来学习。如2009年时北京智化寺京音乐的传承人每人每月仅有1200元的工资，这在北京还不能糊口，最初的时候仅有几十元，所以辛辛苦苦培养的传承人走了一拨又一拨，多数努力都白费了；南京金陵刻经技艺的马萌青作为第六代金陵刻经传承人，已经有20多年的刻经经验了，作为一个技术十分精湛的高级技工，年收入仅有3万元，其他普通技工的收入更少，每月仅千元左右。二是农村地区外出打工现象严重，青壮年多数都到城市打工，只剩下老弱病残留守在农村，而且产生于农业文明时代的非物质文化遗产在现时代已经失去了其原有的生产和生活的社会意义，显得“过时”“陈旧”，对于年轻人没有吸引力，绝大多数人都不愿意学习或继承，所以流传在农村地区的很多非物质文化遗产项目后继乏人，尤其是一些民间音乐和民间技艺尤为严重。如傩舞、傩戏等，现在传承也十分困难。三是子孙庙消失，出家人流动性大，使得很多依存于寺庙存在的项目无法传承。目前，我国汉传佛教的僧人中极少有人是幼年出家的，绝大多数都是成年以后才出家。他们在寺院中没有户口、人身保险、工作、家庭等限制，来去自由，不能长时间安顿下来学习一种技艺，而且成年后已经错过了学习技艺的最佳时期，很难再培养出技艺高超的艺僧，造成了艺僧培养困难但同时又流失快这种尴尬局面。如千山寺庙音乐、五台山佛乐、东岳观道教音乐等项目都存在着这种情况。千山地区的和尚来自全国各地，本身对本地文化就不很熟悉，他们又经常来回流动，所以根本无法在他们中间培养传承人，再者，即使培养一些东北韵传承人，由于其他僧人多数不是本地的，多数情况下做佛事的时候也不能使用。五台山佛乐申报材料中记录的殊像寺乐僧，受到待遇的影响流失很严重，几年来乐队成员已经更换了许多，而与南山寺汇光师傅同时进入南山寺学习佛乐的，现在几乎都走光了。一方面是由于在寺院里传承的项目具有一定的特殊性，离不开寺院这一特定环境，很多时候就是依附于某一寺院，如五台山佛教音乐中黄庙音乐和青庙音乐不同，而青庙音乐中殊像寺的和南山寺的也不一样，所以艺僧一旦还俗或者去了其他的寺院，其技艺很快就丢失了。这种现象是很让人痛心的。浙江平阳县东岳观道教音乐的情况也很不乐观，2012年的时候观里只有5个道士能参加早晚课和法事活动，而且由于道士们为了生存不得不牺牲本应用来修道时间，频繁地为功德主做法事，甚至在观里早晚课都比较稀少了，一个月里可能仅有初一、十五等几天才上早晚课。这种状况如果长久持续下去，其道教修行和道教音乐将不可避免受到影响。

（八）申报文本与现实不符

申报文本撰写不准确，这是我国非物质文化保护中出现的一个带有普遍性的问题，尤其是在第一批、第二批项目申报时，由于这些非物质文化遗产资源多数散落在民间，第一次申报国家级项目的时候，时间非常仓促，地方文化部门没有充足的时间进行调研，掌握材料不足，导致申报文本出现错误，如千山寺庙音乐的申报文本中传承人谱系不准确，就是因为文化部门的人掌握信息不够，调研不够深入，偏听一家之言造成的。还有就是撰写申报文本的人专业素质不够，而导致申报文本填写不够规范，很多专业术语出现错误。如常州天宁寺的梵呗唱诵的《申报书》，是由中学音乐教师秦德祥所撰写的，天宁寺的当家和尚廓慧法师认为有很多的地方都不够贴切。无独有偶，南京金陵刻经技艺、少林功夫、东岳观道教音乐等的项目《申报书》也有很多地方表达不够准确，有的甚至是错误。这说明当时申报文书的撰写人员参差不齐，基层非物质文化遗产保护工作者的业务素质有待提高。当然，也不排除有个别地方存在为了能申报成为国家级非物质文化遗产项目而故意造假的行为，但这仅是个案，不具有代表性。

同时通过对比申报文本和实际考察情况，发现很多项目申报文本所写与现实情况相差甚远，多数文本存在着不同程度的美化、夸大事实的情况。当然，随着非物质文化遗产工作的深入发展，对申报文本的写作要求更加规范，这种情况应该会越来越少了。

（九）《申报书》所列规划多数未能实现

通过实地考察我们发现，当初《申报书》中所列的规划多数项目都未能实现。多数项目只实现了部分目标，个别项目甚至自从申报成功，就再也没有做过任何保护工作。造成这种局面的主要原因是保护经费缺乏，致使很多保护工作无法开展。当初的《申报书》上所列保护规划都是在预算经费有所保障的前提下制定的，但是由于多数项目的经费预算最终都没有全部落实到位，多数仅得到少数经费甚至是完全没有经费，所以造成一些项目“规划变成空想”。主要表现在：首先，普查工作进行不彻底，一些项目还未查清家底。如济公传说的流传，就有很多情况还未能进行彻底调查。其次，数据库建设落入空想。由于经费落实不足，多数项目能将资料整理出版就已经很不错了，根本没有能力建立包含声像资料、文字资料、图片等在内的多元化、立体化的数据库。最后，活态化传承远未实现。对于一些濒危的项目来说，其生存的社会环境非常恶劣，抢救性保护应该放在第一位，最起码的工作是将其录音、录像及文字、图片、实物等收集起来，建立档案。实现活态传承则是最终的保护目标。可惜，迄今为止，绝大多数项目还未实现这一点。如五台山佛教音乐的《申报书》上这么写：

> 五台山风景区政府决定从2005年起连续五年每年投入10万元，共计50万元，在此基础上还要用各种方式从多方筹集更多的资金，用以对“五台山佛教艺术”的保护。这些资金主要用于购置有关物品、乐器、服装、道具，建立培训基地（包括租用场所以及水电、食宿等一切开销），聘请专家及有关人员授课，组织各项活动，进行艺术交流等项的开支以及其他涉及“保护工程”的有关费用。

遗憾的是，直到2010年这些想法还都基本停留在纸面上，多数没有落实。即使到了2014年，笔者去五台山采访的时候，殊像寺和菩萨顶的僧人都说他们没有从政府那里得到任何资金支持，所有的乐器、服装、道具等都是寺里面自己购买的。殊像寺有时候会请一些专家进行指导，但是费用也都是庙里自己出的。

（十）口头传承的现实困境

非物质文化遗产中有很多是口头传承的，尤其是宗教类非物质文化遗产中口传心授的内容更多，如一些民间传说、宗教音乐、宗教仪式、信仰习俗等。由于宗教类的遗产很多与寺庙、宗教仪式密切相关，所以在传承过程中更趋于保守，为了忠实于仪式，其内容有的可能几百年甚至上千年都很少变化，这与其口传心授的传承方式有很大关系。如传统的宗教音乐所用的都是工尺谱，很多僧人尤其是艺僧是自幼出家，跟随师父学习宗教仪轨、音乐等，可是现在一般学习音乐都不再使用工尺谱，而僧人们也多数是在成年以后再出家的，所以通过工尺谱的记谱法来学习宗教音乐还是有一些困难的。一些寺院曾经尝试请音乐学校的专业老师教授僧人学习简谱或者是将僧人送到音乐学院去学习，但是这些尝试最后都归于失败。因为简谱只是记录音乐的谱子，而无法记录其他的更多信息，但是宗教音乐不仅仅是谱子准确就可以了，更多还要体现出神韵来，毕竟宗教音乐的首要功能是荣神，然后才是娱人。如浙江平阳东岳观道教音乐的小道士在学习“十方韵”的时候，主要还是靠师父“口传心授”，在他们看来，“简谱无法记录神韵，韵味往往会被限制。简谱可以作为参考，口传才能传出道乐的文化”。北京智化寺京音乐、五台山佛乐等在传承过程中也都是使用工尺谱。但是千山寺庙音乐由于工尺谱基本上已经失传，所以现在主要是用简谱记录乐谱。

三、针对宗教类非物质文化遗产保护的一点建议

宗教类非物质文化遗产有一个共同的特点，即这些项目都与宗教信仰或民间信仰有关，而宗教信仰及民间信仰带有社会普遍性，不仅涉及地域广，而且信众多，这些信众涉及社会的各个阶层、各个领域，不受职业和教育水平的限制，从世界屋脊的青藏高原到西南边陲的西双版纳，从乡村到城市，从乡野农夫到官员学者，无论是目不识丁的村夫村妇，抑或是学富五车的学界泰斗，都有宗教信徒。正因为如此，多数宗教类非物质文化遗产项目的流传并不受地域限制，如观音传说、济公传说、禅宗祖师传说、布袋和尚传说等，这些项目的流传是基于对著名宗教人物的信仰而形成的，虽然其发源地限于某个地方，但其信仰群体却是极其广泛的，不受地域和社会身份的制约。有的宗教类项目虽然有比较浓厚的地方文化的特色，但其基于某种宗教信仰的根本文化基础是一样的，或者源于

佛教文化，或者源于道教文化，或者源于伊斯兰教文化，或者源于民间信仰等。因此，相关部门对宗教类非物质文化遗产进行统一宣传和指导还是比较可行的。

首先，在我国，国家宗教事务局是国务院负责宗教事务方面的职能部门，地方上各省市县也都有相应的宗教事务部门。国家宗教局的职责包括“起草宗教事务工作的法律法规草案”，“依法保护公民宗教信仰自由和正常的宗教活动，维护宗教界的合法权益，促进宗教关系和谐”，“指导宗教团体依法依章开展活动”，“负责组织宗教工作队伍和有关人员的培训工作”，等等，宗教部门可以组织宗教领域的专家学者及教内高僧大德等组成宗教类非物质文化遗产专家委员会，对宗教类项目进行评估和指导。我国与宗教相关的非物质文化遗产浩如烟海，进入国家各级保护名录体系的仅是极少一部分，宗教类非物质文化遗产专家委员会可以对那些还没有进入各级名录体系的项目进行评估，并对其申报工作进行专业指导。对于已经进入各级名录体系的项目，专家委员会则可以对其保护状况进行指导。同时，宗教部门可以将这些项目联合起来，共同以宗教类非物质文化遗产的名义统一向国家争取保护经费，这比每个项目单独申请保护经费要容易一些。

其次，加强对职业宗教人士和信徒的宣传。职业宗教人士和信徒是宗教类非物质文化遗产保护的中坚力量，相当一部分宗教类项目的传承发展需要依靠职业宗教人士和信徒，因此加强对他们进行非物质文化遗产保护的宣传还是非常有必要的。对于宗教类项目来说，信仰本身就是传承的一部分，而传承保护则是为了更好地信仰。尤其是如何区分宗教类非物质文化遗产中的“精华”与“糟粕”，宗教类非物质文化遗产因为和信仰关系密切，不可避免会有一些“迷信”成分在里面，在保护和合理利用这些非物质文化遗产的时候，对此尤其要慎重，既不能将所有的宗教类非物质文化遗产都归为“迷信”，也要认清其有害的成分。

最后，在宗教学院开设非物质文化遗产保护的课程。鉴于宗教文化与非物质文化遗产的密切关系，可以在佛学院、道学院、伊斯兰教学院等宗教学院开设非物质文化遗产保护的专门课程，加强对宗教学院学生进行传统文化保护的教育。寺院庙宇虽说是出家人修行的清净之地，但出家并不等于脱离社会，修行并不是要完全和现实生活隔绝，保护弘扬宗教文化同样是修行的一部分。出家人在日常修行和生活中应自觉承担起对宗教类非物质文化遗产进行传承和保护的重任。

本次调研活动作为第一次专门针对宗教类非物质文化遗产项目进行的调查活动，比较真实地反映出了我国目前宗教类非物质文化遗产的生存现状和保护情况。当然，由于种种原因，本次调研还有许多不足和遗憾。首先，因为经费和时间的原因，我们只对少部分宗教类国家级项目进行了实地考察，而更多项目，尤其是少数民族地区的项目涉及较少；其次，在考察过程中，由于时间较为仓促，一些项目考察不是很细致，以至于某些调研报告也显得比较粗糙；最后，一些被访者由于心存某些顾虑，对于一些实际情况不敢反映或反映不实，致使一些事情真相我们无法了解。还有，本次调研时间跨度较长，自2008年一直延续到2014年，调查报告只能反映当时调查时的情况，时隔多年，我国的"非遗"保护早已今非昔比，有些早期的调研可能无法反映当下的现实状况。

但是，总体来说，已经考察的这些项目基本上能够反映我国目前宗教类非物质文化遗产的总体状况。而且，此项工作也不是就此完结，我们还在准备下一阶段的考察，不仅继续扩大调查的范围，而且对于已经调查过的项目还要继续关注，非物质文化遗产保护是一项长期的事业，我们希望追踪这些项目在一个较长时期内的保护传承情况。同时，我们还希望将关注的视野扩大到整个宗教类的非物质文化遗产项目，不仅仅局限于国家级的项目，那些社会影响较大且有代表性的省、市、县级项目也尽可能有所涉及。

注释

① 国办发〔2005〕18号。

② 国办发〔2005〕42号。

③ 最初是文化部、发展改革委、教育部、国家民委、财政部、建设部、旅游局、宗教局、文物局9大部委，后来又增加了中国教科文全委会、商务部、科技部、工业和信息化部、中医药管理局5部委。

④ 参考《文化部近年来非遗保护工作回顾》，http://www.mcprc.gov.cn/whzx/whyw/201403/t20140310430597.html。

⑤《政府赖账少林寺门票 释永信：出家人缺钱吃饭》，http://culture.china.com/zx/11160018/20140926/18819284.html。

⑥ 参考本书第二十二章《天台山干漆夹苎技艺调查报告》。

⑦ 王文章:《非遗产保护走向文化自觉》，人民网，http://culture.people.com.cn/GB/27296/8220359.htm。

⑧《文化部明年将开展非遗法执法检查》，http://www.qstheory.cn/culture/2014-08/21/c_1112172321.html。

⑨ 参考本书第十八章《观音传说调查报告》。

⑩ 参考本书第十八章《观音传说调查报告》。

后记

本书是在由田青主持的中国艺术研究院重大课题《中国宗教类非物质文化遗产保护研究》结项成果基础上，又经修改而成。几年来课题组成员不畏严寒酷暑，多次奔赴全国十余个省市自治区的寺院、道观及其他宗教类非物质文化遗产保护场所进行调研采访，以期能够比较准确地反映出当前我国宗教类非物质文化遗产保护状况。我们的调研活动，得到了各地非物质文化遗产保护部门、宗教管理部门以及各地寺院、道观的大力支持，虽苦亦甘。

本书的分工如下：绪论、第四章、第六章、第二十三章及结论由翟风俭撰写；第一章、第七章、第八章、第二十章、第二十六章由都本玲撰写；第二十一章由都本玲、张晓雪撰写；第二章、第三章由袁瑾撰写；第五章、第十七章、第十八章、第十九章、第二十二章由刘红庆、弓宇杰撰写；第九章、第十章、第十一章由王辉撰写；第十二章、第十三章、第十四章由巫宇军撰写；第十五章由王英睿撰写；第十六章、第二十四章、第二十五章由李自浩撰写。最后由翟风俭统稿。

鉴于本课题为集体项目，参与者众，每人的调研方式、思考角度与写作风格均不一样，因此统稿、编辑工作颇为艰辛。本书在编辑过程中，文化艺术出版社编辑王红女士、齐大任女士、唐嘉女士费心颇多，尤其是责任编辑唐嘉女士，极其敬业，审稿过程中，写下了近万言的审读报告，并从责编角度对本书提出了诸多建设性意见；此外负责本书版式设计的顾紫、赵矗二人亦非常认真负责，多次修改版式，以达最佳效果。在此一并致谢！